希腊众神

特洛伊之歌

THE SONG of TROY

[澳] 考琳·麦卡洛 著

林玉鹏 译

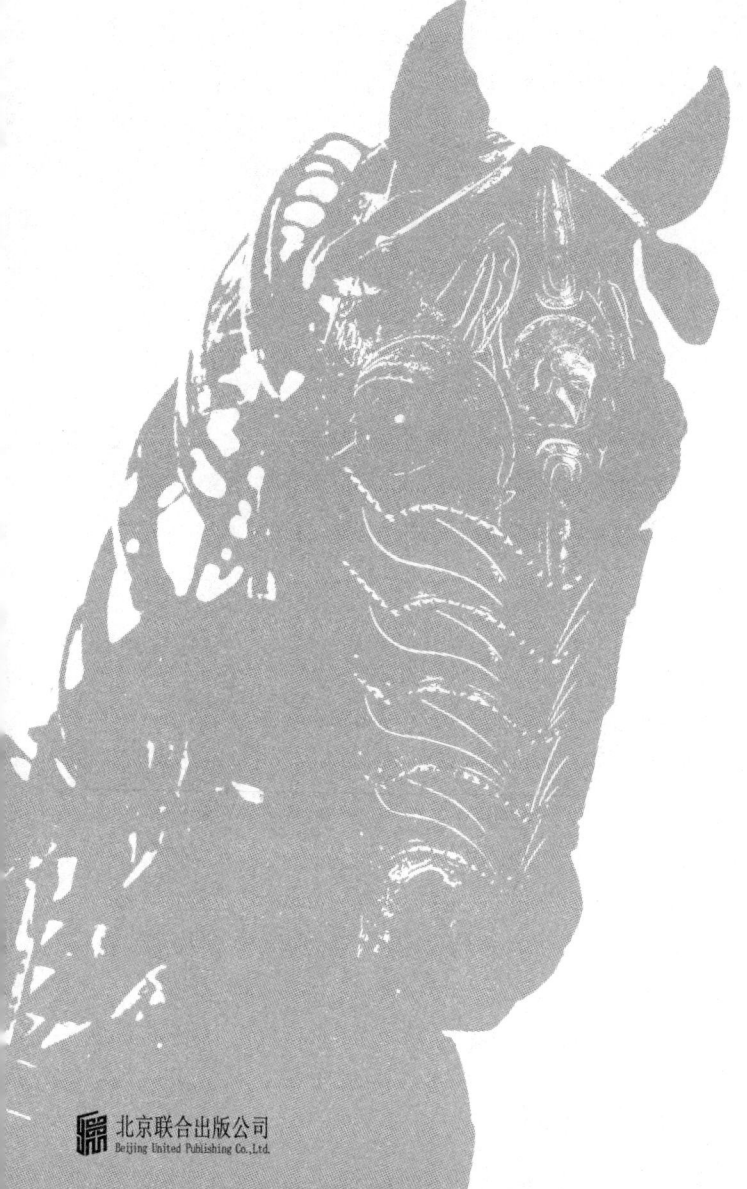

北京联合出版公司
Beijing United Publishing Co.,Ltd.

生动的情节 绚丽的画卷 鲜活的人物

读考琳·麦卡洛的
《希腊众神：特洛伊之歌》

以一部长篇小说《荆棘鸟》闻名全球的澳大利亚女作家考琳·麦卡洛1998年又推出了新作《希腊众神：特洛伊之歌》。

如果说《荆棘鸟》是一曲美丽而凄婉的爱情悲歌，《希腊众神：特洛伊之歌》则是一支雄浑悲壮、回肠荡气的英雄交响曲，但其中不乏缱绻缠绵的旋律。它说的是许多人耳熟能详的希腊神话故事：古希腊美女海伦被特洛伊王子帕里斯诱拐，导致希腊联军和特洛伊之间暴发了一场持续十年之久的战争，最后希腊人通过巧设木马计才得以攻克特洛伊。本书作者以现代人的眼光，以女性作家特有的敏感和细腻，以历史学家的深度，为我们重新讲述了这则古老的故事，描绘出一幅幅恢宏的战争画卷，刻画出一个个栩栩如生的人物，捕捉到一次次心灵的震颤，从中挖掘出一些值得深思和回味的东西。及至合上书卷，我的耳畔似乎仍回响着远古战场的阵阵厮杀声，眼前仍闪现着一个个鲜活的灵魂。

首先，作者讲故事的才能十分卓越。她利用希腊神话的基本素材，经过精心剪裁、布局谋篇，使整个小说情节生动、悬念层出、高潮迭起。著名英雄赫拉克勒斯猎杀海神波塞冬之狮的故事一波三折，曲折动人；佩琉斯国王之妻忒提斯生下的几个儿子刚出世便都神秘地死去，使读者感到眼前弥漫着一片迷雾；阿伽门农之女伊菲革涅亚作为祭品献给神祇更是写得跌宕起伏、惊心动魄。如果说前两个故事或峰回路转，或云开雾散，以问题的解决而结束，那么第三个故事则是以悲剧而告终。全书像这样的情节还有许多。正如《星期日泰晤士报》所说，该书中有许多"扣人心弦的时刻"以及"煽情和浪漫的时刻"。读者欲罢不能，非一气将小说读完不可。

其次，《希腊众神：特洛伊之歌》描写的场景多，场面宏大，有的场面具有史诗般的恢宏气势。书中有山林秀色、海上风光，也有千帆竞发的场面和英雄好汉神勇武功的展示，更有波澜壮阔的千军万马厮杀的画面。作者还根据历史考据，发挥合理的想象，以细腻的笔触描写了古代风俗和异域风物。这里有马人的授艺，有奇异的葬俗，有占卜仪式，有把女人作为战利品分发给头领的习俗，有独特的四分马誓言，有阿玛宗女人国战士征战沙场的奇风异俗，还有用活人献祭的残忍陋习。

该小说最能打动人心的是一个个呼之欲出的人物。在作者的笔下，神话中的人物不再是一个个苍白的符号，而是有着七情六欲和细腻情感的人。书中描写的有名字的人物有上百个，其中刻画得细致的人物也有几十个,如希腊神话中的著名人物阿喀琉斯、奥德修斯、赫克托耳、阿伽门农、赫拉克勒斯、帕特洛克罗斯、普里阿摩斯、墨涅拉俄斯、祭司卡尔卡斯等,以及女性人物布里塞伊斯、伊菲革涅亚和安德洛玛刻。海伦和帕里斯这对"不朽的情侣"(奥利恩图书出版公司语)更是作者描写的重点。这些人物个性分明,以海伦、布里塞伊斯和伊菲革涅亚这三位女性为例。海伦美艳绝伦,性格泼辣,她敢笑敢哭敢骂敢恨敢爱,"放纵自己的情感","追求感官刺激"(奥利恩图书出版公司语);而伊菲革涅亚则是个单纯热情的姑娘,她对阿喀琉斯一往情深,满怀对幸福的憧憬。与她们相比,另一位美女布里塞伊斯则是个有思想、有原则、性格刚强、感情深沉的人。不仅如此,这些人物的感情也是发展变化的:海伦对帕里斯由爱生恨,从热情如火到冷漠如冰;伊菲革涅亚对阿喀琉斯由近乎崇拜的爱到痛恨和鄙夷;布里塞伊斯对阿喀琉斯由切齿痛恨到刻骨铭心的爱。

由于人物性格不同,其死法也各不相同。阿喀琉斯死得悲壮,埃阿斯死得惨烈,帕特洛克罗斯死得让人扼腕叹息,赫克托耳死得壮烈,帕里斯死得痛苦不堪,祭司卡尔卡斯死得神秘莫测,阿玛宗女王死得令人心酸,布里塞伊斯死得刚烈,而做人祭的伊菲革涅亚则死得惊心动魄,具有惊天地泣鬼神的撼人心魄的力量。

作者还刻画出了人物多方面的复杂性格。如特洛伊老王普里阿摩斯一贯专横固执,但他为求回其子赫克托耳的尸体,深夜潜入希腊联军的管地，老泪纵横地向阿喀琉斯下跪乞求。这个细节很好地表现了老王的复杂性格，读者不禁为他深切的爱子之情而动容。此外，奥德修斯既睿智开明，又狡诈自私；阿伽门农之弟墨涅拉俄斯有时怯懦惧妻，有时也不乏勇气。

作者还注意刻画人物心理，多方位塑造人物形象。如作为助手、驭手和亲密伙伴的帕特洛克罗斯对阿喀琉斯的感情十分复杂微妙：既忠诚，又爱慕，由爱生恨，欲罢不能。作家以细腻的笔触把他的心态描摹得十分细致入微。

作者以现代人的意识和眼光重新阐释了古老的希腊神话。这首先体现在她对人物的理解和把握上。作者在对海伦这个人尽皆知的人物的塑造中植入了她的现代人意识。小说中的海伦是个敢于追求个人幸福的女人，在嫁给墨涅拉俄斯之前，她就和几个男人做过爱情游戏。当她发现丈夫不能给她幸福时，便毅然抛家弃子，跟帕里斯来到特洛伊。由于帕里斯渐渐对她冷淡，她便移情埃涅阿斯。帕里斯死后，为逃避被迫嫁给得伊福玻斯的命运，她试图逃出特洛伊，重新投入前夫墨涅拉俄斯的怀抱。在特洛伊王宫，她我行我素，任意裸露双乳，全然不理睬宫中上下的一片指摘。作者对她的态度是同情和宽容的。作家还把她的笔触探入现代社会的一个敏感问题中：同性恋。在《希腊众神：特洛伊之歌》中有两对男性同性恋伙伴，作者对他们也持同情和宽容的态度。

麦卡洛还对希腊神话中的英雄阿喀琉斯进行了改造，使他成了一个有思想原则、善思考、解人意、重感情、英武善战、武功高强的人。神话中他和阿伽门农为女俘争风吃醋而退出战斗的故事，被改编成他按照奥德修斯的计谋，假装与阿伽门农闹翻而退出战斗，以诱使特洛伊人出城而歼灭之的故事。他顶住误解和怨恨的压力，忍辱负重，做出了很大牺牲。

作者还把神话中的超自然因素降到最低限度，神的活动从前台退居背景的位置。如在荷马的《伊利亚特》中，神祇是故事中的重要人物，他们参与事件，在其中起着主导作用。而在《希腊众神：特洛伊之歌》中，神退隐了，读者是通过书中人物间接知道其存在并有着一定影响的，神祇并不直接面对读者。因而，神话中的命运悲剧大多成了性格悲剧，宿命论被予以否定。此外，作者还为对故事的发展有重要意义的神话情节提供了符合情理的解释，如对一些神谕的解释。

作家的现代人意识还体现在对这场旷日持久的战争的原因从现代经济政治学的角度进行阐释上。希腊人发动战争是为了争夺对黑海口的控制权，获得矿产，向外殖民。用现代人的眼光看，这可能比传说中的为争夺美女海伦的解释更令人信服。

小说中作者采用了多视点的叙述方式，全书共三十三章，由十六个主要人物轮流叙述，多方位地描绘了事件和人物。作者的语言朴实简练，喜用头韵，富于音乐性，很有表现力。

考琳·麦卡洛1937年出生于澳大利亚的新南威尔士州。她曾从事过多种工作：旅游、图书馆、教学。后来她成了神经生理学家，同时进行文学创作。自1977年《荆棘鸟》出版后她一举成名，该书至今仍在世界各地畅销不衰。迄今她已发表小说十多部，包括数部历史小说。

本书人名的翻译遵照"名从主人"的原则，以较流行的拉丁文拼写译出，而不按英语的拼写译出。如采用"普里阿摩斯"，而不译为"普里阿谟"；采用"布里塞伊斯"，不用"布里斯"；采用"密耳弥多涅斯"，不用"米耳弥冬"。人名译音的确定，以罗念生先生1981年重新修订的《古希腊语、拉丁语译音表》为依据，参照《希腊罗马神话词典》（鲁刚、郑述普编译，中国社会科学出版社，1984）。对于少数人名有与该表不一致但流传较广的译名，则采取约定俗成的译法，如"雅典娜""海伦""勒达""阿佛洛狄忒"等。

林玉鹏

2000年1月31日于合肥斛兵塘畔

目录
CONTENTS

第一章　　由普里阿摩斯叙述 — 1

第二章　　由佩琉斯叙述 — 29

第三章　　由喀戎叙述 — 59

第四章　　由海伦叙述 — 75

第五章　　由帕里斯叙述 — 99

第六章　　由海伦叙述 — 121

第七章　　由赫克托耳叙述 — 135

第八章　　由阿伽门农叙述 — 149

第九章　　由阿喀琉斯叙述 — 173

第十章　　由奥德修斯叙述 — 187

第十一章　由阿喀琉斯叙述 — 227

第十二章　由阿伽门农叙述 — 243

第十三章　　由阿喀琉斯叙述 — 265

第十四章　　由奥德修斯叙述 — 281

第十五章　　由狄俄墨得斯叙述 — 299

第十六章　　由海伦叙述 — 319

第十七章　　由帕特洛克罗斯叙述 — 337

第十八章　　由阿喀琉斯叙述 — 355

第十九章　　由布里塞伊斯叙述 — 361

第二十章　　由埃涅阿斯叙述 — 393

第二十一章　由阿伽门农叙述 — 403

第二十二章　由阿喀琉斯叙述 — 421

第二十三章　由赫克托耳叙述 — 435

第二十四章　由涅斯托耳叙述 — 453

第二十五章　由奥德修斯叙述 — 475

第二十六章　由赫克托耳叙述 — 491

第二十七章　由阿喀琉斯叙述 — 503

第二十八章　由奥托墨冬叙述 — 573

第二十九章　由阿伽门农叙述 — 597

第三十章　由海伦叙述 — 607

第三十一章　由狄俄墨得斯叙述 — 621

第三十二章　由普里阿摩斯叙述 — 645

第三十三章　由涅俄普托勒摩斯叙述 — 663

尾声　一些生还者后来的情况 — 682

作者后记 — 687

译者后记 — 691

第一章

由普里阿摩斯[1]叙述

---

[1] Priam,特洛伊被攻陷前的最后一任国王,破城后为希腊人所杀。

特洛伊绝非一座普通之城。年轻的祭司卡尔卡斯曾在见习期被派往埃及的底比斯[1],归来之后对沿着那生命之河西岸建造的金字塔印象平平。他说,特洛伊更加雄伟壮观,因为它更加巍峨,它的宅宇堂殿让生者居住,而不是供死者安息。不过他又说,埃及人也情有可原,因为他们的神祇神力有限,埃及人只好用自己的凡胎俗夫之手搬运石块;可特洛伊的雄伟高墙是我们的神祇们亲手快速建造而成的。卡尔卡斯说,平坦的巴比伦也无法与特洛伊一争高下,它的高度受到河流中淤泥的限制,它的墙堞不过是儿童的游戏之作。

　　没有人记得我们城墙的筑成年代,这是很久以前的事了。不过人人都知道它的故事。达耳达诺斯(众神之君宙斯[2]之子)拥有小亚细亚顶端的方形半岛的土地,在它的北部,黑海通过狭窄的海勒斯旁海峡[3]奔泻而入爱琴海。达耳达诺斯把这新王国一分为二。他把南

1.Thebes,埃及古城,希腊也有一同名古城。
2.Zeus,希腊神话中威力无比的主神。
3.Hellespont,通称达达尼尔海峡,在亚洲小亚细亚半岛同欧洲巴尔干半岛之间。

第 一 章

部赐给第二子，后者把他的领地称为达耳达尼亚，把他的都城建在吕耳涅索斯城中。北部地域虽然幅员较小，但土地十分肥沃。它有海勒斯旁海峡作屏障，拥有对所有进出黑海的商人征税的权利。这一地域叫作特洛艾德，它的都城特洛伊矗立在一座叫特洛伊的山上。

宙斯很钟爱他的这个凡俗之子，所以当达耳达诺斯向他的神祇父亲请求赐给特洛伊牢不可破的城墙时，宙斯欣然应允。当时有两位神祇失宠：海神波塞冬和光明之神阿波罗。二神受命前往特洛伊建造城墙，造得比别的城墙更高、更厚、更牢固。这活计不适合精细优雅爱挑剔的阿波罗，他选择弹奏竖琴，而不愿弄得满身脏土一身臭汗。他对易受骗的波塞冬小心解释说，他弹琴是为了在城墙筑高时给波塞冬解闷。于是波塞冬一块砖一块石地垒墙，阿波罗为他弹奏小夜曲。

波塞冬这么苦干是为了获取酬金，工程完成后达耳达诺斯王每年须付给他一百泰伦特[1]黄金，献入吕耳涅索斯的波塞冬神庙。达耳达诺斯王允诺。从久远的年代以来，每年的一百泰伦特黄金已如数付入波塞冬神庙。可是有一年，在我父亲拉俄墨冬刚登上特洛伊王位之时，突然发生了一场毁灭性的地震，摧毁了克里特岛的弥诺

1.talent，古希腊重量及货币单位。据本书作者，泰伦特为一个人所能背得动的重量，相当于56磅或25千克，参见本书的作者后记。

由普里阿摩斯 叙述

斯之宫[1]，席卷了锡拉岛帝国而去。而我们特洛伊的西城墙也垮塌了，我父亲雇请希腊巧匠埃阿科斯[2]重建。

埃阿科斯干得出色，不过他建的新墙不如神祇造的墙平滑美观。

我父亲说，与波塞冬订的合约没有被遵守（我敢说阿波罗没有降尊纡贵索要音乐家的酬金），城墙毕竟不是坚不可摧，因此每年付给波塞冬神庙的一百泰伦特黄金从今以后将不再支付。从表面上看这个说法言之有理。不过神祇们一定知道连当时我这个小孩儿都知道的事实：拉俄墨冬国王是个不可救药的吝啬鬼，他不甘心把特洛伊这么多宝贵的黄金献给建在对手城中的神庙，这是有血亲关系的对手的王朝统治下的城。

不管怎么说，黄金不再支付。在我长大成人之后的许多年里一切都很平静。

当那头狮子来了之后，也没有人把它的到来与受辱的神祇们或城墙联系起来。

在特洛伊城南面的一片碧绿的平原上有我父亲的马场，养马是他的嗜好。不过即使是嗜好，它也要为拉俄墨冬国王带来好处。希

---

1. Minos，为希腊神话中克里特岛之王，宙斯和欧罗巴之子。弥诺斯之宫是克里特岛克诺索斯青铜器时代的遗迹。
2. Aiakos，希腊神话中宙斯之子，曾参与修建特洛伊城墙。由于公正无私，他死后成了冥界的法官之一。

第 一 章

腊人埃阿科斯完成西墙重建之后不久,有人从遥远的地方来到特洛伊。那地方遥远得我们只知道它的群山支撑着蓝天,它的植物比别处的植物更加甜美,此外便一无所知。这个逃难之人带来了十匹马:三匹牡马,七匹牝马。这些马是我们前所未见的:身架高大,动作敏捷优雅;长鬃长尾,其貌堂堂,神态矜持而温顺;拉马车绝妙无比。国王一看见这些马,这人便注定要倒霉了。他死了,他的马成了特洛伊国王的私人财产。国王把这些马培育成为名播千里的优良品种,世界各地的贩马人纷纷慕名前来购买牝马和阉马。我父亲精明透顶,他决不会出售种马。

有一条被践踏过多的凶险小路从马场中间贯穿而过,这是昔日从小亚细亚而来的狮子们走的路。它们北上斯基泰(Skythia)度夏,又南下卡里亚和吕克亚(Lykia)过冬,那里阳光的威力可以温暖它们黄褐色的毛皮。捕猎已使狮子逐渐绝迹,狮径成了一条去水滨的路。

六年前,马场上的农夫跑来,面色苍白。他们禀报我父亲,他的三匹最好的牝马已倒地毙命,一匹牡马伤势严重,元凶是一头狮子。我永远不会忘记我父亲听到这消息时的脸色。

拉俄墨冬不是那种动辄大怒之人。他尽量用平静的声音命令宫廷卫队来年春天全部开拔,驻扎在小路上,寻机杀死那头畜生。

此狮确非等闲之辈!每年春秋两季它偷偷沿路而来,无人看见。它捕杀的数量大大超过果腹之需,只是为了消遣。在它光顾的两年

由普里阿摩斯 叙述

之后，一次正当它向一匹种马攻击时被宫廷卫队撞上。他们向它逼过去，刀剑撞击着盾，想把它逼进角落后用矛刺之。而它没有就范，反而前腿腾空直立，发出一声狂吼，向卫兵们直冲而来，从他们的队列中穿过，如巨石从山头飞滚而下。当他们四散奔逃时，这头有王者之风的野兽结果了七人的性命，然后毫发未损地扬长而去。

在这场灾难中也有一件万幸之事。一个被它的利爪所伤的人活着找到这班祭司，告诉卡尔卡斯这头狮子身上带有波塞冬的标记：在它浅色的腰窝上有一支黑色的三叉鱼枪。卡尔卡斯立即请示神谕，然后宣布这头狮子是波塞冬麾下之兽。任何攻击它的特洛伊人都将会遭殃！卡尔卡斯高喊，它是对特洛伊人欺骗海神，拒付每年一百泰伦特黄金的酬金的惩罚。酬金一日不交，狮子一日不去。

起先我父亲对卡尔卡斯和神谕都置之不理。秋天来临时他又下令宫廷卫队出巡捕杀野兽。但他低估了普通士兵对神祇的恐惧，甚至在他威胁要处死违令者时卫兵们也不愿出击。他勃然大怒又无可奈何，便告知卡尔卡斯，他拒绝把特洛伊的黄金捐到达耳达尼亚的吕耳涅索斯城去，祭司们最好想出替代之策。卡尔卡斯又去请求神谕。神明确地宣告确有替代之策：每年春秋两季用抽签的方法挑选六名少女，用链条锁在牧马场上让狮子扑杀。这可以暂时让波塞冬满意。

自然，国王宁肯向神祇献出少女，也不愿献出黄金。新计划被付诸实施。麻烦的是在这件事上他从未真正信任祭司。这倒不是因

第 一 章

为他是亵渎神明之人——他向神献出他认为应献之物——这只是因为他憎恶被人讹诈金钱。于是，每年春秋季节，所有年方十五的少女被从头至踵裹上白布以防暴露身份，在筑墙大师波塞冬的祭祀庭院排开。然后祭司们从这些没有身份标记的"白布捆"中挑出六个献祭。

这一招很灵。那狮子一年两次光顾，弄死用链条捆住紧紧站在一起的少女，而对马群却不事惊扰。对国王而言，这区区代价可换来对自尊的安抚和对饲马业的保护。

四天前六个秋季祭品已选定，其中五名来自都城，另外一名来自城堡——王宫，她是我父亲最宠爱的孩子，女儿赫西俄涅。卡尔卡斯来通报消息时，他简直难以相信。

"你们难道是白痴，没在她的白布上做记号吗？对我的女儿难道不区别对待吗？"

"这是神的意愿。"卡尔卡斯平静地说。

"神并不是非要我的女儿不可！他的意愿是得到六名少女，别无他图！去，另选一个祭品，卡尔卡斯。"

"不能，至高无上的王。"

卡尔卡斯寸步不让。神的手引导着选择，这意味着只有赫西俄涅而非他人才能满足献祭的条件。

在这剑拔弩张的交锋中，宫中虽无人在场，但消息迅速传遍王

由普里阿摩斯　叙述

宫城堡的各个角落。受宠的养马人如安特诺大声指责祭司，而国王的众多子女——包括我本人，他的继承人——认为最终国王还得让步，每年向波塞冬付一百泰伦特黄金。

次日，国王召集议事会议。我当然出席了，每次国王颁布旨令，继承人必须到场聆听。

国王看来十分沉着，一点不显忧戚之色。他身材瘦小，早已过了青春年华，金黄的长袍映衬着银色的长发。从他体内发出的声音深沉、庄严、悦耳、洪亮，总是让人称奇。

"我的女儿赫西俄涅，"他对排成数列的儿子们说，"已经同意以身献祭。这是神祇对她的要求。"

也许安忒诺耳[1]已经猜到国王将要说什么，但我没有猜到，我的弟弟们也没有猜到。

"父王！"我脱口喊道，"您不能这么做！时世艰难的时候国王可以为民走向祭坛，但他贞洁的女儿们属于贞女阿尔忒弥斯[2]，而不属于波塞冬！"

他哪里能容忍长子在廷臣面前指责他？他气得嘴唇抿得铁紧，

---

1. Antenor，特洛伊的元老之一。
2. Artemis，希腊神话中的女神，主神宙斯之女，掌管狩猎，照顾妇女分娩，保护少年男女，以贞洁著称。

第 一 章

胸脯剧烈起伏："我的女儿已被选中，波达耳刻斯·普里阿摩斯[1]，是波塞冬选中的！"

"假如一百泰伦特黄金献到在吕耳涅索斯的波塞冬的神庙，他会高兴一点的。"我从牙缝中挤出这句话。

此刻我瞥见安忒诺耳正在得意地笑，看着国王和他的继承人争吵他是多么开心啊！

国王拉俄墨冬说："我拒绝把我们辛苦挣来的纯金献给没有把我们的西城墙建牢的神祇，他自己的一个地震就把它震塌了。"

"您不能让赫西俄涅去死，父王！"

"并不是我让她去死！是波塞冬让她死！"

祭司卡尔卡斯动了一下，又静止不动了。

"像您这样的凡人不应该把自己的过错推给神祇。"我说道。

"你是说我有过错？"

"是凡人皆有错，特洛艾德国王也不例外。"我说。

"走开，波达耳刻斯·普里阿摩斯！给我出去！谁知道？也许明年波塞冬又会要求将王储们献祭给神了！"

安忒诺耳还在笑。我转身离开会议厅，去从都城来的和风中寻求安慰。

1. 据希腊神话，波达耳刻斯（Podarkes）是普里阿摩斯的本名。

由 普 里 阿 摩 斯 叙 述

清冷潮湿的风从远处的艾达峰吹来，平息了我的怒气。我沿着御座厅之外的由两百块石板铺就的坡地缓缓地拾级而上，直至城堡的顶巅。在这儿，下面的平原尽收眼底。我把双手放在这些人造的石头上，因为城堡不是神祇建造，而是达耳达诺斯所建。从这些仔细加工成方块的大地母亲的骨骼中有某种东西渗入我的内心，那一刻我感到了国王身体上的力量。不知还要多少岁月我才能戴上金冕，登上象牙制的特洛伊国王宝座？达耳达诺斯家族的男人都长寿，拉俄墨冬现在还不到七十岁。

我久久地注视着山下城中熙来攘往的男男女女，然后往远处望去。在碧绿的平原上，拉俄墨冬国王珍贵的马伸长脖子触弄、扯食着碧草，但这景象只是加剧了我的痛苦。我转而朝忒涅多斯岛看去，只见从西基奥斯（Sigios）小小港村为驱寒而燃起的堆堆篝火中升起阵阵浓烟。

在北方更远处，海勒斯旁海峡的蓝色海水嘲笑着天空。我看见海滩的灰色曲线蜿蜒在斯卡曼德和西摩伊斯河口之间。这两条浇灌了特洛艾德，孕育了小麦和大麦这两种农作物的河流在不间断的飒飒秋风中泛着涟漪。

最终，那风驱使我从胸墙来到诸殿堂入口前面的大院，我在这儿等着我的马夫。他把我的马车赶来了。

"下山进城，"我对驭手说，"让马为你引路。"

从城堡有一条主道延伸而下，与环绕城墙内侧的蜿蜒的林荫道

第 一 章

相接，那墙是波塞冬筑的。在两条街的相连处矗立着进入特洛伊的三座门之一——斯开亚门。在我的记忆中，这门从未关闭过。人们说这门只在战争时期关闭，但在世界上没有哪个国家强大到敢向特洛伊宣战。

斯开亚门有二十腕尺[1]高，用大圆木、大钉和青铜板固定。它十分沉重，甚至无法安装固定在人工所能锻造的最大的铰链上，因而采用据说是神射手阿波罗设计的原理开启，当时阿波罗正躺在阳光中看着波塞冬卖力干活。这单扇门的底部安放在埋设在弧形深沟里的一块巨大的卵石上，粗大沉重的青铜链条环套在这块巨石的突出部位。如果大门要关闭，必须要三十匹公牛套上铜链，随着巨大的卵石在沟底研磨滚动，一点点地拉动，使门合上。

我小时候非常渴望见到这一奇观，我曾恳求父亲套上公牛，父亲笑着拒绝了。现在我又站在这门前，我已是一个四十岁的男人，有十个妻子和五十个嫔妃，看斯开亚门关闭仍然是个梦想。

一个有翅托的拱门横跨门顶连接两边的城墙，这样城墙顶端的小路可以环绕城墙继续延伸。大门内的斯开亚广场处在神祇建造的奇异城墙的永久阴影之中。这些城墙高高耸起，比我高出三十腕尺，在阳光的照耀下显得平坦光滑、熠熠生辉。

1.cubit，腕尺为古代一种度量单位，长度一般自肘至中指指端，约18至22英寸（约46至56厘米）。参见作者后记。

由 普 里 阿 摩 斯　叙 述

我点头示意车夫驾车向前，但他还没来得及抖动缰绳我就改变了主意，制止了他。一群男人刚刚穿过大门，进入广场，这是一些希腊人，这从他们的装束和举止中可以看出。他们有的穿着皮褶裥短裙，有的穿着长仅及膝的紧身皮马裤；有的人光着上身，还有人炫耀地敞开压印有花纹的皮上衣，露出胸脯。他们的衣服都装饰华丽，饰有金色图案、摆动的缨穗或染过的皮卷边。他们细细的腰部环绕着很宽的嵌黄金和青金石的青铜腰带。打磨的水晶珠悬挂在他们的耳垂上，每个人的颈部都匝着一圈镶有宝石的大项饰；他们的一头长发被仔细地做成了鬈发，松散地披下。

希腊人比特洛伊人更高大、更白皙，这些希腊人比我见过的任何男人都更高、更白皙、更令人生畏。从他们服饰和武器的华贵上可以看出他们不是普通的剪径之徒，因为他们拿着标枪和长剑。

领头的人确实非同一般，他如巨人一般耸立在这群人中。他足有六腕尺高，肩膀像两座黑山，修成黑桃形状的浓黑胡子覆盖着他那有力地向外突出的下巴。他的黑发虽已剪短，却仍然乱蓬蓬地堆在他那如雨篷般突出在眼窝上方的额头上。他所有的衣着只是一张巨大的狮皮，从左肩披下，系在右腋下，狮头成了一只兜儿搭在他背上，这狮头张开可怕的嘴，露出巨大的獠牙。

他转过身，发现我正盯着他。窘迫中我直视他睁得很大的沉静的眼睛。这是一双看见过一切、忍受过一切、经历过神祇们给予人的每一次贬黜的眼睛，这双眼睛闪烁着智慧的火花。心理上我觉得

第 一 章

自己已经退却，后背紧贴身后的屋子，我似乎成了裸露的蚶，精神上已成了他的俘虏了。

但我重新鼓起勇气，高傲地挺直身躯。我有高贵的爵号，有镶着金浮雕的马车，有两匹比他所见过的任何马都要名贵的白马。我还拥有世界上最牢不可破的城池。

他旁若无人地从喧闹吵嚷的集市走过，径直来到我的面前，两个同伴紧随其后。他张开如大腿般粗细的手臂，轻轻抚摸我的白马的黑色络口。

"你是王宫中人，也许是王室成员？"他问道，声音十分低沉但不显傲慢。

"我是波达耳刻斯，姓普里阿摩斯，特洛伊王拉俄墨冬的子嗣和王储。"我回答道。

"我是赫拉克勒斯[1]。"他说。

我惊得张大嘴巴，盯着他。赫拉克勒斯！赫拉克勒斯到特洛伊了？我舔了舔嘴唇："阁下，我们不胜荣幸！您能赏光到我父王的宫中做客吗？"

他笑得格外甜美："我向你致谢，普里阿摩斯王子！你的邀请是否包括我的所有的人？他们都出生于希腊贵族世家，不会玷污你的

1.Herakles，又译海格立斯，是希腊神话中神勇无比的英雄，他完成了12项英雄业绩。

由 普 里 阿 摩 斯 叙 述

王室，也不会玷污我的声名。"

"当然包括，赫拉克勒斯阁下。"

他向身后的两人点头示意，让他们从他身后的阴影中走出来。"我来介绍一下我的朋友。这位是忒修斯[1]，阿提卡的国王。这位是忒拉蒙[2]，埃阿科斯之子，萨拉米斯的国王。"

我吃惊地咽了一口口水。天下人都知道赫拉克勒斯和忒修斯，诗人一直吟唱着他们的业绩。埃阿科斯是年轻人忒拉蒙之父，他曾给我们建造了西城墙。在这一小群希腊人中还有多少名字响当当的风云人物呢？

赫拉克勒斯这名字具有如此大的威力，以至我那吝啬的父亲也受了感动，不辞辛劳地为这个赫赫有名的希腊人举行盛大的欢迎仪式。当晚，父亲在大厅里大摆筵席，金盘银盏，美酒佳肴，轻歌曼舞，琴声悠扬，杂耍艺人也来献艺助兴。如果说我感到肃然起敬，那么我父亲也是如此。与赫拉克勒斯在一起的这班希腊人个个本身就是国王，我不懂他们为何那么心甘情愿地追随一个无权继承王位的人——这个扫马厩[3]、被从蚊蚋到狮子的一切生物所噬咬的人。

1. Theseus,，希腊神话中的英雄。
2. Telamon，希腊神话中的英雄。
3. 据希腊神话，清理马厩是赫拉克勒斯完成的12件神功之一。

我在主宾席高桌就坐，赫拉克勒斯在我的左侧，青年忒拉蒙在我的右侧；我父亲坐在赫拉克勒斯和忒修斯之间。尽管赫西俄涅即将献身祭坛给我们的宴会蒙上了阴影，但它被掩盖得很好，以至我感觉我们的希腊客人对此一无所知。谈话进行得很顺畅，因为他们都是有教养之人，各方面都受过良好的教育，从心算到诗人的措辞，像我们一样，他们对这一切都熟记于心。但是在这些表象之下，希腊人到底是什么样的人呢？

希腊各民族与包括特洛伊在内的小亚细亚各民族联系甚少。通常我们小亚细亚人也不喜欢希腊人。他们因为心术不正而名声不好，又以难以满足的好奇心闻名，我们知道的就这些。但这些希腊人在他们自己的民族中也一定是杰出的，因为希腊人挑选国王除了考虑血统因素，还有别的依据。

我父亲尤其不喜欢希腊人。近些年来他与小亚细亚各王国签署条约，自己在黑海和爱琴海之间的大部分贸易项目都与他们合作，这意味着他严格限制了从海勒斯旁通过的希腊贸易船只的数量。米西亚和吕底亚、达耳达尼亚和卡里亚、吕克亚和克利克亚（Kilikia）都不愿和希腊人有贸易往来，理由十分简单：不知怎么回事，希腊人总是比他们棋高一着，最终总能占到便宜。我父亲的做法是不让希腊商人进入黑海的黑色水域。所有来自科尔喀斯和斯基泰的绿宝石、蓝宝石、红宝石和金银都运往小亚细亚各国，我父亲特许的少数希腊贸易商只得从斯基泰运来锡和铜。然而，赫拉克勒斯和他的

由 普 里 阿 摩 斯 叙 述

同伴们十分有教养，谈话绝不涉及如封港禁航这类会触发争端的话题。他们只是热烈地赞美我们都城城墙的高耸、城堡王宫的宏伟和女人的美丽——而他们对我们女人美貌的了解仅来自那些穿梭于筵席间添菜斟酒、分送面包的女奴。

我们的话题很自然地从女人转向了马，我期待着赫拉克勒斯谈及这个话题，因为我已经见过他欣赏我的白马时那双睿智的黑眼睛中的眼神。

"陛下，"赫拉克勒斯终于开口说，"今天给您儿子拉车的马确实气度不凡，就连色萨利也无法夸口有这种骏马。这马您是否出售？"

我父亲的脸上显出一副贪婪的神色："是的，这些马很漂亮，我也确实出售，不过恐怕价格太贵。一匹优良的牝马我要一千泰伦特黄金。"

赫拉克勒斯耸了耸他宽大有力的肩膀，一脸无奈："我也许能出得起，陛下，但我还有更重要的东西需要买。您出的价是一位国王的赎金。"

他再也没提到马的话题。

随着夜幕的降临，光线越来越暗，我父亲的情绪开始低落，他记起了次日早晨他女儿将要赴死之事。赫拉克勒斯把他的手放在我父亲的手臂上。

"拉俄墨冬国王，什么事让您烦恼？"

"没什么，阁下，什么事也没有。"

赫拉克勒斯的脸上又露出那独特的甜蜜的笑容："至尊的国王，我看得出您神色焦虑。对我说吧。"

于是这故事便滔滔不绝地从我父亲口中一泻而出。父亲对他自己做了一些美化：他受到一头属于波塞冬的狮子的骚扰，祭司们命令每年春秋两季各选六名少女献祭，今年秋季他最疼爱的孩子——女儿赫西俄涅也被选作祭品。

赫拉克勒斯若有所思："祭司们是怎么说的？任何一个特洛伊人都无法与那野兽抗衡？"

国王的眼睛一亮，说："特别指明是特洛伊人，阁下。"

"那么如果希腊人与这野兽交锋，祭司们不会反对吧？"

"很合逻辑，赫拉克勒斯。"

赫拉克勒斯向忒修斯瞥了一眼说："我打死过很多狮子，包括尼米亚的一头[1]，它的皮被我穿在了身上。"

我父亲哭泣起来，说："啊，赫拉克勒斯，帮我们除去这个祸根吧！我们会感激不尽。我不仅为我自己，也为我的人民请求你。他们已失去了三十六个女儿。"

我等待着，心中一阵欣喜，充满了期待。赫拉克勒斯绝非傻瓜，

1.Nemea，尼米亚的狮子是希腊神话中巨人梯丰和巨蛇厄客德娜之子。它糟蹋田地，后被赫拉克勒斯所杀。

由普里阿摩斯　叙述

他不会主动除掉神祇遣来的狮子而不索要什么东西作补偿。

"拉俄墨冬国王,"这个希腊人大声说道,使别人的目光都转向了他,"我和你讲个条件。我为你打死狮子,作为回报你给我两匹马,一牡一牝。"

我父亲还有什么选择?他完全被这当众的建议逼进死胡同了,他只有同意这个买卖,此外别无选择,否则有关他冷酷自私的言论便会在宫中传开,远亲近戚都会知晓。于是他装出高兴的样子点点头:"如果你能打死这头狮子,赫拉克勒斯,我会满足你的要求。"

"就这么定了。"赫拉克勒斯纹丝不动地坐着,眼睛大睁,可好像什么也看不见;他双目不眨,对身边的一切全然不知。后来他叹了一口气,恢复了常态。他没有看国王,而是看着忒修斯说:"忒修斯,我们明天走。我的父亲说狮子将在午时来。"

就连与他一起坐在席上的别的希腊人也显得肃然起敬。

六名少女纤细的手腕沉沉地坠着金色的链子,脚踝上的金色脚镣叮当作响。她们穿着最好的衣裳,头发新近被卷过,眼睛也描画过,在筑墙者波塞冬的神庙前的庭院里等候祭司们的到来。我的同父异母的妹妹赫西俄涅也在其中。她显得平静顺从,不过她细嫩的嘴角的微微抽动表明她内心的恐惧。空中飘荡着父母亲戚的哀号和恸哭声、沉重的铁镣碰击的叮当声,以及六名惊恐万分的少女急促的呼吸声。我吻了赫西俄涅之后便走开了。她一点也不知道赫拉克

第 一 章

勒斯将要试图解救她。

我没有告诉她的原因也许是，即便在那时，我还是认为我们不可能这么轻易地除掉这祸根，即使赫拉克勒斯杀了狮子，海神波塞冬也会用更邪恶的东西取代它。当我匆忙从神庙赶到城堡王宫后面的小门时，我的疑虑烟消雾散了。赫拉克勒斯在那儿集合起他的那帮人。他只挑了两个帮手猎杀狮子：白发勇士忒修斯和青年忒拉蒙。在最后一刻他缓缓地走过去与他的另一个同伴拉比斯国王皮里托俄斯说话。我无意中听到他要皮里托俄斯在中午把所有的人都带到斯开亚门等候。我看得出他急着要离开这里。这些希腊人准备去阿玛宗女人国度，在冬天来临前偷她们的女王希波吕托斯的腰带。

自前一天晚上看到赫拉克勒斯在大厅里那非同寻常的恍惚出神的状态之后，无人怀疑他的关于那狮子今天要来的断言，这将是它今年第一次南下。赫拉克勒斯知悉这一切，他是万物之主宙斯的儿子。

我有四个同胞兄弟，他们都比我小：提托诺斯、克吕提俄斯、兰普斯和希克塔翁。在祭司们带着姑娘们到达之前，我们在父亲的护送下陪同赫拉克勒斯来到马场的指定地点。赫拉克勒斯向每个方向来回踱了很远的距离，仔细察看这一带的地形地势，然后回到我们待的地方建起他的攻击据点，忒拉蒙用长弓，忒修斯手执长矛，他自己的武器则是一根巨棒。

由 普 里 阿 摩 斯　 叙 述

当我们登上一个风吹不到、人们的目力达不到的小山丘时,我们的父亲仍站在路上等待祭司们,因为这是祭祀的第一天。有时,这些可怜的年轻姑娘要带着金色锁链等待很多天,只能睡在地上,只有几个惊恐的下级祭司给她们送些食物。

太阳升起相当高的时候,从筑墙者波塞冬的神庙中走出一支队伍。祭司们推搡着走在前面的哭泣的少女,唱着圣歌,用蒙上布的槌敲着小鼓。他们把带钉的锁链敲入处在一棵榆树树荫下的地里,然后在不失体面的前提下匆忙离开了。我父亲匆匆跑到山丘上我们的躲藏处,和我们一起藏身在深草丛中。

有一段时间我懒洋洋地观望着,并不期待在中午之前会发生什么事。突然青年忒拉蒙从隐蔽处蹿出,飞快跑到姑娘们蜷缩的地方,拉紧她们的镣铐。这个小伙子用双臂抱住了我那同父异母的妹妹的肩膀,把她的头抱在他裸露的棕色胸膛上。这时我听见父亲咕噜了一句,骂希腊人厚颜无耻。赫西俄涅是个美丽的女孩儿,足以吸引大部分男人的注意力,但在这狮子随时可能出现的关头冒险走到她身边的举动是多么愚蠢啊!我不知忒拉蒙如此行事是否已得到赫拉克勒斯的首肯。

赫西俄涅的双手绝望地抓住他的双臂,他低头对她轻声说了几句话,然后长时间热烈地亲吻她,在她短短的生命里迄今还没有人被允许吻她。随后他用手掌抹去她的眼泪,大大咧咧地跑回赫拉克勒斯给他指定的位置。响亮的笑声从这三个希腊人的埋伏处向我们传来。我气得浑身战栗。献给神的祭品是神圣的,他们竟敢狂笑!但当我向赫西俄涅望去时,只见她已完全没有了恐惧,傲然挺立着,甚至从这么远的地方也能看见她的眼睛闪闪发亮。

希腊人的闹腾一直持续到上午快要逝去的时候,然后在一瞬间他们都安静下来。此刻我们只能听见特洛伊永不休止的吹拂的风声。

蓦然间,一只手碰了我的肩膀。我想一定是那头狮子来了,便猛地转身,心怦怦狂跳。原来是宫中给我当差的仆人提萨涅斯,他探过身子把嘴凑近我的耳朵。

"赫卡柏王妃想见您,殿下。她即将临产,接生婆说她现在很危险。"

为什么女人总是选错时间?我示意提萨涅斯坐下,保持安静,然后转身朝那小路从隆起处又陡然下降为凹地的地方望去。鸟儿停止了鸣唱和相互应和,风停了。我一阵颤栗。

那狮子奋力登上斜坡,然后缓步沿着小径走来。这是我见过的最大的野兽,淡黄褐色的皮毛,厚密的黑色鬣发,尾部末端是一把黑刷。这狮子身体右侧果然带有波塞冬的标记:一支三叉鱼枪。狮子往坡下走到一半,快到赫拉克勒斯的藏身之处时,跨出半步突然停住,一只爪子离地,硕大的头高高扬起,尾巴猛烈地摆动,鼻孔外张。后来它看见它的祭品们已经惊恐得一动不动,这即将到手的享受使它下了决心。它把尾巴缩下,夹在股胯中,往前一阵小跑,然后不断加速。其中一个少女吓得叫起来,声音凄厉。我妹妹对她

由普里阿摩斯叙述

吼了几句，她才平静下来。

赫拉克勒斯从草丛中一跃而起，俨然一个身披狮皮的巨人，他右手提着一根大棒。那头狮子猛然一顿，张开血盆大口，露出发黄的牙齿。赫拉克勒斯挥舞大棒，向狮子大喝一声。那狮子收缩身体，一纵而起。赫拉克勒斯腾空一跃，躲过这利爪可怕的横扫，然后重拳猛击这头狮子长着一簇黑毛的腹部，打得这野兽失去了平衡。这头狮子臀部着地，一只爪子奋力抬起，准备把这人击倒在地……大棒落下，当大棒与长鬣的狮子头盖骨碰撞时，只听见一声令人难受的咔咔声，狮爪摆动了一下，赫拉克勒斯闪身一旁。大棒又一次抡起，又一次落下，第二次打击的声音没有第一次那么响亮，因为狮头已经四分五裂了。搏斗平息了，那头狮子平躺在众人践踏过的小径上，黑鬣上流淌着血，冒着热气。

忒修斯和忒拉蒙雀跃欢呼起来，赫拉克勒斯抽出刀，割开狮子的咽喉。我父亲和兄弟们开始朝下面欢乐的希腊人跑去，我的仆人提萨涅斯也悄悄地跟在后边，我则转身往家走。我妻子赫卡柏正在难产，她有生命危险。

女人无足轻重。贵族中女人分娩死亡是很常见的事。我还有另外九个妻子和五十个嫔妃及一百个子女。然而我最爱赫卡柏，我登基后她将成为皇后。她的孩子倒无关紧要。但万一她死了我该怎么办？尽管赫卡柏是达耳达尼亚人，还把她弟弟安忒诺耳带来特洛伊，但她是至关重要的。

第 一 章

当我回到宫中时赫卡柏还在生产。因为女人在干这种隐秘之事时男人不能走近,我在这一天剩下的时间里处理了自己的事务,包括那些国王不愿处理的事。

天黑后我开始感到不安,因为我父亲一直没派人来找我,听不到从特洛伊山顶上那雄伟的宫殿建筑群内传来一点欢呼之声。没有希腊人的声音和特洛伊人的声音传入我的耳中。一片寂静。奇怪!

"殿下,殿下!"我的仆人提萨涅斯面如死灰地站在我的面前,眼睛恐惧得鼓出,浑身颤抖不已。

"怎么回事?"我问,这时我想起他留下来待在狮径上观看。

他跪了下来,抓住我的脚踝:"殿下,我直到刚才才敢离开!我是一路跑来的!我还没和任何人说过,是直接来找您的!"

"站起来,你这家伙!站起来说!"

"殿下,国王——您的父王死了!您的兄弟也死了!都死了!"

我感到一种特别的平静,我终于是国王了:"希腊人也死了?"

"不,殿下!是希腊人杀死了他们!"

"慢慢说,提萨涅斯,告诉我事情的经过。"

"那个叫赫拉克勒斯的人对他的猎杀十分满意,他一边剥狮皮一边唱着笑着。那两个叫忒修斯和忒拉蒙的人走到少女们跟前砸掉她们的锁链。赫拉克勒斯把狮皮展开晾干,然后要求国王陪他去马厩,他说他想马上挑选一匹牡马和一匹牝马,因为他急着要走。"提萨涅

由普里阿摩斯　叙述

斯停住话头，舔着嘴唇。

"说下去。"

"国王勃然大怒，殿下。他矢口否认答应过给他任何东西。猎狮是娱乐，他说，赫拉克勒斯是为了消遣才打死它的。甚至当赫拉克勒斯和另外两个希腊人都感到愤怒时，国王也不让步。"

父亲啊父亲！对波塞冬这样的神祇赖账是一回事：神祇们的报复来得慢且从容。但赫拉克勒斯和忒修斯不是神祇。他们是英雄，英雄的报复更凶狠、更迅速。

"忒修斯脸色铁青，殿下。他往国王的脚旁啐了口唾沫，骂他是说谎的老贼。提托诺斯王子拔出长剑，但赫拉克勒斯把他们隔开，然后转向国王，他要他做出让步，按协议付给他一牡一牝两匹马。国王回答说，他不想让一小撮雇佣的下贱希腊人从他身上榨取财富。随后他发现忒拉蒙站在一旁用手臂搂着赫西俄涅。他走过去劈面给忒拉蒙一击。公主一见哭起来了，国王也打了她。后来的事太可怕了，殿下。"我的仆人用一只颤抖的手擦拭脸上的汗。

"尽量讲清楚些，提萨涅斯。告诉我你看见了什么。"

"赫拉克勒斯似乎变成了庞大的野牛，殿下。他拾起大棒把国王打入泥土之中。提托诺斯王子欲用剑刺忒修斯，被忒修斯用长矛刺了个穿心透。忒拉蒙捡起弓，张弓搭箭射中兰普斯王子，后来赫拉克勒斯从地上扯起克吕提俄斯和希克塔翁王子，两颗头像草莓一般被他撞扁。"

第 一 章

"这些事发生的时候你在哪儿，提萨涅斯？"

"躲起来了。"他说着垂下了头。

"得了，你是奴隶，不是武士。说下去。"

"那些希腊人似乎清醒了过来……赫拉克勒斯拾起狮子皮，说没有时间去找马了，他们必须立即离开。忒修斯指着公主赫西俄涅说，既然如此，她必须被当作他们的战利品。他们将把她送给忒拉蒙，因为他迷上了她。这样希腊人的荣誉可得到满足。他们即刻离开，往斯开亚门去了。"

"他们是从我们海岸离去的吗？"

"我进来的时候问过了，殿下。斯开亚守门人说，下午很早的时候赫拉克勒斯露过面。他没看见忒修斯和忒拉蒙，也没见到公主赫西俄涅。这些希腊人也许是从小路去西基奥斯的，他们的船停在那儿。"

"另外五个姑娘怎么样了？"

提萨涅斯又垂下了头："我不知道，殿下。我一心只想找到您。"

"胡说！你是因为害怕才躲藏到天黑时分的。快去找我父亲的管家，要他寻找这几个姑娘。我父亲和兄弟的遗体也要运回来。把你跟我说的一切告诉管家，以我的名义命令悉心料理好一切。现在去吧，提萨涅斯。"

赫拉克勒斯索要的只不过是两匹马，**两匹马**！难道贪婪无法治

由 普 里 阿 摩 斯 叙 述

愈吗？难道在有些情况下他不能出于谨慎做出慷慨的举动？要是赫拉克勒斯等一等就好了！他可以诉诸全体廷臣会议请求公道：我们都听见了父亲的许诺，赫拉克勒斯会拿到酬金的。

然而暴戾和贪婪占了上风。结果我成了特洛伊的国王。

赫卡柏都被我遗忘了，我来到大厅，敲锣召集大臣会议。

他们因为急于想了解与那狮子交锋的结果，同时因为时间太晚而焦虑，所以很快便来了。现在还不是坐上宝座的时候，我站在它的一边，久久地俯视着一张张好奇的面孔：中间有我同父异母的兄弟和关系有近有远的堂表兄弟，还有姻亲而非血亲的贵族。我的内弟安忒诺耳也来了，他两眼机警。我示意他走近，然后以我的权杖敲击红石块地面。

"特洛伊的贵族们，波塞冬的狮子死了，是希腊人赫拉克勒斯打死的。"我大声宣告。

安忒诺耳总是斜着眼睛瞟我，心中揣测着。他是一个达耳达尼亚人，绝不是特洛伊人的朋友，但他是赫卡柏的同胞兄弟，为了她我容忍了他。

"当时我离开了猎狮现场，但我的仆人没走。他刚刚回来告诉我说，那三个希腊人谋害了我们的国王和我的四个弟弟。他们的船已走得太远，追不上他们了。他们把公主赫西俄涅抢走了。"

随后是一阵骚动和喧嚣，我无法继续讲下去。我吸了一口气，考虑怎样告诉他们而不招致不良后果。对，决不能说出国王拉俄墨

第 一 章

冬违反神圣诺言的事。他人已死了，在人们的记忆中应保持国王的形象，不能因为这不值得的结局而形象受到损害。最好说这些希腊人为制造这起暴行蓄谋已久，是为了报复国王禁止希腊商人进入黑海进行贸易的政策。

我成了国王。特洛伊和特洛艾德现在属于我了。

当我再次用权杖敲击地面时，人声立即平息下来。做国王是多么不同啊！

我说："我向你们宣誓，直到我死的那一天，我决不会忘记希腊人对我们特洛伊犯下的暴行。每年这个时候我们要进行哀悼，祭司们要在全城诵念雇佣的希腊人的罪愆。我将不遗余力地寻找合适的方式，让希腊人为他们的行为后悔！

"安忒诺耳，我任命你做我的大臣。立即起草一份公告：从今以后，任何希腊船只将不得经海勒斯旁海峡进入黑海。铜可以从别处获得，但是锡只有从斯基泰运来。铜和锡混合制成青铜！没有青铜，任何国家都无法生存。将来希腊人要以高昂的价格从小亚细亚国家购买，因为这些国家将垄断锡的生产。希腊各国将会衰败。"

他们向我欢呼，声音震耳欲聋。只有安忒诺耳双眉紧锁。对，我要把他叫到一边，告诉他事情真相。当下我把权杖递给他，匆忙回到宫中，因为我突然记起赫卡柏正徘徊在死亡的边缘。

一个接生婆在楼梯顶上等我，她泪流满面。

"她死了吗，接生婆？"

由 普 里 阿 摩 斯 叙 述

这老丑婆咧开无牙的嘴转悲为笑:"没有,没有!我为您的父亲伤心,陛下,人人都知道了这条噩耗。皇后已转危为安,您得到了一个漂亮健康的儿子。"

她们已把赫卡柏从产床送回她的大床。她躺在床上,精疲力尽,脸色苍白,左臂弯里有一个布包卷。没有人告诉她不幸的消息,待她身体恢复一些后我再告诉她。我俯身吻她,她用手指把婴儿脸上的包布撩开,我注视着他。她给我生的第四个儿子平静地躺着,不像通常的新生儿那样扭动身体或扭曲五官。他十分美丽,皮肤好像象牙一般光洁白皙,而不像通常那样呈红色并起着皱纹。黑色的鬈发成团地覆盖在他的头皮上,他的眼睫毛又黑又长,黑眉毛在眼睛上方形成漂亮的弧形,眼珠颜色很深,我说不清到底是蓝色还是棕色。

赫卡柏在他完美的下巴上搔痒:"殿下,你给他取什么名字?"

"帕里斯。"我立刻说。

她畏缩了一下:"帕里斯?'与死亡结合'?这是不祥的名字,殿下。为什么不叫亚历山大罗斯,按我们所计划的?"

"他就叫帕里斯。"我说着转过身去。她将很快知道这孩子从他出生起就与死亡发生了联系。

我让她枕得更高些,婴儿包靠着她鼓胀的乳房微微地摇动着。"帕里斯,我的小人儿!你是这么美!啊,你将令多少人心碎!所有女人将会爱你。帕里斯,帕里斯,帕里斯……"

第 一 章

28

第二章

由佩琉斯叙述

在我为新王国色萨利建立起正赏的运行机制后,我委托留在伊俄尔科斯的人为我处理政务,而自己前往斯基罗斯岛。因为身心疲惫,我渴盼有个朋友陪伴在身边,可是迄今为止我在伊俄尔科斯还没有可与斯基罗斯的吕科墨得斯国王相比的朋友。

跟我不同,他一直很幸运,从未被放逐出他父亲的王国,不像我须通过激烈的战斗为自己开辟另一个王国;他也无须像我那样要用战争保卫这个王国。他的先祖们从天地洪荒神人出现的时候起就一直统治着他这多岩石的岛国。他在父亲死后继承了王位。他父亲是在子女后妃们的守护下寿终正寝的。吕科墨得斯的父亲笃信旧教,吕科墨得斯也是如此,斯基罗斯的统治者们从不实行一夫一妻制。

新教也好,旧教也罢,吕科墨得斯也可以指望有个寿终正寝的结局,而我就不那么有把握了。

我羡慕他平静的生活,但当我和他在他的御花园里散步时我意识到,他完全错失了生活中的很多乐趣,他不像我珍视自己的王国和王位那样珍视他的王国和王位。他认真尽责地进行治国安邦,因

第 二 章

为他既有慈悲心肠又有治国方略，但他缺乏保卫自己拥有的东西而决不放弃的强烈的意愿，因为没有人对他产生威胁，要从他手中夺走任何东西。

我充分理解什么是失去、饥饿和绝望。我对来之不易的新王国色萨利的爱与他对斯基罗斯的爱有天壤之别。色萨利，我的色萨利！我，佩琉斯，是色萨利的大国王[1]，其他国王必须效忠于我；我，佩琉斯，几年前才涉足阿提卡的北面。我统治密耳弥多涅斯人，伊俄尔科斯的蚁民[2]。

吕科墨得斯打断了我的沉思。"你想色萨利了？"他说。

"我怎能不想呢？"

他挥着那苍白无力的手，说："亲爱的佩琉斯，我没有你那么巨大的热情。我是文火，慢慢地燃烧，而你是烈火，炽烈地燃烧。不过我是知足的。如果你处在我的境地，你不把克里特和萨摩德拉克之间的每个岛都弄到手是决不会善罢甘休的。"

我倚着一棵胡桃树，叹了口气。

"但我很疲倦，老朋友。我现在已不再年轻了。"

"这是显而易见的事，不必提它。"他浅色的眼睛若有所思地审

---

1. High King，古希腊少数几个大邦国的国王，其地位高于一般小国的国王，相当于各邦联盟的盟主。
2. Ant People，据希腊神话，该地原居民因瘟疫死亡殆尽，后宙斯把蚂蚁变成人。

由佩琉斯　叙述

视着我,"你知道吗,佩琉斯,你有全希腊最优秀的人的美名,就连迈锡尼也不得不对你刮目相看。"

我挺直身体,继续往前走。

"我与其他人一样,既不比他们好到哪儿去,也不比他们差到哪儿去。"

"如果你要否认就随你的便吧,但这是事实。你什么都有,佩琉斯!强健的体魄,精明敏锐的头脑,领袖的天赋,激发人民爱戴之情的才干,啊,你甚至还有一副英俊的面孔!"

"再这样赞扬,吕科墨得斯,我可要打点行装回家了。"

"不要走,我讲完了。我有事要和你商量。赞美辞是开场白。"

我惊奇地看着他:"哦?"

他舔了舔嘴唇,蹙着眉,准备一下子跳进浑水中,不再兜圈子费口舌了。

"佩琉斯,你已经三十五岁了。你是希腊的四个大国王之一,因而是全希腊显赫的强权人物。可是你没有妻子,没有王后。鉴于你完全赞同新教,你选择了一夫一妻制,但是你无妻的话如何保证色萨利王的继位呢?"

我忍不住咧嘴笑了:"吕科墨得斯,你这个家伙!你是不是为我选了一位妻子?"

他的脸上露出诡谲的神色:"也许,除非你另有打算。"

"我经常考虑婚姻之事,遗憾的是没有合适的人选。"

第 二 章

"我知道一个女人，她会令你十分倾心，定能成为你的佳偶。"

"说下去，朋友！我正洗耳恭听呢。"

"这不是你的真心话，不过我还是要说下去。这个女人是斯基罗斯侍奉波塞冬的高级女祭司。那波塞冬指示她结婚，但她没有服从。我不能强迫这样一个高贵祭司，但为了我的人民和岛国我要劝她结婚。"

这时我吃惊地盯着他："吕科墨得斯！我成了你的工具！"

"不，不！"他大声说，显出一副可怜相，"听我说完，佩琉斯！"

"波塞冬命令她结婚？"

"是的。神谕说，如果她不结婚，海神就会使斯基罗斯的大地裂开，让我的岛沉入海底，成为他的疆土。"

"'神谕'你用了复数，这么说你已经问神多次了？"

"甚至连德尔斐的阿波罗的女祭司和多多那的橡木林也问过了。答复总是一个：要么把她嫁出去，要么王国消亡。"

"为什么她这么重要？"我好奇地问道。

他的脸上满是敬畏之色："因为她是海之老人涅柔斯的女儿，有一半神的血统。此外，她的忠诚与她的血统发生了抵触，她出生于旧教家庭，可却侍奉新教。你知道，自从克里特和锡拉灭亡后，希腊世界经历了多么大的变迁，佩琉斯。接受斯基罗斯吧！我们从未像克里特、锡拉或佩洛普斯岛的各王国那样深受神母[1]的影响和控制——我们这里一直是公正治邦——但是旧教势力很强。而波塞冬属于新教,我们在他的手掌之中。他不仅是环绕我们四周的大海之神,他也是大地摇撼者。"

"我的理解是,"我缓缓地说,"波塞冬对一个旧教的女人做他的高级祭司十分恼火。但任命她为祭司一定是经过他的同意的。"

"他当时确实是同意此事的,但现在他发怒了。你了解神祇,佩琉斯!他们什么时候说话算数过?尽管他开始同意过,但现在他生气了。他说他决不让涅柔斯的女儿侍奉他的祭坛。"

"吕科墨得斯,吕科墨得斯!你真的相信这些所谓神与人生子的故事吗?"我不相信地问,"我原以为你是有头脑的!宣称为神祇所生的人,不管男女,通常生来就是私生子,大部分受惠于牧童,此外就是马夫帮手。"

他挥动双臂,就像受惊的鸟儿:"是的,是的,是的!这一切我都知道,佩琉斯,但是我相信!你没见过她,你不认识她;而我见过她,我认识她。她是最奇怪的人!如果你看她一眼,你会毫不怀

---

1. the Mother,神母,又称大神母,是希腊神话中佛律癸亚的女神,名叫柏柏勒,在本书中被称为库巴巴。她是天上万神和地上万物之母,她使大地回春、五谷丰登。在小亚细亚对柏柏勒的崇拜特别流行。以后她和小亚细亚别的女神、希腊女神瑞亚(克罗诺斯之妻、宙斯之母)以及罗马的一些女神融合在一起。因此,神母可以指若干不同的女神。

第 二 章

疑地相信她从海中来。"

这话让我感到不悦:"我简直不敢相信自己的耳朵!谢谢你的恭维!你想要花招把某个奇怪的疯女人嫁给色萨利的大国王?好吧,我不娶她!"

他伸出两只手抓住我的右前臂:"佩琉斯,我会跟你耍这种花招吗?也许我词不达意——我不是有意侮辱你,我发誓!事实是,经过了这么多年,我一看见你,我的心就告诉我她是你的女人。她并不缺乏高贵的求婚者,斯基罗斯所有出身高贵的单身汉都向她求过婚,但她一个都不接受。她说她在等待神祇答应送来的一个人,他来时神祇会以征兆显示的。"

我叹了口气:"好吧,吕科墨得斯,我愿意见见她,不过我不做任何承诺,明白吗?"

波塞冬的圣区和祭坛——他没有神庙——位于岛屿的土质较次、人烟稀少的一端,是建诸海之君主要神坛的一个相当奇特的场所。他的恩惠对那些四面被他的水域包围的岛屿是至关重要的。他情绪的好坏决定了是五谷丰登还是饥馑遍野。作为大地摇撼者他也不是徒有虚名的。我曾亲眼看见他发怒的后果:各城邦整个被夷平,比金匠锤下的黄金更扁平。波塞冬动辄发怒,很看重自己的声名。据我所知,克里特有两次在他的报复下化为废墟,因为它的几任国王变得狂妄自大,忘记了对他的义务。锡拉也遭此厄运。

由 佩 琉 斯 叙 述

假如吕科墨得斯希望我见的这个女人如传言所说是涅柔斯的女儿（涅柔斯曾经在克罗诺斯在奥林波斯山统治时期统治海洋），我可以理解神谕要她离开圣职的用意。宙斯和他的兄弟们不喜欢已被他们推翻的旧神，可话又说回来了，谁能轻易地原谅一个吞食父亲的父亲[1]？

我独自步行到圣区，穿着普通的狩猎服，用一根绳牵着作为祭品的牛。我希望她把我看作庸俗乏味之人，不知道我是色萨利的大国王。祭坛建在俯瞰一个小海湾的高高的岬角上。我轻轻走过祭坛前的圣林，沉默、厚重而令人窒息的神圣气息使我感到眩晕。尽管海浪缓缓地翻卷而来，打在悬崖疤痕累累的底部的礁石上，然后变成白色泡沫，可是大海的声音在我耳中都沉寂了。长明火在简朴的方形祭坛前的金色大鼎内燃烧。我走近它，然后停住脚步，把牛拉向我这边。

她几乎是不情愿地走进阳光中，似乎她宁可住在日光的清凉透明的过滤之处。我着迷地凝视着她。她小巧苗条，很有女人味，但她又具有非女人的气质。她没有穿传统的有褶边和刺绣的衣服，而是穿着埃及人织的透明的细亚麻布做的简朴的长衣。可以透过衣服清楚地看到她皮肤的颜色，她的衣服呈灰蓝色，带有条纹——这是

---

1. 据希腊神话，宙斯之父克罗诺斯曾遵从母命阉割了自己的父亲乌拉诺斯，而克罗诺斯因害怕子女日后推翻自己，把许多子女都吞吃了。该句说法可能来源于此。

第 二 章

衣料染色不匀所致。她的嘴唇丰满，但只是微有绯色，她眼睛中的颜色变幻来源于大海的各种色调和情绪：灰、蓝、绿，甚至深紫。她的脸未施脂粉，只有双眼四周一条黑色细线向外延伸，使她有几分凶险的神色。她的头发呈灰白色，微微泛光，这使它在房间的昏暗的光线下几乎呈蓝色。

我走上前去，牵着奉献作祭品的牛："女士，我是贵岛的来客，我来向波塞冬老人献祭。"

她点点头，伸出手从我手中接过牵绳，然后用行家的眼光审视这白色公牛犊："波塞冬老人会很高兴的，我很长时间没见过这么好的牲畜了。"

"因为马和公牛是他的祭品，女士，献给他他喜欢的东西是恰当之举。"

她凝视着祭坛的火焰。"现在献祭时间不吉，我过一段时间再献。"她说。

"随你的意，女士。"我转身要走。

"等一等。"

"什么事，女士？"

"我该怎样向神祇通报献祭者？"

"佩琉斯，伊俄尔科斯的国王，色萨利的大国王。"

她的眼睛飞快地从澄蓝变为灰黑："不是等闲之辈。你的父亲是埃阿科斯，他的父亲是宙斯，你的兄弟忒拉蒙是萨拉米斯国王，你

由 佩 琉 斯 　　 叙 述

出身王族。"

我笑了："是的,我是埃阿科斯之子,忒拉蒙的兄弟。至于我的祖父我不得而知。不过我怀疑他是否就是主神宙斯,更有可能是一个喜欢上我祖母的强盗。"

"亵渎神明,佩琉斯国王,"她一字一顿地说,"会招来神的惩罚。"

"我不明白我对神有何不敬,女士。我敬神,虔诚地向神祇们献祭。"

"但你不承认宙斯是你祖父。"

"说这些故事是用来加强王室权威的,我父亲埃阿科斯当然就是这样做的。"

她心不在焉地抚摸着这白色公牛犊的鼻子:"你一定是在王宫作客,为什么吕科墨得斯国王让你一人到这里来,也不事先通报一声?"

"因为我想一个人来,女士。"

她把白色公牛犊拴在柱边的环上,然后把背转向我。

"女士,谁接受我的献祭?"

她回头看着我,我看见她灰色的眼睛中露出冷冷的神色:"我叫忒提斯,涅柔斯之女。佩琉斯国王,我的父亲是个大神,这并非只是传闻。"

该离去了,我谢了她便走开了。

第 二 章

但是我没有走很远。为躲避有人从祭坛处投来的窥视的目光，我小心翼翼地沿着蜿蜒的小道潜行到下面的小海湾。我把矛和剑抛在一块岩石后边，然后躺在温暖的黄沙上，悬垂的山崖是它的天然屏障。忒提斯，忒提斯。她确实有海的神色。我甚至不知不觉地开始愿意相信她是神祇的女儿，因为我已经深沉地凝视过那双变色蜥蜴般的眼睛，已经见过海洋的全部风暴和无风时的平静，这是某种无法描绘的冷火的回声。我想娶她为妻。

她对我也有意，我的年纪和全部的经验都告诉我这一点。问题是她的吸引力究竟有多强，我内心有一种失败的预感：忒提斯不会嫁给我，正如她不会嫁给不少先前向她求婚的条件不错的追求者。虽然我不是同性恋者，但我从未对女人有太多的偏爱，只不过是为了满足一种冲动而和她们在一起，甚至最伟大的神祇也会和人一样痛苦地为这种冲动所累。虽然有时我也唤来女佣与我同床共眠，但在此之前我从未爱过女人。不管她知悉与否，忒提斯属于我。此外，由于我在各方面坚持新教，她无须与一群妻子争风吃醋，我仅属于她一个人。

太阳越来越烈地炙烤着我的背。中午了，我脱了猎装，让赫利俄斯[1]热辣辣的光渗入我的皮肤。但我不能静静地躺着，不得不坐起

1.Helios，希腊神话中的太阳神，公元前5世纪与阿波罗结合在一起。

由 佩琉斯 叙述

身，注视着大海，责怪它给我带来这新的烦恼。然后我闭上眼睛，双膝跪下。

"宙斯先祖，给我恩宠吧！只是在我最放纵和最困苦的时刻我才像一个人向他的祖先请求帮助那样向您祈祷。我祈祷您对我产生恻隐之心和最仁慈的感情。您一直听我祈祷，因为我从未用琐屑的事烦扰您。帮助我吧，我恳求您！给我忒提斯，正如您曾给我伊俄尔科斯、密耳弥多涅斯人，正如您把整个色萨利交给我掌管。赐给我相配的王后，赐给我死后继承王位的强健的儿子们。"

我双目紧闭，久久地跪在地上。待我站起身之后发现一切都未改变。这也是意料之中的事，神祇并不通过创造奇迹来把信念灌输到人的心中。就在这时我看见她站在那边，在风的吹拂下，她轻而薄的长衫在她身后如一面旗帜般扬起。她的头发在阳光中如水晶般透明，她仰着脸，神情专注。她右手握着一柄匕首，身边是那只白色公牛犊，这牛犊平静地走向它的死亡。当她弯下膝盖跪在拍岸的波浪旁边时，这牛犊甚至伏在她的膝上；她举刀刺破它的咽喉时，它丝毫没有挣扎和尖叫。她抱着它，鲜亮猩红的血流从她的大腿和裸露的白手臂上泻出。在水流吮吸了牛犊血液、与之融为一体之后，她周围的水变成了暗红色。

她一直没有看见我，当她往远处滑进波浪中时也没有看见我。她拖着死牛犊，直至水深足以使她将它的躯体甩上肩头围绕脖子，然后向前游去。离岸有一些距离后，她耸耸肩，抖落肩上的牛犊，

第 二 章

这牛犊立刻沉入水中。一块平坦的巨石兀出水面,她游过去,爬上顶端站住,身影映衬着苍白的天空。然后她仰面躺在石头上,双臂交叉放在脑后,把头枕在上面,似乎睡去了。

这是一种奇怪的仪式,不会被新教原谅。忒提斯是以波塞冬的名义接受我的献祭的,却把它献给了涅柔斯。亵渎神明!而且她还是波塞冬的高级祭司。啊,吕科墨得斯,你说得对!她的体内具有导致斯基罗斯毁灭的种子。她没有献给海神应得的祭品,她也不把他尊为大地摇撼者。

空气柔和、平静,海水清澈,但当我走近海浪时,我如生热病的人一样浑身打战。我在海水里游着,海水无法让我冷静。阿佛洛狄忒[1]已用她那光滑的手紧紧抓住了我,深及骨头。忒提斯是我的,我一定要得到她。拯救可怜的吕科墨得斯和他的岛国。

游到那块大岩石时我用手抓住了它旁边的一块礁石,猛地往上一蹿,由于用力过猛导致肌肉受伤。在她还没有发觉时我已攀上那块石头,俯身蹲在她面前,这时她还以为我和耸立在斯基罗斯城中的王宫一样远呢。但她并没有睡着。她睁开双眼,眼珠呈现出一种柔和的、梦幻般的绿色。然后她爬着从我身旁离开,用一双黑眼睛注视着我。

1.Aphrodite,希腊神话中爱与美之神。

由 佩 琉 斯 叙 述

"不许碰我！"她喘着气说，"没有男人敢碰我！我已把自己献给了神祇！"

我的手飞快伸出，但在还没碰到她的脚踝时便停住了："你对神祇的誓言不是永久的，忒提斯。你有结婚的自由，而且你要嫁给我。"

"我属于神祇！"

"如果真是这样，那么是哪个神祇？你是不是对一个神口惠而实不至，把他的祭品献给了另一个？你属于我，我什么也不怕。如果神祇——不管哪个神祇——为此要我死，我愿意接受他的判决。"

她发出一声痛苦而恐惧的似海鸥鸣叫的声音，想滑离岩石进入海中。但我的动作更敏捷，一把抓住她的腿，把她拖了回来。她的手指抓着岩石的沙质表面，指甲刮擦有声。我抓住她的手腕后松开了她的脚踝，拉着她站立起来。

她与我对抗，其力气如同十只野猫，我用双臂紧紧把她箍住，她一声不吭地对我又咬又撕又踢。有十几次她挣脱我的双臂，有十几次我又捉住她。我们二人身上都满是血迹。我的一只肩被抓破，她的嘴被撕裂，我们的几束头发被风吹起。这不是强暴，我也不打算这么做，这是一般意义上的较量，男人对女人，新教对旧教。它的结局与所有这类竞赛的结果相同：胜者是男人。

我们俩跌倒在岩石上，由于用力过猛她一下子背了气。我把她的身体按牢在我的身体之下，把她的双肩压住，然后凝视着她的脸。

第 二 章

"你败了。我征服你了。"

她双唇颤抖,把头转向一边:"你是那个人,你一走进圣堂我就知道了。当我宣誓侍奉一位神时,神对我说,一个男人将从海里来,这个天上的男人将把大海从我心中赶走,使我成为他的王后。"她叹息道:"果然如此。"

我举行了隆重的大典,使忒提斯在伊俄尔科斯成为我的王后。

不出一年她便怀孕了,这是我们结合的最终快乐。我们十分幸福,尤其是在等待我们的儿子出生的长长的几个月中,我们谁也没想到过会生女儿。

我的保姆阿瑞苏涅(Aresune)被指定为主助产婆。当忒提斯临产时我发现自己完全无能为力,这干瘪的老太婆行使了她的权威,把我赶到宫殿的另一端。在福玻斯[1]的马车行驶的整整一个行程之中我都独自坐着,仆人们乞求我用餐喝水,我全然不予理睬。等待,漫长的等待……直到夜半时分阿瑞苏涅才来找我。她还没顾得上换下接生袍,胸前血迹斑斑。干瘪的她佝偻着身子,在袍中缩成一团。由于痛苦她脸上的皱纹如蛛网密布。她的眼睛只是头上两个深陷的凹窝,充盈着泪水。

1.Phoibos,希腊神话中太阳神阿波罗的别名之一。

由 佩 琉 斯 叙 述

"是个男孩儿，陛下，但他还没呼吸到空气就死了。王后平安无恙。她失血不少，十分疲倦，但没有危险。"她瘦骨嶙峋的双手紧紧地握在一起，"陛下，我发誓我没出差错！一个漂亮的胖小子！这是女神的旨意。"

我不能让她在灯光下看见我的脸。这个巨大的打击使我欲哭无泪，我转身走开了。

好几天以后我才振作了一些，去看忒提斯。但我最后进入她的房间时见她坐在大床上，显得健康快乐，这令我感到惊奇。她说的话很得体，轻松地表达哀伤，但言不由衷。忒提斯很愉快！

"我们的儿子死了，妻子！"我脱口而出，"你怎能承受得了？他无法知道生命的意义了！他无法继承我的王位了。你怀了他九个月——毫无结果！"

她伸出手，施恩似的轻拍着我的手说："哦，亲爱的佩琉斯，别悲伤！我们的儿子没有尘世的生命，但你忘了我是女神祇？因为我们的儿子没有呼吸到尘世的空气，我已请求我的父亲给予他永恒的生命，我父亲很高兴地做了。我们的儿子现正住在奥林波斯山上——他与别的神祇同吃同饮，佩琉斯！不，他绝不会在伊俄尔科斯执政，但他享受着凡人无法享受的东西，在死亡中他获得了永生。"

我由吃惊变成了憎恶，我凝视着她，弄不懂这种神话传说怎么会如此牢固地控制了她。她和我都是凡胎俗子，她生的孩子与我们俩

第 二 章

一样也是凡胎。随后,我发现她用十分信任的目光朝上注视着我,我便把很想说的话咽了下去。如果她的胡言乱语可以使她减轻丧子的痛苦,好吧,随她去吧。与她一起生活的经验已使我了解到她的思维和行事与别的女人不一样。于是我抚了抚她的头发,便离开了她。

几年中她给我生了六个儿子,六个儿子都一生下来就死了。当阿瑞苏涅向我报告第二个儿子的死讯时我差不多要疯了。好几个月我不忍见到忒提斯,因为我知道她会对我说什么——说我们死去的儿子是个神祇。但最后爱情和饥渴又使我回到她的身边,我们又开始了那可怕的周期。

当她产下第六个死胎后——这怎么可能呢?因为足月产下的婴儿在他的小小灵车上显得健壮,除了皮肤青紫——我发誓我再也不向奥林波斯山奉献儿子了。我派人去德尔斐向阿波罗的女祭司问神谕,答复说这是波塞冬生气了,他对我偷走他的女祭司十分怨恨。真是伪善至极!疯癫至极!开始他不要她,后来又要她。凡人真难理解神祇的心思和行为,不管是新教的神祇还是旧教的神祇。

这两年我没有和忒提斯一起生活,她一直恳求怀上更多的儿子以献给奥林波斯山。两年之后我给造马者波塞冬[1]带来一头白色的小

1.Poseidon,在希腊神话中既是海神、地震神,又是饲马业的保护神。

由佩琉斯叙述

人马[1]，在我的人民——全体密耳弥多涅斯人面前将它献给他。

"解除你的诅咒，赐给我一个活的儿子吧！"我高声喊道。

大地深处发出低沉的隆隆声，那圣蛇如一道棕色闪电从祭坛下箭一般游出，大地隆起，震颤着。我站着未动，一根柱子颓然倒在我的身旁，在我的双脚之间出现了一个裂缝，浓烈的硫黄气味使我窒息。我坚持站稳脚跟，后来震动渐渐消失，裂缝重新弥合。

白色的小人马静静地躺在祭坛上，它的血已经被放干，一动也不动，令人哀怜。三个月之后忒提斯告诉我，她怀上了我们的第七个儿子。

在这一段令人厌倦的时日，我让人对她进行比老鹰对地上的小鸡还要严密的监视。我让阿瑞苏涅每夜与她同床就寝；我威胁女佣，如果阿瑞苏涅不在，她们不得有片刻让她独处，否则我将用极残酷的刑罚惩处。忒提斯称这些为"奇怪的念头"，并以好心情耐心地忍耐着，她从不争辩或违抗我的命令。有一次，她开始唱一支奇怪的不成调的来自旧教的歌，这使我毛骨悚然、皮肤刺痛。我命令她不要唱，她服从了，再也没有唱。临产的时日快到了，我开始期待。我的确一直对神祇们心存敬畏！他们确实欠我一个活的儿子！

1.人马或马人是希腊神话中半人半马的动物。

第 二 章

我有一副铠甲，它曾属于弥诺斯，这是我最珍视的财产。这是一件珍品，四层青铜和三层锡上都分别包有金片，中间镶嵌着青金石、琥珀、珊瑚和水晶，它们组成了精美绝伦的图案。用相同材料和方式做成的盾有中等身材的人那么高，看起来好像两个圆盾上下相接，因而中间有腰身。胸甲、背甲、护腿、头盔、褶裥短裙以及护手都是为比我身材高大的人制作的，所以我对死去的弥诺斯充满敬意。他生前曾穿着这副铠甲昂首阔步地走在他的克里特王国中，他自信决不需要用这些东西来保护自己，这只是为了向他的人民显示他的富有。当他真的战败时这些对他也无任何作用：是波塞冬击垮了他和他的人民，镇压了他们，因为他们不愿归顺新教。神母库巴巴——旧教的大女神，大地和天上女王，一直统治着克里特和锡拉。

与弥诺斯的铠甲相配的还有一柄来自皮利翁山山坡的白蜡树矛，矛头由一种叫作铁的金属制成。这种金属十分珍贵，大部分人都认为它是传说中的东西，因为很少有人见过它。多次试验表明，这矛能准确无误地击中目标，可握在我的手上却轻如羽毛，所以当我不需要在战场上使用它时，便把它与铠甲放在一起。这矛的名字叫作老皮利翁。

在我的第一个儿子出世前，我把这些古董翻出来擦拭磨亮，他长大成人后一定用得着这些。但后来他们一个接一个地在出生后死去，我便把它们放回珍宝窖，让它们待在与我的绝望同样黑暗的地方。

由 佩 琉 斯　叙 述

大约在忒提斯生我们第七子的预产期到来的五天前，我提着一盏灯，踏着通往宫殿深处的凹凸不平的石阶，穿过许多通道，最后来到巨大的珍宝窖的木门前。我为何到这儿来？我问自己，但找不到满意的答案。我打开大门往黑暗中窥视，只见在这宽敞大室的最里边有一片金光。我熄灭了手中的灯，手按匕首向前钻去，路上杂乱地堆放着瓮、箱、柜和贮藏的圣器。我必须小心翼翼地择路而行。

当我靠近一些的时候，真切地听见女人哭泣的声音。我的保姆阿瑞苏涅坐在地上，双臂抱着弥诺斯的金色头盔，它的羽饰从她皱巴巴的手里伸了出来。

她哭得很轻，但很伤心，独自的悲咽又变成埃癸娜的哀歌。她和我最早是从埃阿科斯的王国管辖下的埃癸娜岛来到这儿的。啊，科瑞[1]！阿瑞苏涅已经在为我的第七个儿子哭泣了。

我不能连安慰的话都不说就走开；不能悄悄溜走，假装什么都没看见、什么都没听见。当年我母亲命令她乳我的时候她已是个成熟的女人。在我母亲漠不关心的目光中她把我抚养成人。她像一条忠诚的猎犬跟着我征战了十几个国家，征服色萨利之后我提高了她在管家奴仆中的地位。于是我向她走近，轻轻碰了碰她的肩膀，请求她不要再哭泣。我把头盔从她手中拿开，把她僵直衰老的身体揽

---

1. Kore，希腊神话中的冥后。

第 二 章

了过来，讲了许多从前的事，试图通过讲述我自己的苦难来安慰她。最终她停止了哭泣，瘦骨嶙峋的手指拉着我的上衣。

"王啊，为什么？您为什么让她这样做？"她声音沙哑地说。

"什么为什么？她是谁？做了什么事？"

"王后。"她打着呃逆说。

后来我才知道，悲伤使她有一些精神恍惚，否则我也无法从她口中套出这个情况。虽然她和我的关系比我母亲和我的关系亲密得多，但她总是意识到我们地位的悬殊。我用手指紧紧抓住她，她疼痛得扭动起身体，发出呜咽声。

"王后是怎么回事？她做了什么事？"

"谋杀了你所有的儿子。"

我全身战栗："忒提斯？我的儿子？怎么回事？说！"

她狂乱的心绪渐渐平息下来，当她意识到我对这事一无所知时，她害怕起来，久久地盯着我。

我摇动着她："你快说下去，阿瑞苏涅。她是怎样谋杀了我的儿子的？为什么？为什么？"

但她紧抿嘴唇，一言不发，眼中露出惊恐之色。我拔出匕首，将刀尖抵着她松弛、光滑、衰老的皮肤。

"说，婆娘，不然我以全能的宙斯的名义起誓，让你双目失明，拔出你的指甲，我要采取一切办法撬开你的嘴！说，阿瑞苏涅，说！"

由佩琉斯　叙述

"佩琉斯，她会诅咒我的，这比任何折磨都要可怕。"她战战兢兢地说。

"诅咒是邪恶的，邪恶的诅咒会弹回发诅咒人的头上。告诉我吧。"

"陛下，我还以为是您知道并同意的。也许她是对的，假如不朽能避免衰老，那也许比活在人世上更好。"

"忒提斯疯了。"我说。

"不，陛下。她是神祇。"

"她不是，阿瑞苏涅，我拿性命打赌。忒提斯是平常的凡俗女人。"

阿瑞苏涅的脸上露出不相信的神色，我没有完全说服她："她杀死了你所有的儿子，佩琉斯，就是这么回事。但她是出于最好的愿望。"

"她是怎样做的？用毒药吗？"

"不，王啊，很简单。当我们把她抬上生产凳时，她把所有的女人都赶出房间，只留下我一人。然后她要我在她凳下放一桶水。婴儿的头一出来，她就把他引入水中，然后让他待在那里，直到不能再呼吸。"

我的拳头攥紧了又松开。"怪不得他们全身青紫！"我站起来，"回到她身边去吧，不然她会找你的。我以你的国王的名义向你发誓，决不把你告诉我这个秘密的事泄露出去。一定不让她有机会伤害你。注意她，一等她临产便告诉我。明白吗？"

她点点头，眼泪已干，可怕的负罪感也消失了。然后她吻了我

第 二 章

的手，快步走开了。

我一动不动地坐着，两盏灯都跌落熄灭了。忒提斯杀害了我的儿子，究竟为什么？荒唐而疯狂的梦臆、迷信、幻想。她剥夺了他们长大成人的权利，她犯下的罪行如此丑恶，我恨不能抓住她，用剑刺穿她的身体。但她肚子里还怀着我的第七个儿子，这剑还不能拔出，复仇属于新教的神祇们。

在我和阿瑞苏涅谈话后的第五天，这老妇跑来找我，头发被风吹起，凌乱地飘在脑后。这是傍晚时分，我已去牧马场看我的牡马，因为交配季节将至，养马师要给我看配对交配的日程安排。

我背起阿瑞苏涅快步跑回宫中，就像一匹供人骑乘的马。

我来到忒提斯的产房外，把她放下来，她问我："您要做什么？"

"跟你一起进去。"我说。

她吸了口气，尖声叫道："陛下，陛下，使不得！"

"谋杀也使不得。"说着我便推开了门。

生产是女人的秘密，任何男人的在场都是对这一仪式的亵渎。这是没有天空的大地的世界。新教征服旧教时，有些东西并未改变。大神母库巴巴——大女神，仍然主宰着女人的事务，尤其是与人类新果的生长、采摘有关的一切事宜——不管这果实是未熟、熟透还是衰老枯萎。

没人注意到我进了房间，因此我有时间观察、嗅和听。房间里

由佩琉斯叙述

有一股汗臭味和血腥味，还有一些在男人眼里奇异、可怖的东西。显然已经临盆了，因为女佣们正把忒提斯从床上抬到产凳上，而接生婆们守在近旁，发着指令，忙乱着。我的妻子身体赤裸，腹部隆起，由于膨胀几乎发亮，显得很怪诞。她们小心翼翼地把她的大腿分开，放在凳子上一个宽口通道两边的坚硬木头上。这宽口通道是用来使生产通道终端畅通的，婴儿的头将先在这里出现，身体随后。

一只装满水的木桶放在一旁，但这些妇女中没有一人对它看一眼，因为没人知道它是做什么用的。

她们看到了我，满脸怒气地向我发出攻击，认为她们的国王疯了，下决心把我撵出去。我挥手一击，把离我最近的一个打趴在地，其他人一见，畏惧地缩了回去。阿瑞苏涅弓身在水桶上，口中喃喃念着咒语，以阻挡狠毒的眼光[1]，我把女人们赶出房间，插下门栓关紧大门时她没有动。

忒提斯看见了一切。她脸上的汗水闪闪发亮，眼睛呈黑色，但她忍住了怒气。

"出去，佩琉斯。"她轻声说。

我不答话，把阿瑞苏涅推到一边，走上去提起那桶海水，把水倒在地上："不准再谋杀，忒提斯，这是我的儿子。"

1.按照迷信说法，被狠毒的眼光看见会造成伤害。

第 二 章

"谋杀？谋杀？啊，你这傻瓜！我没杀过人！我是神祇！我的儿子们是不朽的！"

她曲身坐在产凳上，我抓住她的双肩："你的儿子死了，娘们！他们注定做无思想的灵魂，因为你没有给他们机会去成就大业以赢得神祇们的爱和敬佩！没有天堂乐土，没有英雄的地位，没有星宿上的位置。你不是神祇！你是凡胎女人！"

听到我的话她发出受刑般刺耳的尖叫，她的后背弓起，双手牢牢抓住产凳的扶手，以至指关节闪着银光。

阿瑞苏涅清醒过来。"是时候了！"她叫道，"她要生了！"

"你得不到他，佩琉斯！"忒提斯咆哮道。

她开始克制两腿张大的本能，用力夹紧双腿。"我要把他的头压成肉饼！"她吼道。然后她不停地尖叫："啊，父啊！涅柔斯父啊！他把我撕开了！"

她的额上青筋暴起，如紫红色的绳索，眼泪从她的面颊上滚下，但她仍竭尽全力地夹紧双腿。尽管痛苦使她发狂，她仍竭尽最后一丝一毫的意志力，残酷无情地夹紧双腿，使之相互交叉、扭结，将它们牢牢锁住。

阿瑞苏涅蹲伏在湿漉漉的地上，探头在产凳下。我听见她尖叫一声，然后发出马嘶般的一声轻笑。"啊！啊！"她尖声叫道，"佩琉斯，这是他的脚！他反向出来了，这是他的脚！"她横着爬出来，直起身，使出年轻小伙子的力气，用她那苍老的手臂把我的身子转

由 佩 琉 斯 　 叙 述

过来面对着她。"你想要一个活儿子吗?"她问我。

"当然!"

"那你就掰开她的双腿,陛下。他的脚先出来了,头没受到伤害。"

我跪下来,把左手放在她上面那条腿的膝盖上,右手滑到下面抓住另一个膝盖,然后两手往两边拉。她的骨头嘎吱作响,似乎有折断的危险。她抬起头,咒语如一阵腐蚀性的酸雨从她嘴巴里喷吐出来,她的脸——我发誓当我与她对视时确实如此——已变成蛇的鳞片和三角形的蛇头。她的双膝开始分开,她毕竟难敌我的力量。还有什么比这更能证明她是个凡胎俗女呢?

阿瑞苏涅钻到我的双手之下。我闭上双眼坚持着。随着一声尖利、短而急促的抽气声,房间里突然响起婴儿的啼哭声。我很快睁开眼睛,目瞪口呆地看着阿瑞苏涅,看着她倒提在手中的东西,一个湿乎乎、滑溜溜、急速摆动、号哭声震天穹的可怕东西。这东西长着在膜的包裹下鼓囊囊的阴茎和阴囊。儿子!我有一个有生命的儿子了!

忒提斯平静地坐着,她没有看我,而是紧盯着我的儿子。阿瑞苏涅正在给他洗身,结扎脐带,把他包裹在洁白如新的白亚麻布里。

"一个让你感到满意称心的儿子,佩琉斯!"阿瑞苏涅笑着说,"这是我见过的最大、最健康的婴儿!我是捉住他的右脚踵把他拉出来的。"

我十分惊恐地说:"他的脚踵!他的右脚踵怎么样了,老婆子?拉断了吗?变形了吗?"

第 二 章

她举起布包裹，我看到完好的左脚脚踵和肿大擦伤的右脚及右脚踝。"两只脚都没有受损伤，陛下。右脚的伤口会愈合，疤痕会消退的。"

忒提斯笑了，笑声虚弱阴沉："他的右脚踵，原来他是倒着出来呼吸到尘世的空气的，他的脚先出来……难怪他这么折磨我呢。不错，疤痕是会消退掉的，但这右脚踵将成为导致他毁灭的祸根。将来有一天他需要它强健有力时，它会记住他出生的日子，会辜负他。"

我不理睬她，伸出双臂叫道："把他给我！让我看看他，阿瑞苏涅！我的心肝，我的灵魂，我的儿子！我的儿子！"

我通知我的臣民我得了一个有生命的儿子。他们是多么快乐，多么欣喜若狂！整个伊俄尔科斯和整个色萨利和我一起遭受了这么多年的不幸！

等人群散去后，我坐到我的纯白大理石宝座上，双手捧头，疲倦使我无法思考。嘈杂的人声在远处渐渐沉寂，最黑暗、最孤寂的黑夜像一张大网慢慢铺开。儿子，我有了一个活生生的儿子。但我应该有七个这样的儿子，我的妻子是个疯女人。

她走进灯光昏暗的房间。她赤着脚，又穿上了那件她在斯基罗斯穿过的透明飘曳的长袍，她的脸上满是皱纹，显得苍老。她慢慢穿过冰冷的铺着石板的地面，她蹒跚的步态显出她产后疼痛未消。

由 佩 琉 斯 叙 述

"佩琉斯！"她从宝座高坛下方对我说。

刚才我是从指缝中看见她的，现在我把双手从脸上拿开，抬起头来。

"我准备回斯基罗斯，佩琉斯。"

"吕科墨得斯不会要你的，忒提斯。"

"那我去有人要我的地方。"

"像美狄亚[1]乘坐蛇拉的马车去吗？"

"不。我将骑一只海豚去。"

后来，我再也没有见到她。破晓时分，阿瑞苏涅带来两个奴隶，拉我站起来，扶我上床睡觉。我睡了很久，如福玻斯环绕我们的世界这一旅程那么漫长。我一觉无梦，醒来后记起我有了一个儿子。我穿着拖鞋，好像赫耳墨斯[2]一般健步如飞地跑到楼上的育婴室，只见阿瑞苏涅正把他从奶妈手中拖过来。奶妈是个年轻健康的女人，她自己的孩子生下来便夭折了，她的名字叫琉姬佩（Leukippe），是白母马的意思。老妇人唠唠叨叨地向我介绍。

该让我抱他了。我把他抱在怀里，发现他很沉。这也不奇怪，

1.Medea，希腊神话中科尔喀斯国王的女儿，会巫术，曾帮助伊阿宋取得金羊毛，并与之结婚。
2.Hermes，希腊神话中众神的使者，他行走如飞。

第 二 章

因为他看起来好像是金子铸成的一般:鬈曲的金色头发,金色皮肤,金色眉毛和眼睫毛。他两眼直直地看着我,目光毫不游移。这双眼睛呈黑色,但我猜想,当它们能看得明白事物时,将会呈金色。

"您给他取个什么名字,陛下?"阿瑞苏涅问。

我也不知道。他应该有自己的名字,而不是别人的名字。但用什么名字呢?我凝视着他的鼻子、面颊、下巴、额头、眼睛,它们都长得精致,更像忒提斯而不太像我。他的嘴唇倒是自己的,因为他没有嘴唇:脸的下部有一条直而狭长的缝。这是让人确定无疑而又感到悲痛的事实:这条细缝是他的嘴。

"阿喀琉斯。"我说道。

她点头称是:"无唇的,这名字对他很合适,我的王。"她又叹了口气说:"他母亲预言过。你会派人去德尔斐求神谕吗?"

我摇摇头:"不。我妻子是疯子,我不相信她的预言。德尔斐女祭司的预言真实可信。但我不想知道我儿子的未来。"

由佩琉斯 叙述

第三章

由喀戎[1]叙述

---

[1] Chiron,希腊神话中的马人,他公正、博学、智慧,是许多希腊英雄的老师。

在我的洞穴外有我最喜爱的座位，这是在人来到皮利翁山之前神祇们在岩石上雕刻出来的。这座椅恰好位于峭壁的边缘，上面铺着一张熊皮以避免石头硌着我的老骨头。我如同一位国王，经常坐在上面俯瞰远处广袤的大地和无垠的海洋。可是我从未做过国王。

我已垂垂老矣，在秋天我尤感如此。我开始感到全身疼痛，这说明冬天即将来临。没有人记得我的真正年龄，我本人更是如此。有时年龄停滞了，全部的岁月就好像是等待死亡的漫长的一天。

黎明的微光预示着这是美好宁静的一天，所以日出前我做了一些简单的家务，然后走出洞穴。外面灰蒙蒙的，空气中带着寒意。我的洞穴位于皮利翁山的南山峰顶，处在一片巨大的悬崖边上。我坐进熊皮垫中，准备观看日出。面前的景色我百看不厌，我在过去的漫长岁月中一直这样从皮利翁之巅俯视下面的世界，包括色萨利海岸和爱琴海。看日出时我从雪花石膏制的糖果蜜饯盒中摸出一块流汁的蜂巢蜜，把我无牙的牙龈埋入其中贪婪地吮吸起来。它有野花的香味、和煦春风的感觉和松树的气味。

第 三 章

我的马人子民在人能记事前很久就居住在皮利翁山上，给希腊诸多国王的儿子当私人教师，因为我们曾经是绝顶优秀的教师。我说"曾经是"是因为我现在是最后的马人，我死后我的种族将不复存在。

为我们的工作起见，我们大多数马人男人都选择独身，即便结婚也不选择外族妇女。所以当马人的女人厌倦了她们这种无意义的生活时，便收拾包袱迁徙他乡了。我们种族出生的人口越来越少，因为大多数马人男人不愿意跑大老远去忒拉克（Thrake）——我们的女人在那儿做酒神的祭司，敬奉狄俄倪索斯[1]。一种传言渐渐形成了：马人是隐形的，因为他们害怕向人显示他们半人半马的真身。如果真有这么一种动物，这倒是蛮有趣的，但实际上它并不存在，马人只是人而已。

全希腊都知道我，我的名字叫喀戎，我教过的大多数年轻人长大后都成了著名的英雄，其中有佩琉斯、忒拉蒙、梯丢斯、赫拉克勒斯、阿特柔斯和梯厄斯忒斯。不过那是很久以前的事了，现在我看日出时，已经不想赫拉克勒斯或其他英雄了。

皮利翁山上有许多白蜡树，它们比别处的白蜡树更挺拔。每年这个时候，哪怕只有一缕轻风拂过，片片鲜亮的或枯萎的叶子也会飒飒

1.Dionysos，希腊神话中的酒神。

由　喀戎　叙述

抖动，远看是一片鲜黄的叶海泛着粼粼的光。在我下面是五百腕尺高的陡峭山崖，没有一点点绿色或黄色。在山崖下面又是耸入云端的白蜡树林，林中有许多鸟儿啁啾和鸣。我从未听到过人声，因为在我和奥林波斯山的群峰之间的范围内没有其他凡人。在我脚下绵延着小得像蚂蚁王国一般的伊俄尔科斯。这并非牵强附会的比喻，人们把伊俄尔科斯人称为密耳弥多涅斯人——这是蚂蚁的意思。

在天下的城市中（后来被波塞冬夷为平地的克里特与锡拉除外），只有伊俄尔科斯没有城墙。谁敢进犯无以匹敌的勇士密耳弥多涅斯人的家园？我因伊俄尔科斯没有城墙而更爱它。城墙令我害怕，当年我四海云游时便无法忍受被关在迈锡尼或提瑞斯（Tiryns）城中超过一两天的折磨，城墙是死神用从塔耳塔罗斯[1]采来的石头建造的。

我扔掉蜂巢，取出酒袋，明亮的阳光令我目眩。太阳把帕加塞湾的一大片水域染成深红色，照得宫殿屋宇的镀金人物闪闪发光，庙宇、宫殿、公共建筑的五彩梁柱在阳光下更显得鲜艳夺目。

一条路从城中蜿蜒伸入我隐居的山寨，但这条路从未有人走过。然而这天早晨情况有些非同寻常，我听见车辆驶近的声音。我的思

1.Tartaros，荷马的《伊利亚特》中囚禁提坦巨神的地方，在冥界下面。后世作家也用以指冥界。

第 三 章

绪中断了，怒气油然而生。我站起身，蹒跚地向这悍然进入我地盘的不可一世的家伙走去，准备打发他离开。来者是位贵族，驾着一辆由两匹色萨利栗色快马拉的打猎用车，宽大的上衣上佩有王室的徽记。他的眼睛清澈明亮，目光含笑，以年轻人特有的优雅从车上跳下，朝我走过来。我往后退了几步，这些日子我一闻到人的气味就作呕。

"国王向您致意，阁下。"年轻人说。

"什么事，什么事？"我问道。发现自己嗓音沙哑，听起来十分刺耳，这令我颇感不快。

"国王命令我给您送个信，喀戎大人。明天国王和王兄将把他们的儿子托付给您，直至他们长大成人。您要教他们应该掌握的知识。"

我僵直地站着。佩琉斯国王真英明！我年事已高，已无力管教这些吵闹的孩子了，我也不再收门徒了，即使对埃阿科斯这样的名门望族也不例外。"请转告国王说我不乐意！我无意教导他的儿子或他兄弟忒拉蒙的儿子。让他不要明天爬上山来，那是浪费时间。喀戎退休了。"

这个年轻人沮丧地看着我："喀戎大人，我不敢给他带这个信。我是受命前来通报他要驾到的消息的，我的任务完成了。他没有让我给他带回话。"

等那辆车消失之后我坐回到座椅上，眼前的景色被笼罩在一片绯红色的薄霭之中。我怒火中烧。国王竟然断定我一定会教他的儿

由喀戎叙述

子,还要教他兄弟忒拉蒙的儿子!数年前是佩琉斯本人派传令官走遍希腊各王国去宣告马人喀戎退休的消息的。现在他违背了自己颁布的法令。

忒拉蒙,忒拉蒙……他子女众多,但宠爱的只有两个。他们之间相差两岁。一个是特洛伊公主赫西俄涅所生的私生子,名叫透克洛斯;另一个是他的合法继承人,叫埃阿斯。可佩琉斯只有一个儿子,是他的王后忒提斯连续六次产下死婴后奇迹般产下的一个存活的孩子,他叫阿喀琉斯。埃阿斯和阿喀琉斯大概有多大了?肯定是毛头小子。乳臭未干,流着鼻涕,不像个人样。呸!

我一切快乐的希望都化为泡影,我余怒未消,快快地回到洞穴。这重任是推脱不掉了。佩琉斯是色萨利的大国王,我是他的臣民,必须服从他。我环顾我宽敞通风的隐居地,对未来心存恐惧。我的竖琴放在主室后部的桌上,由于很久不用,琴弦已蒙上了灰尘。我闷闷不乐地看着它,最后才很不情愿地将它捡起,吹去因疏于操习而落下的尘埃。所有的弦都松了,我必须把它们旋紧,调好音。我得把它摆弄好之后才能重新弹奏。

啊,我的嗓子!发不出声音了。当福玻斯驾着他的太阳车从东往西行驶时我又弹又唱。慢慢地,我僵直的手指变得柔软,我的手指和手腕在琴的高低音之间舒展起落。在学生面前操习是很不得体的事,所以我必须赶在他们到来之前弹奏熟练。因此,直到我的洞穴笼罩在一片黑暗之中,只只蝙蝠悄无声息地扇动着翅膀从洞中穿

第 三 章

过前往大山更深处它们的栖息地时，我才放下手上的琴。难以名状的疲倦、寒冷、饥饿和愠怒向我袭来。

佩琉斯和忒拉蒙在正午时分共乘一辆王室马车来了，后面跟随着另一辆马车和一辆笨重的发出隆隆声的牛车。我沿路走了几步后停了下来，等候他们的到来。我已经有很多年没见到大国王了，没见到忒拉蒙的时间更长。我的怒气渐消，注视着他们走近。是的，他们是国王，他们两人的身上散发出力量和权威。佩琉斯还像从前那么魁梧，忒拉蒙还像以往那么敏捷。他们都曾遇到过烦扰，并将它们一一化解，但这是以长期的冲突、争战和焦虑为代价的。这些磨炼锻造人的灵魂品质的事件在他们俩身上留下了难以磨灭的痕迹。他们金色的头发已经有点花白，但我在他们健壮的躯体和坚韧刚毅的面庞上看不出衰老的迹象。

佩琉斯首先下了车，我还没来得及退让，他便径直向我走来。他亲切地拥抱我，使我浑身起鸡皮疙瘩。后来，我的厌恶不知不觉地被他的热情融化了。

"喀戎，我猜想，不管什么时候，你要显得更老是不可能的。你身体好吗？"

"陛下，我身体很好。"

我们从马车边慢慢地往前走了一段路，我冒昧地看了佩琉斯一眼。

"陛下，您怎么又要我收徒传道？我在教学上所做的工作还不够

由 喀戎 叙述

吗？难道没有别人能教您的儿子吗？"

"喀戎，没人可与你相比。"佩琉斯紧紧地捉住我的手臂，身材高大的他低头定定地看着我说，"你一定知道阿喀琉斯对我是多么重要。他是我唯一的儿子。我死后他要继承两个王位，因此他必须受教育。我自己当然可以教他许多东西，但必须先给他打下一些基础。只有你能传授这些基础知识，喀戎，这你是知道的。继位的国王们在希腊的地位危若累卵，竞争者们正虎视眈眈地图谋篡位。"他叹了一口气："再说，我爱阿喀琉斯胜过爱自己。我怎能不让他得到我所受的教育呢？"

"听起来好像您已经把孩子宠坏了。"

"不，我知道不能把他宠坏。"

"我不想担此重任，佩琉斯。"

他把头偏向一边，皱了皱眉："鞭打死马做劳而无功的事是愚蠢的，但至少你得看看这两个孩子吧？也许你会改变主意。"

"就算为了另一个赫拉克勒斯或佩琉斯，我也不会改变主意，陛下。但如果您坚持，我愿意见见他们。"

佩琉斯转过身去，向站在第二辆马车边上的两个年轻人招手示意。他们俩一前一后慢慢地走过来。我看不见后边那个小伙子的模样。这不足为奇。走在前面的小伙子的确引人注目，但真的令人失望。这是备受宠爱的唯一的儿子？不，绝不是，这应该是埃阿斯。阿喀琉斯没这么大。埃阿斯十四岁？或者十三岁？他已经有了成人

第 三 章

的身高，他粗大的手臂和宽阔的肩膀上的肌肉微微颤动着。这小伙子相貌不丑，但也不出众，他只是个大个头少年，稍有些短平的翘鼻子，不露情感的灰眼睛缺乏真正睿智的神采。

"这是埃阿斯，"忒拉蒙自豪地说，"他只有十岁，不过看起来大得多。"

我挥手示意埃阿斯站在一边。

"这就是阿喀琉斯？"我的嗓音有些发涩。

"是的，"佩琉斯说，努力显得不动声色，"他也显得比实际年龄大。刚过完六岁生日。"

我感觉嗓子干，咽了咽口水。尽管年纪很小，但他也具有个人的魔力，他在不知不觉中施行魔法，降服别人，使大家都喜爱他。他不如堂兄埃阿斯体格魁梧，但也身材高大，身体强健。虽然年纪很小，但站立的姿势十分放松自然，他身体的重量集中在一条腿上，另一条腿优雅地稍稍前倾；他的双臂放松地垂在两侧，并不显得局促。他态度沉稳，无意识地显示出帝王之风。他似乎是由黄金铸就：头发像太阳神赫利俄斯的光芒，如翼的眉毛似黄水晶闪闪发亮，皮肤如擦亮的黄金。他很美，只是那无唇的嘴是直直的一条细缝，令人痛心，但它的线条显得如此坚定，以至我为它而畏缩。他神情庄重地看着我，眼睛里呈现出破晓后的天色：朦胧的黄色。他的眼中充满了好奇、痛苦、悲伤、困惑和智慧。

我签上字，将风烛残年中的七年时光交出来时，我听见自己情

由喀戎叙述

不自禁地说："我愿意教他们。"

佩琉斯喜笑颜开，忒拉蒙与我紧紧地拥抱，他们对我是否愿意担此重任一直没有把握。

"我们不久留了，"佩琉斯说，"孩子们坐的车留下来备用。我带来了一些仆人照顾你。你的那座老屋还在吗？"

我点点头。

"那么仆人可以住在那儿。他们受命服从你的任何指令，你以我的名义支配他们。"

不久，他们便驾车离去了。

奴隶们忙着卸车，我走到这两个男孩儿身边。埃阿斯站着活脱脱就是一座山，他镇定自若又温顺随和，眼睛明亮，没有阴影；厚实的脑袋需经过敲打才能开窍。阿喀琉斯的眼睛依然循着道路往前看去，追随着父亲远去的身影，他的大眼睛中充盈着泪水，闪闪发亮。这次分别对他来说意义十分重大。

"跟我来吧，年轻人，我带你们去看新家。"

他们俩默默地跟着我去我的洞穴。我告诉他们这奇怪的住宅是多么舒适，我指给他们看他们可以在上面睡觉的柔软的毛皮，看主室中的一块他们将与我一起坐下来学习的地方。然后我领他们去峭壁的边缘。我坐进我的座椅，让他们站在我的两边。

"你们盼望学习吗？"我问，主要是对着阿喀琉斯而不是埃阿斯

第 三 章

发问的。

"是的，阁下。"阿喀琉斯彬彬有礼地答道。他的父亲至少已给他上了礼貌方面的课。

"我叫喀戎，你们以后这样称呼我。"

"好的，喀戎，父亲说我必须期待这个机会。"

我转向埃阿斯说："洞穴的桌上有一把七弦竖琴，去取来。千万别掉在地上。"

这笨重的小伙子毫不怨恨地看着我说："我拿东西从不失手。"他显出一副实事求是的神态。

我的眉毛扬起，心中掠过一丝欣喜，但它没有在忒拉蒙儿子的灰眼睛中点燃会意的火花，他只是按照我的吩咐去做，如同好士兵不折不扣地执行命令。我想那就是我能为埃阿斯做的最好的事了：把他造就成完美的智勇双全的战士。而从阿喀琉斯的眼睛中则反射出我的欢乐。

"埃阿斯总是不折不扣地照你的话去做。"阿喀琉斯用平稳而有节奏的动听声调说。他的声音我已经开始喜欢听了。他指着远处山下的城市问道："那是伊俄尔科斯吗？"

"是的。"

"那么山上那栋建筑大概是宫殿了。它看起来真小！我一直以为它使皮利翁山显得矮小，可是从皮利翁山上看，它只不过是一座普通房屋。"

由喀戎叙述

"如果你能拉开足够的距离，所有的宫殿看起来都是如此。"

"是的，我明白。"

"你已经开始想念你父亲了。"

"我刚才怕我要哭出来，现在好多了。"

"春天你会再一次见到他，在此之前的时间会过得很快。这里没有无所事事的机会，正是无所事事产生了不满、胡闹、恶作剧和恶意。"

他吸了一口气说："我应该学些什么，喀戎？我需要学习什么知识来做一个伟大的国王？"

"需要的知识太多，很难一一说明，阿喀琉斯。一个伟大的国王是满腹经纶的。每一个国王都是出类拔萃的，但是一个伟大的国王还懂得在神祇面前他是人民的代表这个道理。"

"这么说来知识的获得非一日之功。"

埃阿斯拿着七弦竖琴回来了。他小心翼翼地捧着它不让它蹭到地。这是一种大型乐器，类似埃及人弹奏的竖琴。它是用一片巨大的龟壳制成的，这龟壳闪耀着深深浅浅的棕褐色和琥珀色，琴上配有金色的弦轴。我把琴横放在膝上，用一管羽毛拨子拨动琴弦，发出一声动听的声音，但不是曲调。

"你们必须弹奏七弦琴，学会唱你们人民的歌。最大的罪过莫过于显得粗鲁无教养。你们要谙熟世界历史和地理，对大自然的一切奇迹和库巴巴母亲即大地怀抱中的一切宝藏了然于胸。我要教你们狩猎、捕杀、使用各种兵器交战、制造自己的武器。我还要教你们认识治病疗伤的药草，教你们如何用药草制药，教你们用夹板固定断肢。伟大的国王对生比对死更加重视。"

"演讲术呢？"阿喀琉斯问。

"是的，当然要学。跟我学习之后，你们的演说将能深入听众的内心，让他们欢乐或悲戚。我还要教你们如何处事看人，如何立法和执法。因为你们是神祇选定的，我将把你们培养成神祇所期望的那种人。"我笑了笑后又说："这仅仅是开始！"

我拿起七弦琴，把它的底座放在地上，然后抽出手从琴的心弦上拨过。有一段时间我只是弹奏着，音乐逐渐增强，达到高潮。当最后一根琴弦上的袅袅余音消失后，我开始吟唱：

他形单影只，到处都遇到敌人。
闷闷不乐的天后赫拉展开双手，
当她焦躁不安地监视他时，
奥林波斯山摇动着它根根金色的椽，
女天神的愤怒难以平息！
天帝宙斯在他天上的所有地盘都无能为力，
因为他曾答应过显赫的赫拉，
让他的儿子在地上痛苦地呻吟。
她的宠仆欧律斯透斯冷漠无情，

由 喀 戎 叙 述

> 他面带笑容数着赫拉克勒斯[1]为赎罪
> 做苦工流汗形成的条条细河。
> 因为神祇不会受罚,
> 神祇的子女必须赎罪,
> 这就是人神之间的天壤之别:
> 神祇加害,人做牺牲。
> 私生子赫拉克勒斯的血管中没有神的灵液,
> 他承担了情欲的债务,
> 用痛苦和贬黜偿还。
> 而赫拉,看见宙斯哭泣,露出了笑脸。

这是《赫拉克勒斯歌谣》,多年来一直被传唱。我边唱边观察他们俩:埃阿斯听得全神贯注,而阿喀琉斯全身肌肉紧张,身体前倾,双手托腮,两个胳膊肘都支撑在我座椅的扶手上,他的眼睛几乎紧贴我的脸。一曲终了,我终于放下七弦竖琴时,他放下双手,叹了一口气,显得精疲力竭。

就这样,我开始了教学,年复一年地进行下去。阿喀琉斯各方

---

1. 赫拉克勒斯是天帝宙斯与情人所生,故遭到天后赫拉的残酷迫害。

第 三 章

面都领先，埃阿斯顽强努力地完成作业。这位忒拉蒙的儿子绝不傻，他的勇气和毅力会让每一个国王羡慕的，他总能设法跟上学业。但阿喀琉斯是我的至爱，我的快乐所在。我对他说的每件事他都仔细铭记心中。他常笑着说，这些在他当伟大的国王时会用得上的。他热爱钻研，在所有的学科领域都见识超群。他心也灵，手也巧，直到今天我还保存着一些他当年做的泥碗、画的图画。

尽管阿喀琉斯学业优秀，但他更是天生的活动家和将才，注定要创下一番丰功伟绩。即使从体力上看他也胜过堂兄，因为他步履矫健如流星。他摆弄兵器如贪心的女人爱上一箱珠宝，使长矛时从不失手；舞剑时，只要剑一出鞘，但听"嗖嗖嗖"一阵左劈右砍，不见剑影。啊，是的，他是天生的将帅！他能轻松地凭本能领悟战略战术。他也是天生的猎人，常常拖着重得扛不动的野猪回到我的洞穴；能追踪寻迹，生擒麋鹿。只有一次我见他遇到麻烦——他在全力追击猎物时重重地一头摔倒在地，过了很长时间才恢复意识。他解释说，他的右脚突然发软，以致跌倒。

埃阿斯有时勃然大怒，但我从未见过阿喀琉斯发怒。他既不羞涩，又非孤僻内向。他性格沉静，善于克制，是有思想的勇士，这是多么难能可贵！仅仅在一种情况下他那伤口般的嘴才显示出他性格的另一面：当他感到某件事不对头时，他会像带来雪花的北风一样冰冷、执拗。

由 喀戎 叙述

我在生命的其他年月里获得的所有快乐加在一起，都不如这七年里获得的多，这不仅归功于阿喀琉斯，也归功于埃阿斯。这对堂兄弟反差如此明显，又是如此出类拔萃，这使得把他们培养成人的过程充满了爱的温情。在我所教过的男孩儿中我最喜欢阿喀琉斯。当他最终驾车离去时我哭了，在他走后的数月里，我生存的意愿如同曾折磨过伊俄[1]的蠓蚋一样执着。过了很久，我才能从我的座椅上眺望到远处宫殿穹顶上金色的装饰物在阳光下熠熠生辉，而这之前，眼前总有一片不散的迷雾使镀金材料和屋瓦化为一体，如同坩埚中熔炼的矿石。

1.Io, 希腊神话中天后赫拉的女祭司，因与宙斯相恋受到赫拉忌恨，把她变为母牛，又派蠓蚋叮她。

第 三 章

第四章

由海伦[1]
叙述

[1] Helen,希腊神话中的著名美女

桑提佩（Xanthippe）把我一顿猛摔，我气喘吁吁、精疲力竭地从场上下来。我们的角力招引了许多观众，对那围成一圈的倾慕者我展示了最灿烂的微笑。没有人会有兴趣祝贺桑提佩赢得角力，他们来这儿是为了看我。他们挤在我身边对我大加赞扬，寻找一切借口摸我的手、碰我的肩，几个更大胆的甚至开玩笑地说愿意在任何时候与我摔跤。没有办法躲开他们的进攻。这些粗鲁、不懂含蓄的家伙！

从年龄上说我仍然应该被看作孩子，但他们的眼睛不承认这一点。我很清楚他们的目光中隐含的意思，因为我房间里有铜镜，我也有眼睛。虽然他们都是宫廷的贵族，但他们不参与重要决策。我摆脱他们的纠缠就像沐浴后抖落身上的水珠，然后从我的女仆手中抓过一条毛巾，在他们的一片反对声中裹住了我赤裸的、汗涔涔的胴体。

正在那时我看见了站在人群后面的父亲，他一直在看我角力？真是非同寻常！因为他从不看妇女从事模仿男人的运动！我的表情使一些贵族转过身去，片刻间他们都散去了。我走到父亲跟前，吻

第 四 章

了他的面颊。

"你总是有这么多热情的观众吗,孩子?"他皱着眉头问。

"是的,爸爸。"我自豪地说,"您知道,他们很崇拜我。"

"我看得出来。我大概老了,渐渐丧失观察力了。所幸的是你哥哥既不老也不盲。今天早上他对我说,我要是顺便来看看妇女体育运动也许是明智的。"

我气不打一处来:"卡斯托耳为什么管我的闲事?"

"如果他不管,事情就糟了!"

我们走到御座厅门口。

"去洗个澡,海伦,穿好衣服,然后来见我。"

从他脸上看不出他的用意,于是我耸耸肩跑开了。

涅斯忒(Neste)在我的房中等着我,絮絮叨叨地责怪我。我让她给我脱衣,盼望着热水澡和刮擦皮肤的兴奋感。她唠唠叨叨地说着话,把毛巾扔进一个角落,解开我的缠腰布的绳带。但是我没听她唠叨,蹦蹦跳跳地走过冰冷的石板,一下子跳进浴池中,快乐地拍打起水花。这感觉真是惬意:热水包围着我,抚摸着我,弥漫的水汽使得我可以自行抚摸而躲开涅斯忒亮晶晶的小眼睛的窥探。沐浴完毕后,我站着让她用香油给我擦身,我自己也擦一些在肢体上,这真令人愉快。一天之中,抚摸、擦身以给我自己这些快活的刺激的时间再长都不够。像桑提佩这样的女孩儿子似乎不大喜欢这些,也许是因为她们没有忒修斯这样的老师教她们。

由海伦 叙述

我的另一个女佣把我的裙子抖成一个圆圈放在地上,这样我能站到它的中间,她们把裙子拉起来,系在我的腰上。这裙子很重,但现在我已适应了这重量,因为自从我从雅典回来后,我已穿了两年成年女子裙。我母亲认为,经过了那段插曲,再让我穿女童连衣裙未免滑稽可笑。

然后穿上衣,在胸脯下系住,再系上宽腰带和围裙,我必须吸气才能系住这些。一个女仆巧妙地把我的鬈发穿过黄金冠状头饰的孔,另一个把一副漂亮的水晶耳坠戴到我打过孔的耳朵上。我交替地伸出两只光脚,让她们把小戒指和铃铛套在我的十只脚趾上;最后伸出双臂,让她们给戴上很多个叮当作响的手镯,伸出手指戴上戒指。

一切都完成后,我走到我的最大的一面镜子前,用挑剔的目光对自己审视一番。这裙子是我最漂亮的一件,从腰部到脚踝所有的边饰和缨穗都坠着水晶和琥珀珠、青金石、金箔护身符、金铃和彩陶垂饰,所以只要我一动,就会发出悦耳的声音。我的腰带不够紧,便让两个身强体壮的女人把它收紧。

"我为什么不能把我的乳头描成金色,涅斯忒?"我问。

"跟我抱怨也没用,小公主。去问你母亲。省掉这些装饰,待你以后需要时再用吧——你生了孩子后,乳头就会变成黑棕色。"

我想她也许是对的。我还是幸运的,我的乳头如鲜艳的玫瑰,它们自身包卷,如含苞待放的花蕾。我的双乳丰满高耸。

第 四 章

忒修斯说什么来着？对了，两只长着粉红色鼻子的胖胖的小白狗。一想到他我便怦然心动，思绪急遽从我这副一身叮当作响的金属饰物的模样上离开。啊，但愿再次躺在他的怀中！忒修斯，我所爱的忒修斯。他的嘴，他的手，他百般蹂躏我的身体，直至激情迸发，获得满足……后来他们来把我带走，我值得尊敬的哥哥卡斯托耳和波吕丢刻斯。要是他们来的时候他在雅典该有多好啊！但他当时跟着国王吕科墨得斯远在斯基罗斯，所以没人敢违抗廷达瑞俄斯之子的意愿。

我让女仆们用溶化的黑粉在我眼睛四周描一条线，再把眼睑描成金色，但不让她们在我脸颊和嘴唇上描红，忒修斯曾说过没有这个必要。然后我走到御座厅去见我父亲。他坐在窗边的一张舒适的椅子上，见到我他立即起身。

"到这儿明亮的地方来。"他说。

我顺从地走过去。不错，他是宠爱我的父亲，但他也是国王。我站在刺目的未经窗帘滤过的阳光中，父亲后退几步打量着我，似乎他从未见过我。

"哦，是的。忒修斯比拉刻代蒙的任何人更有眼力！你母亲是对的，你已长大成人了，因此，在另一个忒修斯出现之前我们必须对你采取一些措施。"

我脸上发烧，一句话也没说。

"海伦，你该结婚了。"他沉思了片刻，说，"你多大了？"

由海伦叙述

"十四岁,父亲。"结婚!真有趣!

"是时候了。"他说。

我母亲走了进来。我避开她的目光,因为站在父亲面前,让他用男人的眼光看我使我感到很不自在。但母亲不理我,径直走到他身边,也用同样的眼光审视我,然后他们俩用富有深意的眼色对视了良久。

"我跟你说过的,廷达瑞俄斯。"她说。

"是的,勒达[1],她需要一个丈夫。"

我母亲笑了,笑声响亮,悦耳悠扬,这笑声(据传闻)曾使全能的宙斯神魂颠倒。在她大约是我这个年龄的时候,有一天人们发现她裸露的肢体被一只巨大的天鹅包裹着,在快活地呻吟哭泣。她当时思维敏捷:宙斯,宙斯,这天鹅是宙斯,他强暴了我!可是我,她的女儿,却更聪明。不知这些悦目的白羽毛摸起来感觉怎样?她父亲三天之后把她嫁给了廷达瑞俄斯,她给他生了两对双胞胎:先是卡斯托耳和克丽泰涅斯特拉,几年之后是波吕丢刻斯和我。不过现在似乎大家都认为卡斯托耳和波吕丢刻斯是一对孪生兄弟,或者认为我们四人是一胎所生的四胞胎。如果是这样,那么我们中谁是宙斯所生,谁是廷达瑞俄斯所生?这是个谜。

1.Leda,据希腊神话,宙斯迷恋她的美貌,因而变作天鹅与其亲近,生下海伦等子女。

第 四 章

"我家的女人早熟，吃的苦头多。"我母亲勒达说，她还在笑。

我父亲没有笑，他只是冷冰冰地说："是的。"

"给她找个丈夫不是难事。到时候你还要用棒子把他们拦开，廷达瑞俄斯。"

"可不是，她出身高贵，有一大笔嫁妆。"

"废话！她长得这么美，有没有嫁妆根本无所谓。阿提卡的大国王给我们帮了一个忙，他从色萨利到克里特到处传播她貌美的声名。像忒修斯这样年老疲倦的人竟如醉如痴到去诱拐一个十二岁的孩子的地步，这样的事真是少见。"

我父亲紧紧地抿着嘴。"我不想提这件事。"他生硬地说。

"遗憾的是她长得比克丽泰涅斯特拉更美。"

"克丽泰涅斯特拉正好配阿伽门农。"

"那么遗憾的是没有两个迈锡尼的大国王。"

"希腊有另外三个大国王。"他开始显得注重现实、讲求实效。

我悄悄地从阳光处退出，不想让他们注意到我，然后赶我走。这关于我本人的话题非常有趣。我喜欢别人说我美，特别喜欢他们进一步说我比我的姐姐克丽泰涅斯特拉更美，她嫁了阿伽门农——迈锡尼和全希腊的大国王。虽然我从来没喜欢过她，但我小的时候她还是让我敬畏的。她以发脾气而闻名。有一次她哭着在各个大厅到处跑，火焰般的头发上指，一双黑眼睛喷发出怒火。我咧嘴笑了，她这脾气可要让她丈夫吃苦头了，管他什么大国王呢！可是阿伽门

由 海 伦 叙 述

农看来有能力控制她。他和克丽泰涅斯特拉一样跋扈。我的父母在讨论我的婚事。

"我最好派传令官去所有的国王那儿通报。"父亲说。

"是的,而且越快越好。虽然新教反对一夫多妻制,但许多国王还没有娶王后,比如伊多墨纽斯。简直叫人难以相信!我们一个女儿在迈锡尼为后,另一个在克里特为后!真是了不起的成功!"

父亲不以为然:"克里特不如过去那么强盛了,这两个王国地位并不相当。"

"菲洛克忒忒斯如何?"

"是的,他们说他是一个卓越的人,注定要干一番大事业。不过他是色萨利的国王,也就是说他要向阿伽门农和佩琉斯称臣。我更倾向于考虑狄俄墨得斯,他刚从底比斯战役满载荣誉和财富凯旋。阿尔戈斯这地方倒不错,它正好在路边。如果佩琉斯再年轻一些,我会选他,不过听说他不愿再婚。"

"不要考虑这些不可能的人选,"我母亲尖刻地抢白道,"墨涅拉俄斯总算是一个选择。"

"我没有忘记他。谁会忘记他呢?"

"廷达瑞俄斯,向每个人发出邀请,包括国王和王位继承人。伊塔卡的奥德修斯现在是国王,因为老莱耳忒斯年老体衰。墨涅斯透斯是阿提卡的大国王,他的地位比忒修斯稳定多了——感谢所有的神祇,我们现在不用和忒修斯打交道了!"

第 四 章

我一下子跳起来。"您这是什么意思？"我问，皮肤感到刺痛。在内心深处我一直希望忒修斯来娶我，把我称为他的新娘。自打我从雅典回来后，没听人提到过他的名字。

我母亲拉过我的手紧紧握住："好吧，最好你自己去弄清楚，海伦。忒修斯死了，放逐后被杀死在斯基罗斯。"

我从母亲手中挣脱出来，跑出房间，我的梦想化为灰烬。死了？忒修斯死了？忒修斯死了，我内心的一部分永远变凉了。

两个月后我的姐夫阿伽门农来了，身后跟着他的弟弟墨涅拉俄斯。他们走进御座厅时我正好在场，这对我来说很是新奇，但这是令人兴奋的新奇。我一下子成了谈话的焦点。传令官们曾先行从宫门来向我们通报，所以当迈锡尼和全希腊的大国王进来时号角齐鸣，一块金色的地毯在帝王的脚下铺开。

我心中一直不能确定我是否喜欢他。可是我的确看得出他让别人对他产生了敬畏之情。他高大挺拔，训练有素，如同职业军人；他高视阔步，气宇轩昂，好像拥有整个世界。他乌黑的头发中隐约可见一些白发；炯炯有神的黑眼睛有时令人生畏；鼻子呈鹰钩状，显得傲气十足；两片薄薄的嘴唇，嘴角处微微翘起，带着一丝永远的蔑视。

在希腊这个男人高大白皙的国度，这么黑的男人确实少见。可是阿伽门农不仅不为他的黑皮肤感到惭愧，反而有点自鸣得意。把

由海伦　叙述

下巴刮干净是当时的时尚，他却炫耀地蓄起了长而鬈曲的黑胡须，它被金丝带缠成了规则匀称的螺旋形。他的头发也是这种样式。他穿着一件紫色的羊毛长袍，上面用金线绣着复杂的图案。他右手握着纯金的帝王权杖，轻松地挥动着它，犹如它是由白垩做成。

我父亲从宝座上走下来，跪下吻他的手，行全希腊各国的国王都要向迈锡尼的大国王所行的礼。我母亲也迎上去向大国王行礼。这一刻没有人注意我，因而我有时间把注意力转向墨涅拉俄斯，我未来的求婚者。啊！急切的期待变成了吃惊的失望。我已经接受了嫁给阿伽门农的复制品的想法，但此人与阿伽门农相去甚远。他难道真是迈锡尼大国王的同胞兄弟，是阿特柔斯出自同一个子宫的儿子？看来不太可能。他短小粗胖，两腿又粗又丑，它们在他喜好穿的紧身及膝的马裤中显得滑稽可笑。他的肩膀圆而有些佝偻。一个温和不愿惹事的人。他相貌平平，头发与我姐姐的一样是火红色的。如果他的头发是别的颜色，也许我还会稍稍喜欢他一些。

我父亲向我招手示意，我跌跌撞撞地走上前去，把我的手放在他的手上。帝王客人把他的目光转向我，那热烈赞赏的目光。这是我第一次经历的情况，在我的未来这将是司空见惯的：我完全像一只被捕获的放在拍卖桌上的动物，谁出最高的价格就给谁。

"她完美无缺，"阿伽门农对我父亲说，"你是怎么生出这些美丽的子女的，廷达瑞俄斯？"

我父亲笑了，他的手臂搂着我母亲的腰。"我只有一半的功劳，

第 四 章

陛下。"他说。

然后他们转过身，让我和墨涅拉俄斯交谈。但我们还没开始谈话，我听见大国王问了最后一个问题。

"忒修斯是怎么回事？"他问。

我母亲赶紧插话说："他绑架了她，阿伽门农。所幸雅典人认为这事是可以使重量倾斜的羽毛，在他还没来得及破坏她的贞操时便把他驱赶出来。卡斯托耳和波吕丢刻斯把她毫发无损地带回来了。"

说谎，说谎！

墨涅拉俄斯正盯着我看，我整了整衣饰。

"你以前从没去过阿米克莱？"我问。

他咕哝了几句什么，垂下头。

"你说什么？"我问。

"麦、麦、麦——没。"他尽力说得清楚。

他是个结巴！

求婚者都来了。墨涅拉俄斯是唯一被允许住在宫中的，这全靠他和我们家的亲戚关系和他兄长的影响。其余的人则被安排与家臣住在一起，或被安顿在客馆。他们一共一百人。我最有趣的发现是他们中没有一人像长着一头红发、说话结结巴巴的墨涅拉俄斯那样相貌平平、令人厌倦。

菲洛克忒忒斯和伊多墨纽斯一起来了。菲洛克忒忒斯身材魁梧，

由海伦叙述

英姿飒爽，精力充沛；傲气十足的伊多墨纽斯高视阔步地走进来，带着那出生于弥诺斯家族、注定要在卡特柔斯之后做克里特大国王的人的下意识的傲慢。

当狄俄墨得斯大步走进来时，我见到了他们中最出类拔萃的一个。一个真正的国王和战士。他带着忒修斯的那种深谙世故的神态，不过他皮肤黝黑，不像忒修斯那样皮肤白皙，倒像阿伽门农的皮肤。他俊美，高大矫健，如一头黑豹！他目光锐利，具有不拘小节的幽默，嘴角似乎总挂着笑。我立刻明白我会选中他。和我说话的时候他的眼神令我魂不守舍，欲望之剑一下子刺穿了我，我欲火中烧。是的，我要选阿尔戈斯的狄俄墨得斯国王。

当他们中的最后一个到达时，我父亲举行了盛大的宴会。我像皇后一般坐在高座上，假装看不见从一百双热辣辣的眼睛中持续不断射过来的目光，眼睛忽闪着向狄俄墨得斯逼去。而他却突然把注意力从我身上移到一个正在厅中长凳之间穿行的人身上，这个人的到来引得有人欢呼、有人蹙眉。狄俄墨得斯霍地起身，将这陌生人紧紧抱住打转。他们俩很快地谈了几句话，然后这个陌生人拍了拍狄俄墨得斯的背，继续走到高座旁问候我父亲和阿伽门农，他们两人已经站起身来。阿伽门农也起身了。迈锡尼的大国王并非对任何人都起身迎接的。

这位新来者非同一般。他身材高大，如果他的腿跟身体其他部位比例恰当，他可能会比现在高得多。他的腿短得失常，还有点罗

第 四 章

圈。他肌肉发达的身躯似乎过分庞大，放置在这发育不良的支撑物上简直让它难以承受。从面孔上看他的确长相英俊：五官端正，一双会说话的灰色大眼睛炯炯放光。他的头发呈红色，是我所见过的最鲜艳、最咄咄逼人的红色。克丽泰涅斯特拉和墨涅拉俄斯的红头发与他的一比便会黯然失色。

当他的眼光落在我身上时，我感到了他的力量。我不由自主地打了个战。他是谁？

我父亲不耐烦地对一个仆人打手势，仆人在他和阿伽门农之间放了一张国王座椅。他是谁？为何享受如此礼遇，而且对此殊荣并不感到受宠若惊？

"这是海伦。"我父亲说。

"怪不得我看到大部分希腊人都到这儿来了呢，廷达瑞俄斯。"他快乐地说，拿起一只鸡腿，用白牙大嚼起来，"我现在相信了传闻所言——她是世上最美的女人。你们将很难对付这群性急之人，因为这是一人欢喜众人愁。"

阿伽门农一脸愁容地看着我父亲，他们俩都笑了。

"相信你能用最短的时间简要地讲清你为什么难题而来，奥德修斯。"大国王说。

我的惊奇烟消云散了，我感觉自己像个傻瓜。奥德修斯，没错。除了他，谁敢与阿伽门农平起平坐地说话？除了他，谁有资格在高坛上占一把特殊座椅？

由 海 伦 叙 述

我听很多人说起过他。哪里谈到法律、决策、新税种、战争，他的名字就在哪里出现。我父亲曾费尽千辛万苦长途跋涉去伊塔卡岛，就是为了向他讨教。他被认为是世界上最聪明的人，甚至比涅斯托耳和帕拉墨得斯还要聪明。他不仅聪明，而且睿智。怪不得过去在我的想象中奥德修斯是一位令人尊敬的老者，一个世纪生活的风霜使他弯下了腰，像皮罗斯国王涅斯托耳一样衰老。阿伽门农有要事相商时，总是派人去请帕拉墨得斯、涅斯托耳和奥德修斯，但通常总是由奥德修斯定夺。

关于这个被称为"伊塔卡狐狸"的人私下里有许多传言。他的王国由四个沿西海岸的多岩石、贫瘠的小岛构成，对于一个王国来讲，这是一片贫瘠、令人同情的领地。他的宫殿很简陋，他本人也从事耕种，因为其封地的贵族缴的贡税不足以养活他，但他的名字使伊塔卡（Ithaka）、琉卡斯（Leukas）、扎金托斯（Zakynthos）和刻法勒耐（Kephallenai）四岛扬名。

上次他来阿米克莱我第一次看见他时，他不过二十五岁刚出头。如果智慧有力量使人的面孔变老，那当时他可能还没那么大。

他们继续交谈，也许已忘了我在父亲的左侧，能够不引人注目地听到他们的谈话内容。墨涅拉俄斯在我的另一边，没有人跟我谈话分散我的注意力。

"你打算向海伦求婚吗，我狡猾的朋友？"

第 四 章

奥德修斯一副顽皮的模样："你看透了我的心思，廷达瑞俄斯。"

"确实如此，但为什么呢？我没想到你也会追求绝代美女，虽然她确实有一笔嫁妆。"

他做了个鬼脸："我的好奇心——想想我的好奇心！你能设想我会错失目睹这盛大场面的良机吗？"

阿伽门农咧开嘴笑，而我父亲却纵声大笑。

"场面盛大是事实。我该怎么办，奥德修斯？看看他们吧！一百零一个[1]国王和王子，大声咆哮，恶语相向，揣测谁将成为幸运儿，并决心反对我们的选择，不管它多么合情合理、通达明智。"

这次阿伽门农说话了："这已经变成了一场竞争。谁最受迈锡尼大国王和他岳父拉刻代蒙的廷达瑞俄斯的垂青？他们知道廷达瑞俄斯一定会采纳我的建议！我看这个局面只能导致持久的敌意。"

"完全正确。看看菲洛克忒忒斯，他弓着傲慢的脖子，鼻子里发出轻蔑的哼声。狄俄墨得斯、伊多墨纽斯就别提了。还有墨涅斯透斯、欧律皮洛斯，等等。"

"我们该怎么办呢？"大国王问。

"您是正式向我咨询吗，陛下？"

"是的。"

1.英语中的"一百零一个"是短语，极言其多。此处为双关，也可理解为实数，用来暗讽奥德修斯。

由 海 伦 叙 述

我紧张得挺直了身子，开始意识到在这件事情中我的角色是多么无足轻重。我突然想哭。我选择？不！是他们来选择，阿伽门农和我父亲选择。不过我现在明白，奥德修斯把我的命运握在了他的手掌之中。但他在乎我吗？他在对我眨眼，我的心一沉。不，他不在乎，在他美丽的灰眼睛中没有一丝的欲望。他不是来向我求婚的，他来是因为他知道别人需要他的忠告，他来只是为了提高自己的地位。

"我一如既往地乐意效劳。"他侃侃而谈，目光转向我父亲，"不过，廷达瑞俄斯，我要先请你帮个小忙，然后再讨论安全、明智地让海伦出嫁之事。"

阿伽门农似乎感到不快。他们到底在进行什么样微妙的交易？我感到茫然。

"你要娶海伦吗？"父亲直率地问。

奥德修斯把头猛地往后一仰，纵声大笑，嘈杂的大厅一下子安静了下来。"不，不！我一个财力匮乏的国度的君主岂敢向她求婚！可怜的海伦！我不敢想像这样一位绝色佳人被限制在爱奥尼亚海中的一片礁石上。不，我不娶海伦做新娘。我要另一个。"

"啊！"阿伽门农松了一口气，问道，"谁？"

奥德修斯有意把答案说给父亲："廷达瑞俄斯，你兄弟伊卡里俄斯的女儿佩涅洛佩。"

"这事应该不难。"我父亲说。他感到惊讶。

第 四 章

"伊卡里俄斯不喜欢我，此外，佩涅洛佩的求婚者中有的条件比我优越得多。"

"这由我来办。"我父亲答道。

"这等于已经办成了。"阿伽门农说。

这使我十分吃惊！即使他们能理解奥德修斯看中佩涅洛佩的原因，可我却一点看不出。我对她十分了解，她是我的堂姐。她长得不丑，此外还是个重要的继承人，但是她很乏味。一次她撞见我让一个家臣吻我的乳房——我肯定不会让他得寸进尺的——便对我教训了一番，说什么放纵肉欲不明智啦，降低身份啦。她一字一顿，用毫无感情的声调告诫我最好把心思放在一些真正的女人的技能上，比如说纺织啦。我盯着她看了好一阵，就好像她是疯子。纺织！

奥德修斯开始说话，我不再想堂姐佩涅洛佩的事，专心致志地听他讲。

"廷达瑞俄斯，你想把女儿嫁出去，对此我有公正的看法，我也理解你的理由。你选择谁是无关紧要的，真正重要的是你必须保证你自己和阿伽门农的利益——在你宣布你的选择之后必须保证维持住你和那一百个倒运的人的关系。我能做到这些，只要你们完全按照我的话去做。"

阿伽门农答道："我们愿意。"

"那么第一步是归还求婚者所献的全部聘礼，同时还要对他们的美意得体地表示感谢。不能让任何人说你贪婪，廷达瑞俄斯。"

由海伦　叙述

我父亲显得很失望："真有这个必要吗？"

"不是必要，而是必须！"

"我们会退掉聘礼。"阿伽门农说。

"好。"奥德修斯在座位中把身子往前倾了倾，两位国王也往前探过身子。"你们要在夜里，在御座厅宣布所做的选择。这地方要显得昏暗神圣，选择在夜晚有助于产生这样的效果。要让所有的祭司都到场，要大量焚香，我的目的是控制求婚者的情绪，这只有通过仪式才能实现。被选人名字的宣布势必会使勇士们怒火爆发，其局面靠你自己是无法收拾的。"

"照你说的办吧。"父亲叹了口气，他不喜欢讨论这些细枝末节。

"廷达瑞俄斯，这还仅仅是开始。你讲话的时候要让求婚者知道你是多么宠爱珠宝般珍贵的女儿，你是多么虔诚地祈求神祇给予引导。你要告诉他们，你的人选是经奥林波斯山上神祇们同意的。征兆吉祥，神谕明示。但全能的宙斯提出一个条件：任何人——你除外——在知道这幸运者的名字之前，必须宣誓支持你的选择。但这还不够，每个人也必须发誓真心实意地支持海伦的丈夫，与他合作。每个人必须宣誓，海伦的丈夫的幸福对于他如同神祇一样珍贵；如果需要，每个人必须参战以保卫海伦丈夫的权利。"

阿伽门农默默地坐着，两眼出神。他咬着嘴唇，看得出来，他的内心涌动着激情；我的父亲只是发愣；而奥德修斯则背靠在椅子上坐着，细嚼慢咽地吃着鸡。突然，阿伽门农转身紧紧抓住他的双

第 四 章

肩。由于抓得过紧,他的指关节变得苍白,脸上呈现不祥之色。但奥德修斯并不害怕,他平静地与阿伽门对视。

"以神母库巴巴的名义,奥德修斯,你是天才!"大国王转身凝视着我的父亲,"廷达瑞俄斯,你知道这意味着什么吗?不管谁娶了海伦,都保证会得到永久的、无法取消的与几乎所有希腊国家结盟的特权!他的将来无虞,他的地位会提高一千倍!"

我父亲虽然大大松了一口气,却蹙起了眉头。"我能让他们发什么样的誓言?"他问,"什么样的誓言如此可怕,能让他们甘心去做他们所憎恨的事情?"

"只有一种誓言,"阿伽门农缓缓地说,"四分马誓言。以雷霆者宙斯的名义,以撼地者波塞冬的名义,以科瑞的女儿们[1]的名义,以大洋之河[2]和死者的名义。"

这些话如同从美杜莎[3]头上滴下的鲜血,父亲一阵战栗,他低下了头,用双手掩面。

奥德修斯看来很冷静,他陡然改变了话题。"在海勒斯旁海峡将会发生什么事呢?"他闲聊似的问阿伽门农。

1.本书中的"科瑞的女儿们"或"冥后的女儿们"指希腊神话中的复仇女神。
2.希腊神话中称围绕大地的水流为大洋流,古人认为它是万水之源。大洋之河即大洋流。
3.Medusa,又译墨杜萨,希腊神话中的怪物。原为美女,因触犯女神雅典娜,头发变为毒蛇,奇丑无比,谁看她一眼会立即变为石头。

由 海 伦 叙 述

大国王面露不豫之色："我不知道。啊，特洛伊的普里阿摩斯有什么毛病？为什么他对黑海的希腊商人的好处视而不见呢？"

"我想，"奥德修斯说，他选了一块蜜糕，"不让希腊商人进入黑海对普里阿摩斯大有裨益，他通过收取海勒斯旁的通行费养肥了自己。他也和小亚细亚其他国家的国王签定了条约，无疑他也从这些国家高价卖给我们希腊人锡和铜的交易中分得了一份好处——如果我们要从小亚细亚购买锡和铜。实际情况是我们不得不买。把希腊人排除在黑海之外对特洛伊意味着更多的钱财，而不是更少。"

"忒拉蒙拐走赫西俄涅帮了我们一个倒忙！"我父亲气愤地说。

阿伽门农摇摇头："忒拉蒙没有错。赫拉克勒斯所要求的不过是付给一项劳苦功高的服务合法的报酬。而那卑鄙的老吝啬鬼拒不偿付，其结果恐怕连没脑筋的白痴也会预见到。"

"赫拉克勒斯已死了二十多年了，"奥德修斯边说边给自己的酒加了一些水，"忒修斯也死了。只有忒拉蒙还活着，即使赫西俄涅愿意走，他也决不会同意与她分离。诱拐也好，强暴也罢，不过是过时的老话而已。"他平静地说着，似乎从未听过任何有关我和忒修斯的传言。"即使是诱拐，这和政策也没有太大的关系。希腊正在强盛，小亚细亚明白这一点。因此，除了禁止希腊得到制造青铜所需的锡和铜，特洛伊和小亚细亚别的国家还能采取什么更好的政策呢？"

"不错，"阿伽门农说着捋了捋胡须，"那么特洛伊的贸易禁运会产生什么结果呢？"

第 四 章

"战争，"奥德修斯心平气和地说，"迟早会有战争爆发。当我们感到手头极端拮据时，当克诺索斯和伊俄尔科斯之间所有的御座厅内都响起商人们要求伸张正义的激昂的呼声时，当我们再也无法刮到足够的锡与黄铜熔炼制成青铜来制造剑、盾和箭镞时，战争就会爆发。"

他们的谈话越来越乏味，唉，它不再和我有关。此外，我从心底里讨厌墨涅拉俄斯。酒劲开始发作，宴会上已很少有人抬起头对我投来崇拜的目光。我悄悄地把脚从桌下挪开，从我父亲座椅背后的门溜了出去。我沿着与宴会厅平行的狭长走道往前走，后悔穿了这身叮当作响的衣裙。通往妇女住的厢房的楼梯在最末端，通道在这里岔开通往别的公用房间。我走到楼梯处，登了上去，没被人叫回。现在我只要经过我母亲的住处便可自由了。我低着头，拉上了帘子。

我的手臂被一双手抓住了。我刚想惊叫，嘴巴就被一只手捂住了。狄俄墨得斯！我两眼盯着他，心怦怦跳个不停。在此之前我一直没有机会和他单独待在一起，除了寒暄，也没有机会和他说话。

灯光把他的皮肤镀成了琥珀色，他的脖子上有一根筋快速地跳动。我情不自禁地看着他那黑色、火辣辣的眼睛，感觉到他的手从我的嘴上落下。他是多么美啊！我是多么爱美啊！我最爱的是男人身上的美。

由海伦　叙述

"到外面花园里跟我见面。"他轻声说。

我拼命地摇头:"你一定是疯了!放开我,我以后不会说起怎样在我母亲的屋外遇见你的!放开我!"

他的牙齿白得发亮,他不出声地笑了:"你如果不答应与我在花园里相见,我就待在这儿不走了。他们在宴会厅还要待一段时间,没人会发现我们不在的。姑娘,我想要你!我不管他们做什么决定或者怎样拖延,我要你,我要得到你!"

刚从热烘烘的宴会厅里出来,我感到头昏脑涨。我把手放在头上,然后,似乎出自它自己的意愿,我的头竟然点了一下。狄俄墨得斯立即放开了我,我跑回自己的房中。

涅斯忒正等着给我脱衣解裙。

"睡觉去吧,老妈子!我来自己脱衣。"

她已习惯了我的脾气,乐得走开。我用颤抖的手指拉开系带,扯开紧身胸衣和上装,从裙子中将肢体挣脱出来。我剥去饰铃、手镯和戒指,找到亚麻布浴袍,把它裹在身上,然后出屋走进走廊,沿着后边的楼梯走到夜空下的室外。他说的是花园,我找到了一排排卷心大白菜和可食用根茎菜之后笑了。谁会在蔬菜丛中寻找我们?

他在月桂树下,全身一丝不挂。我一下子脱掉浴袍,因为离他较远,在如水的月光中他看不见我。后来他来到我身边,把浴衣铺开作为我们的眠床,抱着我平躺在大地母亲的胸膛上。女人从这里得到力量,而男人却失去力量。这就是神祇的行事之道。

第 四 章

"手指和舌头，狄俄墨得斯，"我轻声地说，"我要带着完好无损的处女膜走上婚床。"

他把脸埋在我的双乳之间，抑制住了笑声。"忒修斯教过你怎样做个处女？"他问。

"这事不需要人教。"我一边说，一边用手抚摸着他的手臂和肩膀。我叹着气说："我年纪不算大，但我知道我的脑袋就是我把童贞交给除我丈夫之外的任何男人的代价。"

我想，在他离开我的时候他获得了某种满足，也许这不是他所期望的那种满足。因为他真心爱我，所以他尊重我的要求，正如忒修斯一样。我倒不那么在乎狄俄墨得斯的感觉，反正我自己感到很满足。

次日夜晚，我坐在父亲的宝座旁，狄俄墨得斯跟菲洛克忒忒斯和奥德修斯坐在人群里，他离我太远，在昏暗的灯火下很难看清他的表情。装饰有舞蹈战士壁画和涂成深红色的圆柱的原本鲜亮生辉的大厅昏暗沉沉，人影幢幢。祭司都来了，浓烈的令人生厌的香烟袅袅升起，没有慌乱和躁动，这里弥漫着神庙中的气氛：庄严肃穆，神圣凝重。

我听见父亲说着奥德修斯给他准备好的话。压抑的气氛渐渐地缓和下来。然后祭祀的马被带了进来。这是一匹纯白的牡马，粉红色的眼睛，全身没有一丝黑毛。它的蹄子在打磨得很光的石板上打着滑，头在金色的缰绳中前后扭动。阿伽门农娴熟地挥起一把双头

由海伦　叙述

巨斧。马倒下了，似乎很缓慢，马鬃和马尾如急流中的几绺野草飘拂了一下，血喷涌而出。

我父亲向这些求婚者宣布了他所要求的誓言，而我看着祭司们把这可爱的马劈成四块，这使我感到又难受，又恐惧。我永远也不会忘记那个场景：求婚者一个接一个地走到前面，站在马的四块温暖的肢体上保持平衡，发出忠于我未来丈夫的可怕誓言。这声音沉闷、冷漠，因为力量和阳刚之气在这可怕的时刻难以生存。一张张苍白而冒汗的脸在摇曳的火炬之光中时隐时现。不知从什么地方吹来一阵风，如野鬼游魂发出的呼喊。

最后，这一切终于结束了。冒着热气的马尸横在那儿，无人理睬。求婚者们从各自的位置抬头望着拉刻代蒙的廷达瑞俄斯国王，他们的神态如同服了麻醉药。

"我把女儿许配给墨涅拉俄斯。"父亲说。

一声重重的叹息，此外便什么都没有了。

没有人高声提出抗议，连狄俄墨得斯都没有愤怒地跳起来。当侍者们往来穿梭地点燃灯盏的时候，我的目光与他的目光相遇。我们隔着五十个人的头互相道别，心中明白我们失败了。在我看他的时候，眼泪顺着我的面颊流了下来，但是没有人觉察。我把自己麻木的手放进墨涅拉俄斯潮湿的手里。

第 四 章

第五章

由帕里斯[1]
叙述

[1] Paris,希腊神话中的特洛伊王子,他诱拐了著名的希腊美女海伦,从而引发了长达10年之久的特洛伊战争。

我肩挎弓箭独自步行，回到了特洛伊。有七个月的时光我在伊达山的莽莽森林中和林间空地上逗留，可是我拿不出一件战利品来作为这七个月的成果。虽然我热衷狩猎，可我却不忍目睹动物中箭后踉跄倒地的可怜模样。我倒希望看见它像我一样安然和自由自在。我的最美妙的狩猎活动不是捕获鹿或野猪，而是捕获更诱人的猎物。对我而言，狩猎的乐趣在于追踪伊达山林中的人类居民，那些野姑娘和牧羊女。当一个姑娘被击败倒地时，射中她的不是普通的箭，而是厄罗斯[1]之箭。这里没有血流成溪，没有奄奄一息的呻吟，当我把她揽入怀中时，只有心满意足的一声叹息。追击的狂喜令我喘息不已，另一种狂喜又要让我气喘吁吁了。

　　我总是在伊达山林度过春夏。宫廷生活十分乏味，简直要把我逼疯。我多么憎恶这些上过油并打磨成最鲜亮的棕褐色的香柏椽子、描画装饰的石厅和柱石支撑的塔楼！关闭在高墙之内使人窒息，这

---

1. Eros，希腊神话中的爱神，罗马神话中称丘比特。

第　五　章

是在过囚犯的生活。我所需要的只是奔跑着从绵延数百里的草丛树林中穿过，精疲力尽地躺下，枕着芳香的落叶。可是每年秋季我不得不回到特洛伊，和我父亲一起过冬。虽然这只是个象征性的举动，但这是我的责任，在他众多的儿子中，我毕竟是他的第四子。尽管没有人重视我，但我乐得如此。

这是刮着狂风下着暴雨的寒冷的一天，我走进御座厅时会议已接近尾声。我还是那身山中狩猎的装束，对那些怜悯的笑容、不以为然的噘嘴我一概视而不见。苍茫的暮色已经变成幽暗的夜色，会议已开了很长时间。

父王端坐在用黄金和象牙制成的御椅上，它位于大厅另一端的紫色大理石高坛上。他长长的白发被精心卷成小圈，白色美髯用金银细线盘缠编结。他对自己的遐龄过分自豪，当他安坐于御座之上，如一尊位于高高的底座上的古老神像俯视他所拥有的一切时，他是一副最陶醉开心的神态。

如果这厅堂没有这么气势宏伟，我父亲展示的场景也许不会给人留下这么深刻的印象。但他们都说这厅堂比克里特克诺索斯宫殿的老御座厅还要更大更宏伟。宽敞的大厅可以容纳三百人且不显得拥挤，香柏椽之间高高的天花板被漆成蓝色，上面装点着一个个金色的星座。巨大的支柱底部逐渐变细，基座是深蓝色或紫色；朴实的圆形柱头和柱脚被镀成金色。四壁从地面到一人高的地方全是清一色的紫色大理石。再往上墙上绘有狮、豹、熊、狼和人在一起的

由帕里斯　叙述

狩猎场景的壁画——在浅蓝的底色上，绘有黑白、黄、深红、棕褐和粉红等颜色。在御座之后是一副埃及黑檀木制成的屏风，上面镶嵌着金色的图案。通往御座高坛的台阶边缘镶有黄金。

我顺势从肩上取下弓箭，把它们递给仆人，然后穿过群群廷臣，走到高坛前。看见我之后，父亲倾过身子，用他那象牙制成的权杖的绿宝石圆球把手，轻轻地碰了碰我低垂的头，这是要我站起身走到他身边。我吻了他憔悴的面颊。

"你回来真是太好了，儿子。"他说。

"我希望我能说回来很好，父亲。"

他把我推在他脚边坐下，然后叹了口气："我总希望这一次你能住下来，帕里斯。如果你愿意住下来，我要使你有所作为。"

我伸出手抚摸他的胡须，因为他喜欢别人这样："我不想做王子要做的事，父王。"

"但你是王子！"他又叹了口气，轻轻地晃动了一下身子，"不过我知道你还很年轻，还有时间。"

"不，父王，没有什么时间了。您认为我还是个孩子，但我已是成人了。我三十三岁了。"

我想他并没有听我说话，因为他抬起头，把视线从我身上移开，用他的权杖向人群后面的某个人示意。那是赫克托耳。

"帕里斯坚持说他三十三岁了，我的儿！"当赫克托耳走到那三个台阶的底部时我父亲说。他很高，即使站在台阶下面，也能够平

第 五 章

视我父亲的脸。

赫克托耳用他的黑眼睛若有所思地打量着我。"我想你应该有三十三岁了，帕里斯。我比你晚十年出生，我现在二十三岁半了。"他咧开嘴笑了，"不过你看起来确实没那么大。"

我也对他笑了笑："谢谢你的夸奖，小兄弟！现在你确实看起来有我这么大的年纪，这是因为你是继承人的缘故。做继承人使人老——被束缚在国家、军队和王位的诸多事务中。但愿我永远拥有无拘无束的青春！"

"对一个人合适的东西不一定对另一个人合适，"赫克托耳平静地回答，"我对女人没有兴趣，所以我显得老相又有什么关系呢？你喜欢沉溺在后宫消遣作乐，可是我却钟情于领兵韬略。我的脸可能会过早地起皱纹，可是在你腆着个将军肚很久之后，我的身体仍然瘦削而健康。"

我不由得退缩了。请相信赫克托耳能发现弱点！他能在转瞬之间找到一个人的致命弱点，然后像猛狮一般扑上去，他也从不害怕使用"利爪"；继承人的地位使他成熟了。少年时的活力和青春的骚动已经一去不复返了，他的无可争辩的力量已用到了有益的事业上。此外，他已经长大，可以担此重任了。我绝非孱弱之辈，但赫克托耳比我高出许多，他的块头是我的两倍。他装束朴素，因此有一种令人肃然起敬的威严。他穿着皮褶裥短裙，长长的黑发束起，在脑后结成一个整齐的发辫。我们这些普里阿摩斯和赫卡柏所生的儿子都以好容貌而闻名，但赫克托耳还比别人多一个优势：天然的权威。

突然，我被猛地一推，站了起来。老忒诺耳把我从父亲身边拉开，他不高兴地说希望在散会前和国王说几句话。赫克托耳和我便从高坛溜走，后来也没再被叫回。

"我要给你一个惊喜。"我们走过那些连接构成城堡王宫的各间厢房偏殿的似乎没有尽头的走道时，我弟弟带着淡淡的喜悦对我说。

继承人的殿堂紧靠着我父亲的王宫，所以我们走得并不太远。当他领我走进他的会客厅时，我忽然站住，吃惊地四周张望。

"赫克托耳！她在哪儿？"

过去凌乱地堆放着矛、盾牌、盔甲和刀剑的库房，现在是一间住房。虽然赫克托耳喜爱马，但这房间里没有马的气味。我记得过去曾须仔细察看四壁才能了解它们的装饰如何，但今晚四壁装点得鲜艳夺目：盘虬的玉树，蓝色和紫色的花朵，欢跳的黑白二色马。地面十分洁净，铺地的黑色和白色的大理石闪闪发光。三足鼎和装饰物擦得发亮，绣得很精美的紫色帷幔悬挂在门上和窗上的金色吊环上。"她在哪儿？"我又问了一句。

他脸红了。"她马上就来。"他瓮声瓮气地说。

他话音刚落，她便走了进来。我打量了她一下，不得不佩服他的眼光。她长得很美，跟他一样皮肤黝黑、身材高大、体格健壮。她和他一样拙于应酬，她看了我一眼之后，就把眼光移到她所能找

第 五 章

到的别的地方去了。

"这是我的妻子安德洛玛刻。"赫克托耳说。

我吻了她的面颊:"很好,小弟弟,很好!想必她不是这一带的人。"

"对,她是克利克亚的厄厄提翁(Eetion)国王的女儿。今年春天我代父亲去那儿,把她带了回来。这不是事先安排的,但是——"他吸了一口气说,"就是发生了。"

她终于羞涩地开口说话了:"赫克托耳,这位是谁?"

赫克托耳气得一拍大腿,发出"叭"的一声响,吓了我一跳:"哦,我怎么这么糊涂呢?这是帕里斯。"

有片刻,她的眼中闪现出某种我不喜欢的神色。啊!一旦这位姑娘的拘束陌生感消失,她将是个不可小看的女人。

"我的安德洛玛刻很有勇气。"赫克托耳自豪地说,他一只胳膊搂着她的腰,"她离开家人跟我来到特洛伊。"

"原来如此。"我礼貌地说,就此打住话头。

不久以后我便习惯了王宫中单调乏味的生活。当雪霰噼噼啪啪地敲打着龟壳百叶窗时,当大雨从墙顶上滂沱而下时,当白雪给庭院披上银装时,我便在女人堆中打探搜寻有趣的新人——那些有伊达山中最美的牧羊女十分之一可爱的人。这件事十分累人,但没有挑战性,也无须很大的运动量。赫克托耳说得对,如果找不到更好

由 帕 里 斯 叙 述

的办法使自己保持体形，只是在王宫的回廊中来回潜行，我会长出将军肚的。

我回来四个月之后，赫勒诺斯来到我的住处，舒服地坐在窗下有坐垫的座位上。这一天天气很好，变得很暖和。

我的住处视野开阔，可以看到从都城到西基奥斯码头和泰涅多斯（Tenedos）岛的景观。

"我要是有你那种对父亲的影响力该有多好啊，帕里斯。"赫勒诺斯说。

"虽说你是王子，但你现在还太年轻。你将来会有前途的。"

他还没开始修面。他是个很美的小伙子，一头黑发，眼睛很黑，我们这些赫卡柏所生的王子公主都是如此。作为双胞胎，他的地位令人称奇。关于他和他的孪生妹妹卡珊德拉[1]有一些奇怪的传闻。他们今年十七岁，比我小得多，所以我们之间难以建立真正亲密的关系。除此之外，他们俩具有预言的能力。他们身上罩着一层灵气，这使得别人，包括他们的兄弟姐妹感到很不自在。这灵气在赫勒诺斯身上不如在卡珊德拉身上明显，这对赫勒诺斯来说真是件好事。卡珊德拉有些癫狂。

他们俩在婴儿期就被奉献给阿波罗来侍奉他。也许他们俩对这

1.Kassandra，特洛伊公主，为阿波罗所爱并被其赋予预言能力，但她拒绝了阿波罗的爱情，阿波罗便让别人不相信她的预言。

第 五 章

种任意安排他们命运的做法感到过不满,但他们从未表露过。根据国王达耳达诺斯制定的法律,特洛伊的神谕必须由国王和王后所生的一子一女负责掌管,最好是孪生子女。这条法律使赫勒诺斯和卡珊德拉必然成为人选。眼下他们还享受一定程度的自由,但当他们年满二十岁时,便会被正式地交付给三个负责特洛伊祭祀阿波罗事务的人:卡尔卡斯、拉奥孔和安忒诺耳的妻子忒阿诺(Theano)。

赫勒诺斯身穿侍奉神祇的人所穿的飘拂的长袍。他那梦幻般的表情与美貌的结合使他充分具有吸引人的魅力,他坐着从我的窗口俯瞰下面的景色时的样子深深地吸引了我。他喜欢我胜过喜欢其他的兄弟,不管是赫卡柏所生、别的王后所生还是嫔妃所生的,因为我不喜欢战争和杀戮。虽然他有严格的苦行的原则,不可能宽容我的寻花问柳,但他发现我的谈话很合他的脾胃——是平和的,而不是好战的。

"我给你带来了一个口信。"他头也不回地说。

我叹了一口气:"我做了什么事啦?"

"没什么值得指责的事。他们要我告诉你今天晚饭后来开会。"

"我不能来。我事先已有一个约会。"

"你最好爽约。这口信是父亲带来的。"

"烦人!为什么要我参加?"

"我不知道。参加的人很少,只有少数几个王子,加上安忒诺耳和卡尔卡斯。"

由 帕 里 斯 叙 述

"奇怪的人员搭配。会是什么事呢？"

"去了你就知道了。"

"哦，我会去的！也要你参加了吗？"

赫勒诺斯没有回答。他的脸扭曲了，两眼放出独特的通灵的光。因为我以前见过这种陷于幻想的恍惚，所以知道这次也是这种情况，便着迷地凝视着。突然，他身子战栗了一下，之后又恢复常态了。

"你看见了什么？"我问。

"我无法看见，"他缓缓地说，拭去头上的汗，"一个图案，我感觉是个图案……开始蜿蜒曲折，它将导向不可避免的结果。"

"你一定看见什么了，赫勒诺斯。"

"大火……身披甲胄的希腊人……一个很美的女人，她一定是阿佛洛狄忒……舰船——成百上千艘舰船……你，父亲，赫克托耳……"

"我？但我是无足轻重的人！"

"相信我的话，帕里斯，你是重要的人。"他用疲倦的声音说，然后突然起身，"我要去找卡珊德拉，我们常常看见相同的东西，即使是我们不在一起的时候也是如此。"

我也隐约地感到了这黑暗的罗网般的幻景，摇了摇头："不，卡珊德拉会破坏它。"

赫勒诺斯讲得不错，参会的人确实很少。我到得最迟，便在我

第 五 章

兄弟特洛伊罗斯和伊利俄斯（Ilios）坐着的长凳一端找了个座位坐下。他们为什么也来了？特洛伊罗斯八岁，伊利俄斯仅七岁，他们是我母亲最小的孩子，他们的名字是为纪念从达耳达诺斯国王手中继承王位的先祖所起的。赫克托耳也在场，还有我们的长兄得伊福玻斯。从道理上说，得伊福玻斯应该被指定为继承人，但大家——包括父亲——都了解他，知道他登基一年就会把一切都搞得一团糟。贪婪、疏忽大意、感情用事、自私、放纵——这些都是对他的评价。他十分恨我们，特别恨赫克托耳。他篡夺了他的位子——他是这么认为的。

舅父安忒诺耳来参加会议是合情合理的，作为大臣，他出席各种会议。但卡尔卡斯为什么参加呢？他是个十分令人不安的人。

安忒诺耳舅父对我怒目而视，并非因为我迟到了。两年前的夏天，在伊达山上，有一天，当我正对准钉在一棵树上的靶子放箭时，突然不知从何处刮来一阵风，使射出的箭偏向一边。我找到箭，发现它已射入舅父安忒诺耳最宠幸的妃子所生的他最小的儿子的后背。这可怜的小伙子一直躲在那儿窥视一个在泉水中洗澡的牧羊女。他死了，我犯了过失杀人罪。这并非真正意义上的犯罪，但是死了人，必须为此赎罪。对我来说，赎罪的唯一方法就是到国外去找一位愿意为我主持洗罪仪式的外国国王。安忒诺耳舅父没能提出复仇，但他一直没有宽恕我。他的目光提醒了我，我得启程去国外寻找那位国王。国王们是唯一可以为过失杀人者行赎罪礼的祭司。

由 帕 里 斯 叙 述

父亲用他的象牙权杖底端敲着地，权杖的圆头闪耀着绿光，因为上面镶有一块硕大的纯绿宝石。"我召集这次会议是要讨论烦扰我许多年的一件事，"他语气坚定，声音洪亮，"我关注起这件事是因为我意识到我的儿子帕里斯出生在三十三年前事情发生的那一天。这是发生死亡和损失惨重的一天。我父亲拉俄墨冬被谋杀了，我的四个兄弟也被杀害，我妹妹赫西俄涅被诱拐强暴。是帕里斯的出世才使这一天不至于成为我一生中最黑暗的日子。"

"父亲，那么我们来这儿干什么呢？"赫克托耳轻声问。我注意到，近来，每当父王思想走神时，他总是让他回到正题，他已视之为自己的责任了。现在父亲开始经常走神了。

"哦，我没告诉你？你来是因为你是继承人，赫勒诺斯来是因为他将要负责特洛伊神谕之事，卡尔卡斯来是因为赫勒诺斯成年之后由他负责神谕之事，特洛伊罗斯和伊利俄斯来是因为卡尔卡斯说过一些关于他们二人的预言，安忒诺耳来是因为出事那天他在现场，帕里斯来是因为他出生在那一天。"

"我们为什么到这里来开会？"赫克托耳于是又问。

"我打算等海上风平浪静之后派一个正式的使团去萨拉米斯的忒拉蒙那儿。"父亲说。依我看这完全符合情理，不过赫克托耳皱了皱眉，好像这回答使他不安。"这个使团将去请求忒拉蒙让我妹妹回到特洛伊。"

闻听此言，厅内一片沉寂。安忒诺耳走到我的长凳和另一长凳

第 五 章

之间站着，然后转向坐在王座上的我的父亲。这个可怜的人，由于多年来受关节病的折磨，他的身子几乎弯到了地上。大家都认为他遭这个罪是因为他那出了名的坏脾气。"陛下，这是愚蠢的冒险。"他直言不讳地说，"为什么为此事花费特洛伊的黄金？你我都知道在她三十三年流落在外的时光中，赫西俄涅从未表示过对自己的命运的哀伤。她的儿子透克洛斯可能是个私生子，但他在萨拉米斯宫中的地位很高，被视为萨拉米斯继承人埃阿斯的益友良师。你会遭到拒绝的，普里阿摩斯。为什么要自讨苦吃呢？"

国王气得跳了起来："你是在骂我昏庸吧，安忒诺耳？我可从没听说过赫西俄涅甘心流落他乡！不，是忒拉蒙不让她向我们求援的！"

安忒诺耳挥动着他关节粗大的拳头："我有这个发言权，陛下！我坚持我的意见！为什么您总认为多年前是我们受了冤屈呢？是赫拉克勒斯受了冤屈，这您心里明白。我还要提醒您，当时要不是赫拉克勒斯杀死了狮子，赫西俄涅现在也不会活着。"

我父亲全身颤抖。虽然他和安忒诺耳是姻亲兄弟，但是他们二人一贯不和。安忒诺耳在精神上一直是达耳达尼亚人，在内心深处他和我们是敌人。

"如果你我是年轻人，"我父亲咬牙切齿地说，"我们总是这样作对也许有些意义，我们可以拿起盾和剑决一雌雄。但你是个行动不便的人，而我年老体衰。我再说一遍：我要尽快派一个使团去萨拉

由 帕 里 斯 叙 述

米斯。明白吗？"

安忒诺耳嗤之以鼻："您是国王，陛下，您有权做出决定。不过说到决斗——您可以称自己年老体衰，但您怎么会认为我行动不便而不能彻底打垮您呢？我非常乐意跟您决一雌雄！"

话音刚落他就走了出去，我父亲重新坐下，气得用牙齿咬着胡须。

我站了起来，对此我自己也感到惊奇；但更令我吃惊的是，我竟然接着说了下面一番话："父王，我自愿率领您的使团去完成使命。无论如何我都必须出国为安忒诺耳舅父儿子的死寻求洗罪。"

赫克托耳笑了，他拍着手说："帕里斯，我向你致敬！"

但得伊福玻斯面露不豫之色："为什么不让我去，父王？这件事非我莫属！我是长子。"

赫勒诺斯也加入争吵为得伊福玻斯帮腔。我简直不敢相信自己的耳朵，因为我知道赫勒诺斯十分憎恶我们的长兄。

"父亲，请派得伊福玻斯去吧！如果帕里斯去，我的本能确切地告诉我特洛伊将会哭出带血的眼泪！"

不管什么带血的眼泪，普里阿摩斯国王主意已定。他把任务交给了我。

待别人都离去之后，我留下来跟他待在一起。

"帕里斯，我很高兴。"他用手抚摸着我的头发说。

"能让您高兴我不甚荣幸，父亲。"我突然笑了，"如果我接不回

第 五 章

姑母赫西俄涅，也许我能带回一位希腊公主。"

他轻声地笑了，在椅子里前后摇动着，我的小小玩笑很合他的心意。"希腊有很多公主，我的儿。我承认，如果我们以牙还牙，可以好好地气一气希腊人。"

我吻了他的手。他对希腊和与希腊有关的东西难以化解的仇恨在特洛伊是人尽皆知的。我刚才让他高兴了。只要能让他开心地笑，即使这快乐是泡沫又有什么关系呢？

因为看来温暖的冬季要提早结束了，几天后我就去西基奥斯和将与我同行的船长和商人们讨论领船队出航之事。我想要二十艘有足额船员和空货舱的大船。因为费用由国家承担，我知道肯定有很多人渴盼随我同行。虽然我当时不明白是什么魔鬼驱使我毛遂自荐，但现在我发现自己一想到这次冒险就激动不已。不久以后，我将会看见一般的特洛伊人没有机会看到的遥远的异域外邦，希腊人之邦。

开完会之后，我踱出港务官的小屋，呼吸着带有浓烈的海的气味的清新的空气，看着热闹的海滩上的繁忙景象。冬天拉到海滩沙砾上的船只上现在聚集着一群一群的人，他们的职责是检查涂过沥青的船舷，确保船只适合出海航行。一艘深红色大船正左拐右弯地

由 帕 里 斯 叙 述

向岸边靠近,船首的那双眼睛[1]把我盯得局促不安,装饰在船上弯曲的通风帽顶端的船首雕像很显然是我的专门女神阿佛洛狄忒。何等船匠在何种梦境中见过她,以至把她描画得如此美妙绝伦?

最后,船长找到足够空间让沉重的船舷靠上岸边的卵石,绳梯随即"刷"的一下放了下来。正在这时,我注意到船首挂着一面帝王旗,这船首涂成深红色,饰有纯金缨穗。船上一定载有外国国王!我缓步走上前去,同时很快在外衣上弄出雅致的皱褶来。

那王室中人小心翼翼地从船上走下来。一定是希腊人,这从他的衣着、他那希腊人特有的下意识的优越感中可以明显地看出来,这种优越感是连那种最无足轻重的希腊人在遇到其他地方的人时也具有的。但当这王室之人走近时,我已没有了原先的敬畏。此人真是相貌平平!不算太高,不算很俊,一头红发。是的,他无疑是个希腊人,希腊人几乎一半是红头发。他的皮褶裥裙染成紫色,上面有凸起的金饰和黄金缨穗;宽腰带是金的,上面点缀着宝石;紫色上衣在胸前剪去一块,裸露出瘦削的胸脯;他的颈上戴着一个很大的由黄金和宝石制成的项圈。这是个十分富有的人。

他看见我时,改变了行进的方向。

"欢迎您光临特洛伊海岸,王室贵人!"我很正式地说,"我是

---

1. 指船首雕像的眼睛。

第 五 章

普里阿摩斯国王之子。"

他握住我伸出的手臂:"谢谢,殿下。我是墨涅拉俄斯,拉刻代蒙的国王,迈锡尼大国王阿伽门农之弟。"

我瞪大了眼睛。"您愿意乘我的车去都城吗,墨涅拉俄斯国王?"我问。

我父亲正在接见觐见者,处理朝政。我对传令官耳语了一番,他霍地跳起来立正站好,猛地推开了两扇大门。

"拉刻代蒙的墨涅拉俄斯国王驾到!"他大声报告。

我们一起走进去,里面的人群一下子一动不动了。赫克托耳站在人群后边,一只手伸着,张着嘴,一个字都还没来得及说出口。安忒诺耳斜对着我们,我父亲挺直腰板坐在王座上,手紧紧地攥着权杖,以至整个权杖都在颤抖着。也许我的这位同伴已经意识到希腊人在这儿不受欢迎,但他没表露出来。后来,我对他更了解了一些,我就推测他当时可能没有注意到特洛伊人对他的态度。他扫视了一下厅堂和里面的陈设,并未露出惊奇之色,这令我猜想希腊人的宫殿该是什么样的。

我父亲从高坛上走下来,伸出了手。"我们很荣幸,墨涅拉俄斯国王!"他说。然后他指着铺着坐垫的长椅,挽住了客人的手臂:"请坐下好吗?帕里斯,一起来坐,但是先请赫克托耳也坐过来。让人送些吃的东西来。"

由 帕 里 斯 叙 述

朝廷上下一片寂静，个个投来揣测的目光，但两步之外便听不见长椅上的谈话了。

寒暄之后，我父亲说道："你到特洛伊有何贵干，墨涅拉俄斯国王？"

"此行是为了一件有关我们拉刻代蒙人民的至关重要的事，普里阿摩斯国王。我知道我所寻求的东西并不在特洛伊的国土之内，但它似乎是我开始查询的最好地点。"

"说吧。"

墨涅拉俄斯身体前倾，并侧过身子，以便可以看着我父亲那毫无表情的脸："陛下，我的王国现在遭到了瘟疫的袭击。我自己的祭司们无法占卜出原因。我派人去问德尔斐女祭司，她说我必须亲自寻找普罗米修斯[1]儿子们的遗骸，把它们带回我的都城阿米克莱，在阿米克莱重新安葬，这样瘟疫就会消失。"

啊！他此行跟赫西俄涅姑母没有关系，和锡与铜的匮乏或海勒斯旁海峡的禁运也没有关系。他的任务相当世俗，十分普通。与瘟疫抗争需要非同寻常的措施，总是有这个或那个国王在海上飘泊或是在岸上踯躅，寻找神谕所说的他必须带回去的某件东西。我不知道这种神谕的实际意图是否就是要用船把国王运往别处，等待瘟疫

1.Prometheus，希腊神话中从天上盗取火种到人间的神，因为触怒了宙斯，被锁在高加索山崖上，每日遭神鹰啄食肝脏。

第 五 章

最终基于其自然属性自行消失。这是一种使国王免遭惩罚的方法，如果他待在家中，很有可能会死于这瘟疫，或者被处死祭神。

当然必须把墨涅拉俄斯国王安顿好。谁知道明年神谕会不会派普里阿摩斯国王向墨涅拉俄斯国王请求帮助呢？所有的王室人员，不管来自哪个国家，以及有什么其他的差异，在某些情况下会紧紧地抱成一团。所以当墨涅拉俄斯国王被授权自由出入都城后，我父亲的探子便外出探查普罗米修斯儿子遗骨的位置，后来得知它们在达耳达尼亚。

达耳达尼亚的安喀塞斯国王强烈反对，但毫无用处，不管他喜欢不喜欢，这遗骸必须从他的国土中运走。

我负责接待墨涅拉俄斯，直到他能启程前往吕耳涅索斯迎领遗骸。跟他接触多了，我便给予了他惯常的优待：他可以挑选任何一个他喜欢的女子，只要她不是王室成员。

他笑了，坚决地摇了摇头："除了我的妻子海伦，我不需要别的女人。"

我的耳朵竖了起来："真的吗？"

他脸上放出光彩，显得如痴如醉。"我娶了世界上最美的女人。"他一脸认真地说。

尽管我显得彬彬有礼，但还是设法让我的怀疑表露出来："真的吗？"

由 帕 里 斯　　叙 述

"真的，千真万确，帕里斯。海伦是举世无双的。"

"她比我弟弟赫克托耳的妻子还要漂亮吗？"

"与赫利俄斯的绚丽相比，安德洛玛刻王妃是昏暗的塞勒涅[1]。"他说。

"说详细点吧。"

他叹了一口气，放下双臂："人们怎能描绘出爱神阿佛洛狄忒之美？怎么能用词语描绘出所见到的完美无瑕的美？帕里斯，跟我去船边看船首的雕像，那就是海伦。"

我闭上眼睛回忆，但我所能想起的仅仅是一双如埃及猫眼一样绿的眼睛。

我必须见见这位美人！这倒不是因为我相信他的话，船首雕像总是要比它所依据的模特儿更美。我所见过的阿佛洛狄忒的雕像无法和那船首雕像相比（不过说实话，雕刻家是一帮蹩脚的家伙，他们总是给予雕像愚蠢的笑容、刻板的五官，以及更刻板僵硬的身体）。

"陛下，"我头脑一热，脱口而出道，"不久之后我要率领一个使团去萨拉米斯，去觐见忒拉蒙国王，向我的姑母赫西俄涅请安。但是我在希腊逗留期间我还要寻求机会为我的过失杀人洗罪。从萨拉米斯到拉刻代蒙路远吗？"

1.Selene，希腊神话中的月神，相当于罗马神话中的卢娜。

第 五 章

"哦，一个是靠近阿提卡海岸的岛国，另一个是佩洛普斯岛内的王国——行程还不算太远。"

"墨涅拉俄斯，你愿意为我洗罪吗？"

他欣然笑了。"当然，当然！这是我报答你的盛情所能做的最微不足道的事，帕里斯。你夏天到拉刻代蒙来，我将为你主持仪式。"他显得志满意得，"我讲到海伦的美貌时你不相信——是的，你的确不相信！我从你的眼睛中看得出来。那么你来阿米克莱亲眼看看她，看过之后你就会相信了。"

我们以喝一口酒的方式通过了协议，然后专心致志地筹划去吕耳涅索斯的旅行。我们要在安喀塞斯国王和他儿子埃涅阿斯愤怒的目光中挖出普罗米修斯儿子们的遗骨。那么海伦和阿佛洛狄忒一样美喽？要是墨涅拉俄斯做出这样的比较，我不知道安喀塞斯和埃涅阿斯能否咽得下这口气，墨涅拉俄斯肯定会这么做的。众人皆知安喀塞斯在青年时代十分俊美，连阿佛洛狄忒也屈尊向他求爱。后来她离开了他，给他生下了埃涅阿斯。哎，哎！人真的要为在年轻时做的蠢事付出代价的。

由　帕　里　斯　叙　述

第六章

由海伦叙述

普罗米修斯儿子们的遗骸在阿米克莱下葬,遗骸四周摆放着一些珍贵的手工艺品,每一个头盖骨的口部空洞都用黄金面具罩上。从那以后,瘟疫的势头便开始减弱。又能驾车从城中驶过,又可以去山中狩猎,又可以在宫殿后的竞技场上观看体育运动了。我们看着人们脸上挂着的笑容,走在人群中听着他们对我们的感谢和赞美。国王除去了瘟疫,一切又恢复了正常。这一切是多么美妙啊!

只有我高兴不起来。与墨涅拉俄斯共同生活的只是个幽灵。随着岁月的流逝,我变得愈加沉默寡言、不苟言笑。我总是恪守妇道,值得敬重。我给墨涅拉俄斯生了二女一男。他每晚与我同床共寝,他敲门时我从不拒绝他进我的房间。他爱我,在他的眼中我不会做错事,这就是我一直是个受人尊敬、尽心尽职的妻子的原因。我无法抵御被当成女神的诱惑。此外还有一个原因:我喜欢自己的头长在肩膀上。

结婚之后,每次他到我身边来,我要是能保持没有反应、无动于衷该有多好!可是我不能。我是个有血有肉的女人,无法抵御任何男人的触摸,即使是像我丈夫这样沉闷乏味、动作笨拙的人。男

第 六 章

人对我来说聊胜于无。

夏天来了，这是我记忆中最热的夏季。绵绵细雨停了，溪水干涸了，祭司们从祭坛上发出不祥的喃喃低语。我们挨过了瘟疫的劫难，在我们的痛苦清单中下一项将是饥荒吗？有两次我感觉到撼地者波塞冬在大地深处的哼哼声和摇动声，好像他也在躁动不安。人们开始悄悄议论所出现的一些征兆，当二粒小麦不结穗便倒伏在烤焦的土地上，生命力强一些的大麦也将倒地死去的时候，祭司们提高了他们的嗓门。

但是当夏季达到酷热的顶峰时，黑额头的雷霆说话了。在一个没有一丝风、令人窒息的日子里，他派来了他的传令官风暴云，把它们一层层堆积在白合金一般的天空中。下午，太阳不见了，黑暗变浓变厚，宙斯终于迸发出万钧之力。他怒吼着显示着他的力量，震聋了我们的耳朵；他十分凶狠地把一个霹雳抛在地上，使大地母亲也战栗退缩。每一根从他可怖的手中落下的闪电都是一股熊熊的火焰。

我害怕得浑身发抖、直冒冷汗，嘴里喃喃地祈祷。我蜷缩在靠近公共区域的一间属于我的小屋内的长椅上。当强烈的白光不断闪现，雷霆震响时，我塞住了耳朵。墨涅拉俄斯，墨涅拉俄斯，你在哪里？

后来我听见远处传来他的声音，他正以少见的活力跟人说话，对方的希腊语讲得很别扭，舌头不大听使唤——这是个外国人。我

由 海 伦 叙 述

赶紧冲出房门，向我自己的住处跑去，因为我不想引人不快。像宫中所有的贵妇一样，在炎炎夏日我也喜欢穿用透明的埃及亚麻布做的宽大内衣。

快吃晚饭的时候，墨涅拉俄斯来到我的房间，看着我走进浴池。他从不试图触摸我，这仅仅是他观看的机会。

"亲爱的，"他清了清嗓子说，"我们来了一位客人。今晚你能穿上礼服吗？"

我惊奇地瞪大了眼睛："他这么重要吗？"

"相当重要。我的朋友，从特洛伊来的帕里斯王子。"

"好，我知道了。"

"你必须打扮得最为美丽动人，海伦，因为我在特洛伊时向他夸耀过你的美貌。他不相信。"

我笑了，翻过身子，水溅了出来："我会以最美丽动人的形象出现的，夫君。我答应你。"

当我在宫廷上下济济一堂与国王和王后共进白天的最后一餐的时候走进餐厅时，我确信自己做到了这一点。墨涅拉俄斯已经到了，他站在贵宾席旁跟一个背对着我的人说话。这人的后背很有吸引力，他比墨涅拉俄斯高得多，一头长而厚的黑色鬈发一直披到背的中部。他腰部以上按克里特风格赤裸着。一条宽大的用嵌在黄金上的宝石制成的护肩环绕在他肩头，他强壮有力的双臂被两只用黄金和水晶制成的护臂紧紧地箍住。看着他的紫色褶裥短裙下形状优

第 六 章

美的双腿，我感到内心有一种多年没有体验过的激动。从背后看，他显得很有魅力，但我不以为然地想，也许从正面看，我会发现他长着一张马脸。

我碰触衣裙的荷叶边，让它们发出悦耳的叮当声，两个男人都转过身来。我一看见这位客人便坠入了情网。这一切就这么简单，这么轻易，我爱上他了。如果我是完美的女人，他无疑是完美的男人。我怔怔地看着他，没错，绝对完美。我坠入了爱河。

"亲爱的，"墨涅拉俄斯边说边向我走过来，"这位是帕里斯王子。我们应该给予他十二分的礼遇——在特洛伊时他对我的招待十分盛情周全。"他看着帕里斯，扬起了眉毛："我的朋友，现在你还怀疑我的话吗？"

"不，"帕里斯连连说，"不。"

这个晚上墨涅拉俄斯很开心，他喜笑颜开。

那宴会真是一场噩梦！酒随意流淌，不过（作为一个女人）我不能参与痛饮。但是不知哪路恶作剧的神祇迷住了墨涅拉俄斯的心窍，让这个平时很节制的人狂饮滥喝。帕里斯坐在我们之间，这使得我无法靠近我的丈夫劝他放下酒盅。这位特洛伊王子举止也不谨慎。当然，当他的那双黑眼睛看着我时，我看见了他眼中的爱慕之意。许多男人一开始对我都是如此，但后来便气虚情怯了。帕里斯可不一样。宴会上自始至终他都在对我过度吹捧，他的眼光带着不知羞耻的亲昵，似乎忘记了我们坐在主宾席上，在宫廷上下一百个

由海伦叙述

男女的众目睽睽之下。我被恐惧和迷乱搞得心烦意乱,试图使这些观察者(半数以上是阿伽门农的探子)觉得没有发生什么不得体的事。我尽力显得既不失礼节又即时发挥。我问帕里斯特洛伊的生活如何,小亚细亚各国是否都讲一种希腊语,从特洛伊到亚述和巴比伦等地有多远,这些国家是不是也懂希腊语。

帕里斯在和女人打交道上可谓是老手,他令人信服地娓娓道来,同时他贪婪的目光在我身上移来游去:从嘴唇到头发,从指尖到乳房。

随着宴会没完没了地继续,墨涅拉俄斯说话变得含混不清了,除了装满了酒的酒盅,他对别的似乎都看不见了。

帕里斯胆子更大了,他向我倾过身子,与我靠得很近,我的肩膀可以感觉到他的呼吸,我可以闻到他呼出的甜甜的气息。我只好不断地挪动坐的位置,直到移到长凳的末端。

"神祇真残酷,"他低语道,"让一个人拥有这么多的美。"

"殿下,留神你的言辞!我求求你,谨慎一点!"

他以笑作答。我的整个胸部酥软了,体内有一股突然的热潮,我只好将两膝紧紧地夹住。

"今天下午我看见你了,"他继续说着,好像我什么也没说,"你穿着薄纱衣从我们身边逃开了。"

鲜红的血液在我的皮肤下涌流,我祈祷厅里没有人发觉有何异样。

他的手滑落下来,顺势抓住了我的胳膊肘。我惊得一跳,这触摸是难以忍受的,这掠过全身的感觉就像雷霆震怒时我的感觉一样。

第 六 章

"殿下，求求你！我的丈夫会听见的！"

他笑着把手放回到餐桌上，但他动作太猛，胳膊肘碰翻了酒盅，红色的酒液在白色的木板上流成了河。甚至在我招手示意仆人擦干净的时候，他还把身体探过来贴近我。

"我爱你，海伦。"他说。

仆人听见了吗？为什么他们在侍奉主人时总是一副毫无表情的面孔？我瞟了一眼墨涅拉俄斯，他坐在那儿，蒙眬的睡眼茫然地瞪着。他已烂醉如泥了。

那天晚上他醉得无法来到我身边。他手下的人把他抬到自己的房间，留下我一人独自回我自己的房间。我久久地坐在客厅窗下的座椅上想心思。怎么办？这个危险的男人不知还要在这儿住多久，怎样度过这些日子？仅仅跟他在一起吃了一顿饭我就被击垮了。他把我当成猎物，步步紧逼，色胆包天，把我丈夫看成大傻瓜，逮他不着。但那是酒力作祟，我知道在明天的宴会上墨涅拉俄斯会保持清醒，即使是最蠢的人也会保持一份警惕。此外，某个家臣一定会提醒他的，他们受雇于阿伽门农，专门打探一切动静。只要他们中有一人认为我不忠，阿伽门农一天之内便会知晓，那就不管他是什么特洛伊王子了。他的脑袋就要搬家。我的脑袋也难保，我的脑袋也难保！

我在恐惧和渴盼之中受着煎熬，痛苦万分。啊，我是多么爱他！但这是什么样的爱？为什么来得如此突然，事先没有一点征

由海伦叙述

兆？纯粹的情欲我能抵制，在我婚后的岁月中我已学会了这一点。但爱情是难以抵挡的。

我有充足的理由渴盼跟帕里斯在一起，我盼望和他一起生活，我想知道他怎样思考、怎样生活、怎样感觉、睡觉时是什么样。这箭已射中了我。这箭曾驱使费德拉[1]自杀身亡；使达娜厄[2]走进箱子，这箱子又被她父亲扔到海里；使俄耳浦斯[3]勇入哈得斯[4]的冥国寻找欧律狄刻[5]。我的生命不是我自己的，它属于帕里斯。我要为他而死！不过……能为他而活该是多么令人激动不已啊！

在我疲倦地爬上床后不久，墨涅拉俄斯来到我的卧室。这时雄鸡已经扯着粗哑的嗓子唱晓，东方的天际已在晨雾中泛白了。他显得有些腼腆，不愿吻我。

"我满口酒气，亲爱的，恐怕会使你不快。真奇怪我竟喝了那么多酒。这完全没有必要。"

我拉他坐在我的身旁："除了满口酒气，今天早晨你感觉怎样？"

他咧开嘴笑了。"不太舒服。"快乐已从他脸上消失，他皱了皱

---

1. Phaidra，希腊神话中的人物，爱上丈夫忒修斯前妻之子希波吕托斯，因遭拒绝而自杀。
2. Danai，希腊神话中的人物，其父从神示得知她生子后会杀死他，便把女儿和外孙装入木箱沉入大海，后获救。
3. Orpheus，希腊神话中伟大的歌手和诗人，曾下冥界寻找被毒蛇咬死的爱妻欧律狄刻。
4. Hades，希腊神话中的冥王。
5. Eurydike，俄耳浦斯之妻。

第 六 章

眉,"海伦,我遇到件麻烦事。"

我的嘴发干,便不自觉地舔了舔嘴唇。一定有家臣向他告密了!托辞!我必须寻找托辞!"麻烦事?"我声音嘶哑地问。

"是的,一个从克里特来的传令官把我叫醒了。我的祖父卡特柔斯辞世了,伊多墨纽斯推迟了葬礼,等待阿伽门农或我前往。很自然他指望我去,阿伽门农在迈锡尼无法脱身。"

我坐起来,大张着嘴:"墨涅拉俄斯!你不能走!"

我的热切令他感到惊诧,但他把它理解成对他的厚爱:"没有选择的余地,海伦。我必须去克里特。"

"你要去很长时间吗?"

"至少半年,你要是多了解一些地理就好了。秋风将送我而去,但我要等夏风送我而归。"

"哦,"我叹了一口气,说,"你什么时候出发?"

他在我的胳膊上捏了一把:"今天,我最亲爱的。我要先去迈锡尼看阿伽门农。因为我要从勒耳那(Lerna)或瑙普利亚(Nauplia)出海,所以出发前不能回来了。真遗憾。"他聊天一般地说着,我吃惊的神色颇使他高兴。

"可是你不能走,墨涅拉俄斯。你家里有客人。"

"帕里斯会谅解的。今天早晨在我去迈锡尼之前我要为他举行赎罪仪式,但我一定要让他感到无拘无束,愿意待多久就待多久。"

"带他一起去迈锡尼吧。"我灵机一动。

由海伦叙述

"海伦，你真是的！能这么匆忙吗？他当然应该去迈锡尼，但是应该让他从容不迫地去。"我那愚蠢的丈夫说。他一心要讨客人的欢心，却对这位客人所带来的危险视而不见。

"墨涅拉俄斯，你不能把我扔下，让我和帕里斯在一起！"我喊叫起来。

他眨了眨眼睛："为什么不行？有很多人伴护着你，海伦。"

"阿伽门农不这样认为。"

我的手握住他的前臂，他俯身吻了我的手，又抚平我的头发："海伦，放宽心。你的担心是好意，但没有必要。我信任你，阿伽门农信任你。"

我怎能向他解释，说我自己不信任自己呢？

那天下午，我站在宫殿台阶的底部，和我的丈夫道别。帕里斯没有出现。

等一行车辇在远处消失之后，我回到我的房中待着。饭菜送来了。如果帕里斯不盯上我，他会厌倦他所玩的游戏，而会去迈锡尼或回特洛伊。家臣们也没有机会看见我们待在一起。

但是当夜晚降临时，我无法入眠。我在房间里来回踱着步，然后走到窗前。阿米克莱笼罩在完全的黑暗之中，没有一点亮光，远近的山峰在满天繁星的衬托下只是一个个隆起的丘岗。一轮硕大的圆月静静地把银光泻入拉刻代蒙山谷。我做了几下深呼吸，感到十

第 六 章

分惬意。然后我把头伸出窗外，让寂静沁入我的骨髓。当我还沉浸在这心醉神迷的状态中时，我感觉到他在我的背后，从我的身后观赏天穹的美景。我既没有叫喊，也没有转身，但他知道我已察觉到他在我身后。

他双手作杯状托住我的两肘，轻轻地拉着我，让我贴在他的身上。

"阿米克莱的海伦，你像阿佛洛狄忒一样美。"

我的身体软酥了，我把头移到他的面颊下："不要挑逗那位女神，帕里斯。她不喜欢情敌。"

"她并不讨厌你，你不明白吗？阿佛洛狄忒已经把你赐给我了。我属于她，是她心爱的人。"

"人们说你因为这个原因从未生儿育女，这是真的喽？"

"是的。"他搭在我腰际的双手慢慢地移动着，划着圈，一点也不匆忙，好像他有无尽的时间向我示爱。他的唇落到我的脖颈上。"海伦，你从未想过在夜里出去，待在密林深处？你从未渴盼过具有鹿的敏捷？你从未希望像风一般无拘无束，然后精疲力竭地躺倒在你的男人身下？"

我的肌肉马上跳动起来做出反应，但我口唇发干地说："不，我从未梦想过这些事。"

"但我梦想过你。我能看见你的浅色头发在身后飘拂，在追赶中你的四肢拼命摆动，要跑在我的前面。我不该在这空荡荡毫无生气的宫殿中遇见你。"

由海伦叙述

他掀开我的长衣,两只手掌如羽毛一般轻轻落在我的双乳上:"你已经洗去了脂粉。"

我最后的防线崩溃了,于是转身扑进他的怀中,只知道他和我是天生的一双,我爱他,我真心爱他,忘记了其他的一切。

我是心甘情愿的奴仆,酥软地躺在他的怀里,如同我女儿的碎布娃娃。我希望黎明迟一点到来。

"跟我一起回特洛伊吧。"他突然说。

我抬头看着他的脸,从他美丽的黑眼睛中看见他对我的爱的回报。"你疯了。"我说。

"不,这是明智的。"他一只手停留在我的腹部,另一只手摆弄着我的头发,"你跟墨涅拉俄斯这样毫无感情的傻瓜不是一类人,你属于我。"

"我生来属于这片土地,属于这间屋子。我是王后。我的子女在这儿。"我拭去脸上的泪水。

"海伦,你跟我一样属于阿佛洛狄忒。我曾向她庄严宣誓:把一切都献给她。我抛弃了赫拉和帕拉斯·雅典娜[1],独尊她一个,条件是她满足我的一切要求。我对她的全部要求就是得到你。"

1.Pallas Athene,通称雅典娜,希腊神话中的智慧女神。

第 六 章

"我不能走!"

"你不能留在这儿!我要离开这儿。"

"啊,我爱你!没有你我怎么活?"

"你不会离开我的,海伦。"

"你在要求不可能的事。"我哭着说,眼泪簌簌地流下来。

"瞎说!什么事这么难,离开你的孩子?"

这话使我踌躇起来,我老实地回答:"不完全是。不,不是。他们相貌平平!他们长得像墨涅拉俄斯,连头发都像。此外,他们脸上有雀斑。这让人烦恼。"

"如果不是因为离不开孩子,那一定是离不开墨涅拉俄斯了。"

是吗?不。受压制、可怜兮兮、受人摆布的墨涅拉俄斯,受着来自迈锡尼的铁腕统治。我到底欠他什么?我从来就没想过嫁给他。我既不欠他什么,也不欠他那粗眉的哥哥什么,那个表情冷酷的人摆弄我们如同摆弄大型博弈中的棋子。阿伽门农一点也不考虑我——我的欲望、我的需要、我的情感。

我说:"我跟你到特洛伊去。这里没有我所留恋的东西,什么也没有。"

由海伦 叙述

第七章

由赫克托耳叙述

西基奥斯的港务官派人给我送信,说帕里斯的船队终于从萨拉米斯回来了。我上朝时派一名侍从把这消息轻声告诉了父亲。这是惯常的悠闲但又令人厌倦的朝政会议:解决关于财产、奴隶、土地等的争端,接见觐见的巴比伦使团,讨论我们的达耳达尼亚贵戚的有关放牧权的投诉,这投诉总是由安忒诺耳舅舅提出的。

巴比伦的使团离去之后,国王正准备对一件鸡毛蒜皮的事进行裁决,突然号角齐鸣,帕里斯昂首阔步地走进了御座厅。他的打扮令我忍俊不禁。他已极度克里特化了,一个十足的花花公子:从他那饰有金线缨穗的紫褶裥短裙到卷成小圈的头发。他气色很好,一副踌躇满志的样子。他到底玩了什么恶作剧?因为他看起来就像一只抢先狮子一步接近猎物的豺狼。当然我们的父亲还是用他那宠幸溺爱的目光看着他——一个有智慧且身居王位的人怎么竟被外在的俊美和魅力迷住了双眼?

帕里斯穿过大厅,款步走到高坛前,当我走近时,他已安坐在最高一级台阶上。那好管闲事到不可救药的地步的安忒诺耳也侧身前移到听得见说话的地方。我径直走过去站在御座旁。

第 七 章

"有好消息吗，我的儿？"国王问。

"不是有关姑母赫西俄涅的。"帕里斯摇摇头说，头上的鬈发跳跃着，"忒拉蒙国王对我彬彬有礼，但他明确表示决不放走赫西俄涅姑母。"

国王的身子令人不安地僵直起来。那宿仇在他内心埋得有多深？为什么这么多年之后还继续毫不妥协地与希腊人为敌？他嘶嘶的吸气声使厅内所有的人都安静下来。

"他竟敢如此无礼！忒拉蒙竟敢污辱我！你见到姑母了吗？有机会跟她说话吗？"

"没有，父亲。"

"那么我诅咒他们所有的人！"他把头抬向屋顶，然后闭上眼睛，"啊，强大的阿波罗，光明之君，太阳、月亮、星辰之主宰，赐给我打掉希腊人狂妄气焰的机会！"

我向御座倾过身子："父王，息怒！您原来有没有指望过得到别的答复？"

他把头扭过来看我："不，我想没有。谢谢，赫克托耳。你总是让我回到冷酷的现实中。可为什么希腊人总是占上风？告诉我！为什么他们能绑架特洛伊公主？"

帕里斯把他的手放在父亲的膝头，轻轻地敲击着。国王低头看着他，脸色缓和了。

"父亲，我已经很恰当地惩罚了希腊人的傲慢。"帕里斯两眼放

由赫克托耳　叙述

光地说。

我正准备走开,但他的特殊语调吸引了我。

"以牙还牙,父王!以牙还牙!希腊人偷走了你妹妹,所以我给您从希腊带来了比一个十五岁的女孩儿大得多的战利品!"他一跃而起,因为他一心想着自己的事,不愿再在普里阿摩斯的脚下坐下去。"陛下,"他喊道,声音在屋椽间回响,"我已经把海伦带来了!拉刻代蒙的王后,阿伽门农之弟、墨涅拉俄斯国王的妻子,阿伽门农国王的妻子克丽泰涅斯特拉的妹妹!"

我震惊得身子摇晃了一下,说不出话来。

这是个悲剧,因为它给了安忒诺耳舅父首先介入的机会。他跳向前来,肿大的双手看起来像畸形的巨爪。

"你这个愚蠢、无知、多管闲事的傻瓜!"安忒诺耳大声吼道,"你这个女人相的追风逐月的家伙!你如果真想做些有价值的事,为什么不绑架克丽泰涅斯特拉本人?希腊人忍受够了我们的贸易禁运和他们自己锡和铜的匮乏,但是你希望他们也忍受这件事吗?你这笨蛋!你已经给了阿伽门农等待了多年的机会!你已经把我们推入了毁灭特洛伊的大火之中!你这没头脑的自负的白痴!为什么你父亲当初没有遗弃你?为什么他没从一开始就约束你的放荡行为?到我们吞咽苦果的时候了,所有的特洛伊人提到你的名字时都会啐口水!"

我一方面暗暗为老人叫好,因为他完全表达了我的感情,另一方面我也诅咒他。如果他保持沉默,我父亲会做出什么决定呢?安

第 七 章

忒诺耳挑毛病的事，国王反而要支持。不管父亲内心是什么想法，安忒诺耳已经把他推到帕里斯一边了。

帕里斯目瞪口呆地站着。"父王，我做这一切全是为了您！"他可怜巴巴地说。

安忒诺耳嘲弄道："哦，是的，你当然是为他做的！那你难道忘了我们最著名的一条神谕：'当心从希腊带出来的作为特洛伊战利品的女人？'这难道不是再明白不过的了吗？"

"不，我没有忘记！"我哥哥大声叫道，"海伦不是战利品！她是心甘情愿跟我来的！她没有被诱拐，她心甘情愿地跟我来是因为她想嫁给我！她随身带来的大量珍宝就是证据。她带来了可以买下一个王国的黄金和珠宝！一笔嫁妆，父王，一笔嫁妆！"他咯咯地傻笑起来，"我给希腊人的污辱大大超过了绑架一位王后——我给他们戴上了绿帽子！"

安忒诺耳显得精疲力尽。他缓缓地摇动着白发苍苍的头颅，悄悄回到廷臣的队列中。帕里斯急切、哀求地看着我。

"赫克托耳，支持我！"

"让我怎么支持你？"我从牙缝里挤出几个字。

他转过身，一下子跪在地上，然后用双臂抱住国王的双腿："这可能产生什么害处呢，父王？"他用甜言蜜语安慰父王说，"什么时候女人的自愿私奔曾引起过战争？海伦是自觉自愿来的！她不是黄花少女！她二十岁了，结婚六年生过孩子了！一个丢下王国和子女的人,你能想像她的日子有多苦吗?父王,我爱她!她也爱我!"他的声音哀婉,语带哽咽,眼泪扑簌簌地落下。

国王温柔地触摸着帕里斯的头发,然后抚弄它,又轻轻拍了拍。"我准备见见她。"他说。

"不,等一等!"安忒诺耳再次走上前来,"陛下,在你见这个女人之前,我坚持让你听我说几句!送她回去,普里阿摩斯,送她回去!见到她之前把她送还给墨涅拉俄斯,带着真诚的歉意送她回去。返还她带来的全部财宝,另外还要建议让她脑袋搬家。这些是她应得的。爱!什么样的爱能让她留下孩子?这还不能说明一些问题?她来特洛伊带着大量珍宝,却没把她的孩子带来!"

我父亲不愿看他,但他一定知道我们其余人的想法,因为他没有试图阻止这言辞激烈的进谏,所以安忒诺耳继续他的慷慨陈词。

"普里阿摩斯,我害怕迈锡尼的大国王,想必你也一样!去年你一定听到这同一个墨涅拉俄斯闲谈说阿伽门农如何把希腊各邦国联合成迈锡尼听话的附庸。如果他决定发动战争,我们怎么办呢?即使我们打败了他,他也会使我们遭受毁灭。特洛伊的财富能在漫长的岁月中积累增加的一个原因就是特洛伊避免了卷入战争。战争使国家贫困,普里阿摩斯,你自己也这样说过!神谕都说来自希腊的女人会使我们毁灭,可是你竟要见她!留神我们的神祇!听从他们神谕的智慧!什么是神谕?神谕不过是神赐给凡夫俗子机会,使他们洞悉未来的图景。你从你父亲拉俄墨冬手中继承了基业,却使它

第 七 章

每况愈下。你父亲仅仅是限制进入黑海的希腊商人的数量,而你却完全阻止他们进入。希腊人迫切需要足够的锡!不错,他们是能从西方得到铜——费用极其昂贵——但是他们无法弄到锡。但这并未阻碍他们变得国富民强。"

帕里斯脸上流着泪,抬起头对国王说:"父王,我已经对您说了,海伦不是战利品!她是心甘情愿地来这儿的!因此她不可能是神谕中所指的女人,她不可能是!"

这次我得设法抢在安忒诺耳之前介入,于是我从高坛上走下来说:"你说她是心甘情愿地来这儿的,帕里斯,但希腊人会这样认为吗?你认为阿伽门农会告诉他的臣属国王们说,他的弟弟是最可笑的男人,是戴绿帽子的丈夫?以阿伽门农的傲慢他绝不会这样说的。不,阿伽门农会宣布说她遭到了绑架。安忒诺耳说得对,父王。我们处在了战争的边缘。我们不能把与希腊的战争仅仅看成我们自己的事,我们有盟国,父王!我们是小亚细亚国家同盟的成员国。我们和每一个达耳达尼亚和克利克亚之间的沿海岸国家,以及远至亚述、北及斯基泰的内陆国家都签定了贸易和友好协议。海岸国家富庶但人口稀少,他们没有人力抵御希腊人的入侵。他们支持我们海上禁运,通过向希腊人出售锡和铜获利丰厚。如果战争爆发,您以为阿伽门农会仅仅把它局限于特洛伊?不,这将是广泛的战争!"

父亲直视着我,我无畏地与他对视。刚才他还说过"你总是让我回到冷酷的现实中",可现在,我绝望地想,他已抛弃了现实。

由 赫 克 托 耳　　叙 述

安忒诺耳和我所做的一切努力只是使他更加强硬。

"你们的话我听到了,"他冷冰冰地说,"传令官,传海伦王后进来。"

我们等待着,大厅如坟墓一般死寂。我对哥哥帕里斯怒目而视,不知道我们怎么让他变得如此愚蠢。他已从高坛上转过身来(他仍把一只手放在父亲的膝上轻轻抚摸),眼睛死死盯着大门,嘴角弯曲,形成一个扬扬自得的微笑。很显然,他认为我们即将有一番惊叹,我记得墨涅拉俄斯说过,她是位美丽的女人。但人们称王后或公主美丽时我总是持保留态度,因为有太多的王后公主是与她们的封号一起承袭了这个修饰语的。

几扇门猛地打开了,她在门坎边停了片刻,然后向王座走来。她行走时衣裙发出柔和悦耳的叮当声,她本人恰似乐曲一般美妙。我不知不觉地屏住了呼吸,不得不强迫自己将气呼出。她的确是我见过的最美的女人,就连安忒诺耳也张口凝视。

她挺胸昂首,一副骄矜之色;她步态高贵典雅,面无惭愧羞涩之容。作为女人她身材颀长,具有阿佛洛狄忒慷慨给予女人的最完美的躯体;她腰肢纤细,臀部优美丰满,修长的双腿款款前行,推动着飘曳的裙摆。不,她身上的一切无不让人赏心悦目。她的双乳按希腊风俗放肆地裸露着,高耸而丰满,除乳头描画成金色之外全然没有人工装饰。过了很久我们的目光才移到她那天鹅般的脖颈、脖子之上的脸庞。极品,极品!据我的记忆,那一天她简直是……

第 七 章

太美了。团团淡金色的头发，黑色的眉毛和睫毛，鹅黄泛春草之色的眼睛上按克里特岛人和埃及人的方式用墨朝外侧画了一道边。

但这一切有多少是真实的，又有多少是施的魔法？我永远也不得而知。海伦是神祇们在大地母亲上创造的最伟大的艺术品。

对我父亲而言海伦是他的天数。他年纪还不太老，不至于忘记将女人拥在怀中的快乐，他对她一见钟情，或者说一见生"欲"。但是因为他毕竟上了年纪，无法把她从儿子手中夺走，他转而把他儿子能勾引她并使她抛弃丈夫、儿女和祖国看作给自己脸上增光的事。他心中洋溢着自豪感，把惊异的目光投向帕里斯。

他们真是引人注目的一对：他黑如伽倪墨得斯[1]，她白皙如林中的阿尔忒弥斯[2]。只不过款款地走了几步，海伦就完全赢得哑然无声的满朝文武官员的心。无人能继续指责帕里斯愚蠢了。

国王一宣布散朝，我便向他那边走去，故意从最里端登上高坛，缓缓地走近王座，比那两个私奔者高三个台阶，比我父亲的黄金象牙座椅高出许多。我通常不炫耀自己的优越，但海伦让我难以忍受，我要让她知道帕里斯的确切位置和我的位置。她扬起头，用她那深不可测的绿眼睛看着我的脸。

1.Ganymede，希腊神话中为宙斯奉酒的美少年。
2.Artemis，希腊神话中的月亮和狩猎女神。

由赫克托耳叙述

"亲爱的孩子，这是赫克托耳，我的继承人。"父亲说。

她庄重典雅地低下头，说："很高兴见到你，赫克托耳。"她的眼睛卖弄风情地睁得很圆："天啊，你真魁梧！"

她说这话是为了煽情，可它煽不起我的欲火，她很明显合像帕里斯这样漂亮的小男人的口味，而不合像我这样孔武有力的战士的口味。尽管如此，我对自己能否抵制她的诱惑仍没有把握。

"我是特洛伊身材最魁梧的人，夫人。"我生硬地说。

她笑了："我毫不怀疑。"

我对父亲说："陛下，我可以走了吗？"

他用轻快的语气说："海伦王后，我的儿子们都仪表堂堂吧？这一个是我的骄傲——一个杰出的人，将来他会是个伟大的国王。"

她若有所思地看了看我，没有说一句话，但从她明亮的眼睛中可以看出她显然在动心思，她在想有没有可能夺走我继承人的位子而让帕里斯取而代之。我让她费心思了。随着时间的推移她会知道，帕里斯并不想承担任何责任。

我走到门口时国王在后面叫我："等一等，等一等！赫克托耳，让卡尔卡斯来见我。"

这个命令使人困惑不解。为什么国王要找这个令人讨厌的人而不同时找拉奥孔和忒阿诺？我们城中有许多神祇，但我们自己专门的神是阿波罗，对他的膜拜仪式是特洛伊特有的。我们有专门祭他的祭司：卡尔卡斯、拉奥孔和忒阿诺。他们是特洛伊最强有力的高

第 七 章

级祭司。

　　我看见卡尔卡斯正平静地走在宙斯祭坛的阴影中。对于他为何在此我没有产生疑问，他是那种没有人敢于质疑的人。我悄悄观察了他片刻，试图猜透他的本性。他身穿曳地的黑色长袍，上面用银线绣了一些奇特的符号和标记。他的头发已完全脱落，头上呈病态的白色的皮肤在暮色中泛着幽幽的光。有一次我在宫殿地面以下很深的地下室里发现一窝纯白的蛇——那时的我还是个孩子，经常玩一些恶作剧。自从我遇到这些盲瞎、瘦弱的冥后的生物，我再也不敢进入这地穴了。卡尔卡斯使我产生了与上述完全相同的感觉。

　　据说他游遍整界，从极北之域到大洋之河，到巴比伦最东部的国土和埃西俄派（Aithiopai）最南端的国家。他的衣着式样来自乌尔和苏美尔[1]。他曾在埃及亲眼目睹了神祇和人诞生以来在这些著名的祭司阶层中承传的仪式。关于他还有一些传闻：他可以完好地保存遗体，使之一百年之后还像刚刚下葬一般；他曾参加了黑塞特[2]的可怕仪式；他甚至还吻了奥西里斯[3]的阳具，因而获得超常的洞悉力。我决不会喜欢他。

1.苏美尔（Sumer）是古代幼发拉底河下游美索不达米亚南部的一个地区，乌尔（Ur）是苏美尔地区的重要城市。本书作者将二者并列不够恰当。
2.Set，古埃及邪恶之神，人身兽头，口鼻似猪。
3.Osiris，据希腊神话，奥西里斯原为埃及国王，死后做了冥主。

由赫克托耳　叙述

我从立柱后闪身而出，走进院中。虽然他从未向我这边张望过一次，但他知道谁正向他走近。

"你找我吗，赫克托耳王子？"

"是的，神圣的祭司。国王要你去御座厅见他。"

"去见从希腊来的女人，我就来。"

我走在他前面——这是我的权利——因为我听说有的祭司认为他们自己是王权背后的重要势方，我不想让卡尔卡斯有这种奢望。

他吻了我父亲的手，走到一旁恭候吩咐，而海伦则在一旁以既不安又厌恶的心情看着他。

"卡尔卡斯，我儿帕里斯带回来一个新娘。我要你明天给他们二人主婚。"

"遵命，陛下。"

然后国王让帕里斯和海伦先行离去。"带海伦去看看她的新家。"他对我那愚蠢的哥哥说。

他们手挽手地走了出去，我把目光移开，不去看他们。卡尔卡斯纹丝不动地站着，一言不发。

"你知道她是谁吗，祭司？"我父亲问道。

"知道，陛下，她是海伦，作为战利品从希腊带出来的女人。我一直在等她。"

真的吗？要么他的探子跟以往一样手眼通天。

"卡尔卡斯，我要给你一个任务。"

第 七 章

"说吧，陛下。"

"我需要德尔斐太阳神女祭司的忠告。婚礼之后去德尔斐那儿弄清楚海伦对我们到底意味着什么。"

"是，陛下。我要服从女祭司的意愿吗？"

"当然。她是阿波罗之口。"

这一切到底是怎么回事？我感到不可理解。谁在愚弄谁？回到希腊寻求答案，似乎总是要回到希腊。德尔斐发神谕的祭司是特洛伊阿波罗的侍从还是希腊阿波罗的侍从？他们到底是不是同一个神？

祭司走了，我终于单独和父亲待在一起了。

"您做了一件令人遗憾的事，陛下。"我说。

"不，赫克托耳，这是我唯一能做的事。"他摊开双手，"你一定明白我为什么不能送她回去了吧？损害已经造成了，赫克托耳。她离开阿米克莱宫殿的时刻损害就已经产生了。"

"那么不必把她整个地送回去，把她的头送回去就行。"

"太晚了。"他一边答话，一边已经慢吞吞地走开了，"太晚了。太晚了……"

由赫克托耳　叙述

第八章

由阿伽门农
叙述

我的妻子站在高窗边,沐浴在阳光之中,她的头发给镀成了新铜的颜色,与她的整个身体一样灿烂夺目。她的确没有海伦那么美,但对我而言她魅力更大、更性感。克丽泰涅斯特拉是力量的源泉,而不仅仅是一件装饰物。

她总是被外面的景色迷住,也许因为这景色显示了迈锡尼所具有的高贵地位。从这里你可以俯瞰其他所有城堡,顺着狮山你还可以看到长着郁郁葱葱的庄稼的阿尔戈斯谷,而四周高耸的绵延群山上是一片片橄榄林和茂密的松树。

这时门外一阵骚动,我听见我的卫兵抗议说国王和王后不愿被打扰。我皱着眉站起身来,但还没来得及迈步门就被猛地推开了,墨涅拉俄斯跌跌撞撞地走了进来。他径直向我走来,头抵着我的大腿抽泣起来。我向克丽泰涅斯特拉瞥了一眼,然后吃惊地看着他。

"怎么回事?"我问,把他从地上拉起来,让他坐在椅子上。

但他只是哭。他的头发又脏又乱,衣冠不整,胡子似乎有三天没刮了。克丽泰涅斯特拉倒了一满杯未兑水的酒递给我,他喝了酒之后稍稍平静了一些,不再抽泣得那么厉害了。

第 八 章

"墨涅拉俄斯，出了什么事？"

"海伦走了！"

克丽泰涅斯特拉猛地从窗边跳开："她死了？"

"不，走了！走了！她走了，阿伽门农！她离开了我！"他坐直身子，竭力使自己冷静下来。

"慢慢对我说，墨涅拉俄斯。"我说。

"三天前我从克里特回来，她不在家……她跑了，哥哥，跟帕里斯跑到特洛伊去了。"

我们张大了嘴巴，怔怔地看着他。

"跟帕里斯跑到特洛伊去了。"我缓过神来，重复了一句。

"是的，是的！她卷走库中的珍宝逃跑了！"

"我不相信。"我说。

"啊，我相信！这愚蠢淫荡的贪财鬼！"克丽泰涅斯特拉哼了一声说，"她跟忒修斯私奔过，我们还能指望她干什么好事？荡妇！妓女！不要廉耻的母狗！"

"住口，女人！"

她怒气冲冲地看着我，可还是服从了。

"什么时候发生的，墨涅拉俄斯？一定还不到五个月！"

"有将近六个月了——就在我出发去克里特的第二天。"

"这不可能！我承认你不在家时我没去过阿米克莱，但我有好朋友在那边，如有消息肯定会立即传给我的。"

由 阿 伽 门 农 　 叙 述

"她向他们施了恶眼，阿伽门农。她到大神母库巴巴处问神谕，诱导它说是我篡夺了她的权利登上了拉刻代蒙的王座。然后她又引诱大神母库巴巴对我的家臣都施了咒语，因而没有人敢泄露消息。"

我强压住怒火。"那么在拉刻代蒙他们仍在神母和旧教的控制之下，是吗？我很快会解决这个问题！跑了五个多月了……"我耸了耸肩，"罢了，我们不要把她弄回来。"

"不把她弄回来？"墨涅拉俄斯霍地跳起来面对着我，"不把她弄回来？阿伽门农，你是大国王！你必须把她追回来！"

"她带孩子走了吗？"克丽泰涅斯特拉问。

"没有。只带走了珍宝。"他说。

"这可以让你看清她关注的是什么。"我妻子吼道，"忘掉她！没有她你会过得更好，墨涅拉俄斯。"

他双膝跪下，又哭了起来："我要她回来！我要她回来，阿伽门农！给我一支军队！给我一支军队，让我领兵出海去特洛伊。"

"站起来，兄弟！克制一些。"

"给——我——一支——军队！"他咬牙切齿地说。

我叹了口气，说："墨涅拉俄斯，这是私事。我不能给你军队让你把这婊子带回来依法惩处！我承认，每个希腊人都有充分的理由痛恨特洛伊和特洛伊人，但我的属下邦国国王中没有一个人会认为海伦的自愿私奔是开战的充足理由。"

"我所要求的不过是一支由你的人马和我的人马组成的军队，阿

第 八 章

伽门农。"

"特洛伊将会把他们消灭掉。据说普里阿摩斯有五万兵力。"我有理有据地说。

克丽泰涅斯特拉的胳膊肘狠狠地戳了一下我的肋骨。"丈夫,你忘了誓言?"她说,"可以按照四分马誓言举兵!一百个国王或王子起过誓。"

我张开嘴,准备告诉她女人都是些傻瓜,但话没说出口便闭上了嘴。御座厅并不远,我走了过去,坐在狮皮椅上,双手握住狮爪饰成的扶手,陷入了沉思。

仅仅在一天前,我接待了一个由全希腊的国王组成的代表团,他们痛哭流涕地对我说,对海勒斯旁持续的封航已经把他们逼入绝境,他们再也无力从小亚细亚国家购买锡和铜。我们自己的金属储备——尤其是锡——已经告罄:现在不得不用木做犁头,用骨制刀。如果希腊各邦要生存下去,特洛伊对黑海的蓄意封锁政策就必须破除。在我们的北方和西方,野蛮人的部落正在聚集力量,准备向我们进犯,消灭我们,正如我们过去进攻希腊原住民并消灭他们一样。我们从哪儿弄到青铜再造出百万兵器抵御他们的入侵呢?

我倾听了他们的哭诉,然后答应想办法解决这个问题。我心里明白,战争是唯一的出路;但我也明白,这个代表团中有许多国王将会避免采用最极端的手段。现在我有办法了,克丽泰涅斯特拉已经提醒了我。我正值盛年,已经历过我应经历的战争,我也很善战,

由 阿 伽 门 农　　叙 述

我可以领兵进攻特洛伊！海伦可以作为我的借口。诡谲的奥德修斯七年前对已故的廷达瑞俄斯面授机宜，要他让海伦的求婚者们发誓，那时他已经预见到这件事了。

如果我要名垂千古，就必须做出丰功伟绩，还有什么比入侵并征服特洛伊更大的业绩？他们发的誓言可以使我拥有十万大军，十日之内就能完成此业。如果特洛伊被摧毁，还有什么力量能够阻止我把注意力转向小亚细亚的沿海各国，把它们变为希腊帝国的附庸国呢？我想到了可以得到的青铜、黄金、白银、琥珀、珠宝乃至大片的国土。如果我求助于四分马誓言，这些就是我的囊中之物了。是的，我有力量为我的人民缔造一个帝国。

我的妻子和弟弟站在御座高坛之下看着我，我坐直身体，脸色严峻。

"海伦被绑架了。"我说。

墨涅拉俄斯可怜兮兮地摇摇头："我真希望她是被绑架的，阿伽门农，可她不是。海伦根本不需要胁迫。"

我竭力克制自己想像小时候那样将他狠狠地棒打一顿的冲动。以神母的名义起誓，他是个傻瓜！我们的父亲阿特柔斯怎么生了一个他这样的傻瓜？

"我不管事实真相如何！"我厉声说，"你要说她是被诱拐的，墨涅拉俄斯。只要有一点点指向私奔的暗示，一切就都毁了。这一点你应当明白！如果你服从我的命令，乖乖按我的计划行事，我就

第 八 章

以誓言的名义举兵。"

刚刚熄灭的火这会儿又燃烧起来，墨涅拉俄斯兴奋得满脸通红："行，阿伽门农，行！"

我瞥了一眼克丽泰涅斯特拉，她一脸苦笑。我的弟弟和她的妹妹是傻瓜，对此我们俩心照不宣。

一个仆人远远地守在一旁，他听不见我们的谈话。我拍了一下手让他走近。"让卡尔卡斯来见我。"我说。

片刻之后，祭司走了进来，匍匐在地。我低头注视着他的后颈，揣测他到底为何到迈锡尼来。他是特洛伊最高等级的贵族，不久之前还是特洛伊阿波罗的高级祭司。他去德尔斐朝圣时，侍奉阿波罗的女祭司指示他侍奉迈锡尼的阿波罗。他受命不要返回特洛伊，也不要再侍奉特洛伊的阿波罗。他觐见我之后，我派人去德尔斐核实他的话，阿波罗的女祭司已明确地予以证实。卡尔卡斯将来要为我服务，因为这是光明之神的意愿。毫无疑问，我没有理由怀疑他犯有叛国罪。由于他具有预见力，所以他在几天前就告诉我说我弟弟将会遇到很大的麻烦。

他的外表颇令人不快，因为他是十分稀有之人，一个真正的白化病患者。他头上无发，皮肤白得如同海鱼的肚皮，一双深粉色的对视眼嵌在一张带着永远不变的茫然愚钝表情的大圆脸上。这是迷惑人的假象，卡尔卡斯一点也不愚钝。

他直起身子，我试图揣摩他的心思，但是从他浑浊、似乎瞎了的眼睛中什么也看不出来。

"卡尔卡斯，你到底是什么时候离开普里阿摩斯国王的神职的？"

"五个月之前，陛下。"

"那时帕里斯王子已从萨拉米斯回来了吗？"

"没有，陛下。"

"你可以走了。"

他一脸愠色，对自己被这么草草地打发走感到十分气愤。显然，他已习惯了在特洛伊所受的更高的礼遇。特洛伊把阿波罗尊为最高的神，可是在迈锡尼，宙斯才是最高的神。作为一个特洛伊人，被阿波罗指派到阿波罗不受最高膜拜的地方侍神，他一定感到十分屈辱。

我又一次击掌："召主传令官。"

墨涅拉俄斯叹了一口气，他这是提醒我他的存在。不过我一刻也没忘记克丽泰涅斯特拉还站在一旁。

"不要灰心，兄弟，我们会把她追回来的。四分马誓言是不可违背的。明年春季你就将拥有一支军队。"

主传令官来了。

"传令官，你要给希腊和克里特所有七年前向廷达瑞俄斯国王发过四分马誓言的国王和王子送信，主持宣誓的祭司记得他们的名字。你的传令官们要记住我如下的话：'国王－王子，列位君王，我，你们的邦主阿伽门农王中之王，命令你们立即赶到迈锡尼，讨论海伦

第 八 章

王后与墨涅拉俄斯订婚时你们所发的誓言。'记住了吗?"主传令官对自己逐字记忆能力十分得意,他点点头说:"记住了,陛下。"

"那么快去办吧。"

克丽泰涅斯特拉和我让墨涅拉俄斯去沐浴一下,以此把他打发走了。他乐滋滋地走开了,大哥阿伽门农把局势稳操在手中,他可以放松放松了。

"希腊的大国王是个显赫的称号,"克丽泰涅斯特拉说,"但希腊帝国的大国王听起来更有气势。"

我笑了:"我也有此感,妻子。"

"我希望俄瑞斯忒斯继承这个称号。"她若有所思地说。

这话表露了她的心迹。在她桀骜不驯的内心深处,她是领袖,我的王后她觉得服从比她更强的人的意志是一种屈辱。我对她的野心十分清楚:她渴盼登上我的御座,恢复旧教,把国王仅仅当作她生育的工具,当国家在灾难的重压下呻吟时把他送到祭斧下。佩洛普斯岛对神母库巴巴的崇拜不过是表面上的。我们的儿子俄瑞斯忒斯还很年轻,他是在我对生儿子已经不抱希望的时候出生的。他出世时,他的两个姐姐,厄勒克特拉和克律索忒弥斯(Chrysothemis)已经在经受青春的悸动了。男性婴儿的出生对克丽泰涅斯特拉是个打击,她曾希望通过厄勒克特拉治理朝纲。不过近来她已把感情转移到克律索忒弥斯身上,因为厄勒克特拉敬重父亲而不敬重母亲。

由阿伽门农 叙述

不过克丽泰涅斯特拉是相当有心计的女人,既然俄瑞斯忒斯是个健壮的婴儿,他肯定要继承我的王位,他母亲希望我还未等他成年就死去,这样她可以通过他,或者通过我们最小的女儿伊菲革涅亚统治国家。

有些宣过四分马誓言的人已在墨涅拉俄斯去皮罗斯请涅斯托耳国王返回之前先期到达了迈锡尼。从迈锡尼到皮罗斯路程很远,但还有一些王国离迈锡尼近得多。瑙普利俄斯之子帕拉墨得斯很快就来了,我很高兴见到他。论智慧只有涅斯托耳和奥德修斯二人能超过他。

我正在御座厅跟帕拉墨得斯说话的时候,厅中一小群地位稍逊的国王中忽然出现一阵骚动。帕拉墨得斯想笑,但又克制住了。

"以赫拉克勒斯的名义,这真是个巨人!他一定是忒拉蒙之子埃阿斯,他来这儿干什么?当年宣誓的时候他还是个孩子,此外他的父亲也从未宣誓过。"

他脚步登然地向我们走来,这个全希腊最高的人站在厅内的这群人中真是鹤立鸡群。因为他属于那种恪守严格的体育养生法的年轻人,所以他对人们通常穿的上衣不屑一顾,一年四季不管什么天气他总是赤足光脊梁。我的目光被他那巨桶似的胸部、没有一点脂肪的紧绷绷的肌肉所吸引。每次他把巨脚落在我的大理石地砖上,我都怀疑四周的墙在震动。

"他们说他的堂弟阿喀琉斯几乎跟他一样高大。"帕拉墨得斯说。

第 八 章

我咕哝着说:"这跟我们没关系。北方的贵族从不来向迈锡尼朝觐,他们认为色萨利强大得足以独立。"

"欢迎你,忒拉蒙之子,"我说,"什么风把你吹来了?"

他孩子气的灰眼睛平静地打量着我:"我代替父亲效我们萨拉米斯的绵薄之力,他生病了。父亲说这可以让我增长见识。"

我听了十分高兴。遗憾的是另一个埃阿科斯之子佩琉斯却如此傲慢。忒拉蒙知道他对大国王应尽的义务,可我想找佩琉斯、阿喀琉斯和密耳弥多涅斯人却找不着。

"我们感谢你,忒拉蒙之子。"

埃阿斯笑着迈着笨重的脚步向他的朋友走去,他们正热烈地向他致意。突然,他停住脚步向我转过身来,说道:"陛下,我忘了,我哥哥透克洛斯和我一起来了,他宣过誓。"

帕拉墨得斯还在用手捂着嘴笑:"我们准备为这些毛孩子开办一所学校吗,陛下?"

"是的,遗憾的是埃阿斯是个傻大个。但是萨拉米斯的队伍不可小视。"

到傍晚吃饭时加盟者陆续来了,有帕拉墨得斯、埃阿斯、透克洛斯、从洛克瑞斯来的通常被称作小埃阿斯的另一个埃阿斯、阿提卡的大国王墨涅斯透斯、阿尔戈斯的狄俄墨得斯、埃托利亚的托阿斯、俄耳墨尼翁的欧律皮洛斯,等等。使我感到惊奇的是,其中有好几位是没有宣过誓的。我告诉他们我准备远征特洛伊半岛,拿下特洛伊城，解除海勒斯旁的禁运。也许是为了我那不在场的弟弟，我更详细地讲了帕里斯的不义之举，但这没有蒙住他们中的任何人，他们知道这场战争的真正原因。

"我们总是听见商人们在我们耳畔大声疾呼，要求重新开放海勒斯旁，我们要获得更多的锡和铜。北方和西方野蛮的食人部落正在觊觎我们的国土。我们有的国家人口已变得太稠密，随之而来的是贫困、纷争、暴乱和阴谋。"我脸色严峻地注视着他们。

"不会错的，我发动战争并非仅仅要夺回海伦。这次对特洛伊和小亚细亚沿岸国家远征的意义大大超出了积累财富和让它们给我们无限制地提供廉价的青铜。这次远征给了我们一次机会，让我们把过剩的人口向不太远的富庶而人口稀少的疆土转移。爱琴海周边地区都已经在说某种形式的希腊语了，但现在让我们把爱琴海周边地区设想成完全希腊化，把它设想成希腊帝国。"

啊，我的话正中他们的下怀！每个人都贪婪地吞下了我的诱饵，最后我已无须诉诸誓言了。我何乐而不为呢？贪婪是比恐惧更好的监工。当然，雅典一直和我站在一起，我从未怀疑墨涅斯透斯对我的支持。所以他来了之后，克里特的伊多墨纽斯——第三位大国王也会来。但是第四位——佩琉斯是不会来的。我最大的希望是他的一些下属邦国的国王能来。

几天以后，墨涅拉俄斯和涅斯托耳来了。我让人立即请老人到

第 八 章

我这儿来。我们和帕拉墨得斯坐在密室中，不过我把墨涅拉俄斯支走了。为了谨慎起见，必须让他继续相信海伦遭绑架是这场战争的唯一原因。他还没想到捉住海伦后的不可避免的后果，这是好事。她一落入我们手中就会身首异处了。

我不知道皮罗斯的国王到底有多大年纪了。甚至当我还是个孩子时他就白发苍苍年纪很大了。他智慧无边，审时度势的能力不减当年，从他锐利明亮的蓝眼睛中看不出衰老的迹象，他戴着戒指的手指也不颤抖。

"现在情况如何，阿伽门农？"他问道。"你的弟弟变得更愚蠢，而不是更明智！我从他那儿所听到的就是一些关于海伦被绑架的痴人梦话。哈！这是我第一次听说对这个年轻女人需要使用暴力！你不要对我说你是受了蒙骗而放纵他的任性！"他嗤之以鼻地说，"为一个女人发动战争？真是的，阿伽门农！"

"我们发动战争是为了锡、铜、贸易扩张、海勒斯旁海峡的自由通航以及在小亚细亚的爱琴海岸殖民，阁下。海伦卷走我弟弟的财物私奔是个绝好的借口，情况就是如此。"

"嗯。"他撇了撇嘴说，"很高兴听你说这些。你估计可以得到多少兵力？"

"从目前情况看大约可以集结八万士兵，再加上一定数量的非战斗人员，这样总数可超过十万。明年春天我们应该有一千艘船的希腊人前往特洛伊。"

由 阿 伽 门 农　　叙 述

"这是一场大规模的战役，我希望你能周密筹划。"

"当然。"我十分自负地说，"不过，只需很短的时间便可解决问题，有这么多兵力，我们会在数日内占领特洛伊。"

他睁大眼睛："你这样认为吗？阿伽门农，你有把握吗？你是否去过特洛伊？"

"没有。"

"你一定听过关于特洛伊城墙的故事。"

"是的，是的，我当然听过！不过，阁下，世上的任何墙都挡不住十万大军。"

"也许……但是我建议，等你的船只在特洛伊靠岸，你能更好地对局势做出判断时再下结论。他们对我说特洛伊绝非雅典，它有一座四周有屏障的城堡和一直筑到海边的城墙，特洛伊四周完全被壁垒包围。我相信你能赢得这场战役，但我也相信这将是一场长期的战争。"

"我们必须承认我们的分歧，阁下。"我固执地说。

他叹了口气："虽然我和我的儿子们都未曾宣誓，但我们仍将参加你的行动。如果我们不削弱特洛伊和小亚细亚各国的力量，阿伽门农，我们——和希腊——将会衰落下去。"他看着手上的戒指，问道："奥德修斯在哪儿？"

"我已经派传令官去伊塔卡岛送信了。"

他的嘴巴发出"啧啧"声："奥德修斯不会来的。"

第 八 章

"他必须来！他也宣过誓。"

"誓言对奥德修斯究竟有什么意义呢？并非我们有谁能指责他亵渎神明，可他是这个计策的始作俑者！他也许轻声宣誓了。本性上他是热爱和平的安静之人，我猜想他已安于天伦之乐了。我听说他对筹划韬略的热情已经消退了，美满的婚姻对有些男人会产生这样的影响。阿伽门农，他不会愿意去的。但是你必须让他来。"

"我知道，阁下。"

"那么你自己去请他，"涅斯托耳说，"让帕拉墨得斯跟你一起去。"他微微一笑，说："用贼去捉贼。"

"我要不要再带上墨涅拉俄斯？"

他明亮的眼睛里闪烁着愉快的神色："当然。那样会让他少听一些经济事务，多听一些床帏之事。"

我们先走陆路，然后在佩洛普斯岛西岸的一个小村庄乘船，穿过多风的海峡前往伊塔卡岛。靠岸后我冷静地观察了这个岛：它面积很小，多石贫瘠，很不配作为世界上最有智慧之人的王国。我们在去该国唯一的城镇的骑马专用道上择路而行，我咒骂奥德修斯竟没有考虑到在他这唯一合适的海滨上提供运输工具。在城镇我们好容易弄到几头有红棕色斑点的蹩脚的驴。让我十分高兴的是，我的廷臣都不在身边，没人看见他们的大国王骑在驴背上的窘态。我策驴向王宫而去。

由 阿 伽 门 农　　叙 述

这王宫虽然很小，但还是使我们颇感意外。它显得很华丽，高耸的立柱和鲜艳的颜色表明它的内部一定富丽堂皇。当然他的妻子嫁给他时带来了一大笔嫁妆：大片的土地，成箱的黄金，数量可赎回国王的大笔的珠宝。当时她父亲伊卡里俄斯竭力反对把她嫁给一个不施诡计便赢不了一场竞走比赛的人。

我原以为奥德修斯会在门廊迎接我们，我们到来的消息一定已经传遍了全城。可是当我们好不容易从我们的不上档次的座骑上爬下来的时候，发现这地方空空落落，一片寂静，连一个仆人也看不到。我领头走进去——宙斯，多美的壁画！多么富丽堂皇！宫中从上至下毫无生气。与其说我感到恼怒，不如说我感到困惑不解。就连那奥德修斯带着到处跑的该死的猎狗阿尔戈斯[1]也没来对我们猖猖狂吠。

一对奇异独特的青铜门给我们指明御座厅的位置，墨涅拉俄斯推开了门。在门坎边我们看见了高水平的艺术作品，各种颜色调和均匀。我们还看见一个女人蹲在王座高坛最底层的台阶上哭泣，这一切使我们感到惊愕。女人的头蒙在自己的外衣里。当她抬起头的时候，我们立即明白她是谁了，因为她的脸上文有一张蓝色的蛛网，左脸颊上有一只深红色的蜘蛛，这是侍奉身着织布女郎装束的雅典

1.Argos，希腊神话中奥德修斯的忠犬，奥德修斯离家20年后归来时它认出主人，高兴而死。

第 八 章

娜[1]的女人的标识。佩涅洛佩擅纺织。

她一下子跳起来，然后双膝跪下吻我的褶裥裙的边："陛下！我们没想到您会大驾光临，让您一来就看到这场景。啊，陛下！"说着眼泪又扑簌簌地掉下来。

我站在那儿，觉得自己十分滑稽可笑，让一个歇斯底里的女人抱着我的脚踵。后来我与帕拉墨得斯的目光相遇，只得苦笑。跟奥德修斯及其家人打交道还能指望一切如常吗？

帕拉墨得斯在她的上方向我倾过身子，在我耳边轻声说道："陛下，要么让我打探一番，以查明出了什么事，好吗？"

我点点头，然后拉起佩涅洛佩："好了，安静一些。到底是怎么回事？"

"国王……陛下！国王疯了！完全疯了！他连我也认不出来了！他在那边的圣果园里，像疯子一样喋喋不休地说着呓语！"帕拉墨得斯已经返回，听见了我们的话。

"我们必须见他，佩涅洛佩。"我说。

"好吧，陛下。"她哽咽着说，然后便领我们去了。

我们从宫殿后面走出来，鸟瞰向四面延伸的农田，伊塔卡岛中心的土地比其周边更肥沃一些。我们正准备走下台阶，不知从哪里

1.据希腊神话，智慧女神雅典娜给人们传授纺织、冶炼、制造车船、制鞋、雕刻等技艺，还发明了犁耙，驯服了牛羊。

由阿伽门农 叙述

冒出一个老妇,怀里抱着一个婴儿。

"夫人,小王子哭了,过了喂奶的时间了。"

佩涅洛佩立刻把他抱过来,搂在怀里。

"这是奥德修斯的儿子吗?"我问。

"是的,这是忒勒玛科斯。"

我用手指轻轻地触摸了一下他的胖脸蛋,继续往前走,他父亲的命运要重要得多。我们穿过一片橄榄林,这些橄榄树十分古老,盘曲的树干比公牛还粗。林子的尽头是一片四周围了墙的土地,这里没种树的土壤比种树的更多。正在这时,我们看见了奥德修斯。墨涅拉俄斯用哽咽的声音喃喃地说了几句话,而我只是目瞪口呆地看着他。他正在耕地,拉犁的牲口是我见过的最奇怪的搭配:一头公牛和一只骡子。它们往相反的方向拉扯着,犁高高低低歪歪斜斜地行走,犁沟弯曲如狡猾的西绪福斯[1]。奥德修斯的红头发上戴着一顶农民的毡帽,左肩上随意地搭着一件衣物。

"他在干什么?"墨涅拉俄斯问。

"播种盐。"佩涅洛佩冷漠地说。

奥德修斯一边耕着地、播着盐,一边含混不清地说着疯话,痴痴地笑着。虽然他一定看到了我们,可他眼中没有一丝看见熟人的

---

1. 希腊神话中的人物,以狡猾著称。因为英语中"crooked"一词有"弯曲的"和"狡猾的"等意思,故有文中的说法。

第 八 章

神色，而是闪现着明白无误的疯狂。我们最需要的人却让我们可望而不可及。

我不忍再看下去了。"走吧，我们放弃吧。"我说。

拉犁的牲口来到我们跟前了，它们变得更加暴怒和难以驾驭了。突然，帕拉墨得斯一跃而起，墨涅拉俄斯和我都一动不动地愣在那里。只见帕拉墨得斯从佩涅洛佩怀中夺过孩子，几乎把他放在了牛蹄下。佩涅洛佩尖叫着，试图抢回孩子，可帕拉墨得斯拦住了她。突然，两头牲口停住了，奥德修斯跑到公牛前捡起他的儿子。

"这是怎么回事？"墨涅拉俄斯问，"他神志还清醒吧？"

"完全清醒。"帕拉墨得斯笑着说。

"他装疯？"我问。

"当然，陛下。否则他怎能逃避他发过的誓言？"

"可你是怎么知道的？"墨涅拉俄斯迷惑不解地问。

"我在御座厅外找到一个饶舌的仆人，他告诉我说昨天奥德修斯得到家内神谕，神谕的意思似乎说如果他去特洛伊，他必定会离开伊塔卡二十年。"帕拉墨得斯说，他为自己小小的成功而扬扬自得。

奥德修斯把孩子递给佩涅洛佩，她这时真的哭了。大家都知道奥德修斯十分善于表演，而佩涅洛佩也精于此道。他们真是天造地设的一对。他的手臂搂着她，可灰眼睛却死死盯着帕拉墨得斯，眼中闪现着不快的神色。帕拉墨得斯引起了这个人的仇恨，此人要等

由 阿 伽 门 农 叙 述

待一生以便寻找最合适的机会复仇[1]。

"我被识破了,"奥德修斯毫无悔意地说,"您需要我为您效劳吗,陛下?"

"确实如此。为什么这么不情愿,奥德修斯?"

"与特洛伊的交战将是长期而血腥的,陛下。我不想参与。"

又是一个坚持认为这是一场长期战役的人!特洛伊尽管有高高的城墙,可又怎能抵挡十万大军?

我把全部情况告诉了奥德修斯,带着他回到了迈锡尼。没有必要告诉他海伦被绑架了。他一贯都是满腹主意满脑子点子。他没有一次回头看一下渐渐消失在宽阔海面上的伊塔卡岛,我也没有一次看见任何他思念妻子或她思念他的迹象。这是两个能克制情感、内心装满秘密的人——奥德修斯和蛛网脸的佩涅洛佩。

当我们到达狮宫时,我发现我的堂兄弟、克里特的伊多墨纽斯已经来了。他十分愿意参加任何对特洛伊的远征——当然是有条件的。他请求担任联合统帅,我乐得让他承担此职。不管是不是联合统帅,他都得听我的。他一直钟情于海伦,对她的失节耿耿于怀(我也不得不告诉他事情的真相)。

---

1. 据希腊神话,后来在特洛伊战争中奥德修斯设计陷害帕拉墨得斯,使其背上与敌人勾结的罪名,帕拉墨得斯被以石刑处死。

第 八 章

点名快要结束了，文书们[1]已记熟了这些名字。希腊的造船匠都竭尽了全力。幸运的是我们希腊人能造最好的船，拥有可供砍伐的莽莽的松树和冷杉、用之不竭的沥青、充足的用奴隶捐献的头发编成的网和足够的牛剥皮制帆。没有必要到别处征集船只，这样会泄露我们的计划。结果甚至比我预期的更好：我们有希望得到一千二百艘船和十余万兵力。

在建造船舰期间我召开了决策会议。涅斯托耳、伊多墨纽斯、帕拉墨得斯、奥德修斯和我周密地计划着，讨论了每个细节。然后我让卡尔卡斯占卜。

"好主意。"涅斯托耳很赞成，他乐意听从神祇的意愿。

"阿波罗怎么说的，祭司？"我问卡尔卡斯，"我们会出师大捷吗？"

他毫不迟疑地说："陛下，您的远征只有让佩琉斯国王的第七子阿喀琉斯参加才能出师大捷。"

"啊，阿喀琉斯，阿喀琉斯！"我咬牙切齿地叫起来，"不管我走到哪里都能听到这个名字！"

奥德修斯耸耸肩："这是伟人的名字，阿伽门农。"

"呸！他还不到二十岁呢！"

---

1. 当时没有现代意义上的文字，但在希腊某些地方有线形文字。参见作者后记。

由 阿 伽 门 农　　叙 述

"话虽如此,"帕拉墨得斯说,"我认为我们应该更多了解这个人。"他转身对卡尔卡斯说:"祭司,你出去的时候,请叫忒拉蒙的儿子埃阿斯来参加我们的会议。"

卡尔卡斯不乐意让希腊人对他颐指气使,但是这个患白化病的对视眼的人还是去了。他觉察到我在对他日夜监视吗?这只是防范措施罢了。

卡尔卡斯离开后不久,埃阿斯就来了。

"给我们介绍一下阿喀琉斯。"我说。

一听到我的简短要求,他便滔滔不绝地用最高级的修饰语赞扬起阿喀琉斯来,真让人难以卒听。他的话没有提供给我们任何新东西。我向忒拉蒙之子表示了感谢后让他走了。真是个傻大个。

"怎么办?"我问我的智囊班子。

"毫无疑问,我们怎么想无关紧要,阿伽门农,"奥德修斯说,"祭司说我们必须得到阿喀琉斯。"

"谁会不召自来呢?"涅斯托耳说。

"我知道怎么做,用不着你来教我!"我抢白道。

"不要发怒,陛下。"老人说道,"佩琉斯不是年轻人,他没有宣过誓,他没有义务支持我们,他也没有主动给予帮助。不过,想一想,阿伽门农,想一想!如果我们的军队中有了密耳弥多涅斯人会怎样?"

他在提到那具有魔力的名字时声调提高了,会场上死一般沉寂。

第 八 章

他打破沉默说："我宁可有一个密耳弥多涅斯人在我的背后，也不要五十个外人。"

"那么，"我说道，我打定主意让他们中的几位受点苦，"我提议，奥德修斯，你带涅斯托耳和埃阿斯去伊俄尔科斯恳请佩琉斯国王，让他派阿喀琉斯和密耳弥多涅斯人参战。"

由阿伽门农　叙述

第九章

由阿喀琉斯叙述

我向它靠近了，可以闻到它身上的腥骚臭，感觉到它的暴怒。我稳稳地握着矛，在灌木丛中悄悄前行，一步步逼近它。它鼻子呼哧呼哧地抽着气，当它用一只脚在地上扒土时，脚下的地便裂开了。随后我看见它了：它的身体如同小公牛般大小，庞大的躯体在四条强健的短腿上滚动，黑色鬃毛竖起，残忍的长嘴唇拉向后面，露出弯曲泛黄的长牙。它的眼睛是一个注定要下地狱者的眼睛，它已经看见了复仇女神的幽灵，心中充满了一头愚钝的野兽的可怕的狂怒。这是一个又老又凶残的人类杀手。

我大声尖叫着，让它知道我在它的近旁。一开始它没有动，然后慢慢地把它那大而笨重的头转过来看着我。它用爪扒地时扬起一阵尘土，同时它弯曲长嘴，用长牙挑起一块土，积聚着力量准备向我冲击。我冲进一片开阔地，手持我的长矛老皮利翁站着，挑逗它冲过来。它从未见过任何人敢与它对恃，有片刻工夫显得有些举棋不定。突然它蹒跚前行，继而快步跑来，震得大地摇动，最后变成了不顾一切的狂奔。这么个庞然大物竟能跑得如此快，真叫人惊叹。

我估测了它冲击的高度，站在原地不动，双手握着老皮利翁，

第 九 章

矛尖微微朝上，基部往下。更近了，受巨大的惯性驱动，这畜牲完全可能笔直地钻穿树干而出。当我能看见它眼中闪现的血红的光芒时，便蹲下身子，然后跨前几步，把老皮利翁刺入它的胸部。它顺势抱住了我，和我一起摔倒在地，冒着热气的生命之浆喷涌而出，溅了我一身。但我奋力站了起来，双手握住矛柄，把它的头拉起，以抵御它猛烈的摆动。它的血在脚下滑溜溜的，让我站不稳。它就这样死了，死时也弄不明白怎么竟会遇见比它更强有力的对手。我把老皮利翁从它的胸膛里拔出，剜出它的长牙——它们是装饰头盔的珍品——让它躺在那儿慢慢腐烂。

我在附近发现一个小海湾，便沿着一条弯曲的小路来到它的后方，这里有一条小溪蜿蜒地流入大海，溪水闪着粼粼的光，煞是诱人。我全然不顾诱惑，步伐轻快地走过沙滩，来到细浪拍击的海边。我将脚上、腿上、猎装和老皮利翁上野猪的血全部洗净之后，便往外走了一段，把所有的东西都摊开在沙滩上晾晒。然后我在水中懒洋洋地游着，等着去取放在太阳下晒的东西。

也许我睡着了一段时间，也许在我睡觉的时候受了什么魔力的控制，现在我试图回忆时什么也想不起来了，只知自己失去了意识。当我恢复意识后，太阳正悄然向树冠移动，空气中有些微的凉意。该回去了，帕特洛克罗斯一定会着急的。

我站起来准备拿自己的东西，这个动作是我清醒意识的结束。怎样解释那些无法解释的事？对我而言它后来成了着魔期，在此期

由 阿 喀 琉 斯 叙 述

间我同现实世界隔绝了，但并未同某种世界隔绝。一种让我联想到死亡的恶臭钻入我的鼻孔，海滩缩小了，而我上面海岬上的神庙却突然拉近，变得十分巨大，以至让我担心它就要翻倒坠落在我身上。这是个矛盾对立的世界：这一个变大，那一个缩小。

当带咸味的海水从我的嘴角流出来的时候，由于恐惧我跪倒在地上，大量孤独的眼泪和无边的空虚感吞噬了我，我尽管年轻力壮，却无法驱除心中巨大的恐惧。我的左手开始抖动，左半边脸扭曲了，脊梁骨变得僵硬，疼痛起来。但是我坚守着意识不放弃，迫使自己不让那可怕的痉挛继续下去。我不知道我的着魔期到底延续了多久，我只知道当我体力恢复时太阳已经看不见了，天空中有一片绯红的云霞。空气静止了，回响着鸟儿的鸣啭。

我站起来，如同发寒热的人一样全身颤抖，嘴里有一股恶臭味。我没有顾得上收拾我的物件，也没想到老皮利翁，我只想回到营地，死在帕特洛克罗斯的怀抱中。

他正在营中，听到我回来的脚步便跑过来迎接我。看见我的神色他十分吃惊，赶快帮我在火边温暖的皮毛铺成的床上躺下。我喝了一点酒之后，开始感到正常的生命又悄悄地渗入骨髓。我最后一点的迷惑和恐惧消失了，于是便坐起来，怀着无限的感激之情听着自己的心跳。

"出了什么事？"帕特洛克罗斯问。

"魔力，"我声音沙哑地说，"魔力。"

第 九 章

"野猪伤了你吗？你摔倒了吗？"

"不是，我轻而易举地结果了野猪的性命，然后下山，到海边洗净它的血迹。后来我就被魔力迷住了。"

他两腿发软，瞪大眼睛问："什么魔力，阿喀琉斯？"

"好像死神在向我袭来。我闻到了死亡的气息，尝到了它的味道。海湾收缩了，神庙变得硕大无比，整个世界扭曲后又重建，就像海神普罗透斯一样变幻无常。我以为自己要死了，帕特洛克罗斯！我从未感到如此孤独！我像老年人那样痉挛，像懦夫那样恐惧，但我既不是老人也不是懦夫。那么我遭遇什么事了？那是什么样的魔力？我对某个神祇犯下了罪过吗？我冒犯了天空之神和大海之神吗？"

他的脸上露出焦虑害怕的神色，后来他告诉我，我的确就像给过死神欢迎的亲吻，因为我脸上毫无血色，全身颤抖如同狂风中的小树苗，赤裸的身上满是刮痕和割伤。

"躺下，阿喀琉斯，我来给你盖些东西，让你不再觉得寒冷。也许这不是魔力，也许这是一场梦。"

"这是一场噩梦。"

"吃一些东西，再喝点酒。几个农夫送来了四张上好的皮子，感谢你为他们除掉了那头野猪。"

我抚摸着他的手臂说："要不是找到你我会发疯的，帕特洛克罗斯。一想到一个人孤独地死去我就无法忍受。"

由 阿 喀 琉 斯 　 叙 述

他抓住我的手吻着："我是你的堂兄，更是你的朋友，阿喀琉斯。我要永远和你在一起。"

一阵睡意袭来，我有了一种消除了恐惧的温暖的感觉。我笑了，伸出手抚摸着他的头发："你为了我，我为了你，一直如此。"

"以后也永远如此。"他答道。

次日早晨，我完全恢复了。帕特洛克罗斯醒得比我早，我醒来时火烧得正旺，一只兔子被架在火上烧烤，这是我们的早餐。此外还有面包，这是农妇们为感谢我除去野猪之患送来的。

"看起来你已经恢复了。"帕特洛克罗斯咧开嘴笑了，把烤兔肉放在面包盘上递给了我。

"确实已经恢复了。"我说着接过了食物。

"你现在的记忆还跟昨晚一样清楚吗？"

听了这话我打了个冷战，但面前的面包和兔肉驱除了我的恐惧。"又记得，又不记得。一次着魔，帕特洛克罗斯。某个神祇说话了，但我不懂它的含义。"

"时间会揭开谜底。"他边说边四处走动，干一些杂活，以使我更舒适一些。尽管我总是劝阻他，也无法使他改掉这侍候人的习惯。

他比我大五岁。他父亲墨诺提俄斯在斯基罗斯病逝时，斯基罗斯的国王吕科墨得斯把他作为嗣子收养，那是很久以前的事了。他是我的一个没有名分的堂兄，因为墨诺提俄斯是我祖父埃阿科斯的

第 九 章

私生子。我们俩深切地感觉到血缘的纽带，因为我们都是独生子，也没有姐妹。吕科墨得斯十分看重他，这也不奇怪，帕特洛克罗斯是少有的好人。

吃过早饭我们便收拾营盘，打点行装。我穿上褶裥裙和草鞋，佩上一把青铜短剑，找到另一支长矛。"帕特洛克罗斯，在这儿等我一下，我很快就来。我的衣服和战利品还在海滩上。老皮利翁也在那儿。"

"让我跟你一起去吧。"他急忙说，一副害怕的样子。

"不。这是神祇和我之间的事。"

他垂下眼睛，点点头说："听从你的吩咐，阿喀琉斯。"

这一次找路比上一次容易些，我像狮子一样飞快地跑过开阔地，然后跑下蜿蜒的小道去收拾我的衣服、野猪长牙和老皮利翁长矛。小海湾显得明朗平静，不，它不是魔力的来源。这时我的目光掠过崖顶，落在神庙上，我的心便开始怦怦地跳起来。我母亲是涅柔斯的非正式女祭司，她就在岛的这一边——莫非这就是她的领地？昨天我是因为失足进入她的天幕之下，玷污了旧教的神圣领地才被击倒在地的吗？

我缓缓地攀回崖顶，走近神庙，现在我想起来，魔力迷住我时它显得多么巨大啊。哦，对了，这是我母亲的地盘。吕科墨得斯不是警告过我绝不要误入此地吗？因为我那蔑视他的母亲就住在这里。

由 阿 喀 琉 斯 叙 述

她正等候在祭坛旁的阴影中。突然我发现自己需要用老皮利翁当拐杖拄着,我的腿没了力气,站都站不直。母亲!我从未见过的母亲。

这么矮小!她还不到我的腰部,头发是蓝白相间,皮肤透明得可以看见下面的每一根血管。

"你是我的儿子,被佩琉斯剥夺了获得不朽的机会的儿子。"

"不错。"

"是他让你来找我的吗?"

"不。我是碰巧到这儿来的。"我虚弱地倚靠着老皮利翁说。

男人第一次见到母亲时应该有什么样的感情?俄狄浦斯[1]感到情欲冲动,娶她为妻立她为后,与她生儿育女。可是我似乎没有俄狄浦斯的禀性,因为我没有感到情欲的痛苦,对她的美丽而年轻的外貌没有一丝倾慕的情感。也许我的感情可以最恰当地概括为惊奇,或者不舒服,或者——对,反感。这个古怪的小女人谋杀了我的六个哥哥,背叛了我所爱的父亲。

"你恨我!"她怒气冲冲地说。

"不是恨,是厌恶。"我说。

"佩琉斯给你取了什么名字?"

1.Oedipoas,希腊神话中的人物,一生为杀父娶母的厄运所困扰。

第 九 章

"阿喀琉斯。"

她看了我的嘴,轻蔑地点点头,说:"很恰当!连鱼都有嘴唇,可是你却没有,这使你的脸由一件美的作品变为一件未完成的作品。一只上面有一条缝的口袋。"

她说得对,我真恨她。

"你现在在斯基罗斯做什么?佩琉斯跟你在一起吗?"

"不。我每年独自一人来这儿住六个月,我是吕科墨得斯国王的女婿。"

"你已经结过婚了?"她不高兴地问。

"我十三岁就结婚了——现在我差不多有二十岁了。我儿子也六岁了。"

"真是够惨的!你妻子多大?她也是个孩子吗?"

"她叫得伊达弥亚,她比我大。"

"好了,这对吕科墨得斯倒很方便,对佩琉斯也是如此。他们给你套上辕,而且毫无痛苦。"

因为无话可说,我便什么也不说了。她也不说话,沉默似乎在无止尽地继续着。由于我一直受父亲和喀戎的训诫,要服从尊长,所以我不愿打破这沉默,因为我不知道如何礼貌地打破沉默。也许她真是一位女神,尽管我父亲每次喝醉了酒总要否认。

最后她说:"你原来应该是不朽的。"

这话使我笑起来:"我不要不朽!我是个勇士,我喜欢人的东西。

由 阿 喀 琉 斯 叙 述

我的确对神充满虔诚的敬意,但我从不渴望成为他们中的一个。"

"那么你没考虑过不朽的反面意味着什么。"

"还能是什么,不过是一死而已。"

"确实,"她轻声地说,"你一定会死,阿喀琉斯。想到死你还不害怕?你说你是人,是勇士,但勇士比远离争战的人死得早。"

我耸耸肩:"不管怎样,死是我的命运。我宁可年轻时死得光荣,也不愿年老时死得耻辱。"

有片刻时间她的眼睛变成迷蒙的蓝色,脸上显出悲戚之色,我没想到她还有这种感情。一滴眼泪顺着她那半透明的面颊流下,可是她不耐烦地把它擦去,又变成了没有同情心的生物:"儿子,现在争论这个问题太晚了。你必死无疑。但是我可以给你一个选择,因为我可以洞悉未来。我知道你的命运,不久就会有人来请你参加一场大战。但是如果你去,你将会死。如果你不去,你就会活到很大的年纪,安享人生的幸福。年轻而光荣还是年老而耻辱,这由你选择。"

我眨眨眼睛,笑了:"这算什么选择?不需要选择!我选择年轻而光荣地死。"

"为什么不先考虑一下死这件事呢?"她问。

她恶毒的话语刺入我的内心深处。我低头盯着她的眼睛,看见她眼光浮动。她的脸失去了形状,她头上的天空融化了,流到她的一双小脚下面。她越变越高大,最后头进入云层。这时我知道魔力又把我罩住了,我也知道是谁施的魔力。海水从我的嘴角溢出来,

第 九 章

腐败的恶臭味钻入我的鼻孔,恐惧和孤独驱使我跪在她面前。我的左手开始痉挛,左半边脸扭曲了。这一次她施的魔力更强,我失去了意识。

当我苏醒过来时,她坐在我身边的地上,用手掌搓揉着带着香甜气味的药草。

"站起来。"她命令道。

我理不清混乱的思绪,身心都很虚弱。我缓缓地站了起来。

"阿喀琉斯,听我说!"她吼道,"听我说!你要宣一个旧教的誓,这比任何新教的誓都可怕得多。对我父亲涅柔斯——大海的老人,对大地之母——她养育了我们大家,对科瑞——恐怖王后,对痛苦煎熬之地塔耳塔罗斯的统治者们,对具有神性的我,宣誓。你现在就宣誓,你要明白这个誓言是不能违背的。如果你违背了誓言,你将永远疯狂下去,斯基罗斯将会沉入水底,就像当年锡拉犯了亵渎神灵之大罪之后沉没一样。"她紧紧抓着我的手臂摇动着:"你听见我说话吗,阿喀琉斯?听见了吗?"

"听见了。"我含混不清地说。

"我要把你从你的命运中解救出来。"说着她便将一枚强韧的老蛋扔在一摊油腻黏稠的血上,血溅在了祭坛上,然后她捉住我的右手,把它压在这一团污物之上,使之牢牢地固定住:"宣誓吧!"

我重复着她口授的话:"我,阿喀琉斯,佩琉斯之子,埃阿科斯之孙,宙斯之重孙,郑重宣誓:我要立刻回到吕科墨得斯国王的宫

由 阿 喀 琉 斯 叙 述

殿，穿上女人的服装。我要一直穿着女人的服装在那儿度过一年的时光。不管何时谁来见我，我都要藏入后宫女人之中不与来人接触，也不通过中间人与他们联系。我要让吕科墨得斯国王作为我一切事务的代言人，无争辩地听他的话。以上就是我以涅柔斯、大地之母、科瑞、塔耳塔罗斯的统治者以及女神忒提斯的名义做的郑重宣誓。"

这些可怕的话说完之后，我的迷乱状态便解除了，世界又恢复了原来的颜色和形状，我又能清楚地思考了。可是太晚了，任何人都不能收回这可怕的誓言。我母亲已把我牢牢地束缚在她的意志之下。

"我诅咒你！"我叫喊道，开始哭起来，"我诅咒你！你把我变成了女人！"

"所有男人身上都有女人的成分。"她得意地笑着说。

"你剥夺了我的荣誉。"

"我使你避免了死得太早的结局，"她回答说，同时推了我一把，"现在回到吕科墨得斯那儿去吧。你不必向他做任何解释。等你走到王宫时他将会知道这一切。"她的眼睛又变蓝了。"我做这些是出于爱，我可怜的无嘴唇的儿子。我是你的母亲。"

找到帕特洛克罗斯时我一句话也没说，只是收拾起行囊中我应拿的东西回宫。他一贯顺着我的心意，没有问我任何问题。也许他已经知道了当吕科墨得斯穿过大门走入庭院时必定会知道的事。吕科墨得斯等候在那儿，俨然是一个心情沮丧的干瘪老头。

第 九 章

"我已得到忒提斯的一个预言。"他说。

"那么你已经知道她对我们的要求了。"

"是的。"

我走进妻子的房间时她正坐在窗前。听见开门的声音她转过头,张开双臂,困倦欲睡地笑了。我吻了她的脸颊,注视着窗外的港口和小镇。

"见到我你就是这个态度吗?"她问道,但她并不生气,得伊达弥亚从不动气。

"你一定知道大家都知道的事了。"我叹了口气说。

"你要穿着女人的衣服躲在父亲的后宫里,"她点点头说,"但只是在有生人来的时候才这样,这种时候不会太多。"

我把百叶窗扯成碎片,我太痛苦了:"我怎么做得到呢,得伊达弥亚?耻辱!这真是绝好的报复!她嘲笑我的男子气概,这头母兽!"

我的妻子猛地一激灵,然后举起右手做出一个避开恶眼的手势:"阿喀琉斯,不要再激怒她了!她是女神!说到她时要带着敬意。"

"办不到!"我咬牙切齿地说,"她不尊重我,不尊重我的男子气概。大家都会嘲笑我的!"

这一次得伊达弥亚战栗了。"这没什么值得嘲笑的。"她说。

由 阿喀琉斯 叙述

第十章

―――

由奥德修斯
叙述

借助风和水流总是比取道迂回而漫长的陆路更便利。我们航行到了伊俄尔科斯，使船沿着海岸前行。船进港的时候我和埃阿斯站在甲板上，这是我第一次访问密耳弥多涅斯人的故乡，我觉得伊俄尔科斯是座水晶般美丽的城市，在冬日的阳光下闪闪发亮。这里没有城墙，宫殿后面的皮利翁山高高耸起，山上覆盖着皑皑白雪。我把皮衣更紧地裹着肩膀，往手上哈着气，同时也瞟了埃阿斯一眼。

"你先下船好吗，我的巨人？"我问。

他默默地点点头，没能理解这句双关语[1]的含义。他将一条粗大的腿迈过栏杆，踏上绳梯最上层的横木，整个人便消失了。埃阿斯仍然穿着我在迈锡尼御座厅里看见他时穿的衣服，没有加任何衣服：一条褶裥裙。在他细腻的皮肤上看不出一点受冻的迹象。我先让他下船到海滩上，然后对着下面叫他，让他找一些运输工具来。他在伊俄尔科斯很出名，因为他能因地制宜地找到合适的交通工具。

---

1. 原文"go over the side"既可以理解为"下船"，也可理解为"从船舷下船"。

第 十 章

涅斯托耳在后甲板上搭建的住棚中忙着打点自己的行李。

"埃阿斯去给我们找车了。你身体还行吗？可以下船登岸吗？要不然你多歇一会儿？"我开玩笑地问他。我喜欢惹他生气。

"你以为我年老昏聩了？"他抢白说，同时一跃而起，"我当然要在岸上等候。"

他从住棚中轻快地走出，来到甲板上，嘴里还在喃喃自语。一个水手伸出手准备扶他一把，他不耐烦地一巴掌推开了他的手，然后像孩子一般灵巧地爬下绳梯。真是个不要命的老家伙。

佩琉斯鞠着躬亲自把我们迎进他的家。当年我是个年轻后生时他正值盛年，那时我常见到他，以后就没见面了。现在他虽然已是一位老者，但仍然腰板挺直，豪气不减，有帝王之风。他仪表堂堂，聪颖睿智。遗憾的是他只有一个儿子继承他的基业。作为佩琉斯的儿子，年轻的阿喀琉斯不能辜负其父的声名。

我们在一个大三足鼎前舒适地坐下，手边放着加了糖和香料的热酒，我讲了我们此行的目的。尽管涅斯托耳比我年长，我却被选作发言人，如果出了什么错他可以体面地退出。这个无赖！

"迈锡尼的阿伽门农派我们来求援，陛下。"

他用锐利的目光审视着我。"为了海伦的事。"他说。

"消息传得真快。"

"我等待着国王的传令官，可是没有人来。我的造船工匠们从未见过这样的传令官船驶进过他们的船坞。"

由 奥 德 修 斯 　 叙 述

"因为您没有宣四分马誓言,佩琉斯,所以阿伽门农不能派传令官来。您没有援助墨涅拉俄斯事业的义务。"

"宣不宣誓无关紧要。我年纪太大,不能参战了,奥德修斯。"

涅斯托耳觉得我废话太多了,便抢过话头说:"亲爱的佩琉斯,事实上我们不是来找您的,我们是来请求您让您儿子参战的。"

色萨利的大国王一副爱莫能助的样子:"阿喀琉斯……这,我不希望他去,但我知道你们会来的。我确信他会欣然接受阿伽门农的邀请。"

"那么我们可以邀请他吗?"涅斯托耳问。

"当然。"佩琉斯说。

我笑了,感到释然:"阿伽门农感谢您,佩琉斯。我个人从心底里感谢您。"

他长时间地注视着我:"你也有心,奥德修斯?我以为你只有头脑呢。"

霎时间我感到眼底有些刺痛,我想这是因为我想起了佩涅洛佩,然后她的形象渐渐隐去。我瞪了他一眼作为回敬:"不,我没有心。人为什么需要心呢?它是严重的束缚。"

"那么有关你的传闻是真的喽?"他从三足鼎上端起酒杯,这是一件精致的埃及工艺品。"如果阿喀琉斯愿意去特洛伊,"他接着说,"他将统率密耳弥多涅斯人。他们这二十多年以来一直盼望打一场硬仗。"

第 十 章

这时有人进来，佩琉斯笑着伸出手："啊，福尼克斯！先生们，这位是福尼克斯，我多年的朋友和战友。福尼克斯，我们来了贵客。这位是皮罗斯国王涅斯托耳，这位是伊塔卡国王奥德修斯。"

"我在外面看见了埃阿斯。"福尼克斯深深地鞠了个躬说。他的年纪大约在佩琉斯和涅斯托耳之间，腰板挺直，军人气质，具有典型的密耳弥多涅斯人的特征——白皙、高大、强健。

"你和阿喀琉斯一起去特洛伊，福尼克斯，"佩琉斯说，"帮我照顾他，防止他遭到不测。"

"以我的生命为代价，陛下。"

这一切都很好，我想，不过我有点不耐烦了。"我们能见见阿喀琉斯吗？"我问。

这两个色萨利人一副茫然的表情。

"阿喀琉斯不在伊俄尔科斯。"佩琉斯说。

"那么他在哪儿？"涅斯托耳问。

"在斯基罗斯。他每年在那儿度过六个寒冷的月份——他跟吕科墨得斯的女儿得伊达弥亚结婚了。"

我心烦地一拍大腿："那么我们还要在海上航行一冬。"

"不必担心，"佩琉斯说，"我派人去叫他。"

可是不知怎地，我总觉得除非我们亲自出马完成此事，否则我们永远也不会看见阿喀琉斯在奥利斯（Aulis）的海边集合起伊俄尔科斯的船队。我摇了摇头。

由奥德修斯　叙述

"不，陛下。阿伽门农认为我们亲自请阿喀琉斯更合适。"

所以我们又一次进港，从城中往王宫走去。所不同的是这次的宫殿只不过是一座大屋。斯基罗斯并不富裕。吕科墨得斯招待了我们，可是当我们坐下吃着不太丰盛的便餐时，我感到全身刺痛。情况不太对劲，问题不仅仅出在吕科墨得斯身上。宫中笼罩着一种奇怪的紧张气氛。仆人们——全是男人——悄悄而来，匆匆而去，从不看我们一眼。吕科墨得斯是一副在巨大恐惧的重压下苦撑局面的神色。他的继承人帕特洛克罗斯匆匆地进出，我都差不多认为他是个虚幻的人。最使人不安的是，我听不到一点女人的声音，没有听到哪怕从远处传来的女人的笑声或呜咽声、尖声大叫或号啕大哭。多么让人称奇！女人不参与男人的事务，的确如此，但她们充分意识到自己在事情进程中的重要性，她们拥有任何男人都不敢否认的权力，毕竟她们在旧教下有过统治权。

我皮肤的刺痛变得如同针扎，同时嗅到熟悉的危险的气味，鼻子一阵痉挛。我与涅斯托耳目光相遇，不错，他也觉察到了。他向我扬了扬眉毛，我叹了口气。那么我没弄错，我们遇到了麻烦事。

帕特洛克罗斯这个英俊的小伙子又来了。我更仔细地打量着他，思忖他在这奇怪的局面中到底起什么作用。他是一个温文尔雅之人，可并不缺乏斗志和勇气，但是他无疑受到了感情上的困扰，我断定他的感情不是放在女人身上。也罢，那是他的权利，人们不会因为

第 十 章

他喜欢男人而对他有微词。这次他居然坐了下来，显得闷闷不乐。

我清了清嗓子："吕科墨得斯国王，我们的任务很紧急。我们来找您的女婿阿喀琉斯。"

一阵奇怪的、难以捉摸的短暂沉默。吕科墨得斯的酒杯差一点掉在地上。他尴尬地站起身来："阿喀琉斯不在斯基罗斯，诸位国王。"

"不在这儿？"埃阿斯沮丧地问。

"不在。"吕科墨得斯显得很窘迫，"他——他跟妻子——我的女儿——吵了架，到本土去了，发誓再也不回来了。"

"他不在伊俄尔科斯。"我轻声提示。

"坦率地说，我想他不会去伊俄尔科斯，奥德修斯。他提到了忒拉克。"

涅斯托耳叹息道："天哪，天啊！看来我们命中注定见不到这个年轻人了，不是吗？"

这个问题是向我提的，但我没有立即回答，我清醒地意识到我有一种突然而至的奇怪的轻松感，一种巨大的如释重负的感觉。我的一切本能都是对的，情况很不正常，而且阿喀琉斯是这一切的中心。我站起来："既然阿喀琉斯不在这儿，我想我们必须马上走，涅斯托耳。"

我等待着，心里明白吕科墨得斯应该表现恰当的礼貌，否则好客的宙斯会认为是罪过。在等待时我转过身，这样只有涅斯托耳能

由奥德修斯 叙述

看见我的脸，我狠狠地盯了他一眼作为提醒。

吕科墨得斯出于礼节只好挽留我们："至少留下来过夜吧，奥德修斯。涅斯托耳国王应该稍事休息了。"

我又以目光向他示意，他不但没有抢白说他的体力可以向奥林波斯山众神宣战，反而瘫了下来，身子缩成一团，变成令人怜悯的不幸的老者。这个老家伙！

"谢谢，吕科墨得斯国王！"我高声说，显得如释重负。"今天早晨涅斯托耳还在说他很累，冬天海上的强风吹得他全身疼痛。"我垂下眼睛说，"我真诚希望我们在这儿不会给您带来不便。"

这确实给他带来了不便。他完全没有想到，我们在任务没有完成、必须赶回迈锡尼向阿伽门农报告消息的情况下还会接受他出于客套的邀请。不过他还是装出高兴的样子，以掩饰他的失望。帕特洛克罗斯也是如此。

后来我到涅斯托耳的房间里找他，我坐在一把座椅的扶手上，而他泡在热气腾腾的浴水中休息，一个年老的仆人——男人，真奇怪——从他那干瘪的皮肤上刮下汗盐和污垢。等涅斯托耳洗完澡，裹着亚麻浴巾站在地上时，男仆便退了出去。

"你的看法如何？"我问涅斯托耳。

"这是一座笼罩在阴影中的宅屋。"他肯定地说，"我想，如果阿喀琉斯和他妻子吵架后去了忒拉克，也许会激起这样的反应。可是

第 十 章

我却不这样认为，不管出了什么事，情况不可能是这样。"

"我认为阿喀琉斯就在宫中。"

他瞪大了眼睛："不可能！藏起来了，不错，但不在这里。"

"就在这儿。"我坚持说，"我们已听到不少关于他的事，知道他既尚武好战又容易冲动。如果他不藏身在吕科墨得斯和帕特洛克罗斯身边，他们将无法控制他。他就在宫内。"

"但是他为什么这么做呢？他没有宣誓，佩琉斯也没宣誓，拒绝去特洛伊参战不会有损名誉。"

"哦，他很想去！不顾一切地要去。但是有人不让他去，不知怎么他们竟把他约束住了。"

"那么我们该怎么办呢？"

"你有什么看法？"我反问道。

他一脸苦相："我们要在这所小小房子里到处走走。最好让我在白天行动，我可以装作年迈体衰的样子。大家睡觉时你可以四处走走。你认为他们会把他关押起来吗？"

我倒不这么认为："他们不敢，涅斯托耳。如果佩琉斯得到消息，他会把这岛撕碎，比波塞冬干得更狠。不，他们是用誓言束缚了他。"

"有道理。"他开始穿衣，"离吃晚饭还有多长时间？"

"还有些时候。"

"那你去睡一会儿，奥德修斯，我去打探虚实。"

由 奥 德 修 斯 叙 述

他来把我叫醒去吃饭，显得怒气冲冲。"让他们见鬼去吧！"他咆哮道，"如果他们把他藏在这儿，我并没有找到藏的地方。我跌跌撞撞地查看了每一个角落，从屋顶到地窖，没看见一点踪迹。唯一我不能进的地方是女眷住的地方。那里有卫兵把守。"

"那么他就在那里。"我说着便站起身来。

我们一起去吃晚饭，心中颇感困惑，不知吕科墨得斯是否已十分亚述[1]化了，以至会禁止女人进餐厅。这里也和浴室一样用男仆吗？哪儿都没有女人？女人的住处有卫兵把守？十分可疑。吕科墨得斯不想让我们听见闲话，所以他必须阻止女人接近我们。

但是女人们都在，很显然她们都被塞进最远处最黑暗的角落里。我想到吕科墨得斯会让她们出来吃正餐，因为以他的厨房和宫殿的规模，要是让她们在自己的住处吃饭，不可能不令他的客人们生疑。

可是没有阿喀琉斯。从这些模糊的女人身影中也找不到可能是阿喀琉斯的大个子。

我们与吕科墨得斯和帕特洛克罗斯在主宾席就座，看馔送上桌之后，涅斯托耳问道："为什么女人们被分隔开了？"

"她们冒犯了波塞冬。"帕特洛克罗斯立刻回答道。

"结果怎样？"我问。

---

1. Assyria，亚洲西南部的古国，兴起约公元前750至公元前612年。

第　十　章

"她们被禁止与男人来往已有五年了。"

我扬起眉毛："房事也不允许吗？"

"房事可以。"

"这听起来倒更像是大神母的要求，而不像波塞冬的要求。"涅斯托耳大口地喝着酒说。

吕科墨得斯耸耸肩："这是波塞冬的要求，不是大神母的要求。"

"通过他的女祭司忒提斯之口提出的？"皮罗斯国王问。

"忒提斯不是他的祭司，"吕科墨得斯不自在地说，"神祇不愿把她召回。她现在侍奉涅柔斯。"

饭菜吃完后（女人也走了），我坐下来和帕特洛克罗斯谈话，而把吕科墨得斯交给涅斯托耳处置。

"见不到阿喀琉斯我很遗憾。"我说。

"如果见到他你会喜欢他的。"帕特洛克罗斯语调平淡地说。

"我猜想，如果有机会去特洛伊，他会急不可耐地参加的。"

"是的。阿喀琉斯是为参战而生的。"

"哎，我也无意搜遍忒拉克，把他找出来。当他得知他错过了这么好的机会时，他会感到遗憾的。"

"是的，他会非常遗憾的。"

"告诉我他长什么样。"我引诱他说。我已经看出了帕特洛克罗斯的秘密：他对阿喀琉斯十分钟情。

听了我的话这个年轻人容光焕发："他比埃阿斯的身材稍微小一

由 奥 德 修 斯　　叙 述

些……他走动时多么——多么优雅！他长得也很美。"

"我听说他没有嘴唇，怎么会美呢？"

"因为——因为——"帕特洛克罗斯不知怎么措辞为好，"你要看见他就明白了。他的嘴让人心疼得落泪——多么痛苦啊！阿喀琉斯是美的化身。"

"听起来他太好了，让人难以相信。"我说。

他差不多进了我的圈套，差不多要告诉我不相信他的话是个傻瓜，说他可以引出他的人杰让我审视。后来他紧紧地闭上嘴，把快要说出口的话咽了回去。不过这些话还是不说为好，我已经得到了答案。

就寝前我与涅斯托耳和埃阿斯两人进行了短时间的磋商，然后上床，沉沉地进入了梦乡。第二天一大早，我和埃阿斯去城里，我已经把我的异母兄弟西农安排住在那儿了。一下子把自己的全部宝贝展示出来是不明智的，西农就是一个宝贝。他表情漠然地听我吩咐他该怎么做。我从阿伽门农给我的不多的支付费用的酬金中拿出一袋黄金给了他。我死死地守住属于自己的那份，将来有一天它是我儿子的。阿伽门农完全有能力支付阿喀琉斯的酬劳。

我回到王宫时，宫中所有人还在沉睡，不过埃阿斯没有和我一起回来，他在外面还有事要做。涅斯托耳已经醒来，而且已打点好行装；我们不想让吕科墨得斯处于紧张的悬念之中。当然，我们告

第 十 章

诉他准备启航返回时,他很得体地表示了反对,劝我们再住些日子。但这次我婉言谢绝了,这使他大大地松了一口气。

"埃阿斯在哪儿?"帕特洛克罗斯问。

"在城里转悠,向人打听阿喀琉斯的行踪。"我说,然后转向吕科墨得斯,"阁下,能帮个小忙,把您宫中所有的自由人集中到御座厅吗?"

他先是一脸惶恐之色,然后变得十分谨慎:"这个……"

"我是受命于阿伽门农,阁下,否则我是不会有此请求的。我受了吩咐——在伊俄尔科斯也是如此——转达迈锡尼大国王对宫廷中每个自由人的谢意。他要求不管男女每个人必须到场。也许你们对妇女有禁令,但她们仍然属于您。"

我的话音刚落,我的几个水手便走了进来,怀里满满地抱着礼物。女人的小饰品、珠子、内衣、瓶装的香水、瓶装的油、细羊毛线、软膏、香精和薄纱亚麻衣物。我请人搬来一些桌子,这样这些水手可以把他们怀抱的东西搁在桌子上。接着又进来一些水手,这次带来的是给男人的礼物:镀青铜的精良的兵器、盾牌、矛、剑、胸甲、头盔和护胫。我把这些放在另外一些桌子上。

从国王的眼中可以看出贪婪和谨慎在冲突,帕特洛克罗斯把手搭在他的手臂上,让他当心,国王耸耸肩甩掉他的手,然后击掌招呼管事。

"把宫中所有的人都召来。让女人远远地站着,不要违反波塞冬

由奥德修斯叙述

的禁令。"

室内都是男人，后来女人来了。涅斯托耳和我在她们中一排排地搜寻，可是一无所获，没有一个人可能是阿喀琉斯。

"阁下，"我走上前来说，"阿伽门农希望为您的帮助和款待向您和您宫中所有的人表示谢意。"我指着成堆的女人物品说："这些是给宫廷中女子的礼物。"我又转向兵器和甲胄说："这些是给宫廷中男人的礼物。"

男男女女都高兴地轻声低语着，但没人动手去拿，后来在国王的允许下他们才围在桌旁快活地挑选礼品。

我从一个水手的手中接过一件用亚麻布包着的东西，对国王说："阁下，这是给您的。"

他面露喜悦之色，剥去层层包布，露出一把克里特产的战斧，这是一把青铜双头斧，斧柄是橡树制的。我捧着斧头递给他，他高兴地笑着伸出双手。

就在此刻，从外面传来一阵凄厉而激越的报警声。有人吹起了号角，我们听见埃阿斯从远处用低沉的声音吼出的萨拉米斯的战斗口号和清晰的甲胄的当当声。过了一会儿，埃阿斯又叫喊起来，声音更近了，似乎他正在后撤。女人们尖叫着四散奔逃，男人们在混乱中疑惑地互相询问，吕科墨得斯国王脸色煞白，忘了去接递给他的战斧。

"海盗！"他说了一句，似乎不知所措。

第 十 章

埃阿斯又大吼一声,声音更响也离得更近了,这是来自皮利翁山坡的得自喀戎真传的战斗口号。我们都像生了根一般一动不动,此时我的手改变了握斧的位置——双手握柄,把斧头举起。

这时,还有一人也在行动,只见此人一头撞进御座厅,因为用力太猛,使得聚集在门口的惊慌失措的妇女如同线轴一般被旋在一边。来人扮作女人模样,很容易理解为什么吕科墨得斯没敢让"她"露面!"她"急不可耐地剥去裹在身上的亚麻袍子,露出让我赞叹的肌肉发达的胸部,大步走到堆满兵器的桌子前。阿喀琉斯终于露面了。

他把一张桌上的兵器哐当当地一扫在地,从中抽出一副盾和矛,塔一般地挺立着,全身的每一根筋腱都做好了战斗的准备。我捧着战斧走过去递给他。

"拿着,女士,用这个!它跟你的身材更相配。"我挥舞着战斧,它的重量使我的双臂吱吱作响。

啊,他很奇怪!尽管帕特洛克罗斯对他大加颂扬,但他看上去并不美。不过倒不是他的嘴破坏了美,它反而给了他恰到好处的哀怨的表情。我一直以为他缺乏的是内在的美。他的一双黄眼睛充满自豪和睿智。他和傻大个埃阿斯不可同日而语。

"谢谢。"他高喊,向我报以微笑。

埃阿斯走了进来,他手里还拿着刚才在外面用来制造惊恐气氛的武器,看见跟我站在一起的阿喀琉斯,他哈哈大笑起来。他马上

由 奥 德 修 斯   叙 述

紧紧抓住阿喀琉斯，把他紧紧搂住，这么大的劲肯定会把我的胸腔压扁的。阿喀琉斯把他甩开，身体似乎没有受到伤害，然后张起一只手臂搂住他的肩膀。

"埃阿斯，埃阿斯！你的战场呐喊如利箭穿透了我的心！我必须响应，我一刻也不能耽搁了。你发出老喀戎的战场呐喊是对我的召唤——我怎能抵抗得了？"他看见了帕特洛克罗斯，便伸出一只手，说："来，跟我在一起！我们向特洛伊开战！我最大的心愿已得到满足，我对父神宙斯的祈祷应验了。"

吕科墨得斯控制不了自己的感情，悲伤地搓着自己的手，失声痛哭："儿啊，儿啊，我们会面临什么样的命运啊！你违背了向你母亲宣的誓言，她会撕碎我们的身体的！"

听了这话，御座厅内一片沉默。阿喀琉斯马上变得严肃起来，他的脸色十分严峻。我向涅斯托耳扬了扬眉毛，我们都叹了一口气，事情都有了答案。

"我不明白自己怎么违背誓言了，岳父，"阿喀琉斯最后说道，"我这是条件反射，我是未经考虑而响应从孩提时代就已渗入我内心的一个召唤。我听见埃阿斯的战斗召唤就响应了。我没有违背誓言，是别人的狡诈摧毁了这个誓言。"

"阿喀琉斯说的是实情，"我大声说，"是我欺骗了你。神祇不会认为你犯了违背誓言的罪过。"

他们当然不相信我说的话，但是损害已经产生了。

第 十 章

阿喀琉斯欣喜若狂,他张开双臂举过头顶,然后与帕特洛克罗斯和埃阿斯拥抱。"兄弟们,我们去打仗喽!"他大笑着说,然后又感激地看着我说:"这是我们的命运。甚至当处在我母亲那最可恨的魔力之下时,她也从未能说服我放弃这念头。我天生就是勇士,注定要跟我们这个时代最伟大的人并肩作战,赢得永远的声名和不朽的光荣!"

他说的也许是实话。我苦涩地看着这三个年轻人,想起了自己的妻儿,想到从我的流放生涯开始到返乡之间漫长无尽的岁月。阿喀琉斯会在特洛伊战场赢得他永远的声名和不朽的光荣,但是我很乐意用我应得的奖品换回我明天就能返乡的权利。

最后,我确实设法回到了伊塔卡,借口是我要亲自组织参加远征特洛伊军队的分队。阿伽门农对我离开迈锡尼很不高兴,如果我在他身边助他一臂之力,他的指挥会更轻松。

我和我的蛛网脸的佩涅洛佩在一起度过了珍贵的三个月,这是我们原先没有想到的,可是最终我不能再拖延了。当我的那支不大的船队安然穿行过佩洛普斯岛附近多风暴的海域后,我从陆路去往奥利斯。我快速穿过埃托利亚,日夜兼程赶到处在山地的德尔斐,这里有预言之神阿波罗的圣殿,他的女祭司发布十分灵验的神谕。我求教她说我的家内神谕说我将离家二十载,不知对不对。她的答复简单、直截了当:"对。"然后她又补充说,我离家二十年是我的

由奥德修斯 叙述

保护神智慧女神帕拉斯·雅典娜的意愿。我问及原因，她笑而不答。

希望破灭了，我匆匆赶往底比斯，因为我已约定在那儿会见从阿尔戈斯赶去的狄俄墨得斯。可是被毁坏的底比斯已成荒城[1]，他没敢在此停留。我驾车继续走完最后一段短短的路程，当我在满是车辙的通往欧波亚（Euboian）海峡和奥利斯海滨的小道上颠簸而行时，并没有感到荒凉和心酸。

远征的出发地点是在长时间仔细的讨论后确定下来的。一千余艘船要占据好几里格[2]长的海面，这些水域必须有所遮挡，因此奥利斯是个很好的选择。奥利斯的海滨有两里格多长，离海岸不远的海中有欧波亚岛，可以挡住狂风巨浪。

最后，我们来到海滨的一座小山前，我奋力登到山顶往下俯瞰。连我的马儿似乎都觉察到空气中凶险的气息，因为它们停住了，后腿直立，前腿腾空而起，就像被逼着走近腐肉一样。我的驭手不得不费大力气去制服它们，最终成功诱使它们前行。

出现在我眼前的是排列整齐一眼望不到边的战舰！这些高船首、红黑相间的战船在海滨排成两排，每艘船至少可装一百人，有五十个划桨手的位置，另有五十人处在兵器和甲胄中间休息的位置；每艘船都有一根挂帆的高高的桅杆。我不知道为建造这一千余艘船有

---

1. 据希腊神话，底比斯城曾两次被围攻，此处可能指第二次被攻占后城被毁。
2. 里格为长度单位，约等于3英里或5千米。

第 十 章

多少大树轰然倒地,有多少汗水洒在了涂过沥青的船舷上,直至最后一根钉子钉入恰当的位置,船只能在水上轻快地航行。这些船从我所站的小山顶上望去显得很小。这么多船足以运送八万名士兵和数千名非战斗人员去特洛伊。我心中不禁对阿伽门农十分赞叹。他敢作敢为,他成功了。即使他无法再使这长长两列战舰移出奥利斯海滨一寸,这也是了不起的成就了。大地在我眼中失去了秀美,群山也变得十分矮小,大海成了王中王阿伽门农使用的工具。我朗声大笑,然后高叫:"阿伽门农,你赢了!"

我快马加鞭地穿过奥利斯的小渔村,全然不顾蜂拥在那唯一的一条街上的成群的士兵。走过了街边的座座房屋之后我停住了,在这儿船只众多,统帅部设在哪条船上呢?我叫住了一位军官。

"到王中王阿伽门农的帐府怎么走?"

他仔细地打量着我,一边剔牙,一边打量着我的甲胄、装饰了几排野猪獠牙的头盔和我父亲传给我的巨大盾牌。

"你是何人?"他无礼地问。

"一头吞吃了比你更大的老鼠的狼。"

闻听此言他大吃一惊,他咽了口口水,礼貌地回答:"顺着这条路往前走一会儿,阁下,然后再问问别人。"

"伊塔卡岛的奥德修斯谢谢你。"

阿伽门农只建了临时主帅府,搭起了一些宽敞舒适的优质皮帐篷。他没有建起多少永久固定的设施,只是在一棵悬铃木树下建了

由 奥 德 修 斯 叙 述

一座大理石祭坛。这是一棵瘢痕累累的老树,在含盐的土地上和海风中苦苦挣扎着发出春天的新芽。我把马和驭手交给一名卫兵,便被人领着向最大的营帐走去。

所有的重要人物都在帐内:伊多墨纽斯、狄俄墨得斯、涅斯托耳、埃阿斯以及和他同名的人称小埃阿斯的人、透克洛斯、福尼克斯、阿喀琉斯、墨涅斯透斯、墨涅拉俄斯、帕拉墨得斯、墨里俄涅斯、菲罗克忒忒斯、欧律皮洛斯、托阿斯、玛卡翁和波达利里俄斯(Podalieros)。患白化病的祭司卡尔卡斯静静地坐在角落里,目光游移不定,从一个人身上转到另一个人身上,揣摩着、盘算着,这是一双红色的对视眼,这骗不了我。我暗暗地观察他,试图看透他的内心。我不喜欢他,不仅因为他的外表令人厌恶,而且因为他那让人捉摸不透的性格使别人对他产生强烈的不信任感。我知道阿伽门农起初和我有同感,但经过对卡尔卡斯数月的监视,他认定他是忠诚可靠的。我可没这么肯定。此人城府很深,再说,他还是个特洛伊人。

阿喀琉斯快活得高叫起来:"奥德修斯,什么事把你耽误了?你的船队半个月前就到了!"

"我是从陆路来的,有些事要处理。"

"可来得还算及时,老朋友。"阿伽门农说,"我们正准备召开第一次正式会议。"

"那么我是最后一个到的喽?"

第 十 章

"在重要人物中确实如此。"

我们纷纷落座。卡尔卡斯从他的角落里冒出来,一只爪子松松地握住镀金的权杖。尽管外面春光明媚,帐内还点着灯,因为只有帐篷的垂帘门处才泻入一点光亮。我们都穿着甲胄,与正式战争会议的气氛相吻合。阿伽门农穿着镶嵌了紫水晶和青金石的精美的金甲胄,我希望他有一副做工更精细的适合作战的甲胄。阿伽门农从卡尔卡斯手中接过权杖,踌躇满志地面对着我们。

"我召开这第一次会议当然是为了讨论航行事宜而不是战役之事。我认为我们最好是回答问题,而不是发布命令,严格的辩论没有必要。卡尔卡斯将执杖,但如果谁想作长篇发言,请把杖接过去。"说完,他显得十分满意,把权杖交给卡尔卡斯。

"你计划什么时候启航?"涅斯托耳平静地问。

"下个新月出现时。我已把主要的组织权委托给了福尼克斯,他是我们中最有经验的水手。他已派遣一个特别军官队全权负责航行事宜:哪些分队航行最快,哪些最慢,哪些船装运不可缺少的兵员,哪些装运马匹和非战斗人员。放心吧,登岸时不会出现混乱局面。"

"谁是主领航?"阿咯琉斯问。

"忒勒福斯。他将跟我待在旗舰上。每艘船上的领航人受命使他的船处于至少十来艘其他船的视线之内,这可以保证舰队在天气好的情况下保持队形。如有风暴,航海就会有很多困难,但我们现在有一年中最好的天气,忒勒福斯正严加操练所有的领航人。"

由 奥 德 修 斯 叙 述

"有多少只给养船？"我问。

阿伽门农显得有些愠怒，他没料到会有人问他这些俗气的问题："配置了五十艘船供应给养，奥德修斯。这场战役将是短暂而激烈的。"

"只有五十艘船？供给十多万人的给养？不到一个月粮食就会吃完的。"

"在不到一个月之后，"迈锡尼的大国王说，"我们将会享用特洛伊储存的粮食。"他脸上的表情比他的话更能表明他的态度：他认准了这条死理，决不退让。啊，为什么在这一点上——在这最不能确定、最难以预测的问题上他如此固执？但他有时就是如此，无论涅斯托耳、帕拉墨得斯和我说什么都无法改变他的看法。

阿喀琉斯站起来握住权杖："这使我心中不安，阿伽门农国王。想必您一定像关注载运、航行甚至战术策略一样关注给养供应问题。十多万人一天要吃十万多长勺[1]的粮、十万多块肉、十万多只鸡蛋或十万多块干酪，还要喝十万多杯加水的酒。如果不建立稳定的补给线，军队将会挨饿。正如奥德修斯所说的，五十艘船的食品还无法维持一个月。让这五十艘船不断地往来于希腊和特洛艾德之间运送更多的给养如何？如果这场战争旷日持久怎么办？"

---

1. 长勺是本书作者使用的容量单位，具体容量不详。

第 十 章

如果连涅斯托耳、帕拉墨得斯和我都无法说服他,阿喀琉斯这样的毛头小子又怎么能够呢?阿伽门农站着,嘴唇抿得紧紧的,面颊在变红。"我感谢你的关心,阿喀琉斯,"他生硬地说,"不过我建议你不要操这份心。"

阿喀琉斯很不服气,他把权杖递给卡尔卡斯,然后坐下,同时自顾自地说道:"哎,我父亲总是说不亲自体恤士兵的人是愚蠢的,所以我要用自己的船为我们密耳弥多涅斯人多运一些给养,还要雇一些商船再另外运送一些。"

他的话的重要内涵被大家所领会,我看见不少人有仿效的意思。

阿伽门农也觉察到大家的想法,我见他若有所思地把目光落在这位年轻人生动急切的脸上,然后叹了一口气。阿伽门农忌妒了。我不在奥利斯的时候发生了什么事?阿喀琉斯是否正在通过损害阿伽门农的利益来扩大自己追随者的队伍?

翌日凌晨我们集合起来,驱车出去检阅军队。这真是令人敬畏的景象。从海滨的一端走到另一端花去了我们大半天的时间。我承受着甲胄的重量,站在战车的柳条马镫里,两腿的膝盖都颤抖起来。两排高高的战船停泊在我们面前,红色的船舷上有着一道道沥青填塞船木拼缝留下的黑色条纹,尖形舰首涂成蓝色和粉红色,船首的大眼睛毫无表情地注视着我们。

士兵们站在沙滩上船舰投下的阴影中,人人全副披挂,手持盾

由奥德修斯 叙述

矛，一副临战的架势。一行行一列列的战士，一眼望不到头。他们都忠诚于一项事业，对这项事业，除了知道它会带来战利品便一无所知了。没有人欢呼，没有人为了更好地看一看他们的国王而拥到前面。

在队列的末尾排列着阿喀琉斯的战舰和我们经常听说但从未见过的战士：密耳弥多涅斯人。我见多识广，并没有指望他们会怎么与众不同，可是他们的确与众不同。他们身材高大，皮肤白皙，眼睛是蓝色、绿色或灰色的，在上好的青铜头盔下闪闪发亮。他们全身都穿着青铜甲胄，而不是一般士兵常穿的皮甲胄；每人都手执十支装的一束矛，而不是通常的两三支；他们手中的盾牌沉甸甸的，有一人高，并不比我自己过去用的那面盾牌逊色多少；这些密耳弥多涅斯战士所用的兵器是长剑和短剑，他们不用弓箭和投石器。是的，这是在最前线短兵作战的队伍，是我们最好的队伍。

至于阿喀琉斯本人（佩琉斯一定为他唯一儿子的战争准备花费了大笔金钱），他的战车是镀金的，拉车的马无疑是阅兵的队伍中最好的——三头色萨利白色牡马，挽具上镶嵌的黄金和宝石闪闪发光。不管他穿的甲胄是哪里来的，我知道只有一件比它更好，那一件正放在我的保险密柜中。像阿伽门农的甲胄一样，阿喀琉斯的这件也镀有黄金，但它里面衬的是青铜和锡，所以十分沉重，恐怕只有他和埃阿斯能够承受。甲胄上到处都画着带着神圣含义的符号和图案，装饰有琥珀和水晶。他只执一支长矛，是一件又笨又丑的玩意儿。他的堂兄帕

第 十 章

特洛克罗斯为他驾车。啊，真聪明！前面不知出了什么状况，国王们的检阅队伍停了下来，这时阿喀琉斯的马开始交谈。

"你们好，密耳弥多涅斯人！"近处的一匹叫喊起来，它摇动着头，使得白色的长鬃飘拂起来。

"我们要勇敢地供他乘骑，密耳弥多涅斯人！"从中间那匹沉稳的马的唇中吐出这些话来。

"为他拉车时我们不必为他担心！"右侧的那匹马说道，与另两匹相比，它的声音更嘶哑些。

密耳弥多涅斯人站在队列中咧着嘴笑，把手中的一束矛举起，放下，又举起，致以敬礼，而在战车中站在阿喀琉斯前面的伊多墨纽斯垂着下巴，浑身战抖。

因为我紧随那辆金色马车，所以看见了其中的把戏。帕特洛克罗斯正在代它们说话，把嘴唇的动作减小到最低限度，真高明！

天气一直晴好，轻风和煦，所有的征兆都显示这次航行将是一帆风顺的。但是在启航的前夜我辗转反侧难以入眠，只好起床，在星空下来来回回地、烦躁不安地踱着步，注视着附近一艘船的轮廓，这时有人穿过沙滩上的座座沙丘走来。

"你也睡不着。"

不需要细看来人是谁，只有狄俄墨得斯会寻找奥德修斯，而不去找其他人。他是我的好友，共患难的战友，在所有去特洛伊远征

由奥德修斯　叙述

的重要伙伴中他经历的战争最多,所以最坚强。他经历过从克里特到忒拉克所有大大小小的战役,他曾是攻战底比斯七大将中的一将,他们攻下了城池,把它夷为平地,可他们的父辈却没能做到。他具有我所缺乏的残忍的激情,虽然我具有残忍,但我没有激情,我的气质永远是由我内心的冰所造就。与过去一样,我感到让我内心刺痛的忌妒,因为狄俄墨得斯曾发誓要用敌人的头盖骨建造一座圣坛,并且他实际上已遵守了誓言。他父亲是昔日的梯丢斯,一位著名的阿尔戈斯国王,但儿子大大超过了父亲,狄俄墨得斯不会在特洛伊失败。他心急火燎地从阿尔戈斯来到迈锡尼,因为他爱海伦爱得神魂颠倒。与可怜的墨涅拉俄斯一样,他决不相信她是自愿离家出走的。他对我十分崇敬,我有时觉得他对我的感情近乎于英雄崇拜。英雄崇拜?崇拜我?奇怪!

"明天要下雨。"他说着仰起头,仔细观察天空深处。

"天上没有云。"我表示异议。

他耸耸肩:"我的骨头疼痛,奥德修斯。我记得我父亲总是说,一个多次经受战争之苦的人会变得虚弱,他的身体在矛和箭的攻击下伤痕累累,在下雨和天气转寒前会全身疼痛。今晚我全身疼得太厉害,无法入眠。"

过去我曾听说过这个现象,不由得一阵战栗:"为我们大家,狄俄墨得斯,我希望这一次是你的骨头弄错了。咦,为什么找我?"

他咧开嘴笑了:"我知道伊塔卡的狐狸不感觉到海浪在船底涌动

第 十 章

不会睡着觉。我想跟你聊聊。"

我伸出一只手臂搂着他宽阔的双肩，和他一起向我的营帐走去："那我们聊聊吧，我有酒，三足鼎中火正旺。"

我们分别在两张卧榻上坐下，中间放着盛着火的三足鼎，手边放着斟满酒的酒杯。营帐中光线昏暗，暖烘烘的，榻上放着一些枕头，因而变得鼓鼓囊囊的。酒没有兑水，希望它能让我们有点睡意。此刻不可能有人打搅我们，但为可靠起见，我把帘布拉开，遮住了帐篷的垂帘门。

"奥德修斯，你是这次远征中最伟大的人。"他诚恳地说。

我忍不住笑了："不，不！阿伽门农才是最伟大的！其次应该是阿喀琉斯。"

"阿伽门农？那个傲慢顽固独断专行的家伙？不，他绝对算不上！他也许可获得这个名声，但那是因为他是大国王，而不是因为他是最伟大的人。阿喀琉斯只是个毛头小伙子。哦，我承认他有成为伟人的潜能！他有想法，将来他可能会有所作为，但目前他还没经历过大事。谁知道？也许他一看见血便转身逃跑。"

我笑了："不，阿喀琉斯不会。"

"好吧，我同意。但是他绝不可能成为我们军中最伟大的人，因为你才是，奥德修斯。你是！只有你能让特洛伊落入我们手中，其他人没这个能耐。"

"瞎说，狄俄墨得斯，"我温和地说，"聪明在十天内能有什么作为呢?"

"十天?"他嘲笑道,"以大神母的名义,更可能是十年!这是一场真正的战争,而不是狩猎。"他把空酒杯放在地上:"但我不是来谈战争的,我是来请求你的帮助的。"

"我的帮助?你是武艺高超的勇士,狄俄墨得斯,而我不是!"

"不,不,这和战场毫无关系!在战场上我可以蒙着眼睛自由驰骋,我是需要你在其他方面的帮助,奥德修斯。我想向你学习运筹帷幄的本领和制怒之术。"他向前倾过身子,"你知道,我需要有人监督我,约束我的可恨的坏脾气,让我把魔鬼压在内心深处,而不是把它释放出来,给我造成危害。我以为如果我经常看到你,你的冷静可以对我产生影响。"

他的纯朴打动了我:"那么你可以自由出入我的营帐,狄俄墨得斯。把你的船只和我的船只安排在一起,战斗中把你的队伍和我的队伍部署在一起,你可以参与我的一切军事行动。人人都需要有好朋友与他共患难,这是摆脱孤独和思乡之苦的唯一妙药。"

他把手伸过来放在烧得很旺的火苗上,似乎没有注意到火苗正舔着他的手腕。我用手抓住他的前臂,以这种方式我们签定了友好条约:分担孤独,减轻孤独感。

我们大概是在夜半时分睡着的,当我在曙色中醒来时,听见风呼呼地越刮越猛。船只的横桅索在风中呜呜作响。大风在船首四周恶意地大声嗥叫着。在黯淡的炉火的另一边,狄俄墨得斯正在起床,

第 十 章

他发出一声痛苦的呻吟，破坏了他睡醒后柔和的美。

"我的骨头今天早晨疼得更厉害了。"他说着坐了起来。

"因为要变天了。外面起大风了。"

他小心地站起来，走到拉上的帐篷帘向外察看，然后又回到卧榻。

"风暴之父全部从北方来了，风还在那个地区，我能感觉到雪的气息。今天不能启航了，否则我们都会被吹到埃及去的。"

一个奴仆用车推来一个三足鼎，上面放着一盆新火。他整理好卧榻，然后送来热水让我们洗濯。不着急，阿伽门农肯定心情不佳，午前不会召开会议的。我的女仆拿来了热气腾腾的蜜糕和大麦面包、一块羊乳酪和餐后饮的加了香料和糖的热酒。这是一顿美餐，两人共同享用更让我们觉得难得。我们迟迟不愿出去，在火上烘手取暖，直到狄俄墨得斯回他自己的营帐去换衣服。我穿上皮褶裥裙和上衣，绑紧高统靴，披上一件皮毛衬里的宽大外衣。

阿伽门农的脸色像天空一样阴暗。他的心情被风暴所破坏，从他没有笑容的脸上可以看出狂怒和懊丧，他的一切计划都在他即将迈上远大前程之际化为泡影了。他心中隐隐地感到自己成了笑料，他的伟大事业还没开始，便要解散队伍，各奔东西了。

"我已传唤卡尔卡斯去占卜了！"他厉声说。

我们叹着气走出他的营帐，裹紧身上的衣服，迎着可恶的狂风向祭坛走去。献祭的牲口四条腿被缚住，躺在悬铃木树下的大理石

由奥德修斯　叙述

祭坛上。卡尔卡斯身穿紫色衣服！紫色？在我来奥利斯之前发生了什么事？阿伽门农允许他穿紫色衣服一定是对他十分重视。

怎么有这么巧的事？叫人难以置信！在等待仪式开始时我考虑着这个问题。两个月以来天气都十分晴好，等到远征军准备启航的这一天自然界的力量却联合造反：狂风大作。大部分的国王都宁可回到他们的住处，而不愿忍受这冰冷刺骨的寒风和雪糁，观看占卜了解其含义。只有那些年长资深者留下来为阿伽门农撑台：我本人、涅斯托耳、狄俄墨得斯、墨涅拉俄斯、帕拉墨得斯、菲罗克忒忒斯和伊多墨纽斯。

过去我从未见过卡尔卡斯主持神事，我不得不承认他十分称职。他脸色苍白，手剧烈地颤抖着，简直难以举起镶有宝石的尖刀，最后他手痉挛着切开献祭动物的咽喉，差一点打翻了他用来接血的大金杯。他把殷红的血倒在冰冷的大理石上，上面似乎冒起一股烟。然后他剖开牲口的肚子，按照小亚细亚的祭司主持仪式的步骤，开始解读层层套叠在一起的肠子。他的动作很快，毫无节奏，他的鼻息重如打鼾，以至在风平息的间歇我可以听见他的呼吸声。

突然，他转过身来对我们说："听听神祇的话吧，希腊的国王们！我已经看见了万众之王宙斯的意志！他拒不帮助你们，拒绝赐福给这项冒险事业！他的动机被愤怒覆盖了，但是阿尔忒弥斯坐在宙斯膝上，恳求他回心转意！其他的我就看不见了，他的愤怒使我深感不安！"

第 十 章

这和我预期的差不多,不过借用阿尔忒弥斯之名的确是巧妙的手法。说句公道话,卡尔卡斯看起来确实像是被科瑞的女儿们所追击的人,一个在很短的时间里除了生命,其余的一切都被剥夺的人。他的眼睛里有一种极为痛苦的神色。我开始重新揣摩他,因为很明显他相信自己说的话,即使这一切都是他事先编造的。任何拥有影响别人的能力之人都让我感兴趣,但还没有哪个祭司像卡尔卡斯这样引起过我的兴趣。

不,你还没完成你的仪式,我想;好戏在后头。

在祭坛下面,卡尔卡斯大幅度地旋转,摇动着双臂,他那湿透的宽大衣袖在夹着雪糁的风中飘拂着。他的头后倾,呈一条斜线,表明他正看着那棵悬铃木。我顺着他的目光看去,只见这树的枝干还是光秃秃的,似蠕虫的幼芽还未长全。一只鸟巢筑在一根树杈上,鸟巢上有一只鸟正在孵蛋,这是一只普通的、无任何特征的棕褐色鸟。

祭坛上圣蛇扭动着身体顺着树枝爬行,它冷漠的黑眼睛中闪着贪婪的光。卡尔卡斯不再挥臂,但手臂仍然上举,直到双手指向那只鸟窝。我们屏息静气地看着。只见这条大蛇张开大口,把那只鸟生吞,直到蛇密集的棕色鳞片上的花纹不断向前涌动。随后,这条蛇一颗接一颗地吞食了鸟蛋,我点了一下:一、二……八、九。一只母鸟和它的九颗蛋都被吞掉了。

饱餐之后,像任何蛇一样,这蛇在原处停下,绕在一条细树枝上,如同一尊石雕。它的眼睛毫无表情地死死盯着祭司,无论人怎

由奥德修斯 叙述

样眨眼,都无法阻断它直直的冷峻的目光的穿透力。

卡尔卡斯扭动着身子,轻声呻吟着,好像某个神祇已把一根看不见的木桩完全钉入他的腹部。然后他又开始说话。

"听我说,啊,希腊的国王们!你们已看见阿波罗的神示了!众神之主宙斯拒绝开口,而阿波罗却说过话了!圣蛇吞下了那只鸟和它的九个未孵出的子女。这只母鸟是即将到来的季节,它的九个未出世的孩子是还未从神母腹中出生的九个季节。这蛇是希腊!鸟和它的子女是征服特洛伊所需要的岁月!征服特洛伊需要十年!十年!"

死一般的沉默似乎压住了风暴。很长时间没有人说话、走动。我不知道如何评判这令人吃惊的占卜。这个外国祭司真是预言家?或者这占卜是精心设计的骗局?我看着阿伽门农,不知在他的内心哪一方会占上风:是他对战争会在数日内结束的信念,还是他对这祭司的信任。这两方面的冲突是激烈的,因为在本性上他是个十分迷信的人,但最终他的自傲占了上风。他耸耸肩,转身走了。我是最后一个离开的,眼睛从未离开卡尔卡斯。他站在那儿,像石头一般僵住了,眼睛盯着大国王的后背,满怀怨恨和愤怒,因为他在首次真正展示能力时竟遭如此冷遇。

日子一天天过去,已是仲春了,狂风和豪雨把人折磨得苦不堪言。海中掀起与船甲板一样高的滔滔巨浪,已经没有启航的希望了。每个人都安下心来用各自独特的方式等待。阿喀琉斯残酷地训练他

第 十 章

的密耳弥多涅斯人；狄俄墨得斯越来越不耐烦地在我的帐篷中踱来踱去；伊多墨纽斯躺在他从克里特带来的一些妓女怀中；福尼克斯像精神错乱的母鸡一样对着他的船队咯咯地叫唤；阿伽门农咬着胡须，拒不听取任何忠告；而士兵们则整天无所事事地掷骰子、饮酒和吵架。此外，走过几里格雨水浸透的路运来足够大军吃喝的食品并非易事。

我倒是没啥感觉。对我来说，怎样打发二十年的流放生涯的最初一段时间是无关紧要的。每天中午，只有我们少数几个人聚集在一起观看征兆的读解。大家都没指望卡尔卡斯能对众神之主为何拒绝支持我们给出明确的答案。月亮在风暴中不停地缺了又圆，圆了又缺，看来有可能会出现我们无法启航的严重结果。如果下个月情况还未好转，风势将更难预测，到夏季结束前特洛伊城门就会对我们关闭了，只有等到明年再去攻克了。

我从未错过一次观看中午仪式的机会，这倒不是因为我真指望这神祇会揭开他自己的面纱让我们看清他的目的，而是因为我对卡尔卡斯本人的着迷。并没有一星半点的迹象使我觉得这一天会有所不同，我只是以旁观者的身份去看卡尔卡斯占卜。观看占卜仪式的还有阿伽门农、涅斯托耳、墨涅拉俄斯、狄俄墨得斯和伊多墨纽斯。我注意到那条祭坛的贪吃蛇早已从冬眠中醒过来，再次住到壁龛里去了。

可是今天情况不同了。正当卡尔卡斯细察牲口的内脏时，他猛

由奥德修斯　叙述

然转过身来，用那细长的瘦骨嶙峋的沾满鲜血的手指直指阿伽门农。

"那里站着一个阻碍出航的人！"他尖声高叫，"王中王阿伽门农，你没有给女神箭手[1]应得的东西！她长期压抑的愤怒爆发出来了，她的父亲宙斯听见了她伸张正义的请求。除非你献给阿尔忒弥斯你十六年前答应给她的东西，阿伽门农国王，否则你的舰队将永远无法启航！"

这并非胡乱猜测。阿伽门农站立不稳，脸色煞白。卡尔卡斯对自己说的话完全心中有数。

祭司大步走下祭坛，由于气愤动作变得不灵活了："如果献给阿尔忒弥斯你十六年前拒绝给予的东西，你便可以启航！此外别无他路。万能的宙斯已经说话了。"

阿伽门农用双手捂住脸，在那个穿紫色衣服的厄运人物面前步步后退。"我不能！"他喊道。

"那么解散你的军队。"卡尔卡斯说。

"我不能给女神她所要求的东西！她没有理由提出这个要求！如果我当初想到了后果，啊，我决不会许下这个诺言！她是阿尔忒弥斯，贞洁而神圣。她怎么会向我要求这样的东西呢？"

"她要她应得的东西，仅此而已。如果你给了她，你便可启航。"

1.指狩猎女神阿尔忒弥斯。

卡尔卡斯用冷漠的声音重复道,"如果你继续拒不履行你十六年前的诺言,阿特柔斯王族将会灭亡,你本人会在绝望中死去。"

我走上前来,拉下他的手:"你向阿尔忒弥斯许诺了什么,阿伽门农?"

他眼睛里充满了泪水,紧紧抓住我的两只手腕,像快要淹死的人抓住了一根桅杆:"一个愚蠢轻率的誓言,奥德修斯!愚蠢!十六年前克丽泰涅斯特拉临盆,但是她生产了三天还没有结果,孩子出不来。我向所有这些神祈祷——大神母,慈悲的赫拉和扼杀者赫拉[1],掌管家庭、生育、儿童和妇女的神和女神。他们没有一个回答我——一个也没有!"

眼泪簌簌地落了下来,但他竭力克制着自己,继续说下去:"绝望中我向阿尔忒弥斯祈祷,尽管她是一位处女,不去管生殖力强的妇女的事务。我恳求她帮助我的妻子生下漂亮无瑕的孩子。作为报答我许诺献给她当年在我的王国出生的最美丽的生物。我许诺之后不久,克丽泰涅斯特拉便产下了我们的女儿伊菲革涅亚。那一年岁末,我派出传令官走遍迈锡尼,让他们把他们认为的最美的儿童、牛犊、羊羔甚至幼鸟送到我的面前。我一一看过并全部献出,不过我心里知道,这些都不能令女神满意。果然,每一个祭品她都拒绝了。"

---

1. 根据希腊神话,天后赫拉掌管婚姻、夫妻关系,也是妇女的保护神,同时她也专横、好忌妒、残暴,故有两面性。

由 奥 德 修 斯 叙 述

为什么事情总是这样呢？我很清楚这可怕故事的结尾，好像它就画在我眼前的墙上。神祇们为何如此残酷？

"把它讲完，阿伽门农。"我说。

"一天我和我的妻女在一起，克丽泰涅斯特拉无意中说，伊菲革涅亚是全希腊最美的生物——比海伦还美。她还没把话说完我就知道，是阿尔忒弥斯让她说这话的。女神射手想要我的女儿，不得到我女儿便不罢休。但是我不能这么做，奥德修斯。自新教取代旧教之后，希腊便不再用人祭神了。所以我向女神祈祷，请她对我不能满足她的要求给予理解。随着时间的流逝她没有做出任何举动，我以为她理解了我。现在我明白她只是在等待时机。她要求的是我不能给予她的生命——她已让其开始，但还在它刚刚存在时就坚持让它结束。整个故事的经过就是这样的，我不允许用人献祭！"

听着听着，我的心肠硬了起来。我失去了儿子，为什么他应该保留自己的女儿？他还有两个呢。他的野心迫使我和我认为宝贵的一切东西分离——为什么他不应该也受苦呢？如果地位稍低的人被迫服从神祇，大国王也应如此，因为他是大家在神祇面前的代表。他已经许诺，但十六年来又拒不兑现承诺，仅仅因为这对他个人有妨害。如果那一年在他的王国里生的最美的生物是别人的孩子，他一定会把他献给神而丝毫不受良心的谴责。因而我别有用心地直视他的脸，我有满腔的被流放的痛苦，内心魔鬼的驱使压倒了一切。从我的家内神谕宣告我的命运那天起，这魔鬼就定居在我的内心了。

第 十 章

"你犯了可怕的罪过,阿伽门农。"我说,"如果伊菲革涅亚是阿尔忒弥斯索要的代价,那么你必须付出。把你的女儿献给神吧!如果不这样做,你的王国将会变为废墟,你无法开始的征服特洛伊的事业将会使你成为千古笑柄。"

他多么耻于成为笑柄啊!他最亲密的家庭成员对他而言不如他的王位和虚荣心来得重要。我看到他内心的冲突在他脸上反映了出来:他绝望、悲伤,同时他想像着自己可悲地蒙受耻辱,成为被嘲笑的对象。他转向涅斯托耳,希望得到支持。

"涅斯托耳,我该怎么办呢?"

老人的内心被恐惧和怜悯折磨得痛苦不堪,他搓着双手,哭着说:"太可怕了,阿伽门农,太可怕了!但神祇的旨意必须服从。如果全能的宙斯指示你献给阿尔忒弥斯她所要求的东西,那么你别无选择。我很难过,但是我不得不同意奥德修斯说的话。"

我们的大国王凄楚地哭着,向每一个人求助,每一个人都脸色苍白、神色严峻地支持我的意见。

只有我一个人在留心卡尔卡斯的行动,不知他是否已对阿伽门农的过去做过谨慎的调查。谁能忘记风暴开始的那天他脸上的怨恨和报复的神情?一个诡谲的人。一个特洛伊人。

从那以后,只剩下简单的献祭程序的安排问题。阿伽门农妥协了,被说服相信——全靠我的努力——他只有用女儿献祭这一条路可走,但是他又说要把女儿从她母亲身边带走是很困难的。

由奥德修斯 叙述

"克丽泰涅斯特拉决不会允许把伊菲革涅亚带到奥利斯作为祭品死在祭司的刀下的。"他说，一脸苍老憔悴之色，"作为王后她会向人民求助，在这个问题上人民会支持她的。"

"办法是有的。"我说。

"那么说说看。"

"阿伽门农，让我去见克丽泰涅斯特拉。我就告诉她，由于风暴阿喀琉斯变得十分焦躁不安，说要率领他的密耳弥多涅斯人的队伍返回伊俄尔科斯。然后我对她说你想出个好主意：把伊菲革涅亚送给他为妻，条件是他必须留在奥利斯。克丽泰涅斯特拉对此不会有异议的，她曾对我说她最大的愿望是把伊菲革涅亚嫁给阿喀琉斯。"

"可这是对阿喀琉斯的中伤。"阿伽门农疑虑重重地说，"他决不会同意的。我已见过他多次，知道他是个正直的人。他毕竟是佩琉斯的儿子。"

我十分恼怒，两眼望着天空说道："陛下，他永远也不会知道！想必您也不想把这件事告诉每一个人吧？今天我们在这儿的每一个人都会很乐意发誓保守秘密。用人献祭在我们的队伍中不会赢得人心——他们会猜测下一个该轮到谁。但是如果消息不泄露，就不会有什么危害，阿尔忒弥斯也会得到安抚。阿喀琉斯永远也不会知道！"

"好吧，就这么办吧。"他说。

我们离开时我把墨涅拉俄斯拉到一旁。"墨涅拉俄斯，你想夺回海伦吗？"我问。

第 十 章

他的脸上显出痛苦的神情:"这还用问?"

"那么帮助我,否则舰队永远也无法启航。"

"你让我干什么都行,奥德修斯!"

"阿伽门农会暗中派人给克丽泰涅斯特拉送信,让她不要听信我的话,不要把女儿交给我。你要截住他。"

他的嘴抿成一条细线,现出严厉的神情:"我发誓,奥德修斯,你将是唯一和克丽泰涅斯特拉谈伊菲革涅亚的事的人。"

我感到很满意。为了海伦他会这样做的。

事情进展得十分顺利。克丽泰涅斯特拉对阿伽门农为她所疼爱的最小的女儿安排的婚姻感到十分高兴,把女儿嫁给一个即将赴外国作战的人很合她的心意。她十分疼爱伊菲革涅亚,把她嫁给阿喀琉斯可以让她留在迈锡尼,直到阿喀琉斯从特洛伊归来。所以克丽泰涅斯特拉亲自帮女儿把华丽的衣饰装入箱中,花时间和女儿待在一起,告诉她女人的秘密和婚姻之道。轿子过了狮宫门之后,她还跟在轿旁和伊菲革涅亚说话。伊菲革涅亚的姐姐克律索忒弥斯已到婚嫁年龄,但尚未出阁,因而又沮丧又忌妒,忍不住哭了。而最年长的厄勒克特拉亲热地抱着她的小弟弟俄瑞斯忒斯站在城墙上。她生得瘦弱,相貌平平,表情冷漠,长得酷似她父亲。我注意到她和母亲的关系不太好。

在路的基部克丽泰涅斯特拉拉开帘布探身轿内,亲吻着伊菲革

由奥德修斯 叙述

涅亚宽阔光洁的额头。我一阵战栗。大王后是个敢爱敢恨的女人，如果她得知实情，会做出什么举动呢？她最终一定会了解实情的。一旦她恨起阿伽门农来，他很有理由害怕她的复仇。

我加快脚步，催促轿夫快快赶路，急着赶回奥利斯。无论是中途停顿休息时，还是晚上宿营时，伊菲革涅亚都会天真地缠着我说话——说她在狮宫偷偷瞟了他几眼后对他多么崇拜，她多么热烈地爱上了他，能嫁给他是多么好，因为这是她的心愿，等等。

我已铁了心不去同情她，但有时很难做到这一点。她的眼神天真无邪，十分快乐。不过我忍耐力胜人一筹，这使我在厄运中取胜。

夜幕降临后，我把被帘布遮得严严实实的轿子引进主帅营地，匆忙地把伊菲革涅亚直接拥进她父亲营帐旁的一顶小帐篷内。我把她交给墨涅拉俄斯，墨涅拉俄斯十分执着地尽其看管之职，他担心阿伽门农一旦看见她便会动摇决心。我觉得不让人们注意到她的到来是更明智的，因而没在她的帐篷四周设卫兵。墨涅拉俄斯将确保不让她踏出帐篷一步。

第 十 章

第十一章

由阿喀琉斯叙述

每天我都在风雨和寒冷中操练士兵，用艰苦的训练暖和他们的身体。别的指挥官可能会任其军队军纪松散，但密耳弥多涅斯人知道我不会这么不明智的。他们沉迷于目前的生存环境，喜欢严格的纪律，知道自己是更职业的战士，有一种自觉比别的士兵更胜一等的优越感。

我一直都懒得去王营，因为我认为这毫无意义。当新月再次出现在天空时，我们都开始认定不会远征特洛伊了。我们只好等待解散队伍的命令。

在月亮变圆的第一夜，帕特洛克罗斯邀请埃阿斯、透克洛斯和小埃阿斯去聚一聚，以消磨时间。我也得到邀请，但我宁愿待在帐内，当伟大的事业就要耻辱地结束时我没有心思去寻欢作乐。我弹着七弦竖琴唱着歌，但唱着唱着便懒得弹唱了。

听见有人走进帐篷，我抬起了头。只见一个女人掀开垂帘门，她全身裹在淋湿的冒着热气的斗篷里。我目瞪口呆地看着她，难以相信自己的眼睛。然后她走进来，拉上入口的帘布，猛地扯掉斗篷上的头罩，抖落头发上的雨珠。

第 十 一 章

"阿喀琉斯!"她叫起来,眼睛闪闪发亮如同透明的棕色琥珀,"在迈锡尼时我透过父亲王座后面的门看见了你。啊,我太高兴了!"

这时我已站起身,仍然张着嘴怔怔地看着她。

在我看来,她不超过十五六岁。她脱下斗篷后我看见她的皮肤白如牛乳,光洁如大理石,上面隐隐可见经脉,两只乳房硕大丰满。她的嘴是柔和的粉红色,呈现柔和的曲线;头发是火焰的颜色。她浑身充满生气,她周围的空气都仿佛注入了活力;她脸上带着笑,既充满朝气又隐藏着力量。

"我不需要母亲说服。"她不等我发话便连珠炮似的说道,"我等不及到明天才告诉你我有多么快乐!我很高兴嫁给你!"

我跳了起来。伊菲革涅亚?我只听说过一个伊菲革涅亚,她是阿伽门农和克丽泰涅斯特拉的女儿!可她在说些什么呀?她把我错认成谁啦?我还是怔怔地看着她,就像个笨口拙舌的白痴,说不出话来。

我的沉默和满脸惊异的表情最后让她不安起来,她从心花怒放变得焦虑不安。

"你在奥利斯干什么?"我总算问了一句。

正在这时帕特洛克罗斯走了进来。看见我们,他马上在原地停住了。"有客人,阿喀琉斯?"他的眼睛眨了眨,"那我走了。"

我快步走到他面前,抓住他的手臂:"帕特洛克罗斯,她说她是

由 阿 喀 琉 斯 叙 述

伊菲革涅亚！"我轻声说，"她一定是阿伽门农的女儿！从她讲的话中得知，她以为我派人去迈锡尼见了她母亲，请求娶她！"

他脸上快乐的表情不见了："神啊！这是败坏你声誉的阴谋吗？要么是对你忠诚的考验？"

"我不知道。"

"我们把她送回到她父亲那儿去好吗？"

我现在冷静一些了，便思考了片刻："不。显然她是偷跑出来见我的，没有人知道她在我这儿。最好的办法是把她暂时留在这儿，你设法接近阿伽门农探听虚实。越快越好。"

他大步走远了。

"请坐，女士。"我对客人说，然后自己坐在椅子上，"要不要喝点水？吃块饼？"

她马上坐在我的膝上，用手臂搂着我的脖子，把头枕在我的肩上，轻轻地叹了一口气。我几乎想把她打翻在地，但低头看见她一头跳跃的鬈发时，我改变了主意。她还是个孩子，并且对我一见钟情。对她而言我年长得多，这倒是让人感觉新奇。我已经半年没见到得伊达弥亚了，这姑娘激起了我完全不同的情感。我那懒散、自我满足的妻子比我大七岁，一直是她追求我，对一个刚刚意识到自己的性功能的十三岁的少年来说，这是很奇妙的。现在我不由自主地猜想，当我经过了特洛伊战火的锤炼回到家后，我对得伊达弥亚会有什么样的感情。拥抱着伊菲革涅亚，嗅着她身上散发的青春而

第 十 一 章

芳香的天然气息，真令人陶醉。

她面带满意的微笑抬起头看着我，然后又把头倚在我的肩膀上。我感觉到她的唇轻吻着我的颈部，她紧紧压在我胸脯上的乳房烫得像拨火棍。帕特洛克罗斯，帕特洛克罗斯，快回来！后来她又说了一些话，这些话我无法听进去。我把手放入她火焰般浓密的头发中，让她仰起头，这样我能看见她迷人的脸。

"你说什么？"我问。

她脸红了："我只是问你是不是准备吻我。"

我赶紧退避："不。看看我的嘴，伊菲革涅亚，它不是用来接吻的。接吻的感觉在嘴唇上。"

"那么让我吻你的全身。"

听了这话，我本来是应该把她推开的，可是我做不到。相反，我让她如天鹅绒一般柔软的嘴在我的脸上漫游，在我的下眼睑上抚压，在我的脖颈一侧依偎，这里有让男人怦怦心跳的神经。我有一种强烈的欲望要把她抱在怀里，紧紧地压住她，让她透不过气来，但我不得不竭力迫使自己放开了她，低着头神色严峻地看着她的眼睛。

"够了，伊菲革涅亚。安静地坐着。"我用一个姿势抱着她，直到帕特洛克罗斯回来。

他站在门口，带着嘲弄的眼神探询地看着我。我又好笑又好气，把搂着她的双臂拿开举在空中。帕特洛克罗斯从来都没嘲笑过我，这次却一反常态。然后我摸摸她的脸蛋，把她从我的膝上推开，让

由 阿喀琉斯 叙述

她坐在椅子上。他脸上揶揄的神色不见了,变得严峻而愤怒。他确信她听不见时才开口说话。

"他们策划了一个高明的阴谋,阿喀琉斯。"

"我也猜到了。什么阴谋?"

"我很有运气。只有阿伽门农和卡尔卡斯两人在帐中说话。我悄悄地在隐蔽的角落里偷听了他们大部分的谈话。"他吸了一口气,颤抖着,"阿喀琉斯,他们用你作诱饵把这个孩子从她母亲身边骗了过来!他们为了把这姑娘弄到奥利斯,告诉克丽泰涅斯特拉说你请求在启航前娶伊菲革涅亚为妻。明天这个孩子就会被献祭给阿尔忒弥斯,以赎阿伽门农过去对这位女神犯下的罪过。"

愤怒是人人都会体验的,虽然有的人体验的更多。我从来没有认为自己是个易怒的人,可是现在我愤怒得全身颤抖。这狂怒荡除了一切理智、伦理、原则和体面。面对这样的愤怒,连奥林波斯山上的神祇也会退缩。我的嘴皮外翻,露出了牙齿,我颤抖着,似乎魔力又罩住了我。要不是帕特洛克罗斯使劲抓住我的手腕,我真会立刻冒雨跑出去用斧头劈了阿伽门农和祭司。我还从不知道帕特洛克罗斯有那么大的劲。

"阿喀琉斯,理智些!"他轻声说,"理智些!杀了他们于事何补?让舰队启航需要她的血!从阿伽门农和卡尔卡斯二人的谈话来看,很明显我们的大国王也是受到威逼才不得已而为之的!"

我用劲攥紧拳头,挣脱了他的手:"那么你认为我应该站在一边

第 十 一 章

为他们喝彩？他们盗用我的名字做新教禁止的事，犯下了遗臭万年的罪愆！这是野蛮残酷的！它玷污了我们呼吸的空气！他们竟敢盗用我的名字！"我把他摇得牙齿咯咯地响。"看看她，帕特洛克罗斯！你能袖手旁观，看着她像羔羊一般做了祭品？"

"不，你误解我了！"他急切地说，"我的意思是我们必须冷静地处理这件事，不要被怒气冲昏了头脑！阿喀琉斯，冷静！冷静！"

我努力为之，我竭尽全力为之。疯狂的魔鬼在我内心作怪，战胜它几乎要了我的命。随后，我发现理智又回来了。蒙骗他们！一定可以找到蒙骗他们的办法！我把他的手握在我的手中。

"帕特洛克罗斯，我请你做任何事你都愿意吗？"

"是的，阿喀琉斯。"

"那你去找奥托墨冬和阿尔克摩斯（Alkimos）。我们可以放心地把任何事托付给他们，他们是密耳弥多涅斯人。让阿尔克摩斯去找一只幼鹿，把它的角漆成金色。他必须在明天早晨之前弄到鹿！让奥托墨冬知道你的全部秘密。你们二人必须在明天献祭仪式开始之前藏在祭坛之后，你把鹿用金色链条缚住放在你身边。卡尔卡斯在仪式中会使用很多烟雾，当伊菲革涅亚躺在烟雾弥漫的祭坛上时——祭司不敢让她父亲清楚地看见他切开她的咽喉——抢走姑娘，把鹿放在她的位置上。当然卡尔卡斯会发现的，但他想要活命，他除了对这个奇迹高声惊叫，不会透露一句实情的。"

"是的，这也许能成……但是奥托墨冬和我怎么安置她呢？"

由 阿 喀 琉 斯 叙 述

"祭坛后有一个放牲口的隐蔽处,把她藏在那里,等每个人都离开之后把她送到我的营帐,我将把她送回克丽泰涅斯特拉身边,同时还要捎信解释事情的原委。这些你都明白了吗?"

"明白,阿喀琉斯。那你做什么呢?"

"这些天来我从未去看卡尔卡斯占卜,但是明天我要在仪式开始前去主帅营。现在我要把她送回她的帐篷。我永远也不会知道她是怎样到我这儿来而不被人看见的,但她回去不被人看见也同样重要。我要亲自送她回去。"

"也许她来时有人看见了。"帕特洛克罗斯说。

"不会。他们决不会允许她和我在一起待很长时间,因为怕我会夺去她的贞操。阿尔忒弥斯喜欢处女。"

他皱了皱眉头:"阿喀琉斯,马上把她送回到母亲身边不是更好吗?"

"不行,帕特洛克罗斯。那样就等于与阿伽门农公开决裂。如果明天祭祀时一切顺利,在克丽泰涅斯特拉知道事情真相之前我们就已经启航了。"

"你相信伊菲革涅亚的死会使天气情况好转吗?"他用奇怪的语调问。

"不,我认为天气在一两天后会自动转晴。帕特洛克罗斯,我不敢冒险和阿伽门农公开决裂,想必你也能理解。我想去特洛伊!"

"我能理解。"他耸耸肩说,"哦,我要走了。可怜的阿尔克摩斯

第 十 一 章

知道要他去找一只幼鹿会吓死的！今夜我要和奥托墨冬待在一起的。除非我捎信给你说我们的计划出了问题，明天中午我们一定会在祭坛后面。"

"很好。"

他悄悄走出去，钻进雨幕中。

伊菲革涅亚一直在圆瞪着眼睛看着我们。"他是谁？"她非常好奇地问。

"我的堂兄帕特洛克罗斯。士兵们中间出了点事。"

"哦。"她沉思了片刻，然后说道："他跟你很像，只是他的眼睛是蓝的，比你个头小。"

"而且他有嘴唇。"

她轻声笑起来："那使他成为一个普通的人。我爱你这样的嘴，阿喀琉斯。"

我拉她站起来："现在我必须在有人发觉你不在之前把你送回去。"

"现在还不到时候嘛。"她撒娇说，同时抚摸着我的手臂。

"是时候了，伊菲革涅亚。"

"我们明天结婚，为什么不让我在这儿过夜？"

"因为你是迈锡尼大国王的女儿，在举行婚礼之日必须保有童贞。女祭司们事先要查验，婚礼之后我必须展示新婚床单，证明我在各方面都是你的丈夫。"我坚决地说。

她噘着嘴说："我不想走！"

由 阿 喀 琉 斯 叙 述

"不管你想不想走，你必须走，伊菲革涅亚。"我用双手捧着她的面颊说，"在我送你回去之前，我要你一个承诺。"

"任何承诺都行。"她显得聪明伶俐、生气勃勃。

"不要对你父亲或任何人说你到我这儿来过。如果你说了，别人就会怀疑你的贞洁。"

她笑了："不就是再等一夜嘛！我可以忍耐。把我送回去，阿喀琉斯。"

帕特洛克罗斯没有送来计划有变的消息。午前很早我便穿上我父亲送给我的来自弥诺斯储宝窖的甲胄，向悬铃木树下的祭坛走去。一切都与往常一样，我松了一口气。帕特洛克罗斯和奥托墨冬已经等在指定的位置上了。

嘿，瞧这些国王看见我时的神色！奥德修斯立即紧紧抓住阿伽门农的手臂，涅斯托耳退缩到狄俄墨得斯和墨涅拉俄斯之间，而另一个在场的伊多墨纽斯，则显得既吃惊又不自在。看来他们都参与了这场阴谋。我对他们点点头，算是打了招呼，然后走到一边，表现出参加今天的仪式纯属心血来潮的样子。这时，从我们身后的湿草地上传来脚步声。奥德修斯耸耸肩，意识到他们已来不及劝我离开了。并非我看出了他的心思，而是奥德修斯表现出的坦率和正常恰恰证明了他的诡谲。这是世界上最危险的人，红头发和左撇子，邪恶的征兆。

第 十 一 章

我装出好奇的样子转过身去,看见伊菲革涅亚正缓慢而高傲地向祭坛走来,她高昂着头,嘴唇偶尔的抖动显示了她内心的恐惧。她一看见我就畏缩起来,好像我打了她。我凝视着她的眼睛,透过这两扇窗户我看出她已经万念俱灰了。她由震惊变成了愤怒,这是一种辛酸的受伤害的情感,与帕特洛克罗斯告诉我这场阴谋时我所感到的愤怒完全不同。她恨我,蔑视我,她两眼盯视我的神态和我母亲一样。而我则站在那儿麻木地看着祭坛,盼望向她解释的时刻的到来。

狄俄墨得斯也来帮助奥德修斯。他们俩站在阿伽门农两边,手放在他的腋下架着他站着。他的脸扭曲了,面色惨白。卡尔卡斯用一只手指顶着伊菲革涅亚的腰部让她往前走,她没有戴锁链,我可以想像她何等蔑视锁链,因为她是阿伽门农和克丽泰涅斯特拉的女儿,她的傲气是凛然不可侵犯的。

走到祭坛下面时她转过身来看着我们,闪亮的眼睛里露出蔑视的神色,然后她登上了那几级台阶,很顺从地上了供桌躺下,两手交叉相握放在胸下,灰色的汹涌起伏的大海把她的侧影映衬得分外鲜明。这天上午没下雨,她的大理石卧榻是干的。

卡尔卡斯把很多种类的火药投放在排在祭坛周围的三个鼎中之后,空气中弥漫起绿色和胆汁般黄色的烟雾,释放出硫黄和腐烂的臭味。卡尔卡斯挥舞着嵌有宝石的尖刀,飞快地前后奔跑,就像某种巨大的、令人讨厌的蝙蝠。当他举起刀时,刀发出闪闪寒光,我

由阿喀琉斯 叙述

生了根一般站在原地，感到万分恐惧，又好像被符咒镇住。只见寒光一闪，刀刃飞速而下，浓烟从祭司身边滚滚弥漫开来，把他遮住了。有人尖声叫起来，这是一种带有喉头音的绝望的尖叫声，后来尖叫声渐渐消失，只听见喉部发出的咕噜声。我们像雕像一般凝固了。后来一阵大风吹来，驱散了烟雾。伊菲革涅亚静静地躺在祭坛上，她的血沿着石榻上的一条槽流向卡尔卡斯，他正双手捧着一只巨大的金杯接血。

阿伽门农呕吐起来，连奥德修斯也作呕了，但是我目不旁顾，只是看着伊菲革涅亚，她正渐渐消失，化为灰烬。我张开嘴，发出一声痛苦的嚎叫。热血在我的每根血管里狂奔，我手执利剑，一跃而起。这时，阿伽门农正由奥德修斯和狄俄墨得斯架着从他那保养得很好的大胡须中往外呕吐。要不是奥德修斯和狄俄墨得斯阻拦，我会砍下阿伽门农的头颅。他们把他像石头一般丢在地上，然后腾出手来应付我。他们俩死命地从我手中夺剑，我把他们像玩偶一般摔在地上。伊多墨纽斯和墨涅拉俄斯也跳过来帮忙，就连老涅斯托耳也硬着头皮参战。他们五人将我制服在地上，我的脸距阿伽门农的脸仅一拃之遥。我咒骂他，声音越来越高，最后变成了尖叫。突然，我全身的力量泄去了，我开始哭泣。他们撬开我握着剑的手指，把我们两人都扶了起来。

"你盗用我的名字做这么卑鄙的事情，阿伽门农，"我流着泪说，现在愤怒已经消失，但仇恨仍在，"你让人用自己最小的女儿祭神来

第 十 一 章

满足你的虚荣。从今以后你在我眼中还不如最卑贱的奴隶。你不比我好,而我更坏。要不是我屈从了自己的野心,我可能已经避免了这件事的发生。但是我告诉你,王中王!我要给克丽泰涅斯特拉送信,告诉她今天这里发生的事。我不会饶恕任何人——你、这里的其他人,最不饶恕我自己。我们的荣誉已被玷污,怎么洗刷也洗不净了。我们是被诅咒的。"

"我曾试图阻止这件事,"他颓丧地说,"我派人给克丽泰涅斯特拉送信要她当心,但传令官被谋杀了。我的确做了,的确做了……十六年来我一直想要躲过这一天。指责神祇吧,他们耍弄了我们大家。"

我对着他的脚边啐了一口唾沫:"不要为自己的错误责怪神祇,大国王!弱点在我们身上,我们是凡胎俗子。"

我不知道自己是怎么走回营帐的。我看见的第一件东西是我搂着她坐过的那张椅子。帕特洛克罗斯坐在另一张椅子上哭泣,当他听见我回来的声音时,立即从他脚边的地毯上取过一把剑,用双手托着跪在我面前。

"这是怎么回事?"我问他,心如刀绞。

他"刷"的一声将剑尖直抵自己的咽喉,把剑柄递给我:"杀了我吧!我辜负了你的信任,阿喀琉斯。我让你失去了名誉。"

"我辜负了自己,帕特洛克罗斯,我使自己丧失了名誉。"

由 阿 喀 琉 斯 叙 述

"杀了我吧！"他哀求道。

我接过剑，把它扔到一边："不。"

"我应该死！"

"我们都应该死，但这不是我们的命运。"我一边说，一边忙着解开胸甲的扣环。

他开始帮助我，习惯真难以消除，甚至在痛苦中也是如此。

"这是我的过错，帕特洛克罗斯，是我的自傲和野心导致的！我怎么能让她的命运系在这么不堪一击的细绳上？我已爱上了她，我会很乐意娶她为妻的。与得伊达弥亚离婚一点也不可耻——那是我父亲和吕科墨得斯两人精心设置的圈套，为了帮我摆脱麻烦。你让我直接把她送回她母亲身边，这是个明智的主意。我没同意是因为我不能忍受自己在军中的地位受到威胁。我听从了自己的自傲和野心，摔了大跟头。"

甲胄脱了下来，帕特洛克罗斯把它装入柜中，他总是为我尽仆人之职。

"那么出了什么事？"他给我们两人斟酒时我问。

"事情看起来进展顺利，"他一边在我对面坐下，一边说，"我们弄到了鹿。"他的眼光黯淡下来，泪水在眼眶中打转。"但是我决定不让奥托墨冬分享我的荣誉，我想让你夸赞我一人，所以我独自一人带着鹿躲在祭坛后面。后来这鹿变得烦躁不安，开始呦呦地叫起来，我事先忘了给它麻醉一下！如果奥托墨冬在我身边，我们可以

第 十 一 章

给它戴上口络,但是我一个人无法做到。卡尔卡斯发现了我,他是个勇士,阿喀琉斯。我刚一抬头发现了他,他便拿起圣杯向我砸过来。当我苏醒过来时,发现自己的手脚都被绑住,口中塞了一块布。这就是我恳求你杀死我的原因。如果我带上奥托墨冬,一切都会顺利的。"

"要杀你,帕特洛克罗斯,就意味着我也必须杀了我自己。这太便宜我们了。只有活着我们才能不断惩罚自己。如果死了我们会毫无感觉,幽灵既没有快乐也没有痛苦,这不是合适的惩罚。"我说,我的舌头感觉到酒的酸味。

他咽了口口水,点点头:"是的,我懂了。我必须活着记住自己的忌妒,你必须活着记住你的野心,这是比死亡更大的惩罚。"

但是帕特洛克罗斯不必记住她的眼神,那蔑视的眼神。在她被告知实情之后和卡尔卡斯的尖刀刺中她的咽喉之间的这段时间里她到底想了些什么?她是怎样看我的?我起初对她好像我是她的爱人,后来又无情无义地抛弃了她。在我的余生中,她的冤魂会缠住我的。那么就选择短暂而光荣的一生!让我的一生短暂而光荣。

"我们什么时候回伊俄尔科斯?"帕特洛克罗斯问。

"伊俄尔科斯?不!我们远航特洛伊。"

"出了这件事之后还去?"

"特洛伊之战是对我惩罚的一部分,此外特洛伊之战意味着我不必面对父亲,因为我会死在那儿。如果他知道了,他会怎样看我?

由 阿喀琉斯 叙述

第十二章

由阿伽门农叙述

夜深人静时，我把女儿安葬在灰色大海边一堆乱石之下深深的墓穴中。坟上没有做任何标记，我也无法送给死去的她合适的嫁妆，只能给她穿上华丽的衣服，给她戴上她收藏的所有姑娘家的珠宝。

阿喀琉斯已经威胁说要给我妻子送信，指责我们所有的人。我可以派人先赶到她那里，以防止阿喀琉斯告诉她事情真相。可是怎么对她说呢？派谁去呢？不随我一起远航的人当中我可以信任谁呢？说什么话可以减轻我给克丽泰涅斯特拉带来的打击，减少对她的伤害呢？不管我们之间发生过什么样的争吵，我的妻子从来就认为我是个伟人，一个配做她丈夫的人。但是她是拉刻代蒙人，神母库巴巴对他们的影响依然很大。如果她得知伊菲革涅亚的死讯，她会试图恢复旧教，以大王后的身份摄政，掌握权力。

此刻，我想到麾下的一个人，他可以不随我远征：我的堂弟埃癸斯托斯（Aigisthos）。

第 十 二 章

我们家族（佩洛普斯[1]家族）的历史是很可怕的。我父亲阿特柔斯和埃癸斯托斯的父亲梯厄斯忒斯是兄弟，欧律斯透斯死后两兄弟争夺迈锡尼王位。王位本来应该是由赫拉克勒斯继承的，可是他被谋杀了。为争夺迈锡尼狮子王座人们犯下了许多罪行，我父亲就干了不可告人的勾当：谋杀了他的侄子，然后把他的肉煮熟，做成一道给国王享用的菜肴让梯厄斯忒斯吃。尽管知道了这件事，人民还是选择阿特柔斯做大国王，放逐了梯厄斯忒斯。梯厄斯忒斯使一个佩罗皮德（Pelopid）女人[2]怀上了埃癸斯托斯，后来阿特柔斯娶了这个女人，梯厄斯忒斯使阿特柔斯误认为埃癸斯托斯是自己的儿子。事情还没有完。梯厄斯忒斯纵容别人谋杀了我的父亲，重登大国王宝座。后来我长大了，从他手中夺回王位并放逐了他。

但是我一直喜欢堂弟埃癸斯托斯，他比我年轻得多，英俊迷人，我和他的关系比和我的胞弟墨涅拉俄斯的关系更为融洽，不过我的妻子对埃癸斯托斯既不喜欢也不信任，因为他是梯厄斯忒斯的儿子，对王位有合法的继承权。而她一直认定王位的继承人非俄瑞斯忒斯莫属。

我先斟酌了一下应该跟他讲多少实情，然后马上派人把他叫来。他的地位完全掌握在我的手里，这就意味着博取我的欢心对他大有

1.Pelops，希腊神话中阿特柔斯之父、阿伽门农的祖父。
2.根据希腊神话，梯厄斯忒斯与自己不认识的女儿佩罗皮亚同居，生下了埃癸斯托斯。

由 阿 伽 门 农　叙 述

裨益。所以我派埃癸斯托斯去见克丽泰涅斯特拉,事先认真教他如何说话,并备了不少礼物。

不错,伊菲革涅亚死了,但不是我下的命令,是奥德修斯安排并且实施了计划。她会相信的。

"我不会离开希腊很长时间,"在埃癸斯托斯临行前我对他说,"但是不要让克丽泰涅斯特拉发动人民恢复旧教是至关重要的。你要替我好好监督。"

"阿尔忒弥斯一直是你的敌人,"他跪下来吻着我的手说,"不要担心,阿伽门农,我会让克丽泰涅斯特拉注意规矩的。"他清了清嗓子:"当然,我希望分到一些从特洛伊夺来的战利品,我是一个穷人。"

"你会得到你的一份战利品的。"我说,"现在走吧。"

献祭后的次日早晨我酒醒了,见外面已是天朗气清。昨夜的风已经席卷残云而去了,只有帐檐下的滴水在提示我们所忍受的数月的风暴。我强迫自己向阿尔忒弥斯献上谢辞感谢她的合作,但我再也不会向女神射手恳求帮助了。我可怜的女儿走了,连一块刻有她名字的墓碑也没有。我不忍再看一眼那座祭坛。

福尼克斯站在我营帐的垂帘门口,兴奋而又急切地盼望登船启航。我决定,如果天气保持晴好,次日启航。

"天会晴朗下去的,"老人很有信心地说,"奥利斯和特洛伊之间

第 十 二 章

的海域会像碗中的牛奶一样平静。"

我突然记起阿喀琉斯批评过我的供给计划，便说："如果是这样，我们将向波塞冬献祭，碰碰运气。把船只装满，福尼克斯，把食物装至船舷上缘。我要在乡村仔细搜寻粮食。"

他显得很吃惊，而后笑了："我一定照办，陛下，我一定照办。"

阿喀琉斯总是令我心神不宁，他的诅咒总是在我的耳边回响，他的蔑视刺痛了我的心。我还不能理解他为什么责怪他自己，他也和我一样，不能违抗神祇的意志。然而，我对他有那么一点敬佩之情，他有勇气当着尊者的面鞭挞自己的罪过。我真希望奥德修斯和狄俄墨得斯当时不来解救我，我真希望阿喀琉斯砍下我的头颅，当场就把事情给了结了。

次日清晨，黎明的霞光开始把灰白的天空染成玫瑰色，他们把我的旗舰顺着船台上倾斜的滑道推下去。我站在船首，双手紧紧地抓住栏杆，感到船首在平静的水中颤抖着，激起阵阵水花。终于启程了！然后我走到船尾，船舷在这里卷曲成了僧帽形，船首上雕刻的安菲特律翁[1]注视着前方。我离开桨手，为自己的船有甲板而感到高兴。桨手坐在甲板上，这样留出甲板下足够的空间供仆人居住，放行李、战争基金和大国王所需的所有物资。我的战马和别的马被

1.希腊神话中的人物，后来"安菲特律翁"成了"好客的主人"的同义语。

由 阿 伽 门 农　　叙 述

关在离我所站的位置不远的地方，海水在甲板下方不远处平滑地冲刷着船身。我们的船装得很满。

在我身后，船一艘艘地滑入海面，巨大的红黑相间的船舰就像一只只蜈蚣，众多竖着排列在一起的船桨就是蜈蚣的脚，这些蜈蚣在波塞冬平滑的海面上爬行。交来的纪录显示，总共有一千二百艘船，八万名作战士兵，两万名各种辅助人员。另外还有些船除了马匹和桨手什么也没装，我们是善于驾车的民族，特洛伊人也是如此。我仍然认为这场战役不会持续很久，但我也知道，在攻下特洛伊城之前，我们不会见到传说中的特洛伊的马。

我着迷地看着这景色，难以相信这支强大的军队正处在我的指挥下，难以相信迈锡尼的大国王必定要成为希腊帝国的大帝。但是当我的水手们把我的船划入欧波亚海峡中间，海滨在远处变得很小的时候，我的舰队中已下水的船还不到十分之一。这时我感到瞬间的恐惧，不知在通过前方广阔的海域时，如何使如此庞大的船队保持紧密的联系。

我们在炎炎烈日下转过了欧波亚顶前端，从它和安德罗斯岛之间穿过，当奥卡（Ocha）山在船尾渐渐消失的时候，宽广的爱琴海给我们送来了微风，桨手们心怀感激地把桨固定在支架上，然后聚集在桅杆四周，王旗舰上深红的皮帆在温暖柔和的西南风的吹拂下如同绽开的花朵。

我沿着划桨凳之间的甲板踱回船首，登上通向前甲板的短短几

第 十 二 章

级台阶，我的专用舱就建在这里。在我们舰的后面，许多船舰在巨浪中稳稳航行，在突出的船首附近，巨浪被撞击成许多细浪。似乎我们的船只都离得不远，忒勒福斯站在正前方，他偶尔回过头来向两个操纵舵桨的人高声下达指令，调正我们的航向。他心满意足地向我微笑着。

"太好了，陛下！如果这样的天气持续下去，我们就能利用这风保持这个速度，这是最理想的。那我们就没有必要在客俄斯（Chios）或莱兹波斯（Lesbos）靠岸停留，就能早早地赶到泰涅多斯。"

我感到很满意。忒勒福斯是全希腊最好的航海家，他可以为我们的特洛伊之行领航而不会让我们有在远离目的地的地方搁浅的危险，他是唯一能为一千二百艘战舰领航的人。我在心里说："海伦啊，你自由不了几天了！你根本不会想到自己不久就会被弄回到阿米克莱，我要发布命令，用神圣的双头斧砍下你美丽的头颅，这将让我无比快乐。"

日子在快乐中度过了。我们远远看见客俄斯，但没有停留，而是继续航行。没有必要补充给养。天气很好，但忒勒福斯和我都不愿贪心不足，上岸逛逛。现在还可以看见小亚细亚海岸，忒勒福斯对陆标了如指掌，因为在他的航海生涯中他已来来去去经过这个海岸不下数百次了。他很开心地指给我看巨大的莱兹波斯岛，对从该岛西边航行而不会让特洛伊人看到我们感到很有把握。特洛伊人不会知道我们正向他们逼近。

由阿伽门农 叙述

从奥利斯启航后的第十一天，我们在泰涅多斯的西南面入港停泊。这是个离特洛伊大陆很近的岛，这里没有足够的地方停泊这么多船，我们能采用的最好的方法就是让它们尽可能靠岸边下锚停泊，希望这种好天气能再持续几天。泰涅多斯土地肥沃，但人口不多，这是因为它靠近人们所说的世界上最大的城市。我们停泊后泰涅多斯人向海岸聚拢过来，他们茫然不知所措的手势表明了他们的敬畏之情。

我拍了拍忒勒福斯的肩膀："干得不错，舵手！你已经挣得了相当大份额的战利品了。"

他满怀喜悦地笑了，然后噔噔噔地下了梯子，来到船中部，很快身边就聚拢了随我航行的一百三十名船员。

到日暮时分，最后一艘船在附近停泊，所有的高层领导来到我设在泰涅多斯城的临时指挥部。我已经完成了一件最重要的事：把岛上的所有活人都集中起来，使任何人都不得接近大陆，向普里阿摩斯国王报告泰涅多斯岛这一边驻有希腊大军。我想，神祇们都是一致支持希腊的。

次日早晨，我步行登上位于该岛中心的几座山的山顶，有一些国王与我同行，以活动活动身体。大家脚踏着坚实的土地，心情很愉快。我们站在山顶上，风把我们的斗篷吹得飘拂起来。我们居高临下，目光越过平静的蓝色海水，远眺数里格之外的特洛伊大陆。

第 十 二 章

特洛伊城尽在眼底。当我第一眼看见它时心便猛地一沉。对特洛伊我曾有过不少遐想,当然只是按我所熟知的一些条件衡量的:迈锡尼雄踞狮山之巅,伊俄尔科斯是个强大的贸易港,科林托斯制领地峡两边,神话一般的雅典。这些与特洛伊相比都黯然失色,变得微不足道了。特洛伊不仅巍然高耸,而且绵延开阔,形如某座巨大的有台阶的金字形神塔[1]。因为太远,只能看到大概的轮廓。

"现在该怎么办?"我问奥德修斯。

他正目不转睛地望着特洛伊城,似乎陷入了沉思。听见我的问话,他缓过神来,咧开嘴笑了:"我的建议是今晚乘夜色航行到特洛伊,明天拂晓集结部队,在普里阿摩斯关闭城门前,出其不意地向他发动进攻。到明天晚上,陛下,您就拥有特洛伊了。"

闻听此言,涅斯托耳高声抗议,狄俄墨得斯和菲洛克忒忒斯显得十分吃惊,我却满意地笑了,而帕拉墨得斯则一个劲地傻笑。

涅斯托耳发言了,这倒省去了我的麻烦:"奥德修斯,奥德修斯,你难道不明事理吗?"他质问道,"任何事情都有法则,包括战争行为。我本人就不愿参与一项不遵守法则的冒险事业!荣誉,奥德修斯!你的计划中哪有荣誉的位置?我们的臭名会熏跑奥林波斯山上的众神衹!我们不能漠视法则!"他转向我说:"不要听他的,

---

1.Ziggurat,古代亚述和巴比伦的一种多层建筑,往上逐层缩小,有梯可登,顶设神龛。

由 阿伽门农 叙 述

陛下！战争的法则是毫不含糊的，我们必须服从！"

"不要激动，涅斯托耳，我对法则的了解不亚于你。"我抓住奥德修斯的肩膀轻轻地摇动着，"想必你不想让我采纳这些对神不敬的建议吧？"

他笑而不答。稍停，他说："不，阿伽门农，不！但是你刚才确实问我现在该怎么做了，我应该把我最好的点子献给你，如果没人愿意听，我还有什么好说的呢？我不是迈锡尼的大国王，我只不过是您忠诚的臣子，来自多石的伊塔卡的奥德修斯。在我们那儿，为了生存，有时必须忘记诸如荣誉一类的东西。我已经告诉你如何在一日之内解决问题了，我所说的是达到这个目的的唯一办法。我要提醒您，一旦普里阿摩斯有所觉察关上城门，你就会像卡尔卡斯所预言的，在他的城墙外吼叫十年。"

"城墙可以攀登，城门可以捣毁。"我说。

"真的吗？"他又笑了，似乎忘记了我们，独自想心思。

他的心智是个奇妙的实体，它能立刻锁定事情的真相。尽管我内心知道他的建议是对的，但我知道如果我要采用它，没有人会响应我，因为这意味着对宙斯和新教的背叛。一直让我着迷的是，他究竟是怎样逃掉神对这些不虔诚想法的惩罚的。不过，据说雅典娜对他情有独钟，一直为他向全能的宙斯求情。据说她爱他是因为他睿智。

"必须派人去特洛伊，给普里阿摩斯下战牌，要求归还海伦。"我说。

第 十 二 章

他们都显得迫不及待,但对派谁去我早已心中有数。

"墨涅拉俄斯,你是海伦的丈夫,当然你必须去。奥德修斯,你和帕拉墨得斯也一起同去。"

"为什么不让我去?"涅斯托耳恼怒地问。

"因为我身边需要留一名主要谋士。"我答道,希望这话听起来令人信服。如果让他认为我有意使他免受神经紧张之苦,他一定会暴跳如雷的。他的确满腹狐疑地瞟了我一眼。长时间的海上颠簸一定已使他元气大伤,因为他没有和我争辩下去。

奥德修斯从沉思中回到现实:"陛下,如果让我去完成此项任务,我有一个请求。我们必须藏身泰涅多斯,不要让他们看出我们已经到达此处,要给老普里阿摩斯我们仍在希腊备战的印象。根据法则,我们只需要在攻城前正式通知他战争状态的开始,其他的我们就不必考虑了。同时,墨涅拉俄斯应该要求对他妻子遭诱拐以来所受的精神痛苦给予赔偿。他应该要求普里阿摩斯对我们的商人重新开放海勒斯旁海峡,取消贸易禁运。"

我点点头说:"好主意。"

我们下了山坡,往镇上走去。奥德修斯和菲洛克忒忒斯精神抖擞,大步流星地走在前头,像两个年轻人一般谈笑风生。他们俩都是顶尖的人才,而菲洛克忒忒斯还是个技艺超群的武士。赫拉克勒斯曾在弥留之际亲自把自己的弓箭赠给菲洛克忒忒斯,尽管当时他只是个孩子。

由 阿 伽 门 农　　叙 述

他们从一丛丛的青草上跳跃而过,清新的空气令人神清气爽。奥德修斯从一丛植物上高高地跃过,双脚踵咔哒一声并拢,以此显示他的灵巧。菲洛克忒忒斯也模仿他,轻巧柔软地落地。片刻之后,他发出一声短促惊恐的尖叫,只见他脸部扭曲,一条腿跪在地上,另一条腿伸直。我们都担心他摔断了腿骨,一起跑到他身边。他弓着腰,喘着粗气,双手抱着伸直的那条腿。奥德修斯拔出了刀。

"怎么回事?"涅斯托耳问。

"我踩着了一条蛇!"菲洛克忒忒斯喘着气说。

我惊呆了。希腊很少有致命的剧毒蛇,这儿的蛇与我们备加爱护和尊敬的捕食老鼠的家蛇和祭坛蛇完全不同。

奥德修斯用刀朝他腿上的两个牙痕深深地刺下去,然后低下头,把嘴凑近刀口,每吮吸一次便吐出污血和毒液。然后他招手示意狄俄墨得斯过来。

"来,把他平举着抬到玛卡翁那儿去。不要让他身子晃动,因为那样会使毒液流到要害部位。"他对菲洛克忒忒斯说:"我的朋友,躺着不要动,不要沮丧。玛卡翁不会辜负其父阿斯克勒庇俄斯[1]的名声的,他知道该怎么做。"

狄俄墨得斯走在我们前面,他轻巧地举着沉重的菲洛克忒忒斯,

---

1. Asklepios,又译埃斯枯拉皮俄斯,希腊神话中的神医。

第 十 二 章

好像他只是个孩子。他健步如飞，步履平稳。我曾见过他全身甲胄地保持这样的步伐很长时间。

我们很快赶到了玛卡翁那儿。他分得了一所好房子，与他十分腼腆的弟弟波达利里俄斯同住。战争还没开始就有人受伤。菲洛克忒忒斯躺在卧榻上双目紧闭，发出沉重的呼吸声。

"是谁对蛇咬做了处理？"玛卡翁问。

"是我。"奥德修斯说。

"做得好，伊塔卡人。要不是你动作迅速，他也许当场就死了。现在能不能保住他的命还难说，毒液一定是致命的。他已经四次痉挛，我的手可以感觉到他的心脏在作纤维性颤动。"

"我们什么时候可以知道结果？"我问。

所有的医生都不愿对致命的病症做出预后，他摇摇头说："我不知道，陛下。有谁捉住了那条蛇，或者至少看见了它？"

我们都摇头。

"那我更没法知道了。"玛卡翁叹了口气说。

翌日，使团乘一艘大船前往特洛伊，甲板上被故意弄得凌乱不堪，以显示它是单独从希腊经过漫长的航行而来。其余的人则安顿下来，等待它的归来。我们保持绝对安静，确保生火的烟不会飘越山头，把我们暴露给大陆那边可能存在的观察者。泰涅多斯人没有给我们惹麻烦，他们被这么多从天而降的舰船弄得目瞪口呆，还没

由 阿伽门农 叙述

有从惊叹中回过神来。

我很少见到那些年轻一些的将领。他们选择阿喀琉斯为首领，把他而不是我视为楷模。自从伊菲革涅亚死后，他还没有接近过我。有好几次我就看见他——他的身材和举止我不会认错的，但是他假装没看见我就走开了。不过我忍不住要注意他训练密耳弥多涅斯人的方法，因为他从不浪费时间，不让士兵像其他队伍那样无所事事。他每天操练他们，这七千士兵是我见过的体格最健壮、最有英雄气概的士兵。当我得知他仅带七千密耳弥多涅斯人到奥利斯时，我颇感惊奇，但我现在明白了，佩琉斯父子宁要质量，不要数量。他们中没有一人超过二十岁，全都是职业士兵，而不是一些更适合扶犁或踩碎葡萄[1]的志愿兵。我听传言说，他们没有一个结过婚，这是很明智的。只有那些没有为妻室所累的青年才会将生死置之度外地投身战斗。

七天之后使团回来了。船天黑后进港，我的三名使臣立刻来见我。从他们的脸上我得知他们此行毫无结果，但是我让他们等涅斯托耳来了之后再讲述事情的经过。没有必要传唤伊多墨纽斯。

"他们拒绝把她交回，阿伽门农！"我的弟弟用拳头擂着桌子说。

"不要激动，墨涅拉俄斯！我从来没指望他们会把她交回来。事

---

1. 昔日制酒的葡萄须先踩碎。

第 十 二 章

情的经过怎样？你见到海伦了吗？"

"没有，他们把她藏起来了。有人护送我们去城堡，因为我上次去过，他们认识我，甚至在西基奥斯也是如此。普里阿摩斯坐在王座之上，他问我这一次想要什么。我说，海伦。他竟然嘲笑我！如果他那混账儿子当时在场，我会当场杀了他！"他坐下来，双手紧紧抱着头。

"那样你也被人家杀了。说下去。"

"普里阿摩斯说海伦是自愿来的，说她不愿回希腊，她把帕里斯看成她的丈夫，她宁可把她带来的财产放在特洛伊供自己使用，这样她就不会成为她的新国家的经济负担了。他竟然旁敲侧击地说我篡了拉刻代蒙的王位，你能相信他的话吗？他说，她哥哥卡斯托耳和波吕丢刻斯死了之后，按理说她应该继位统治！她是廷达瑞俄斯的女儿！我只是迈锡尼的傀儡！"

"好了，好了，"涅斯托耳微微一笑说，"听了这话我的感觉是，即使当初海伦选择留在阿米克莱，她似乎也在企图密谋反叛，墨涅拉俄斯。"

我弟弟气势汹汹地向老人扑去，我用权杖敲地："说下去，墨涅拉俄斯！"

由 阿 伽 门 农 叙 述

"于是我递给普里阿摩斯绘有阿瑞斯[1]标记的红牌,他盯着它看了一会儿,好像他从未看见过这种东西。他的手剧烈地颤抖,战牌掉在地上,摔碎了。所有的人都跳了起来。后来赫克托耳把它捡起来拿走了。"

"这一定是几天前发生的事,为什么你不立即回来?"我问。

他一脸羞愧之色,没有回答。我和涅斯托耳都知道了原因:他希望见到海伦。

"你还没有告诉他们那第一次接见是怎样结束的。"帕拉墨得斯提醒道。

"我本来就要讲的!"墨涅拉俄斯抢白说,"普里阿摩斯的长子得伊福玻斯公开请求他父亲下令杀了我们,后来安忒诺耳走上前来,主动提出为我们提供住处。他祈求好客的宙斯,禁止任何特洛伊人对我们进行攻击。"

"有趣,一个达耳达尼亚人做出如此举动。"我抚慰地拍拍墨涅拉俄斯,"别懊丧,兄弟!很快你就有报仇的机会了。现在去睡吧。"

只有当我和涅斯托耳单独与奥德修斯和帕拉墨得斯二人在一起时,我才能获得自己真正想了解的信息。墨涅拉俄斯是唯一去过特洛伊的人,但是在我们备战期间,他从未主动提供任何有用的信息。

1.Ares,希腊神话中的战神,宙斯与赫拉之子。

第 十 二 章

城墙有多高？很高。普里阿摩斯能召集多少兵力？很多。他与小亚细亚其他国家的关系如何？十分密切。要从他那儿得到信息就像从卡尔卡斯嘴里套出信息一样难，只是我的兄弟不会像祭司那样给出圆滑的借口——阿波罗让他三缄其口。

"我们必须马上行动，陛下。"帕拉墨得斯缓缓地说。

"为什么？"

"特洛伊是个奇怪的地方，统治阶级中有一半是智者，一半是愚人。这两种人都很危险。普里阿摩斯就兼有智者和愚人的特征。在他的谋士中，我最敬佩的是安忒诺耳和一个叫波吕达玛斯的年轻人。墨涅拉俄斯刚才提到的长子得伊福玻斯是个性格暴烈的家伙，但他不是嗣子，似乎没有举足轻重的地位，尽管他是一个王子——由王后赫卡柏所生。"

"作为长子他倒是应该做继承人的。"

"普里阿摩斯一生好色，他一直以王后及妃嫔生了五十个儿子而自豪，数量之多让人难以置信。至于他的女儿我听说总数超过一百——他对我说他生的女儿比儿子多。我问他为何不遗弃一些女孩儿，他咯咯地笑着说，漂亮的女儿可以做他盟友的娇妻，而丑陋的可以织许多布，把王宫装饰得更华美。"

"对我说说宫殿。"

"宫殿很大，陛下。我要说，它和克诺索斯的弥诺斯之宫一样大。普里阿摩斯每个已婚子女都有单独的一套房间，他们的生活十

由 阿伽门农 叙述

分奢华。城堡王宫中还有小宫殿，安忒诺耳和继承人各有一座。"

"谁是继承人？我记得墨涅拉俄斯提到过赫克托耳的名字，但是我很自然地认为他是长子。"

"赫克托耳是赫卡柏王后所生的儿子中较年轻的一个。我们第一次去特洛伊王宫时他在场，但是由于有要紧的事要赶赴佛里基亚（Phrygia），他很快离开了。我可以补充一点，他请求免除这个任务，但普里阿摩斯坚持要他去，因为他负责军队，当时军队离不开统帅。因此我认为赫克托耳比他父亲更明智。他很年轻，我猜他不超过二十五岁。他身材高大，事实上与阿喀琉斯身材相当。"

然后我转向奥德修斯，他正在慢慢地摩挲着脸。"你有什么消息，奥德修斯？"

"关于赫克托耳我要补充一句，士兵和普通民众很爱戴他。"

"我明白。看来你的行动并没有局限在宫中。"

"对。帕拉墨得斯在宫中活动，而我则在城中转悠。这是很有用处、能增长见识的活动。陛下，特洛伊是个城邦。那里有两道城墙，环绕城堡王宫的宫墙十分雄伟，比围绕迈锡尼或提林斯的墙更高。但是环绕全城的外墙更是巨大无比，特洛伊是真正意义上的城市，阿伽门农。它完全建在外面那道城墙之中，而不是像我们的城市那样分散在城墙之外。敌人进犯时，人民不必逃进城内，因为他们已经在里面了。那里有许多狭窄的街道和无数高大的他们称为公寓的建筑，每栋建筑可住几十户人家。"

第 十 二 章

"安忒诺耳对我说过，"帕拉墨得斯插言道，"上次人口普查时特洛伊有十七万居民，据此我推断，仅在特洛伊城中，普里阿摩斯便可征集四万青壮年，如果他也招募年龄稍大一些的，人数可达五万。"

想到自己拥有的八万人军队，我笑了。"五万人无法抵挡我们的进攻。"我说。

"足以抵挡。"奥德修斯说，"特洛伊城周长有好几里格，它是长方形而不是圆形。外层防御墙十分了不起。我量了一块石头，其长度从我的第一个指关节到肘，然后数了石头的排数。以此推算城墙有三十腕尺高，在基部至少有二十腕尺厚。城墙十分古老，以至无人记得它们建于何时、为何而建。根据传说，由于普里阿摩斯的父亲拉俄墨冬的缘故，它们是受到诅咒的，应该从人们的视线中永远消失。我想它们会因为我们的进攻而从视线中消失。这些墙微微倾斜，砖石已被打磨，没有可以牢固地安放云梯或抓钩之处。"

我意识到大家产生了沮丧情绪，便清清嗓子说："难道没有薄弱环节吗，奥德修斯？没有不太牢固的墙或是大门？"

"有的，有一个薄弱环节，不过不能依赖它取胜，陛下。这一段原来的城墙在西边垮塌了，我估计是在那次毁灭克里特的地震中倒塌的。埃阿科斯修补了豁口，现在特洛伊人把这一段称为西幕。它长约五百步，墙石很粗糙，有许多突出部分和缝隙，可以放住抓钩。特洛伊仅有三个城门：紧靠西幕的城门叫斯开亚，南边的门叫达耳

由阿伽门农　叙述

达尼亚，东北部的叫伊丹（Idan）。除此之外，别的入口是一些易守的排水沟和引水道，这些通道每次仅能容一人通行。城门本身十分巨大，二十腕尺高，拱顶上有小道贯通所有外墙墙头，因而城头上可以从此处向彼处快速调兵。大门由圆木制成，用青铜薄板和大钉加固。任何攻城槌都无法使它们震动。除非这些城门敞开，阿伽门农，你要进入特洛伊除非有奇迹发生。"

哎，奥德修斯总是持悲观态度。"我无法相信他们能够抵御我们这么多的兵力，我就是不相信。"

帕拉墨得斯对着自己的酒杯发呆。涅斯托耳与他一个神情。奥德修斯继续说下去。

"阿伽门农，"他认真地说，"如果特洛伊的城门关闭了，他们有足够多的人把你阻挡在外。你只能在一处尝试登上城墙——西幕。但它仅有五百步长，四万士兵可以密密匝匝地将它围住，如同一群苍蝇对付一块臭肉。相信我的话，他们可以把你挡在城外多年！成败与否取决于他们是否真的相信我们现在仍在希腊。但假如他们有一只渔船航行到泰涅多斯岛这一边，那我们一切都完了。我以为您必须计划打一场长时间的战役。"他的眼睛眨了眨，"当然，您可以用饥饿迫使他们出来。"

涅斯托耳气得直喘粗气："奥德修斯，奥德修斯！你又来了！我们会遭天谴即刻变疯的！"

他皱了皱红眉毛，毫无悔改之意："我知道，涅斯托耳。但据我

第 十 二 章

所见，战争形势似乎对敌方有利，真遗憾。把他们饿死是明智之策。"

我突然感到很疲倦，便站起身来："奥德修斯，如果你们这类人做统帅，人类就要遭殃了。就寝吧。明天早晨我要召开一次全体议事会，后天黎明我们启航。"

他们出去之后，奥德修斯转过身来："菲洛克忒忒斯怎么样了？"

"玛卡翁说他没有希望了。"

"我很难过听到这话。怎么安顿他呢？"

"有什么办法？他只能待在这儿，把他带回军营是再蠢不过的事。"

"我赞同不让他随军的意见，陛下，但是我们也不能把他丢在这里。一旦我们转身离去，这些泰涅多斯人会割开他的喉管。把他送到莱兹波斯岛，那里的人民更有教养，他们不会伤害一个病人。"

"他会死在去莱兹波斯的途中的。"涅斯托耳提出异议。

"那也比别的死法强。"

"你说得对，奥德修斯。"我说，"就送他去莱兹波斯吧。"

"谢谢。他是值得全力挽救的人。"奥德修斯突然变得快活起来，"我现在就告诉他。"

"他不会听见你的话的，他已经昏迷三天了。"我说。

由 阿伽门农 叙述

第十三章

由阿喀琉斯
叙述

卡尔卡斯又发布了一则预言，这使阿伽门农改变了主意，他本打算当第一位踏上特洛伊土地的国王。祭司说，第一位踏上特洛伊土地的国王将死于第一场战斗。我看了一眼帕特洛克罗斯，耸了耸肩。如果神祇把我选作这命中注定要先死的人，我有什么可忧虑的呢？此人死得光荣。

我们航行和登陆有我们的秩序。我们知道何时让船只全速靠岸，以便士兵登陆。帕特洛克罗斯和我站在我的旗舰的前甲板上，我看见航行在我们前面的船只，其数量比我们后面的船少得多，我们来自伊俄尔科斯的人是舰队的先头部队。阿伽门农的旗舰在前方领航，他庞大的迈锡尼护卫舰队在他的左侧，我父亲的一个臣属国王、费拉克（Phylake）的伊俄拉俄斯在他的右侧，我紧随阿伽门农之后，我的后面是埃阿斯等人的船只。

出发前，阿伽门农已明确表示他不希望遇到手执武器的敌军，他希望围城时不会遇到有组织的抵抗。

但是那一天神祇没有站在我们这一边。阿伽门农的第七艘船刚拐过泰涅多斯岛的前端，在西基奥斯侧面的岬角上就升起股股巨大

第 十 三 章

的烟柱。他们已经得知我们的船队就埋伏在附近,正严阵以待地等着我们的到来。

我们接到命令先攻占西基奥斯,然后迅速向特洛伊城推进。当我自己的船从泰涅多斯背后航出进入海峡时,我可以看见特洛伊的军队布阵在海滩上。

就连风向也与我们作对,我们只好卷起船帆,备好船桨,这意味着我们一半的战士将会精疲力竭,战斗力会受到影响。更麻烦的是,来自海勒斯旁峡口的水流呈扇形向四面八方涌入大海,这也对我们不利。航行这短短距离到大陆花了我们整整一个上午。

当我看到先后顺序的改变时,我苦笑了。费拉克的伊俄拉俄斯在阿伽门农前面破浪前进,费拉克的战士分乘四十艘船紧随其后,大国王浩浩荡荡的舰队在他的左侧排开。我不知道伊俄拉俄斯究竟是诅咒自己的命运,还是欢迎这命运。他被选为首先登陆的国王,是卡尔卡斯预言必死的人。

出于荣誉的考虑我必须要求我的桨手们更用劲地划,可是从谨慎的角度,我必须让我的密耳弥多涅斯人有足够的喘息时间以便更好地投入战斗。

"你不能赶上伊俄拉俄斯,"帕特洛克罗斯看透了我的心思,说,"让一切顺其自然吧。"

这并非我的第一次军事行动,因为我下了皮利翁山之后与喀戎一起度过了一段岁月,和我父亲一起打过仗,但是与在西基奥斯海滩上等待我们的硬仗相比,过去的那些战役便会黯然失色。成千上万的特洛伊人排在岸边,还有更多的兵力、几艘昨天还置于卵石上的船现在都部署在村庄另一边的内陆地带。

当我碰着帕特洛克罗斯的手臂时,我感觉到它在颤抖;我低头看看自己的手臂:它纹丝不动。

"帕特洛克罗斯,到船尾向邻船的奥托墨冬喊话,告诉他让他的舵手们向我们船之间的空隙水面聚拢,让他把这命令继续往后传,其他的船也必须如此。等我们靠岸时只要让船漂浮就行了,这样一艘船的船首就不会撞断其他船的船身了。告诉奥托墨冬,让他的战士们通过我的甲板登陆,其他的船依次照办。否则我们将无法使足够的战士上岸来避免重大伤亡。"

他飞快地从船中部来到后甲板,双手做成喇叭形放在嘴边,向保持警觉的奥托墨冬喊话。奥托墨冬大声回话,他的甲胄在阳光下闪闪发亮。尔后我见他开始执行命令,他的船向我们的船靠近,一直到他的尖船首刚刚能避开我们的船舷,两船在很近的距离内航行。视线所及的所有船都仿效着靠拢,连成了一座浮桥。甲板下战士们放下手中的桨,准备披挂上阵,船只已有的惯性足以让我们靠岸登陆。现在我的前面只有十艘船了,第一艘是伊俄拉俄斯的船。

这艘船的尖首一下子扎进海滨的砂石里,船停住了,船身颤抖着。伊俄拉俄斯站在船首犹豫了片刻,然后高喊着费拉克的战斗口号,飞快跳入船腰,再越过船舷,身后跟着他的战士。他们一边唱

第 十 三 章

着战歌，一边聚集。尽管双方兵力悬殊很大，他们仍然杀伤了一部分敌人。后来，一个身着金甲的孔武有力的勇士把伊俄拉俄斯砍倒，用斧头把他劈成了肉条。

其他的人现在开始登岸。我左边的船正在滑行靠岸，船上的战士等不及从绳梯上下船，纷纷从舷栏上跳下，投入混战之中。我系上头盔绳带，剪断盔上的金色羽毛，以免碍事；我在黄金贴面的青铜甲胄内扭动着身子，把它弄正，然后双手抄起战斧。这是一件很漂亮的武器，是弥诺斯在一场外国战役中缴来的一件战利品，体积和重量都大大超过了克里特战斧。我的剑挂在腿边，但老皮利翁被束之高阁，因为在近战中它毫无用处。近战中斧头大有用武之地，我的双臂可以一整天不知疲倦地前后舞动那双刃美人。只有埃阿斯和我在徒手作战中使用战斧。战斧若有足够的重量，会比剑更有用，但一般人很难使得动，这就难怪我急不可耐地要接近那砍死伊俄拉俄斯的穿金甲胄的彪形大汉了。

因为我的注意力高度集中在海滩上，全神贯注地考虑着所有的情况，所以在这最后时刻，对于在脑海中闪现的事物我都不解其意了。当船身的抖动告诉我船已靠岸时，后面一艘船紧紧靠上，差一点使我摔倒。我向后瞥了一眼，知道奥托墨冬已经把他的船与我的船连成一体，他手下的士兵已经像潮水般拥过我的甲板。我像一只克里特妇女的宠物猴子似的跳上船首，待在那儿朝下看着混战中的颗颗人头，我简直分不出谁是敌人，谁是朋友。我必须让身后拥来

由 阿 喀 琉 斯 叙 述

的所有战士看见我，这些阿尔克摩斯船上的士兵通过奥托墨冬船的甲板蜂拥而来，后面来的人越来越多，因为我的船仍然感受着从越来越远之处相碰的船只传来的越来越弱的震颤。

然后我在头顶上高高挥舞战斧，高吼密耳弥多涅斯人的战斗口号，从船首纵身跳入岸上厮杀的密集人群中。我很幸运，一颗特洛伊人的头颅被我踩碎。我跌倒在此人身上，双手仍紧紧握着战斧。我的盾仍留在船甲板上，在这种近距离的肉搏战中盾牌是个累赘。我马上站立起来，高声吼着战斗口号，很快得到密耳弥多涅斯人的应和，空中回荡着他们准备杀敌的令人恐惧的声音。特洛伊人的头盔上戴有紫色羽饰，这是吉祥物。对希腊人而言，除了四位大国王以及卡尔卡斯，其他人的服饰中一律不得有紫色。

十几双眼睛紧紧盯着我，十几把剑逼过来，我暴跳而起，挥舞战斧猛劈下去，把一个特洛伊人从头至腰竖劈成两半，这一下把他们镇住了。这是我父亲的忠告，他曾告诉每个密耳弥多涅斯人：肉搏战中的极端暴行会使人本能地退避。我又抡起斧头，这一次把它如车辐一般抡圆，还有一些傻乎乎的士兵想靠近我，被它的锋口穿透青铜甲胄，割开肚皮。特洛伊人不用皮革，但他们垄断了青铜。他们该有多富有啊！

帕特洛克罗斯手持盾牌在我身后，使我不致背部受敌。无数密耳弥多涅斯人从后面的船上跳上岸来，过去的作战队形已经形成。我向前杀去，斧头如祭司的魔杖把前面敌人的队列斩断。看到头戴

第 十 三 章

紫羽的人我举斧便砍，一下子砍倒许多。这与真正比试力量的战斗完全不同，这里没有时间或空间挑出王子或国王，没有地方把对立的双方分开，这是各种等级的勇士面对面的较量。似乎在很多年以前，我曾发誓要记下我所杀死的敌人的数目，但是很快我便激动得忘了计数，斧头穿过坚硬的青铜劈进柔软的肌肉时突然下陷的感觉令我着迷。

现在对我来说一切都不存在了，眼前只有鲜血和人脸、恐惧和暴怒。勇敢之士想用剑挡开我的斧头，最后死在斧下；怯懦之人临死前吓得哇哇乱叫，还不如那些掉头逃命的小人。我觉得自己是无敌的，我知道在这战场上无人能战胜我。看见一张张面孔鲜血淋漓地裂开使我十分快乐，屠杀的欲望浸入了我的骨髓，这是一种对收获胸膛、肚腹和头颅的疯狂的欲望。斧头滴着血，血顺着斧柄流下，浸入柄端防手滑缠绕的粗绳纤维之内。我忘记了一切，我只想看见紫色羽毛被染红。假如有人给我戴一顶特洛伊人的头盔，然后让我和我自己的人厮杀，我也同样会狂砍滥杀的。正确与错误已不复存在，只有杀人的欲望，这就是我在太阳底下生存的意义，这就是我做一个凡人所要成就的事：成为完美的杀人机器。

军队的践踏在厮杀中把西基奥斯的泥土研成了细灰，它们在我们头上高高飞扬，飘上高空。虽然在以后的战斗中我变得更理智了一些，会考虑到我的战士，但在那一场战斗中我丝毫未把他们的安危系在心头。只要我自己会赢，我不管他人谁胜谁负，如果阿伽门

由 阿 喀 琉 斯 叙 述

农本人在我身旁作战,我也不会察觉。在狂砍滥杀之中我连帕特洛克罗斯也忘得干干净净,虽然他一直在我身后挡住特洛伊人从我背后发起的攻击。要不是他,恐怕我在那场战斗中早已阵亡了。

突然,有人挥动一面盾牌挡住了我的去路,我用尽全身力气挥舞战斧砍杀,向盾牌后的那张脸扑去。但他像箭一般闪在一旁,然后抽刀向我砍来,差一点砍中我的右臂。我如同被扔进一池冰冷的水中倒抽了一口冷气。后来,此人为看清楚我放低了盾牌,我不由兴奋得全身颤抖,终于遇到了一个王子!他全身金甲,砍倒伊俄拉俄斯用的斧头不见了,换了一把长剑。我兴奋地吼叫着,迫不及待地向他迎战。他身材十分高大,带着一副在沙场所向无敌的神态,他是第一个敢于向我挑战的人。我们警觉地转着圈,我拉着斧柄上的绳带,把斧头拖在地上。后来他露出一个破绽,我跳起来挥斧砍去。他轻轻一跳闪在一旁,我快速追去。他轻易地躲过我的斧头,回手一剑劈来,我也轻松避开。我们心中明白,彼此都找到了真正的对手,便定下心来稳稳地、耐心地进行决斗。青铜兵器与青铜内里的金色盾牌当当地撞击着,我们总能躲避开来,谁也无法伤害对方。我们都意识到,特洛伊和希腊双方士兵都已往后退去,给我们腾出空间。

每当我的斧头砍空时,他便大笑,虽然他的金色盾牌有四处开了豁口,露出了青铜和最里层的锡。我一边与他苦战,一边还要努力克制自己的满腔怒火,他竟敢笑!决斗是神圣的事,岂容嘲笑亵

第 十 三 章

渎？他对此毫不感到神圣，这使我勃然大怒。我向他使劲地连劈两斧都没劈中。这时他开口说话了。

"你姓甚名谁，傻大个？"他笑着问。

"阿喀琉斯。"我从牙缝中挤出几个字。

这让他笑得更厉害了："从未听说过你的名字，傻大个！我是库克诺斯（Kyknos），海神波塞冬之子。"

"所有的死人都发臭，波塞冬之子，不管他们是神子还是人子！"我高叫道。

这话只是让他发笑。

我怒火中烧，这是当时我看到伊菲革涅亚躺在祭坛上死去时所体验的那种愤怒，于是我忘记了喀戎和我父亲曾教我的所有的战争法则。我跳起来向他扑去，在他的剑尖下举起战斧。他踉踉跄跄地往后跳了几步，剑落在地上，我把它砍成无数碎片。他拔脚转身便逃，将与人等高的蜂腰状的盾牌转过来挡在身后。他一边绝望地推开特洛伊士兵夺路而逃，一边高声喊叫，让别人递给他一支长矛。有人把长矛塞进他的手中，但因为我跟得太近，他无法使用，便继续后撤。

我一下子冲进在他身后渐渐聚拢的特洛伊队列。他们没有一个人向我攻击，不知是由于他们惊恐万分，还是由于他们对历史悠久的决斗原则怀有敬意。聚集在周围的战士越来越少，直至战斗渐渐地远离我们。突然，前面出现了一个悬崖，波塞冬之子库克诺斯停

由阿喀琉斯叙述

住了脚步。他向我转过身来，手中的长矛懒洋洋地在空中画了几圈。我也停了下来，等待他把矛掷过来，可是他却更愿把它当作骑枪使用。很聪明，因为我既有斧又有剑。当他持矛头向前刺来时，我跳到一旁，有好几次它对着我的胸部刺来，但是因为我年轻，脚步敏捷、身轻如燕，他的矛我都躲开了。终于，我瞅准机会向他身边切入，把他的矛劈成两半。现在他身上只有匕首了。他伸手去摸匕首，做最后的抵抗。

从来没有什么人像这个小丑这样使我产生如此强烈的必置其于死地而后快的感情，但是我不想让他干净利落地死。我扔掉斧头，从头上取下斜挂在肩上的剑佩带，我的短剑随后向他飞去。他脸上嘻笑的表情终于不见了，最终给了我发誓要让他给予我的敬意。但是他还能说话！

"你叫什么名字，傻大个？阿喀琉斯？"

我感到巨大的痛苦，无法回答。他还没有接近神祇，不懂帝王中人之间的决斗应该是既神圣又沉默无语的。

我跳起来向他扑去，在他还没来得及拔出短刀之时把他摔趴在地上。他爬着站起来，向后退去，脚踵撞上了悬崖的扶壁。他猛地倒下了，重重地摔在身后倾斜的岩石上。太好了。我一手拿住他的下巴，另一只手握成铁锤般的拳头，把他的脸捣成了肉酱，把脸部的骨头擂得粉碎，也不管对我自己造成什么伤害。他的头盔松开了，我抓住它上面吊着的长带在他颔上抽紧，把它们缠绕在他的脖子上，

第 十 三 章

用膝抵着他的腹部，然后勒紧绳带。渐渐地他受损的脸变黑了，眼睛鼓了出来，变成了带红色条纹的恐怖的发亮的球。

等他大概死了一会儿之后，我才松开了绳带。我像看一件东西一样看着他，而不像在看一个人。有片刻时间，当我意识到自己杀人的欲望竟如此强烈时，感到十分恶心。但我克制了自己的软弱，把库克诺斯横扛在肩上，把他的盾牌挂在我的后背作为防护，然后穿过特洛伊军队的队列往回走。我想让我的密耳弥多涅斯人和其他的希腊人知道，我既没输给他，也没输了决斗。

在战斗快结束的时候，帕特洛克罗斯率领的一支小分队迎到了我，我们毫发未损地回到自己的营地。但是我在回营的途中停留了一下，把库克诺斯丢在他自己人的脚边，他肿胀的舌头在被砍成条状的嘴唇之间鼓出来，眼睛仍然瞪着。

"我的名字，"我吼道，"叫阿喀琉斯！"特洛伊人逃走了，这个他们曾认为是神的人被证明是跟他们一样的凡胎。

在这场王族成员之间的殊死决斗后，我们举行了一场仪式。我把他的甲胄剥下来作为战利品，然后把他的尸体丢进西基奥斯的垃圾坑，让他去喂城中的狗。不过我事先割下他的头颅，把它挑在矛上。这是一颗奇特而可怕的头颅：美丽的未弄乱的金色发辫下一张可怕的面孔。我把它递给帕特洛克罗斯，他把它像旗帜一般插入海滨的沙中。

由 阿 喀 琉 斯 叙 述

特洛伊的军队突然崩溃了。由于他们熟悉逃跑的路线,轻而易举地把我们抛在了后面,相当井然有序地撤退。这个战场和西基奥斯是我们的了。

阿伽门农命令停止追击,我很不愿意服从这个命令。当我迈着大步从奥德修斯身边走过时,他抓住了我的胳膊,粗暴地拉着我转过身来。他很有力气!比我想象的有力得多。

"不要追了,阿喀琉斯,"他说,"城门就要关上了。养精蓄锐,以防明天特洛伊人再来交战。天黑之前我们还有一大堆清扫战场的事要做。"

我觉得他说得有理,于是转过身来跟他一起拖着沉重的脚步走回海滩。帕特洛克罗斯像往常一样走在我的身边,密耳弥多涅斯士兵们落在我们后面,一路唱着凯歌。我们对路边的房屋视而不见,如果屋内有女人,我们是一个也不想要的。我们在卵石滩边站住了,眼前的景象令人惊骇:士兵们横七竖八地躺着,尖叫、哭喊、呻吟和口齿不清的求救声响成一片。有的在蠕动,有的静静地躺着,他们的灵魂正飘往哈得斯的国土:黑暗王国阴森森的荒原。

奥德修斯和阿伽门农分开站着。士兵们拥上舰船,看到有的船首捅穿别的船的船舷或船尾,便把它们撬开。待海滩清理干净之后,我们的战士全部转移到船上,后排的船只移入水流之中。我抬头看了一下太阳,见它正在西沉,一天已过去三分之二了。由于疲倦,我全身的骨头如铅一般沉甸甸的,胳膊沉重得难以上举,战斧用皮

第 十 三 章

带拉着拖在地上。我想不出该干什么，只得走到阿伽门农身边。他张着嘴巴愕然地看着我。很显然他也没有躲避战斗，因为他的胸甲扁塌了，脸上沾满了血污和灰土。奥德修斯表情怪怪的。他竟有闲情逸致四周观望！他的胸甲已被撕开，露出了胸脯，但没有受伤。

"你在血中洗了个澡，阿喀琉斯。"大国王问，"你受伤了吗？"

我默默地摇摇头，我曾经历过的内心的思想斗争已经开始。过去的经验告诉我，冥后科瑞的女儿们永久进入我内心的危险就要到来。我怎能如此沉重地活着而不变疯狂？然后我想起了伊菲革涅亚，懂得了清醒地活着是对我的惩罚的一部分。

"那么挥着战斧杀敌的人是你了！"阿伽门农说，"我还以为是埃阿斯呢。我们得谢谢你。当你把杀死伊俄拉俄斯的人的尸体带回来时，特洛伊人军心动摇了。"

"我怀疑这不是我的功劳，陛下。"我强打精神说，"特洛伊人受够了，我们让战士源源不断地拥上海滩。而和库克诺斯的决斗是我的私事，他嘲笑我的荣誉。"

奥德修斯又一次抓住了我的手臂，但是这一次很和蔼："你的船在那边，阿喀琉斯。上船吧，它就要启航了。"

"到哪儿去？"我茫然地问。

"我不知道，我只知道我们不能在这儿久留。让特洛伊人处理这些尸体吧。忒勒福斯说，在海勒斯旁海岸不远处的盐水湖内有一片很好的海滩，我们打算去看看。"

由 阿 喀 琉 斯 叙 述

最后，大部分国王都上了阿伽门农的船，沿着海岸向北航行，来到海勒斯旁海峡口。我们的这些在这二三十年中首次进入这片水域的希腊船只平静地向前航行。前方仅约一二里格之外是一座座山峦，群山的两侧浸在海中。前面是一片海滩，比西基奥斯的海滩更长更宽，其长度超过一里格。在海滩两端各有一条河流入海中，其沙洲形成了一个几乎全部被陆地包围的舄湖。通往舄湖的唯一入口是位于中间的一条狭窄的通道，里边的海水死一般平静。每条河远处的河岸顶上都有一块陆岬，在那块大一些、脏一些的河岸陆岬顶上有一个要塞，现在已被遗弃，驻守的士兵无疑已逃到特洛伊去了。没有人从要塞内出来观看阿伽门农的旗舰驶入，一艘整洁的收费小战舰仍然被置放在岸上。

当我们沿着舷栏站在甲板上时，阿伽门农转向涅斯托耳问道："这地方行吗？"

"用我这外行人的眼光来看，这地方相当不错，不过要问问福尼克斯。"

"这地方很好，陛下。"我不太自信地主动答话，"如果他们想从这儿进攻我们，他们会遇到很大的困难，这两条河使他们无法从侧翼包抄我们。不过，如果靠河扎营，将是最容易受攻击的。"

"那么谁自愿把船停靠在河边？"大国王问，然后又面有愧色地补充了一句："我的船必须停在海滩中间，这样来往方便，你知道。"

"我要那条大一些的河，"我马上接口说，"用栅栏把我的营地围

第 十 三 章

住，以防受到攻击，这样就可以层层防御。"

大国王眉头紧锁："听你的话音好像你认为我们要在这儿长久待下去，佩琉斯之子。"

我直视他的眼睛说："是的，陛下。接受这个事实吧。"

但是他对我的话不以为然。他开始发布命令，让谁把谁的船停靠何处。从他的部署中可以看出，他只想做短期打算。

旗舰停在鸟湖的中央，一艘又一艘的船驶了进来，可到天黑时靠岸的船还不到三分之一。这时，我自己的船队还在海勒斯旁的海上航行，埃阿斯、小埃阿斯、奥德修斯和狄俄墨得斯的船队也是如此，我们是最后一批靠岸的船。幸运的是，天气一直不错，海勒斯旁海峡风平浪静。

当太阳在我身后沉入海底时，我才第一次静下心来察看这个地方，感到十分满意。如果在排排靠岸的船只后面有牢固的防御工事，我们的营盘将会像特洛伊一样几乎是难以攻破的。特洛伊像山一样耸立在我们的东面，这里距它比西基奥斯更近。我们需要牢固的防御墙。阿伽门农错了，特洛伊不是在一天之内建成的，特洛伊也不会在一天之内被攻陷。

等所有的船只驶入湖内，稳妥地靠上岸后，垫木敲入船身之下，船桅从桅座上放下来——总共有四排船——我们开始埋葬费拉克的国王伊俄拉俄斯。他的遗体从他的旗舰上运下来，安放在长满

由 阿喀琉斯 叙述

绿草的土墩顶上的棺架上。这时祭司们唱起了葬歌，国王们洒着奠酒，希腊各民族战士一个接一个地从他的遗体旁走过。作为替他报仇的人，为他致悼词是我的责任。我告诉沉默的死者他如何平静地接受自己的命运，在死前英勇地战斗，还告诉他杀害他的人是波塞冬之子。然后我建议用比赞歌更持久的方式纪念他的勇气，并问阿伽门农是否可以赐给他一个名字叫普罗忒西拉俄斯，意思是"人民第一人"。

阿伽门农庄严地同意了我的请求，从那时起，他的费拉克人民就称他为普罗忒西拉俄斯。祭司们把用黄金敲成的死亡面具戴在他熟睡的脸上，拉开他的尸布，使人看见他穿着用黄金织成的闪闪发亮的衣服。然后我们把他放在一叶小划艇上，划过了稍大的那条河，来到泥瓦匠们夜以继日干活的地方，他们已在陆岬上挖出一个墓穴。停尸车推了进去，墓穴关闭了，泥瓦匠们开始把土填在已填上石头的墓室门口。再过一段时间，即使是最锐利的目光也发现不了普罗忒西拉俄斯国王埋葬的地点。

他应验了预言，使他的人民为他而自豪。

第 十 三 章

第十四章

由奧德修斯敘述

在特洛伊土地上进行的第一场战斗结束之后的几天里，我花去了全部的时间和精力使一千一百艘舰船靠上岸。船只的总数减少了一些，因为海伦的求婚者中有一些很穷，没有提供高质量的船，比如说像阿伽门农那样的船。有几十艘船沉没了，也有的船在西基奥斯海边士兵上岸的狂潮中被戳穿，但是我们的给养船和装运战车马匹的船一艘也没损失。

使我感到惊奇的是，特洛伊人没敢接近我们迅速建立起来的营地，阿伽门农认为这是特洛伊人结束抵抗的明确征兆。因此，在所有的船舰都安全上岸，确保船身不会因为吸水太多而膨胀或破裂的情况下，我们的大国王召开了一次会议。阿伽门农沉浸在西基奥斯一役成功的喜悦中，他大大夸大了这场战役的重要性，这场战役的成果在我看来将很快被证明是微不足道的，但是谁也不能阻止他。我听他说下去，心中猜测不知还有什么人能够对他盲目自信的观点提出质疑。当然，在别人沉默时他有权说话，但是当他把权杖递给涅斯托耳时（卡尔卡斯没有出席会议，我不知其故），阿喀琉斯马上站起来要求接权杖。

第 十 四 章

是的，当然应该是阿喀琉斯发言。我不加掩饰地笑了。狮国王已经咬了伊俄尔科斯的小伙子一大口，从他皱起的眉头我猜想他正由于消化不良痛苦不已。还有哪项轰轰烈烈的伟大事业的开始比我们的还要糟？风暴和人祭，忌妒和贪婪，最终导致应该互相帮助的人之间不和。是什么迷住了阿伽门农的心窍，让他派他的堂兄弟埃癸斯托斯去迈锡尼监督克丽泰涅斯特拉？我认为这个行动和墨涅拉俄斯当初让帕里斯留在家中而自己却去了克里特一样鲁莽。埃癸斯托斯有合法的王位继承权！也许问题的症结是阿特柔斯的儿子们[1]已经忘记阿特柔斯对梯厄斯忒斯的儿子们所做的事了：把他们煮熟后作为肴馔在宴会上端给他们的父亲吃。当时年龄比哥哥们小得多的埃癸斯托斯逃脱了兄长们的厄运。好啦，反正这不是我要关心的问题，但是阿伽门农和阿喀琉斯之间不断扩大的裂痕却的的确确是我要关心的问题。

如果阿喀琉斯只是像他堂兄那样是头脑简单的战争机器，这裂痕也许就不会扩大，但是阿喀琉斯是善于思考的善战之人。这时我意识到，如果我天生具有这年轻人的身材和机缘，同时保留我的头脑，也许我可以征服世界。想到这些，我嘴角的笑容消失了。我的生命之绳更为牢固，当他们在阿喀琉斯无唇的脸上盖上一副无唇的

---

1. 指阿伽门农和其弟墨涅拉俄斯。

由奥德修斯　叙述

金面具时,我可能会在现场观看。但是他赢得了荣誉,而我却得不到。我体验到一种近乎失落的感觉,明白阿喀琉斯拥有了解生命真谛的钥匙,这钥匙总是在我眼前晃荡,我伸手却够不着。像我这样保持超然和冷静是好事吗?啊,燃烧一次吧,正如狄俄墨得斯盼望冷凝一次!

"陛下,"佩琉斯之子语气坚决地说,"有人认为,如果特洛伊人不敢出城作战,我们就能攻下特洛伊城,我对此表示怀疑。我比大部分人更有预见力,我一直在研究特洛伊的城墙,你好像认为我们高估了城墙的作用,这个观点我不敢苟同。我倒觉得我们低估了城墙的威力。我们攻克特洛伊的唯一途径是把特洛伊人诱到城外的平原上,在开阔地上击败他们。这并非易事。我们也要从侧翼包围他们,防止他们退回城内次日再战。您不认为您讲话时应该考虑考虑这一点?我们难道不能设计把特洛伊人引出来?"

我笑了:"阿喀琉斯,如果坐在像特洛伊城那样又厚又高的城墙内,你还愿意出来作战吗?我们在西基奥斯海滩登陆时是他们最好的机会,即使是那时他们也没能打败我们。如果我是普里阿摩斯,我会把军队部署在城墙上,让他们对我们嗤之以鼻。"

他一点也不感到尴尬,继续说道:"我只是想抱着一丝希望试一试,奥德修斯。我不知道我们怎样能攻克城墙,或是捣毁这些城门。你知道吗?"

我做了个鬼脸:"噢,我要保持沉默!这个问题我已经讲过。如

第 十 四 章

果有耳朵愿意听,我就再讲一遍。没有耳朵听我是不会讲的。"

"我的耳朵愿意听。"他马上接口说。

"你的耳朵不够突出,阿喀琉斯。"

连这小小的玩笑阿伽门农听了都不入耳,他向前倾过身子。"特洛伊无法抵挡我们!"他吼道。

"那么,陛下,"阿喀琉斯毫不示弱地说,"如果明天没有特洛伊军队上平原作战的迹象,我们可以驱车到城墙脚下从近处观察他们吗?"

"当然可以。"大国王口气生硬地说。

会议结束了,阿伽门农没有做出重要的决定,只是要驾车去看城墙而已。散会时,我向狄俄墨得斯猛地一摆头,不久之后他便来到我的帐篷。待仆人们斟过酒退出之后,他才让自己的好奇表露出来。他正在学习克制自己的情绪。

"什么事?"他迫不及待地问。

"一定是有事才叫吗?我喜欢和你待在一起。"

"我并不怀疑我们的友谊,我是不理解你向我示意时脸上的表情。你在打什么主意,奥德修斯?"

"啊!你现在太习惯我的习性了。"

"我的思维功能也许被战争破坏了,但我仍可区分水仙花香和尸臭。"

由 奥 德 修 斯 叙 述

"那么，这是我们的私人谈话，狄俄墨得斯。在我们所有的人当中，你对战争最了解，你应该最了解攻克堡垒之城的方法。你征服了底比斯，用敌人的头骨建了一座圣坛——以所有神祇的名义。需要多大的激情才能做成此事啊！"

"特洛伊不是底比斯，"他有板有眼地分析道，"底比斯属于希腊，是我们联盟的一部分。现在是同小亚细亚的战争。阿伽门农为什么对此视而不见呢？在爱琴海地区只有两股举足轻重的势力：希腊和小亚细亚联盟，后者包括特洛伊。巴比伦和尼尼微[1]对在爱琴海周围所发生的事并不十分担忧，埃及离得十分遥远，拉美西斯[2]毫不在乎。"他顿了一下，显出窘迫不安之色："呀，我是什么人，竟然给你讲课。"

"不要看不起自己，你的总结很精彩。要是今天会上多几个有你一半懂事理的发言人就好了。"

他喝了一大口酒，脸上因得意而泛起的红潮渐渐褪去了："我攻下了底比斯，不错，但这只是在城外的一场激战之后攻破的。我是踏着底比斯人的尸体进城的。阿喀琉斯说首先把特洛伊人引出城外，他很有可能想到了底比斯的战例。但特洛伊行吗？少数几个妇女儿童就可以让我们永远在城门口嚎叫。"

1.Nineveh，古代东方奴隶制国家亚述的首都，遗址在今伊拉克北部。
2.Rameses，大约在公元前1315至公元前1090年间统治埃及的11位国王名。

第 十 四 章

"让他们因耐不住饥饿而出城。"我说。

听了这话他笑了:"奥德修斯,你真是不可救药!你很清楚好客的宙斯的法则禁止这样做。如果你用饥饿使一座城市屈服,你能坦然地面对复仇三女神吗?"

"我不害怕科瑞的女儿,很多年前我就坦然地直视过她们的眼睛了。"

这是我不敬神的又一个证据吗?很显然他在问自己这个问题,但是他没有问我这个问题,而是问了另一个问题:"告诉我你得出了什么结论?"

"目前只有一个结论:这场战役将持续很长时间——以年来衡量。因此我安排事情时总是记着这一点。我的家中神谕说我会离家二十年之久。"

"你既然赞成饿死敌人,怎么会无保留地相信微不足道的家中神谕呢?"

"家中神谕,"我耐心解释说,"属于神母,属于大地,在所有的事情上她离我们很近。她把我们抛入这个世界,我们的路程走完时她又把我们召回她的胸膛。但是战争属于男人的领域,怎样打仗应该由男人自己做主。每一条讨厌的战争法则在我看来都是在保护对方。如果有一天有个男人非常想赢得战争,他违背了这些法则,那么在他之后一切便会改变。如果用饥饿使一座城屈服,你便开了以饥饿大获全胜的先河。我想做第一个这样的人!狄俄墨得斯,我并

由 奥 德 修 斯 叙 述

非不敬神！我只是对种种限制不耐烦。毫无疑问，世人将会颂扬阿喀琉斯，直到克罗诺斯重与大神母结合[1]，男人时代结束。但是我希望世人颂扬奥德修斯是不是太自傲了？我没有阿喀琉斯那样的有利条件——我的身材不高大，也不是大国王之子——我所能利用的就是我现有的素质——聪明、狡猾、诡秘。不错的武器。"

狄俄墨得斯伸伸腰说："确实不错。你计划怎么打这场长期的战役？"

"明天我们察看特洛伊城墙回来之后我将开始谋划。我打算从我们这支大军中挑选出一些士兵，组成我自己的小部队。"

"你自己的部队？"

"对，我自己的。不是通常的军队，不是通常的队伍，我要把我们军中最不像话的胆大妄为者、捣蛋者以及对现状不满者招募来。"

他惊得目瞪口呆："你一定是开玩笑！胆大妄为者？捣蛋者？对现状不满者？这是一支什么样的部队？"

"狄俄墨得斯，我们暂且不管是我家中神谕说的二十年对，还是卡尔卡斯说的十年对，两者时间都很长。"我放下酒杯，坐直身子，"在一场短时间的战役中，指挥官可以让捣蛋者忙得没空闲，可以密切监控胆大妄为者，不让他们伤害其他战士，可以把对现状不满者同

---

1. 大神母包括若干女神，此处当指希腊女神瑞亚。

他们可能影响的人分开，但是在长期的战役中一定会有冲突。在整个十年或二十年里我们不会天天打仗——甚至也不会每月打仗。这期间我们会有连续数月闲散无事，尤其是在冬季。在这些短暂的战争间歇中舌头会生出是非，不满的小声抱怨会变成满腹怨气的吼叫。"

狄俄墨得斯显得很开心："那么怎么处置怯懦之人呢？"

"哦，我必须给指挥官们提供足够的不听话的士兵去挖污水坑。"

他笑了起来："那么好吧，你已经拥有了自己的小部队了。你打算让你的部队做什么？"

"让他们忙得不亦乐乎。给他们一些事做，让他们从发挥歪才中获得乐趣。我说的这种人并非胆小怯懦，相反，他们爱唱反调、难以驾驭。捣乱之人生来就要捣乱；胆大妄为者不做危害他人和他自己生命安全的事便感觉不快活；对现状不满意的人总是向宙斯抱怨奥林波斯山上的仙果和琼浆玉液质量不好。明天我就去找每一位指挥官，向他要三个最坏的人，包括懦夫。他自然会很乐意把他们剔除出去。招募完成之后，我要让他们开始干活。"

狄俄墨得斯明知我是有意逗他，还是忍不住要上钩。"干什么活？"他问。

我继续逗他："在海滩边缘离我们船只不远处有一个天然谷地，那里避开了大家的视线，但它又靠近我们的营地，可以把它围在阿伽门农为防特洛伊人对我们船只和人员的袭击而准备构筑的防御墙之内。这是一个很深的谷地，大得足以建造足够的房屋，让这三百

由奥德修斯 叙述

人非常舒适地住在其中。我的这支队伍将住在这谷地里，我要在封闭状态下训练他们做事。一旦招募进来，他们将和原来的部队和整个大军断绝联系。"

"做什么事？"

"我要建立一个间谍营。"

这完全出乎他的意料，他怔怔地看着我，满脸困惑："间谍营？这是什么样的东西？探子们能做些什么？他们有什么用？"

"十分有用。"我对自己的话题变得兴致勃勃起来，"想一想，狄俄墨得斯！十年光阴对任何人的一生都算是很长的时间——少的占一生的七分之一或八分之一，多的占三分之一或二分之一。在我的三百人中，会有一些人适合在王宫中服务，那就是他们要干的事。明年我要派他们中的一些人打入特洛伊的王宫内部。还有一些喜欢骗人说谎之人，我将把他们分散到城内的中下阶层人之中，从奴隶到小贩和商人。我想了解普里阿摩斯采取的每一次行动。"

"以雷霆者[1]的名义！"狄俄墨得斯缓缓地说。然后他面露疑虑地说："他们会很快被识破的。"

"嘿，你知道他们不会不经训练就进特洛伊的。你似乎还不了解我这三百人有很好的智力——所有的捣乱者、胆大妄为者和对现

---

1. 指希腊神话中的宙斯。

第 十 四 章

状不满者都是些聪明的家伙。迟钝的人在军中不会是危险分子。我已经进入过特洛伊城,我在城中时熟记了他们讲的特洛伊式的希腊语——口音、语法和词汇。我对语言很擅长。"

"我知道。"狄俄墨得斯说,这下他放下心来,咧开嘴笑了。

"我还弄清了许多事,这些我没告诉我们的朋友阿伽门农。我的探子在进入特洛伊之前,必须了解他应该知道的一切。我要教有的人——这些人对语言不敏感——说他们是从我们阵营中逃跑的奴隶。不必掩饰他们希腊人的特点,这些人就变得特别有价值。另有一些对语言有些敏感的人将假扮吕克亚人或卡里亚人。这些,"我把双手放在头的后面喜滋滋地说,"还仅仅是开始!"

狄俄墨得斯吸了一口气:"我感谢所有的神祇让你站在我们这边,奥德修斯。我不愿意让你做我们的敌人。"

所有的特洛伊人都站在城墙顶上观看迈锡尼的大国王率领他的王亲国戚从城下走过。我注意到,阿伽门农听着从特洛伊吹来的风不断送来嘲笑声和粗野的谈话声,脸越来越红。谢天谢地,他没有把军队带来。

不断地仰头观看使我的脖子十分酸疼,但是当我们来到西幕时,我还是看得十分仔细,因为上次去特洛伊时没有真正从外面看过它。只有从这儿才有可能攻破堡垒。不过,在我们从这儿走开时,连阿伽门农都放弃了这个想法。西幕这段墙太短,四万名守城者将会从上面

由奥德修斯 叙述

把烧烫的油倾倒在我们头上，还有烧烫的石头、煤块，甚至粪便。

阿伽门农命令我们回营时怏然不悦。

他没有召开会议，日子一天天过去，没有采取任何行动，也没有做出决策。我任由他焦虑不安，因为我不想同他争论，我还有更好的事要做。我开始招进我的间谍营人员。

指挥官们对我的要求没有任何抵触情绪，他们都很高兴能解决最令他们头疼的问题。泥瓦匠和木匠在谷地干得很卖力，建起了三十座坚固的石屋，另有一栋更大的建筑供吃饭、娱乐和教学使用。招募的人员进来以后也开始干活。他们从被选中的那一刻起，就由部署在山谷四周的伊塔卡士兵组成的警卫队看守隔绝起来。指挥官们只知道，我在建一所监狱，把违法者关在里面。

到了秋天，一切都已准备就绪。我把招募来的人员赶进大建筑物主厅，向他们训话。当我走上高坛时，三百双眼睛都在看着我：有的警觉，有的好奇，有的多疑，有的忧虑。他们已经被限制在山谷中很长时间了，现在他们发现周围全是一路货色，已经失去了迫害的对象，这使他们颇感不快。

我坐在国王御椅上，椅腿雕刻成兽脚状。狄俄墨得斯站在我的右侧。当大厅里安静下来后，我把双手放在椅子的扶手上，一只脚伸出，做出国王的姿势。

"你们一定奇怪我为什么把你们弄到这儿来，不知我们将要怎样处置你们。到目前为止你们的想法只是猜测，马上你们就会知道，

第 十 四 章

因为我现在就要告诉你们。首先，你们每个人都有某些性格特征，这些特征使任何指挥官都讨厌你们。你们之中没有一个是好士兵，要么是因为你们危害了别人的生命，要么是因为你们总是捣乱、抱怨，让人人怨恨。我希望你们对自己被挑出来的原因不要误解。你们之所以被挑出来是因为你们绝对不讨人喜欢。"

我停下来，等待着，全然不管一张张脸上的震惊、恼火和气愤。有几张脸上是刻意装出来的茫然表情，我把这些人记在心里，这是一些很聪明、能力强的家伙。

一切都已安排妥当。我的伊塔卡卫队布置在建筑物的周围，卫队长哈客俄斯（Hakios）是绝对可以信赖的人。他下令杀掉任何在我之前从门口走出来的人。不能让那些认为我的条件难以接受的人回到大本营去，他们必须被处死。

"你们意识到这种侮辱的严重程度了吗？"我问，"我希望你们能意识到！正派人深恶痛绝的品质正是我要加以最充分利用的品质。为我服务会得到奖赏的——你们住的地方与王侯们的住处相比毫不逊色，你们不用干体力活，大国王从战利品中分配的第一批女人归你们。在出勤的间歇，你们有充足的休息时间。事实上，你们组成归我一人指挥的精锐部队。你们不再对各自的国王负责，也不向迈锡尼的大国王负责，你们仅仅对我，对伊塔卡的奥德修斯负责。"

我又告诉他们，我让他们干的事非常危险、非同一般，然后对这一部分发言做出总结说："将来有一天，你们这类人会出名。战争

由 奥 德 修 斯 叙 述

的胜负取决于你们做的工作。对我来说你们每个人抵得上一千名步兵,所以你们应该懂得,能够被选上是很了不起的。现在你们先讨论一下这件事,然后我再详细说明。"

随后是短暂的沉默,他们十分吃惊,无从交谈。后来他们开始议论,我坐在高坛上仔细地观察他们的脸。有十来个人打定主意不介入我的计划,其中一个人站起来离开了会场,另有几个跟随其后。哈客俄斯在对面敞开的门口出现了,门外没有出现骚动。又有八个离开会场,哈客俄斯继续执行着命令。如果他们再也不归队,别人就会认为他们在我的身边;如果不在我的身边,别人就会认为他们已经归队。只有哈客俄斯和他手下的人知道真相;他们是伊塔卡人,他们了解自己的国王。

有两个人特别引起了我的兴趣。一个是狄俄墨得斯的堂兄弟,他是我在招募过程中遇到的指挥官眼中最大的肉中刺,名叫忒耳西忒斯。除了他的能力,他还有别的方面吸引了我,因为有传言说他是狄俄墨得斯的姊姊和西绪福斯所生的。传言还说我的生父是西绪福斯,而不是莱耳忒斯。这个有关我的身世的污点从未使我产生过片刻的痛苦。十分聪明、狡诈凶残之人的血统也许比像莱耳忒斯这样的国王的血统更能使人很好地安身立命。

另外一个人我十分熟悉,他是三百人中唯一清楚地了解自己来这儿的原因的人,他就是我的堂兄弟西农。他是跟随我来特洛伊的,是一个非常有用的人。他正期盼着自己的新活计。

第 十 四 章

忒耳西忒斯和西农二人都坐着没动，他们的黑眼睛紧盯着我的脸，他们不时地暂停对我的观察，转过头去对他们与之混在一堆的人的能力进行评价掂量。

突然，忒耳西忒斯清清嗓子说："说下去，陛下，告诉我们您的打算。"

我对他们讲了我的打算。在快要结束的时候我说："所以你们明白为什么我把你们看作军中最宝贵的人了吧。不管你们是向我传递情报，还是专门给特洛伊的管理者制造麻烦，在整个军事部署中你们都是举足轻重的。我们要建立安全可靠的联络系统，要在你们中相对稳定地住在特洛伊城内和偶尔进入特洛伊的人之间建立联络处和碰头地点。虽然这工作很危险，但到需要你们开始工作之时，你们就会充分装备起来以应付危险。"我咧开嘴笑了，"此外，你们会发现干这事的确是很有趣的。"我站起身来："你们先仔细考虑一下，我等一会儿再来。"

狄俄墨得斯和我退到一个休息室中，一边喝酒一边聊天，隔帘另一边嘈杂的声音此起彼伏。

"我假定，"狄俄墨得斯说，"你我也要时常进入特洛伊。"

"不错。为了驾驭这些人，有必要显示出我们愿意承担比我们要求他们承担的更大的风险。我们是国王，我们的面孔容易被人认出。"

"海伦可以认出。"他说。

"对极了。"

由奥德修斯　叙述

"我们什么时候去特洛伊?"

"今天晚上。"我平静地说,"我在城墙的西北部发现了一条引水渠,可以容一人通过,它在墙内的出口比别的水道更隐蔽,且无人看守。我们将装扮成穷人在街上探查,与人们谈话,明天晚上从原路逃出。不必担心,我们很安全。"

他笑了:"我毫不怀疑,奥德修斯。"

"我们回去吧。"我说。

忒耳西忒斯已被选为这些人的代言人,他站在那儿等着我们。

"说吧,狄俄墨得斯国王的堂兄弟。"我命令道。

"陛下,我们跟您干。您离开时这里剩下的人中只有两人决定不接受您的安排。"

"他们无关紧要。"我说。

他的眼睛似笑非笑地看着我,忒耳西忒斯知道他们的命运。"您为我们大致介绍的任务,"他继续说,"比我们在围城的营地里无所事事地空等好得多。我们跟您干。"

"我要你们每一个人为你们的决定发誓。"

"我们发誓。"他不动感情地说。他知道这个誓是很可怕的,就连他自己也不敢违背。

每个人都宣誓完之后,我告诉他们,他们以十人为一个单位住在一起,其中一人为临时长官,待我对他们更熟悉以后由我指定。不过有两个人我当时就很熟悉,于是我任命忒耳西忒斯和西农为间谍营的联合指挥官。

当天夜里，我们不太费力就潜入了特洛伊城中。我先进去，狄俄墨得斯紧随身后，引水渠正好与他的肩同宽。进去后，我们悄悄地溜进一条暖和舒适的偏僻小巷睡了一觉，天亮后混入熙熙攘攘的人群中。在斯开亚门内的大集市，我们买了蜜糕、大麦面包和两杯羊奶，边吃喝边听人说话。这里的人们对希腊人占领海勒斯旁海滩一事毫不在意，普遍的情绪是乐观的。他们用深情的目光看着高高耸立的棱堡，嘲笑驻扎在不过几里格之外希腊不中用的庞然大物。似乎人人都认为阿伽门农会偃旗息鼓、启航返乡。食品和钱都很充足，达耳达尼亚和伊丹二门仍然敞开着，车辆如往常一样从中通行。只是城头上排阵复杂的瞭望哨和守兵系统显示出，一旦出现险情，达耳达尼亚和伊丹城门将会关闭。

我们了解到，城中有许多水质甘甜的水井，有许多粮仓和库房储存着不易变坏的食物。

没有人想到在城外会有一场激战，我们所见的士兵中有的闲荡，有的狎妓，把兵器和甲胄都丢在家中。这是对阿伽门农和他的大军的公然嘲笑。

狄俄墨得斯和我一回到军营便开始实施间谍营计划，我们奋力苦干起来。这些人中有的显示了相当的才干和热情，但是还有一些

由 奥 德 修 斯 叙 述

显得无精打采，满脸不高兴地四处走动。我对忒耳西忒斯和西农悄悄地说了几句，他们赞同让这些不适合干这项工作的人消失。原先的三百人最后剩下二百五十四人，我还是幸运的。

第 十 四 章

第十五章

由狄俄墨得斯叙述

奥德修斯真是个非凡的人。就连看他与奴隶打交道也让人增长见识。仅仅一个月的时间，他就让这二百五十四个人各就各位，尽管他们还没有做好行动的准备。我与他待在一起的时间几乎和与我的阿尔戈斯人待在一起的时间相当，但是我从他那儿学到的东西使我只用了过去一半的时间就把队伍整饬好了。在我离开期间，我的分队中没有士兵发怨言的迹象，军官之间不再争吵相骂，我使用奥德修斯的方法收到了很好的效果。当然我也无意中听到一些俏皮话。当我的阿尔戈斯军官们看见我和奥德修斯在一起时，我也无意中看见他们在互相交换诡秘的眼色。就连别的国王也开始对我们的友谊产生了疑问。我一点也不心烦。如果他们的猜测有事实依据，我也不会在乎的。不过说句公道话，大家也没有恶意非难。任何人都有权选择他喜欢的性别来满足性欲。通常的选择是女人，但是在国外进行的长期战争使女人不太容易得到，而且外国女人从来都无法代替妻子、情人和本国的女人。在这种情况下，最好从你的朋友身上寻求温柔的爱，这朋友与你并肩作战，他用自己的剑挡住敌人，让你能从地上拾起你自己的剑。

第 十 五 章

秋色正浓的一天，奥德修斯让我去拜见阿伽门农。我去了，心中颇感好奇，不知有什么机密之事。奥德修斯近来经常和老涅斯托耳私下碰头，但是没告诉我他们商量了什么要事。

五个月以来，我们连特洛伊军队的影子都没看见，我军营的士兵情绪变得低落。食品的供应暂时还没有太大问题，因为特洛艾德北面的海岸和海勒斯旁海峡对面的海岸可以提供很好的粮秣。住在周围部落里的人一看见我们的搜粮队就躲避起来。但这也无法改变我们远离家乡、归家休假无望的事实。大国王没有传令解散部队，也没下令向敌人进攻，或采取其他任何行动。

当我来到阿伽门农的营帐时，我发现奥德修斯也在，一副漫不经心的样子。

"奥德修斯一来我就知道你可能离得不远。"阿伽门农说。

我笑了，但没有说话。

"你有什么要求，奥德修斯？"

"开一次会，陛下。有许多问题早该讨论了。"

"我完全同意！比如说：你们到底在某个山谷里干什么？为什么天黑后我从来也找不到你和狄俄墨得斯？我昨晚就打算开会了。"

奥德修斯施展他惯常的魅力使自己免遭大国王的冷遇。他微微一笑，这微笑可以争取到最不宽容的敌人，可以让比阿伽门农还要冷漠的人开心。

"陛下，我把一切向您和盘托出——不过必须在会议上。"

由 狄 俄 墨 得 斯 叙 述

"很好。待在这儿等别人来。如果我让你走，你可能又不回来了。"

墨涅拉俄斯第一个进来，跟往常一样面露羞愧之色。他腼腆地向我们点点头，然后在房间最黑暗最偏远的角落里的一张椅子上弓着身子坐下。可怜的被人踩在脚底下的墨涅拉俄斯，也许已开始意识到，在他专横的哥哥的方略系统中海伦只是个次要的部件；也许他开始对夺回海伦感到绝望了。一想到她便勾起他九年来的万端思绪，她竟然成了一个小荡妇！只想着满足自己，对男人的需求漠然置之。这么美丽，却如此自私！她一定给墨涅拉俄斯制造了很多烦恼！我无法恨他。他太卑微了，对他只有同情，而不会轻视。他爱她爱得那么深，可我现在对任何女人都无法产生爱情。

阿喀琉斯和帕特洛克罗斯踱了进来，后面跟着福尼克斯，他既警觉又忠诚，就像奥德修斯在伊塔卡时总是跟在身后的忠犬阿尔戈斯。他们向大国王行礼，阿喀琉斯动作生硬，显得很不情愿，真是奇怪的人。我已经注意到，奥德修斯不太喜欢他，而我对他也相当冷淡，所以我不会私下决定提醒他对阿伽门农的态度要温和一些。即使这个年轻人统领密耳弥多涅斯人，他也不应该这么不加掩饰地表现出他对阿伽门农的厌恶。他这样做很容易在战场上被整个部队抛弃，而这一般只能归咎于指挥失误。当我看见帕特洛克罗斯眼中的表情时，我忍不住会心地笑了——那是一种充满温情的友谊！至少是单方面的。阿喀琉斯把它视为理所当然，此外，他对战斗的激情比对肉体享受的激情要大得多。

第 十 五 章

玛卡翁一个人走进来，默默地坐下。他和兄弟波达利里俄斯是希腊最好的医生，对我们军队的价值超过了一个骑兵分队。波达利里俄斯是个遁世之人，他宁可施行手术也不愿参加战争会议。但是玛卡翁是个精力充沛、颇不安分的人。他有领兵之才，而且打起仗来抵得上十个密耳弥多涅斯士兵。伊多墨纽斯从门中翩然而入，后面跟着墨里俄涅斯。伊多墨纽斯依仗自己是克里特国王和联合统帅，只是向阿伽门农鞠了一躬，没有向他行屈膝礼。对这个轻慢的举动阿伽门农眼中闪亮了一下，我不知道他是否认为克里特国王开始自大起来，大国王的脸上没有表现出来。伊多墨纽斯是个花花公子，但他体格健壮，有领兵之才。墨里俄涅斯是他的堂弟和继承人，也许比他更强一些，无论是和他一起享受美食或是一起作战我都不会介意的。他们二人都有克里特人慷慨大方的个性。

涅斯托耳轻快地走向他的专座，向阿伽门农随便地点点头。阿伽门农一点也不生气，因为当我们还是婴孩时，涅斯托耳就在他膝上逗弄过我们每一个人。如果他有缺点，那就是他老是"想当年"，把当今一代的国王们看作娘娘气的男人。但是大家都忍不住喜欢他。我想，奥德修斯是敬重他的。涅斯托耳把自己的长子也带到特洛伊来了。

埃阿斯与他的好友一起来了：他的同父异母兄弟透克洛斯和他的洛克瑞斯的堂兄弟、俄琉斯国王的儿子小埃阿斯。他们默不作声地靠着远处那面墙坐下来，显得很不自在。我盼望有一天我能在战场上看见埃阿斯（在西基奥斯时他离我较远），亲眼目睹这双粗壮的手臂挥舞他那著名的战斧。

墨涅斯透斯紧随其后而来，他是阿提卡的一位优秀的大国王，他很聪明，并不步入后尘做忒修斯第二[1]。他不及忒修斯的十分之一[2]，不过任何人都是如此。帕拉墨得斯最后一个到来，他坐在我和奥德修斯之间。我不敢去喜欢他，因为那是不明智的，奥德修斯恨他。我不知其故，不过我推测帕拉墨得斯和阿伽门农去伊塔卡请他参战时可能在什么地方得罪了他。奥德修斯能耐心等待时机，但是他最终会复仇的，这一点我确信无疑。这不是暴烈流血的复仇，奥德修斯喜欢吃冷食。祭司卡尔卡斯没有到场，奇怪的遗漏。

阿伽门农开始生硬地说道："这是我们在特洛伊登陆以来我召开的第一次正式会议。因为你们对形势都已了解，我看就没有必要多说了。奥德修斯，而不是我，会向你们介绍情况的。虽然我是你们的宗主国君主，你们很乐意把部队交给我统率，但是如果你们认为有必要撤回对我的支持，尽管有四分马誓言，我还是尊重你们的权利。帕特洛克罗斯，拿好权杖，不过先把它交给奥德修斯。"

奥德修斯站在房间中央（因为忍受不了越来越冷的天气，阿伽门农给自己建了一间石屋，尽管它的存在暗示了永久性），长而密

1.据希腊神话，墨涅斯透斯曾把忒修斯赶下王位。
2.据希腊神话，忒修斯神勇无比，一生完成多项伟业。

第 十 五 章

的红色鬈发从他优雅的脸庞往后披拂，一双灰色的大眼睛十分犀利，可以把我们从表皮到骨髓剥得干干净净，显出本来面目：国王们尽管地位显赫，也只不过是普通人而已。我们希腊人很看重预知力，奥德修斯具有充分的预知力。

"帕特洛克罗斯，斟酒。"他以此作为开场白，然后等待着，让这个年轻人给每个人斟酒。"我们登陆已有五个月了，在这期间，除了在靠近我的船只的山谷内建了禁闭营，什么事也没发生。"

然后，他用轻松的语气解释说，他主动地担负起这个任务：把军队中表现最不良的士兵关押在一个地方，使他们无法造成危害。我知道他为什么没有透露建立禁闭营的真正目的：他不信任卡尔卡斯和其他人的舌头，尽管他们受到誓言的约束。

"虽然我们没有开过正式会议，"他用愉快的声音滔滔不绝地说，"但要知道你们的情绪也不是困难的事。比如说，没有人愿意围困特洛伊。我尊重你们的观点，玛卡翁也会提出同样的理由——围城之后瘟疫和其他疾病会随之而来——用这样的方法攻克城池，我们自己也会灭亡。所以我不打算讨论围城。"

他停顿了一下，观察我们的反应，接着说："狄俄墨得斯和我已经夜入特洛伊许多次了，我们了解到，假如来年春天我们还在这儿，形势就会大变。普里阿摩斯已经派人去小亚细亚沿岸向他的同盟国求助，他们都答应给他援军。等山上的积雪融化时，普里阿摩斯就会拥有二十万兵力，我们就会被逐出特洛伊海岸。"

由 狄 俄 墨 得 斯 叙 述

阿喀琉斯插话说："你描绘了一幅阴暗的图景，奥德修斯。我们听从召唤背井离乡，难道就是为了在仅仅遭遇过一次的敌人手下忍受耻辱吗？你的意思无非是我们已经踏上了毫无结果的远征之途，耗费巨大却没有希望得到战利品作补偿。你许诺给我们的缴获品在哪儿，阿伽门农？你的所谓十天战争出了什么毛病啦？你所说的易如反掌的攻城怎么实现？不管我们走哪条路，失败总是凝视着我们。在这场战争中，今天到场的人当中有些人就纵容人类的牺牲。有些失败比战死沙场还要惨，被迫撤出这片海滩打道回府就是最惨重的失败。"

奥德修斯咯咯地笑起来："你们其他人也像阿喀琉斯这样沮丧吗？那么，我为你们感到遗憾。不错，我不能否认佩琉斯之子讲的是实话。此外，如果我们在这儿过冬，给养将很难得到。眼下我们还可以从比梯尼亚（Bithynia）弄到所需物资，但是他们说这一带的冬天很冷，常下雪。"

阿喀琉斯一下子跳起来，对着阿伽门农大声吼道："在我们还没有从奥利斯启航前很久，我就对你说过这个问题！你对一支庞大军队的粮秣问题毫不重视！选择？我们还需要选择是回家还是留下吗？我认为不需要。我们唯一的选择就是乘着初冬的风启航回希腊，一去不复返。你是个傻瓜，阿伽门农国王！自负的傻瓜！"

阿伽门农一动也不动地坐着，竭力忍住怒气。

"阿喀琉斯说得对，"伊多墨纽斯大声说道，"这次远征计划不

第 十 五 章

周。"他吸了一口气，怒视着他的联合统帅："我问你，奥德修斯，我们到底能不能攻下特洛伊城墙？"

"没有办法攻下，伊多墨纽斯。"

大家群情激昂，阿喀琉斯激起了大家的情绪。阿伽门农的一言不发无异于火上浇油，他们都准备向他猛烈进攻，这一点他也很清楚。他坐在那儿咬着嘴唇，由于努力克制怒气，他全身肌肉绷得紧紧的。

"为什么你不承认自己没有能力运筹这次庞大的远征计划？"阿喀琉斯问道，"假如你没有这么显赫的地位——这是神祇的恩典——我会把你打翻在地。你头脑中只有自己的荣耀，别的什么都不考虑。你就这样把我们领到特洛伊！你利用誓言召集你的大军，然后全然不顾你兄弟的愿望和要求——你真正为墨涅拉俄斯考虑了多少？你能诚实地说你做这件事就是为了你兄弟？当然你不能！你连假装都没做到！从一开始你的目的就是掏特洛伊的口袋使自己发财，在小亚细亚为自己开辟出一个帝国！我承认，我们都会因此而发财，但谁也没有你肥！"

墨涅拉俄斯哭出声来，泪水顺着他的面颊流了下来，他的哀伤表现出他的希望破灭了。他像孩子似的痛苦地抽泣着，阿喀琉斯扶着他的肩膀，在上面摩挲着。

室内的气氛如同风暴的中心，再说一句话，他们会要了阿伽门农的命。我感觉自己持剑的手臂开始颤动，便看着奥德修斯，他手

由狄俄墨得斯叙述

执权杖一动也不动地站着,而阿伽门农则将双手扣在一起放在膝上,低头看着他们。

最后是涅斯托耳介入这场冲突。他突然对着阿喀琉斯大发雷霆:"年轻人,你应该因目无尊长受鞭挞!你有什么权利批评我们的大国王,而像我们这样的人都不敢?奥德修斯都没有指责他,你怎么竟敢如此?闭上你的嘴!"

听了这番话阿喀琉斯一声不吭,他向阿伽门农行了屈膝礼表示道歉,然后坐下。

从本性上说,他不是性格暴躁之人,但是自从伊菲革涅亚在奥利斯死去之后,他和阿伽门农之间积怨颇深。可以理解。他的名字被盗用以诱骗那姑娘离开克丽泰涅斯特拉,可是阿伽门农并没有得到他的同意。阿喀琉斯似乎对我们都不原谅,因为我们都参与了此事,他最不愿原谅的就是阿伽门农。

"奥德修斯,"涅斯托耳说,"很显然,你还太嫩,驾驭不了这班专横之人,那么把权杖让给我。"他怒气冲冲地盯着我们:"这次会议是个耻辱!在我年轻的时候不可能有人胆敢说今天上午我听到的这些话!比如说,当我还是个小伙子,赫拉克勒斯在各地游历奔波时,情况很不相同。"

我们安坐在座位上,耐着性子听涅斯托耳讲他有名的充满陈词滥调的说教。不过后来我想到这件事时,我确信这位老人是在有意兜圈子。因为不得不听,所以我们都安静下来。

第 十 五 章

"现在我们以赫拉克勒斯为例。"涅斯托耳继续说道,"他受到不公正的对待,受制于一个不配穿神圣的紫袍行驶王权的国王[1],他给赫拉克勒斯安排了一系列残酷无情的苦差,欲置他于死地,或者羞辱他。赫拉克勒斯甚至没有提出抗议,欧律斯透斯的话对他而言是神圣的。他既有强壮的臂膀,又有高尚的心灵。他也许是神所生,但他是人!比你们希望做的人还要好。年轻人阿喀琉斯,还有你,年轻人埃阿斯。国王就是国王,赫拉克勒斯从未忘记这一点,即使当他陷入没膝的粪堆时,即使当他处于绝望和疯狂的边缘时也同样如此。他的高尚使他高于欧律斯透斯——他所服务的人。这是所有人都敬慕他的地方。他知道欠神祇什么,他知道欠国王什么,他一直兢兢业业地分别向他们偿还。虽然把他当作兄弟对待使我的心灵得到慰藉,但他从不从我对他的友好表示中取得鼓舞,他把我这个涅琉斯[2]的继承人看作背离社会习俗的怪人。正是他对自己奴隶身份的自觉意识、对神祇和尊长的敬重以及他的忍耐才使他赢得了永远的热爱和英雄的地位。唉,唉!世人再也见不到像他这样的人了。"

好!他讲完了,他将会把权杖递还奥德修斯,会议可以继续进行了。可是他还没完,相反,他又开始另一段说教。

"忒修斯!"他喊道,"再拿忒修斯打比方吧!他神志迷乱,但不

---

1. 指希腊神话中的欧律斯透斯,他做过迈锡尼的国王,以迫害赫拉克勒斯而闻名。
2. Neleus,希腊神话中的波塞冬和梯罗之子,涅斯托耳之父。

由 狄 俄 墨 得 斯　 叙 述

缺乏高尚的品格，也没有忘记他对国王的义务，我所认识的他从来就是一个真正的人。或者就说你的父亲梯丢斯吧，狄俄墨得斯。他当年是最伟大的勇士，他就战死在你这一代人后来攻克的城墙之下[1]，他一生的荣誉没有受到玷污。我当初要是知道在特洛伊海滩把自己称为国王或王位继承人的这班人是些什么样的人，我是决不会离开多沙的皮罗斯，决不会在深酒色的大海上航行来到这儿的。帕特洛克罗斯，再斟些酒。我希望说下去，可是我的嗓子干得冒烟了。"

帕特洛克罗斯慢慢地站起来，他是我们当中最生气的人，看见阿喀琉斯遭到训斥很显然使他伤心。皮罗斯的老国王猛喝了一大口没有加水的酒，眼睛都没眨一眨，然后他舔了舔嘴唇，坐在阿伽门农旁边的一张空椅子上。

"奥德修斯，我想抢走你的头功。我并不是想让你生气，只是在我看来需要一个老者让傲慢的年轻人安分。"他说道。

奥德修斯咧开嘴笑了："说吧，阁下！你同样会把情况讲清楚的，如果不是更清楚的话。"

到这时我才嗅出一些可疑的气味。这些天来这两个人一直在私下碰头——这一切都是事先策划好的吗？

"我对此表示怀疑，"涅斯托耳说，他的蓝眼睛闪闪发亮，"作为

---

1. 指希腊古城底比斯。

这么年轻的人,你的头脑真是不同一般。我将坐在这儿,忘记个人恩怨,坚持实事求是。我们处理这件事务必不能掺杂个人情感,对此不能有不清醒的认识或误解。做过的事就是做过了,这是很重要的。过去的事就让它过去,不要把它拉来使旧怨添新仇。"

他坐在椅子上,把身子往前欠了欠:"考虑这个事实:我们有十多万训练有素的战斗人员和非战斗人员驻扎在离特洛伊城墙约三里格远的地方。非战斗人员中有厨子、奴隶、水手、军械工、马夫、木匠、泥瓦匠和技师。我觉得,如果这次远征的部署像阿喀琉斯王子说的那么糟,我们就不会有这么多熟练的手艺人了。好吧,这些就不说了。我们还要考虑时间因素。我们可敬的祭司卡尔卡斯说需要十年,我也倾向于相信他的话。我们到这儿来不是为了攻克一座城!我们到这儿来是为了打败许多国家,从特洛伊一直到克利克亚的诸多国家。如此艰巨的任务不可能一蹴而就。即使我们能摧垮特洛伊的城墙也一样。我们是海盗?我们是土匪?我们是打家劫舍之人?如果我们是,那我们就会攻打完一座城池,然后满载着战利品返归故里。但是我要说我们不是海盗,我们不能仅限于特洛伊!我们还要继续战斗下去,打败达耳达尼亚、米西亚、吕底亚、卡里亚、吕克亚和克利克亚。"

阿喀琉斯被深深地吸引住了,他看着涅斯托耳,好像过去从未见过他。我注意到,阿伽门农也用同样的目光看着他。

涅斯托耳几乎是沉思着说:"如果我们把军队分为两半,情况会

由 狄 俄 墨 得 斯 叙 述

怎样呢？一半人留在特洛伊城下，另一半人作为机动部队。留下的部队将牵制特洛伊，至少要和普里阿摩斯可能派来与之交战的兵力相当。第二支队伍将沿着小亚细亚沿岸来回漫游，在安德拉米提俄斯（Andramyttios）和克利克亚之间攻击、劫掠、焚毁城镇村落。这支部队要烧杀抢掠：捕获奴隶、洗劫城市、损毁田地，极尽丧尽天良之能事。它要完成两件事：一方面保证为两方队伍供应充足的粮食、其他必需品，甚至是奢侈品；另一方面让特洛伊的小亚细亚盟友总是胆战心惊，无力向特洛伊派出任何形式的增援。在海岸沿线没有一处具有足够集中的兵力以抵抗一支庞大的、指挥有力的军队。而且我十分怀疑小亚细亚有任何一位国王具有先见之明，可以放弃自己的国土赶来支援特洛伊。"

毫无疑问，这一对预先已经把事情策划好了！这一切从涅斯托耳口中娓娓道出，如同糖汁从糖饼上流下来。奥德修斯坐在那儿微笑着，一副十分满意和赞赏的神情；涅斯托耳也得心应手，发挥出色。

"留在特洛伊城外的一半军队可以防止特洛伊人对我们的营地和船只的袭击，"涅斯托耳继续说道，"它也将持续削弱城内军民的斗志。我们所要做的就是把城墙从防御的工事变成居民心中的监狱。无须细说，我们有各种方法可以影响特洛伊人的思想，从王宫之内到最卑下的茅屋之中。相信我的话，肯定有办法的。谋略是最重要的，而有奥德修斯在，我们就有谋略。"

他叹了一口气，扭动着身子，要人给他再次斟酒。帕特洛克罗斯这一次给大家逐一斟酒时，对皮罗斯的老国王的敬意增加了。

"如果我们决定把这场战争打下去，"涅斯托耳说，"会有许多成熟的奖赏之果伸手可摘。特洛伊的富有超出了我们的想象，战利品将会使我们各国以及我们自己富裕起来。这一点阿喀琉斯说得对。我要提醒你们，阿伽门农总是看到打垮小亚细亚联盟的好处。如果我们真的打垮他们，我们将能随意殖民，将我们的人口重新安置在更广大的土地上，而无须像现在这样挤在希腊。此外，"他仍然滔滔不绝地说道，其音调已经降低，但力度反而增强了，"尤其重要的是，海勒斯旁和黑海将是我们的。我们也可以在黑海地区殖民。我们将会有造青铜所需的锡和黄铜。我们将会有斯基泰的黄金、绿宝石、蓝宝石、红宝石、银、羊毛、二粒小麦、大麦、金银矿、其他的金属、其他的食物、其他的商品。前景令人鼓舞，你们说对吗？"

我们活跃起来，相视而笑，阿伽门农显然又有了活力。

"特洛伊的城墙绝对不要理会它，"老人语气坚决地继续说，"留在这里的一半军队完全是起一种骚扰的作用：让特洛伊人不得安稳，完全将他们牵制在一些小规模的战斗中。我们在这儿安置营地很好，我看没有必要搬到另一个地方去。奥德修斯，这两条河叫什么名字？"

奥德修斯脱口而出："大一些的水色发黄的河叫斯卡曼德，它被从特洛伊城中流出的废水污染了，所以这条河里的水不能沐浴和饮用。小一些未被污染的河叫西摩伊斯。"

"谢谢。那么我们的第一个任务就是在距舄湖的内侧约半里格

由 狄 俄 墨 得 斯 叙 述

处,从斯卡曼德河一直到西摩伊斯河修建一条防御墙,该墙至少应有十五腕尺高。在墙外我们要建起带尖桩的栅栏,还要挖一条十五腕尺深的沟,沟底布上更尖的桩。这可以使留在特洛伊城外的一半人忙活即将到来的一整个冬天——干活可以让人身子暖和。"

突然,他打住话头,向奥德修斯挥挥手:"我讲得够多了。奥德修斯,说下去。"

毫无疑问,他们两人已经私下商量好了!奥德修斯接过话头,好像一直是他在侃侃而谈。"任何部队都不能长久怠惰散漫,所以两部分军队将轮换任务——在特洛伊城前待六个月,另外六个月在沿岸地区来回袭击。这可使每个人都保持活力。我要特别强调,"他说,"我们必须使人产生并保持一种印象:如有必要,我们会永久地留在爱琴海的这一边!不管是特洛伊人也好,吕克亚人也罢,我们要让小亚细亚各国人民绝望,让他们枯萎,随着一年年时光的逝去变得越来越绝望。机动部队要使普里阿摩斯和他的盟国的财富流失,直至国家衰竭而亡。他们的黄金最终会流到我们的国库里。我估计需要两年以上时间这些内涵才能被人领悟,但是它会被领悟,而且必须被领悟。"

"那么我的理解是,"阿喀琉斯说,他的语调和神态都很有礼貌,"机动部队不驻在这里。"

"对,它有自己的大本营,"奥德修斯说,他对阿喀琉斯的礼貌感到十分高兴,"还要往南去,也许在达耳达尼亚与米西亚的毗邻

第 十 五 章

处。这一带有个港口叫阿索斯（Assos），我没见过，但忒勒福斯说它足够我们使用了。从沿岸地区得来的战利品将会运去，粮食和别的物品也要运去。在阿索斯和我们这儿的海滩之间，一条给养补给线将不断地运行下去。为安全起见，不管什么天气都靠近海岸航行。福尼克斯是上层贵族中唯一不打折扣的水手，所以我建议由他负责给养线。我知道他对佩琉斯发过誓要和阿喀琉斯待在一起，而他担任此职也可以与他在一起。"

他停顿了片刻，一双灰眼睛直视每一双看着他的眼睛。"最后我想要提醒在座各位，卡尔卡斯说战争将持续十年，我认为它不可能提前结束，这是你们各位都必须考虑的。背井离乡十年，在这十年里我们的子女将长大成人，在这十年里我们的妻子必须掌管朝纲。家乡迢遥，任务艰巨，因而我们无法回希腊故土探望。十年是很漫长的一段岁月。"他向阿伽门农鞠了一躬，"陛下，涅斯托耳和我制订的计划只有得到您的批准才有效。如果您不喜欢，那涅斯托耳和我将不会再谈此事。我们永远是您的仆人。"

离家十年。流落他乡十年。征服小亚细亚值不值这个代价？我不知道。尽管我觉得要不是为了奥德修斯我会选择明天就启航返乡，但是因为他很显然已打定主意留下来，我决不会讲出心中的愿望的。

阿伽门农深深地叹了一口气："就算十年吧，我认为这值得。我们可以获得很多。不过，我要通过表决的方式来决定要不要把我们的事业进行下去，你们一定和我一样希望这样做。"

由　狄　俄　墨　得　斯　　叙　述

他站起身来，站在我们面前："我要提醒你们，在座的各位几乎都是国王或王位继承人。在我们希腊已经树立了王权依靠上天神祇恩宠的观念。当我们用新教代替旧教的时候，我们抛弃了母权制的枷锁。但是男人统治时他们必须向上天神祇求助，因为男人不能证明自己有生育力，与子女或大地母亲的一些事情没有密切的联系。我们现在对人民负责的方式跟在旧教下的方式有很大的不同。过去当庄稼歉收、战争失败或瘟疫降临时，我们成了祭神的祭品，是女王用来献祭以安抚神母的可怜的生灵。新教把男人从这个悲惨的命运中解救出来，把我们提高到真正的君主地位上来。我们现在直接对人民负责，因此我赞成这项伟大的事业，它将拯救我们的人民，并把我们的风俗和传统传到四面八方。如果我现在返乡，我就会在人民面前感到羞愧，必须向他们承认失败。如果我的人民与我一样感到羞愧，因而决定恢复旧教，把我作为祭品，而提高我妻子的地位，在这种情况下我怎能抵制呢？"

他坐回椅子上，把他的一双白净好看的手放在打着紫色皱褶的膝上："我来主持表决。如果有人希望从这儿撤走，返航希腊，请举手。"

没有人动一下手臂，房间里一片寂静。

"就这样吧，我们留下。奥德修斯，涅斯托耳，你们还有什么建议吗？"

"没有了，陛下。"奥德修斯说。

"没有了，陛下。"涅斯托耳说。

"伊多墨纽斯？"

"我很赞同他们提的计划，阿伽门农。"

"那我们最好开始讨论细节问题。帕特洛克罗斯，既然你已被任命为我们的侍酒者，去叫人把饭送来。"

"您怎样把军队一分为二，陛下？"墨里俄涅斯问。

"正如我刚才建议的，按分队轮流。但是我必须附加一个条件。我认为第二支部队必须有一些固定人员作为坚强核心，这些人在整场战争中将一直留在队里。在座的有不少年轻有为的人，让你们坐在特洛伊城下会让你们烦躁不安。我必须常年在特洛伊城下，此外伊多墨纽斯、奥德修斯、涅斯托耳、狄俄墨得斯、墨涅斯透斯和帕拉墨得斯也必须留在这儿。阿喀琉斯、两个埃阿斯、透克洛斯和墨里俄涅斯，你们很年轻，我把第二支部队交给你们。最高指挥权交给阿喀琉斯。阿喀琉斯，你要对我负责，或者对奥德修斯负责。不论是在军事行动中或是在阿索斯港口基地，一切决策须由你们做出。任何人，不管资历多深，都必须离开特洛伊去履行六个月的职责。明白了吗？你愿意接受最高指挥权吗？"

阿喀琉斯霍地跳起来，浑身颤抖，我几乎无法忍受他眼中的光芒，如同赫利俄斯太阳黄色的强光。"我以所有神祇的名义发誓，我决不会辜负您委以我领导重任的信任，陛下。"

"那么从我这儿接受最高指挥权，佩琉斯之子，挑选你的副手。"

由 狄 俄 墨 得 斯 叙 述

阿伽门农说。

我看着奥德修斯,摇了摇头。他扬起一只红眉毛,灰色的眼睛闪闪发亮。

第 十 五 章

第十六章

由海伦
叙述

在特洛伊城附近，阿伽门农一砖一石地建起了一座城。我每天站在阳台上，目光越过城墙，远眺海勒斯旁海峡岸边的希腊人营地。从远处看，他们像蚂蚁一般劳作着：他们碾压着大鹅卵石，把巨树的树干堆成一道墙，从波光粼粼的西摩伊斯一直延伸到河水混浊的斯卡曼德。在海滩后面，座座宅屋如雨后春笋般建了起来，高高的营房供士兵越冬，粮仓用来储存小麦和大麦，使之免遭鼠害和日晒雨淋。

自从希腊舰队到来之后，我的日子变得难捱多了，虽然它不像在我来特洛伊之前所想象的那样。为什么我们不能在时间的巨影上清楚地看见未来，甚至当它被描绘其上，明白地显现出来的时候？我本来应该知道，我本来可以知道。但是帕里斯是我的一切，我现在除了帕里斯，只有帕里斯了。

在阿米克莱时我是王后，是我的血统使墨涅拉俄斯登上了王位。拉刻代蒙的人民仰赖我这个廷达瑞俄斯国王的女儿为他们谋求幸福，帮他们与神祇联系。我是举足轻重的人。当我驾着王室的马车走过阿米克莱的街道时，居民们对我鞠躬屈膝致礼，对我顶礼膜拜，无

第 十 六 章

比崇敬，我是海伦王后，勒达与神所生的四胞胎中唯一留在家中的人。此外，现在回想起来我意识到，那时我在那儿的生活是多么充实啊：狩猎、运动、节日、王宫，各种各样的消遣娱乐。那时在阿米克莱我曾认为时间打发不掉，可现在我认识到，当年我对乏味厌倦还没有真正的概念。

自从来到特洛伊，我尝够了厌倦的滋味。在这儿我不是王后，在这儿的一切事务中我无足轻重，我只是国王的一个次要儿子的妻子，我是个讨厌的外国人。这里有种种规矩，我既无权力又无权威，因而无法置之不理。这儿无事可做，无处可去！我不能招手呼车去乡村散心，去看男人的体育比赛，或者去看操练士兵，我无法逃出城堡。当我准备冒险出宫进城时，遭到从赫卡柏到安忒诺耳等人的一致反对。他们说我想去访问贫民区是放荡和不道德的，是突发奇想。我难道不知道低级客栈周围的男人一看见我裸露的乳房就会对我实施强暴？可是当我主动要盖住乳房时，普里阿摩斯还是说不行。

我自己的套房（普里阿摩斯在这方面一直很大方——帕里斯和我占据了一大套漂亮的住房）和王宫内贵妇们聚会的房厅突然间成了我的全部世界。可是帕里斯，我那了不起的帕里斯，我发现，是个典型的男人。对于追求什么和得到什么，他有一套自己的方式。其中并不包括陪伴他的妻子。我是为爱情来这儿的，可是一旦对彼此没有什么新东西要了解，爱情只是一件短促之事了。

由海伦叙述

自从希腊人来了之后，我原来单调乏味的生活变得更糟了。人们看我的目光似乎在说我是灾难的先兆，他们指责我引来了阿伽门农。都是些傻瓜！开始的时候我还试图让特洛伊的贵族相信阿伽门农并非为了女人而发动战争，即便他的弟媳两次完蛋他也不会动心：早在祭司们把白马一分为四，我被许配给墨涅拉俄斯的那天晚上，阿伽门农就已经讲到要同特洛伊交战了。可是没有人愿意听。我是希腊人沿海勒斯旁海峡的海滩驻扎的原因，我是希腊人从波光粼粼的西摩伊斯到河水混浊的斯卡曼德建一座大墙，在墙后再建起一座希腊城的原因。一切都是我的错。

普里阿摩斯是个焦虑可怜的老人。他坐在他那黄金象牙椅的边缘，而不像过去那样深深地陷在里边。他拔下一绺又一绺的胡须，派出一个又一个人去西区瞭望塔，然后回来向他报告希腊人的动向。自从我走进他的御座厅那天起，千滋百味他都体验到了：从扭一下阿伽门农鼻子的得意到彻彻底底的困惑。当希腊人没有显示准备待下去的迹象时，他咯咯地笑；当他从盟国得到派出援军的许诺时，他十分开心；但是当希腊人的防御墙拔地而起的时候，他的脸色沉了下来，双肩塌陷了下去。

我对他颇为喜欢，虽然他缺乏希腊国王的力量和奉献精神。在希腊，要想不失去属于自己的东西你必须强大，或者有个强有力的兄弟。但是普里阿摩斯的先祖们已经在特洛伊统治了很久很久，他的人民都热爱他。不像希腊人，他们是不会爱戴自己的国王的。可

第 十 六 章

是由于自己的王位稳固，比起希腊国王来，他对自己的职责有些漫不经心。对神祇之言他并不十分重视。

国王的妻兄老安忒诺耳总是找我的碴儿，我比普里阿摩斯还要恨他，这颇能说明一些问题。只要安忒诺耳那双充满黏液的眼睛一看我，我便可以看见他眼中闪烁着敌意的光。然后他便开口数落，无休无止。为什么我拒绝遮往双乳？为什么体罚女仆？为什么我不会纺织刺绣这些女红？为什么我被允许留下听男人的会议发言？别的女人从不发表意见，为什么我却直言无忌呢？总有东西要指摘，安忒诺耳是不会让嘴歇着的。

当海勒斯旁海滩后面的防御墙竣工时，普里阿摩斯对他的忍耐也到了极限。

"住口，你这老笨蛋！"他尖声叫道，"阿伽门农到这儿来的目的不是夺回海伦。他和他的臣属国王们耗费如此巨资难道只是为了弄回一个自愿离开希腊的女人？阿伽门农要的是特洛伊和小亚细亚，不是海伦。他想在我们的国土上建立希腊人的殖民地，他想用我们的财富填满他的国库，他想让他的大批船只纷纷经过海勒斯旁海峡进入黑海。我的儿媳只是个借口，仅此而已。把她送回去正好中了阿伽门农的计，所以今后不要对我说海伦的事！明白了吗，安忒诺耳？"

安忒诺耳垂下了眼睛，夸张地鞠了一躬。

小亚细亚各国开始派专使来特洛伊。在我随后出席的一次集会上,他们的众多头衔令我头昏脑胀,他们的名字我也没记全,像帕菲拉戈尼亚(Paphlagonia)、克利克亚(Kilikia)、佛里基亚等。虽然这些使者都受到礼遇,但有些代表更受普里阿摩斯重视,其中来自吕克亚的代表受到普里阿摩斯最热烈的欢迎。他就是吕克亚的与其堂兄共同执政的格劳科斯,他堂兄的名字叫萨耳珀冬。受命参加会议的帕里斯轻声告诉我,格劳科斯和萨耳珀冬像孪生兄弟一样形影不离,此外他们俩还是情人。国王中也有做这种傻事的。他们既无妻子,也无子嗣。

"格劳科斯国王,请放心,等我们把希腊人从海边赶走之后,吕克亚将会分到很大一部分战利品。"普里阿摩斯说着,眼中已涌出了泪水。

格劳科斯相对年轻一点(而且十分英俊)。他笑着说:"吕克亚不是冲着战利品来的,普里阿摩斯大叔。萨耳珀冬国王和我只为打垮希腊人而来,让他们哭号着滚回爱琴海他们自己的那一边。贸易对我们是至关重要的,因为我们占据着这个海岸的南端。商贸活动可以经过我们达及北方的邻国,同时经过我们达及南方的罗德岛、塞浦路斯、叙利亚和埃及,吕克亚是枢纽。我们相信,我们必须紧密团结,这是出自现实的需要,而不是出自贪婪的考虑。放心吧,我们的军队和别的援助会在春天到达。两万装备精良、给养充足的大军。"

普里阿摩斯的眼泪又流下来了,老年人就是容易伤感:"我向你

第 十 六 章

和萨耳珀冬表示衷心的感谢,最亲爱的侄儿。"

另一些使节走上前来,有的像吕克亚一样慷慨大方,有的则为钱或特权利益而讨价还价。普里阿摩斯答应了每个人的要求,所以兵员和援助的价码不断增加。最后我心中思忖,不知阿伽门农如何能守住阵地。当来年春天藏红花穿透融化的积雪怒放时,普里阿摩斯便可以在平原上统领二十万大军了。我过去的姐夫除非能得到援军或者紫袍袖子里又藏有诡计,否则必败无疑了。那我为什么总是担忧呢?因为我了解我们希腊人。假如给希腊人一根绳,他会把在场的别人都吊死,而不是把自己吊死。很久以前我认识了阿伽门农的几个智囊人物,现在我已在特洛伊住了很长时间,知道普里阿摩斯国王没有能与涅斯托耳、帕拉墨得斯和奥德修斯相抗衡的顾问。

啊,这些会议真让人厌烦!我之所以出席这些会议只是因为其余时间里我的生活更让人厌烦。会上除了国王,其他人都不能坐,更不用说一个女人了,因而我觉得自己的脚很疼。所以当一个身穿好像刺绣软皮服装的帕菲拉戈尼亚人用一种我听不懂的方言唠唠叨叨地说话时,我的目光随意地扫过人群,落在后面显然是刚进来的一个人身上,这时我的眼睛一亮。啊,有风度!很有风度!

他自如地拨开人群走来,除了像往常一样站在王座旁边的赫克托耳,他比在场的其他人都高。这位新来者具有王者的威严,而且是那种自视甚高的国王。他很容易使我想起狄俄墨得斯。他步态优雅,具有孔武的勇士气概;他黑发黑眼,衣着华美,随意披在肩上

由海伦叙述

的斗篷衬里是用我见过的最美的毛皮做成的，毛长而蓬松，带有黄褐色的斑点。他走到御座高坛基脚处，随意、生硬地鞠了个躬，带着一个国王对一个他难以承认比自己地位更高的人的那种敷衍。

"埃涅阿斯！"普里阿摩斯喊道，他的声音里有一种奇怪的含义，"这些天我一直在找你。"

"您找到我了，陛下。"这个叫埃涅阿斯的人说。

"你看见希腊人了吗？"

"还没有，陛下。我是从达耳达尼亚门进来的。"

他有意强调了这扇城门的名字。现在我想起曾在什么地方听说过他的名字。埃涅阿斯是达耳达尼亚的继承人，他父亲安喀塞斯国王从一个叫吕耳涅索斯的城镇扩张到这片土地的南部，每次普里阿摩斯提到达耳达尼亚、安喀塞斯或埃涅阿斯总要嘲笑他们。我揣测，在特洛伊他们被认为是暴发户，尽管帕里斯曾告诉我安喀塞斯国王是普里阿摩斯的堂兄弟，达耳达诺斯创立了在特洛伊和吕耳涅索斯的两个王族。

"那我建议你到外面的阳台上向海勒斯旁海峡那边看一看。"普里阿摩斯语含讥讽地说。

"遵命。"

埃涅阿斯出去了一会儿，耸着肩回来了："看他们的样子似乎要在这儿待下去了，不是吗？"

"聪明的结论。"

第 十 六 章

埃涅阿斯没理会这讥讽的话。"您为什么召我来？"他问。

"这不是明摆着的吗？一旦阿伽门农的嘴紧紧咬住了特洛伊，下一个就该轮到达耳达尼亚和吕耳涅索斯了，我希望你的军队明年春天来援助我们打垮希腊人。"

"希腊与达耳达尼亚之间并没有争端。"

"现在希腊已无须借口了，它所寻求的是国土、青铜和黄金。"

"我说，陛下，看看今天这令人惊叹的盟军阵容，我看不出您挫败希腊人还需要达耳达尼亚的援助。如果您确实需要，我将带来一支部队，但无法在春天赶到。"

"我需要援军来年春天到！"

"我恐怕难以做到。"

普里阿摩斯用他的象牙权杖敲击地面，杖头的祖母绿宝石闪着蓝光："我要你派兵来！"

"陛下，如果没有我父王明确的允许，我无法向您做出承诺。我还没有得到他的允许。"

普里阿摩斯转过头去，他气得说不出话来。

等到只剩下我们二人时，我立刻满怀好奇地向帕里斯询问这场奇怪的争执。

"你父亲和埃涅阿斯王子之间到底有何芥蒂？"

帕里斯懒洋洋地拉了拉我的头发："竞争。"

"竞争？但是他们一个统治达耳达尼亚，另一个执政特洛伊！"

由海伦　叙述

"不错,但是有一个神谕说,埃涅阿斯将来会统治特洛伊。我父亲对神祇的话感到十分恐惧,埃涅阿斯也知道这个神谕,所以他总希望人家把他当作继承人看待。可是你想想看,我父亲有五十个儿子,埃涅阿斯的态度是十分可笑的。我的解释是,神谕指的是将来某个时期的另一个埃涅阿斯。"

"他显得很有男子汉气概,"我若有所思地说,"很有魅力。"

他用那双明亮的眼睛看着我:"不要忘了你是谁的妻子,海伦。离埃涅阿斯远一点。"

我和帕里斯之间的感情正在消退。这是怎么发生的呢?我对他曾经是一见钟情的啊!然而确实发生了,我猜想这是因为我很快发现,尽管他对我有感情,但他无法抵制与其他女人调情的冲动,他也无法抵制夏天去伊达山一带嬉戏玩乐的冲动。在我到特洛伊之后和希腊人到来之前的那个夏天,帕里斯整整有六个月不见人影。当他最后终于回来时,他连道歉的话也不说几句!他也无法知道在他不在家的这段时间里我受了多少罪。

王宫中有些女人想尽一切办法让我如芒刺在背一般难受。赫卡柏王后憎恨我,她把我看作使她心爱的帕里斯堕落的祸根。赫克托耳的妻子安德洛玛刻憎恨我,因为我抢走了她"最美丽的女人"的称号,同时她还担心赫克托耳会被我的魅力征服。好像我真的稀罕他!赫克托耳是个自命不凡令人讨厌的人,他十分刻板,情绪多变,

第 十 六 章

很快我便认定在宫廷的一群乏味的男人中他是最乏味的。

　　让我惊骇的人是年轻的女祭司卡珊德拉。她总是在厅廊中匆匆走过，满头黑发纷乱地飘拂。她的眼神发直，透着疯狂，白皙的脸已遭毁容。每次她看见我，就会尖叫着来一通言辞激烈的谩骂，她的思想和语言混乱，毫无逻辑。我是魔鬼。我是马。我是治国失策的原因。我与达耳达尼亚勾结。我与阿伽门农勾结。我是特洛伊沦陷的原因。凡此种种，不一而足。她使我心烦意乱，赫卡柏和安德洛玛刻很快便发现了这一点，她们怂恿卡珊德拉守候在某处袭击我。当然她们希望我把自己关在房间里别出来。可我不是这么软弱可欺的人，我不但不退缩，反而养成了与赫卡柏、安德洛玛刻和别的贵族妇女一起待在消遣娱乐室的习惯，这使她们很恼火。我在她们的瞪视之下抚弄双乳（它们真楚楚动人），使她们惊骇无比（没有一人敢于以放荡地展示她自己的乳房作为最后的法宝）。这一招玩腻了，我便掴仆人耳刮子，把牛奶溅到她们的刺绣和布料上，自言自语地说着强奸、纵火和抢劫之事。在那个难忘的早晨我激得安德洛玛刻大怒，她向我扑过来，对我又咬又撕，结果发现我做姑娘时就玩过角力，精心保养的淑女难敌其力。我把她绊倒在地，在她眼睛上痛击。她的眼睛一下子就肿起来了，几乎这一个月这只眼睛都是青紫的，肿得睁不开。然后我又故作姿态，悄悄四处散布谣言说她的眼睛是赫克托耳打的。

　　总是有人对帕里斯唠叨，要他整治我，尤其是他的母亲赫卡柏。

由　海　伦　叙　述

她老是对他喋喋不休。但是每次他劝告我或恳求我态度好一些,我都嘲笑他,向他列数别的女人对我做的错事。这样一来我见到帕里斯的时间越来越少了。

初冬时节,特洛伊满朝上下第一次被扰得人心惶惶。据传言说,希腊人离开了海滩,他们在小亚细亚沿岸来回突袭,向相距很远的城镇发动攻击。可是当一些全副武装的小分队被派到海滩打探消息时,他们发现希腊人正严阵以待,随时准备出击。即便如此,随着冬日的一天天过去,有关袭击海岸地区的消息还是得到了证实。普里阿摩斯的盟友一个个送信来说,他们已无法兑现关于春天派援军的承诺,他们自己的国土正受到入侵的威胁。克利克亚的塔塞斯(Tarses)城被烧毁,居民有的被烧死,有的沦为奴隶;周围五十里格范围内的农田和牧场被焚,粮食被抢走装上希腊船只;牲口被宰杀,在克利克亚的熏制场被制成熏肉果希腊人之腹;神庙中的宝物被抢光,厄厄提翁国王的宫殿遭劫。米西亚随后也遭殃;莱兹波斯向米西亚派去援军,不料自己也遭攻击;忒耳弥(Thermi)被夷为平地;莱兹波斯人舔舔伤口,犹豫要不要考虑他们有一半希腊血统这个事实而采取更明智的站在阿伽门农这一边的策略。后来随着卡里亚的普里埃涅(Priene)和弥勒托斯(Miletos)的屈服,人们更加恐慌。甚至连共同执政的两个国王萨耳珀冬和格劳科斯也被迫待在吕克亚的家中。

第 十 六 章

我们每次都是以一种十分奇特的方式接到有关又受攻击的消息的。消息是由一个希腊使者送来的：他站在斯开亚门外，向西瞭望楼的卫队长高喊传给普里阿摩斯国王的消息。他详细描述被洗劫的城市，包括死亡市民的数量、被卖为奴的妇女儿童的数量、战利品的价值、获得了多少长勺粮食，等等。消息报完后，他总是说："告诉特洛伊国王普里阿摩斯，是佩琉斯之子阿喀琉斯派我来的！"

特洛伊人开始害怕听到这个名字——阿喀琉斯。春季，普里阿摩斯不得不默默地忍受眼皮子底下的希腊营地，因为没有同盟国的军队来壮大他的阵营，也没有得到财力上的援助来从赫梯、亚述或巴比伦等国购买雇佣军。特洛伊在用钱上必须精打细算，现在是希腊人在海勒斯旁海峡收费。

阴影笼罩着特洛伊人的内心，也进入了特洛伊人的居室。因为我是王宫中唯一的希腊人，从普里阿摩斯到赫卡柏人人都问我阿喀琉斯是谁。我尽可能把自己所记得的都告诉他们，但当我向他们说明他虽然身材高大，但他还只是个少年小子时，他们都不相信。

随着时间的推移，他们对阿喀琉斯的恐惧与日俱增，一提到他的名字，普里阿摩斯便脸色煞白。只有赫克托耳没有表现出害怕的迹象，他急不可耐地要与阿喀琉斯交手，每一次希腊的使者来到斯开亚城门之下他都两眼发亮，手在腰上摸短剑。确实，与阿喀琉斯相遇的想法已让他走火入魔，他已开始迷上向每个祭坛献祭，祈求神祇赐给他杀死阿喀琉斯的机会。他找到我，向我询问情况，但他

由 海 伦 叙 述

不相信我的回答。

第二年的秋季来临了。这时,赫克托耳已经失去了耐心,他请求父亲让他率领整个特洛伊大军出城。

普里阿摩斯看了他好一会儿,似乎他的继承人疯了:"不行,赫克托耳。"

"陛下,我们探到消息,留在海滩上的希腊人数量还不到希腊总兵力的一半!我们可以打败他们!如果把他们打垮了,阿喀琉斯的部队就要返回特洛伊!然后我们可以击败他!"

"或者我们自己被打败。"

"陛下,我们人数超过他们!"赫克托耳大叫起来。

"我不相信。"

赫克托耳攥紧双拳,试图找到新的理由说服被吓坏的老人相信他的话:"那么,陛下,允许我到吕耳涅索斯去找埃涅阿斯——有达耳达尼亚人加入,我们兵力的数量就会超过阿伽门农的兵力!"

"埃涅阿斯不愿陷入我们的困境。"

"埃涅阿斯会听我的话的,父王。"

普里阿摩斯坐直了身子,勃然大怒:"批准身为继承人的我儿去乞求达耳达尼亚人?你疯了吗,赫克托耳?我宁死也不向埃涅阿斯卑躬屈膝!"

正在这时,我无意中看见了埃涅阿斯。他刚刚走进御座厅,但是他听见了不少御座高坛上的对话。他拉长着脸,眼睛从赫克托耳

第 十 六 章

身上转到普里阿摩斯身上,眼睛后的思想被遮蔽了。还没有重要的人物注意到他——我是无足轻重之人——他就转身走了。

"陛下,"赫克托耳做最后的努力,"您不能让我们永远待在城墙之内!希腊人一心要把我们的盟国化为灰烬!我们的财富正在减少,因为我们失去了收入来源,给养供应的花费却越来越大。如果您不让我率领全军出城,那么至少让我率领数支突袭分队去出其不意地抓获希腊人,骚扰他们的猎杀队,使他们停止趾高气昂地考察我们城墙的举动,这是对我们的侮辱!"

普里阿摩斯踌躇起来。他手托下巴思考良久,然后叹了一口气说:"那好,你去操练士兵。如果你能让我相信这不是鲁莽之策,你可以去实行。"

赫克托耳脸上放光:"我们不会让您失望的,陛下。"

"我希望如此。"普里阿摩斯疲倦地说。

御座厅内有人在笑。我往四周一看,感到十分惊讶:我原以为帕里斯已经走了呢,可他却站在那儿,不由自主地哈哈大笑。赫克托耳的脸色沉了下来,他从高坛上走下来,拨开人群走了过来。

"什么事这么开心,帕里斯?"

我的丈夫稍稍清醒一些了,他伸出一只手臂搂着赫克托耳的肩膀:"你,赫克托耳,你!你有这么一位可爱的妻子在家中,却忙着小打小闹的袭击。你怎能宁要战争不要女人?"

"因为,"赫克托耳从容不迫地说,"我是个男人,帕里斯,而不是个漂亮小生。"

我僵住了。我的丈夫不仅是个傻瓜,也是个懦夫。啊,耻辱!我感觉周围的人都在用轻蔑的眼光看着我,便走了出去。

两个美丽的傻瓜,帕里斯和我。我放弃了王后之位、自由和子女——为什么我很少想他们——跟一个傻瓜兼懦夫住在监狱之中。为什么我很少想他们?答案很简单,他们属于墨涅拉俄斯,而现在我在心里不得不把墨涅拉俄斯、我的孩子和帕里斯看作令人讨厌的同一类人。对一个女人来说,还有比知道在生活中没有一个人配得上她更惨的命运吗?

我想呼吸一些新鲜空气,便来到我自己的套房下面的院子里,来回地踱步,痛苦减轻一些了。然后我很快地转过身来,不想却与从另一个方向过来的一个人撞了个满怀。我们都本能地伸出手来,他把我在离他一臂之距的地方抱住,持续了片刻时间,同时好奇地看着我的脸,最后一丝怒气从他的黑眼睛中消失了。

"你一定是海伦。"他说。

"你是埃涅阿斯。"

"是的。"

"你不常来特洛伊。"我说。我很喜欢看着他。

"你能想出一个我应该常来的理由吗?"

没有必要掩饰。我笑了,说:"想不出。"

"我喜欢你的笑,但是你生气了,为什么?"他问。

第 十 六 章

"这是我个人的事。"

"和帕里斯吵架了,是吗?"

"当然不是。"我摇摇头答道,"跟帕里斯吵架和抓住水银一样难。"

"说得对。"

然后他抚摸着我左边的乳房:"裸露乳房真是有趣的时尚。但是它们会燃起男人欲火的,海伦。"

我垂下了眼睛,嘴角翘起。"很高兴你这么说。"我说。我的眼睛仍然闭着,向他倾过身子,期待着他的吻。可是等了半天什么也没发生,我睁开眼睛:他已经走了。

无聊乏味已经是过去的事了,我去参加下一场集会,一心要勾引埃涅阿斯。他不在。我便漫不经心地问赫克托耳,他的达耳达尼亚来的堂兄弟怎么啦。赫克托耳说,埃涅阿斯昨夜让马驮上行李,回家去了。

由海伦　叙述

第十七章

由帕特洛克罗斯
叙述

小亚细亚的国家护理着自己的创口，郁郁寡欢地缩了回去，背靠着属于赫梯人的广阔的群山蜷伏下来。他们吓得不敢去特洛伊增援，不敢在任何一个地方集结，因为他们不知道我们希腊人下一次将攻击哪儿。实际上，在我们还没有启航打第一次战役之前他们就被打败了。我们占尽所有优势：我们的船沿着海岸游弋，离岸的距离刚好远得从陆地上看不到我们；我们机动灵活，他们无法对我们采取行动，因为在崎岖山地之间河谷地带中的各居民点之间没有容易通行的道路；小亚细亚国家依靠海运进行交往，而我们控制着海域。

第一年我们截获了许多向特洛伊运送武器和粮食的船只，当他们意识到是我们希腊人而非特洛伊人受益时，便停止了这些给养的运输。对他们而言我们人数众多，沿着那条长长的海岸分布的城市之中，没有一座有希望调遣能在战场上击败我们的强大兵力，他们的城墙也阻挡不住我们的进攻。因此两年里我们洗劫了十座城池，南下经过罗德岛，远达克利克亚的塔塞斯，近至米西亚和莱兹波斯，直抵特洛伊。

当我们在海上巡游时，福尼克斯把他的阿索斯和特洛伊之间的给养补给线的指挥权交给了他的副手，而他则和我们一起领着二百艘空船去装运战利品。当我们扬帆驶离了浓烟滚滚的被焚城市时，这些空船变得吃水很深，部队运输船也由于又装了劫掠物品，被压得嘎吱嘎吱地响。

阿喀琉斯真是残酷无情。攻陷的城中居民一个不留，不让他们再去养育未来的抵抗力量。那些不能带回来做奴隶或卖到希腊和巴比伦的人被全部杀掉——这些被杀的是没有任何用处的年老干瘪的丑老太婆和老头。阿喀琉斯是一个在沿岸一带遭人痛恨的名字。在我的内心，我也无法责怪他们痛恨阿喀琉斯。

到了第三个年头，阿索斯苏醒了，慢慢地出现了生机。积雪正在融化，树木绽出了绿芽。我们没有发生争吵和分歧，因为很久以来我们除了对阿喀琉斯和第二部队的忠诚，已忘了别的忠诚义务。

六万五千名士兵驻扎在阿索斯：其中有两万是由久经沙场的老兵构成的中坚力量，常年驻守驻地；有三万人在征战季节随我们出征；剩下的一万五千人是各种手艺人和技师，其中有些人常年留在阿索斯。头领中有一名留在阿索斯守卫，以防船队远航时达耳达尼亚人前来袭击；就连埃阿斯也来承担此职，尽管阿喀琉斯总是出航。由于我不愿和阿喀琉斯分开，我也总是出航。阿喀琉斯是个可怕的指挥官，他从不饶恕别人，也不听投降的恳求，一旦他穿上甲胄，便如北风一般冷酷无情。他常对我们说，我们生存的目的就是要确立希腊人的优越地位，粉碎一切会阻碍将来希腊各国输出过剩的公

由 帕 特 洛 克 罗 斯 叙 述

民来小亚细亚殖民的力量。

当我们结束了吕克亚的一场冬末战役后进入阿索斯港口时（阿喀琉斯似乎与海中各神祇都有某种契约，因为我们冬天出航和夏天一样安全），埃阿斯正等在海滩上迎接我们，快活地向我们招手，表示在我们离开时他没有受到攻击，正迫切盼望重返战场。春光已经很明媚了，青草已高达脚踝，早开的野花点缀着如茵的草地，军营中的马在牧场上蹦跳嬉戏着；空气柔和而醉人，如同没有兑水的醇酒。这一切令我们感受到满满的家的温馨，我们赶忙从船上跳下来，踏上海边的砂石。

我们先解散了，约定稍晚再碰面。埃阿斯与小埃阿斯和透克洛斯走在一起，他用粗大的手臂搂着他们俩；墨里俄涅斯以克里特人高高在上的神态高视阔步地走在前头；我和阿喀琉斯一起悠闲地走着。回到阿索斯真让人高兴。我们离开的时候女人们都很忙碌，现在她们园中的菜畦上长出了淡绿的幼苗，长成后香草和蔬菜可以丰富我们的伙食，花环可以戴在头上。阿索斯现在真是个美丽的地方，一点也不像阿伽门农在特洛伊建的营地，那里充满了阴郁的气氛。营房随意地散布在树丛之中，街道和一般城镇的街道一样蜿蜒曲折。当然我们的安全是有保证的，二十腕尺高的带有栅栏和深沟的城墙环绕四周，即使在冬天最寒冷的月份也有重兵守卫。这倒并非离我们最近的敌人达耳达尼亚对我们似乎很有兴趣，而是有传言说该国国王安喀塞斯和普里阿摩斯一直不和。

第 十 七 章

营地里到处都有妇女,有一些腆着大肚子就要临产,整个冬天已降生了一大批婴儿。看到这些婴儿和他们的母亲我很高兴,因为他们抹去了战争的创伤和杀戮的空虚。在这些婴孩之中没有我的孩子,也没有阿喀琉斯的孩子。尽管女人对我没有吸引力,但我觉得她们是有趣的生物。这些女人都是我们战剑之下的俘虏,可是一旦最初的惊骇和思想与情感的迷失渐渐消退,她们似乎能忘记过去的生活经历和过去所爱过的男人,静下心来重新爱,组成新的家庭,像希腊人一样婚嫁。唉,也难怪,她们不是武士,她们是给武士的奖赏。我敢说她们的母亲在她们小的时候就教她们认识了女人的现实。她们是筑巢者,所以窝巢是最重要的事。当然也总有少数人不能忘记过去,她们哀伤哭泣。这些人在阿索斯待不下去,就被送往幼发拉底河快要与底格里斯河相接的地方,在泥泞溜滑的田里做苦工。我想,她们会在那儿悲伤到死。

在我们的宅屋中,厅是最大的房间,它既可作起居室,也可作会议室。阿喀琉斯和我一起走进来,我们俩肩并肩刚好可以抵着大门两边的门框通过大门。这个情况总是让我狂喜不已,好像它在用某种方式说明我们现在的身份和地位:我们是首领,我们是主人。

我解下甲胄,而阿喀琉斯则让女人们为他代劳:他像铁塔一般地站着,六名妇女忙着给他解扣拉带。当她们看见他大腿上长长的一条半愈合的伤口时发出"哟哟"的叫声。我无法让奴隶们为我解下兵器和甲胄,我曾在把她们作为我们的份额从战利品中挑出来时见过她

由 帕 特 洛 克 罗 斯 叙 述

们，但是阿喀琉斯一点也不在意。他让她们为他拿走长剑短刀，似乎没有意识到，当他毫无防备地站着时，她们中可能有人手执兵器转过身来将他刺死。我怀疑地一个个打量着她们，可是不得不承认这种危险发生的可能性是很小的。不论老少都很喜爱阿喀琉斯。我们的浴盆已经装满了热水，干净的褶裥裙和上衣整齐地摆放着。

后来，等酒盅斟满、残汤剩羹打扫干净之后，阿喀琉斯便把女人们打发走了，而他自己则叹了一口气躺在榻上。我们俩都很累，可是想睡也睡不成了；明亮的晨光已从窗户泻了进来，我们依然有可能会遭到侵袭。

阿喀琉斯一整天都默默无言——这并不反常，只是今天他似乎有点疏离，我很讨厌他的这种情绪，好像他去了某个我无法跟随他而去的地方，进入了他自己的世界，让我在他的门口徒劳地叫喊。因此我向他俯过身去，碰碰他的手臂，无意中手指用了很大的劲。

"阿喀琉斯，酒杯你还没碰过呢。"

"我不想喝。"

"你不舒服吗？"

这个问题让他感到惊奇："没有。我不喝酒就是身体不好吗？"

"不是。我想主要是因为你情绪低落。"

他深深地叹了一口气，环顾了一下大厅："我对这个房间的喜爱超过了我所知道的其他任何房间。它属于我。因为这里面没有任何东西不是我用剑赢得的。它提醒我我是阿喀琉斯，而不是佩琉斯之子。"

第 十 七 章

"是的，这是个很美的房间。"我说。

他皱了皱眉头："美是感官的放纵，我认为这是个弱点，所以我藐视它。而我喜爱这房间是因为它是我胜利的纪念品。"

"一个极好的纪念品。"我笨嘴笨舌地说。

他没理会我平庸无奇的言辞，思绪又飘到什么地方去了，我再次试图使他回到现实。

"即使过了这么多年，你说的有些话我还是不能理解。想必你喜欢经过装扮的美？认为美是一种弱点这样活着不是真正的人生，阿喀琉斯。"

他咕哝道："只要我已得到声名，我怎样生活或者活多久都没关系。我躺在坟墓里时人们一定不会忘记我。"他的情绪出现了变化："你认为我获得名声的方法错了？"

"这完全是你和神祇之间的事，"我答道，"你没有对他们犯过过失——你没有杀害过能生育的妇女和不能拿武器的幼童。使他们成为奴隶不是犯罪。此外，你也没有用饥饿之法摧垮城池。可以说你的手狠，但你没犯罪。我只是心肠软一些而已。"

他的脸上露出了一丝笑容："你低估了自己，帕特洛克罗斯。如果给你一把剑，你会和我们一样凶狠的。"

"打仗是另一回事。战场上我可以毫不留情地杀人。但有时我的梦境黑暗阴郁。"

"跟我的梦一样。伊菲革涅亚临死前诅咒过我。"

由帕特洛克罗斯叙述

他无法继续谈下去，又走神了。我注视着他，我最喜欢看他。他的许多品质我无法理解，但如果有人了解阿喀琉斯，这个人就是我。他具有一种能力，可以让人喜爱他，不管是他的密耳弥多涅斯人，还是他俘虏的女人，或者更进一步说，我。但是他招人喜爱的原因不在于他的外貌，而在于他的精神方面有别人所缺少的一种博大。

三年前我们从奥利斯启航以来，他变得异常持重寡言，我有时猜想，他和妻子相会时不知她是否还能认出他。当然他苦恼的深层根源是伊菲革涅亚之死，对这件事我既能理解，也有责任。但是我把握不住他思绪的走向，也不了解他内心深处的想法。

突然来了一阵冷风，吹动起窗两边的帘布。我打了个寒战。阿喀琉斯仍然侧身躺着，他的头支撑在一只手上，但他的表情已经变了。我尖声叫着他的名字，但是他没有回答。

我突然感到十分惊恐，便从我的卧榻上跳起，落在他的卧榻边缘。我把手放在他裸露的肩膀上，但是他似乎对此一无所知。我的心猛地沉了下去。我看着我手掌下他的皮肤，低下头，把嘴唇贴在上面。我的眼泪很快流了下来，有一滴落在他的手臂上。我吓坏了，赶紧把嘴移开。这时他战抖了一下，转过头来看着我，他的眼神有些游移，好像此刻他第一次看见了真正的帕特洛克罗斯。

他张开了那条可怜无唇的裂缝准备说话，但没有说出口。他的眼睛望着敞开的门，说道："母亲。"

我恐惧万分。只见他嘴角流出了口水，他的左手在抖动，左边

第 十 七 章

的脸扭曲了,然后他从榻上跌在地上,身体僵硬。他的脊柱弓起,翻着白眼,什么也看不见,我以为他马上就要死了。我跪倒在地扶起他,看着他发黑的脸色褪成杂灰色,看着他的抖动停止,看着他醒过来。当这些结束后,我擦去他下巴上的口水,让他更舒服地躺在我怀里,抚摸着他被汗水缠结成块的头发。

"怎么回事,阿喀琉斯?"

他目光蒙眬地看了我一会儿,然后认出了我。他像个精疲力尽的孩子一般叹了一口气,说:"母亲来了,施展了她的魔力。这一整天我都有她要来的预感。"

魔力!这就是魔力吗?在我看来这就像癫痫发作,虽然我认识的患癫痫的人总是心智渐渐耗尽,然后变成白痴,最后离开人世。不管阿喀琉斯患的是什么病,它没有损害到他的头脑,它的发作也不频繁。我想这大概是上次在斯基罗斯犯病之后的第一次发作。

"她为什么到这儿来,阿喀琉斯?"

"来提醒我,说我必死。"

"不要这么说!你怎么知道?"我把他扶起来,让他躺在榻上,然后坐在他的身旁:"我看见你被魔力迷住的样子了,阿喀琉斯,我觉得这像癫痫发作。"

"也许这是癫痫。如果是,那这是我母亲用它来提醒我不要忘了我会死去。她是对的,我一定会在攻陷特洛伊之前死去。这魔力是让我尝试死亡的滋味:意识灰暗,神志游离,感觉尽失。"他吸进一

由 帕 特 洛 克 罗 斯 叙 述

口气，说："长久而耻辱还是短暂而光荣，是无法选择的，这是她所不理解的。她几次施展魔力改变不了任何情况。我的选择在斯基罗斯就已经做出了。"

我转过身去，把头放在手臂上。

"不要为我哭泣，帕特洛克罗斯，我已经选择了我希望的命运。"

我迅速抹去眼泪："我不是为你哭泣，我是为自己哭泣。"

虽然我没有看他，但我已感觉到他变了。

"我们拥有相同的血统。"他然后说道，"在魔力快要降临之前，我看见你身上有一种我过去从未见过的东西。"

"那是我对你的爱。"我哽咽着说。

"是的。我很抱歉。我过去不理解，一定伤害过你很多次。你为什么哭？"

"爱得不到回报时，就会哭泣。"

他从榻上站起来，向我伸出双手。"我回报你的爱，帕特洛克罗斯，"他说，"我一贯如此。"

"但是你不是对男人感兴趣的人，那才是我需要的爱。"

"假如我已选择了长久的可耻人生，也许我会成为你希望的那样。事实上，不管值不值得，我并不厌恶与你相爱。我们一起漂泊异乡，如果我们在精神和肉体两方面共同分担漂泊的孤独和寂寞，我觉得这是很惬意的。"阿喀琉斯说。

于是我和他成了情人，不过我没有得到我所渴求的那种狂喜。

第 十 七 章

我们今后会得到吗？阿喀琉斯渴盼许多东西，但是肉体的满足绝不会是其中之一。可话又说回来了，我对他的占有比任何女人都要多，从他那儿我至少得到了某种满足。爱并不真的是肉体之事，爱是自由地在所爱之人的心灵中漫游。

五年过去了，这是我们第一次去特洛伊并拜见阿伽门农。当然我是和阿喀琉斯同行的，他还带了埃阿斯和墨里俄涅斯。我知道我们早就该去了，但是我想，要不是他有事要和奥德修斯商量，他也不会去的。小亚细亚各国都已提高了警惕，制定了防备我们进攻的战略。

西摩伊斯和斯卡曼德两条河之间尖桩栅栏林立的长长海滩跟我们离开的时候大不一样了，过去残破、临时凑合的面貌不见了，代之以一种具有明显的永久性和目的性的氛围。防御工事设计得很好，很符合实战要求。有两个入口进入营区，西摩伊斯和斯卡曼德各有一个。壕沟上建起了一些石桥，防御墙上豁然洞开了几个大门。埃阿斯和墨里俄涅斯在西摩伊斯一端的海边下船，而阿喀琉斯和我则在斯卡曼德一边上岸。我们发现，他们已为密耳弥多涅斯人的归来修建了不少营房。我们沿着穿过营区的一条主路往前走，寻找阿伽门农的新宅。我们听说他的新居很气派。

有的人坐在太阳底下料理着伤口，有的人一边给皮甲胄上油或擦亮青铜甲胄，一边快活地哼着小调，还有的人正忙着把特洛伊人

由 帕 特 洛 克 罗 斯 叙 述

头盔上的紫羽毛拔下来，以便自己作战时使用。这一派繁忙和欢快的景象说明，留在特洛伊的部队是决不会无所事事的。

我们到达时，奥德修斯正好从阿伽门农的房中走出来，他看见我们后便把他的矛靠在门廊前，然后张开双臂，咧开嘴笑了。他健壮的身体上又添了两三处新伤——他是在公开对阵的战斗中负的伤，还是在夜间突袭中挂的彩？他是我见过的唯一一个不怕在激烈战斗中冒失去生命或肢体危险的诡诈之人。也许他身上有红种人的素质，也许他确信，仰仗帕拉斯·雅典娜，自己的生命就会受到魔法保护。

"该回来了！"他一边和我们拥抱一边大叫。然后对阿喀琉斯说："克敌的英雄！"

"不太恰当。沿岸的城市已经学会防备我的突袭了。"

"这件事我们等一会儿再谈。"他转身把我们迎进屋内，"谢谢你的关心，阿喀琉斯。你慷慨地送来了战利品，还有一些很不错的女人。"

"我们在阿索斯的人并没有贪得无厌。不过看起来你们这儿也忙得不亦乐乎。仗打得多吗？"

"足够让大家保持健康。赫克托耳领兵对我们发动了一场猛烈的进攻。"

阿喀琉斯突然显得警觉起来："赫克托耳？"

"普里阿摩斯的继承人，特洛伊军队的统帅。"

阿伽门农很高兴地欢迎我们回到另一半部队中来。他和蔼可亲，但他没有邀请我们留下来和他一起度过上午的时光。不过即使他邀

第 十 七 章

请了，阿喀琉斯也不会乐意的：自从听人提到赫克托耳的名字，他就一心想知道得更多一些，他知道问阿伽门农不太合适。

他们都没有真正改变或显得衰老，不过是添了一两个伤疤。如果说有什么变化，涅斯托耳显得比过去年轻了。我想这环境对他很合适，他忙忙碌碌，不断有新东西刺激他。伊俄墨得斯不像过去那样懒散了，这使他保持了良好的体形。只有墨涅拉俄斯似乎没有从军营生活中得到好处，他还在思念海伦，这个可怜的人。

我们待在奥德修斯和狄俄墨得斯的住所做客，他们俩也成情人了。这一方面是权宜之计，另一方面是纯粹的相互喜爱。

男人过着我们这种生活时女人是麻烦事，我想，奥德修斯除了佩涅洛佩，从来没有注意过别的女人。不过一些有关他的传言说，为了从一些特洛伊妇女那儿弄到情报，他也干过一些勾引女人的勾当。阿喀琉斯和我听到了一些有关间谍营生活的事，真是令人称奇。这事从未往外泄露过。

"这真是惊人的消息。"阿喀琉斯说，"众神，但愿他们知道！但是我不知道，我周围的人也没有知道这件事的。"

"连阿伽门农也不知道。"奥德修斯说。

"因为卡尔卡斯的缘故？"我问。

"精明的猜测，帕特洛克罗斯。我对此人不信任。"

"那么我们也不会告诉他和阿伽门农。"阿喀琉斯说。

待在特洛伊营地的一个月当中，阿喀琉斯只想着一件事——与

由 帕 特 洛 克 罗 斯 　 叙 述

赫克托耳交手。

"最好忘了这件事，小伙子。"涅斯托耳在阿伽门农为我们举行的宴会快要结束时对阿喀琉斯说，"你可能在这儿耽搁一个夏天也不会见到赫克托耳的影子。他很少出击，尽管奥德修斯对特洛伊城内的情况判断如神，他也无法预测他何时出击。眼下我们自己也不打算出击。"

"出击？"阿喀琉斯很警觉地问，"你们准备在我不在的时候攻城？"

"不，不！"涅斯托耳大叫起来，"即使明天西幕城墙倒塌，我们也无法向特洛伊发动攻击。我们的精兵正由你率领驻在阿索斯，这一点你很清楚。回阿索斯去吧！不要在这儿坐等赫克托耳。"

"你不在的时候特洛伊不可能被攻克，阿喀琉斯王子。"一个轻柔的声音从我们背后传来，是卡尔卡斯祭司。

"你这是什么意思？"阿喀琉斯问，很显然他已被这个长着一双红色对视眼的人搅得心绪不宁。

"你不在场，特洛伊不会沦陷，这是神谕说的。"他走开了，紫袍上的黄金和宝石闪闪发亮。奥德修斯对有些行动保守秘密是对的。我们的大国王对此人十分器重，他的住所（紧靠隔壁）十分奢华，我们从阿索斯送来女人时他也从中挑挑拣拣。狄俄墨得斯告诉我，有一次卡尔卡斯抢走了伊多墨纽斯喜爱的女人，伊多墨纽斯大发脾气，他把这争端在会议上提出，逼着阿伽门农把她从卡尔卡斯手中

第十七章

追回，交给他的联合统帅。

就这样，阿喀琉斯失望地离开了特洛伊；后来我们了解到，埃阿斯也是如此。他们两人曾在多风的特洛伊平原上游荡，希望能引诱赫克托耳出城，但没有见到他和他部队的影子。

岁月缓慢而无情地流逝着，永远如此。小亚细亚国家颓然坍塌，慢慢化为灰烬，同时世界各个奴隶市场上满是吕克亚人、卡里亚人、克利克亚人和十多个其他国家的人。尼布甲尼撒[1]把我们所喜欢的奴隶都买下来送到巴比伦，而亚述国王提革拉－帕拉萨[2]则忘了他和特洛伊和赫梯的联系，也买了数千人。我发现，似乎所有国家对奴隶的需求量都很大，很久以来没有什么战争能像阿喀琉斯的作战这样提供如此充足的奴隶来源。

除了我们的出击，生活总是很平静。有时，阿喀琉斯的母亲会连续几天用她那令人苦恼的魔力折磨阿喀琉斯，然后她便离去，连续几个月不来骚扰他。但是我已经学会如何减轻他在着魔期间的痛苦，他也变得事事依赖我了。还有什么比知道自己所爱的人必须依

---

1. 尼布甲尼撒二世（公元前630年—公元前562年）为古代巴比伦国王（公元前605年—公元前562年）。
2. 古代亚述的两任国王，在位期间分别为公元前1115年至公元前1077年（？）和公元前745年至公元前727年。

由 帕 特 洛 克 罗 斯　　叙 述

赖自己更令人宽慰的呢?

曾经从伊俄尔科斯来过一艘船,从佩琉斯、吕科墨得斯和得伊达弥亚那儿带来了消息。由于青铜、物品等从我们的战利品中源源不断地穿越爱琴海运回希腊,国内一派繁荣。当小亚细亚财物枯竭气息奄奄的时候,希腊却国力日盛。第一批殖民者正在雅典和科林托斯集结,佩琉斯说。

对阿喀琉斯来说,最重要的消息是关于他儿子涅俄普托勒摩斯的,他即将长大成人!时间过得真快!得伊达弥亚托传令官告诉他,儿子几乎跟他一样高了,表现出跟他父亲同样的好武善战。不过他更加放浪不羁,天性游移不定,做了他情场俘虏的女人不计其数。此外,他还脾气暴躁,嗜酒贪杯。得伊达弥亚说,很快他就要十六岁了。

"我要让得伊达弥亚和吕科墨得斯把儿子送到我父亲那儿去,"传令官离开后阿喀琉斯说,"他需要有男人对他严加管教。"他的脸扭曲了:"帕特洛克罗斯,伊菲革涅亚和我生出的是什么样的儿子哟!"

是的,这件事一直噬咬着他的心——我想这比他母亲和她的魔力折磨他更甚。

我们花了九年时间消灭小亚细亚。到了第九年夏天,我们已无事可做了。满船的希腊殖民者正在抵达科罗福翁(Kolophon)和阿帕萨斯(Appasas)这些地方,人人都盼望在新地方开辟新生活。有的准备耕种,有的准备经商,有的将往东方或北方迁徙。这些对我

第 十 七 章

们这些驻守在阿索斯的第二支部队的中坚力量来说没有十分重要的意义。我们的任务已经完成，只剩下秋天向达耳达尼亚王国的中心——吕耳涅索斯发动攻击了。

由 帕 特 洛 克 罗 斯 　 叙 述

第十八章

由阿喀琉斯
叙述

达耳达尼亚比小亚细亚别的国家离我们所在的阿索斯更近，但是在我们把小亚细亚沿岸国家夷为废墟的九年征战中我有意不去碰它。原因之一是它是个内陆国家，与特洛伊接壤；另一个原因更加微妙：我想欺骗达耳达尼亚人，让他们产生虚假的安全感；使他们相信，由于离海较远，没人能够侵犯他们的国土。此外，达耳达尼亚不信任特洛伊，当我让他们太平无事的时候，老国王安喀塞斯和他的儿子与特洛伊关系很疏远。

现在这一切就要改变了，对达耳达尼亚的攻击即将开始。这一次我准备率军进行艰难的陆地跋涉，而不是像通常那样进行漫长的海上航行。如果埃涅阿斯真估计到会受到攻击，他会认为我们的船会绕过半岛的拐角往南航行，在莱兹波斯岛对面的海岸登陆。从那儿到吕耳涅索斯只有十五里格的路程。而我打算从阿索斯直接向内陆进发，几乎有一百里格穿越荒野的路程，要跨越伊达山坡地，进入吕耳涅索斯所在的肥沃的山谷地带。

奥德修斯给我派了一些训练有素的探子，探明了我们的行进路线。他们报告说，路上山高林密，少有农家，现在的季节已近岁末，牧人不会在野外放牧了。储藏的毛皮和牢固的靴子取了出来，因为伊达山从山顶到山腰的两侧已是白雪皑皑了，我们很有可能会遇到暴风雪。我估计我们一天大约要走四里格，二十天后就应该能看见我们的目标了。到了第十五天，我的船队长老福尼克斯受命率船队驶入安德拉米提俄斯被遗弃的港口，这是沿岸最近的一个港口。他不用担心会遇到敌人，因为当年的早些时候我已经第二次把它烧为平地了。

我们默默地向野外进发，行军的日子过得平静，没有波折。没有牧人还待在白雪皑皑的山中放牧，然后逃往吕耳涅索斯报告我们到来的消息。我们独享山中这一派宁静的风光。此行比我们原来预计的要顺利，因此到了第十六天我们进入该城的侦察范围。我命令部队停止行军，在弄清我们是否被发现之前禁止生火。

我的习惯是亲自做最后的调查，所以我不顾帕特洛克罗斯的竭力反对，只身徒步出去了。帕特洛克罗斯有时使我想起咕咕直叫的老母鸡，为什么爱产生了占有支配欲，限制了自由？

走了不超过三里格的路程，我爬上一座小山，俯瞰吕耳涅索斯城：它建在一片较广阔的土地上，有着牢固的城墙和一座城堡。我仔细察看良久，把我自己所见和奥德修斯的探子对我说的结合起来。

由阿喀琉斯叙述

看来它是不易攻破的。但另一方面,攻陷它的难度不会有攻士麦那[1]或底比斯一半的难度。

我禁不住诱惑,往山坡下走了一段路。因为这里是背风面,没有雪,地面出奇得暖和,于是我想享受一下这里的温暖。一个错误,阿喀琉斯!正当我在告诫自己的时候,我差一点踩在一个人身上。此人灵巧地往旁边一滚,随后顺势站起来,动作敏捷轻快。然后他拔腿跑出投矛的范围之外,停下来打量着我。他使我清晰地回忆起狄俄墨得斯,此人也有可怕的狡诈的神色。从他的衣着和举止判断,我猜测他是个贵族。因为奥德修斯曾详细地描述过特洛伊和同盟国的首领,通过传令官广为传播,对这些人的情况我已是耳熟能详,因此我判断此人就是埃涅阿斯。

"我是埃涅阿斯,没带武器!"他叫道。

"太不幸了,达耳达尼亚人!我是阿喀琉斯,全副武装!"

他扬起了眉毛,对我的话毫不在意:"在细心人的一生中,有些时候谨慎的确比勇敢更重要!我将在吕耳涅索斯与你相见!"

我知道自己比别人跑得快,便以轻松的步伐快速向他追去,想累垮他。但他跑得相当快,此外他还熟悉地形,而我却对地形一无所知。因而他时而把我引入荆棘丛中,时而让我在满是狐穴兔洞的

1.Smyrna,土耳其西部港口城市伊兹米尔的旧称。

地上跌跌撞撞地前行，最后来到一条宽阔河流的浅水滩。他轻车熟路地踏着隐在水中的石头飞快通过，而我却不得不在每一块石头上停一停，寻找下一块石头，所以他很快就把我甩掉了。我站在那儿咒骂自己的愚蠢。因而吕耳涅索斯获得了一天的准备时间，防备我们的进攻。

天一亮我们便出发了，我的心情很烦躁。三万大军拥入吕耳涅索斯山谷，如糖汁一般向城墙四周围去。雨点般的飞镖和矛向他们飞来，但士兵们按照我们教的方法，用盾牌把它们接住，因此没遭受伤亡。我感觉在这镖和矛齐射之中没有多少实力，我不知道这达耳达尼亚是不是个衰弱的民族。不过埃涅阿斯倒不像个衰落民族的首领。

云梯架起来了。我领着密耳弥多涅斯士兵登上城墙顶端的小径，我们没有遭到任何石块或滚油壶罐的袭击。当一小群守城者出现时我用战斧把他们砍倒，无须叫人增援。我们出奇容易地赢得了全线的胜利，很快便知道了原委：抵抗者都是一些老人和小男孩儿。

我后来得知，埃涅阿斯在头一天回到城中之后马上命令士兵拿起武器，但他无意和我交战，而是让全军开拔投奔特洛伊去了。

"似乎达耳达尼亚人中也有个奥德修斯，"我对帕特洛克罗斯和埃阿斯说，"真是只狐狸！普里阿摩斯又多了由这个奥德修斯率领的两万人马。我们但愿那老人被偏见迷住双眼，看不出埃涅阿斯的真正价值。"

由 阿 喀 琉 斯 　 叙 述

第十九章

由布里塞伊斯
叙述

吕耳涅索斯死了，它收拢了翅膀，把羽毛散落在废墟之上，发出最后一声尖叫，这是用一张嘴发出的所有妇女的哭喊。我们已经把埃涅阿斯交给他不朽的母亲阿佛洛狄忒照料，很高兴他有机会拯救我们的军队。所有的民众都认为这是唯一能做的事，这样至少一部分达耳达尼亚人可以活下去，伺机给希腊人一击。

古代的盔甲被一双双粗糙的手费劲地、颤抖着从兵器柜中取出，男孩儿们脸色苍白地穿上玩具甲胄，这些甲胄造出来不是为抵挡铜剑利刃的。自然，他们都死了。德高望重的老者倒在了达耳达尼亚的血泊中，小战士的战斗呐喊变成了小男孩儿恐惧的呜咽。我父亲甚至从我手中夺走了匕首。他老泪纵横地解释说，他不能给我留下逃避苦役的工具，我和其他妇女的匕首都要在战争中派上用场。

我站在自己房间的窗口，无能为力地看着吕耳涅索斯死去，向勒托仁慈的女儿阿尔忒弥斯祈祷，恳求她发来一支飞箭射中我的心脏，在希腊人把我掳走卖到哈图萨斯（Hattusas）或尼尼微为奴之前结束它的跳动。我们可怜的防御工事被摧为平地，现在只剩下城堡的墙把我和一大片密集地聚在一起的身着青铜甲胄的武士隔开，他

第 十 九 章

们比达耳达尼亚人更高、更白皙。从那一刻起我就把科瑞的女儿们想象成和他们一样高、一样白皙了。我唯一的安慰就是埃涅阿斯和军队平安了，我们亲爱的老国王安喀塞斯也平安了。他一直和年轻人一样貌美，以至阿佛洛狄忒女神爱上了他，给他生了埃涅阿斯。埃涅阿斯是个孝子，他不愿丢下父亲。他也不愿抛下妻子克瑞乌萨和小儿子阿斯卡尼俄斯（Askannios）。

虽然我不忍离开窗口，但我可以听见从身后的房间里传来的做搏斗准备的声音：不灵便的腿脚急促地移动着，尖利的嗓音急切地低声说着话。我父亲就在他们当中。只有祭司们继续在祭坛前祈祷，就连其中的我叔叔克律塞斯——阿波罗的高级祭司，也自愿脱掉祭司斗篷，披上盔甲。他说要用战斗保卫亚洲的阿波罗——他和希腊的阿波罗不是同一个神。

他们弄来了攻城槌对着城堡大门撞击。宫殿内最深处发出深沉的颤抖，在一片震耳欲聋的嘈杂声中，我想我听见了撼地者的吼叫，一种哀痛之声。波塞冬的心是向着他们的，而不是向着我们的。由于特洛伊的傲慢和挑战我们将要被献祭。他只能向我们表示同情，而把力量给予希腊人的攻城槌。门板扭弯，碎裂，铰链松垂下来，大门被轰然打开了。希腊人手执长矛和剑做好出击的准备，如潮水般冲进院中，他们对我们可怜的抵抗毫无怜悯，只有被埃涅阿斯智胜后的恼羞成怒。

领头的是个身披饰有黄金的青铜铠甲的巨人，他挥舞着一柄巨

由 布 里 塞 伊 斯 叙 述

大的战斧,把老人们如虫豸一般扫在一边,鄙夷地砍开他们的肉体。然后他冲进大厅,身后跟着他的一群士兵。我闭上了眼睛,不忍再看外面还在进行的屠杀,祈祷贞洁的阿尔忒弥斯让他们产生杀死我的念头,因为死亡比强奸和卖身为奴要好得多。红色的迷雾在我的眼睑前晃动,日光已经无情地直泻而入了。我的耳边传来哽咽的哭喊声和含混不清的求饶声。生命对于老人来说是宝贵的,他们懂得要赢得它是多么艰难。但是我没有听见我父亲的声音,我相信他生时满怀豪气,死时也会一身傲骨。

当我听见故意踏得很重的脚步声时,我睁开了眼睛,转过身对着在狭长房间另一头的门口。一个男人出现了,他的身材使房门变得很狭小。他的战斧悬挂在腰际,头戴一顶黄金装饰的青铜头盔,上面沾满污垢。他的嘴十分残酷,因为造就他的神祇忘了给他嘴唇。我知道没有嘴唇的人没有怜悯和仁慈。他盯着我看了一会儿,好像我是从地下钻出来似的,然后他就像侧耳倾听的狗一般歪斜着头走了进来。我站直身体,下定决心,不管他怎么折磨我,决不在他面前哭喊哀号,他绝不可能从我身上得出达耳达尼亚人怯懦的结论。

我觉得他只走了一步,房间的长度就消失了。他抓住了我的一只手腕,又抓住了另一只,然后抓住我的胳膊把我举起,直至我身体悬空,脚趾离开地面。

"屠夫!屠杀老人和儿童的刽子手!野兽!"我大口地喘着气,双脚对着他乱踢。

第 十 九 章

突然，我的两只手腕被狠狠地撞在一起，发出嘎吱嘎吱的响声。我很想发出痛苦的尖叫，但是我决不——我决不！他狮子般的黄眼睛中显出了恼怒：我伤害了他仍然敏感的自尊，他不喜欢被称为屠杀老人和儿童的刽子手。

"管住你的舌头，丫头！在奴隶市场上他们会用带刺的鞭子抽你，不让你反抗。"

"毁容将是一件礼物！"

"但是对你而言是件遗憾的事。"他说着把我放下来，松开了我的手腕，然后抓住我的头发把我朝门口拖去。我对着他的一身金属甲胄又踢又打，最后我的手脚好像碎了一般。

"让我走！"我喊叫道，"给我走路的尊严！我不愿像女仆一样蜷缩着、哭哭啼啼地被强暴或沦为奴隶！"

他停住了脚步，一动也不动地站着，转身用疑惑的目光低头凝视着我的脸。"你很有勇气。"他缓缓地说，"你不像她，但是你有她的神态……你认为这就是你的命运：遭受强暴和卖身为奴？"

"被俘的女人还能有什么命运呢？"

他咧开嘴笑了——这使他看起来更像一般的人，因为笑使嘴拉开变细——松开了我的头发。我把手放在头上，不知他是否掀掉了我的头皮，然后走在他的前面。他箭一般地伸出手来，手指抓住了我已擦伤的手腕。他抓得很牢，根本没有希望挣脱。

"尽管给你尊严，我的姑娘，但我绝不是傻瓜。我决不会疏忽大

由布里塞伊斯 叙述

意,让你从我手中逃脱。"

"就像你的首领让埃涅阿斯在山上逃脱?"我揶揄道。

他不动声色,冷冷地说:"正是如此。"

他领着我走过许多房间,这些房间我都认不出来了,它们四壁溅满了血,里面的陈设已经堆放在一起,准备装上劫掠车运走。我们走进大厅时,他的脚踏在一堆尸体上,这些尸体被一个压一个地堆起来,完全不管他们的年龄和地位。我停住脚步,在这一堆无名尸体中寻找可以让我确定我父亲身份的东西。俘虏我的那人有些犹豫地想拉我走开,但是我坚持不走。

"我的父亲可能在这里!让我看看!"我恳求他说。

"哪一个是他?"他无动于衷地问。

"我要是知道就不会要你让我看了!"

虽然他不愿帮我,但是我在扯衣服拉鞋子地寻找时,他让我拉着他随意走。终于我看见了父亲的脚,穿的是饰有石榴石的凉鞋[1],而不是战靴,不会弄错的。像大部分老人一样他穿着甲胄。但是我无法把他弄出来,他身上压着许多尸体。

"埃阿斯!"他喊道,"来帮帮这个女士!"

一天恐惧的折磨已使我十分虚弱,我等着,这时另一个巨人慢

---

1. 此处指古希腊、罗马人穿的一种鞋底以带子缚于脚上的鞋,并非现代意义上的凉鞋。

第 十 九 章

慢走来，他比我的俘获者身材还要高大。

"你自己不能帮她吗？"这位新来者问。

"然后让她跑掉吗？埃阿斯，埃阿斯！这女人很有个性，我不能相信她。"

"你喜欢上她了，小堂弟？是啊，现在该是你喜欢别的什么人而不是帕特洛克罗斯的时候了。"

埃阿斯把我拂开，好像我轻如一片羽毛，然后一手执斧，一手把尸体层层掀开，最后露出了我父亲的遗体：他僵死的眼睛仍然朝上盯着我，胡须陷在胸部的一条深长的伤口之中，这伤口几乎把他从胸部切成两半。这是斧头所砍的伤。

"这个老人像斗架的公鸡一般反抗着我，"被称作埃阿斯的那人充满敬佩之情地说，"一个性格刚烈的老人！"

"有其父必有其女。"抓着我的这人说。他猛地拉动了我的胳膊："走吧，姑娘，我没有时间让你过度悲伤了。"

我手脚不灵地站起来，把头发扯得很乱，向他——我的父亲，致默哀。走的时候知道他已经死了更好，否则心里老是惦记着他是否还活着，总是心存最愚蠢的希望。埃阿斯走开了，说他要去搜索活下来的人，不过他怀疑是否有人还活着。

我们在通往院子的门口停了一下，他从躺在台阶上的一具尸体上剥下一根皮带。他用皮带紧紧地扼住我的手腕，然后把皮带另一端拴牢在他自己的手臂上，这样便可迫使我紧靠在他身边走。我往

由布里塞伊斯 叙述

上走了两级台阶,看着他低头一丝不苟地做这件小事,我猜想做事严谨是他的特点。

"你没有杀死我的父亲。"我说。

"我杀了。"他答道,"我是你们的埃涅阿斯智胜的头领,因而我对每一个被杀死的人负责。"

"你叫什么名字?"我问。

"阿喀琉斯。"他简短地说,然后试了试他绑得是否结实,便拉着我走进院子。我必须跑着才能跟得上他。阿喀琉斯。我应该知道他。埃涅阿斯刚刚才提起过他,不过我听说这个名字已有好多年了。

我们从正门离开吕耳涅索斯,这门敞开着,希腊人进进出出,四处抢劫奸淫,有的手执火把,有的拿着酒袋。这名叫阿喀琉斯的人没有训斥他们,对他们全然不予理会。

在大路顶端我回头俯视吕耳涅索斯山谷。"你们烧毁了我们的家园。我在这儿已住了二十年,我原来还希望在这儿住到被嫁出去为止,但这我是不指望了。"

他耸耸肩:"这就是战争,姑娘。"

我指着远处显得很微小的劫掠士兵的身影说:"你难道不能制止他们野兽般的行径吗?这难道有必要吗?我听见妇女在尖声哭喊——我看见了!"

他嘲弄地垂下眼睑:"你对背井离乡的希腊人和他们的感情了解多少呢?你恨我们,对此我能理解。但是你对我们的恨与这些人对

第 十 九 章

368

特洛伊和特洛伊盟国的恨不可同日而语！普里阿摩斯使他们在外漂泊了十年，他们很高兴让他付出代价。再说，即使我要阻拦，也拦不住他们。"

"这些事我听了很多年了，但我不知道什么是战争。"我轻声说。

"现在你知道了。"他说。

他的营地有三里格路程，我们到达的时候，他看见一个管行李的军官。

"波利得斯（Polides），这是我自己的战利品。拉着皮带，先把她拴到大砧子上，然后锻打出更好的链子把她拴牢。一刻也不要放开她，即使她要求个人方便时也是如此。用链条把她锁好之后，把她放在她可以得到所需东西的地方，包括便盆、可口的饭菜和一张舒适的床。明天去安德拉米提俄斯上船，把她交给福尼克斯大人，告诉他我不信任她，不要把她放开。"他托着我的下巴，轻轻地捏了一下："再见，姑娘。"

波利得斯找到轻一些的链条锁在我的脚上，在锁铐上垫了一些布，用毛驴驮着我去海边，在那儿他把我交给福尼克斯。福尼克斯是个腰板挺直的贵族老人，他蓝色的眼睛旁布满皱纹，走路是摇摇摆摆的水手步态。看见我戴着镣铐，他砸了砸舌头，不过将我在旗舰上安顿下来之后，他也没打算把它们取下。他客气地请我坐下，但是我坚持站着。

"锁链使我感到难过。"他眼含悲伤地说。但我知道他不是为我

由布里塞伊斯 叙述

难过。"可怜的阿喀琉斯！"

这老人小瞧了我，这使我很恼火："这个阿喀琉斯比你更了解我的刚烈性格，先生！只要让我得到一把匕首，我就会杀出这活死人的境地，或者死在拼杀之中！"

他咯咯地笑起来，悲伤之情不见了："哎！你真是勇猛的斗士啊！不要做这种打算，姑娘。阿喀琉斯缚紧的，福尼克斯不会松开。"

"他的话就是金科玉律吗？"

"是的。他是密耳弥多涅斯人的王子。"

"蚂蚁的王子？真恰当。"

他没有回答我的话，而是又咯咯地笑起来，把一张椅子推到我前面。我厌恶地看了看它，但是骑驴骑得我的背很疼痛，我的腿也在颤抖，因为自从我被俘之后就一直拒绝吃喝。福尼克斯用一只有力的手把我按坐在椅子上，然后打开了一只金色的酒瓶。

"喝一点吧，姑娘。如果你想保持你的反抗精神，就需要食物的营养。不要犯傻。"

明智的忠告。我接受了，结果发现我的血液很稀薄，喝下去的酒直冲大脑。我无法再抗争了，用手支着头坐在椅子上睡着了。很久以后我才醒来，发现自己已被抱上床，用镣铐锁在横梁上。

第二天我被带上甲板，我的链子拴在了船舷栏杆上，因此我能站在风中微弱的阳光下观看着海滩上人来人往、一片繁忙的景象。后来，天边出现了四艘船，我注意到在忙碌的人群中出现了一阵忙乱和

第十九章

不安，监督者中更是如此。突然，福尼克斯来了，他把我从栏杆上解开，匆忙把我带走，这次不是去我昨晚的囚室，而是去后甲板上的一间有一股马的气味的小屋。他把我带进去，锁在一根木棒上。

"怎么回事？"我奇怪地问。

"阿伽门农，王中之王。"福尼克斯说。

"为什么把我放在这儿？我见见王中王不是很好吗？"

他叹了一口气："你在达耳达尼亚的家中没有镜子吗，姑娘？阿伽门农看你一眼就会把你从阿喀琉斯手中夺走的。"

"可是我能喊叫。"我想了想说道。

他两眼盯着我，好像我疯了："如果喊叫，我敢说你会后悔的！换主人有什么好处？相信我的话，最后你会觉得还是阿喀琉斯好一些。"

他说话的那种语气使我相信了他的话，所以当我听见马厩外的说话声音时，我蹲伏在牲口槽的后边，听着有人在用纯正的希腊语流利地对话，听得出有一个人的声音里具有权势和威严。

"阿喀琉斯回来了吗？"这个声音傲慢地问。

"没有，陛下，但他应该在天黑前回来。他必须对财物的劫掠进行督管。这次收获很大，车已经装好了。"

"很好！那我在他的小屋里等候。"

"您最好在海滩上的帐篷里等待，陛下。您了解阿喀琉斯，舒适对他无关紧要。"

"那好吧，福尼克斯。"

由 布 里 塞 伊 斯　叙 述

他们的说话声渐渐消失了，我从躲藏的地方爬出来。刚才那冷漠傲慢的声音让我害怕，阿喀琉斯也是个魔怪，但是熟悉的魔怪总归要好一些，这是我小时候保姆对我说的。

整个下午都没有人到我这儿来。一开始我坐在我估计属于阿喀琉斯的床上，好奇地打量这没有特色、没有陈设的小屋，仔细看着里面的所有物品。几支长矛靠在拴马栅上，没有人打算涂刷一下朴素的板墙。房间里的空间很小，里面只有两件引人注目的东西：一件是铺在床上的精致的白色毛皮毯，另一件是有四个把手的大而厚重的斟酒金杯，杯体上饰有坐在王座上的天父宙斯，每一个把手顶端都有一匹腾空飞奔的马。

此刻，悲伤之情又涌上我的心头，将我吞噬了，也许是因为这是我被俘后第一次没有危急的局面需要应付。现在我坐在这里，我父亲却伸开四肢躺在吕耳涅索斯的垃圾堆里，成了城中永远吃不饱的狗的食物，这是战死的贵族一贯的命运。我泪如雨下，扑在白色毛皮毯上哭起来。我哭得难以控制，面颊下的白色皮毯变得滑溜溜的，我还在哭，一边恸哭，一边抽着鼻子。

我没有听见有人开门，所以当一只手放在我的肩膀上时，我的心脏在胸腔内突突狂跳，就像落入陷阱的动物。我所有关于反抗的崇高想法都无影无踪了，我只想着阿伽门农发现了我，便蜷缩在一旁。

"我属于阿喀琉斯，我属于阿喀琉斯！"我哀号道。

第 十 九 章

"我知道。你以为谁进来了？"

我把脸抬起来时尽量收敛起悲哀的表情，用手掌拭去眼中的泪，然后抬起头来："希腊的大国王。"

"阿伽门农？"

我点点头。

"他在哪儿？"

"海滩上的帐篷里。"

阿喀琉斯走到里边墙边的一只箱子前，打开箱门，在里面翻找了一会儿，然后扔给我一块方形细布："拿着，擤擤鼻涕，擦擦脸。你这样会生病的。"

我按他的话做了。他走到我这一边，看了好一会儿毛皮毯，感到很懊悔。

"我希望它干了之后不会留下痕迹，这是我母亲给我的礼物。"他用挑剔的目光打量着我，"福尼克斯难道就没有办法给你找一盆浴水、一身干净衣服？"

"他给我了，但我拒绝了。"

"但是你将不会拒绝我。仆人送来浴缸和衣服时，你要沐浴更衣，否则我要命令别人强制你洗浴更衣——而且不是由女人来做。明白吗？"

"明白。"

"很好。"他把手搭在门栓上时，突然停住了脚步，"你叫什么名

由 布 里 塞 伊 斯 　 叙 述

字，姑娘？"

"我叫布里塞伊斯。"

他理解地笑了："布里塞伊斯，'超群的女人'。你确信这不是你编造出来的吧？"

"我父亲叫布里修斯（Brises），是安喀塞斯国王的堂兄弟，达耳达尼亚大臣。他的兄弟克律塞斯是阿波罗的高级祭司。我们都是王族中人。"

晚上，一个密耳弥多涅斯军官来到我的小屋，他从横梁上打开我的锁链，拉着锁链把我领到船舷。他从栏杆上放下绳梯，默默地以手势让我下船。他礼貌地让我先下，这样就不致他抬头时看见我的裙子。这艘船高高地停在海边的卵石上，这些卵石四处滚动着，把我的脚硌得生疼。

一顶巨大的布帐篷搭在海岸上，不过我不记得骑驴来的时候看见过它。这个密耳弥多涅斯人通过后面的一个垂帘门把我领进一个房间，里面挤着大约一百名吕耳涅索斯妇女，没有一个是我认识的。只有我一人戴着镣铐，显得与众不同。当我在人群中搜寻熟悉的面孔时，许多双羞惭和好奇的眼睛都落在了我的身上。瞧，在那个角落！我是不会认错那一头灿烂的金色头发的。我的看守兵仍然拉着我的锁链，但是当我往前面的角落走去时，他也让我去。

我的堂妹克丽塞双手掩面。当我碰她时，她吓得跳起来，两只手臂垂落下来。她奇怪地看着我，渐渐地认出我来，突然扑到我身上哭了起来。

"你在这里做什么？"我困惑地问，"你是阿波罗高级祭司的女儿，因而是不受亵渎的。"

回答我的是号啕大哭。我摇摇她的身子。

"哦，别哭了，千万别哭！"我厉声说。

因为童年时代我们总是在一起，我一直欺负她，所以她对我总是服从。然后她说道："他们还是把我掳来了，布里塞伊斯。"

"这是亵渎神明！"

"他们这不是亵渎神明。我父亲穿上甲胄进行了抵抗，所以他们把他归入武士，获取了我。"

"获取你？你已经遭到了强暴？"我喘着气问。

"没，没有！听替我穿衣的女人们说，只有普通妇女才打发给士兵，而这个房间里的女人留作专门用途。"她低头看见我的脚镣，"啊，布里塞伊斯！他们给你戴锁链了！"

"至少这些是我身份的可见证明。戴着这玩意儿没有人会误把我当成营妓。"

"布里塞伊斯！"她哽咽了，脸上出现了我很熟悉的表情，我总是让可怜温顺的克丽塞感到震惊。然后她问："布里修斯伯伯怎么样？"

"像其他所有人一样，死了。"

"你为什么不哀悼他？"

由 布 里 塞 伊 斯 　 叙 述

"我正在哀悼他！"我咆哮道，"不过，我在希腊人手掌中已经很长时间了，我悟出一个道理：被俘的女人需要运用智慧。"

她显得有些茫然不知所措："我们为什么到这儿来？"

我转向我的密耳弥多涅斯守兵："你说！我们为什么到这儿来？"

我这话的语气让他咧开嘴笑了，但是他仍然恭恭敬敬地回答说："迈锡尼的大国王来第二部队做客，他们正在分配战利品。这个房间的女人将要在国王中分配。"

我们等了似乎千年的时光。克丽塞和我坐在地上，我们疲倦得懒得说话。不时有个卫兵进来，根据她们各人手腕上的彩色标签，带走一小群妇女，这都是些很漂亮的姑娘。没有老丑婆，没有淫妇，没有长马脸，也没有骨瘦如柴之人。可是克丽塞和我都没戴标签。剩下的人越来越少，可是没有人理会我们，最后房间里只剩下我们两个人了。

一个卫兵进来了，他往我们头上各扔了一条面纱遮住我们的脸，然后把我们领入隔壁的房间。透过薄薄的纱网我看见似乎从一千盏灯中发出的一大片强烈的光，头上有一个布顶篷，四周是一片人海。他们坐在桌旁的凳子上，手边放着酒杯，仆人们往来伺候。克丽塞和我被带到前面，站在一个长长的高坛前，坛上摆着主宾席位。

大约二十个男人坐在桌子的一边，面对着坛下宴席上的人。坐在中间黑背椅子上的人看起来就像我一直想像的天父宙斯的模样。他有一颗庄严高贵的头颅，额头蹙起；精心卷好的灰黑的头发如瀑布般披在他闪闪发亮的衣服上,用金线束起来的美髯拂在胸前,隐藏在里面的饰针上的宝石晶莹闪亮。他一边用一只白皙的、贵族气的手玩弄着上唇胡,一边沉思着用一双黑眼睛打量着我们。帝王阿伽门农,迈锡尼和希腊的大国王,王中之王。安喀塞斯的帝王气概还不及他的十分之一。

我把目光从他身上移开,扫视着懒洋洋地靠在椅子里的另一些人。阿喀琉斯坐在阿伽门农的左边,不过已很难认出他来了,我见过的他是身披甲胄、一身污垢、满脸冷酷的形象。现在他坐在一群国王中间,戴着饰有黄金和宝石的大项圈,项圈下裸露的无汗毛的胸脯发出微光,手臂上的手镯和手指上的戒指都晶莹闪亮;他的脸刮得很干净,一头明亮的金发从额头蓬松地往后梳,耳朵上坠着金耳坠;他的黄眼睛显得明亮安详,这很少见的颜色在他的独特的眉毛和睫毛下显得十分引人注目,他还按克里特风格把它们描画过。我眨了眨眼睛,把目光移开,感到迷惑,心烦意乱。

跟他靠在一起的一个人有一副真正高贵的仪态,坐在椅子上显得很高,一头红色的鬈发堆集在他高高的宽额之上,皮肤白皙细腻。在令人惊奇的浓黑的眉毛下,一双美丽的灰眼睛炯炯有神、目光锐利,这是我见过的最令人着迷的眼睛。当我的眼光下移到他裸露的胸脯上时,我惋惜地看见他满身伤疤,他的脸似乎是全身唯一逃脱伤疤的地方。

在阿伽门农的右边是另一个红头发的人,一个笨拙的家伙,他

由 布 里 塞 伊 斯 叙 述

的眼睛老盯着桌面。当他将杯子端起凑近嘴唇时,我注意到他的手在颤抖。他的右边是一个最有王者之风的老人,他高大挺拔,长着银白的胡须,一双蓝色的大眼睛。虽然他衣着朴素,穿着白色的亚麻布长衣,他的手指却从指关节到指尖密密匝匝地戴着许多戒指。他的旁边是巨人埃阿斯,我不得不又一次眨眨眼睛,很难把他和掀出我父亲遗体的那个人联系起来。

可是我的眼睛厌倦了这一张张不同的脸,所有的脸都有着迷惑人的高贵气质。那卫兵把克丽塞拉到前面,他猛地扯掉她的面纱。我的胃一阵痉挛。她穿着外国服装(从希腊人衣箱中找出来的希腊服装),显得十分美丽。这些衣服和吕耳涅索斯妇女穿的从脖颈拖到踝骨的又长又直的长袍很不相同。在吕耳涅索斯,除了对丈夫,我们把自己掩盖起来,不让人看见。希腊妇女的穿着显然就像妓女的穿着。克丽塞羞得满脸通红,她用双手遮住裸露的乳房。卫兵把她的手打掉,使得坐在桌旁哑然无言的一群男人可以看见在紧身腰带之下她的腰身是多么纤细,她的双乳是多么完美绝伦。阿伽门农看起来已不再像天父宙斯,而是像潘[1]了。他转向阿喀琉斯。

"以大神母的名义,她很娇美。"

阿喀琉斯笑了:"我们很高兴您喜欢她,陛下。她是您的了——

1.Pan,是希腊神话中的畜牧神,人身羊足,爱好音乐,创制排箫,常带领山林女神舞蹈嬉戏,是一位快乐之神。

第 十 九 章

这是第二部队对您的一点敬意。她叫克丽塞。"

"过来，克丽塞。"他那白皙优美的手打着手势，她不敢违抗。"来，看着我！不必害怕，姑娘，我不会伤害你的。"他对她微笑着，露出了雪白的牙齿，然后抚摸着她的手臂，似乎没有注意到她害怕得往后缩，"把她送到我的船上去。"

她被带走了，现在该轮到我了。卫兵扯开我的面纱，把衣着有失庄重的我展示在众人面前。我尽量站直身体，双手垂在身体两侧，脸上毫无表情。是他们应该感到羞耻，不是我。我的目光狠狠地直逼阿伽门农眼中的欲火，迫使他把目光移开。阿喀琉斯一言不发。我动了动双腿，使脚上的镣铐叮当作响。阿伽门农扬起了眉毛。

"锁链？谁下的命令？"

"是我，陛下。我不信任她。"

"哦？"这一个字里包含了无限的深意，"她是谁的财产？"

"我的。是我亲自俘获她的。"阿喀琉斯说。

"你应该让我在两个姑娘中挑选。"阿伽门农不悦地说。

"我跟您说过了，陛下，是我亲自俘获她的，她应该归我。此外，我不信任她。没有我我们的希腊会照常运转，但是没有您就不行了。我有充分的证据说明这个姑娘是个危险的人物。"

大国王从鼻子里哼了一声，他并未得到安抚。然后他叹了一口气说："我从未见过介于红色和金黄色之间的头发，也没见过这么蓝的眼睛。"他又叹息道："比海伦还要美。"

由 布 里 塞 伊 斯 叙 述

坐在大国王右边的情绪紧张的红头发的男人在桌上重重地击了一拳,使酒杯都跳了起来。"海伦无与伦比!"他叫道。

"是的,兄弟,我们都知道,"阿伽门农耐心地说,"别激动。"

阿喀琉斯对他的密耳弥多涅斯军官点点头:"把她带走。"

我垂着眼睑,坐在他小屋里的一张椅子上等待着,但我不敢让自己睡着,女人在睡觉的时候最没有反抗力。

过了很久阿喀琉斯回来了。尽管我下定决心不要睡着,但门锁打开时我已在打盹。听到声音我惊恐得跳起来,双手紧紧地攥成拳头。算账的时候到了,但是阿喀琉斯似乎并没有迫切的欲望。他没有理睬我,而是走到箱子跟前,把它打开。然后他很快地取下项圈、戒指、手镯和镶有宝石的腰带,但是他没有解开褶裥短裙。

"我总是巴不得快快脱掉这些劳什子。"他盯着我说。

我也盯着他,感到不知所措。强暴如何开始?

门开了,另一个男人走了进来,他的面容和五官很像阿喀琉斯,但身材稍小一些,脸色更温和。他的嘴唇很可爱。他用蓝色(而不是黄色)的眼睛审视着我,眼中闪现出理解的神色。

"帕特洛克罗斯,这是布里塞伊斯。"

"阿伽门农说得对,她比海伦更美。"他朝阿喀琉斯瞥了一眼,这一瞥意味深长,也充满痛苦,"我走了,我只是来看看你是否需要什么东西。"

第 十 九 章

"在外面等一下,我不久就来。"阿喀琉斯心不在焉地说。

帕特洛克罗斯已经往门口走去,听了这话他猛地停住,向阿喀琉斯看了一眼,这眼神任何人都不会弄错:绝对的快乐,绝对的占有。

"这是我的情人。"他离开之后阿喀琉斯说。

"我猜到了。"

他疲倦地叹了一口气,躺倒在那张窄床的一边,用手指着椅子说:"坐下。"

我坐着持续地打量了他一段时间,而他则似乎是用超然的神情看着我。我开始觉得他对我没有任何欲望。那他为什么要宣布我为他所有?

"我原以为你们吕耳涅索斯的女人是很受庇护的,"他终于开口了,"但是你似乎很了解世道常情。"

"了解一些,都是些普遍存在的东西。我们所不懂的是这些风尚。"我触摸着自己裸露的乳房,"强奸在希腊一定很普遍。"

"不比其他地方多。任何事情,只要一普遍存在,就会失去新奇感。"

"你打算怎样处置我,阿喀琉斯王子?"

"我不知道。"

"我的性格不那么随和。"

"我知道。"他笑了,笑得很难看,"事实上,你的问题说到了我的心里,我真的不知道怎么处置你。"他用黄眼睛飞快地向我瞥了一

由布里塞伊斯叙述

眼:"你会弹竖琴?你会唱歌?"

"两方面都很擅长。"

他站起身来。"那我留下你为我弹唱。"他说。然后他又厉声说:"坐在地上!"

我坐下来,他快速地把我沉重的裙摆撩起放在我的大腿上,然后离开了房间。回来时他拿了锤和凿,一会儿工夫我的镣铐便解开了。

"你把地给弄坏了。"我指着由于凿得过猛而刻出的深痕说。

"这只不过是前甲板上的一间小屋。"他说着爬起来,拉着我站起来。他的手坚硬干燥。"去睡吧。"他说完便离开了我。

但是在我爬上床之前,我向阿尔忒弥斯献上祷词向她表示感谢。贞洁女神曾听见了我的祈祷,把我当战利品俘获的人不是恋女人的男人,我平安了。那么为什么我的一部分悲伤不是为了我敬爱的父亲呢?

早晨他们把旗舰推下了水,水手和战士们在甲板上和划桨凳之间匆匆忙活,空气中充满了笑声和咒骂声。显然他们很高兴离开焦黑光秃的安德拉米提俄斯,也许他们还能在这里听见几千冤魂的控诉。

温和的帕特洛克罗斯步态优雅地从拥挤的船中部走过,登上几级台阶踏上前甲板,这时我正站在甲板上观景。

"今天早晨感觉好吗,小姐?"

"很好,谢谢。"

第 十 九 章

我把脸背过去,但他仍待在我的身边,看来他对我的冷淡态度感到很满意。

"你迟早会适应环境的。"他说。

我看着他。"没有比这更愚蠢的话了。"我说,"如果有人造成你父亲被杀和家园被毁而你却被迫住在他的家里,你能对此习惯吗?"

"也许不能。"他红着脸说,"但这是战争,而你是个女人。"

"战争,"我尖刻地说,"是男人的活动,女人是战争的牺牲品,正如她们是男人的牺牲品一样。"

"战争,"他反驳说,一副被逗乐的神态,"在大神母统治时也同样盛行。大女王们和大国王同样贪得无厌、野心勃勃。战争不具有性别特征,这是人类与生俱来的天性。"

因为这是个无可争辩的问题,所以我改变了话题。"你这样一个敏感、有洞察力的人怎么会爱上像阿喀琉斯这样残酷无情的人?"我问。

他的蓝眼睛惊奇地看着我。"可是阿喀琉斯并不是残酷无情的人!"他惶惑地说。

"我不相信。"

"阿喀琉斯的性格与外表不吻合。"他的忠犬说。

"那他是什么样的人?"

他摇摇头:"布里塞伊斯,这要你自己去认识了。"

"他结婚了吗?"为什么总是要问这样的问题?

由 布 里 塞 伊 斯 叙 述

"结过婚了,他娶的是斯基罗斯国王吕科墨得斯的独生女。他有一个儿子,名叫涅俄普托勒摩斯,十六岁了。他本人是佩琉斯的独生子,因而是色萨利大王国的继承人。"

"这些都改变不了我对他的看法。"

使我惊奇的是,帕特洛克罗斯拿起我的手吻了一下,然后走开了。

只要还能依稀看见一片模糊的陆地的影子,我就坚持站在船尾眺望。大海在我脚下,我再也不能回去了。现在我无法逃避自己的命运,我这个曾希望嫁给国王的人将要做一个女乐师了。我本该嫁给国王的,可是希腊人来了,要是在过去这些人会前来向我求婚的,可现在他们突然变得太忙,没有时间考虑联姻的事。

海水在船身下发出嘶嘶的声音,在船桨的拍击下,海水碎成白色泡沫,这持续抚慰的声音对我的精神产生了微妙的作用,不知不觉很长的时间已经过去了,这时我发现自己已经想好了该怎么做。爬船栏杆不太困难,我爬了上去,准备往下跳。

有人粗暴地把我拉下来,原来是帕特洛克罗斯。

"让我跳下去!忘记你看见过我!"我叫喊道。

"再也不要这样了。"他脸色煞白地说。

"帕特洛克罗斯,我无足轻重,我对任何人都无关紧要!让我跳下去!让我跳!"

"不,再不要这样。你的命运对他来说关系重大。再不要这样。"

奇怪的事情。谁?什么?再不要这样?

第 十 九 章

我们用了整整七天才到达阿索斯。驶过莱兹波斯对面的半岛的拐角处，船桨便毫无用处了，风时断时续、无规则地吹着，一会儿把我们推到可以看见海滩的地方，一会儿又把我们吹走。大部分时间我独自一人坐在后甲板上一个用帘布隔出来的角落里，只要我一在他眼前出现，帕特洛克罗斯就会放下手中的活，匆匆来到我的身边。我没有看见阿喀琉斯的影子，最后得知他待在一个叫奥托墨冬的人的船上。

在第八天早晨他们设法靠了岸。我用斗篷把自己裹起来，以抵挡寒冷的风，着迷地看着他们作业，因为过去我从未见过这些事。我们的船是第二艘靠岸停稳的，阿伽门农的船已在我们之前靠岸。绳梯一放下，他们就让我下到海滩的砂石上。阿喀琉斯在离我几腕尺的地方经过，我翘起下巴，准备跟他对抗，可是他没看见我。

后来管家来了，她是个粗壮快乐的女人，名叫拉俄狄刻，她领我去阿喀琉斯的住房。

"你有很难得的特权，小鸽子，"她哼歌一般地说，"你在主人的屋内有自己的房间——这比我强多了，更不用说别人了。"

"他不是有好几百个女人吗？"

"是的，但她们不跟他住在一起。"

"他和帕特洛克罗斯住在一起。"我说着便大步走出来。

"帕特洛克罗斯？"拉俄狄刻咧开嘴笑了，"过去是这样，一直到他们成了情人。后来，几个月之后，阿喀琉斯让他另建一座他自

由 布 里 塞 伊 斯 叙 述

己的房屋。"

"为什么？这听起来没有道理。"

"噢，如果你了解主人，这话就有道理了！他喜欢自己支配自己。"

嗯，也罢，也许我不了解阿喀琉斯，但我会很快了解的。他喜欢自己支配自己，是吗？谜语的线索从我孩提时代起就一条条摆在那里了，关键是如何把它们串起来。

在那个漫长的冬季，这件事占据了我这个囚徒的心，阿喀琉斯总是外出，四处走动，经常在别处吃饭，有时也在别处睡觉。我猜想他和帕特洛克罗斯睡在一起，这个可怜人的爱似乎没有使他自己感到幸福，而是使他感到痛苦。别的女人原准备恨我，因为我住在主人的屋内而她们却不行。但是我很善于和女人打交道，所以很快我们便相处得很好了，她们告诉我所有关于阿喀琉斯的传闻。

他有时发病，最后都以被魔力迷住而告终（她们听他说过这魔力）。他有时沉默寡言，令人奇怪。他的母亲是个女神，一个叫忒提斯的海中生物，她能很快改变形体：乌贼、鲸鱼、鲶鱼、蟹、海星、海胆、鲨鱼。他父亲的祖父就是宙斯本人。他曾求学于一个马人——一种最有传奇色彩的生物，它有人头、人身和人的手臂，身体的其余部分则为马的样子。身材巨大的埃阿斯是他的堂兄和莫逆好友。他活着是为了战争，而不是为了爱情。尽管他和帕特洛克罗斯关系密切，但她们认为他不是一个爱恋男人之人。但是他也不是

第 十 九 章

爱恋女人之人。

　　他偶尔传令让我去弹唱，对此我心怀感激，因为我的生活太枯燥乏味了。他常沉思着坐在椅子上，用一半的心思听我弹唱，另一半的心思飞到与音乐和我毫无联系的地方去了。从来没有一丝的欲望。没有迹象显示他为什么要留着我，我也不理解我企图投海时帕特洛克罗斯对我说的话的深层含义。再不要这样！谁？什么东西熄灭了阿喀琉斯的欲火？

　　使我感到伤心的是，我发现吕耳涅索斯和我的父亲渐渐在我心中的位置不那么重要了，我对曾在达耳达尼亚发生的事已渐渐失去了兴趣，而对阿索斯眼下发生的事的兴趣越来越大。有三次阿喀琉斯在家中用餐，这三次他要求我侍候他，别的女人不得在场。愚蠢的拉俄狄刻总是给我打扮，把我弄得香气四溢，相信我最终还是他的人。但是他什么也不说，什么也不做。

　　在冬末时节，我们从阿索斯迁往特洛伊。福尼克斯往返了无数次，渐渐地库房、粮仓和营房都空空的了，最后整支军队也往北航行了。

　　特洛伊。甚至在吕耳涅索斯也是特洛伊占主导地位，因为特洛伊是我们世界的中心。尽管这不合安喀塞斯和埃涅阿斯的心意，但这是事实。现在我第一次看见了特洛伊。永不停息的风吹净了它平原上的雪，城中塔楼和尖顶上点缀着冰凌，在阳光下晶莹闪亮。它像奥林波斯山上的一座宫殿——悠远、寒冷、美丽无比。埃涅阿斯

由 布 里 塞 伊 斯　　叙 述

和父亲、妻儿住在这座城内。

往特洛伊的搬迁不知怎地加大了我的压力,我时常情绪低落,掉眼泪,莫名其妙地发脾气。

现在已是战争的第十年,所有的神谕都说战争终于要结束了,这是我忧郁的原因吗?是因为我知道战争结束后阿喀琉斯将带我去伊俄尔科斯吗?还是因为害怕他打算把我当作好乐师卖掉?我似乎在别的方面不能令他高兴。

早春时节,袭击小分队开始出城,因为所有的希腊人都集中在一个庞大的军营内,必须弄到粮秣以增加原有的库存。赫克托耳埋下伏兵守候搜粮的希腊人,而阿喀琉斯、埃阿斯则率领希腊人伏击赫克托耳。到这时我才知道阿喀琉斯是多么不顾一切地要与赫克托耳交手。杀死特洛伊继承人的欲望几乎吞噬了他,其他的女人如是说。房屋里从白天到半夜一直回响着男人的声音,我渐渐知道了别的首领的名字。

渐渐地,春天的空气里弥漫起浓郁的芳香,大地上布满了星星点点的小白花,海勒斯旁的海水越来越蓝了。几乎每天都有小冲突发生,阿喀琉斯变得更加急不可耐地要寻觅到赫克托耳,可是坏运气总是跟着他,他从未能撞上那捉摸不定的继承人,埃阿斯也是如此。

虽然拉俄狄刻认为我出身高贵,不能干低贱的活,但等她一离开我便劲头十足地干起来。比起做在一小块布上刺绣这样单调乏味

第 十 九 章

的针线活，干这种活要强多了。

关于阿喀琉斯最吸引人的故事之一是关于他如何在他们当了许多年的与肉体快乐无关的朋友之后最终把帕特洛克罗斯当作他的情人的。据拉俄狄刻说，这个转变发生在有一次忒提斯施魔力的时候。她说，在这些时候，我们的主人特别容易受别人的愿望和欲望的影响，帕特洛克罗斯利用了这个机会。我认为这个解释太老生常谈，这是因为我在帕特洛克罗斯身上没有看到这种置道德于不顾的迹象。但是爱情女神的行为方式是奇怪的：谁会预料到我也会遭受她的魔力的折磨？也许事情的真相是阿喀琉斯十分有效地为自己做了防御，在任何情况下他都没有容易受到伤害的弱点。

正巧有一天我溜去干我最喜欢的活，在专门保存甲胄的房间擦亮甲胄，结果被撞上了。阿喀琉斯进来了，他走得比平时慢，我手拿抹布，站的地方很容易被看见，我已经想好了借口，但是他没有看见我。他的脸拉得很长，显得疲倦，右臂上溅着一些血。这不是他自己的血！我放松了。他把头盔取下来，扔在地上，双手放在头上，好像它疼得厉害。我吓坏了，开始全身发抖，而他则摸索着解开胸铠上的绳结，设法把它及其他随身物品脱掉。帕特洛克罗斯到哪儿去了？

脱掉这些金属盔甲之后，他穿着内衣，跌跌撞撞地向椅子走去，他茫然的脸朝着我。但是他没有坐进椅子，而是瘫倒在地，开始战抖，扭曲，大量流口水，发出含混不清的声音。然后他的眼珠上翻，

由布里塞伊斯　叙述

身体僵直,四肢伸展,最后开始抽动。口水变成了大片白沫,脸变成黑色。

在他猛烈地抽动时我一筹莫展,当抽动停止后我跪在他身旁。

"阿喀琉斯!阿喀琉斯!"

他没有听见我的声音,面如死灰地躺在地上,双臂无目的地摆动。当他的双手碰到我的腰部时,他摸索着,最后摸到了我的头,轻轻地前后摇晃着它。

"母亲,别来管我!"

他的声音模糊不清,嗓音改变,我都听不出来了。我开始哭泣,为他感到恐惧。

"阿喀琉斯,我是布里塞伊斯!布里塞伊斯!"

"你为什么折磨我?"他问道,但不是对我发问的,"为什么你认为需要提醒我我将走向死亡?没有你我的忧伤已经够多的了,你有了伊菲革涅亚难道还不满足吗?不要来烦我,不要来烦我!"

随后,他便陷入恍惚。我赶快跑出房间去找拉俄狄刻。

"主人的浴水准备好了吗?"我上气不接下气地问。

她把我的忧伤误解成了期待,开始对我又笑又拧:"是时候了,傻姑娘!是的,准备好了。你可以为他洗澡了,我很忙。嘿嘿!"

我为他洗澡,不过他弄不清是我还是拉俄狄刻,这使我能随意地看他,所以也使我认识到一个我过去不愿承认的事实:他多么美啊,我是多么想得到他啊。房间里充满水汽,由于出汗我的达耳达

第 十 九 章

尼亚长袍粘在身上，我嘲笑自己的蠢行。我，布里塞伊斯，已经加入到这个队伍中来了，像他的别的女人一样爱上他了——一个既不爱男人，又不爱女人的男人，一个活着只为进行殊死战斗的人。

我把一块布放进冷水中，把它拧干，踏上浴缸旁的凳子，把他脸上的水吸干。某种意识的迹象进入他的眼睛，他举起手，把它放在我的肩上。

"拉俄狄刻？"他问。

"是的，大人。来吧，您的床在这儿，抓住我的手。"

他的手指抓紧了，我无须看便知道他听出了我的声音。我从他手中挣脱，从桌上拿起一罐油。我很快朝他脸上瞥了一眼，他笑了，这笑容几乎给了他一张好看的嘴，并显出意外的温柔。

"谢谢。"他说。

"没什么。"我答道，心怦怦狂跳，几乎难以听见自己说的话。

"你在这儿多长时间了？"

我无法对他说谎："从一开始。"

"那你看见我了。"

"是的。"

"那我们之间没有秘密了。"

"我们共有这个秘密了。"我说。

于是我躺入他的怀中，但不知道是怎样投入他的怀里的。我只知道他没有吻我，后来他告诉我，没有嘴唇，接吻不能给他多少快乐。但是身体的确给他很大的快乐，他和我的身体。他的手能使我身上的每一根神经像竖琴一般欢快地鸣响。我久久地说不出话来，感觉到阿喀琉斯特有的使人晕眩的强烈感情。我苦苦地渴盼了这么多月，却不知道自己正在渴盼，现在终于知道了这女神[1]的力量。我们既没有被分割，也没有被吞噬，有片刻时间，我感到女神活跃在他和我的内心。

他爱我，这是他后来说的。他从一开始就爱我，因为虽然我不像伊菲革涅亚，但他在我身上看见了她的影子。然后他告诉我那可怕的故事，现在他满足了，我猜想这是自她死了之后的第一次。我同时也担心自己是否有勇气面对帕特洛克罗斯，他出于纯洁的爱，曾试图谋求治疗的良方，但是失败了。所有的线索都串起来了。

1.此处的女神当指希腊神话中的爱神阿佛洛狄忒。

第 十 九 章

第二十章

由埃涅阿斯叙述

我带着一千辆战车和一万五千名步兵来到特洛伊。普里阿摩斯强压下厌恶之情，对我大大赞扬了一番，把我那精神错乱的可怜的父亲拥进怀抱，给了我的妻子克瑞乌萨（是他和赫卡柏的亲生女儿）热烈的欢迎。看见我们的儿子阿斯卡尼俄斯时，他满面笑容，说他很像赫克托耳，这使我十分高兴。如果他说我们的儿子像帕里斯（他和帕里斯长得很像），那我就没那么高兴了。

我的军队被派驻在特洛伊城四周，我和家人在城堡内得到一座我们自己的小宫殿。没人看见的时候我尖酸地笑了；坚持这么长时间不发援兵看来并非是个错误。普里阿摩斯不顾一切地要除掉特洛伊身上的希腊吸血鬼，便伪称达耳达尼亚人的到来是众神赐给的礼物。

特洛伊城已经变了。它的街道变得更昏暗，不如过去那么美观整洁了；拥有无限的财富和权力的气派正在消失。我也注意到城堡王宫门上的黄金钉不见了。安忒诺耳很高兴见到我，他告诉我，特洛伊的许多黄金已用于去从赫梯和亚述购买雇佣兵，但雇佣兵未到，黄金也没退回。

在战争的第九和第十年之间的整个冬季，从南部沿岸我们的盟国不断有信传来，他们答应将把能召集起来的兵力都派来增援。这一次我们倾向于相信他们这些卡里亚、吕底亚和吕克亚的统治者们能兑现承诺。沿岸地区从头至尾都被夷平，希腊的殖民者正在大批拥进，家中已无牵挂，也没有东西需要守护。小亚细亚最后的希望是和特洛伊联合起来抗击希腊人。获胜后他们才能返乡，把闯入的殖民者赶出去。

大家都给我们送来了消息，包括一些我们甚至已不对其抱希望的人。格劳科斯国王来了，带来了与他共同执政的萨耳珀冬国王的口信，告知普里阿摩斯他们正动员组织部队的残部，可以从过去人口众多的国家——从米西亚远至克利克亚——召集两万兵力。格劳科斯告诉普里阿摩斯这一切的时候，这位特洛伊的国王哭了。

阿玛宗女王彭忒西勒亚答应增援一万骑兵；普里阿摩斯的血亲、哈图西利斯（Hattusilis）山脚下的赫梯国王将率五千赫梯步兵和五百辆战车而来。四万特洛伊士兵已在我们手中，如果人人都能如约前来，到了夏天我们便很容易在数量上超过希腊人。

萨耳珀冬和格劳科斯最先到达。他们的部队装备精良，但是当我向它的队列看去时，很容易发现阿喀琉斯对沿岸一带的打击是多么沉重。萨耳珀冬不得不招募了一些没有经验的毛头小伙、上了年纪头发开始花白的老者、粗俗的农民和山中年轻的牧人，这些人对当兵打仗一无所知。但是他们热情高涨，此外萨耳珀冬也不是傻瓜，

由埃涅阿斯叙述

他可以训练他们。

赫克托耳和我坐在他的宫殿里一边喝酒,一边谈论此事。

"你的一万五千步兵、两万海岸部队、五千赫梯人、一万阿玛宗骑兵和四万特洛伊步兵,加上总共一万辆战车,埃涅阿斯,我们能成!"赫克托耳说。

"十万……你估计还剩多少希腊人跟我们作战?"

"这很难估计,不过这么多年从希腊营中逃来了一些奴隶,"赫克托耳说,"有一个我特别喜欢,他叫得墨特里俄斯(Demetrios),出生于埃及。通过他和别人之口,我得知阿伽门农的兵力已缩减到五万人和一千辆战车。"

我皱了皱眉头:"五万?似乎不可能。"

"不是,他们来的时候只有八万人。得墨特里俄斯告诉我,有一万名希腊人已年纪太大,不能作战了——阿伽门农没有再从希腊招过人——他们已把这些人全部送到沿岸地区做殖民者。五千士兵两年前死于疫病;第二部队中有一万人死的死,残的残;还有五千人因思乡心切已返航回希腊。因此,我的估计是至多五万人,埃涅阿斯。"

"那我们应该能把他们彻底打垮。"我说。

"我很赞同。"赫克托耳热切地说,"我在会议上请求父亲让我们领兵出城,你会支持我吗?"

"但是赫梯和阿玛宗的援军还未到达!"

"我们不需要他们。"

第 二 十 章

"你应该考虑他们富有经验而我们经验不足这个因素，赫克托耳。希腊人久经沙场，而我们却不行。此外，他们的军队知道他们的首领领兵有方。"

"我承认我们的军队缺乏经验，但是我不能同意你说的关于领兵之事。我们也有相当多的著名勇士——比如说你，还有宙斯之子萨耳珀冬！他的部队很崇拜他。"赫克托耳不好意思地咳嗽起来，"还有我，赫克托耳。"

"这不一样。"我说，"达耳达尼亚人如何看待赫克托耳？特洛伊人如何评价埃涅阿斯？尽管萨耳珀冬是宙斯之子，但吕克亚以外的人谁知道他的名字？想一想这些希腊名字吧！阿伽门农、伊多墨纽斯、涅斯托耳、阿喀琉斯、埃阿斯、透克洛斯、狄俄墨得斯、奥德修斯、墨里俄涅斯，等等，等等！嘿，就连主医官玛卡翁也英勇善战。此外，每个希腊士兵都熟知所有这些名字，他也许能告诉你某位首领喜欢吃什么或者最喜爱什么颜色。不一样啊，赫克托耳，希腊人是在王中王阿伽门农统率之下的一个作战的民族，而我们却勾心斗角，互相忌妒，充满派系之争。"

赫克托耳久久地注视着我，然后叹息道："你说得对。但是一旦参战，我们这支通晓多种语言的部队就会只想着一件事：把希腊人赶出小亚细亚。他们为粮食而战，我们为生命而战。"

我笑起来："赫克托耳，你是不可救药的理想主义者！当人用矛抵着你的咽喉时，你会停下来思考，认为他为粮食而战吗？他们跟

由埃涅阿斯叙述

我们一样也是为生命而战。"

他不想对我的话进行评论,便把自己的酒杯重新斟满。

"那么你打算请求领兵出城?"

"是的,"赫克托耳说,"就在今天。简直难以想象!我把我们的城墙看成了障碍,把我的家看成了囚牢!"

"有时是这样,我们最喜爱的东西恰恰成了毁灭我们的东西。"我说。

他笑了,但笑得并不开心:"你真是个奇怪的家伙,埃涅阿斯!你是不是什么也不信,什么也不爱?"

"我相信我自己,爱我自己,"我说,"我,我自己。"

普里阿摩斯举棋不定,他的常识与他想赶走希腊人的强烈愿望发生了冲突。但最终他听取了安忒诺耳的意见,而不是赫克托耳的意见。

"不能出城交战,陛下!"安忒诺耳哀求道,"时机不成熟就与希腊人交战会使我们的希望全部破灭。等一等赫梯的门农和阿玛宗的女王吧!如果阿伽门农没有阿喀琉斯和密耳弥多涅斯人相助,情况也许不同,但是事实上他有这些人,我对他们十分畏惧。密耳弥多涅斯人从出生之日起就只为战争而活,他们的身体是用青铜铸造而成的,他们的心是石头,他们的精神如同他们的"蚂蚁"之名——顽强执拗!没有阿玛宗勇士对付密耳弥多涅斯人,您的先头

第 二 十 章

部队将会被斩成碎片。再等一段时间吧,陛下!"

普里阿摩斯决定等待。表面上赫克托耳似乎豁达地接受了他父亲的裁决,但是我对这位继承人更了解。他急不可耐地要与阿喀琉斯交锋,可是正是他父亲对这同一个人的畏惧挫败了他。

阿喀琉斯……我记得曾在吕耳涅索斯城外与他遭遇,不知这两个人中哪一个更强,阿喀琉斯还是赫克托耳。他们两人身材相当,都勇武善战。但是不知怎的,我似乎凭直觉感到赫克托耳注定要毁灭。我太看重德行了,赫克托耳实在是个有德行的人。现在我渴盼别的东西。

我离开御座厅时,厅内弥漫着焦虑不安的气氛。由于那年代久远的说我将来要统治特洛伊的预言,普里阿摩斯已经与我和我的家人疏远了。尽管我来了之后他对我以礼相待,但是在客气的外表下仍藏讥讽。仅仅因为我有军队他才接纳了我。但是我如何活得比他的五十个儿子更长久?除非特洛伊战败,在此情况下阿伽门农才有可能把我扶上王座。对于一个和普里阿摩斯有相同血统的人,这是一种令人愉快的窘境。

我走进宽敞的大院,在院中来回踱步,心中咒骂着普里阿摩斯,内心十分渴望得到特洛伊。接着我意识到有人正从阴影中看着我,我的脖子后面变得冰冷。普里阿摩斯恨我,他会干出谋杀近亲的罪恶之事吗?

我认定他会干出这种事,便拔出匕首,潜行至装饰着鲜花的院

由埃涅阿斯　叙述

井中宙斯的祭坛[1]后面。当我离这个偷看我的人不到一臂远的时候，我一跃而起，"啪"的一声用手捂住了他的嘴，刀尖抵着他的咽喉。但那柔软地抵着我手掌的嘴唇不是男人的嘴唇，匕首下的胸脯也不是男人的胸脯，我放开了她。

"你以为我是暗杀者吧？"她喘着粗气问。

"躲藏是愚蠢的，海伦。"

我看见祭坛的石阶上有一盏灯，便用长明火将它点亮，然后举起灯，长久地注视着她。从上次见到她到现在已过去了八年，简直让人难以置信！她应该有三十二岁了，但灯光总是友好的。后来在亮一些的光线下，我才能从她眼睛四周的细纹上看见岁月温和的破坏，这两只乳房稍稍有些塌陷了。

神啊，她真美！海伦，特洛伊和迈锡尼的海伦，吸附者海伦。女猎手阿尔忒弥斯的全部优美都融入了她的万千仪态，阿佛洛狄忒面容的全部细腻精美和摄人魂魄的魅力都在她的脸上显现。海伦，海伦，海伦……此刻我才完全意识到，多少个夜晚她的形象曾使我从梦境中醒来，多少次在我的睡梦中她解开自己饰有宝石的腰带，让衣裙落在她凝脂般的脚边。海伦是阿佛洛狄忒的凡胎肉身，在海伦身上我看见了我未曾谋面的女神母亲的形体和面容，我只是在我

1.古希腊神的祭坛一般建在庙宇、广场、院井、森林和田野等地。

第 二 十 章

父亲的谵语中听说过我母亲。由于和爱情女神的一次浪漫的邂逅，我父亲已经疯狂了。

海伦是全部感官的化身，是笑盈盈地守着许多秘密的潘多拉[1]。她受制于人又控制他人，她是土和爱情，潮湿和空气，使男人血管爆裂的与冰混和的火。她用死亡和神秘的全部魅力引诱着，逗弄着。

她磨光的指甲如贝壳的内壁发出幽幽的光，她把手放在我的胳膊上："你到特洛伊已有四个月了，可这是我第一次看见你，埃涅阿斯。"

我又厌恶又恼怒，猛地把她的手推开："为什么我要把你找出来？如果有人看见我向希腊婊子献媚，普里阿摩斯知道了会怎样对我？"

她平静地听着我的话，垂下了眼睛；然后她扬起黑色的睫毛，抬起一双绿莹莹的眼睛严肃地看着我。"你说的我都同意。"她说着，抖开裙边皱褶，发出轻微的叮叮当当的响声，然后坐在一张椅子上。"在男人眼中，"她平静地说，"女人是奴隶，是他拥有的一件实在的财产。他可以任意虐待她，不用担心遭报复。女人是被动的生物，我们说话没有权威，因为人们认为我们没有逻辑思维能力。我们生下男人，可是这被人遗忘了。"

我打了个哈欠。"自怜与你不相称。"我说。

---

1. Pandora，希腊神话中的第一个女人，为火神赫菲斯托斯根据宙斯的意志用泥土和水造成，送给普罗米修斯的兄弟厄庇墨透斯为妻。潘多拉貌美狡诈，私自打开宙斯让她带的一只盒子，疾病、疯狂等一切灾难从盒底飞出，危害人间，只有"希望"留在了盒底。

由 埃 涅 阿 斯　　叙 述

"我喜欢你,"她笑着说,"因为你不与他人往来,只沉浸在个人的野心之中。也因为你像我。"

"像你?"

"是的。我只是阿佛洛狄忒美丽的赝品,而你是她的儿子。"

她迫不及待、万般抚爱地投向我的怀抱,我把她揽入怀中,穿过寂静的走廊,来到我的私室。没有人看见我们,我猜想是我的母亲庇护了此事,保护了这只雌狐狸。

即使当她最深层的激情摇撼我心灵深处时,她身上还有一部分没有被我占有,她内心的某个角落仍然隐秘遥远。我与她在巨大的快乐中交会,但是当她汲干我的全部精力时,却把她自己紧紧地锁在某个隐秘之处,我无望找到这把钥匙。

第 二 十 章

第二十一章

由阿伽门农叙述

我已经向部队发出了作战命令,可是普里阿摩斯仍然待在城墙之内,就连特洛伊的突袭小分队也停止了对我们的骚扰。由于没有军事行动,对局势心中无数,我的部队变得烦躁不安。因为无事商谈,我没有召集会议,后来奥德修斯来了。

"陛下,今天中午您能召开一次会议吗?"他问。

"为什么?没有什么可说的。"

"您不想知道如何引诱普里阿摩斯出城?"

"你到底在打什么主意,奥德修斯?"

他的脸上露出诡秘的笑容:"陛下!您怎么能让我现在就泄露秘密呢?那您还不如要求永生!"

"那好吧。中午开会。"

"再帮一个忙好吗,陛下?"

"什么事?"我警惕地问。他又在施展他那让人上钩的露齿微笑的魅力,这是他专门用来获取想要得到的东西的。我软了下来,奥德修斯如此一笑我便一筹莫展。你无法抵御他的魅力。

"不要开全体会议,只要部分人出席。"

第 二 十 一 章

"这是你要开的会,你要让谁来就让谁来吧。把他们的名字告诉我。"

"涅斯托耳、伊多墨纽斯、墨涅拉俄斯、狄俄墨得斯和阿喀琉斯。"

"没有卡尔卡斯?"

"最不能让他参加。"

"我希望知道你为何如此厌恶此人,奥德修斯。如果他是叛徒,到现在我们也应该发现了。可是你一直坚持把他排除在所有的重要会议之外。众神可以为此人作证,他曾有过无数次向特洛伊人泄密的机会,但他从未这样做。"

"我们的一些秘密,阿伽门农,他知道的跟您一样少。我相信他在等待一个值得向他心之所系的地方泄露的秘密。"

我咬着嘴唇,吐出一口怒气:"那好吧,不让卡尔卡斯参加。"

"您也不能向他提及此事。我还有个要求,我们人一到齐,门窗都要用木板封死,屋外部署的卫兵站位要紧密,彼此紧挨着。"

"奥德修斯!这是不是太过分了?"

他顽皮地咧嘴笑了:"我不想让卡尔卡斯显得像个傻瓜,所以我们必须在第十年结束这件事。"

奥德修斯指名要的少数几个人来了,他们原以为是开全体会议,当他们明白只有他们几个时,感到很奇怪。

"为什么墨里俄涅斯没来?"伊多墨纽斯恼怒地问。

由 阿 伽 门 农 叙 述

"为什么埃阿斯没来？"阿喀琉斯怒气冲冲地问。

我清清嗓子，他们静了下来。"奥德修斯让我把你们召集来。"我说，"只有你们五个，再加上他和我。你们听到的是卫兵们封门的声音，这比我告诉你们会议的内容多么机密更有说服力。我要求你们每个人在此发誓：有关这次会议的事出去之后不能向任何人透露，在睡梦中也是如此。"

他们一个接一个地跪下发誓。

奥德修斯开始说话的时候，声音很轻，这是他的手段。开始说话时声音轻使你必须集中注意力听，当他介绍他的想法时，他的声音便会提高，最后就像鼓声在屋椽之间回响。

"在我告诉你们召开这个小型会议的真正原因之前，"他用几乎听不见的声音说，"有必要说一件你们中的其他一些人已经知道的事情，也就是山谷里我的那所监狱的真正作用。"

奥德修斯讲述了涅斯托耳和狄俄墨得斯已经知道的情况，我越听越气，越听越感到吃惊。我们为什么没想到去那山谷调查他们在从事什么活动呢？也许是因为，我在满腔怒气中也承认，不去打探正合我们的心意，奥德修斯给我们除掉了最难弄的人，他们再也没有回来捣乱了。我现在才知道，并不是因为艰苦的服刑制服了他们，而是因为他们做了间谍。

"好吧，"最后我紧抿着嘴唇说，"现在我们至少知道你怎样巧妙地策划对特洛伊的下一步行动！但是为什么如此保密？我是王中王，奥德修斯！从一开始我就有权知晓！"

"因为您亲信卡尔卡斯，所以不能让您知道。"

"我现在仍然亲信他。"

"但是跟过去的方式不一样了，我想。"

"就算是吧。说下去，奥德修斯。你的间谍跟这次会议有什么关系？"

"他们不像我们的部队那样无所事事。"他说，"你们都听到了有关普里阿摩斯为什么按兵不动的传言。最流行的说法是他的增援部队力量还不够，他没有达到我们的数量。这并非事实。目前他有七万五千名士兵，还有将近一万辆二轮战车。如果阿玛宗的彭忒西勒亚和赫梯的门农为他增援，就会大大超过我们的数量。此外，他还误认为，如果我们能在战场上投入四万名士兵就不错了。你们可以相信这些消息很可靠，我手下有人在那边深受普里阿摩斯和赫克托耳信任。"

他在房间四周转着小圈，因为房间里人少，所以不受限制。"在我讲下去之前，我必须先讲一讲特洛伊国王。普里阿摩斯年事已高，有老年人常有的多疑、优柔寡断、恐惧和偏见。简言之，他不是涅斯托耳，绝不会是。他统治特洛伊的手段比任何希腊国王都独裁——他的确是君临一切的国王。就连他的儿子和继承人也不敢左右他。阿伽门农召集议事会，普里阿摩斯召开大会。阿伽门农倾听我们的意见，普里阿摩斯只听自己的和那些应和他想法的人的声音。"

由 阿 伽 门 农 叙 述

他停下来面对着我们:"这是一个我们必须智胜的人,一个我们必须使之服从我们的意志而又不让他怀疑的人。赫克托耳走在城堞之间,数着他的士兵数量,看着我们像成熟待摘的果实一般坐在海勒斯旁,这令他落泪。埃涅阿斯焦躁不安。只有安忒诺耳一人无所事事,因为普里阿摩斯正按照安忒诺耳的愿望行事——普里阿摩斯也无所事事。"

奥德修斯又绕着我们的座椅转了一圈,每个人的头都转向他:"那么为什么普里阿摩斯现在有充分的机会把我们赶出特洛艾德,而他却不愿采取行动呢?难道他真的在等门农和彭忒西勒亚?"

涅斯托耳点点头。"毫无疑问,"他说,"这是垂暮之人必定会做的事。"

奥德修斯吸了一口气,提高了自己的音量:"但是我们不能让他等待!必须在他有资本成千上万地损兵折将之前将他诱出城外。我的消息比普里阿摩斯的可靠。我可以告诉你们,彭忒西勒亚和门农都将在冬天封关之前从内陆赶来。阿玛宗人都骑马,所以她们可以算作骑兵。加上她们,特洛伊总共可以投入两万多骑兵。不到两个月后她们便会到达,门农会紧随其后。"

我咽了一下口水:"奥德修斯,这些我都不知道,你难道不能早一些告诉我吗?"

"我的情报刚刚搜集完整,阿伽门农。"

"我明白了。讲下去。"

第 二 十 一 章

"普里阿摩斯仅仅出于谨慎才按兵不动,还是另有原因?"奥德修斯自问自答,"答案并非是谨慎,要不是阿喀琉斯和密耳弥多涅斯人,他此刻就会允许赫克托耳出城。他对我们其余的部队和所有别的首领的恐惧加起来都比不上他对阿喀琉斯和密耳弥多涅斯人的恐惧。他的恐惧部分植根于某些关于阿喀琉斯的神谕——说他个人拥有摧毁特洛伊之精华的能力。他的恐惧也来源于特洛伊军中的普遍感觉:密耳弥多涅斯人是不可战胜的,宙斯用大批蚂蚁造出他们是为了赐给佩琉斯世界上最好的士兵。哎,我们都知道普通人的特点——迷信,容易上当。但是两个原因结合起来,普里阿摩斯就必然会找一只替罪羊去和阿喀琉斯和密耳弥多涅斯人对抗。"

"彭忒西勒亚还是门农?"阿喀琉斯神色严峻地问。

"彭忒西勒亚。关于她和她的马上勇士有一些难解之谜,她们具有女人的魔力。你知道,普里阿摩斯不可能让赫克托耳与阿喀琉斯交锋。即使阿波罗能保证特洛伊胜利,普里阿摩斯也不会让赫克托耳与神谕所说的拥有摧毁特洛伊之精华的人对阵。"

阿喀琉斯脸上并没有喜悦之色,但是他没说话。

"阿喀琉斯才能超群,"奥德修斯冷冰冰地说,"他能像阿瑞斯本人那样领兵作战,而且他的麾下有密耳弥多涅斯人。"

涅斯托耳叹道:"太对了!"

"现在还没有必要悲观失望,涅斯托耳!"奥德修斯用欢快的语调说,"我仍然心智健全。"

由 阿 伽 门 农 叙 述

狄俄墨得斯——当然他已经熟知全部内情——坐在那儿咧着嘴笑。阿喀琉斯和我面面相觑，而奥德修斯则看着我们二人。然后他把权杖底部往地上一顿，发出一阵清脆的响声，吓了我们一跳。然后他开口说话，声如雷鸣。

"必须有一场争吵！"

我们惊得目瞪口呆。

"特洛伊人对间谍系统并不陌生。"奥德修斯恢复了常态说，"事实上，我们营垒中的特洛伊间谍与我在特洛伊营中的间谍都在为我效劳。我了解他们每个人，给他们一些经过挑选的星星点点的消息，让他们送回到波吕达玛斯手中，他们是他招募的。这个波吕达玛斯是个有趣的人，不过他没有得到应有的赏识，为此我们必须感谢神祇，他们站在我们这一边。不消说，他的间谍带回去的只是一些我有意让他们带回去的消息，比如说我们的兵力不足。但是在最近的几个月里，我一直在怂恿他们向波吕达玛斯送回一条流言。"

"流言？"阿喀琉斯皱着眉头问。

"是的，流言。人们喜欢听信流言。"

"什么流言？"我问。

"你们两人，阿伽门农和阿喀琉斯，你们之间关系不和。"

我想有相当长的时间我停止了呼吸，因为我听不到自己吸进空气的声响了。"阿喀琉斯和我不和。"我缓缓地说。

"对。"奥德修斯说，显得踌躇满志，"普通士兵对上司说长道短,你知道的。他们都知道在你们之间时常会发生分歧。最近我一直在散布流言说你们之间的关系正急剧恶化。"

阿喀琉斯脸色苍白地站起来。"我不喜欢这个流言,伊塔卡人!"他怒气冲冲地说。

"我当然也知道你不喜欢,阿喀琉斯。不过还是坐下吧,坐下!"奥德修斯似乎正在思考,"这事发生在秋末,当时正在安德拉米提俄斯分配从吕耳涅索斯运来的战利品。"他叹了一口气:"看着大人物为区区一女子跌跟头真让人心寒!"

我紧紧抓住座椅扶手才使自己坐稳。我同情地看了一眼阿喀琉斯;他的眼睛很黑。

"忌恨到了这种程度当然不可避免要爆发出来,"奥德修斯继续闲谈式地说,"如果你们两人争吵,任何人都不会有丝毫的惊讶。"

"为什么事争吵?"我问道,"为什么事?"

"不要着急,阿伽门农,不要急!首先我必须更全面地把发生在安德拉米提俄斯的事件分析一下。第二部队为表敬意,向您献上一件特别的战利品:克丽塞姑娘。她父亲是吕耳涅索斯的斯明透斯[1]阿波罗的高级祭司。他身穿铠甲,操起长剑,战死在抵抗之中。但现在卡尔卡斯说,如果这姑娘不送还给阿波罗在特洛伊的祭司们照管,

---

1.Sminthian,阿波罗的别名之一。

由 阿 伽 门 农 叙 述

就会出现不祥之兆。很明显，如果不送还克丽塞，我们就面临冒犯神祇的危险。"

"这是事实，奥德修斯。"我耸耸肩说，"不过，正如我对卡尔卡斯说的，我看不出阿波罗还能对我们有什么更多的伤害——他已经完全站在特洛伊一方了。克丽塞很讨我喜欢，所以我不打算放弃她。"

奥德修斯咂咂舌头："我看出来了，不过这惹恼了卡尔卡斯，所以我确信他会重新告诫：把这姑娘送回特洛伊。为了帮他摆脱困境，我想我们最好在营地来一场瘟疫暴发。我有一种药草可以使人八天病势沉重，第九天便完全康复。非常激动人心！瘟疫一旦暴发，卡尔卡斯一定会更强烈地要求您交出克丽塞，陛下。面对以疫病形式表达出来的神的极大的愤怒，阿伽门农，您将会默许。"

"现在的情况是什么呢？"墨涅拉俄斯恼怒地问。

"马上你就知道了，我向你保证。"奥德修斯把他的注意力放在我身上，"不过，陛下，您绝不是让人任意剥夺您的合法赠品的区区一个诸侯而已，您是王中之王，因此您必须得到补偿。您可能会主张，既然那姑娘是第二部队赠送的礼物，第二部队必须另外有人顶替。这同一批战利品中另有一位姑娘被阿喀琉斯硬要了过去，她叫布里塞伊斯。所有的国王和两百名高级军官都看得出，事实上王中王对她比对克丽塞更为钟情。流言向四面传播开来，阿伽门农，现在全军都知道了这件事。然而，还有一个消息也广为人知：阿喀琉斯已对布里塞伊斯产生了很深的感情，他不愿与她分手。您看，帕

第 二 十 一 章

特洛克罗斯老是苦着脸伤心地四处走动。"

"奥德修斯,你是在走钢丝。"我抢在阿喀琉斯之前说。

他不理会我,继续滔滔不绝:"您和阿喀琉斯要去为一个女人争吵,阿伽门农。我发现所有人都很容易相信为女人争吵这类事。我们必须承认这些争端毕竟非常普遍,而且已导致了许多男人丧命。如果我们可以假定,亲爱的墨涅拉俄斯,我们可以把海伦算在内。"

"不要假定!"我的弟弟咆哮道。

奥德修斯眨眨眼。啊,他是个恶棍!做起坏事来一发不可收拾。"我本人,"他非常怡然自得地说,"将要着手在我们可敬的祭司卡尔卡斯的鼻子底下安排几个征兆,我要亲自制造瘟疫。我向您担保,疫病将会在暴发的当天蔓延。当有人通知您严重的疫情时,阿伽门农,您要立即去找卡尔卡斯,向他询问什么事惹恼了哪一位神祇,这会正中他下怀的。他还会进一步希望您公开举行占卜仪式,他会当着高级将领的面要求您把克丽塞送回特洛伊。陛下,您的阵脚会守不住的,您会被迫同意。不过我确信,假如阿喀琉斯嘲笑您,您因此发怒,没有人会指责您的。在公开占卜仪式上?这简直令人难以忍受!"

这番话让我们说不出话来,不过我怀疑,即便宙斯在他脚下投下霹雳,奥德修斯也不会停止。

"阿伽门农,自然您会勃然大怒,向阿喀琉斯大发脾气,要求他把布里塞伊斯给您。于是您求助于在场的军官们:您的战利品已被

由 阿 伽 门 农 叙 述

索走，因此阿喀琉斯必须把他的战利品让给您。阿喀琉斯会拒绝，但是如果卡尔卡斯索回克丽塞，那他也会守不住阵脚，他会被迫把布里塞伊斯当场转让给您。但是交了人之后，他会提醒您，他和他父亲都没有发过四分马誓言。他会当场宣布，他本人和密耳弥多涅斯退出战争。"奥德修斯哈哈大笑，对着天花板摇晃着拳头，"我有个专门的圈套，专让我认识的一个偷偷摸摸的特洛伊人来钻。不出当天，所有的特洛伊人将会知道这场争吵。"

我们坐着，如同被美杜莎的恶眼盯过之后变成的石头人。对于他在别人心中激起什么样的感情狂潮我只能揣测，我本人的情感浪潮汹涌澎湃。我用眼角的余光看见阿喀琉斯动了一下，便把注意力转向他，急不可耐地想知道他的反应。奥德修斯能从秘密的坟墓中掘出比其他任何人更多的秘密骷髅。但是以大神母的名义来说，他真的聪明绝顶！

阿喀琉斯并没有被惹恼，这使我感到惊讶。他的眼中只有敬佩的神情。

"你是什么样的人，奥德修斯，竟能想像出这样的争斗？这是个绝妙的计策，令人吃惊！不过你应该承认，这并不令阿伽门农和我喜欢，如果按你的计划行事，我们两人必须承受嘲弄和蔑视。我现在要告诉你，我死也不会放弃布里塞伊斯。"

涅斯托耳轻轻地咳嗽起来："你不必放弃任何东西，阿喀琉斯。两个年轻女人将会受到我的照管，她们可以在我那儿一直待到按奥德修斯的计划事情得到解决。我会把她们安置在一个秘密的地方，无人会知晓她们的下落，包括卡尔卡斯。"

阿喀琉斯仍然拿不定主意："谢谢你的好意，涅斯托耳，我信任你。不过想必你知道我为什么不喜欢这个计策。假使我们真的骗了普里阿摩斯，那又怎样呢？没有密耳弥多涅斯人来保护先头部队，我们将会遭受难以估量的损失。我并非言过其实，我们在战斗中的作用就是保护先头部队不受损失。我不喜欢会招致巨大伤亡的战略计划。"他的眼中现出怨怼之色："赫克托耳会怎样？我发过誓要杀了他，但如果他在我退出战斗时死去怎么办？我应该退出战斗多长时间？"

奥德修斯回答说："是的，如果密耳弥多涅斯人不参战，我们会损失一些本不该损失的力量。但是希腊战士并非等闲之辈，毫无疑问我们会打得很好。目前我还不能告诉你你要退出战斗多久，这个问题很难回答。我现在只能说先把普里阿摩斯诱出城墙。我问你，如果这场战争再拖多年怎么办？如果我们的战士年老却无法返乡怎么办？或者普里阿摩斯在彭忒西勒亚和门农赶到时出城怎么办？不管是密耳弥多涅斯人还是什么人，我们都将会被砍成碎片。"他笑了："至于赫克托耳，他会活到和你交手，阿喀琉斯。我的直觉告诉我这一点。"

涅斯托耳说："特洛伊人一旦从城墙之后走出来，便会卷入战争，他们将永远无法退出。如果他们伤亡惨重，普里阿摩斯将会得

由阿伽门农　叙述

到情报说我们的伤亡更惨重。一旦我们把他们诱出特洛伊,大坝将会溃决,要么把我们驱出特洛伊,要么他们全部战死,否则他们会一直战斗下去。"

阿喀琉斯张开双臂,大块的肌肉在他的皮肤下颤动:"别人都在参战时,我怀疑是否有办法克制自己,奥德修斯。整整十年来,我一直等着这场厮杀。这还不算,军队会怎样议论一个为了女人争风吃醋而在关键时刻抛弃他们的人?我的密耳弥多涅斯人会怎样看待我?"

"没有人会说你的好话,阿喀琉斯,这是毫无疑问的。"奥德修斯冷静地说,"按我的计划行事需要特殊的勇气,朋友,比明天攻下西幕墙所需要的勇气更大。你们都不要误解我的话!阿喀琉斯一点也没有夸大事情的严重性。许多人会辱骂你,阿伽门农。有人会诅咒,有人会啐口水。"

阿喀琉斯苦笑起来,不无同情地看着我,奥德修斯使我们俩的关系密切了,这在发生了奥利斯的事件之后我从没指望过。我的女儿,我可怜的小女儿!我漠然、一动不动地坐着,想像着我要扮演的角色,心里感到很不是滋味。如果阿喀琉斯将会像一个放纵的小丑,那么我将会像什么样的小丑呢?"小丑"这个词用得恰当吗?倒更像是白痴。

然后阿喀琉斯"啪"地一拍大腿:"你交给我们的是很苛刻的任务,奥德修斯,但是如果阿伽门农能够忍辱负重,我怎么能拒绝呢?"

第 二 十 一 章

"您的意下如何，陛下？"伊多墨纽斯问。他的语气表明，要是换作他，他是不会同意的。

我摇摇头，手托下巴沉思起来，而其他的人都看着我。阿喀琉斯打断了我的沉思，对奥德修斯说："回答我，奥德修斯。多长时间？"

"把特洛伊人引诱出来需要花两三天的时间。"

"这不是答案。我必须留在局外多长时间？"

"首先让我们等待大国王的决定。陛下，下一步怎么办？"

我把手放下："我有个条件，在场的每个人必须庄严宣誓：坚持到最后，不管结局如何。奥德修斯是唯一一个可以领我们走出迷宫的人——这种事绝不是迈锡尼的大国王们能干的，只有偏远海岛的国王们干得出来。你们都同意宣誓吗？"

他们都同意。

没有祭司在场，我们用儿子们的头、他们的生育能力和子孙后代起誓。比四分马誓言更为残酷。

"那么，奥德修斯，"阿喀琉斯说，"说下去。"

"把卡尔卡斯交给我，我一定会让他按照我们希望的做，而绝不知道这是我们的意图。他将绝对自信，就像在酒神狂欢节上从人群中拖来装扮成狄俄倪索斯的可怜的牧羊小伙子。阿喀琉斯，一旦你交出布里塞伊斯，说出你的想法，就带着你的密耳弥多涅斯军官马上回到你们的营地。你们过去坚持在我们营中建起一道栅栏，你们的分离将会很容易被注意到。你要禁止密耳弥多涅斯人离开栅栏内的营地，你自己也不要离开。从此以后，会有人去看你，但你决不要去看别人。人人都会认为去你那儿的人是去恳求你妥协。任何时候，对你任何一个圈内的朋友都必须怒气冲天，成为一个感情受到很大伤害、希望完全破灭的人，一个感到受到很大冤屈的人，一个宁死不愿和阿伽门农弥合关系的人。就连对帕特洛克罗斯也不例外。明白了吗？"

阿喀琉斯神情严肃地点点头，既然已经决定，誓言已经发过，他反倒变得顺从了。"你准备回答我的问题吗？"他于是问道，"多长时间？"

"直到最后一刻。"奥德修斯说，"赫克托耳必须绝对相信他不会失败，他父亲必须有同样的感觉。把绳子放长，阿喀琉斯，直到他们被勒得窒息！密耳弥多涅斯人将在你之前返回战斗！"他吸了一口气："没有人能预料战斗中会发生什么事，连我也是如此，但有些事是相当明确的。比如说，没有你和密耳弥多涅斯人，我们将会被赶入我们自己的兵营；赫克托耳会冲破我们的防御墙，直插入我们的舰船之中。我可以通过使用我们军队中的间谍调整战局的进程。比如说，他们可以制造恐慌，导致溃退。你何时介入由你自己决定，但你自己不要返回战场，让帕特洛克罗斯率领密耳弥多涅斯人出击。这就显得你执拗顽固。他们知道神谕，阿喀琉斯，他们知道如果你不参战我们就不能打败他们。所以放长线！不到最后一刻不要重返战场。"

第 二 十 一 章

此后，似乎没有别的可说了。伊多墨纽斯站起来，眼睛对着我骨碌碌地转，没有人像他那样深刻理解迈锡尼的大国王遭人辱骂时心中会多难受。涅斯托耳向我们投来和蔼的微笑，当然在今天上午开会前他就知道了一切。狄俄墨得斯也是如此，想到别人将要扮演小丑的角色，他咧嘴笑了。

只有墨涅拉俄斯说："我能提一点忠告吗？"

"当然可以！"奥德修斯诚恳地说，"请提吧！"

"卡尔卡斯。让他知道秘密。这样你会减轻一半困难。"

奥德修斯一拳击在他的另一只手掌中："不，不！此人是特洛伊人！你在敌国领土作战而且有可能胜利时，不要信任任何在敌国之内由敌国女人所生的人。"

"说得对，奥德修斯。"阿喀琉斯说。

我没有发表意见，但是我觉得疑惑。多年来我一直支持卡尔卡斯，但今天上午我心中发生了一些我自己也说不清的变化。他曾是一些危害的根源，是他迫使我用女儿献祭，由此造成了我与阿喀琉斯的不和。不过，如果他确实是不能信任之人，那么在我和阿喀琉斯争吵的那一天这其实就显露出来了。尽管他脸上一副茫然的表情，但那其实暴露了他内心的幸灾乐祸——如果他真的幸灾乐祸。经过这么多年，我了解他。

"阿伽门农，"从门边传来了墨涅拉俄斯伤心的声音，"我们被封在屋内了，你能发布命令让我们出去吗？"

由 阿 伽 门 农 　 叙 述

第二十二章

由阿喀琉斯叙述

我不得不拖着沉重的脚步回到密耳弥多涅斯人的营地，面对这些我所爱的人。对他们保守秘密令我心中惴惴不安。帕特洛克罗斯和福尼克斯坐在阳光下的桌子两边，一边笑着一边玩弄着指关节。

"发生了什么事？有重要事情吗？"帕特洛克罗斯一边问，一边站起身来用手臂抱住我的双肩。自从布里塞伊斯进入我的生活之后他就喜欢这样，真令人遗憾。他这种公开表明对我的拥有的举动起了适得其反的作用，此外，这也让我感到恼火。他似乎想让我感到内疚——我是你的堂兄弟和情人，你不能因为有了新玩物而抛弃我。

我耸耸肩把他甩开："没发生什么事。阿伽门农想知道我们管束士兵有没有麻烦。"

福尼克斯显得很惊讶："如果他肯在营区四处走走就知道了啊？"

"你知道我们的君王，他一个月没召开会议了，他不愿意认为他对我们的控制有所松懈。"

"但是为什么只有你一人参加，阿喀琉斯？我在会上的斟酒让人人感到惬意。"帕特洛克罗斯说，一副受到伤害的样子。

"开会的人很少。"

第 二 十 二 章

"卡尔卡斯参加了吗？"福尼克斯问。

"目前他失宠了。"

"为了克丽塞姑娘？也许他当时对此事保持沉默才是明智之举。"帕特洛克罗斯说。

"也许他以为只要他固执己见，他最终会如愿以偿。"我漫不经心地说。

帕特洛克罗斯眨眨眼睛："你真的这样认为吗？我不这样想。"

"你们找不到比玩关节更有意义的事做吗？"我问，想改变话题。

"这样的好天气，特洛伊人不出城，还有什么比这更令人愉快的事呢？"福尼克斯问。他狡黠地看着我："你走了一个上午了，为这区区小事会议开得也太长了。"

"奥德修斯精神很好。"

"坐下来吧。"帕特洛克罗斯边说边抚摸着我的手臂。

"现在不行。布里塞伊斯在屋里吗？"

我从未看见帕特洛克罗斯发怒，但是突然间他的眼中闪出怒火，嘴唇颤抖着，他咬紧了嘴唇。"她还能到哪儿去？"他厉声说，然后转过身在桌旁坐下，"我们来玩吧。"他对福尼克斯说，后者眼珠骨碌碌地转着。

我走进屋内，叫着她的名字。她从里屋飞快地跑出来，一头扑进我的怀中。

"你想我吗？"我问了个傻问题。

由 阿 喀 琉 斯 叙 述

"好像过了很多天了！"

"更像半年了。"想到在那封死的会议室内发生的事我叹了一口气。

"不用说你酒喝多了，还要不要再来一点？"

我低头吃惊地看着她："简直难以想像。我们没喝酒。"

她活泼的蓝眼睛里充满笑意："很有趣吗？"

"我要说很令人厌倦。"

"可怜人！阿伽门农招待你们吃饭了吗？"

"没有。乖孩子，给我弄些吃的东西。"

她开始忙活着伺候我，同时叽叽喳喳地说着话，就像树篱上的小鸟。我则坐着看着她，觉得她的笑很可爱，步态很优美，脖子转动着，就像美丽的天鹅。战争具有永远的死亡威胁，但她似乎对即将到来的任何毁灭毫不在意。我从不跟她谈战争之事。

"你看见屋外站在太阳下的帕特洛克罗斯了吗？"

"是的。"

"但是你喜欢我而不喜欢他。"她满意地说，这证明竞争不仅仅来自一方。她递给我热面包和一小碟用来蘸的橄榄油："拿着，刚出炉的。"

"是你烤的吗？"我问。

"你很清楚我不会烤面包，阿喀琉斯。"

"是的。你没有女人的技能。"

"今天晚上门帘拉起来之后我躺在你的床上时，你再跟我理论这

第 二 十 二 章

件事吧。"她平静地说。

"好吧，我承认你有某种女人的技能。"

我一说这话，她便一屁股坐在我的大腿上，抓住我那空闲的手，使它滑进她宽松的长衣中，放在她的左乳房上。

"我非常爱你，阿喀琉斯。"

"我也爱你。"我把手插进她的头发中，使她抬起脸看着我，"布里塞伊斯，你能答应我一件事吗？"

她的大眼睛中没有任何焦虑："什么事都行。"

"如果我让你离开我，命令你到另外的男人那儿去，你会怎么样？"

她的嘴唇颤抖着："如果你命令我去，我就去。"

"那你会怎样看我呢？"

"我不会改变对你的看法。你一定有充分的理由，要么是你对我厌倦了。"

"我决不会对你厌倦，在我余生中决不会的。有些东西无法改变。"

她脸上很快恢复了血色。"我也这样认为。"她上气不接下气地笑起来，"让我为你做一些容易的事吧，比如说为你的衣服染色。"

"睡觉前？"

"啊，还是明天吧。"

"我还要你答应我一件事，布里塞伊斯。"

"什么事？"

由 阿 喀 琉 斯 　 叙 述

我用手指捻着她的一小绺好看的头发："如果将来某个时候我显得像个小丑，或很愚蠢，或冷酷无情，你要继续信任我。"

"我将永远信任你。"她把我的手更用力地压住她的乳房，"我也不傻，阿喀琉斯。你有心事。"

"如果我确实有心事，也不能告诉你。"

听了这话她不再谈论这个话题，后来也没有提过。

我们都不知道奥德修斯是如何把他的计划付诸实施的，我们知道他在周密行事，但是看不见任何痕迹。不知怎么回事，整个部队都在悄悄议论，我和阿伽门农之间将会爆发争吵，卡尔卡斯强硬地坚持对克丽塞一事的态度，阿伽门农被激怒了。

开过会议三天之后，这些有趣的话题都被忘却了。灾难降临了。开始的时候军官们试图不让外界知道，但不久生病的人太多，难以掩盖。可怕的词口口相传：瘟疫，瘟疫，瘟疫。一天之中，四千人病倒，第二天又有四千——似乎没有停止的迹象。我去看我自己的生病的战士，看见他们我忍不住向勒托[1]和阿尔忒弥斯祈祷，说奥德修斯会对自己正在做的事负责。他们发高烧，说胡话，全身布满湿疹，剧烈的头痛折磨得他们呜呜地哭泣。我向玛卡翁和波达利里俄

1.Leto，希腊神话中阿波罗和阿尔忒弥斯的母亲。

第 二 十 二 章

斯说了这件事,他们俩都很有把握地告诉我说这无疑是一种瘟疫。

不久之后我遇到奥德修斯本人,他满面笑容。

"你必须承认,阿喀琉斯,我在某种意义上树立了一座里程碑,连阿斯克勒庇俄斯的儿子们都被我骗了!"

"我希望你没做得过火。"我不高兴地说。

"放心吧,不会有伤亡的,他们会从病榻上爬起来,恢复健康。"

我摇摇头,对他的沾沾自喜的快活劲儿很恼火:"我想这是阿伽门农服从卡尔卡斯的意愿交出克丽塞的时候了。只有通过神祇之手才能让他们奇迹般康复。只是在这时才会有解围之神[1]。"

"说话小点声。"他说着便走开去亲手照料病人了,以此赢得他不该得到的勇敢的美名。

当阿伽门农找到卡尔卡斯,请他举行公开占卜仪式的时候,全军都松了一口气。毫无疑问祭司会坚持要求送回克丽塞,想到疫病会因此结束,大家都轻松愉快起来。

公开占卜要求每个职位高于中队长的军官都要到场。他们聚集在专门用于开大会的地方,在国王的后面大约排列着一千名军官,他们都面朝祭坛。当然大部分人都和国王们沾亲带故,有的则关系

1.古希腊、罗马戏剧中用舞台机关送出来用以解决矛盾和危机的神。

由 阿 喀 琉 斯 叙 述

更近一些。

阿伽门农单独坐着。当我从他王座前走过时,我没有打算向他行屈膝礼,而是怒气冲冲。可以看出,由于忧虑每张脸都绷得紧紧的。帕特洛克罗斯甚至把手放在我的臂上以示告诫,但是我气冲冲地把它甩开。然后我找到自己的位置,听卡尔卡斯宣布占卜结果。他说阿波罗不得到他的应得之物——克丽塞姑娘,瘟疫便不会消退,阿伽门农必须把她送回特洛伊。

我们二人都无须太多的表演,我们在奥德修斯编织的网中扭动着,对之十分痛恨。我大笑着嘲弄阿伽门农,作为报复他命令我把布里塞伊斯交给他。我推开发狂的帕特洛克罗斯,离开集会地,向密耳弥多涅斯人的营地走去。布里塞伊斯看了我一眼,一句话也没说,不过她眼中充满了泪水。我们默默地往回走,然后在众人面前我把她的手放入阿伽门农的手中。涅斯托耳自愿照看这两个姑娘,把她们运往命运安排她们去的地方。布里塞伊斯跟他离去时转过脸来最后看了我一眼。

当我告诉阿伽门农,我本人和我的部队将从他的大部队中撤出时,我说话的声音听起来好像我说的字字当真,决无戏言。帕特洛克罗斯和福尼克斯一点也不怀疑我的真诚。我昂首挺胸地离开现场,向密耳弥多涅斯人的营地走去,让他们跟我走。

没有了布里塞伊斯,屋子里只有空荡的回声。因为不愿见到帕特洛克罗斯,我整天悄悄地在屋内四处走动,觉得耻辱、伤心而孤

第 二 十 二 章

独。午饭时帕特洛克罗斯过来和我一起用餐，但没有交谈，他不愿和我说话。

最后我找他说话："兄弟，你难道不能理解吗？"

他看着我，眼中蒙着一层泪花："不，阿喀琉斯，我无法理解。自从那姑娘进入你的生活，你便成了我不认识的人了。今天你已自作主张地做了一件事，你实际上是无权这么做的：你没有征求我们的意见便把我们撤了出来。只有我们的大国王可以这么做，但是佩琉斯决不会这么做的。你不配做他的儿子。"

啊，这话伤了我的心："如果你不能理解，能不能原谅我？"

"只要你去找阿伽门农，收回你说过的话。"

我后退了几步："收回？你疯了？阿伽门农对我进行了极大的污辱！"

"污辱是你自找的，阿喀琉斯！如果你不笑着嘲弄他，他决不会专门跟你过不去的！凭良心！跟布里塞伊斯分手似乎让你肝肠寸断了，你想过阿伽门农与克丽塞分手也可能会伤心吗？"

"那顽固的暴君没有心肝！"

"阿喀琉斯，你为什么这么固执己见？"

"我并没有固执己见。"

他拍了一掌："嘿，我不敢相信！这是她的影响！她对你的影响真大呀！"

"我不明白你为什么这么想，但事实并非如此。原谅我吧，帕特

由 阿 喀 琉 斯 　 叙 述

洛克罗斯。"

"我无法原谅你。"他说完便把背对着我。作为偶像的阿喀琉斯最终在底座上坍塌了。奥德修斯说得真对，人们总是认为事端是由女人引起的。

奥德修斯第二天晚上悄悄地溜进来。看见一张友好的面孔我高兴万分，几乎是过分热情地向他问好。

"你这是自我放逐吗？"他问。

"是的。就连帕特洛克罗斯也不愿和我往来了。"

"这是在意料之中的，是吧？不过不要灰心，几天后你会重返战场，证明你是无辜的。"

"证明无辜，很有趣。可是我想起一件事，真可惜上次开会时我没想到。如果我当时想到了就不会同意你的计策了。"

"哦？"他的神态似乎告诉我他已经知道我要说什么了。

"我们所有的人将会遇到什么情况？我们曾理所当然地认为这个计策成功之后——如果它真的成功了——我们可以无所顾虑地说出事实真相，现在我明白了我们永远也不能说。全体官兵都不会原谅这种计策的，因为实现此目的采用的是冷酷的手段。他们看见的只会是那些因为实施这个计谋而死的战士的面孔。我说的对吧？"

他懊悔地擦擦鼻子："我原先不知道你们谁会先明白这件事。我的赌注下在你身上——我又赢了。"

第 二 十 二 章

"你会输吗？可是我下的结论对吗？或者你已经想出令人满意的办法了？"

"这种办法不存在，阿喀琉斯。你终于明白了上次会议上显而易见的事实了，如果当时你不那么感情用事，你早就明白了。这个谋略将来也不能泄露，必须保守秘密一直到进坟墓，我们每个人都受到阿伽门农在激动之下让我们所发的誓言的约束。这给我省去了很多麻烦，更不消说它还免得我回答一些难以回答的问题。"他冷静地说。

我闭上了眼睛："那么进了坟墓的阿喀琉斯将会被认为是个自私的吹牛者，他趾高气扬，自以为是，以无数人的生命为代价来供养他受伤的自尊。"

"是的。"

"我应该割断你的咽喉，你这变态的阴谋家！你让我背上了耻辱的重负，这对我的名声永远是个污点。未来年代的人说到阿喀琉斯时，会说他为了挽回自尊不惜牺牲一切。我希望你下地狱！"

"我肯定要下地狱的。"他无忧无虑、无动于衷地说，"你不是第一个诅咒我的人，你也不会是最后一个，但是我们都将感受到那次会议的影响，阿喀琉斯。人们可能永远不会知道事情的真实内幕，但奥德修斯的手肯定会被怀疑操纵其中某个环节的。阿伽门农会怎么样？如果你看起来像是做了过分骄傲的牺牲品，那他看起来像什么？你至少受到了冤屈，而他则是冤屈了别人。"

由 阿 喀 琉 斯 叙 述

突然我意识到这样的谈话是多么愚蠢，即使是像奥德修斯这样才华横溢的人，对神祇意图的了解也是如此之少。我说："哎，这是公平的，我们应该丧失自己清白的名声。为了启动这注定要倒霉的事业，我们同意参与人祭的策划，为此我们付出代价。由于这事，我情愿继续这愚蠢的行为，我最远大的抱负永远也无法实现了。"

"什么抱负？"

"做人们心目中完美的勇士。只有赫克托耳可以做到了。"

"你不能说得那么肯定，阿喀琉斯，你的孙辈也许这么说。后世会做出不同的判断。"

我好奇地看着他："你难道不渴望被世世代代的人记住吗，奥德修斯？"

他开怀大笑起来："不！我不在乎后世怎样评价奥德修斯或者后世是否知道他的名字。我辞世之后，会在塔耳塔罗斯往某一座山上推同一块巨石[1]，或者跳起来够那永远够不着的水瓶[2]。"

"我将来会和你在一起的。现在说什么都太晚了。"

"你终于明白这个道理了，阿喀琉斯。"

1.此处指希腊神话中受众神惩罚的西绪福斯，每当他把巨石推上山顶时，它总是滚回山下，如此往复，永无止境。
2.指希腊神话中的坦塔罗斯被宙斯罚站在齐胸深的水中，身后有果树。他口渴水就退去，饥饿果则被风吹走，故他永远饥渴。

第 二 十 二 章

我们陷入了沉默，拉起的布帘挡住了那些贸然闯入者，他们是不会来安慰自己狂妄自大的首领的。酒壶放在桌上，我斟了满满两杯，我们各自边喝边想心思，都不愿自己的思绪中断，毫无疑问奥德修斯的思绪要比我的更轻松，因为他不指望从后人那里得到奖赏。尽管他似乎除了相信永恒的惩罚对其他的事一概不信，但他能够自信心不减地考虑自己的命运确实让人称奇。

"你为什么来看我？"我问。

"赶在别人之前告诉你一件怪事。"他回答道。

"怪事？"

"今天早晨有些士兵顺着西摩伊斯河岸去捕鱼，太阳升起的时候他们看见水中漂来一件东西，原来是一具男尸。他们跑去找来值班军官，军官把尸体打捞上来，是卡尔卡斯。他们认为他的死亡时间在前一天傍晚之后。"

我浑身一阵战栗："他是怎么死的？"

"死于严重的头部损伤。埃阿斯的一名军官碰巧在日落时分看见他沿着西摩伊斯河对岸的峭崖顶上走着，这军官发誓说他就是卡尔卡斯，因为他是我们营中唯一穿飘曳长衫的人。他一定被绊倒了，一头栽了下来。"

我凝视着他。他坐在那儿，显得感情深切真诚，虔诚的目光从他那美丽的灰眼睛中射出，闪闪发亮。可能吗？真是这样吗？我禁不住怀疑，在列有人们悄悄议论他犯下的一长串罪过的清单上是否

由阿喀琉斯　叙述

又增加了一条？想到这儿我恐惧得打了个冷战。除了亵渎神明、蔑视神祇、心中无神和人祭，又加上了谋杀高级祭司的罪行，这一系列的罪过超过了西绪福斯和代达洛斯[1]所犯罪行的总和。不敬神的奥德修斯却仍然受到神祇的宠爱。极大的矛盾：恶棍和国王合为一体。

他看出了我的心思，满不在乎地笑了。"阿喀琉斯，阿喀琉斯！你怎能怀疑这事是我干的？"他忍不住笑了起来，"如果你问我的想法，我认为这是阿伽门农干的。"

1.Daidalos，希腊神话中的能工巧匠，曾为弥诺斯国王建造迷宫。因怕徒弟的手艺超过师父，曾杀死两个向自己学技的外甥。

第 二 十 二 章

第二十三章

由赫克托耳叙述

没有彭忒西勒亚的任何消息。阿玛宗女王还在她那荒无人烟的地域磨蹭，而特洛伊却在痛苦中等待，一座城的命运被寄托在一个情绪多变的女人身上。我诅咒她，也诅咒在旧教消亡后仍让女人留在王位的神祇。大神母库巴巴的绝对统治消失了，可是彭忒西勒亚女王的统治仍未受到影响。我的心腹——从希腊逃跑来的奴隶得墨特里俄斯告诉我，她还没有开始在她的众多部落中召集妇女，她不会在冰冻封住隘道之前赶到。

一切征兆都显示战争将要在这第十年结束，可是我父亲仍然犹豫不决，他竟然低三下四地恭候这女人的大驾光临。我为自己所受的不公平的对待恨得咬牙切齿。每次开会我都向他抱怨，可是他主意已定，拒绝让步。我一次又一次地让他放心，说我的人身安全不会受到阿喀琉斯的威胁，我们的突袭部队可以挡住密耳弥多涅斯人的部队，没有门农和彭忒西勒亚我们也能赢。甚至当我告诉父亲得墨特里俄斯的关于阿玛宗人行动迟缓的情报时，他也没有改变主意。他说，如果彭忒西勒亚冬天之前不能赶到，那么他还会乐意等到第十一年。

第 二 十 三 章

因为现在全部希腊部队都驻扎在海边，我们又开始在城堞之间巡行，看着各种旌旗在希腊军营上空猎猎招展。在斯卡曼德河一侧的一个地方有一道内墙把一些营房分隔开来，在靠墙处飘扬着一面我过去从未见过的旗帜：黑色的底色上有一只白色的蚂蚁，嘴中衔着一束红色闪电。这是埃阿科斯的子孙阿喀琉斯和他的密耳弥多涅斯人的军旗，这比美杜莎的脸更让特洛伊人心惊肉跳。

当我内心燃烧着战斗激情时，却不得不去出席每次廷臣会议，听一些琐屑之事。总得有人到场提出异议，说军队因训练过度而状态不佳；总得有人到场看着国王对别人的劝告置若罔闻，他的这种态度我们已经看够了；总得有人看着安忒诺耳笑着反对一切积极的行动。

这一天我心情烦躁地去开会，没有感到与往常有任何不同，但这一天却要改变我们的生活了。满朝廷臣四处站着，漫无目的地闲聊着，全然不注意御座高坛。在坛座脚下站着一位起诉人，他正在陈述他的诉讼请求——这确实是意义重大的争讼，它是有关把雨水和污水排入不洁净的斯卡曼德河的排水沟渠的问题。他新建的公寓楼没有被允许进入排水系统，他这位房东十分生气。

"我在这儿对一群无知的官僚刁难诚实的纳税人的权利提出质疑是浪费我的时间！"他对着安忒诺耳喊叫道。作为大臣，安忒诺耳正在为城市排水管理当局辩护。

"你没有向有关负责人提出申请！"安忒诺耳厉声喝道。

由 赫 克 托 耳　　叙 述

"我们是什么人，埃及人？"房东挥舞着双臂问，"我问过我的经办人了，他说可以！后来，我还没来得及衔接排水系统，便来了一队执法人员阻拦！在尼尼微或者在卡耳开弥什（Karchemish）人们的日子要好过得多！有的地方——任何地方——他们的官员不会想方设法用那些愚蠢的规章来让人寸步难行！我告诉你，特洛伊差不多跟希腊一样死气沉沉！我准备迁徙他乡！"

安忒诺耳张大了嘴巴，准备与房东展开一场论战，为他宠爱的官僚们辩护，突然有个人闯入了大厅。

我不认识他，但波吕达玛斯认识他。

"出了什么事？"波吕达玛斯问他。

由于呼吸急促，来人发出了痛苦的哼哼声，他舔舔嘴唇想要说话，结果却没说出来，只是一个劲地用手指着我的父亲。我父亲忘记了排水沟之争，向前倾过身来。波吕达玛斯扶着此人走向高坛，让他坐在底层的台阶上，做手势要人递水来。就连怒气冲冲的房东也觉察出了有比他的排水问题更重要的事，便走到了一边——不过没走太远，以便可以听见人们的谈话。

喝完水休息了片刻之后，来人能开口说话了："吾国君王，有重大消息！"

父亲显得满腹狐疑。"什么事？"他问。

"陛下，今天黎明我在希腊营地参加了由阿伽门农召集的占卜仪式，卜测造成那场已夺走一万人生命的瘟疫的原因！"

第 二 十 三 章

希腊营中一万人死于疫病！我几乎是跑到王座旁的。一万人！如果我父亲不能理解这件事的意义，那他就是完全不明事理了，这样特洛伊也就必被攻陷了。希腊人少了一万，特洛伊人多了一万。父亲啊，让我领兵出城吧！我正准备把这话说出来，突然意识到这个人的话还没说完，他还没有把这个消息讲完，于是我把到嘴边的话咽了回去。

"阿伽门农和阿喀琉斯之间发生了激烈的争吵，陛下。军队内部产生了分裂，阿喀琉斯本人、密耳弥多涅斯人和其余的色萨利人退出了战争。陛下，阿喀琉斯不愿为阿伽门农而战！胜利是我们的了！"

我紧紧抓住御座的椅背，以支撑住身体，房东激动得喊叫起来，我父亲坐在那儿面孔煞白，波吕达玛斯不相信地看着这个人，安忒诺耳无精打采地倚靠在一根柱子上，厅内的其他人似乎都变成了石头雕像。

一阵响亮的、如羊叫一般的笑声在厅中响起："巨人竟如此堕落！"

"安静！"我父亲厉声喝道，然后低头看着那人，"为什么？争吵是由什么事端引起的？"

"陛下，由一个女人引起的。"这人说道，他现在平静一些了，"卡尔卡斯曾要求阿伽门农把他从吕耳涅索斯得到的作为战利品的女人克丽塞送回特洛伊。太阳神阿波罗对她的被俘十分震怒，所以他降下瘟疫。阿伽门农一天不放弃他的战利品，瘟疫则一天不去。阿

由赫克托耳叙述

伽门农只得服从。阿喀琉斯揶揄他，嘲弄他，所以阿伽门农命令阿喀琉斯交出他从吕耳涅索斯得到的战利品——一个叫布里塞伊斯的女人作为补偿。阿喀琉斯把她交给大国王之后，他本人以及其麾下的人全部撤出了战争。"

得伊福玻斯觉得这事太滑稽："一个女人！为一个女人军队分裂为二！"

"并非平均一分为二！"安忒诺耳尖刻地说，"脱离大军的人数不会超过一万五千人。如果一个女人能使军队分裂，不要忘了也是由一个女人首先引来了这支军队！"

我父亲用权杖敲着地面："安忒诺耳，闭嘴！得伊福玻斯，你喝醉了！"他把注意力重新转向那送信人，问："你的消息可靠吗，伙计？"

"可靠。我当时在场，陛下，这一切都是我亲耳听见的。"

大厅里的人长长地舒了一口气，气氛马上变得轻松起来。刚才笼罩在阴郁和冷漠气氛中的大厅里现在爆发出阵阵笑声。人们紧紧握手，快乐的交谈声越来越响。只有我感到忧伤，看来阿喀琉斯和我命中注定不能在战场上交手了。

帕里斯大步走到王座前："亲爱的父王，我在希腊时听说阿喀琉斯的母亲——一个女神——把她所有的儿子都放在斯梯克斯河水中浸过，想让他们不朽。但是当她握着阿喀琉斯右脚踵把他放在河中浸洗的时候因某件事受了一点惊吓，以至她忘了换握他的左脚踵，于是阿喀琉斯就成了必死的人。真想不到他的右脚踵竟像女人一样脆弱！布里塞伊斯，我记得她，令人惊叹。"

国王狠狠地瞪了他一眼："我已经说过不要得意忘形！我训斥一个儿子时，帕里斯，它对你们所有的人都适用！这不是一件好玩的事，这是至关重要的。"

帕里斯显得十分沮丧，我看着他，对他产生了同情。在最近的两年里他老了，四十多年的岁月使他的皮肤渐渐粗糙，摧残了他青春的活力。他曾吸引过海伦，而现在却让她生厌，宫中上下对此十分清楚。他们还知道她正跟埃涅阿斯打得火热。不过她不会完全满足的，因为埃涅阿斯最爱埃涅阿斯自己。

但是别人永远也看不透她的心思。父亲说了这番严厉的话之后，海伦只是甩开了帕里斯的手，从他身边走开了一些，从她的眼中和脸上看不出丝毫的感情。后来我意识到她并非十分神秘莫测：她的嘴唇的曲线显出了她内心的志得意满。为什么？她了解他们，这些希腊的国王们。那么为什么？

我跪在王座前。"父王，"我急切地说，"如果我们命中注定要把希腊人从我们的海岸驱逐出去，那么时机到了。如果过去我向您请求出战时真的是阿喀琉斯和他的密耳弥多涅斯人让您难下决心，那么现在您不需要有顾虑了。此外，瘟疫使他们折了一万兵员。即使没有彭忒西勒亚和门农我们也能成功。陛下，下令让我出战吧！"

由赫克托耳　叙述

安忒诺耳走上前来。哎，安忒诺耳！总是安忒诺耳！

"在您派我们出战之前，普里阿摩斯国王，请再恩准我一个请求：让我派一名我的人去希腊营证实一下波吕达玛斯的这个手下人所反映的情况。"

波吕达玛斯用力地点点头。"好主意，陛下。"他说，"我们应该证实一下。"

"那么，赫克托耳，"普里阿摩斯国主对我说，"你必须再等一等我给你的答复。安忒诺耳，立即派你的人去希腊营。今晚我要再召集一次会议。"

在等待期间我和安德洛玛刻一同登上了西北大塔楼顶上的城墙，从这里可以直接看见希腊人驻扎的海滩。小黑点般的旗帜仍然在密耳弥多涅斯人的营地上飘扬，远远看去，营地内有影影绰绰的人影在晃动。值得注意的是，密耳弥多涅斯人有围栏的营地和他们邻近的营地之间没有人员往来。我们忘了吃饭，在城墙上看了一个下午，这希腊营垒内部分裂的有力证据是我们所需的全部食粮。

黄昏时我们回到王宫，想到安忒诺耳派去的人可能会证实那条消息，心中更充满希望。在我们快要沉不住气的时候他回来了，他很快地说了几句话，印证了波吕达玛斯的人告诉我们的消息。阿伽门农和阿喀琉斯吵得很凶，决不和解。

海伦站在离帕里斯有相当距离的厅对面墙边，公开地向埃涅

第 二 十 三 章

阿斯示意，因为她知道希腊统帅内部的争吵暂时冲淡了人们对她和这个达耳达尼亚人绯闻的关注，所以她戴着微笑面具的脸上显得无忧无虑。埃涅阿斯向她走过来，她把手放在他的手臂上，一双长眼睛公然挑逗地斜视着他。但我对他的判断没错，他没理睬她。可怜的海伦。如果让他在海伦和特洛伊二者的魅力之间进行选择，我知道埃涅阿斯的偏好。他的确是个值得敬佩的人，只是自视过高了一点。

不过她似乎并没有被他的唐突走开弄得窘迫不安。我又开始思忖她是如何看待她的同胞的。她确实很了解阿伽门农，有一会儿工夫我内心十分矛盾，不知自己是否应该向她了解情况，但是安德洛玛刻和我在一起，她很讨厌海伦。我判定自己不会从她那儿得到什么消息，如果安德洛玛刻知道了，我会挨她一顿责骂，这不值得。

"赫克托耳！"

我走到王座下，跪在父亲面前。

"接令指挥我们的军队，我的儿。派出传令官，让他为两天后的黎明开战做好战斗动员。让斯开亚守门人在门下槽中的巨石上涂上油，套上公牛。十年来我们一直被困在城中，但是现在我们要出击，把希腊人从特洛伊赶走！"

我吻了他的手，厅内爆发出震耳欲聋的欢呼，不过我没有笑。阿喀琉斯将不会出现在战场上，这样的胜利算什么呢？

由 赫 克 托 耳 叙 述

两天时光就像山腰上的一朵云影一样一晃就过去了,两天之内我忙着会见战士,向甲胄制造匠、技师、战车驭手、步兵军官和各种人员发布命令。直到一切准备就绪我才想到休息,结果我直到出战的前一天晚上才去见安德洛玛刻。

"我担心的是我们自己。"当我走进我们房间的时候她用刺耳的声音说。

"安德洛玛刻,你不应该说这种话。"

她不耐烦地拂去眼角的泪水:"还是明天吗?"

"黎明时分。"

"你难道不能为我留一点时间吗?"

"我现在就是给你时间。"

"睡一觉之后你就走了。"她焦躁不安地用手指拉扯着我的上衣,"我无法不为这次出征担心,赫克托耳。情况很不正常。"

"不正常?"我托起她的下巴,"终于可以跟希腊人一决雌雄了,这有什么不正常?"

"一切都不正常,事情太顺当了。"她举起右手,把拇指、中指和无名指握成拳,让小指和食指伸着,做出挡住灾祸的手势。然后她颤抖着声音说:"自从波吕达玛斯的人送来了阿伽门农和阿喀琉斯闹翻的消息,卡珊德拉日日夜夜唠叨这件事。"

我笑了:"啊,卡珊德拉!以阿波罗的名义,妻子,你怎么啦?我的姐姐是疯子,没有人听她不祥的预言。"

第 二 十 三 章

"她也许有些疯疯癫癫，"安德洛玛刻说，她决心说服我，"但是你难道没有注意到她预言准确得让人吃惊？我告诉你，赫克托耳，她一直在胡言乱语，说希腊人已为我们设下了圈套，她坚持认为奥德修斯策划了他们二人的争吵，只是要诱我们出城！"

"你开始让我心烦了。"我说着竟然抓着她猛烈摇晃起来——这是过去从来没有过的事，"我在这儿不是为讨论战争或卡珊德拉的事，我是为了和你在一起，我的妻子。"

我的话刺伤了她，她把黑眼睛转向床，耸了耸肩。然后她掀开被子，脱掉外衣，把灯熄灭。她颀长的身体仍像在我们新婚之夜那样健壮可爱。生孩子对她的身体没有产生任何影响，她温暖的皮肤在最后一盏孤灯下发出红光。我躺下，伸开双臂，有一会儿工夫忘记了明天。随后我便昏昏欲睡了，渐渐沉入梦乡，身体感到惬意，精神上非常轻松。但是在我正要晕晕乎乎地睡过去的时候，我听见安德洛玛刻的哭泣声。

"现在是怎么回事？"我撑着一只胳膊肘坐起来问，"你还在想卡珊德拉的事？"

"不是，我在想我们儿子的事。我在祈祷明天之后他仍然知道有一个活着的父亲的快乐。"

女人到底是怎么回事？她们怎么似乎总是能找到男人不愿听或不必听的话？

"不要哭哭啼啼的了，睡觉吧！"我大声吼道。

由 赫 克 托 耳　　叙 述

她抚摸着我的额头，意识到她做得太过分了："好吧，也许我太悲观了。阿喀琉斯不上阵，你应该不会有危险的。"

我猛地摆脱她，一拳击在枕头上："闭嘴，女人！我不需要你提醒我说我热切盼望与之交手的人不在战场上与我对阵！"

她喘了一口气说："赫克托耳，你疯啦？对你来说与阿喀琉斯交手比特洛伊还重要？比我还重要？比我们的儿子还重要？"

"有些东西只有男人才会在乎。阿斯堤阿那克斯对此会更能理解的。"

"阿斯堤阿那克斯是个小孩儿。自从他出生后，眼中看的耳中听的都是战争。他看战士操练，他与父亲并排驾着华美的战车走在军队队列的前头——他完全被迷惑了！但是他从没见过一场真正战役后的战场，不是吗？"

"我们的儿子不会逃避任何战斗的！"

"我们的儿子才九岁！我不会让他变成像你们这样固执己见、冷酷无情的战士的！"

"你太过分了，夫人。"我用冷冰冰的语调说，"幸好你无权过问阿斯堤阿那克斯的培养问题。我一从战场上凯旋就要把他从你这儿带走，把他交给男人照管。"

"那我就亲手杀了你！"她咆哮道。

"你要敢试试，自己先完蛋！"

她没有回答，而是号啕大哭起来。

第 二 十 三 章

我气得不愿碰她，也不愿与她做任何形式的和解，于是在那一夜剩下的时间里只能听她发狂地哭泣。我无法让自己的心软下来。我儿子的母亲已经表示她想使他成为娘娘腔的小男人，而不是战士。

我在破晓前的灰蒙蒙的曙色中下了床，站在一旁低头看着她，她脸朝墙躺着，不愿面对我。我的甲胄已经放好，激动之情从我心底油然而生，我把安德洛玛刻忘在了脑后。我拍了拍手。奴仆们来了，帮我穿上有衬垫的内衣，系上靴带，然后在靴上套上护胫，扣上绳扣。奴仆们继续给我穿上加固的皮褶裥短裙、胸甲、护臂、护前臂以及手腕和额头上的皮吸汗带。在这个过程中我竭力按捺着自己在临战前总是会体验到的迫不及待的心情。头盔递到了我的手中，挂刀剑的斜挎肩带佩在我的左肩上，这样可以把剑佩在右边。最后他们把我那面蜂腰状的大盾牌用滑绳挂在我的右肩上，安放在我的左侧。一个仆人递给我大棒，另一个帮我把头盔塞在右前臂下。我一切准备就绪了。

"安德洛玛刻，我走了。"我说，语气没有软下来。

但她一动不动地躺着，脸朝着墙。

走廊颤动起来，大理石地板空洞地回响着靴底青铜平头钉发出的声音。我觉得自己走路的声音如波浪在我前面传播开去。那些不出战的人都走出来向我欢呼致意；男人们从每一扇门中走出来，组成队列跟随在我身后。我们的靴子碰击着石板，青铜包着的后跟撞

由赫克托耳　叙述

击出火星。远处传来隆隆的鼓声和激越的号角声。现在前面是个大院子,对面是城堡的几个大门。

海伦等在门廊边。我停住脚步,点头示意其他的人先走,不必等我。

"祝你好运,兄弟。"她说。

"我去和你的同胞作战,你怎么能祝我好运呢?"

"我没有祖国,赫克托耳。"

"家总是家嘛。"

"赫克托耳,决不要低估希腊人!"她后退几步,似乎对自己的话感到吃惊,"你看,我已经给了你很好的忠告,它超出了你的应得份额。"

"希腊人跟别的种族一样。"

"是吗?"她碧绿的眼睛像宝石一般闪闪发亮,"我不能同意。我宁可有个特洛伊人做我的敌人,而不愿有个希腊敌人。"

"这是一场公正和公开的交锋,我们会赢的。"

"也许会的。但是你有没有费些脑筋问问自己,为什么拥有数百个女人的阿伽门农要为一个女人如此大动干戈呢?"

"最重要的是阿伽门农确实大动干戈了。至于为什么是无关紧要的。"

"我认为为什么是至关重要的。决不要低估希腊人的狡猾,尤其不要低估奥德修斯。"

第 二 十 三 章

"哼！他是凭空想像出的人物！"

"你这样认为正中他的下怀，可是我更了解他。"

她转身走进屋内。帕里斯连人影也看不见。罢了，他将会观战，而不会参战。

七万五千步兵和一万辆战车一队队、一列列地排在通往斯开亚门的一些小街和小广场上，等候我的到来。第一支骑兵特遣队等候在斯开亚广场，他们是我自己的驭手。当看到我到来，高举大棒向他们致意时，他们的欢呼声如雷霆震响。我登上了战车，仔细地把脚放入柳条马镫中，这样可以防止在车行进时尤其是飞驶时身体倾倒。同时我的眼睛扫视着这几千个插了紫色羽毛的头盔，在远处斜射的阳光的照耀下青铜闪着血色和玫瑰色的光。城门高高地矗立在我的面前。

鞭子发出阵阵清脆的响声。拉动斯开亚门下作支撑的巨大卵石的链条被套在公牛身上，这些公牛低头拉着链条，发出痛苦的哞哞声。卵石滚动的沟内已经上过油涂过脂，这些牲口的鼻子几乎要碰到地上。随着一阵阵嘎吱嘎吱的轰鸣声，巨石在沟底滑动着停下来，城门缓缓地打开了，折门本身变小了，城堞之间的天空和平原变宽了。然后，这十年来第一次开启斯开亚城门的巨大声响被从几千特洛伊将士的喉咙里迸发出的尖叫声所淹没。

队伍开始沿着路向广场进发，我的战车的轮子开始滚动；我正

由 赫 克 托 耳　　叙 述

率领着驭手们走向平原。风吹着我的脸，鸟儿在灰白的天穹上飞翔，我的驭手刻布里俄涅斯把缰绳绕在手腕上，开始运用他过去驾驭牲口的绳索调教法，给我拉车的马竖起耳朵，抬起细腿飞奔。我们正奔赴战场！这是真正的自由！

出城走了半里格之后我把车停了下来，转过身部署部队。我把战车放在第一排，使前列成一条直线；把一万特洛伊步兵和一千乘战车组成的禁卫军作为我的先头部队的中坚力量。这些部署都快速而有条不紊地完成了，没有恐慌和混乱。

一切都准备就绪之后，我转过身看着那横越两条河之间的平原建起的外国人的高墙，它把希腊人占据的海滩围在里边。当入侵者从里面拥向平原的时候，墙两端的堤道上便亮起一百万个火点。我把长矛递给刻布里俄涅斯，戴好头盔，把红马鬃的羽饰摆到脑后。我的目光与紧靠着我站在阵中的得伊福玻斯的目光相遇，然后向一里格长的队伍的前列看去，——把他们分辨出来：我的堂兄弟埃涅阿斯指挥左翼，萨耳珀冬国王指挥右翼，我统率前锋。

希腊人越来越近了，阳光反射在他们甲胄上的亮点越来越亮。我瞪大眼睛，想看清谁将走上前来与我交锋，不知是阿伽门农本人，还是埃阿斯，还是他们中其他杰出的战将。一想到阿喀琉斯不会来，我的情绪就低落了下来。然后我又一次向我们的阵线看去，这一看

第 二 十 三 章

吓了我一大跳：帕里斯来了！他手执他心爱的弓和箭囊站在很久以前分配给他统领的那部分禁卫军的前列。我不知道海伦使用了什么诡计把他从安全的家中引诱了出来。

由 赫 克 托 耳　 叙 述

第二十四章

由涅斯托耳
叙述

我对聚云者[1]祈祷了一会儿,虽然我一生中打的仗比任何活着的人都要多,我还从未遇到过一支像特洛伊这样的军队,希腊也从未集结起一支像阿伽门农这样的队伍。我抬头向远处云雾缭绕的伊达山的高高的山峰望去,思忖众神是否已离开奥林波斯山赶来高踞伊达山顶观战。这不会使他们扫兴的:这将是一场凡人不曾想过的规模空前的战争,甚至连神祇也不曾想过,因为他们只在有限的阵列中打一些小范围内的小仗。神祇们是不会结盟的(如果他们已经聚集在伊达山上观战的话),人人都知道阿波罗、阿佛洛狄忒、阿尔忒弥斯等神都坚决支持特洛伊,而宙斯、波塞冬、赫拉和帕拉斯·雅典娜则支持希腊。大家都说不准战神阿瑞斯到底站在哪一方,因为虽然是希腊人把对他的崇拜祭祀广为传播,但他的秘密女友阿佛洛狄忒坚决支持特洛伊,她的丈夫赫菲斯托斯[2]则(很自然地)站在希腊人这边。这对我们有利,因为他负责熔炼金属等事,我们的

1.Cloud Gatherer,指宙斯。
2.Hephaistos,希腊神话中火神和炼铁业的保护神。

第 二 十 四 章

技师可以得到神的相助。

如果这一天有谁感到快活,那就是我。只有一事让我有点烦神:战车中坐在我身旁的小伙子感到焦躁不安,因为他急切地想回到自己的战车做一名战士,而不是做一名驭手。我斜着向他瞟了一眼,这是我的儿子安提洛科斯。他是个乳臭未干的毛孩子,是我最小、最疼爱的孩子。当我离开皮罗斯时他才十二岁,他曾许多次让人带信恳求让他来特洛伊,但都遭到了我坚决的反对。他还是偷乘了邮车跟来了,这个捣蛋的家伙。他到达后没有来找我,而是找到阿喀琉斯,他们商量了一下,说服我让他留了下来。这是他第一次上战场,但我真诚地希望他仍远在多沙的皮罗斯开食品杂货清单[1]。

我们在特洛伊人对面排开阵势。整个战线有一里格长,我毫不惊讶地发现奥德修斯的判断是对的:即使我们算上全部色萨利人,他们的人数还是远远超过了我们。我的目光掠过他们的队列,搜寻他们的头领,立即在他们前锋部队的中间看见了赫克托耳。我的皮罗斯部队和两个埃阿斯以及十八位小国王的部队组成了我们的前锋部队,前锋的统帅阿伽门农与赫克托耳对峙。我们的左翼由伊多墨纽斯和墨涅拉俄斯率领,右翼由奥德修斯和狄俄墨得斯指挥,这后二人是一对不相配的情人:一个炽热奔放,一个冷峻无比。在一起

---

[1] 食品杂货清单是本书作者对公元前18至公元前12世纪希腊克里特岛及别处的线形文字的戏称,参见作者后记。此处当指学习线形文字。

由涅斯托耳 叙述

完美吗?

赫克托耳驾着由一组一流的黑马拉的战车,他站在车上就像战神阿瑞斯·厄倪阿利俄斯[1]本人,他的身材就像阿喀琉斯一样高大挺拔。不过在特洛伊阵营中我没看见老年人,普里阿摩斯和他这一辈人守在宫中。我是战场上最老的人。

鼓声隆隆,号角声和铙钹声大作,发出挑战,战斗在仍隔着百步[2]之距的两军之间展开了。长矛如同片片树叶在猛烈的朔风中飞舞;箭镞如同老鹰飞扑而来;战车飞转,左冲右突;步兵发起一次次进攻,又被一次次击退。阿伽门农以少见的魄力和敏捷的反应力指挥着我们的前锋部队,我过去不曾想到他竟有如此的魄力和敏捷的身手。事实上,我们之中有许多人过去都无缘目睹别人在战斗中是何等身手。看到阿伽门农杰出的指挥才能和在这天上午与赫克托耳的交锋中他的勇猛势头,大家都欢呼起来。赫克托耳则无心与我们的大国王面对面交锋。

赫克托耳叱骂着,暴跳如雷,一次又一次地驾车向我们猛冲,但无法冲破我们的前部阵线。是日上午我率部发出几次冲锋,安提洛科斯尖声叫着皮罗斯的战斗口号,而我却为战斗积蓄气力。有好

---

1. Enyalios,是皇战神阿瑞斯的别名。
2. 根据本书作者所注,这里的一步相当于步行时两步的距离,约等于5英尺(1.6米)。

第 二 十 四 章

几个特洛伊人死在我的战车轮下，因为安提洛科斯是个好驭手，他会让我避开麻烦，知道何时退却。没有人能找到空子说涅斯托耳儿子的闲话——说他为了自己参战而把自己的老父置于危险之中。

我的嗓子发干，甲胄上很快积起了灰尘。我向儿子点头示意，我们撤到阵列的后面，喝了几大口水，喘了喘气。我抬头看看太阳，惊讶地发现它已到中天。我们立即驱车赶回阵前。我以一股锐不可当的勇气率部冲入特洛伊阵中，趁赫克托耳不备快速地左砍右杀。然后我做出撤出的信号，我们全部安全地退到自己的阵中，没有损失一兵一卒。赫克托耳却损失了十几人。在激战繁忙的间歇我满足地舒了一口气，咧着嘴对安提洛科斯默默地笑了。我们二人都想得到一副首领的甲胄，但是还没有敌方首领和我们交手。

中午时分阿伽门农派一名传令官站在开阔地吹响了休战号角。双方军队都呻吟着放下武器，自从日出后不久战斗开始，我们第一次感到饥渴、恐惧和疲倦。我看见所有的首领都聚集在阿伽门农周围，便让安提洛科斯也驱车朝他靠拢。当我把车拐进去靠近大国王的时候，奥德修斯和狄俄墨得斯也把车和我的车停在一起。其他的人都已到达，奴隶们忙着给士兵们递兑水的酒、面包和糕饼。

"下面有什么部署，陛下？"我问。

"将士们需要休息。这是许多月以来的第一场激战，所以我已经派传令官去赫克托耳那儿送信，请他和他的首领们到中间地带来和我们会面，进行谈判。"

由 涅 斯 托 耳　　叙 述

"很好。"奥德修斯说,"不管顺利与否我们都会周旋很长时间,而将士们能歇一歇,吃点东西。"

阿伽门农咧嘴笑了:"因为这条计策对双方都有好处,赫克托耳不会拒绝我的建议的。"

非战斗人员把双方军队之间的中间地带的尸体运走了,桌凳都摆放妥当了,首领们从两边的阵中驾车而出,前去谈判。我和埃阿斯、奥德修斯、狄俄墨得斯、墨涅拉俄斯、伊多墨纽斯和阿伽门农一同前往,我们带着极大的兴趣和好奇心观看大国王和特洛伊继承人之间的第一次会晤。是的,赫克托耳是未来的国王。他皮肤很黑,黑发编成的发辫从头盔里露出,披在背上,一双与我们对视的机敏的眼睛也是黑色的。

他把战将一一向我们介绍:达耳达尼亚的埃涅阿斯、吕克亚的萨耳珀冬、安忒诺耳之子阿卡马斯、阿革诺耳之子波吕达玛斯、禁卫队长潘达罗斯,以及他的兄弟帕里斯和得伊福玻斯。

墨涅拉俄斯从嗓眼里发出一声低吼,对帕里斯怒目而视,但他们二人都非常惧怕自己威严的兄弟,所以不敢造次。我觉得这些特洛伊人都很出类拔萃,除了帕里斯个个都是勇士,而帕里斯却与他们完全不是一类人:他有女人般的俊秀,噘着嘴板着脸,矫揉造作。轮到阿伽门农介绍他的首领们时,我仔细地观察着赫克托耳,注意他把一个名字与一张面孔相联系时的反应。当介绍到奥德修斯时,他十分专注地打量着我们的智多星,眼中带着些许困惑。但是我一

第 二 十 四 章

点也不觉得他的窘境有趣，而是满怀同情。不了解伊塔卡之狐奥德修斯的人见到他时往往不把他当回事，因为他身材奇特，很不匀称，还因为他有时故意做出一副邋遢、几乎是卑微的样子。看着他的眼睛，赫克托耳，看着他的眼睛！我竟然不知不觉地默默地说着——看着他的眼睛，了解此人的真正性格，畏惧它吧！以赫克托耳的性格，他更容易去注意埃阿斯——他与奥德修斯站在一起，比他有吸引力得多、有趣得多。因此，他没有发现奥德修斯的重要意义。

赫克托耳惊讶地从我们的第二位伟大的勇士身上发现了巨大的精神力量。我们猜想这是他一生中第一次必须抬头注视另一个人的脸。

"我们已有十年没有说过话了，普里阿摩斯王子，"阿伽门农说，"现在该是我们谈判的时候了。"

"你希望讨论什么问题？"

"海伦的问题。"

"这个问题已经了结了。"

"根本没有了结！你能否认帕里斯——普里阿摩斯之子、你的同胞兄弟——确实诱拐了我的同胞兄弟、拉刻代蒙国王墨涅拉俄斯的妻子，确实把她带到特洛伊，以此公然侮辱整个希腊民族吗？"

"我坚决否认。"

"这位女士自己要求来的。"帕里斯补充说。

"那你不承认你使用过武力喽？"

"当然没有，因为我们没有必要使用武力。"赫克托耳像公牛一样鼻孔呼哧呼哧地喷着气,"大国王,你有什么正式提议呢?"

"要求你们把海伦和她所有的财物归还给她合法的丈夫,要求你们重新向希腊商人开放海勒斯旁海峡以补偿我们损失的时间和精力,要求你们允许我们希腊人在小亚细亚移民定居。"

"你的这些条件是不可能被接受的。"

"为什么?我们所要求的不过是和平共处的权利。如果我能用和平的方式实现我的目的,我将不诉诸武力,赫克托耳。"

"对你的要求让步就会毁了特洛伊,阿伽门农。"

"战争将会加快特洛伊的毁灭。赫克托耳,你执迷不悟是不会有好结果的。十年来我们一直享受着特洛伊的好处,享受着小亚细亚的好处。"

谈判继续进行着,你一句我一句地说着一些毫无意义的话,而士兵们则躺在草被践踏得东倒西歪的草地上,在强烈的阳光下闭上了眼睛。

"那好吧,赫克托耳王子,不知你是否同意我这个建议?"阿伽门农过了一会儿问,"在我们之中有两个人是引起事端的当事人,墨涅拉俄斯和帕里斯。让他们二人在我们两军之间进行公开的决斗,获胜者决定和平协议的条件。"

如果帕里斯看起来不像决斗好手,那墨涅拉俄斯则更不像了。赫克托耳只花了片刻工夫便断定帕里斯能轻松获胜。"同意,"他说,"我兄弟帕里斯与你兄弟墨涅拉俄斯决斗,胜者决定条约的条件。"

第 二 十 四 章

我偷偷瞟了一眼坐在我旁边的奥德修斯。

"为了阿伽门农将来的名声，涅斯托耳，让我们希望特洛伊人不得不破坏决斗规则。"他对我耳语道。

我们退到自己的阵中，留下百步空地让他们两人决斗。墨涅拉俄斯试着他的盾和矛，帕里斯则志得意满地修饰着自己。他们两人缓缓地互相兜着圈子，墨涅拉俄斯不断用矛猛刺，帕里斯则不断地闪避。我身后的士兵中有人嘲弄地喊了一句，这激起一千特洛伊人发出低沉的吼声。但是帕里斯全然不理会对他的侮辱，仍然姿势优雅地闪避着对手的进攻。我过去认为墨涅拉俄斯各方面能力平平，但阿伽门农在提议进行决斗时，他显然对自己所做的事是胸有成竹的。我曾认为帕里斯会轻易取胜，但是我错了。虽然墨涅拉俄斯从来也没有领导者的胆识和能耐，但他已经像学习其他本事一样认真地学习了决斗术。他缺乏魄力，但不缺乏勇气，这意味着一对一的较量会最有利于表现他的能耐。他猛地把长矛掷来，击落了帕里斯的盾牌，面对着出鞘的长剑，帕里斯没有抽出自己的剑，而是拔腿便跑，墨涅拉俄斯在他身后紧追。

现在人人都能看出谁将会取胜了，特洛伊人一片沉寂，我方将士则起劲地欢呼助威。我的目光停在赫克托耳身上，他已做出了错误的判断，而他又是个很有原则之人。如果墨涅拉俄斯杀了帕里斯，他将不得不缔结条约。啊！没有从赫克托耳那儿得到任何信号，禁

由 涅 斯 托 耳 叙 述

卫队长潘达罗斯就很快张弓搭箭。我向墨涅拉俄斯大声喊叫，他停住脚步跳到一旁。在我身后的一片愤怒的狂吼声中，墨涅拉俄斯站住了，箭在他肋部颤抖着。特洛伊一方发出了一声哀号，因为是一个特洛伊人破坏了休战协议。赫克托耳被打上了不名誉的烙印。

两军混乱了起来，激烈程度超过了谈判前的战斗。一方为捍卫受到玷污的荣誉，另一方是为受到的侮辱而复仇，双方都猛砍滥杀，极其疯狂。人成批地倒下，分隔双方阵地的中间百步距离不断缩小，后来只隔着厚厚的一堆尸体了。脚下的尘土如阵阵云雾不断扬起，使我们眼迷嗓呛。自觉愧疚的赫克托耳立即驾车在中间来回奔驰，四处出现，长矛猛刺。我们无人能向他靠近，侥幸地给他一击，却恐惧地死在他三匹黑马的蹄下。在激战的第一天我无法理解他是如何策马从挤得水泄不通的士兵中穿过的，不过后来这变得十分平常，连我自己也能做到，便不把它看作不寻常之事了。我看见埃涅阿斯出现了，身后跟着一群达耳达尼亚人，我奇怪他是如何在激战中从侧翼插进来的。我放下长矛，操起长剑，召集起部下，驾车向人群最密集处冲去。我在战车上手舞长剑，不加选择地向一张张流着汗、满是灰土的脸奋力砍杀，还注意不让埃涅阿斯从我的视线中消失，同时大声求援。

阿伽门农派来了更多的人，由埃阿斯领头。埃涅阿斯看见他来了，便嗾开了自己的狗，但在此之前我有幸目睹了那个名副其实的塔一般的人的狂劈猛砍，他的手臂如同一把不知疲倦的镰刀，像砍草料般斩锄着敌兵。他没有使斧，而宁可在战斗的第一天使剑。这是一柄两腕尺半的双刃剑，不过在我看来他挥剑如同舞斧，他一边将它绕着头挥舞，一边乐得尖声叫喊。他手执一面巨大的、蜂腰状的盾牌，用起来比任何人都更灵便娴熟。盾牌的底部刚好离开地面，从不摇晃，它的青铜和锡的重量把他从头至脚地庇护起来。他的身后跟着六名身高体壮的萨拉米斯首领。在盾牌的遮蔽下，透克洛斯手执弓箭躲藏着，不受任何妨碍地张弓搭箭，把它射出，然后又从箭囊中取出一支。他的动作连续、优美、流畅，行云流水、毫无瑕疵。我看见远处的希腊战士争先恐后地一睹他的高大身躯，他们相视而笑，增强了信心，因为他们听见了埃阿斯向着战神阿瑞斯和埃阿科斯家族的著名呼喊："啊！啊！嗷！嗷！"这声音尖厉，暗含他名字的意义，把他的嘲弄投向一千个特洛伊人。

眼下我被自己手下的人拥在中间，便向朝着我驶来的他举起了手。安提洛科斯满怀敬畏地站着凝视着他，我们马匹的缰绳松了。

"他们跑了，老人家。"埃阿斯大吼道。

"就连埃涅阿斯也不愿停下来与你对阵。"我说。

"愿宙斯把他们变成鬼魅！他们为什么不站住，然后一决雌雄？不过我会追上埃涅阿斯的。"

"赫克托耳在哪儿？"

"我一下午都在找他。此人的行踪飘忽不定，我总是落在后头。但是我会制服他的。迟早我们会相遇的。"

由涅斯托耳　叙述

警告尖厉的叫喊声响起,当埃涅阿斯带着赫克托耳和部分禁卫军回来时,我们排好了阵列。我看着埃阿斯。

"你的机会来了,忒拉蒙之子。"

"为此我感谢阿瑞斯。"他摇晃着披着甲胄的双肩,让胸甲的重量落实,然后用他硕大靴子里的一只脚趾轻轻地捅了一下透克洛斯:"站起来,兄弟。这人是我的,归我一人所有。保护涅斯托耳,帮我把埃涅阿斯在远处拦住。"

透克洛斯从盾牌下钻出来,一下子跳到车上,站在我和安提洛科斯的旁边,他明亮诚实的眼睛里没有忧虑。虽然他的母亲赫西俄涅是普里阿摩斯的妹妹,但是从未有人对他的忠诚表示过怀疑。

"来,小伙子,"他对我儿子说,"让车驶过这些尸体,把它停在埃涅阿斯身边,我们要跟他较量一番。涅斯托耳国王,我张弓射箭时您可以为我遮蔽吗?"

"很乐意,忒拉蒙之子。"我说。

"为什么埃涅阿斯在前锋部队,父亲?"当我们驾车离开时安提洛科斯问我,"我还以为他指挥侧翼呢。"

"我原先也是这样想的。"透克洛斯等于是代我回答。

我自己的士兵和埃阿斯手下的一些萨拉米斯人与我们一起把埃涅阿斯与赫克托耳隔开足够远的距离,以便让埃阿斯迫使赫克托耳进行决斗。可是当这两人交上手之后,两军阵中的将士都无心恋战了。我们看赫克托耳和埃阿斯交锋比看我们的矢石落下的

第 二 十 四 章

位置更加专注。

埃阿斯作战时从不用战车，也许是因为从未有人造出能够承受他本人另加透克洛斯和驭手重量的战车。他的习惯是站在地上，自认为自己就是战车。

青铜相互撞击，发出"当当"的声音，一只护臂在肌肉突然的扩张下支了起来，然后落在脚下被踩碎。他们二人势均力敌，埃阿斯和赫克托耳。他们站着，对峙着，闪避着，而他们周围的战斗渐渐地停止了。我的思想正走神的时候，埃涅阿斯一声尖厉的呼哨吸引了我的注意力。

"这两人的决斗太精彩了，不看实在可惜，我的白头朋友！我宁可观战而不愿参战，你呢？达耳达尼亚的埃涅阿斯请求休战！"

"我同意休战到决斗结束。如果埃阿斯战死，我将用生命保护他的遗体和他的铠甲！但如果赫克托耳战死，我将帮助埃阿斯从你的手中夺走他的遗体和铠甲！皮罗斯的涅斯托耳同意休战！"

"就这样定了！"

在围成一个大圈的张张面孔中间没有人举起手臂。他们两人厮杀得正酣，而我们则一动不动，一言不发。看埃阿斯作战我心情激动。他的防护装备没有跌落，身体也没有从那巨大的盾牌后暴露出来。赫克托耳像燃烧的火焰在他的庞大身躯四周跳动，从他的盾牌上砍下许多碎片。这二人似乎都没有时间意识，也不知疲倦，他们的手臂一次又一次举起又落下，力量丝毫不减。有两次赫克托耳的盾牌几乎要掉落下来,可是他用剑挡住了埃阿斯的剑,然后继续厮杀。尽管埃阿斯使出浑身解数,他还是既保住了盾,又保住了剑。这是一场长时间的恶战——有时,其中一人看见一个破绽,便马上乘虚而入,却被剑挡住,然后又锐气不减地战下去。

我觉得有人拍了一下我的手臂,原来是阿伽门农派来的传令官。

"大国王想知道为什么这儿的战斗停止了,涅斯托耳国王。"

"我已同意暂时休战。你自己看看吧,伙计!这样的决斗如果发生在你们那边,你们还能战斗吗?"

他目不转睛地看了一会儿,说:"我认识埃阿斯王子,但跟他交手的是谁?"

"去禀报大国王,说埃阿斯和赫克托耳正在决一死战。"

传令官溜走了,我又可以全神贯注地观看决斗了。这二人仍然你砍我刺,勇猛无比。他们打了多久了?我抬头望天,现在已不必用手遮住眼睛了,只见蒙上灰尘的昏黄的太阳正在西坠,几乎要到地平线了。以阿瑞斯的名义,他们两人真有惊人的耐力!

阿伽门农把车停在我的旁边。

"陛下,你怎么从指挥事务中脱身的?"

"奥德修斯代我指挥。众神啊!他们打了多久了,涅斯托耳?"

"大概有一下午的八分之一时间了。"

"他们很快就要停战了,太阳要下山了。"

"真是难以置信,不是吗?"

第 二 十 四 章

"是你让休战的？"

"将士们不愿再战了，我也是如此。别处的情况怎样？"

"虽然敌方兵力大大超过我们，我们还是打了个平手，并取得了一定的优势。狄俄墨得斯一整天都像巨人一般神勇无比，他杀了破坏休战协议的人潘达罗斯，在赫克托耳的鼻子底下夺走了他的铠甲。啊！那是埃涅阿斯，我看见了。怪不得他要休战呢！狄俄墨得斯用矛刺中了他的肩膀，估计他受的伤不轻。"

"那么这是他从侧翼到前锋这儿来的原因了。"

"这个达耳达尼亚人是普里阿摩斯手下最精明的人，但他总是首先照顾自己，传言是这么说的。"

"墨涅拉俄斯怎样？那箭没伤到他的要害部位吧？"

"没有。玛卡翁给他包扎后又让他回到战场去了。"

"他今天表现出色。"

"让你颇感意外，是吗？"

宣告黑夜降临的号角声凄厉悠长地在喧嚣、满是灰尘的战场上空回荡。将士们放下武器，喘着气，把盾牌扔在地上，手脚不灵地把剑插入鞘中，但是赫克托耳和埃阿斯还在搏杀着。最后黑夜征服了他们，当我从战车上跳下来把他们分开时，他们几乎看不见眼前的武器了。

"天太黑了，看不见了，我的雄狮们。我宣布平局，收起你们的

由 涅 斯 托 耳 叙 述

剑吧。"

赫克托耳用颤抖的手摘下头盔:"我承认对结束决斗并不感到遗憾。我几乎累垮了。"

埃阿斯把盾牌递给透克洛斯,后者的膝盖都弯了:"我也累垮了。"

"你是个了不起的人,埃阿斯。"赫克托耳伸出右臂说。

埃阿斯把手指绕在这特洛伊人的手腕上,笑了:"我也要对你说同样的话,赫克托耳。"

"如果他们认为阿喀琉斯在你之上,我不明白为什么。给你,接住我的剑!"赫克托耳冲动地把剑递上前来。

埃阿斯毫不掩饰自己的快乐,低头看着这把剑,然后把它举在手中掂掂重量:"今后在战斗中我要永远使用它。我要把我的佩剑肩带回赠给你。我父亲说这是从我曾祖父那儿传下来的,也就是从不朽的宙斯本人那儿传下来的。"他一低头,顺势从肩上取下这宝贵的遗物。这肩带由颜色鲜亮的紫红色皮革制成,上面雕有镶金的图案。

"我要佩带你的肩带,换下我自己的。"赫克托耳快乐地说。

我看着他们在这可怕的情况下获得满足、相互喜爱和尊重。然后,不祥的预感笼罩了我的心:交换财物是不祥之兆。

那一夜我们在特洛伊城墙下就地扎营,赫克托耳的军队宿营在我们和洞开的斯开亚城门之间。营火点燃了,大锅用棍条支在火上;奴隶们端着装有大麦面包和肉的托盘四处走动;兑水的酒满满地斟

第 二 十 四 章

着。有一段时间我看着无数的火把闪烁着从斯开亚门中进进出出，那是特洛伊的奴隶们在来来回回地侍候着赫克托耳的将士们。然后我走过去与阿伽门农及其他人一起围着一堆篝火吃饭。当我走进火光之中时，他们把疲倦的脸转向我，和我打招呼。这时我看见在苦战之后总是笼罩在战士身上的那种沉闷的气息。

"我们还没有向前推进一指的距离。"我对奥德修斯说。

"他们也是如此。"他平静地说，嘴里咀嚼着一长条煮熟的猪肉。

"我们损失了多少人？"伊多墨纽斯问。

"跟赫克托耳损失的人差不多，也许略少一些。"奥德修斯说，"还不足以打破力量平衡。"

"那么明天会见分晓。"墨里俄涅斯打着哈欠说。

阿伽门农打了个哈欠："对，明天。"

再也没有什么人说话了。躯体疼痛难忍，眼睑沉沉地垂下，肚子已经填饱。是裹紧皮衣围着营火休息的时候了。我眨眨眼睛，朝营火对面的远处看去，只见成千上万点小小的火光点缀在平原之上，在这笼罩着我们四周的茫茫黑夜中的每一点火光就是一个舒适和安全的源泉。烟袅袅地升上星空，这是特洛伊城下一万堆营火产生的烟。我仰卧着，看着这些星星在这人造的雾中时隐时现，后来它们渐渐地隐入混沌心智的携带者——睡意之中了。

第二天与第一天情况不同。没有中断厮杀的休战，没有吸引我

由 涅斯托耳 叙 述

们注意力的决斗,没有英雄的行为使这场搏斗超出常人的水准。这仗打得残酷,打得持久,让人生厌。我全身的骨头酸痛,急需休息;眼泪模糊了我的双目,看见自己的儿子战死人人都会哭泣的。安提洛科斯为他的哥哥哭泣,然后要求代兄加入战斗的阵列中。于是我调来另一个皮罗斯人为我驾车。

赫克托耳如鱼得水,状态极佳,无法被追踪,出手如战神阿瑞斯本人一样凶狠致命,在战场上来回奔驰,用粗而响的嗓音喊叫着驱策士兵向前。他们毫不留情,也决不求饶。埃阿斯没有时间向他追击,赫克托耳调来禁卫队的全部兵力向他和狄俄墨得斯压来,完全用数量优势把他的两个最危险的敌人限制在一处。赫克托耳的矛刺向哪儿,哪儿必有一人死在他的矛下。他和阿喀琉斯一样神勇无比。如果我们阵中出现缺口,他便把士兵驱入;一旦他们进入这个缺口,他便使越来越多的士兵源源不断地进入,就像砍树人把木楔薄的一端越来越深地敲入林中的巨木中。

啊,令人悲伤欲绝!残酷啊,让人痛苦万分!泪水充满了我的眼眶,我什么都看不见:我的另一个儿子也战死了,他的肠子被埃涅阿斯刺来的骑枪拉了出来。一小会儿之后,安提洛科斯又差一点被剑劈下了头颅——不要伤害这一个!仁慈的赫拉啊,全能的宙斯啊,给我留下安提洛科斯吧!

不断有传令官来向我报告各处的战况,所幸的是我方的首领们毫发未损。不过,也许是因为我方将士太疲劳,或是因为我们少了

第 二 十 四 章

阿喀琉斯麾下退出战斗的一万五千色萨利人，或者是由于说不清的原因，我们开始败退了。战线缓缓地、难以察觉地离开了特洛伊城墙，越来越靠近我们的防御墙。不知不觉之间我已处在阵列的最前面，我们拉车的马踏着它们杂乱的足迹开始后退，我的驭手气得噎了气。

赫克托耳向我们追来，当他的战车穿过人群在我面前出现时，我大声求援。我还算幸运，狄俄墨得斯和奥德修斯不知怎地已经插入我们前锋部队的中心，他们俩的人马与我的人马紧挨在一起。狄俄墨得斯并不打算与赫克托耳本人决战，而是把注意力集中在赫克托耳的驭手身上。他不是往常的那个驭手，毫无疑问经验不足。狄俄墨得斯把矛刺去，使那驭手直挺挺地倒地死了，这一下拉紧了缰绳，那几匹马受到嚼口的控制，开始扬起后蹄奔窜。在奥德修斯的帮助下我们安全地撤离了，而赫克托耳则一边破口大骂，一边用刀把缰绳割断。

我试图集结起自己的部队，可是毫无希望。恐惧的情绪正在将士的心中滋生，有关不祥之兆的传言正在传播开来。我们所有的人再也不能自我欺骗了——我们正在全面撤退了。赫克托耳意识到这一点，他发出一声胜利的尖叫，把余下的后备兵力往前驱策。

奥德修斯挽救了局面。他跳入一辆战车——不知他自己的战车到哪儿去了——当皮奥夏人开始逃跑时他挡住了他们，使他们陡然转过身来面对敌人，然后迫使他们不慌乱地、有条不紊地撤退。阿

由涅斯托耳叙述

伽门农马上模仿他的做法,将一个可能变成溃败的行动的伤亡减少到最小,避免了全线崩溃的危险。狄俄墨得斯让他的阿尔戈斯士兵迎着正向前推进的特洛伊人冲过去,我和伊多墨纽斯、欧律皮洛斯、埃阿斯以及他们的全部将士紧随其后。

我们已经把两翼部队调入前锋,使全军形成了一个紧密的小水滴的队形,让它细细的尾部面对赫克托耳,大部分队伍跟在我们后面撤退。

透克洛斯继续躲藏在他兄弟盾牌后的隐蔽处,一支支箭稳稳地射出去,从无虚发。赫克托耳紧跟在附近,透克洛斯看见了他,便搭上另一支箭,咧着嘴笑了。但是赫克托耳诡计多端,他不会死于箭下的,他想必正在等候着这支箭。赫克托耳用盾接住了一支又一支飞来的箭,这使透克洛斯十分恼火。愤怒中他犯了个错误,他从他兄弟的盾后闪出,赫克托耳正等着他。他的几支矛早已不见了踪影,但他找到一块石头,把它猛地掷去,其力量不亚于一支长矛。石块击中了透克洛斯的右肩,他像献祭的公牛一般一头栽了下去。埃阿斯正在重重包围之中,他没有注意到他兄弟被击中,还在继续厮杀。啊,看!当透克洛斯从地上的一堆尸体中露出脑袋,开始爬过死伤者到埃阿斯身边躲藏起来时,我发出一声如释重负的叫喊,并立刻得到了十几个人的应和。现在他成了他兄弟必须吃力背负的包袱。特洛伊人冲过来了。

我绝望地朝后看去,想知道我们离自己的墙还有多远,大口地

第 二 十 四 章

喘着气。我们背后的部队已经在拥过堤道了。

位于两条堤道之间的奥德修斯和阿伽门农让部队保持镇定。撤退完成了,没有太大的伤亡,我们逃入防御墙之后,进入我们石城的避难所。天色太晚,赫克托耳没有追来。我们把他们丢在我们防御沟对面的堤上和尖桩栅栏那一边,任他们对着我们队伍的尾部讥笑狂叫。

由 涅 斯 托 耳 叙 述

第二十五章

由奥德修斯
叙述

那晚在阿伽门农屋里的聚会并不让人十分高兴,我们只是坐在那儿,力图恢复元气,以便明天苦战。我的头很疼,由于成天呐喊助战,嗓子已磨破发炎。尽管里面衬垫有内衣,胸甲还是磨去了腰部的皮肤。我们都展示着自己的小伤——擦破皮、穿孔、深的刀伤、浅的割伤——睡意沉沉地向我们袭来。

"真是令人震惊的失败。"阿伽门农对着精疲力尽后一言不发的首领们说道,"真令人震惊,奥德修斯。"

狄俄墨得斯立即为我辩护:"奥德修斯早料到了!"

涅斯托耳赞同地点点头。可怜的老人,他现在真的显老了,也难怪,他已在战场上失去了两个儿子。他用尖细的声音说:"现在还不要绝望,阿伽门农,我们的时机会到来的。把今天的挫折看得轻一些。"

"我知道,我知道!"阿伽门农高喊道。

"最好有人去向阿喀琉斯报告战情,"涅斯托耳用只有我们参与策划的人能听见的低音说,"他跟我们站在一头,但是如果不能随时了解情况,他也许会过早采取行动的。"

第 二 十 五 章

阿伽门农狠狠地盯了我一眼,说:"奥德修斯,这是你的主意。你去见阿喀琉斯。"

我疲倦地迈着沉重的步伐去了。派我走过一排房屋到达其最末端是阿伽门农报复我的方法。可是当我以平和不受干扰的心境走路时,体力又开始慢慢恢复了。这额外的小小锻炼可能比我一整夜的睡眠更让我感到舒服。因为任何看见我的人会认为在白天的失败之后阿伽门农正派我去向阿喀琉斯求情,所以我公然地从密耳弥多涅斯人的大门中走过。只见密耳弥多涅斯人和其他色萨利人垂头丧气地四处坐着,他们参加战斗的心情非常迫切,但无能为力,有劲使不上。

阿喀琉斯正在他屋内的一只三足鼎火炉上烘手,他跟我们这些打了两天仗的人一样显得疲惫、情绪激动。帕特洛克罗斯坐在他对面,一脸的冷漠。我想,在布里塞伊斯插足的情况下,这种情况并不让人惊讶。狄俄墨得斯和我的关系是感官方面的,但我们同时是朋友,这种体验使我们两人都感到非常愉快。如果我们俩中有一人喜欢女人,那也很好。没有灾难,没有背叛感。帕特洛克罗斯爱着他,他曾以为自己安全无虞,永远没有情敌。可是像所有的除了肉体还渴盼别的事物的男人一样,阿喀琉斯并没有真正承诺。帕特洛克罗斯是个只爱男人的人,所以认为自己受到了莫大的伤害。他爱他,这个可怜的人。

"什么风把你给吹来了?"阿喀琉斯尖刻地问,"帕特洛克罗斯,

由 奥 德 修 斯 叙 述

为国王准备酒饭。"

我感激地松了一口气,坐在一张大椅子上等帕特洛克罗斯走开。

"我听说情况不妙。"阿喀琉斯说道。

"这是预料之中的事,不要忘了。"我答道,"赫克托耳把特洛伊人逼得很紧,但阿伽门农对我们的士兵不能采取同样的方法。撤退与隆隆声大约在同一时刻开始——一切征兆都对我们不利:左边有满天的鹰在飞,一道金光照亮了特洛伊的城堡,还有其他现象。预兆的含义是不祥的,所以我们撤退了,最后阿伽门农不得不把我们领进防御工事里过夜。"

"我听说埃阿斯昨天与赫克托耳交手了。"

"是的,他们决斗了下午的八分之一时光还不分胜负。朋友,此事你不必担忧,赫克托耳非你莫属。"

"但是士兵们正在作无谓的牺牲,奥德修斯!请让我明天出战吧!"

"不,"我严厉地说,"只有在全军处于即将被消灭的危险之中或在赫克托耳冲入我们的营地我们的船只开始燃烧的时候你才能出战。即便是在那时,你也要让帕特洛克罗斯替你领兵——你一定不要亲自领兵。"我严厉地看着他说:"对于此事你曾向阿伽门农发过誓,阿喀琉斯。"

"放心吧,奥德修斯,我不会违反誓言的。"

然后他低下了头,陷入了沉默。当帕特洛克罗斯回来时我们就这么坐着,阿喀琉斯弓着身子,我安详地凝视着他那满头金发的头

第 二 十 五 章

颅。帕特洛克罗斯吩咐仆人把酒饭放在桌上,然后像一根冰柱一样站在那儿。阿喀琉斯很快地瞥了他一眼,然后看着我。

"告诉阿伽门农,说我不愿违背我说过的话,"阿喀琉斯用在正式场合说话的声音对我说,"让他另请高明。要不然就把布里塞伊斯还给我。"

我好像被激怒似的猛地一拍大腿:"随你的便吧。"

"吃完饭再走,奥德修斯。帕特洛克罗斯,睡觉去吧。"

不在这所屋内!帕特洛克罗斯走了出去。

也许晚些时候我会睡觉的,但是当我往回走时,发现自己精力十分充沛,竟然渴盼搞点恶作剧消遣,所以我来到我的间谍营所在的谷地。

大部分不住在特洛伊城内的探子正坐着,桌上放着一些残羹剩饭,忒耳西忒斯和西农热情地向我打招呼。

"有什么消息吗?"我边问边坐下来。

"有一条消息,"忒耳西忒斯说,"我正要找你呢。"

"啊!告诉我。"

"今天晚上战斗结束时,一个新盟友刚刚到达——普里阿摩斯的一个名叫瑞索斯的远房表兄弟。"

"他带来了多少人马?"

西农笑了:"无一兵一卒。瑞索斯是个好吹牛的家伙,奥德修斯。

由 奥 德 修 斯　叙 述

他自称是一个盟友,可把他叫作难民更恰当,他被人民赶出来了。"

"嗯,嗯!"我说,等待着下文。

"瑞索斯坐着由三匹极好的白马拉的车而来,这三匹白马是一个特洛伊神谕所讲到的。"忒耳西忒斯说,"据说这些马是有双翼的神马珀伽索斯[1]的不朽的后代,像玻瑞阿斯[2]那样速度如飞,像珀耳塞福涅[3]嫁给哈得斯之前那样狂野。一旦它们饮了斯卡曼德河水,食了特洛伊的草,特洛伊就永远不会被攻破了。神谕说这是波塞冬的许诺,而他应该是站在我们一方的。"

"那么既然波塞冬站在我们一方,这些马已经饮了斯卡曼德河水,食了特洛伊的草吗?"

"已经吃过草了,但它们不愿饮斯卡曼德河水。"

我咧嘴笑了:"谁能责怪它们?我也不会饮的。"

"普里阿摩斯已经派人到上游去取一两桶水来,"西农也咧嘴笑着说,"他已经决定在明天黎明为此事举行一个仪式。在此期间,让马渴着。"

"真有趣,"我站起来伸展了一下身子,"我要亲自去看看这些神马。如果我用这些白马驾车,这将会给我增添几分——优雅。"

1.Pegasos,希腊神话中的神马,传说是由美杜莎的尸体所变。
2.Boreas,希腊神话中的北风神。
3.Persephone,希腊神话中的冥后,冥王哈得斯之妻。她还是丰产女神。

第 二 十 五 章

"你是需要增添几分优雅。"西农嘲笑道。

"增添多多优雅。"忒耳西忒斯补充说。

"谢谢你们的美言，诸位先生！我在什么地方可以找到这些神马？"

"这我们还没查明，"忒耳西忒斯皱着眉说，"我们只知道它们和驻扎在平原上的特洛伊的军队在一起。"

狄俄墨得斯、阿伽门农和墨涅拉俄斯正等在我的屋外，我迈着健身散步的步伐向他们踱过去，对狄俄墨得斯咧开嘴笑了。他知道这神色的含义，两眼开始闪闪发亮。

"阿喀琉斯一切正常。"我对阿伽门农说。

"感谢所有的神祇！现在我可以睡觉了。"

他和墨涅拉俄斯一走，我便和狄俄墨得斯走进我的屋内，拍掌招来了仆人。"给我一件轻便皮衣和两把短刀。"我说。

"我想那我最好也回去装备一下。"狄俄墨得斯说。

"在西摩伊斯河堤道旁跟我碰头。"

"今晚我们还睡不睡了？"

"迟些时候再睡，迟些时候再睡！"

狄俄墨得斯在西摩伊斯河堤道旁和我会合，他身着柔软的黑色皮衣，腰带上插着两把匕首。

我们悄悄地从一个又一个阴影中穿行而过，最后来到桥的另一端，防御沟与尖桩栅栏在这里衔接。

由奥德修斯　叙述

"我们去干什么？"他轻声问道。

"我很想让白色神马为我驾车。"

"这肯定会改善你的形象。"

我满腹狐疑地看了他一眼："你跟西农和忒耳西忒斯碰过头吗？"

"没有。"他坦诚地说，"这几匹马在什么地方？"

"我不知道。在黑暗中的某个地方。"

"那我们是在熊皮上找跳蚤了。"

我在他手臂上捏了一把："嘘——有人来了！"

我在心中默默地向我的保护女神猫头鹰女士[1]致敬，我敬爱的雅典娜总是把好运降在我身上。我们下到与堤道平行的沟底等待着。

一个人从阴影中闪出来，他的铠甲发出叮当之声——这是个半吊子探子：身穿甲胄潜行。他还傻乎乎的，不懂要避开月光照着的地方。月光短暂地照在他身上，显现出这是个身材矮胖的人，他身穿华服，头盔上摆动着特洛伊的紫色翎毛。我们等他走到离我们三锹远的地方时一跃而起，狄俄墨得斯一个箭步冲到我的左侧，这样我们就把他夹在中间了。我用手捂住了他的嘴，闷住他的尖叫；狄俄墨得斯把他的双臂牢牢地按在背后。我们把他放倒，狠狠地扔在草丛里。他的两眼从眼眶中突出，朝上瞪视着我们，像一只软绵绵

1.智慧女神雅典娜的爱鸟是一只小鸮（猫头鹰的一种,被认为可预示事件）,故古希腊人把猫头鹰视为雅典娜和智慧的象征。

第 二 十 五 章

的小水母一般颤动着。他不是帕拉墨得斯的人，更像是个为获利而甘冒风险的承办人。

"你是谁？"我吼道，声音低沉但凶狠。

"多隆。"他好不容易才说出来。

"你在这儿干什么，多隆？"

"赫克托耳王子征召志愿者进入你们的营地，想了解阿伽门农明天是否出战。"

愚蠢的赫克托耳！他为什么不把刺探的任务交给像帕拉墨得斯这样训练有素的专门人员去干呢？

"今天晚上来了一个人，名叫瑞索斯。他的营地在哪儿？"我边问边用手指爱抚地拂拭着匕首的锋刃。

他咽了一下口水，战抖着。"我不知道！"他用发颤的声音说道。

狄俄墨得斯向他逼过去，削下他的一只耳朵，拿着它在他面前晃动着；我则用手封住他的嘴，直至他恐惧渐渐消失并明白该怎么做。

"说，你这个贱人！"我从牙缝中挤出几个字。

他说了。最后我们拧断了他的脖子。

"看看他的珠宝，奥德修斯！"

"一个很有钱的人，也许东西都是捡来的。这是一个不配受赫克托耳青睐的人。把他身上漂亮的小玩意儿剥下来，老朋友，把它们先藏起来，回来时再取。这些是你的一份战利品，因为我要这些马。"

由 奥 德 修 斯　叙 述

他手中抛着一块很大的绿宝石："我驾车的马相当不错。仅凭这块宝石便可买到五十头太阳牛[1]在阿尔戈斯平原上放牧。"

我们按照多隆的描述找到了瑞索斯的营帐。我们躺在附近的一座小山丘上讨论行动方案。

"傻瓜！"狄俄墨得斯咕哝着，"为什么住在这么偏僻的地方？"

"我猜想可能是为了不让外人来。你发现多少人？"

"十二个，不过我不知道哪一个是瑞索斯。"

"我数的也是十二个。我们先把人杀了，然后把马牵走。不要弄出声音。"

我们把刀咬在口中，从山丘上滑了下去。他负责解决营火近处的人，我负责解决营火对面的那些人。在这种事情上，平日的实践是很有帮助的，他们在睡梦中做了刀下鬼。在昏暗的背景下模糊的白色影子就是那些马，它们没有受惊。

那个叫瑞索斯的人很容易找到。他也是个珠宝搜集者，正在靠火最近的地方打盹，满身的珠宝闪闪发亮。

"看看这颗珍珠！"狄俄墨得斯说，他把它举着与月亮对照。

"一千头太阳牛。"我低声说。任何人都说不准会不会有人出乎意料地到来。

---

1. 据希腊神话，特洛伊攻陷后，奥德修斯在返乡的十年历险中曾到过特里那客亚岛，太阳神赫利俄斯的神牛在此放牧。此处的太阳牛可能与此有关。

第 二 十 五 章

这些马都戴着口套，怕的是它们弄断栓绳，跑到西摩伊斯河边饮水解渴。这倒帮了我们的忙，因为这样它们就不会发出嘶鸣。当我找到笼头，向我的新辕马问好时，狄俄墨得斯收集起所有值得拿走的东西，把它们放在马背上驮着。然后我们按照来的时候计划好的路线，回到西摩伊斯河堤道，在那里我的阿尔戈斯朋友捡起多隆的珠宝。

阿伽门农很不高兴被我们叫醒，但听我讲了瑞索斯和他的马的故事后他笑了起来："我不明白你为什么非得要带翅神马珀伽索斯的儿女，奥德修斯，可怜的狄俄墨得斯怎么办呢？"

"我很高兴。"狡猾的狄俄墨得斯带着大度的神情说。

是的，这个回答是个策略。为什么要告诉一个需要筹集战争经费的人，你在夜里很短的时间内发了一笔横财呢？

到次日黎明吃早饭时分，瑞索斯之马的故事已经在我的军中广泛传播开了。当我驾着这几匹新得到的马出营，越过西摩伊斯河堤道，甚至走在阿伽门农前头时，将士们十分高兴，向我欢呼致意，他们想让特洛伊人看见。

他们看见了，他们气坏了。

这是一场血腥的恶战。阿伽门农瞅准时机，把一支部队如楔子一般深深地插入敌阵，迫使他们撤退。我方将士一心想歼灭敌人，把他们往回驱赶，直到特洛伊城墙赫然出现在面前。可是在那儿，

由 奥 德 修 斯 叙 述

这些数量仍然大大超过我们的特洛伊人集结起来,在那儿我们的运气转变了,国王们开始一个个受挫。

首先是阿伽门农,这一天他状态极佳。当他驱车沿着队列向我们走来时,用矛刺中一个想拦住他的人,但他没看见背后的人,此人把他自己的矛深深刺入阿伽门农的大腿。这矛尖上有倒刺,伤口立即血流如注,我们的大国王被迫离开战场。

然后便轮到狄俄墨得斯了。他用标枪打落了赫克托耳的头盔,有片刻工夫后者惶惑不知所措。狄俄墨得斯高叫着前来刺杀,而我则紧紧盯着赫克托耳的马和他的驭手,想使他的车无法动弹。我们两人开始都没看见安全地躲伏在车后的一个人。此人站起身来,手里拿着已搭在弦上的箭,"嗖"的一声把箭射出,笑了,露出一口白牙。这箭飞得很远,几乎失去了踪影,最后射中了这阿尔戈斯人的一只脚。狄俄墨得斯的脚被钉在地上动弹不得,眼睁睁地看着帕里斯一溜烟地跑了,他气得骂骂咧咧,挥舞着拳头。特洛伊也有一个透克洛斯。

"把它拔出来!"我一边对狄俄墨得斯高喊,一边率领许多伊塔卡士兵赶来。

他按我说的做了,而我抡动一把从死人手中取来的战斧。这不是我惯常使用的兵器,它又笨又重,但是用来抵挡围成一圈的敌人的进攻是无与伦比的。我打定主意要让狄俄墨得斯安全撤离,便凶猛地挥舞着这件可怕的兵器,直到他一瘸一拐地痛苦地走开。他的

第 二 十 五 章

脚受了重伤，不能继续作战了。

正在此刻我也遭到厄运。有人投来一支矛，刺中我的腿肚子。我的伊塔卡战士立刻把我围在当中，直到我把它拔出来。但是矛头是有倒刺的，它带出一大块肉。因为伤口鲜血直流，我只好从死人内衣上撕下一条布，紧紧绑扎住伤口。

墨涅拉俄斯和他的斯巴达人赶来支援我们，我奋力杀到他的身边。埃阿斯来了，他们两人闪在一旁，让我退避在墨涅拉俄斯的战车之后。光荣的勇士，埃阿斯！他热血沸腾，奋力砍杀，其力量是我望尘莫及的。他逼退了特洛伊人的进攻，他的萨拉米斯人一如既往地为他感到自豪，不管他到哪里，他们总是跟着他。见此情况，有个特洛伊首领督促更多的士兵往前冲，最后他们全凭后面层层挤压的人的重量，阻碍了埃阿斯战斧的挥舞。尽管我们的战士奋力拼杀，勇武无比的埃阿斯砍倒了一个又一个，但是敌人就像龙牙变成的战士[1]一般一次一次更快地拥来。

看到赫克托耳没了踪影我松了一口气，我已经让这个区域的兵力集中起来，做了一些有用的事。欧律皮洛斯离得最近，他从一边赶过来时恰巧被帕里斯的箭刺中肩膀。玛卡翁也在往这边来，并遭到同样的厄运。帕里斯真是卑鄙的小人，他不对普通人浪费箭，他

1.希腊神话中底比斯城的创建者卡德摩斯曾杀死一条凶龙，把龙牙种在地里，长出了许多全副武装的战士。

由 奥 德 修 斯 叙 述

只是躲在某个安全舒适的地方，等候至少是王子的人物。在这一点上他与透克洛斯不同，后者对任何目标都射击。

不知怎的，我终于来到战阵之后，看见波达利里俄斯正在护理阿伽门农和狄俄墨得斯，他们在尽可能靠近战场的地方心情郁闷地等着。看见玛卡翁、欧律皮洛斯和我时，他们惊骇异常。

"你为什么要上阵，兄弟？"波达利里俄斯一边扶玛卡翁躺下，一边从牙缝中说。

"先给奥德修斯看。"玛卡翁喘着粗气说，他胳膊中箭，伤口慢慢地流着血。

于是我的伤口先得到包扎，然后波达利里俄斯走到欧律皮洛斯身边，准备把箭推进去从肩膀另一边穿出，因为他担心从箭射入的一边拔出来对肩膀的伤害会更大。

"透克洛斯在哪儿？"我边问边瘫坐在狄俄墨得斯旁边。

"我刚才让他离开战场了。"玛卡翁说，他还在等着处理伤口，"昨天赫克托耳击中他的地方肿得跟赫克托耳砸他用的石块那么大。我不得不轻叩红肿处，把脓液放出来。当时他的手臂麻痹了，但现在又能动了。"

"我们的兵力越来越少了。"我说。

"太少了。"阿伽门农铁青着脸说，"士兵们也知道。你没有感到某些变化？"

第 二 十 五 章

"不，感觉到了。"我边说边站起来，试试我的腿，"我建议我们自己先回营去，否则我们将无法收拾局面。因为我猜想我军很快便会向海滩溃逃。"

尽管我负责撤退，我还是认为它是个沉重的打击。仍留在战场上稳住阵脚的国王已所剩无几，主要的将领现在只剩下埃阿斯、墨涅拉俄斯和伊多墨纽斯三人了。我军的阵列有一处被冲破，很快溃决处以惊人的速度扩大。突然间全军掉转头来向营区安全地段溃逃。赫克托耳尖声高叫着，我站在我们防御墙顶上都能听见他的声音，于是特洛伊人如猖猖狂吠的饿狗一样追来。当脸色煞白的阿伽门农下命令时，我们的人还在越过西摩伊斯河堤道不断地拥来，而特洛伊人则向他们的后部发动进攻。大门在最后一批——最英勇的一批——战士还没来得及进去时就关上了。我捂住了耳朵，闭上了双眼。这是你的过错，奥德修斯！都是你的错。

现在时间还太早，不是停止战斗的时候，赫克托耳会试图攻墙的。在营地内我们的军队忙乱地四处转着，好不容易才重新集结起来，他们明白现在得准备守卫防御工事。奴隶们四处奔走着，用大锅大瓮把水烧滚，浇在那些企图登城的人的头上。我们不敢用油浇，怕它最终会把防御墙烧毁。墙头上沿着墙堆着许多石头，那是几年前为应付一个相同的紧急情况堆在上面的。

受阻的特洛伊人沿着壕沟聚集着，头领们驾着车来回奔走，敦

由 奥 德 修 斯 叙 述

促他们重整队形。赫克托耳驾着金色战车,他的老驭手刻布里俄涅斯为他掌缰。尽管经过了数日苦战,他仍然显得斗志昂扬、充满自信。他也该如此。当我们自己的战士开始占据我四周墙头上的空间时,我双手托着下巴,坐下来看赫克托耳打算如何攻墙:不知他是愿意牺牲许多人的性命,还是有比简单使用蛮力更好的计策。

第 二 十 五 章

第二十六章

由赫克托耳
叙述

我把他们围在他们自己的防御工事之内,如同圈羊一般,胜利已操在我的手中。自从出生之后我一直住在城墙之后,对如何攻墙比其他任何人都更心中有数。除了特洛伊自己的城墙,其他任何墙都不是无法攻克的。我的时机到了。我将从阿伽门农的失败中获得光荣,我发誓要让那傲气十足的家伙尝尝绝望的滋味,自从他的一千艘船从泰涅多斯岛后面航行而来后我们饱尝了这种滋味。当我和波吕达玛斯并肩驾车驶过他们的防御工事时,只见许多人头在那可怜的墙上排开。刻布里俄涅斯为马找水去了,真是个好人。

"你有什么高见?"我问波吕达玛斯。

"这个,我们面临的确实不是特洛伊之墙,但这是难以对付的防御墙,赫克托耳。这两条堤道分开得这么远是很聪明的设计。壕沟和栅栏也是如此。你能看出他们的失策之处吗?"

"是的,能看出。墙与沟之间的间隙太宽了。"我回答道,"我们将利用他们的堤道,但不会攻击他们的营门。我们利用这些堤道越过栅栏和壕沟,当战士们越过壕沟后,从那儿向防御墙进攻。这里的石头不容易开采,所以除了瞭望塔和扶垛,他们不得不用木料建墙。"

第 二 十 六 章

波吕达玛斯点点头："是的，我也会这么做的，赫克托耳。要我派人回特洛伊取可燃物吗？"

"马上就去——任何可以燃烧的东西，普通烹饪脂油也要。你办此事时我来召集一次全体首领会议。"我说。

当帕里斯——他总是最后一个来——慢悠悠地踱来时，我把自己的意图告诉了这些首领。

"我军的三分之二将越过西摩伊斯堤道而入，三分之一从斯卡曼德进入。我准备把部队分成五部分。我率领第一部分，波吕达玛斯在我这一部分。帕里斯，你率领第二部分。赫勒诺斯，你率领第三部分，得伊福玻斯在你这一部分。我们三个分队将从西摩伊斯进入这里。埃涅阿斯，你带领第四部分从斯卡曼德堤道上越过。萨耳珀冬和格劳科斯也将使用斯卡曼德堤道。"

赫勒诺斯面露喜色，因为我让他而不是得伊福玻斯领兵，而得伊福玻斯则弄不清自己到底是对这种轻视更恼火，还是对帕里斯也得到一个分队更恼火。埃涅阿斯心中也不痛快，因为他被当作外国人得到与萨耳珀冬和格劳科斯同等的对待。

"当战士们到达堤道内端时，他们将转身相向而行，从西摩伊斯到斯卡曼德，直到他们沿着墙把墙与壕沟之间的空间全部占满。在此期间，非战斗人员可以拆除栅栏，把它制成云梯或劈成木柴。火是我们最好的工具，火可以摧垮防御墙。因此，我们要做的第一件事就是点燃这些火，使守墙者无法扑灭它们。"

由 赫 克 托 耳 叙 述

在首领之中有我的堂兄弟阿西俄斯,他一直是我的肉中刺,因为他从不愿意服从命令。

"赫克托耳,"他故意高声说道,"你打算把车马弃之不用吗?"

"是的。"我毫不犹豫地说,"车马有什么用?在一个封闭的地方,我们最用不着的就是马匹和战车。"

"进攻大门如何?"

"它们太容易防守了,阿西俄斯。"

他从鼻孔内哼了一声,说:"废话!来,让我攻给你看看!"

我还没来得及下令禁止他,他一下子跑开了,高声命令他的战车队人员上车。他扬鞭策马,率先登上西摩伊斯堤道。虽然堤道很宽,但三匹并排的马也很宽,两侧的马惊恐地转动着眼睛看着两边从沟里突出来的尖桩,它们的恐惧很快便传给了中间的那匹马。顷刻之间这三匹马先后腿直立,又扬起后蹄奔窜,把阿西俄斯后面的一些驾车人也搅得一片混乱。当阿西俄斯的驭手正在奋力制服辕马时,堤道末端的几扇门打开了一点。一大列士兵的两个领头人一下子走进这敞开的门洞,他们的军旗显示出他们是拉比斯人。我一阵战抖,阿西俄斯完蛋了。这两个首领中的一个把他的矛投来,从我那好吹牛的堂兄弟胸部穿过。他被从车中高高地抛出,然后四肢伸开,摔在沟里的尖桩上。他的驭手紧随其后。这些拉比斯人围着这辆战车绕行,狠揍那些跟在后面的人。对此我们爱莫能助。杀戮之后,这些拉比斯人秩序井然地撤走了,西摩伊斯的几扇门关闭了。

第 二 十 六 章

在我让战士们开始行动前，必须清除堤道上的一片狼藉，但在此期间，埃涅阿斯、萨耳珀冬和格劳科斯还要走很长的路赶到斯卡曼德堤道。此处不会有守兵阻挡，想到这儿我感到很满意。阿喀琉斯驻在斯卡曼德门的另一边，他已不再对阿伽门农负有义务了。对他来说一个愚蠢的姑娘竟比他的同胞更重要。真是个伪善的家伙。

士兵们奔跑着拥过堤道，沿着墙基转向内侧，他们遭到防御墙上守卫者矛、箭和石块的一阵猛烈袭击。他们把盾牌遮在头上，因而几乎没受到飞泻而下的矢石的伤害；他们持续不断地小跑着向斯卡曼德堤道进发，外国部队从这儿也开始向内转。非战斗人员已开始拆除栅栏，把稍长的木料制成梯子，把用不着的木料全部劈成引火柴。油、沥青以及烹饪脂油开始从特洛伊运来，这时我突然想出一个主意：让我的人做一些框架，他们可以把盾牌放在上面当作屋顶瓦，这样便可以在遮挡之下干活。

一堆堆的火被点燃了，我看着浓烟直冲墙头，墙上那一张张脸突然变得惊恐万分。水倾盆而下，但我的一些遮蔽篷已经改制成可以遮火的篷，直到火势太旺，无法浇灭。我也发现被水浇过的油烟变黑了，这有很大的好处。

我们试着用梯子登墙，但是希腊人很狡猾，不会让我们得手。埃阿斯在我所在的中间部位的墙上来回奔跑，精力十足地吼叫着，用脚踹翻一架架梯子。徒劳无益。我命令停止。

由赫克托耳　叙述

"必须用火攻。"我对萨耳珀冬说,他的分队已与我的分队会合。

我们这儿的火是最先点燃的,现在烧得很猛。吕克亚的弓箭手们用箭把墙上人的头压在胸墙之下,而其余的吕克亚人和我的特洛伊人给火上浇油。

"让我试试爬墙。"萨耳珀冬说。

在烟的掩护下,一架架梯子在火堆之间架起来了。弓箭手们一次次齐射。吕克亚人头盔的羽饰在墙头上飘动着,如同被施了魔法。双方开始了肉搏。我模模糊糊地听见有个希腊首领叫人增援,但是我没有料到是埃阿斯和他的萨拉米斯人。不久之后,这小小的胜利变成了惨败,一具具尸体沉重地落在我的脚下,吕克亚的战斗口号变成了痛苦的尖叫。透克洛斯躲在他兄弟的盾牌之后,不是把他的箭射向墙顶上混战的士兵,而是射向我们。

我听见身边有哽咽的哭声,紧接着有人沉重地倒在我身上。我把格劳科斯放在地上,他身上有一支箭已经穿透甲胄、肩膀,钻得很深。我抬头看着萨耳珀冬,摇了摇头。粉红色的泡沫从格劳科斯的嘴中冒出来,这是人快要死的迹象。

他们二人像孪生兄弟一样亲密无间,多年来他们俩共同执政,互相热爱,一个人死去必定会导致另一个人的死亡。

萨耳珀冬号哭了几声,然后抓过一条裹在伤兵身上的马毯,把它裹在自己的脸和肩上,径直从一堆火上走过。一根绳索从墙上的一个抓钩上垂下,希腊人正紧张焦虑地把吕克亚人从胸墙上推下来,

第 二 十 六 章

没有注意到这根绳。萨耳珀冬抓住了这根绳子，以常人所没有的力量往下拉，格劳科斯之死给他带来的悲痛太大了。墙上的木头发出嘎吱嘎吱的声音，烧焦的圆木开始裂开，一大截墙突然在我们周围坍塌了。那些站在墙下倒霉的特洛伊人被压扁了，那些站在墙顶上倒霉的希腊人跟垮塌的墙一起笔直地摔了下来。一会儿工夫，我这条战线的整个中部成了一片废墟。从豁口中我看见高高的石屋和兵营，以及远处一排排的战船和灰色的海勒斯旁海峡。后来萨耳珀冬挡住了我的视线，他扔掉身上的毯子，拿起自己的剑和盾，高声嘶吼着进入希腊人的营地。

随着我们向前推进，希腊人在我们面前溃退了，我们越来越多的人蜂拥而入，后来希腊人重新集结起来与我们对抗。埃阿斯站在那儿敦促士兵进行抵抗，但是在这密匝匝的人群中我们谁也不指望有决斗的空间。双方都僵持不下，都没退让半分。伊多墨纽斯和墨里俄涅斯领着他们的克里特人冲上阵来，我的弟弟阿尔卡图斯倒下了，我拭去眼泪，诅咒自己的虚弱。不过我与其说是悲痛，不如说是愤怒。为此我战得更勇了。

一张张面孔在眼前闪现又消失——埃涅阿斯、伊多墨纽斯、墨里俄涅斯、墨涅斯透斯、埃阿斯以及萨耳珀冬。现在在吕克亚人和达耳达尼亚人中间有许多特洛伊人了。我往身后瞥了一眼，见墙上的豁口比刚才大多了。头上戴的紫色羽翎才避免了我们的自相残杀，双方搏杀十分激烈，战场上拥挤不堪。兵勇们死得英勇，也死得无

由赫克托耳　叙述

畏，我的靴后跟总是在死人铺成的"卵石"上打滑。有些地方太拥挤了，以至死人居然保持着直立姿势，嘴张着，伤口汩汩地冒着血。我的手臂和胸部都沾满了别人的血，我让它滴下来。

波吕达玛斯突然出现在我身边："赫克托耳，那边需要你。我们从豁口进来了许多人，但希腊人很强大。你快往西摩伊斯那儿去！"

为了脱身，同时又不让留下的人惊慌，我慢慢地且战且退，直到能贴着希腊人的防御墙前行。我一边走，一边用喝彩声激励战士奋勇向前，提醒他们一旦我们烧毁这一千艘战船，使他们没有希望扬帆起航，最后的胜利就是我们的了。

有人绊了我一下，为此他差一点就脑袋搬家了。但正当我考虑给予反击时，我看清了是谁，他正坐在那儿咯咯地笑。

"你走路为什么不看？"帕里斯问。

我大吃一惊，瞪着他："帕里斯，你总是让我吃惊。到处都有将士在战死，而你却平平安安地坐着，竟有闲情逸致绊我取乐。"

这番话并没让他收敛起笑容："好吧，如果你认为我准备乞求你的宽恕，你这样认为好了，赫克托耳！要不是我你也不会在这儿，这是事实。谁用箭把希腊的头领一个一个地射倒的，啊？谁迫使狄俄墨得斯离开战场的，啊？"

我抓着他黑色的长鬈发，猛地把他扯起来。"那你再射倒一些！"我咆哮道，"去射埃阿斯，啊？"

他厌恶地看了我一眼，扭动着走开了，这时我发现，我们受挫

第 二 十 六 章

的这一分队正受到埃阿斯和大批的萨拉米斯人的攻击。

整体的战线现在改变了方向。我们正在房屋群中作战,非常艰难危险,每座房屋中都有希腊人埋伏。但那些在屋外的希腊人都不断地向着海滩和船的方向撤退。埃阿斯听见了我的战斗口号,他用那著名的"啊!啊!"回应我。我们推开汹涌的人流,各自向对方跑去,我手执长矛做好了准备。正当我要靠近他时,他突然弯下身子,双手抱着一块巨石站起来,这是一块用来支稳停在岸上的船只的垫石。这时我的矛便毫无用处了。我扔掉它,拔出剑来,想凭借自己的速度优势抢先靠近他。他用尽全身力气将石块近距离沿水平方向砸过来,它正中我的胸部,我感到一阵撕裂般的巨痛,倒在地上。

我从一片黑暗之中醒来,脑袋嗡嗡作响,进入一片巨痛的天地,我感到嘴里有血的味道,便呕吐起来。我睁开双眼,看见我身边的地上有一摊黑乎乎的血,然后我又失去了知觉。当我第二次苏醒过来时,疼痛稍稍减轻一些了,我们的一个医生正俯身跪在我身旁。他扶着我,我挣扎着坐了起来。

"你有几根肋骨有严重创伤,几根血管破裂,但没有更严重的伤了。"他说。

"今天神祇站在我们这一边!"我气喘吁吁地说。我靠在他身上,让他扶我站起来。

我越活动,痛苦就越轻。我不断地走动着。几名战士带着我走

由 赫 克 托 耳 叙 述

过西摩伊斯堤道,把我放在靠近我自己战车的地方。刻布里俄涅斯正咧着嘴冲着我笑。

"我们还以为你死了呢,赫克托耳。"

"把我送回战场。"我边说边爬上车。

不需要步行到战场是一件幸事,但是走到混战厮杀的士兵后面时我不得不下车。我的部队以为我死了,他们开始退缩,但是当有足够多的人知道我仍然活着并且正重返战场时,他们便重新集结起来。看见我的脸对希腊人来说必定是个痛苦的打击,他们溃退了,纷纷穿过房屋而逃,后来有个我不认识的首领设法把他们挡在孤零零停在那儿的一艘船的船首下。这船本身就像一尊船首雕像,它在似乎一眼看不到尽头的第一排战船的最前列。我们打得希腊人求饶,因为他们不愿继续后撤了。只剩下埃阿斯、墨里俄涅斯和几个克里特人敢于和我们对抗。

那艘孤船的船首赫然耸立在我的头上,当埃阿斯伸出一只脚放在我的面前,举起剑——是我作为礼物赠给他的那把剑——的时候,我知道成功在握了。我向他猛冲过去,他干净利索地闪开了。我们的决斗又重新开始,但这次别人没有机会看我们交手,我们周围的人都在同样凶猛地搏斗着。

"谁的——船?"我喘着气问。

"是——普罗忒西拉俄斯的。"他气喘吁吁地说。

"我——烧了——它!"

第 二 十 六 章

"我——看你——烧！"

突然而来的人潮把埃阿斯和我分开了，又有不少希腊人赶来保护显然是他们的护佑物的那艘船。我自己的一些禁卫队士兵现在和我一起作战，而这些与我们对抗的希腊人没有萨拉米斯人的素质。我们不断推进，结果了一条又一条性命。埃阿斯又闪入了我的视野，但这一次他没有企图阻挡我们。他使了几次猛劲，登上了普罗忒西拉俄斯船的甲板，如同翻筋斗的杂耍人一样敏捷柔软。他从甲板上操起一根长杆，来回走动着把它缓缓地抡圆，我的人一登上甲板就被他扫了下去。

当与我对抗的最后一个希腊人战死之后，我抓着特洛伊人的肩膀爬了上去，直到可以抓住普罗忒西拉俄斯船的船首，从那儿我纵身一跳落在甲板上。埃阿斯站着摇晃着，仍然没有被征服。我们各自估量着对方，我们都同时看出经过这么长时间的战斗对方已精疲力尽。他慢慢地摇动着他那硕大的头颅，似乎想要说服自己我并不存在。他把长杆抡过来，我举起剑，用剑身把它接住，长杆立刻断为两截。他突然失去了重心，差一点跌倒。他使自己站住，伸手去摸剑。我疾步上前，心想他一定完了，可是他又一次向我显示他是何等了不起的勇士。他没有迎战我，而是向船尾跑去，然后收缩肌肉，从普罗忒西拉俄斯的船上一下子跳到正好在它后面的第一排船的中间那艘船上。

我没有去追他。我对他有一种说不出的喜欢，正如他也一定喜

由赫克托耳　叙述

欢我一样。朋友也好，敌人也罢，我们之间相互的喜爱不断增长。我知道神祇并不希望我们互相残杀，我们已经交换了决斗的礼物。

我从船栏边倾身，朝下看着一大片特洛伊人的紫羽。

"给我一只火把！"

有人抛了一只上来。我接住它，走到支索中间的空桅旁边，让火舌爱抚地舔着这些用旧的绳索和开裂的干木板。埃阿斯从相邻的那艘船上看着我，双臂无力地垂在两侧，眼泪顺着面颊流了下来。火焰燃烧着，一大片火焰爬上桅杆，蹿到桅顶的横木上。甲板上飘起缕缕细烟，因为有人又从划桨舱舱口往甲板扔了不少火把。我跑回船首，登了上去。

"胜利是我们的！"我高呼，"船只着火了！"

我的将士们跟着我呼喊起来，他们蜂拥上去迎战希腊人。那艘孤零零的普罗忒西拉俄斯护佑船后面依次排列的许多战舰前面，这些希腊人正聚集在那里。

第 二 十 六 章

第二十七章

由阿喀琉斯叙述

我大部分时间都站在密耳弥多涅斯人最高的营房屋顶上,越过我们营区的围墙向平原远眺。当希腊人溃败奔逃时,我看见了;当萨耳珀冬攻破我们的防御墙时,我看见了;当赫克托耳的人蜂拥而入来到房屋之中时,我看见了。之后的我就不忍看下去了。听奥德修斯讲述他的计划是一回事,但目睹这计划的后果是让人难以忍受的。我步履沉重地走回我的屋中。

帕特洛克罗斯坐在门外的长凳上,泪水把他的脸浸湿了。看见我之后,他把脸背过去。

"去找涅斯托耳,"我说,"刚才我看见他把玛卡翁带进来了。问问他阿伽门农那儿有什么消息。"

这一切都是多余的,会有什么消息是显而易见的。但至少我可以不必面对帕特洛克罗斯,或者听他恳求我改变主意。在把我的色萨利人分隔开的栅栏另一边进行的激烈厮杀的声音离这里稍远一些,而西摩伊斯那一端的营区是战斗最激烈的地方。我坐在长凳上等着,直到帕特洛克罗斯回来。

"涅斯托耳说什么了?"

第 二 十 七 章

他一脸鄙夷的神色，脸色十分难看："我们的事业失败了。经过十年的辛劳和痛苦，我们的事业——失败了！这不是别人的错，是你的错！欧律皮洛斯跟涅斯托耳和玛卡翁在一起，死亡人数令人震惊，赫克托耳变成了杀人狂。就连埃阿斯也无法挡住他的进攻，舰船一定逃脱不了被烧的命运了。"

他吸了一口气："如果你没有和阿伽门农闹翻，这一切都不会发生！你用牺牲希腊来满足你对一个卑贱女人的情欲！"

"帕特洛克罗斯，你为什么不信任我？"我问，"你为什么跟我作对？是忌妒布里塞伊斯？"

"不，是我感到非常失望，阿喀琉斯。你不是我原来想像的那种人。这与爱无关，而与尊严有关。"

我想说些什么，但没来得及说，因为我们听见一阵高喊。我们两人都跑向栅栏墙，登上台阶朝远处看。一柱浓烟升上天空，普罗忒西拉俄斯的船正在燃烧。一切都发生了，我可以行动了。但是我该怎么告诉帕特洛克罗斯，必须由他而不是我率领色萨利士兵和密耳弥多涅斯士兵出战？我怎么说得出口？

当我们从台阶上下来时，帕特洛克罗斯双膝一弯跪在灰土里："阿喀琉斯，船必定要被焚毁了！如果你不愿意，那么让我领兵出战！想必你已经看见，他们很不情愿坐着无所事事而看着别的希腊人战死沙场！你想得到迈锡尼的王位，是不是？你想在一个国家无力抵抗时乘虚而入，是吗？"

由 阿 喀 琉 斯 叙 述

我脸上的肌肉绷紧了，但我平静地回答："我没有觊觎阿伽门农的王位。"

"那让我现在领兵出战！让我在赫克托耳焚毁舰船之前率军赶到那里！"

我故意生硬地点点头："好吧，那你率他们去吧。我明白你的意思，帕特洛克罗斯。接过我的指挥权。"

即便在我说这话的时候，我也没忘记让这计策效果更佳。于是我扶起帕特洛克罗斯："但是有一个条件：你必须穿上我的甲胄，让特洛伊人以为是阿喀琉斯出来与他们交战。"

"你自己穿上甲胄跟我们一起出战！"

"我不能这么做。"我说。

于是我领他去军械库，给他穿上金色铠甲，这原是弥诺斯国王的宝物箱里的宝贝，是我父亲传给我的。这铠甲帕特洛克罗斯穿实在太大了，我尽可能使它合身一些。我把胸甲前胸和后背的金属片重叠一部分，在头盔里垫一些东西。护胫高及他的大腿，这比一般的护胫保护面更大一些。是的，如果不走得太近，人们会把他当成阿喀琉斯的。奥德修斯会认为我违反誓言吗？阿伽门农也会这样认为吗？哎，要是他们这样认为就糟了。我要尽可能保护我最长久的朋友——我的情人——使他免受伤害。

号角已经吹响，密耳弥多涅斯人和另外的色萨利人正等待着，他们能在很短的时间内集合起来，很显然他们随时准备投入战斗。

第 二 十 七 章

我和帕特洛克罗斯向集合地走去，而奥托墨冬跑去给我的战车备马。虽然在营地内它没什么用处，但有必要让大家都看见阿喀琉斯来了，他要把特洛伊人赶走。身着我很少穿的金甲胄，每个人都会认出阿喀琉斯的。

但这是怎么回事？战士们对我大声欢呼，声音震耳欲聋。他们仍然用过去的那种敬爱的眼神注视着我。连帕特洛克罗斯都和我反目，他们怎么还对我这么好？我把手遮在眼睛上抬头看太阳，见它已快西沉，很好。欺骗不需要持续很长时间，帕特洛克罗斯会安然无恙的。

奥托墨冬准备就绪，帕特洛克罗斯登上战车。

"亲爱的堂弟，"我把手搭在他的手臂上说，"把赫克托耳从营地驱逐出去就行了。不管你干什么，追他千万不要追到平原上去。明白了吗？"

"完全明白。"他说着，耸耸肩摆脱了我的手。

奥托墨冬对辕马咂了一下舌头，驾车往我们的栅栏围墙和主营区之间的门口驶去，而我则登到营房的屋顶上观看。

现在战斗在第一排舰船前激烈地进行着，赫克托耳是一副不可战胜的神态。当一个身穿金战甲、驾着由三匹白马拉的金色战车的人领着一万五千名士兵从斯卡曼德一侧赶来与特洛伊人交战的时候，战局马上改变了。

由 阿 喀 琉 斯 　 叙 述

"阿喀琉斯！阿喀琉斯！"

我能听见双方都在喊着我的名字，这种感觉既奇怪陌生，又令人不舒服。但这就够了。特洛伊士兵一看见战车中的人，一听见这名字，马上从胜利者变成了失败者。他们溃逃了。我的密耳弥多涅斯战士一心要杀敌，他们猛烈地袭击落在后面的人，毫不留情地将他们砍倒，而"我"则尖声喊着战斗口号，驱策他们向前。

赫克托耳的大军越过西摩伊斯堤道蜂拥而出。我发誓，决不让特洛伊人再次踏入我们的营地，即使奥德修斯想出最奸诈的诡计也无法说服我。我竟然不知不觉地流泪了，不知是为谁哭泣——我自己、帕特洛克罗斯，还是所有战死的希腊士兵。奥德修斯已经成功地把赫克托耳诱出城外，但付出的代价极其惨重。我只能祈祷，祈望赫克托耳一方的伤亡至少和我们相当。

啊，啊！帕特洛克罗斯将特洛伊人逐出，来到平原之上，当我看清他的意图时，我的心沉下来了。在营区内，一片混乱下别人无法靠近他，识破他的欺骗；但在平原上——啊，任何事都可能发生！赫克托耳会重整队伍，埃涅阿斯仍在厮杀。埃涅阿斯认识我，认识我本人，而不是我的铠甲。

突然我意识到，似乎最好不要知道结果。我离开屋顶，坐在我屋门外的长凳上，等着别人给我带来消息。太阳即将落山，鏖战将会停止。是的，他会安然无恙的，他会活着的，他必须活着。

有脚步声传来，是涅斯托耳最小的儿子安提洛科斯。他哭着，搓着双手——事情明摆着，明摆着。我想开口说话，但发现舌头紧贴在上腭上，我费了很大的劲才问了一句："帕特洛克罗斯死了？"

安提洛科斯哭出声来："阿喀琉斯，他可怜的遗体赤条条地躺在那边的一群特洛伊人中间——赫克托耳穿着你的甲胄在我们面前大肆炫耀！密耳弥多涅斯人伤心欲绝，虽然赫克托耳大声发誓要用帕特洛克罗斯喂特洛伊的狗，但他们不让赫克托耳靠近他的尸体。"

当我站起来时，我的膝弯了下去，我一下子跪在帕特洛克罗斯曾下跪恳求的地方。虚幻，虚幻，可是它必定真实，我就知道它会发生。有一会儿我感到我母亲的力量在我的体内，听见了海水的拍打声和汹涌的海浪声。我喊了一声她的名字，我恨她。

安提洛科斯把我的头枕在他的腿上，他温热的泪水落在我的手臂上，他的手指摩擦着我的后脖颈。

"他不愿理解，"我咕哝着，"他拒绝理解。我从未想到过，在所有的人当中只有他认为我会抛弃自己亲密的人。为此事我向他们发过誓。他到死还认为我比宙斯更自傲，他到死都鄙视我。现在我永远不能解释了。奥德修斯，奥德修斯！"

安提洛科斯停止了哭泣："奥德修斯跟这一切有什么关系呢，阿喀琉斯？"

于是我记起来了，便摇摇头，爬起来。我们一起向栅栏围墙的门走去。

"你原来以为我可能会自杀？"我问他。

由 阿 喀 琉 斯 　 叙 述

"有一小会儿我这么以为过。"

"谁杀死他的？赫克托耳？"

"赫克托耳穿着他的铠甲，但是还不能确定到底是谁杀死了他。当特洛伊人在平原上转过身来迎战我们时，帕特洛克罗斯从战车上下来，然后他绊倒了。"

"铠甲送了他的命，它太大了。"

"我们永远也不会知道全部情况。他受到三个人的攻击，赫克托耳给了他最后一击，但那时他也许已经死了。他并非新手，他杀了萨耳珀冬。当埃涅阿斯赶来助战时，他被认出是个假冒者，特洛伊人对这个花招勃然大怒，消息传开之后他们重整了队伍。然后帕特洛克罗斯杀了赫克托耳的驭手刻布里俄涅斯。不久之后他下车绊倒了。他还没来得及爬起来，他们就像豺狼一样向他扑去——他没有机会进行自卫。赫克托耳剥去了他的甲胄，但是在他正准备弄走尸体时，密耳弥多涅斯人赶来了。埃阿斯和墨涅拉俄斯还在为保护他的遗体而搏杀着。"

"我必须去助战。"

"阿喀琉斯，你不能去！太阳正在下山。等你赶到那儿，战斗就结束了。"

"我必须去助战。"

"让埃阿斯和墨涅拉俄斯去战吧。"他把手放在我的胳膊上，"我要请你原谅。"

第 二 十 七 章

"为什么？"

"我怀疑过你。我早该想到这是奥德修斯的主意。"

我暗骂自己嘴巴不严，即使魔力在我身上发作时我也受誓言约束。"你不能对任何人说，安提洛科斯，听见了吗？"

"知道了。"他说。

我们登临屋顶远眺，只见平原上到处都是兵马，我很容易认出埃阿斯，见他把新上阵的色萨利人牢牢地稳在队列中，而墨涅拉俄斯和另一个我猜想是墨里俄涅斯的人用一面盾牌高高地抬着一具赤裸的尸体离开战场，他们把帕特洛克罗斯抬回来了，特洛伊的狗不会撕食他了。

"帕特洛克罗斯！"我尖声叫喊，"帕特洛克罗斯！"

有的人听见了我的喊声，向我的方向看，用手指指点点。我一遍又一遍地喊着他的名字，一大群人都默默地站着。宣告黑暗降临的号角长长的呜咽声响彻旷野。赫克托耳穿着我的金色甲胄，它在残阳的余辉中闪着红光；他转身领着军队回特洛伊去了。

他们把帕特洛克罗斯放在临时的棺架上，棺架摆在阿伽门农屋前宽阔的集合场地的中央。满身血污和泥土的墨涅拉俄斯和墨里俄涅斯累得几乎站不住了。埃阿斯脚步踉跄地走过来，他的头盔从他麻木的手指中掉落在地上，他连弯腰把它捡起来的力气也没有了。我帮他捡起来，把它递给安提洛科斯，然后把我的堂兄抱在怀中。

由 阿喀琉斯 叙 述

这是维护他荣誉的一种方式，因为他太累了。

国王们聚集起来形成一个圆圈，他们低头注视着死去的帕特洛克罗斯。那些混蛋刺的伤口中有一处在他的手臂下，此处他的胸甲裂开了。背部和腹部各有一处伤口，在腹部矛刺得很深，肠子挂在外面。我知道这是赫克托耳所为，但我认为是从背后刺中他的人要了他的命。

他的一只手在棺架边缘悬空垂着，我把它握在我的手中，然后瘫坐在他旁边的地上。

"阿喀琉斯，不要待在那儿。"奥托墨冬说。

"不，这是我的地方。为我照顾埃阿斯。派女人来为帕特洛克罗斯沐浴，给他穿上寿衣。让他待在这儿，直到我杀了赫克托耳。我发誓：我要把赫克托耳和十二名特洛伊勇士的尸体葬在他的脚下。他们的血将给帕特洛克罗斯付过冥河给摆渡人的费用。"

过了一会儿，妇女们来给帕特洛克罗斯洗净身上的污迹。她们洗净了他缠结在一起的头发，用香膏和好闻的油膏弥合伤口，从他紧闭的眼睛周围轻轻擦去变红的裂痕。对此我十分感激；当她们把他抬进来时，他的眼睑已经垂下了。

我一整夜握着他的手，我唯一的感觉是绝望，这种绝望是知道自己所爱的人在生命的最后时光恨自己的人才能体会到的。现在有两个鬼魂一心要索饮我的血：伊菲革涅亚和帕特洛克罗斯。

太阳升起的时候，奥德修斯来了，他带来两杯兑水的酒和一盘

第 二 十 七 章

大麦面包。

"吃点东西吧,阿喀琉斯。"

"等我完成了对帕特洛克罗斯的誓言再说。"

"他对你做什么既不知晓也不在意。如果你已发誓要杀了赫克托耳,你需要力气。"

"我会支撑下去的。"我眨眨眼向四周看了看,这时我才意识到四周没有一点人员活动的迹象,"怎么回事?为什么大家还在睡觉?"

"昨天赫克托耳也打得很苦。今天破晓时分从特洛伊来了一名传令官,请求休战一天以哀悼和埋葬死者。明天才会重新开战。"

"如果是那样,"我声音急促地说,"赫克托耳已回到城内——他再也不会出来了。"

"你错了,"奥德修斯说,眼睛闪闪发亮,"我是对的。赫克托耳认为他现在胜了我们,普里阿摩斯认为你不会重返战场。帕特洛克罗斯参与的计策成功了,所以赫克托耳和他的军队仍在平原,而不在特洛伊城内。"

"那明天我能杀了他。"

"明天。"他低头好奇地看着我,"阿伽门农已召集人马在中午开会。将士们已经精疲力尽,他们不会在意你和阿伽门农是何种关系的,你能来吗?"

我紧紧握住那只冰冷的手:"能来。"

我去开会的时候,奥托墨冬代替我守着帕特洛克罗斯。我仍然穿着那件旧皮褶裥短裙,一身灰土。我在涅斯托耳旁边坐下,默默地看了他一眼,眼睛里带着疑问。安提洛科斯来了,墨里俄涅斯也来了。

"安提洛科斯是从你昨天对他说的话中猜到的,"老人对我耳语道,"墨里俄涅斯是从伊多墨纽斯在战斗中的咒骂中猜到的。我们认为,最明智的办法是让他们俩知道我们的全部秘密,用同样的誓约约束他们。"

"那埃阿斯呢?他猜到了吗?"

"没有。"

阿伽门农一副忧心忡忡的神色。"我们的伤亡大得惊人。"他满面愁容地说,"据我了解,自从我们与赫克托耳在城外开战,我们的伤亡人数已达一万五千了。"

涅斯托耳摇了摇他那颗满是银发的头,他那有光泽的胡须旁逸,覆盖在他的双手上:"'惊人'这个词说得太温和了!啊,但愿我们有赫拉克勒斯、忒修斯、佩琉斯、忒拉蒙、梯丢斯、阿特柔斯和卡德摩斯这班英雄!我告诉你们,现在的人跟过去的人不一样了。不管有没有密耳弥多涅斯人,赫拉克勒斯和忒修斯会势如破竹大获全胜。"他用戴着许多戒指的手指擦擦眼睛。可怜的老人,他在战场上失去了两个儿子。

奥德修斯第一次发怒了。他一下子跳起来。"我告诉过你们!"他气势汹汹地说,"我明确地告诉过你们在看见第一线成功的曙光

第 二 十 七 章

之前我们要忍受什么样的苦难！涅斯托耳，阿伽门农，你们为什么哀鸣？我们伤亡了一万五千人，而赫克托耳损失了两万一千人！不要胡思乱想了，你们所有的人！这些传说中的英雄没有一人可能取得埃阿斯一半的战绩——取得在座的各位一半的战绩！不错，特洛伊人打得很出色！可这不是意料中的吗？但是赫克托耳是使他们凝聚在一起的核心人物，如果赫克托耳死了，他们的士气就会丧失。他们的增援部队在哪儿？彭忒西勒亚在哪儿？门农在哪儿？赫克托耳明天将没有新的兵力投入战场，而我们新增了将近一万五千名色萨利士兵，其中包括七千名密耳弥多涅斯人。明天我们会击败特洛伊人。我们也许无法进城，但我们将使城中的居民绝望到极点。赫克托耳明天会上阵，阿喀琉斯的机会来了。"他沾沾自喜地看着我："我的宝押在你身上了，阿喀琉斯。"

"我打赌，的确如此！"安提洛科斯令人不快地说，"我看穿了你们的计策也许是因为我并非首先从你们这里听到计划的安排，我是后来从我父亲那儿听说的。"

奥德修斯突然警觉起来，垂下了眼睑。

"你们计谋的基本点就是帕特洛克罗斯必须死。我不明白，为什么在密耳弥多涅斯人被允许参战之后你们还如此毫不动摇地坚持不让阿喀琉斯本人介入呢？是要让普里阿摩斯相信阿喀琉斯决不屈服吗？要用帕特洛克罗斯这个稍次的对手污辱赫克托耳吗？帕特洛克罗斯一领兵上阵就必死无疑了，赫克托耳会战胜他，没有什么比这

由阿喀琉斯叙述

更确定无疑的了。赫克托耳的确战胜了他。帕特洛克罗斯死了，正如你们一直打算的那样，奥德修斯。"

我站起来，安提洛科斯的话让我这愚笨的脑瓜开窍了。我伸手去抓奥德修斯，想拧断他的脖子。可是随后我的手落下了，我无精打采地坐了下来。让帕特洛克罗斯穿上我的战甲并不是奥德修斯的主意，而是我自己的主意。如果帕特洛克罗斯以自己的身份上阵，他也许不会死。我怎能责怪奥德修斯呢？这是我自己的错。

"你的分析既有道理又没道理，安提洛科斯。"奥德修斯说，假装没有看见我刚才的动作，"我怎么可能知道帕特洛克罗斯会死？在战场上人的命运不在我们手中，而在神祇手中。为什么他会绊倒？难道没有可能是特洛伊神的一个信徒伸出了一只脚？我只是个凡人，安提洛科斯。我无法预测未来。"

阿伽门农站起来，说道："我要提醒你们所有的人，你们是发过誓要坚持执行奥德修斯的计划的。阿喀琉斯发誓时对他要做的事十分清楚。我也是如此，我们大家都是如此。我们没有受胁迫，没有头脑发昏，没有被愚弄。我们决定按他的计策行事是因为没有更好的选择，我们也不可能想出更好的办法。你们难道忘了当时看着赫克托耳安然地坐在特洛伊城墙之内时你们是怎样恼怒叫骂的了吗？你们难道忘了统治特洛伊的是普里阿摩斯而不是赫克托耳吗？这主要考虑的是对付普里阿摩斯，而不是赫克托耳。我们知道它的代价，我们选择付出这代价。别的没什么可说了。"

第 二 十 七 章

他面色严峻地看着我："准备好明天黎明开战。我要召开一次大会，当着全体军官的面把布里塞伊斯归还给你，阿喀琉斯。我还要发誓，我和她之间什么事也没发生。清楚了吗？"

他显得十分苍老，非常疲倦。十年前他的头发中只有几丝白发，可现在黑发中却有条条更宽的银带了；胡须的两侧各有一缕纯白须垂下。我的胳膊放在安提洛科斯身上，它还在颤抖；我疲倦地站起来，回到帕特洛克罗斯身边。

我在棺架旁的灰土中坐下，从奥托墨冬手中接过他僵硬的手。下午的时间缓缓地逝去，就像水一滴接一滴地落在时光的井中。我的悲痛渐渐逝去了，但我的负疚感决不会消逝。悲痛是出于本性的，而负疚是自我强加的；未来会医治悲痛，但只有死亡才能治愈负疚。我考虑的都是这一类问题。

太阳正在向海勒斯旁对面的海岸下沉，它呈浅红色，显得柔和、润泽。在此之前没有人来打搅我。后来奥德修斯来了，阴影使他的面孔模糊不清，他眼睛深陷，双手垂在体侧。他长长地叹了一口气，在我近旁的灰土中蹲下，然后双手交叉抱膝，重心落实在后踵上。我们久久没有说话，在残阳中他的头发如燃烧的火苗，映衬着暮色，他的侧影镶上了纯琥珀色的边缘。我觉得他看起来像神一般。

"你明天穿什么铠甲，阿喀琉斯？"

"我那件镶金的青铜甲胄。"

"这副不错，但我想送给你一副更好的。"他转过头，严肃地看

由阿喀琉斯叙述

着我,"你对我有什么想法?会上那小子说话时你想拧断我的脖子,但后来你改变了主意。"

"我一直认为,只有后代才能判定你的为人,奥德修斯。你不属于我们的时代。"

他低下头,摆弄着灰土:"我使你丢失了一副宝贵的甲胄,赫克托耳穿上它会很得意的。他想在各方面都胜过你。但是我有一副金色的甲胄,它会合你的身的,这是弥诺斯的财产。你会接受吗?"

我好奇地看着他:"它怎么到你手中的?"

他在灰土中画了一些弯曲的短线,在其中的一条线上他画了一座房屋,在另一条线上画了一匹马,在第三条线上画了一个人。"食品杂货清单。涅斯托耳有一些食品杂货清单符号。"他皱了皱眉头,用手掌抹去画的东西,"不,仅有符号还不够,我们需要别的东西——可以传递没有形状的想法和思绪的属于心灵的翅膀的东西……你听到过人们悄悄说的有关我的传言吗?传言说我并非莱耳忒斯真正的儿子,说我是他的妻子也就是我的母亲和西绪福斯所生的。"

"是的,我听说过。"

"他们说得对,阿喀琉斯。而且这也是件好事!如果我的父亲是莱耳忒斯,希腊会更糟糕。我不会公开承认西绪福斯是我的父亲,因为如果我这么做了,我的侍臣们早已在转瞬之间把我赶下伊塔卡王位了。可能我扯远了,我只是想让你知道这甲胄来路不正。它是西绪福斯从克里特的丢卡利翁[1]那儿偷来的,他把它送给我母亲,以表示他的爱。你愿意穿这来路不正的东西吗?"

"很乐意。"

"那我在黎明时把它送来。还有一件事。"

"什么事?"

"不要说是我给你的。告诉大家说这是我们神祇的礼物——你母亲请赫菲斯托斯连夜在他的长明火中煅接而成,以便你可以穿上战场以匹配你女神之子的身份。"

"知道了。"

我膝盖着地,靠着棺架睡了片刻,睡得很不安宁。在第一线曙光出现之前奥德修斯叫醒了我,把我带到他的屋内,桌上有一堆用亚麻布盖着的东西,我无精打采地去掀盖布,猜想这只不过是一副做工精良的甲胄而已。不错,是镶金的,但与赫克托耳穿的那副一点不像——我和父亲过去一直认为那是弥诺斯最好的铠甲。

也许确实如此,但奥德修斯给我的这件比我的那件好得多。我用指关节敲着它上面毫无瑕疵的黄金,它发出一种低沉厚重的声音,完全不像叠在一起的许多层发出的清脆的音响。我好奇地把那十分

1.Deukalion,希腊神话中克里特王弥诺斯和帕西法厄之子。

由 阿喀琉斯 叙述

沉重的防护翻过来，发现它不像别的防护那样一层层叠得很厚，它似乎只有两层：一层黄金镀在一层黑色的材料上。这种材料在灯光下不闪闪发亮，也不反射光。

我听说过这种材料，但过去只在我的老皮利翁的矛头上见过它。人们叫它加固铁，但我从未见识过用足量的加固铁制出的这么大一副铠甲。它的每一部件都是用同种金属制成，并镀有黄金。

"代达罗斯[1]三百年前制成这件铠甲，"奥德修斯说，"他是历史上唯一知道如何使铁更坚固的人：把它和沙放在坩埚中搅拌，这样它混和了一些沙，硬度大大超过了青铜。他收集了一块块原铁，直到足够铸出这件铠甲，然后他把黄金敲薄覆盖在上面。如果它的表面被矛刺破，黄金就会被弄掉。看见了吧？图案是铸在铁上的，不是在黄金上制出来的。"

"这是弥诺斯的财物？"

"是的，是那个同他的兄弟剌达曼堤斯和你的祖父埃阿科斯[2]一起坐在冥界哈得斯审判聚集在阿刻戎[3]河岸的死者的弥诺斯。"

"非常感谢你。当我的寿数已尽，站在这些法官面前时，请把这

1.Daidalos，希腊神话中的能工巧匠、建筑师和雕刻家，曾为克里特国王弥诺斯建造迷宫。
2.弥诺斯、剌达曼堤斯（Rhadamanthos）和埃阿科斯（Aiakos）三者都是希腊神话中冥界的判官。
3.Acheron，南厄皮罗斯的一条河流，上游穿过峡谷，有几处没入地下，因此传说它是通往阴间的冥河之一。

第 二 十 七 章

甲胄收回，交给你的儿子。"

奥德修斯笑了起来："忒勒玛科斯？不，他决不会穿的。把它送给你的儿子。"

"他们会让我穿着它下葬的。要由你负责让涅俄普托勒摩斯得到它了。让我穿着袍子下葬。"

"好的，阿喀琉斯。"

奥托墨冬帮我披挂准备上阵，女仆们靠墙站着，口中低声说着祈祷词和咒语，以驱逐妖邪，给战甲注入力量。不管我如何行动，都如赫利俄斯一样浑身上下灿烂闪亮。

阿伽门农对表情木然地站在那儿的全体军官讲了话，然后轮到我接受大国王的道歉，之后涅斯托耳把布里塞伊斯归还给我。没有克丽塞的踪影，但我想她没有被送往特洛伊。最后，我们散会去用餐，这是在浪费宝贵的时间。

布里塞伊斯昂着头默默地走到我的身旁，她显得疲倦，满脸病容，比当初和我一起走出吕耳涅索斯燃烧的废墟时更加心烦意乱。在密耳弥多涅斯人的营内，我们从躺在棺架上的帕特洛克罗斯身边经过，因为开全体军官大会他被移到了这儿。她畏缩了，浑身战抖。

"走吧，布里塞伊斯。"

"你拒绝上阵时他参战了？"

"是的。赫克托耳杀了他。"

我注视着她的脸，想寻找一种温情的迹象。她充满爱意地笑了。

由阿喀琉斯叙述

"亲爱的阿喀琉斯，你太累了！我知道他对你是多么重要，但是你太悲伤了。"

"他临死时唾弃我。他抛弃了我们的友谊。"

"那他并不真正了解你。"

"我也无法向你解释。"

"你没有必要向我解释。不管你做什么，阿喀琉斯，你总是对的。"

我们在清新湿润的晨曦中走出营房，越过堤道，在平原上摆开阵势。空气很柔和，微风如同纺织之前梳理过的羊毛轻柔地抚摸着我们。他们在我们面前排开，一列列一排排，整齐威武，我们在他们眼中一定也是如此。我激动得心都快要从嗓子眼中跳出来了，当我的目光碰巧瞥见我的手时，只见握着老皮利翁黑色的旧矛杆的手指关节泛白。我当时把甲胄给了帕特洛克罗斯，但没给他老皮利翁。

赫克托耳驾着三匹黑色牡马拉的战车，颠簸摇晃着从他队伍的右翼轰隆隆地驶来了。他穿着我的甲胄，显得气度非凡。我注意到他在金色的盔羽上加了鲜红色。他在我对面停住，我们用挑战的眼神死死地盯着对方。奥德修斯已经赌赢了，我们两人中只有一个会活着离开战场，这一点我们心中都明白。

战场上静得出奇。双方军队都没发出任何声音：没有马的喷鼻声，没有盾牌的碰撞声。我们站着，等待着号角齐鸣、战鼓齐擂。我觉得这身新铠甲太重，需要适应一些时间才知道如何穿着它能最灵便地活动。赫克托耳必须等待。

第 二 十 七 章

鼓声大作，号角齐鸣，命运之神的女儿把剪刀抛在赫克托耳和我之间的一条狭长的空地上[1]。当我还在尖声呐喊之时，奥托墨冬已在驱车向前了。我与赫克托耳还没来得及交手，他便猛地转向，避开我的战车，沿着他的队列往前走了。大批步兵挡住了我的去路，尽管我想追，但我知道没有希望追到他了。我的矛扬起又落下，上面滴着特洛伊人的血。我沉迷在杀戮之中，别的什么也不顾了。就连我对帕特洛克罗斯发的誓也无关紧要了。

我听见一声熟悉的呐喊，看见另一辆战车正挤过人群。当埃涅阿斯看见他面前的密耳弥多涅斯人干净利索地纷纷闪避时，他忍住怒气，冷静地向前冲来。我也呐喊起来，他听见我的声音便向我致意，跳下车来和我决战。他投来的第一支矛被我用盾接住，震得我骨髓发麻，但是那具有魔力的金属完全制服了那飞来的矛，它落在地上，矛头被毁坏了。老皮利翁在我和他之间的人的头顶上划了一道漂亮的弧，又高又准。埃涅阿斯看见矛尖朝他咽喉飞来，把盾用力朝上抛去，猛地一低头。我那可爱的矛一直穿透他的盾牌外皮和里面的金属，恰恰从他头上飞过，打翻了盾，埃涅阿斯倒在下边。我拔出剑，推开我的士兵，一心要在他把身子扭出来之前赶到他跟前。他的达耳达尼亚人在我们的猛攻下后退了。正当我的脸上露出

1.希腊神话中的命运三女神分别为手执纺锤纺命运之线的克洛托，用手杖指着地球分配命运之线的拉刻西斯，手执天秤、刀具等切断命运之线的阿特罗斯。此处当指阿特罗斯。

由 阿 喀 琉 斯 叙 述

胜利的微笑时,突然一阵人潮涌来。这是当许多人紧紧地挤在一起时常发生的一种使人沮丧、让人恼怒的现象,好像泛着涟漪的海上突然涌起的冲天巨浪,从头至尾卷过队列。士兵们相互碰撞,就像一排砖头挨个倒下。

我几乎被撞倒,被人流托着,就像波浪上漂浮的一块碎片。我绝望地喊叫起来,因为我已无法接近埃涅阿斯了。等我从人浪中挣脱出来之后他已经跑了,而我却在阵列后面百步之处。我一面让密耳弥多涅斯人重整队列,一面费了很大的劲回到原处,我发现老皮利翁仍然把他的盾钉在地上,未被人碰过。我拔出长矛,把那盾扔给我的一名负责辎重的非战斗人员。

过了不久,我把奥托墨冬和战车打发到战场后部,把我的老皮利翁交给他保管。还是战斧有用武之地,啊,在拥挤的人群中它是一件多么得心应手的兵器!密耳弥多涅斯人和我在一起作战,我们是无法被打败的。但是无论战斗多么激烈,我都未停止对赫克托耳的搜寻。在我杀了一个戴有普里阿摩斯之子的徽章的人之后,我发现了他。他离得不太远,看到他兄弟的悲惨命运他的脸扭曲了。我们四目相对,战场似乎已不复存在。当我们第一次看见对方的面孔时,我从他阴郁的沉思中看出了满足。我们越来越靠近,一路砍杀各自的敌人,心中只有一个念头:交锋,再近一点。然后又是一阵人潮涌动。当我从阵列中被抛到后面时,不知什么东西挤撞了我的腰,我差一点跌倒。士兵一排排倒下,被压成肉酱,我却因为看不

第 二 十 七 章

见赫克托耳而哭泣,后来伤心变成了恼怒,化为对杀人的狂热。

红色的狂潮退去了,现在我面前只有少数的紫红羽盔饰了,他们脚下被踏倒踩碎的青草也可以看见了。特洛伊人不见了,我追杀着落在后面的人。他们秩序井然地撤退了,首领们又登上了战车。阿伽门农让他们走了,他很高兴利用这个时机重整自己的队伍。我的战车不知从什么地方突然出现了,我爬上车,站在奥托墨冬旁边。

"找到阿伽门农。"我气喘吁吁地说,把盾牌丢在战车底板的支架上,长长地舒了一口气。这是很好的盾牌,但是太重了一点。

所有的头领都已到达,我把车停在狄俄墨得斯和伊多墨纽斯之间。尝到了胜利的滋味,阿伽门农又是大国王了。他的前臂的伤口上裹着一块亚麻布,殷红的血缓缓地滴在地上,但他似乎没有注意到。

"他们已全面撤退了。"奥德修斯说,"不过,没有迹象表明他们打算躲进城去——至少目前还没有。赫克托耳认为他还有赢的机会。我们不必匆忙。"他抬起眼睛向阿伽门农瞥了一眼,那眼色表明他刚刚想出了一个绝好的主意。"陛下,采取我们已实施了九年的方法如何?我们把军队一分为二,设法在他们的阵列中间插入一根楔子。在离这儿约三分之一里格处,斯卡曼德河往内拐向城墙形成了一个环套,赫克托耳已经往那个方向去了。如果我们能调动他们,使他们散开,越过环套如颈项的狭窄部分,我们便可以使用第二部队把他们的至少一半人马驱入环套咽喉状的最狭窄处,而我们其余的人则继续把他们的另一半驱往特洛伊方向。我们追击这些逃往特洛伊

由 阿 喀 琉 斯 叙 述

的敌人不会有很大的战果,但我们可以消灭那些被围在斯卡曼德河湾里的敌人。"

这是一个很好的计划,阿伽门农很快便领会了:"同意。阿喀琉斯和埃阿斯,你们可以从当年的第二部队中挑选任何分部,消灭任何你们能诱入圈套的特洛伊人。"

我稍稍现出一些桀骜不驯的神色:"只要你能担保赫克托耳不逃入城中。"

"就这么定了。"阿伽门农马上说道。

他们都像小鱼一般落入网中。当特洛伊人与河的环套颈项平齐时我们赶上了他们,此时阿伽门农让他的步兵从他们阵列中间直冲而过,把他们驱散。他们在阿伽门农部署的大量兵力的冲击下无法继续秩序井然地撤退了。在左侧,埃阿斯和我挡住了我们的军队,直到足足有一半溃逃的特洛伊人意识到他们已经跑入没有出口的死路时,我们猛地转弯,横切他们唯一的逃跑路线。我集结了我的步兵,把他们领入环套地带。埃阿斯集结起他的步兵,吼叫着往右侧冲去。特洛伊人惊恐万分,无助地四处乱转,不断地往后退去,最后他们的阵列尾部来到河的边缘。大批的士兵还在我们面前撤退着,继续无情地把尾部往前推挤着,这些殿后者就像悬崖上的羊群,纷纷落进发臭的河水中。

老河神斯卡曼德为我们干了一半的活计。当埃阿斯和我杀得他

第 二 十 七 章

们鬼哭狼嚎喊饶命时,它淹死了好几百个特洛伊人。从战车上我看见河水比平时清澈,流得比平时急;斯卡曼德河已暴涨。那些从岸上失足跌落的人没有希望能在水中站稳,奋战急流,因为他们既受甲胄所累,又恐惧万分。但是为什么斯卡曼德河会暴涨呢?天一直没下雨。于是我瞅空朝伊达山望去,只见山头上的天空滚动着雷雨云砧,有道道阴暗的雨幕,就像横架在特洛伊对面山麓丘陵上的一把把切肉刀正向下砍去。

我把老皮利翁交给奥托墨冬,双手握斧走下战车,盾牌太重,我实在拿不动了,只好不用,再说也没有帕特洛克罗斯跟在身后了。但是在我投入战斗之前,我没忘叫来一名负责辎重的非战斗人员。我还欠帕特洛克罗斯十二个特洛伊勇士作陪葬。在这样的大溃败中这个数目是很容易达到的。那种可怕的、盲目的嗜血欲望又在我心中涌动,无论杀多少特洛伊人都无法满足这个欲望。我没有在岸边停下来,而是涉入水中,追赶着几个被我逼入困境的惊恐万状的敌人。在越来越急的水流中沉重的铁战甲拉着我直往下坠,我砍杀着,直到斯卡曼德河水越来越红。

有个特洛伊人想决斗一场。他自称是阿斯特罗派俄斯;他至少是特洛伊的贵族,因为他身披镀金的青铜甲胄。他占着很大的优势,因为他站在岸上,而我却站在河中水深及腰;他手执好几支长矛,而我除了一把战斧一无所有。但千万别以为阿喀琉斯才穷智短!当他正准备把他的第一支长矛投过来时,我握住战斧柄端,把它如飞

由 阿 喀 琉 斯 叙 述

刀一般向他投去。他的长矛要出手了，但看见那飞来的家伙他吓坏了，矛投偏了。战斧旋转着，在阳光下闪闪发亮，后来它正中他的胸部，斧头深陷肉中。他很快便死了，然后向前摔倒，脸朝下像一块石头一般跌入水中。

我想把战斧抽出，便涉水走到他跟前，把他的身子翻了过来。但是斧头已陷在他身体内，深及斧柄，砸碎的胸甲金属缠结在它的四周。因为我太专心致志了，所以几乎没有注意到耳中沉闷的轰鸣声，也没有感觉到河水冲撞着，像一匹刚刚被套住的牡马。突然，水漫到我的腋下，阿斯特罗派俄斯像一片树叶在水中轻轻地上下浮动着。我抓住他的胳膊，迫使他靠近我，做出伪拥抱的姿势，用我自己的身体使他稳定，以便拔出战斧。水的轰鸣现在变成了巨大的雷鸣，我必须竭尽全力才能站住。斧头终于拔出来了，我把它的皮带紧紧地缠绕在手腕上，以防滑落。河神正对我大发雷霆，似乎他宁肯让他自己的人民用粪便玷污他，也不愿让我用他们的血玷污他。

一堵水墙像山崩一样向我压来，就连埃阿斯或赫拉克勒斯也不可能顶住。啊，瞧！一棵榆树上有一根倒悬的树枝！我跳起来够这树枝，我的手指捉到树叶，艰难地往上挪动了几个指距，牢牢地抓住了树枝。我又落进激流之中，树枝在我的重力下弯曲了。

有一瞬间水墙高耸在我的头上，就像神祇变出巨大的水的臂膀，然后用尽全身力量把它往我头上猛掷下来。我猛吸了一口气之后，周围都变成了液体的世界，我被一个比我自己的力量大得多的力量

第 二 十 七 章

同时往一百个方向推拉着。我的胸膛几乎要破裂了，我的双手本能地抓住榆树枝。我痛苦地想起太阳和天空，内心为被河流打败这辛辣的讽刺而哭泣。我为帕特洛克罗斯悲伤，并且奋力砍杀特洛伊人，因而元气大伤，这副铁战甲则加速了我的毁灭。

我向住在榆树里的树神祈祷，但是水涌过我的头顶，没有减退。后来树神或别的精灵听见了我的祈祷，我的头露出水面。我贪婪地吞吸着空气，把斯卡曼德河水从我眼中抖落，绝望地往四周看。刚才近得几乎可以伸手摸到的河堤不见了。我重新握牢榆树，但是树神抛弃了我。堤岸的残存部分也垮塌了，老榆树粗大的树根露了出来。箍着我身体的铁甲胄成了额外的负担，一大堆枝叶倾覆了，这榆树一头扎进水中，在洪水的咆哮声中几乎没有听到一声痛苦的呻吟。

我仍然抓着树枝，心想斯卡曼德是否有力量把一切都卷到下游。但是榆树依然未动，树冠淹没在水中，它形成了一道坝，挡住了瓦砾往我们的营房和密耳弥多涅斯人的围场内流动。尸体靠着树堆积起来，就像有着深红咽喉的棕色的花朵；紫色的盔羽在绿树四周环绕着；死人泛白的手漂浮在水中，显得毫无用处、令人厌恶。

我放开了树枝，开始蹚着水向河的边缘走去，河堤塌陷后它变低了，但还不够低。无情的洪水一次又一次地把我的不甚牢固地踩在河底黏泥上的脚卷走，我的头一次又一次地没入水中。但是我搏击着，竭尽全力地向我的目标靠近。我的双手竟然抓住了一块草皮，

由阿喀琉斯　叙述

可是又眼睁睁地看着它脱离了被水浸透的泥土。我沉了下去，身体竖直地在水中挣扎，感到十分绝望。斯卡曼德堤岸垮塌后流失的黑色泥土从我的指缝间流出，我向天空举起双臂向万物之君祈祷。

"父神，父神，让我杀了赫克托耳再死吧。"

他听见了我的祈祷，做出了反应。他令人敬畏的头突然从天穹的无边无际的远方低下，有一会儿工夫，他对我的爱让他饶恕了我的罪过和自傲，也许他只是想起我是他的儿子埃阿科斯的孙子。我感到他在我整个身心中的存在，我觉得自己看见了他抛火的可怕巨手的阴影黑沉沉地盘旋在河上。斯卡曼德叹息着向这统治着人和神的无上的权力屈服。刚才我即将死去，现在我发现河水成了在脚踝边流淌的涓涓细流，榆树倒在泥中，我只好跳开它。

对面更高的堤岸已经崩溃了，斯卡曼德河水薄薄分散在平原上，就像一片干渴的土地一口饮下的银色祝福。

我跟跟跄跄地走出河床，精疲力尽地坐在被水淹没的草地上。头顶上福玻斯的马车已经走过穹顶一些距离了，我们已经厮杀了一半路程了。我正疑惑不知剩下的部队现在何处时，蓦然间我惭愧地意识到自己一直恋战，以致完全把战士丢在脑后。我不能理智一些吗？要么是我继承了母亲的疯狂，充满了杀戮的欲望？

喊声四起。密耳弥多涅斯人正向我走来，远处埃阿斯正在重整队伍。到处都是希腊人，但没有一个特洛伊人。我爬上战车，咧开嘴对着奥托墨冬笑了。

第 二 十 七 章

"驾车带我到埃阿斯那儿去,老朋友。"

他站在那儿,大手中握着一支矛,目光迷离。我下了车,身上仍流着水。

"你怎么啦?"他问。

"我跟斯卡曼德神搏斗了一场。"

"好了,你赢了,他精疲力竭了。"

"还有多少特洛伊人没有被消灭?"

"不太多。"他平静地说,"实话告诉你,我们已消灭他们一万五千人,也许有比这多一倍的人逃回到赫克托耳的队伍中。你打得很漂亮,阿喀琉斯。你嗜敌人血的渴望连我也无法与你相比,阿喀琉斯。"

"我宁要你的热爱,不要我自己的欲望。"

他没理解我的话,说道:"该回到阿伽门农那儿去了。今天我把车驾来了。"

我乘他的车,与他并肩而行——哎,这车只能说是二轮大车,而不是战车,因为战车有四个轮子——而透克洛斯乘我的车与奥托墨冬同行。

"我断定普里阿摩斯已经下命令打开斯开亚城门了。"我指着城墙说。

埃阿斯咆哮起来。我们走近时发现,显而易见,我的判断是对的。斯开亚门敞开着,赫克托耳的军队在阿伽门农之前拥入城内,

由 阿 喀 琉 斯 叙 述

由于聚集在入口处的特洛伊人人数众多，阿伽门农的进入受到了阻碍。我向埃阿斯斜瞥了一眼，怒气冲天。

"让他们下地狱，赫克托耳进去了！"他狂吼道。

"赫克托耳属于我，埃阿斯。你有自己的机会。"

"我知道，小堂弟。"

我们驾车到阿伽门农大军的队伍中寻找他。他跟往常一样与奥德修斯和涅斯托耳站在一起，皱着眉头。

"他们正在关闭大门。"我说。

"赫克托耳让他们紧紧地挤在一起，我们没有希望扯开他们，也没有机会向他们发起进攻。他们大部分人都挤进去了，两个分队有意留在城外。狄俄墨得斯正打得他们连连求饶。"阿伽门农说。

"赫克托耳本人怎样了？"

"我想他进城了。没有人看见他。"

"胆小鬼！他知道我在找他。"

别的人也来了：伊多墨纽斯、墨涅拉俄斯、墨涅斯透斯和玛卡翁。我们一起观看狄俄墨得斯消灭那些自愿留在城外的人。他们还算明智，在抵抗只有死路一条的情况下缴械投降了。狄俄墨得斯赞赏他们的勇气和军纪，把他们俘虏了，而没杀他们。随后，他喜气洋洋地向我们走来。

"一万五千人死在斯卡曼德河边。"埃阿斯说。

"而我们损失的人还不到一千。"奥德修斯说。

从我们身后正在歇息的士兵中传来一声很响的叹息，从瞭望塔顶端又传来一声十分痛苦的尖叫，我们收起了笑容。

"看！"涅斯托耳用颤抖的瘦骨嶙峋的手指着一个方向说。

我们缓缓地转过去。只见赫克托耳靠着大门上的青铜浮雕，盾靠在门上，手握两支矛。他穿着我的甲胄，头盔的羽毛涂上了异域的紫色，埃阿斯赠给他的鲜紫色佩剑肩带上的紫水晶闪闪发亮。我从未见过自己身穿这件战甲的模样，这时我才明白任何人穿着它都很合适。当我后退一步打量着帕特洛克罗斯时，我应该知道我已经使他在劫难逃了。

赫克托耳拿起盾牌往前走了几步。"阿喀琉斯！"他喊道，"我留了下来跟你交手！"

我和埃阿斯交换了一个眼色，他点点头。我从奥托墨冬那儿拿过自己的盾和老皮利翁，把战斧交给他。和赫克托耳交战时，绝不可以用斧头轻辱他。

一阵发狂的快乐使我的嗓子发紧，我从国王的队列中走出来，迈着有节奏的步伐迎着他走去，就像一个走向祭坛的人。我没有举矛，他也是如此。在相距三步远的地方我们停住了，我们都一心要看出对方是什么样的人，因为我们过去从未在矛枪投掷的距离内清楚地看过对方。在决斗开始前我们必须说话，我们徐徐向前移去，靠得越来越近，近到可以触到对方了。我与他的黑眼睛对视着，得知他和我完全是相同类型的人。只是，阿喀琉斯，他的精神没有受

由 阿 喀 琉 斯 叙 述

到污染,他是个完美的勇士。

我对他的喜爱超过了对自己的喜爱,超过了对帕特洛克罗斯、布里塞伊斯和我父亲的喜爱,因为他是附在另一个躯体内的我;他是我死亡的预告者,不管是他自己给我致命的一击,还是我比他多活几天,直到另一个特洛伊人把我砍倒。在决斗中我们其中一人必死,另一个会紧随其后,因为当我们两人的命运之绳拧织在一起时,这就成为定局了。

"这么多年以来,阿喀琉斯……"他说,然后便闭口不语了,好像他无法用语言把他的感觉表达出来。

"普里阿摩斯之子赫克托耳,我希望我们能互称朋友。但是我们之间的血债是冲洗不掉的。"

"最好被敌人杀死,而不是被朋友杀死。"他说,"在斯卡曼德河边死了多少人?"

"一万五千人。特洛伊会陷落。"

"只会在我死后。我不会看见它陷落的。"

"我也不会看见的。"

"我们仅仅为战争而生。战争的结局与我们无关,对此我很高兴。"

"你儿子到了能为你复仇的年龄了吗,赫克托耳?"

"没有。"

"那我就胜过你了。我的儿子将来特洛伊为我报仇,而奥德修斯一定不会让你的儿子活到可以为他自己时日无多而哭泣的年龄。"

第 二 十 七 章

他的脸扭曲了："海伦警告过我要防奥德修斯，他是神的儿子吗？"

"不。他是恶棍的儿子。我要叫他希腊之灵。"

"但愿我能提醒父亲提防他。"

"你不会活着去提醒你父亲的。"

"我也许能打败你，阿喀琉斯。"

"如果是这样，阿伽门农会让人把你砍倒的。"

他考虑了片刻："你丢下了一群女人为你悲伤吗？有父亲吗？"

"我死了会有人哀悼的。"

此刻，我们的相互爱慕之情比憎恨更强烈，我很快伸出手来，怕的是这激情的源泉会很快消失。他握住了我的手腕。

"你为什么留下来和我交锋？"我握住他的手问。

他的手指握紧了，痛苦使他的脸色更阴沉："我怎么能进城？明知是我的鲁莽和愚蠢造成了我父亲的一万多将士的死亡，我如何有颜面见他呢？我在杀死你的朋友——那个身穿我这身甲胄之人的当天就应该退回城内。波吕达玛斯警告过我，可是我没当一回事。我一心要和你交手，这是我把部队驻扎在平原上的真正原因。"他后退几步，放开了我的手臂，又是一脸敌意了："我一直在观察你，阿喀琉斯，你穿着那身漂亮的金铠甲，我判定它一定是纯金的。它把你压倒了。我穿的铠甲要轻得多。所以在我们交锋前，让我们先来赛跑。"

话音刚落他拔腿便跑，而我却在稳稳地站了片刻之后才向他追去。聪明，但是个错误，赫克托耳！为什么我非得要逮住你？跑不

由 阿 喀 琉 斯 　 叙 述

了多远你就会转身面对我的。

在我们营地方向——他的方向——离斯开亚门四分之一里格处，特洛伊城墙向西南方向投掷了一道巨大的扶壁，希腊军队在那儿把他的路切断了。

我的呼吸很轻松，也许我和老斯卡曼德河的较量已经使我恢复了精力。他转过身来，我停住了。

"阿喀琉斯！"他喊道，"如果我杀了你，我向你发誓会把你的尸体完好干净地归还给你们的人！向我发誓你对我也同样如此！"

"不！我已发誓把你的尸体献给帕特洛克罗斯！"

一阵大风从我脸上吹过，灰尘刮入了我的眼中。赫克托耳已经扬起了手臂，老皮利翁已从我手中飞出。他投的矛很准，矛杆从我盾牌的中心弹了回去，而老皮利翁却无力地落在我自己的脚下。我还没来得及弯腰拾起老皮利翁，赫克托耳又投出第二支矛，但是无常多变的风又一次转向了。我再也无法拾起老皮利翁，赫克托耳从埃阿斯紫色佩剑肩带里抽出剑向我扑来。现在我面临两难选择：拿着盾牌保护自己免遭身手不凡的对手的攻击，或者抛开它轻松无碍地决斗。战甲的重量我还能应付，但盾牌太重了，于是我把它扔开，抽出剑迎战他。即使在冲锋中他也能停住；他也扔掉了自己的盾。

交手时我们发现与旗鼓相当的对手交锋乐趣无穷。我用剑挡住了他的剑的下劈，我们的手臂僵持着，谁也没有屈服。然后我们同时跳回原地，兜着圈子，寻找着对方的破绽。剑在空中划过，发出

第 二 十 七 章

呼呼的声音，这是死亡之歌。他弓步执剑向我刺来，我闪电般地将剑向他的左臂斜劈过去，但就在我们同时挥臂时，他击中了我大腿上的皮护甲，刺开了下面的皮肉。我们都鲜血直流，但都没停下来细看伤口，我们都迫切盼望尽快结束战斗。刺来劈去，剑光闪闪。袭来，闪避，又冲来。

我小心地变换着步子，寻找对手的破绽。赫克托耳的身材比我略小一些，因此我的铠甲一定有缝隙，也就是某处没有受到充分的保护。可是在什么地方呢？当我的剑差不多触到他的胸部时，他很快地避开了。当他举起手臂时，我注意到那件上半身铠甲从他的颈侧裂开了一个口，而头盔下部的长度不够，未能遮住此处。我往后退去，让他追我而来，以施计获得更好的袭击时机。后来我右踵后部筋腱上那该死的弱点扭了我的脚，使我跌倒。但是甚至在我吓得倒吸一口冷气的时候，我的身体还不合时宜地处于直挺挺的状态。这样一来，我便暴露在他的长剑的攻击之下。

赫克托耳马上瞅准了机会，像进攻的蛇一般飞快地向我扑来，他快活地张嘴狂叫着，高举着剑，要给我致命的一击。他的上身甲——我的上身甲——从他的脖颈左侧移开了一些。说时迟那时快，我作弓箭步持剑向他刺去。不知怎的，我的手臂承受了他的手臂的巨大力量；他的剑劈下了，与我的剑相碰，发出"当"的一声，飞到一边。我的剑则继续不偏移地向前，刺入他胸甲和头盔之间的脖颈左侧。

由 阿 喀 琉 斯 叙 述

他身上插着我的剑,很快倒下了,我来不及扶着他将他放倒在地上。我看着他躺在我的脚下,尽管受到致命伤,但他还未死去,我放开了剑柄横梁,好像它烧得发烫。他深黑色的大眼睛朝上凝视着我,表达他的理解和接受。这剑在刺入他身体时切断了所到之处的所有血管,深及骨头,但是因为它嵌在体内,所以他不会死去。他的双手缓慢地、颤抖地移动着,最后紧紧地握住那把十分锋利的剑。看到他想在我准备拔剑之前把它拔出——我真准备拔剑吗——我惊恐万分,便双膝跪在他身边。但他现在躺在那儿一动也不动,喘着粗气,抓剑的指关节十分苍白,割破的双手上血细细地流淌着。

"你打得很出色。"我说。

他的嘴唇翕动着,费力地把头稍稍移向一边,想开口说话,血猛烈地喷射出来。我的双手沾满了他的鲜血,我用这双手把他的脸托起。他的头盔滚落了,盘起来的黑色发辫落进灰土中,发辫的末梢散开了。

"最大的快乐是与你决斗,而不是与你为敌。"我说。我很想知道他想听我说什么,不管是什么,我都愿意说。

他的眼睛很明亮,显出会意的神色。一条细细的血流从他的一个嘴角流出来,他的生命正在快速地逝去,可是我不忍想象他会死去。

"阿喀琉斯?"

我很难听见自己的名字,便俯下身子,耳朵几乎触到他的嘴唇:"什么事?"

第 二 十 七 章

"把我的遗体……送回给我父亲……"

差不多任何事都行，但这件事不行："我不能，赫克托耳。我已发誓把你献给帕特洛克罗斯。"

"把我送回去……如果把我送给帕特洛克罗斯……你自己的尸体……将会喂特洛伊的狗。"

"该发生的事，必会发生。我已经发过誓了。"

"那这事……完结。"

他用神祇给予的力量扭动着身体，双手更紧地握着，用尽体内最后的元气把插在体内的那把剑拔了出来。随后他的眼睛很快便黯淡了，喉咙里发出咕噜声，粉红的泡沫松软如绒毛般堆在鼻孔处，他死了。

他的头仍然托在我的手上，我跪着没动。整个世界变得一片沉寂。在我面前高高耸起的座座城堞一动不动，如同死去的赫克托耳。四周一片寂静，身后阿伽门农的军队中也没有传来任何低语声。他真美，我这特洛伊的孪生兄弟，我更优秀的一半。他的死令我十分悲伤——痛苦万分！悲痛万分！

"他害死了我，为什么你还这么爱慕他，阿喀琉斯？"

我一下子跳了起来，心怦怦地跳。帕特洛克罗斯在我体内说话了！赫克托耳死了，我曾发誓要杀死他。可是现在，我不但没有感到高兴，反而哭了。我哭了！可是帕特洛克罗斯却躺在那儿，没有渡资过冥河。

由 阿 喀 琉 斯 叙 述

我的动作打破了沉寂。一声可怕的绝望的尖叫从瞭望塔上急速地传下来,普里阿摩斯抗议杀害了他最疼爱的儿子。别人也跟着哭叫起来,空气中充斥着妇女的恸哭声,男人对着他们的神祇发出喊叫声,拳头擂着胸脯发出沉闷的声音,如同葬礼上的鼓声。我背后阿伽门农的部队中则传来一阵又一阵的欢呼声。

我开始野蛮地从赫克托耳身上剥下铠甲,以此扯去心中不受欢迎的悲伤。我每撕去一块,便诅咒一声,用意志的力量把我骨髓中悲伤的本能驱除。撕完之后,国王们来了,他们在他赤裸的尸体周围围了一圈,阿伽门农嘲弄地低头盯着他僵死的脸。他举起手中的矛,把它刺入赫克托耳的腰部,别人都纷纷仿效,对这无法自卫的可怜的勇士大肆攻击,这是在他活着时他们不可能做到的。

我感到很恶心,便转过身去——这是煽起我万丈怒火、烧干我眼泪的一个机会。当我再次转过身来时,发现只有埃阿斯一人克制住自己,没有去损害赫克托耳的尸体。只有他一人能够理解,别人怎能叫他傻大个呢?我粗暴地把阿伽门农和其他人推开:"赫克托耳属于我。收起你们的兵器,走开!"

他们突然感到羞耻,便退走了,看起来就像一群偷偷摸摸的劣种狗在偷吃食物时被人赶走了。

我把紫色佩剑肩带从胸背甲的搭扣上取下,拔出短剑,然后我在他脚踵后部的较薄处切开一道口子,把染过色、表面结有一层硬壳的皮带从中穿过,而埃阿斯则表情冷漠地看着自己的礼物被毁。

第 二 十 七 章

奥托墨冬把我的马车赶来了，我把肩带拴牢在马车后面。

"下来，"我对奥托墨冬说，"我自己来驾车。"

我的三匹白马闻到了死亡的气息，扬起后蹄奔跑起来，但是当我把缰绳缠绕在手腕上时它们安静下来了。伴随着特洛伊城墙顶上悲伤的哭泣声和阿伽门农国王军队的欢呼声，我驾着车在瞭望塔下来来回回地走着。

赫克托耳的发辫散开了，松松地拖过被践踏的泥土，最后缠结在一起变成灰色；他的胳膊无力地往后拖在头的两侧。总共有十二次，我用鞭子抽着马，在瞭望塔和斯开亚门之间的城墙下将特洛伊的希望游行示众，宣告着我们不可阻挡的胜利。然后我驾车去海滩。

帕特洛克罗斯穿着尸衣静静地躺在棺架上。我驾车绕广场三周，然后下了车，把肩带割断。抱起赫克托耳软绵绵的尸体很容易，但是不知怎么回事，把它扔下，让它难看地躺在棺架边非常困难。不过我还是做成了。布里塞伊斯吓得跑开了。我坐在她的位置上，把头放在两膝之间，哭了起来。

"阿喀琉斯，回家吧。"她说。

我抬起头，打算拒绝她。她也受苦了，我不能再让她受苦。于是我站起来，仍然哭着和她一起回到我的屋内。她让我坐在一张椅子上，给我一块布擦脸，端来一只盛了水的钵，洗去我手上的血迹，让我喝一些酒压惊。她让我脱下了铁铠甲，然后包扎我大腿上的伤口。

由 阿 喀 琉 斯 叙 述

当她开始拉我的有衬垫的内衣时我阻止了她。"不要打扰我。"我说。

"让我给你好好地洗一洗。"

"帕特洛克罗斯还没下葬,我不能洗。"

"帕特洛克罗斯已经成了你的邪神,"她平静地说,"这是对他生前人品的嘲弄。"

我用责备的眼神狠狠地盯了她一眼,然后离开了屋子。我没有去帕特洛克罗斯停尸的广场,而是走到海滩边,然后像一块石头一样倒在砂石上。

我昏沉沉地睡去,睡得十分安详,后来一团黏丝状的白色东西进入了我正睡在其中的无特征的深渊,这团白色的东西闪烁着非人间的光,深渊的黑色正透过它细薄的圈匝隐约地出现。它从远处向我心智的中心靠近,逐渐成形,逐渐变得不透明,最终它完全成形,来到了我精神的核心处。帕特洛克罗斯冷静的蓝眼睛正盯着我的裸体。他柔软的嘴显得粗陋,是他临死前的模样。他的黄头发中有一条条红色。

"阿喀琉斯,阿喀琉斯,"他用他那独特的声音说,这声音听起来又不像是他的,既忧伤,又冷漠,"我还躺在这儿没有下葬,无法渡过冥河,你怎么能睡得着觉?让我解脱吧!让我摆脱我的肉体皮囊!我没下葬你怎能睡得着觉?"

我向他伸出双臂,请求他的理解,试图告诉他我为什么让他代我出战，絮絮叨叨地做了许多解释。我把他抱在怀里，可我的手指什么也没抓住：他收缩了，一点一点地散去，融入黑暗之中。最后他蝙蝠般的唧唧声消失了，他的一丝迟迟不去的冷光最后融入虚无。虚无！虚无！

我尖叫起来，醒来后还在尖叫，只见十几个我的密耳弥多涅斯人正把我捉住。我不耐烦地甩开了他们，跟跟跄跄地回到船只之间。人们纷纷起身，互相打听那可怕的声音是怎么回事。在灰蒙蒙的曙色中道路依稀可辨。

夜里的一阵风已经把尸布吹到地上，密耳弥多涅斯人组成的守灵卫兵不敢走近把它重新盖好。所以当我脚步蹒跚地走进广场时，看见了帕特洛克罗斯本人。他睡着，做着梦，十分宁静，十分和蔼。一件摹本。我刚刚看见了真正的帕特洛克罗斯，从他的嘴唇上可以看出他将永远不会宽恕我。从我们一起度过的青少年时代开始就一直宽厚仁爱的心现在如大理石一般冰冷坚硬。为什么摹本的脸如此温柔亲切？这张面孔可能属于在睡梦中缠住我的鬼魂吗？人死了之后真的变化这么大吗？

我的一只脚碰到一件冷冰冰的东西，我低头一看，不由得打了个冷战。只见赫克托耳还像昨晚那样伸开四肢躺着，他的腿朝上扭曲着，似乎已经折断了；他的嘴和眼睛张得很大，流干血的白生生的肌肉上露出十来个像嘴一样的伤口，脖颈上的伤口像鱼腮一样大张着。

由 阿喀琉斯 叙述

密耳弥多涅斯人由奥托墨冬带领从四面八方赶来了,他们是被其首领发狂般的尖叫声惊醒的。这时,我走开了。

"阿喀琉斯,该把他下葬了。"

"早就该下葬了。"

我们用一只木筏把帕特洛克罗斯运过斯卡曼德河,然后用他的盾把他高高地抬在肩上。我们身着戎装,簇拥着他向前走。作为主送葬人,我站在他身后,用右手掌托着他的头。全军散布在两里格范围内的悬崖和海滩上,观看密耳弥多涅斯人为他送葬。

我们把帕特洛克罗斯抬入用石块砌成托壁支撑的山洞,把他轻轻地放在象牙灵车上。他身穿战死时穿的铠甲,遗体上盖着我们的绺绺头发,他的长矛和全部个人物品放在金三足鼎上,这些鼎放在描画过的壁的四周。我向洞顶瞥了一眼,猜想多久之后我也会躺在那儿。神谕说不会过多久的。

祭司把金面具戴在他的脸上,从头下系牢绳子;把他的戴有金手套的双手放在大腿上,双手捧剑,手指在剑上交会。然后诵念葬词,奠酒泼洒在地上。十二个特洛伊勇士一个接一个地被抬着架空在灵车脚下三足鼎的金杯之上,咽喉被割开。我们封死了坟墓的入口处,走回军营,来到阿伽门农屋前的集合场地,葬礼竞技会总是在这里举行。我拿出奖品,痛苦地把它们颁发给优胜者,然后,当别人在宴会上吃喝时,我独自一人回到自己的住处。

第二十七章

赫克托耳正躺在我门外的灰土中，我们把帕特洛克罗斯从棺架上抬走之后赫克托耳被移到了那儿。对梦中见到幽灵的回忆曾促使我想把他随帕特洛克罗斯一起埋葬，就像把一只杂种狗埋在一位英雄的脚下。但是我无法这样做，我违背了自己对最亲密、最长久的朋友——我的情人——所发的誓言，把赫克托耳留在了身边。帕特洛克罗斯已经有了渡资：十二个特洛伊勇士。这已足够了，而且大大超过了。

我拍了拍手，女仆们都跑过来了。"烧热水，把涂抹身体的香油拿来，派人去叫主涂师来。我要把赫克托耳王子下葬。"

我把他搬到附近的一间小库房里，让他躺在一块石板上，石板的高度可以让妇女们对他进行擦洗抹油。我把他的四肢弄直，把手放在他的脸上合上他的双目。它们又缓缓地睁开了，但什么也看不见。看着赫克托耳空空的躯壳使人很不舒服。想想我自己的躯体吧。

布里塞伊斯弓着身子坐在椅子里等我。她向我瞥了一眼，但很长时间没有说话。然后她用不带感情的声音说："我已经把你的洗澡水准备好了，饭菜和酒马上就好了。我要点灯了，现在天要黑了。"

啊，要是水能洗去心灵上的污渍该有多好啊！我的身体又干净了，但我的心灵没有洗净。

布里塞伊斯坐在我对面的卧榻上，而我则胡乱吃着饭菜，以充饥止渴。我觉得自己像一个疯子在外奔跑了许多年。

然后她也用了这个词。疯子。她说："阿喀琉斯，你为什么举止

由 阿 喀 琉 斯 　 叙 述

像个疯子？帕特洛克罗斯死了天也不会塌下来。还有别的活着的人跟他生前一样爱你。奥托墨冬，密耳弥多涅斯人，我。"

"走开。"我疲倦地说。

"我弄完就走。好好休息吧，阿喀琉斯，只有一种方法可以帮你解脱。不要再迎合帕特洛克罗斯了，把他还给他的父亲。我不是忌妒，我从未忌妒过。你和他是情人并没有对我和我在你生活中的地位有任何影响。但他确实有忌妒心，这使他变得性情乖戾。你相信他认为你背叛了自己的理想，但对帕特洛克罗斯来说，真正的背叛是你对我的爱。这是事情的起因。对他而言，从那以后你做的事没有一件是对的。我并不是指责他，我只是在说实话。他爱你，觉得你爱我是对他的背叛。如果你这样做了，你就不是他认为的那种人了。他必须挑毛病，这是对他受到的伤害的补偿。"

"你不知道自己在说什么。"我说。

"我知道。但我想说的不是帕特洛克罗斯。我想说说赫克托耳。你怎能这样对待一个勇敢地与你交战、死得如此壮烈的人？把他还给他父亲吧！缠着你的不是真正的帕特洛克罗斯，而是你想象出来的使你发狂的帕特洛克罗斯。忘了帕特洛克罗斯，他临死前不是你的真朋友了。"

我打了她。她的头猛地转过来，人从卧榻上跌在地上。我吓坏了，赶紧把她抱起来放下，见她蠕动着，呻吟着。我跌跌撞撞地走到一张椅子旁坐下，双手抱头。就连布里塞伊斯也成了这疯狂的受害

第二十七章

者，这确实是疯狂。可是怎样治愈它呢？怎样驱除我母亲的影响呢？

我觉得有什么东西缠在我的腿上，无力地扯着我的裙褶。我惊恐地抬起头，想看看是什么新的灾难降临到我的头上。我凝视了一会儿，看见一个很老很老的人的白发和一张扭曲的脸。普里阿摩斯。没错，是普里阿摩斯。我把胳膊肘从膝上放下来，他抓住了我的双手吻起来，眼泪扑簌簌地顺着那张和赫克托耳肤色相同的脸落下来。

"把他还给我吧！把他还给我吧！不要用他喂你们的狗！不要把他扔在这儿受玷污！不要剥夺他应得的哀悼！把他还给我！"

我向对面的布里塞伊斯看去，她坐得挺直，眼眶里满是泪水。

"来，陛下，坐下。"我说着扶起了他，让他坐在我的椅子上，"国王不应该乞求。坐下。"

奥托墨冬站在门道里。

"他怎么到这儿来了？"我边问边向他走去。

"一个白痴儿赶着一辆骡拉的车送他来的。我没有夸张，那可怜人咕哝着，满口都是无知的话。将士们还在大吃大喝，守卫堤道的是密耳弥多涅斯人。这老人说他有事找你，这车是空的，他们两人都没带武器，所以卫兵放他们进来了。"

"拿火来，奥托墨冬。不要告诉任何人他在这儿。把这句话告诉卫兵，再替我谢谢他。"

在我等火的时候——天很冷——我把一张椅子挪到他身边，把他那双粗糙的手握在我的手中，把它们焐热。他的手冰凉。

由 阿喀琉斯 叙 述

"到这儿来是需要勇气的,陛下。"

"不,不需要。"他那双充满黏液的眼睛直视着我。"曾经,"他说,"我统治着一个祥和繁荣的王国。可是后来我犯错了。错在我身上,在我……你们希腊人是被派来惩罚我的自高自大、轻率盲目的。"他的嘴唇颤抖着,眼里的黏液使他两眼闪闪发亮:"不,到这儿来不需要任何勇气,赫克托耳是最后的代价。"

"最后的代价,"我忍不住说道,"将是特洛伊的陷落。"

"也许是我的王朝的陷落,但特洛伊城不会陷落,即使是现在,特洛伊也比它更伟大。"

"特洛伊城将陷落。"

"好吧,对此恕我与你看法不同,但是我希望你同意交还我儿子的尸体。阿喀琉斯王子,把我儿子的尸体还给我吧,我会付合理的赎金的。"

"我不要赎金,普里阿摩斯国王,把他带回去。"我说。

他又一次跪下吻我的双手,这使我浑身起了鸡皮疙瘩。我对布里塞伊斯点点头,自己抽身离开。"坐下,陛下,跟我一起吃饭,我去把赫克托耳的遗体装好。布里塞伊斯,照顾好我们的客人。"

当我在外面和奥托墨冬说话的时候,想起了一件事:"埃阿斯的佩剑肩带是赫克托耳的,铠甲不是。把肩带找来,把它和他一起放在车上。"

我回来的时候见普里阿摩斯已经恢复,正在愉快地和布里塞伊斯聊天，情绪变化之快令人困惑，这是年事很高的人的特点。他问她，像她这样出生于达耳达诺斯世家的人和我在一起生活感觉如何。

"我很满足，陛下。"我听见她说，"阿喀琉斯是个好人，他人品高尚。"她向前倾过身子："陛下，为什么他认为自己不久之后一定会死？"

"他们的命运是联系在一起的，他和赫克托耳。"老国王说，"这是神谕显示的。"

当他们看见我时马上闭口不谈这个话题了。我们一起吃饭，我发现自己饿坏了，但强迫自己与普里阿摩斯保持同样的进食速度，酒也喝得不多。

饭后我把他领到他的骡车那儿，赫克托耳的尸体包裹着放在车上。普里阿摩斯没有朝裹尸布下看，而是爬上车坐在白痴儿旁边，驾车离去了。他坐得挺直，神气十足，似乎他驾的是一辆纯金的马车。

布里塞伊斯在等着我，她的头发没有束起，披着一件宽大的长衣。我径直往我们的床走去，她没有马上上床，而是把灯一盏盏吹灭。

"你累得连衣服都懒得脱吗？"

她解开我的颈圈和腰带，脱去裙子，把它们都堆在地上。我精疲力尽地将双臂放在头上，仰面平躺在床上。她在我旁边支起身子，向我倾过身来，把她的关节突出的拳头塞入我的腋窝。我朝她微笑着，突然变得如孩童一般轻松快乐。

由 阿喀琉斯 叙述

"我连拉你头发的力气都没有。"我说。

"那你就躺着别动,睡吧。我在你身边。"

"我太累了,睡不着。"

"那你就休息一下。我在你身边。"

"布里塞伊斯,答应别离开我,直到最后。"

"最后?"

她的笑声消失了,脸俯在我身上,眼光变得黯淡了。只有一盏灯亮着,而且还在房间的最远处。我用了很大的劲抬起胳膊,用双手抱住她的头。我捧着她脆弱的头颅就像曾捧着赫克托耳的头,我使她的脸向我贴近。

"我听见你问普里阿摩斯的话了,我也听见了他的回答。你明白我的意思,布里塞伊斯。"

"我不愿相信这件事!"她哭喊道。

"一个人从生下来的那天起有些事就是注定的,他会被告知他的命运。我父亲不愿这样做,但我母亲告诉了我。到特洛伊来就意味着我会死在这儿,既然赫克托耳死了,特洛伊必陷落。我的死就是付出的代价。"

"阿喀琉斯,不要离开我!"

"如果我能活下去我愿献出一切,但这是不可能的。"

她沉默了很长一段时间,眼睛盯着在罩架内噼噼啪啪跳动的火苗,呼吸舒缓而有节奏。然后她说:"你今晚在看见我之前已经命令

第 二 十 七 章

为赫克托耳下葬。"

"是的。"

"你不能早一点告诉我吗？那么有些话我就不会说了。"

"也许有必要说出来，布里塞伊斯。我打了你。一个男人决不能打妇女和儿童，打任何比他弱的人。当男人们抛弃旧教时，这是神祇给他们统治权时提的条件。"

她笑了："你打的不是我，而是你的恶魔，在打的时候你把它逐出去了。你的余生将属于你自己，而不属于帕特洛克罗斯。我为此感到高兴。"

我的疲倦消失了，我用一只胳膊肘支起身子注视着她。这微弱的灯光对任何女人都很友好。但因为她完美无瑕，这灯光给了她女神的氛围，使她苍白的皮肤发亮，变成淡淡的金色；使她如火一般闪亮的头发变得更加色调丰富；给她的眼睛涂上了透明的琥珀的色彩。我迟疑地把手指放在她的面颊上，往她的嘴部画了一条线，在我手的压力下她的嘴鼓了起来。在阴影下她的喉凹了下去，她的双乳使我心神不定，一双娇小的脚是我世界的终端。

因为我终于承认我非常需要她，我在她身上发现了一些我从未梦想到的东西。假如我过去有意识地讨她欢心，那我现在除了把她看作我自己的延伸，再也不会经常想到她了。我发现自己竟然哭了，她的头发贴在我的脸上，现在都湿了；我们共枕一个枕头，她的手握在我的手中，放在我们头的上方，和我的手一起放松和颤抖，我

由阿喀琉斯叙述

们感到极度舒服。

因此赫克托耳又一次住进他先祖们的宫殿中,但这一次他全无知觉。通过奥德修斯我们得知普里阿摩斯已经越过他剩下的年龄稍长的儿子们,选择了特罗伊洛斯——一个十分年轻的人作为他的新继承人。根据有些特洛伊人的说法,他还未到承诺年龄——这个词语我们不熟悉,也不用,但是(奥德修斯说)这很显然是特洛伊人用来表示成熟的概念的。

这个决定遭到了极大的反对,特罗伊洛斯自己也请求国王把继承权交给埃涅阿斯。这引得普里阿摩斯对那个达耳达尼亚人一阵猛烈的抨击,直到埃涅阿斯悄悄走进御座厅时他才停止。得伊福玻斯十分恼怒。当祭司的年轻儿子赫勒诺斯也是如此,他提醒普里阿摩斯,神谕说特罗伊洛斯只有达到承诺年龄才能拯救特洛伊城。普里阿摩斯认为特罗伊洛斯已经达到承诺年龄,这证实了奥德修斯认为此术语意义不确定的猜想。赫勒诺斯不断地恳求国王改变主意,但国王不听。特罗伊洛斯被正式确定为继承人。我们开始在海滩上霍霍磨刀。

特洛伊人总共花了十二天时间悼念赫克托耳。在此期间,阿玛宗的彭忒西勒亚女王带来了一万名勇猛的女骑兵。这是我们磨刀霍霍的另一个原因。

好奇心给我们的磨刀石抹了油,因为这些很独特的人的一生完

第 二 十 七 章

全奉献给了贞女阿尔忒弥斯——一个亚洲的阿瑞斯。她们住在遥远的斯基泰的僻静之处，周围有刺破青天的晶莹的群山。她们骑着高头大马在森林中穿行，以贞女的名义狩猎劫掠。她们在大地女神的第一个三位一体——贞女、母亲和丑老太婆的影响下生活，统治男人，就像我们这儿新教取代旧教前的情形一样。在男人发现了一个十分重要的事实，即男人的精子在繁衍后代中与女人的子宫同样重要之前，男人只被看作一件昂贵的奢侈品。

阿玛宗人的继承权完全传给女性，男人是她们的财产，他们连仗也不打。女人行经后的头十五年完全奉献给了贞洁女神，然后她从部队退役，找夫生子。只有女王不结婚，她走向战斧，为人民献祭。

奥德修斯对我们说了一些我们不知道的有关阿玛宗人的逸事，似乎到处都有他的间谍，甚至在斯基泰晶莹的群山脚下也如此。不过，我们最感兴趣的是阿玛宗人会骑马。别的民族都不会骑马，连埃及人也是如此。马背不易坐上去，马的皮太滑，垫毯也不易固定。它们唯一能加以利用的部位是嘴，连着挽具和缰绳的嚼头可以塞入其内。因此，世人都用马拉双轮战车。它们甚至连大车也不能拉，因为轭会把它们勒死。那这些阿玛宗人如何骑着它们打仗呢？

在特洛伊人哀悼赫克托耳的时候我们养精蓄锐，心中猜测能否看见他们再次出城。奥德修斯仍然很有把握地说他们会出来的，但

由 阿 喀 琉 斯 叙 述

我们对此毫无把握。

在第十三天的时候我穿上奥德修斯给我的铠甲,感觉它比过去轻多了。我们在黎明的晦暝中越过堤道,士兵们排着长长的队伍步履艰难地走过露水打湿的平原,几辆战车位于最前头。阿伽门农已决定在离靠近斯开亚门的特洛伊城墙约半里格处正面摆开阵势。

他们正对我们严阵以待,其数量已不如过去,但仍然超过我们。斯开亚门已经关闭了。

阿玛宗骑兵队在特洛伊前锋部队的中心,我一边等着我们的两翼进入阵地,一边坐在战车的边栏上观察她们。她们骑坐在我不知是什么品种的多粗毛的高头大马上,它们的头丑陋似鹰,鬃和尾剪短,四蹄多毛。马是清一色的栗色,只有中间是一匹美白马,这大概是彭忒西勒亚女王的坐骑。我可以看见她们是如何骑在马背上的——真聪明!每一位勇士把她的臀部放在一种皮座内,这皮座用皮带束牢在马肚子下面。

她们戴着青铜头盔,要不然就身着硬化过的皮,从腰至脚用皮筒裹住,脚踝至膝用皮绳绑住。她们脚蹬软短靴。很明显,她们喜爱的兵器是弓箭,不过有几个人腰里佩有剑。

此刻,鼓声大作,号角齐鸣。我又站直身体,手握老皮利翁,把铁盾舒坦地架在左肩上。阿伽门农已经把他全部的战车集中在与阿玛宗人对峙的前锋中,可惜数量少得可怜。

第 二 十 七 章

这些女人像哈比[1]一样在战车中奋力拼杀,尖声叫喊。雨点般的箭从她们的短弓中嗖嗖地飞出,我们站在战车上,箭从我们头顶尖啸着飞过,射入我们身后的土中,深及箭根。这持续不断的死神之雨使我的密耳弥多涅斯人感到惊骇,他们不习惯与在远处开战的对手交战,因为这使他们无法进行即刻还击。我把我们不多的几辆战车集中起来,来把阿玛宗人逼出去。我手舞着老皮利翁,用盾牌挡住箭,高喊着让别人仿效我。真是不可思议!这些异邦的女人没有把她们带倒钩的箭刺向我们的马!

　　我瞥了一眼奥托墨冬,他正脸色阴沉地费力驾驭着拉车的马。他的目光与我的目光相遇了。

　　"消灭特洛伊的任务今天将要交给剩余军队来完成了。"我说,"我们能与这些女人打个平手就不错了。"

　　他点点头,猛然把战车转向,避开一个策马向我们直冲而来的女勇士。这马粗壮有力的前腿扬起一对大蹄,足可以把人的脑浆踢出来。我抓过一支备用的投枪向她掷去,把她笔直地从马背上打落下来,令她跌在它的蹄下,见状我发出一声满足的叫声。然后我放下老皮利翁,操起了战斧。

　　"紧靠着我,我马上要下车。"

1.Harpy,希腊、罗马神话中的一种脸和身躯似女人,而翼、尾、爪似鸟的怪物,生性残忍贪婪。

由 阿 喀 琉 斯 叙 述

"不要下去,阿喀琉斯!她们会把你打成肉酱!"

我嘲笑他。

在地上要自如得多;我向密耳弥多涅斯人传令。

"别考虑马的大小。从她们的脚下切入——她们不会杀死我们的马。但我们会杀死她们的马。一匹马仆倒等于骑手仆倒。"

密耳弥多涅斯人毫不犹豫地紧随在我的身后。有些人在阿玛宗人的马蹄下受伤致残,但大部分人在箭雨中稳住了阵脚,猛砍多毛的马肚和穿裙的大腿,弄伤马的咽喉。他们的动作干净利索,因为我的父亲和我从未阻碍过他们任何人的主动性和灵活性,他们毫发未损地杀了出来,迫使阿玛宗人张皇后退。这是代价昂贵的胜利,战场上到处是密耳弥多涅斯人的尸体,但是他们已经赢得了机会。他们情绪振奋,准备消灭更多的阿玛宗人和阿玛宗马匹。我又登上战车,待在奥托墨冬旁边,搜寻彭忒西勒亚本人。

看!她正在她的女兵中间,想把她们集结起来。我向奥托墨冬点点头。

"向前,冲向女王。"

在她们做好准备之前,我驾着战车领兵向她的阵列发动攻击。仍然有雨点般的箭向我们射来,奥托墨冬肩扛一面盾用以自卫。我无法靠近以伤到她。有三次她设法把我们赶走,同时奋力重整阵列。奥托墨冬一边气喘吁吁,一边哭泣着,因为他不能像帕特洛克罗斯那样驾驭我的三匹白牡马。

第 二 十 七 章

"把缰绳给我。"

这三匹马的名字分别是克珊托斯、巴利俄斯和波达耳戈斯,我叫它们的名字,请它们鼓起勇气。它们听见了我说的话,不过帕特洛克罗斯不在场,无法代它们作答了。啊,很好!我可以毫无内疚地想起他了。

无须抽鞭,它们又前进了,它们本身的个头大得足以把阿玛宗的马挤在一边。我呐喊着,把缰绳交给奥托墨冬,拿起了老皮利翁。彭忒西勒亚女王进入了交战的范围,越来越靠近了,她战士的阵列比刚才还要混乱。可怜的女人,她没有将帅之才。近了,更近了……她不得不把她的白马猛地拐向一边,以避免冲到我的马车上。她浅色的眼睛发亮,她的腰暴露在我的老皮利翁的攻击范围内,但是我不能把矛投出。我向她致敬,然后命令队伍后撤。

有一匹没有骑手的阿玛宗马——阿玛宗马似乎都是牝马——被它自己脚上的缰绳绊住了。当奥托墨冬驾车经过时我伸出手,从这牝马的蹄下拉住缰绳,迫使它跟着我们走。

一走出混乱,我便从车上跳下来,仔细察看这匹阿玛宗马。它喜欢雄性的气味吗?我怎能坐入这个皮框架内呢?

奥托墨冬脸色发白:"阿喀琉斯,你要干什么?"

"她不怕死,她应该死得更光彩。我要平等地和她交手——骑马使战斧。"

"你疯了?我们不善骑马!"

由 阿 喀 琉 斯 叙 述

"现在不行，我要先看看阿玛宗人怎么骑马。你认为我们学不会吗？"

我踏着我的战车的车轮爬上了这匹牝马的马背，这框架的几个角都加固成球形，我费了很大劲才挤进去，因为这框架太小了。我坐进去后感到十分新奇。挺直身体保持平衡原来竟如此容易！唯一的麻烦是我的腿，它们悬空地垂挂着，没有支撑。我的坐骑颤抖着，但幸运的是我似乎挑了一匹性情温驯的马。当我猛击其肩，猛拉缰绳让它转弯时，它服从了。我现在骑上了马，成了世界上第一个骑马的男人。

奥托墨冬把战斧递给我，但与人一般大小的盾牌根本无法使用。我的一个密耳弥多涅斯士兵跑过来，咧嘴笑着递给我一面阿玛宗人的小圆盾。

我冲进这群女武士中间，直取她们的女王，我的密耳弥多涅斯人欢呼着跟在身后。在拥挤的人群中我的坐骑的速度比蜗牛快不了多少，而且它也适应了我这个新骑手，也许我的这一身重量镇住了它。

看见女王时，我向她呐喊。

她也一面尖叫着，发出奇怪的狂喊，一面转过身来面对着我。她用双膝驱白马穿过人群——我学到了一个新花招——同时她把弓从背后掷出，腾出右手握一柄金色战斧。她厉声地发出了一些命令，使她的战士往后退去围成了半圆形。我的密耳弥多涅斯人急不可耐地围成另外半个圆圈。别处进行的战斗一定一直在向我们这里靠拢，

第 二 十 七 章

因为在观战的密耳弥多涅斯人中我看见了属于狄俄墨得斯和他那有着不讨人喜欢的黑脸的堂兄弟忒耳西忒斯的部队。忒耳西忒斯在这儿干什么？他是奥德修斯间谍营的联合指挥官。

"你是阿喀琉斯吗？"女王用蹩脚的希腊语问道。

"正是！"

她策马疾驰而来，战斧驾在她的牝马的坐骑上，盾牌稳稳地握着。因为我知道自己在这种新形式的决斗中是个初出茅庐之人，所以打定主意让她先施展招数，自己凭运气避开激战，等自己感到更自在一些时再介入。她策马冲向一边，然后像闪电一样突然转身，但是我及时地避开了，用牛皮圆盾挡住了她的斧劈，这时我真希望自己有一面同样大小的铁盾牌。她的锋刃劈得很深，如同刀削奶酪一般干净利落地从盾牌护皮上抽出。她没有将帅之才，但很骁勇善战。我的栗色牝马也很善战，它似乎在我做出判断之前就知道该何时转身。我试着抡起斧头，稍微偏了一点点。然后我学着她的样子，哗啦啦地冲向她的白马。她睁大了眼睛，从她盾牌的上缘对我进行嘲笑。对各自的禀性有了初步了解之后，我们的交手越来越快，战斧当当地撞击着，火星飞迸。我可以感觉到她手臂的力量，暗暗佩服她完美的武功。她的斧比我的斧小得多，是供单手使用的，这使她对我具有极大的威胁性。在此情况下，我只能在比平时更靠近斧头的地方握斧柄，只用右手抡斧。我一直靠在她的右侧，挡住她次次劈来的战斧，我的力量很大，震得她骨髓发麻，使她肌肉爆裂。

由 阿喀琉斯 叙述

以我的力量完全可以比她支撑更长的时间，但我不愿挫伤她的自尊心，最好体面快速地结束战斗。当意识到自己的气数将尽时，她抬起眼睛看着我，默默地认了。然后她使出了孤注一掷的一招。那白马后腿直立，前腿高高举起，下落时它转动身躯，重重地撞在我的坐骑身上，使它趔趄了一下，四蹄打滑。正当我一边吆喝，一边左手和脚踵并用地使它镇定时，那战斧劈将下来。我举起自己的战斧挡去，把它推在一边，彭忒西勒亚身体的一侧暴露了，我没有丝毫的迟疑，用斧刃劈中了她，如同在劈未经烧过的黏土。见她身体仍然挺直，我不太放心，便再一次很快拔出战斧，但她那只正在摸匕首的手已没有什么力气了。猩红的血从白马的皮上涌出，她摇晃了。我滑下马背，在她着地前把她接住。

她的重量把我压倒在地，我跪着，把她的头和肩膀抱在我的怀中，摸着她的脉搏。她还没有死，但她的灵魂已被召走。她看着我，眼睛呈蓝色和灰白，如同日光照射的水的颜色。

"我曾祈祷过要死就死在你的手中。"她说。

"国王应该死在最优秀的敌人手中。"我说，"你是斯基泰的国王。"

"谢谢你很快把这事了结了，否则会暴露出我在力量上不是你的对手，我以贞女神射手的名义免除你杀死我的罪责。"

她的临终喉鸣出现了，但她的嘴唇仍然在动。我弯下腰听她说些什么。

"女王死在斧下的时候，她必须把自己的最后一口气吐入杀死她

第 二 十 七 章

的人的口中，此人将继承她的王位。"她咳嗽一声，又挣扎着说下去，"接受我的呼吸，接受我的灵魂，直到你也成为鬼魂，那时我将把它索回。"

她的嘴里没有鲜血了，她用尽最后一丝力气，把最后一口气吐入我的口中，然后便死去了。魔力已经打破，我小心翼翼地把她放在地上，然后站起身来。她的女勇士们悲痛欲绝地尖叫着向我冲来，但是密耳弥多涅斯战士走过来挡在我的前面，使我有机会牵着栗色马离开战场，找到奥托墨冬。那副木头和皮革做的框架是比红宝石更珍贵的战利品。

有人说话了。

"你在众人面前真是丢人现眼，阿喀琉斯。我敢肯定，很少有男人，甚至很少有女人看见过有人向尸体求爱的。"

奥托墨冬和我猛地转过身来，我们简直不相信自己的耳朵。只见忒耳西忒斯装模作样地正在得意地笑。部队将士对我的轻蔑已到了如此的程度——像忒耳西忒斯这样的人竟敢当我的面讲出他的下流想法而不怕受到惩罚！

"她们的进攻打断了你的求爱，真可惜，"他嘲弄道，"我还想看一眼你最强大的武器呢。"

我强忍住怒气，浑身颤抖着举起了手："走开，忒耳西忒斯！去躲到你堂兄弟狄俄墨得斯或者你的主子奥德修斯的身后去吧！"

他转身离开："说真话使人不快，不是吗？"

由 阿喀琉斯 叙 述

我打了他一下,当我的拳头打在他头盔下脖子一侧时,我的胳膊触发了肩根的疼痛。他像石头一般跌倒了,如蛇一样蜷曲在地上。奥托墨冬气得哭起来了。

"畜生!"他说着跪了下来,"你打断了他的脖子,阿喀琉斯,他死了。你终于摆脱他了!"

我们打得阿玛宗人求饶,因为彭忒西勒亚一死,她们的心就死了。她们打下去的结果只能是被消灭在这第一次涉足男人世界的行动中。当我抽身出来搜寻女王的尸体时,却到处都找不到。天黑时分,我的一个密耳弥多涅斯士兵来找我。

"殿下,我看见女王的尸体被人从战场上拖走了。"

"拖到哪里去了?谁拖走的?"

"狄俄墨得斯国王。他带了几个阿尔戈斯人来,剥去了她的衣服,然后把她的脚踵拴在战车上,拉着她和她的铠甲驶开了。"

狄俄墨得斯?我简直难以相信,当士兵开始打扫战场时,我前去责问他。

"狄俄墨得斯,你把我的战利品阿玛宗女王拖走了吗?"

"不错!"他对我怒目而视,理直气壮地说,"我把她扔到斯卡曼德河里去了。"

我礼貌地问:"为什么?"

"为什么不能呢?你谋害了我的堂兄弟忒耳西忒斯——我手下有

第 二 十 七 章

人看见，你是在他转身走开时把他打倒在地的。你应该失去女王和铠甲！"

我攥紧了拳头："你的行动太草率了，我的朋友。去找奥托墨冬，问他忒耳西忒斯说了什么话。"

我带着几个密耳弥多涅斯人去寻找女王，并不指望能找到她。斯卡曼德河又一次暴涨，变得非常混浊。在特洛伊为赫克托耳哀悼的十二天当中我们修复了河堤，使我们的营地保持干燥。后来伊达山上又下了雨。

天黑了，我们燃起火把，在河岸上来回走着，在灌木丛中、柳树下搜寻着。忽然有人叫起来。我朝着喊声的方向跑去，睁大眼睛看着。只见她正在水中上下翻动着，一根浅色的长发辫被一根榆树树枝挂住，这正是我上次抓住得以活命的那棵榆树。我把她拉上来，用毯子把她裹住，把她横放在她自己的白牝马上，奥托墨冬是在冷冷清清的战场上找到这匹四处漫游、为她呜呜哀鸣的马的。

当我回到家时，布里塞伊斯正在等我。

"亲爱的，狄俄墨得斯来过了，他给你留下了一个包裹。他说他送还包裹，同时向你表示诚挚的道歉，还说他在那种情况下也会出手把忒耳西忒斯打倒的。"

他送来的是彭忒西勒亚的物品。于是我把她与帕特洛克罗斯埋在同一座墓穴中。她躺在武士国王的位置上，身穿铠甲，脸上覆盖着金面具。她的白马埋在她的脚下，这样在死亡的国度里她就不会没有坐骑了。

第二天,特洛伊人没有出城的迹象;一天之后,情况也是如此。我去见阿伽门农,想知道会发生什么事。奥德修斯和他在一起,跟过去一样快乐而自信。

"不要担心,阿喀琉斯,他们会再次出城的。普里阿摩斯正在等门农,他将带着从哈图西利斯国王那儿雇佣的一流的赫梯人的队伍前来,他们有好几个团的兵力。不过我的探子告诉我,赫梯人还要过半个月才能到,在此期间我们有个更紧急的问题。陛下,您可以解释一下吗?"这个狡猾的人问道,他很清楚适当的时候让大国王表现自己是明智之举。

"当然可以。"我们的大国王傲气十足地说,"阿喀琉斯,我们已有八天没看见给养船从阿索斯驶来了,我怀疑是遭到了达耳达尼亚人的袭击。你能率领一支队伍去看看那边出了什么事吗?我们不能空着肚子和门农及他的赫梯人部队作战,我们也不能在兵力不足的情况下同他作战。你能尽快解决我们的给养问题吗?"

我点点头:"是的,陛下。我将率领一万人去,但不是密耳弥多涅斯人。您能允许我在别处招募人员吗?"

"当然,当然!"他的情绪非常好。

阿索斯的情况与阿伽门农预料的差不多。达耳达尼亚人把我们

第 二 十 七 章

的基地包围了，我们痛痛快快地打了一些硬仗后才冲出我们的防御墙，在开阔地上把他们歼灭。这是一支步调不一致的部队，一群说多种语言的乌合之众。他们从某个地方，也许是从海岸一带而来，某个统治吕耳涅索斯的人把他们召集起来，共有一万五千人。很有可能他们原准备去特洛伊，但在半路无法抵御阿索斯的诱惑。防御墙把他们阻挡在外，我到得太快，他们还来不及打开缺口，所以他们一无所获，也永远到不了特洛伊了。

四天后战斗结束了，第五天我们扬帆回航。但是风向和水流一路上都和我们作对，因而第六天我们在特洛伊靠岸之前天已经完全黑了。我径直向阿伽门农的住宅走去，我发现在我离开时部队参加了大规模的军事行动。

我在门廊遇见埃阿斯，便向他招呼，我急于知道事情的详细情况："发生了什么事？"

他的嘴角拉了下来："门农来得比预计的更早，他带来了一万人的赫梯部队。他们很善战，阿喀琉斯！我们一定是累了，虽然我们在数量上占优势，密耳弥多涅斯战士也参战了，但他们还是在天黑时把我们赶到了防御墙之后。"

我猛地朝着关闭的门一摆头："王中王还接见人吗？"

埃阿斯咧着嘴笑了："别再冷嘲热讽了，兄弟！他感觉不太舒服——每次遭到失败他总是如此，不过他现在还接见人。"

"去睡吧，埃阿斯。明天我们会赢。"

由 阿 喀 琉 斯 叙 述

阿伽门农显得十分疲倦。他还坐在餐桌旁，只有涅斯托耳和奥德修斯二人陪着他。他的头伏在手臂上，但当我走进来坐下时，他抬起了头。

"阿索斯的事解决了？"他问。

"是的，陛下。给养船明天就到，但增援特洛伊的一万五千人不会来了。"

"好消息！"奥德修斯说。

涅斯托耳一言不发——这有些反常！我顺着桌子朝他看去，不禁吃了一惊。他的头发和胡子没有梳理，眼圈发红。当他意识到我正看着他时，他的一只手无目的地动了起来，眼泪从他布满皱纹的面颊上滚落下来。

"怎么啦，涅斯托耳？"我轻声问。我想我已经知道原因了。

他哽咽了一下，然后抽泣得浑身颤抖："啊，阿喀琉斯！安提洛科斯死了。"

我抬起手挡住双眼："什么时候？"

"今天，在战场上。这都是我的错，都是我的错……他来给我解围，门农用矛杀了他。我连他的脸也没看见！矛从他的枕部刺入，从嘴中穿出，把他的脸戳得稀烂。他本来很美。很美！"

我咬牙切齿："门农将会吃苦头，涅斯托耳，我发誓。以我对斯

第 二 十 七 章

佩耳克欧斯（Spercheus）河的誓言发誓[1]。"

但是老人摇了摇头："哎，这有用吗，阿喀琉斯？安提洛科斯已经死了。门农的尸体也无法让他起死回生。在这邪恶的平原上我已失去了五个儿子——七个儿子中的五个。安提洛科斯是我最疼爱的，他二十岁就死了，而我却快九十了。神的决定没有公正可言。"

"我们明天结束战争吗？"我问阿伽门农。

"是的，明天。"他回答道，"我对特洛伊厌烦得要死！我无法忍受再在这儿过一个冬天。我没有听到家中的任何消息——我妻子从未派人送信来，埃癸斯托斯也是如此。我派出了不少传令官，他们回来告诉我说迈锡尼一切正常。但是我渴望回家！我想见克丽泰涅斯特拉、我的儿子、我剩下的两个女儿。"他看着奥德修斯："如果秋天拿不下特洛伊，我也要回家。"

"特洛伊会在秋天被攻下，陛下。"他叹了一口气，从这个冷漠、铁石心肠的人的灰眼睛里也可以看见明显的倦意，"我也厌倦了特洛伊。如果我必须离开伊塔卡二十年，那就让这第二个十年在除特洛艾德以外的任何地方度过。我宁愿与联合起来的塞壬海妖[2]、哈比和

---

1. Spercheus,，希腊神话中的河神之一，是大洋神俄刻阿诺斯众多子女中的一个。据古希腊旅行家、地理学家保萨尼阿斯（生活在公元175年左右）记载，荷马曾在诗中写到，佩琉斯发誓，如果阿喀琉斯从特洛伊平安归来，他要把阿喀琉斯的头发割下，献给斯佩耳克欧斯河神。
2. Siren，希腊神话中半人半鸟的女海妖，以美妙歌声诱惑过往船员，使其船只驶近，触礁沉没。

由 阿 喀 琉 斯 叙 述

女巫搏斗，也不愿与讨厌的特洛伊人打仗。"

我咧嘴笑了："联合起来的塞壬海妖、哈比和女巫要对付你的时候，奥德修斯，她们被打了还懵懵懂懂地不知怎么回事呢。我是无所谓的。我将葬身特洛伊。"

奥德修斯因为知道预言，便没说什么，只是低头往酒杯里看。

"你只要答应我一件事，阿伽门农。"我说。

他的头又支在胳膊上了："说吧。"

"把我同帕特洛克罗斯和彭忒西勒亚一起埋在悬岩上，让布里塞伊斯嫁给我的儿子。"

奥德修斯马上绷紧了身体："你受到召唤了吗，阿喀琉斯？"

"我想还没有，但肯定很快会来的。"我向他伸出手，"答应我，让我的儿子穿上我的铠甲。"

"我已经答应过你了。他会得到它的。"

涅斯托耳擦了擦眼睛，用衣袖擤了一下鼻涕："一切会如你的愿的，阿喀琉斯。"他用颤抖的手指扯了扯头发："但愿神把我召回！我已经祈祷很久了，但他就是不听。我没有了儿子，怎能孑然一身地回到皮罗斯呢？我该对他们的母亲们说什么呢？"

"你要回去，涅斯托耳。"我说，"你仍有两个儿子。当你站在自己的棱堡上俯瞰海边沙滩时，特洛伊将会逝入梦境之中。只是要记住我们这些战死的人，为我们洒一些奠酒。"

*

第 二 十 七 章

我砍下了门农的头颅，把他的尸体扔在涅斯托耳的脚下。这一天我们又增添了信心，特洛伊的回光返照结束了。他们缓缓地从平原上撤退了，而我却因为心中有着异样的痛苦，只知道一个劲地杀呀杀。

我感觉手臂很乏力，不过斧头还是那么凶狠、那么频频地击中目标。但是当我从赫梯国王哈图西利斯向特洛伊这个浸透鲜血的祭坛提供的最好的祭品中杀过时，我开始对这遍地横陈的尸体感到恶心。我可以听见一个声音在我的心灵深处叹息，我想这是我母亲的声音，我泪眼模糊了。

傍晚时分我去拜访涅斯托耳，同时帮助他安排安提洛科斯的葬礼。我们把这小伙子和他的四个哥哥并排放在专门留给涅琉斯家族的悬崖上的洞室中，然后让门农弓着身子，像狗一样埋在他的脚下。一想到葬礼竞技会和宴会我就受不了，于是我悄悄地走了。

布里塞伊斯在等我。她不总是在等我吗？

我用双手捧着她的脸说："你总是想方设法掩饰内心的悲伤。"

"坐下来陪陪我。"她说。

我坐下，但竟发现自己无法和她说话，一种可怕的寒冷正向我的心头笼罩下来。她快乐而絮絮叨叨地说着话，后来她看着我，她的快活劲消失了。

"怎么回事，阿喀琉斯？"

我默默地摇摇头，站起来走到外面，抬头看着无边的夜空。

由 阿 喀 琉 斯 叙 述

"怎么回事,阿喀琉斯?"

"啊,布里塞伊斯,我的全部身心从最深处被撕裂开了。在此刻之前我从未如此敏锐地感觉到风,如此强烈地嗅到生命的气息,从未看见过这么寂静的夜空、这么明亮的星星!"

她急忙拉着我:"进来。"

我让她把我领到一张椅子跟前,然后坐下,而她则瘫坐在我的脚下,抱住我的双膝,抬头注视着我的脸。

"阿喀琉斯,是你的母亲吗?"

我用手指捏住她的下巴,低头对她微笑着说:"不。我的母亲永远离开了我。我听见她在战场上哭着向我道别。我被召唤了,布里塞伊斯。神终于召唤我了。我一直在猜想这将是什么样的感觉,我一刻也没想到过它是这种对生命极端的知觉。我原以为它是一种荣耀和狂喜的感觉,将我带进最后的战斗中。但它宁静、仁慈,我感到十分平静。没有逝去岁月的纠缠,没有对未来的恐惧。明天它就结束了,明天我会死去。主神已经说话了,他将不再离开我。"

她开始表示反对,但是我用手阻止她说话。

"人应该走得优雅,布里塞伊斯。这是主神的意志,而不是我的意志。我不是赫拉克勒斯,不是普罗米修斯,我无法抗拒他。我是个凡胎俗子,我已经活了三十一年,我比那些看见过树叶变成金黄色一百次的大部分人见过和感受过的还要多。我不想比特洛伊的城墙活得更长。所有伟大的勇士都会死在这儿。埃阿斯。埃阿斯!埃阿

第 二 十 七 章

斯……我如果活下去是不合适的。我将渡过冥河去见帕特洛克罗斯和伊菲革涅亚的灵魂，我的一切都会烟消云散。我们所爱憎的属于生者的世界——没有任何东西牢固得可以在死者的世界存在下去。我已尽了最大的努力，再没有别的了。我已经祈祷过，希望我的名字永远在未来世世代代人的口中传颂。这是人所能希望的全部的不朽了。死者的世界没有欢乐，但也没有忧伤。如果我能在活着的人的口中与赫克托耳厮杀一百万次，那我将永远不会真正地死去。"

她哭了很久很久，她的女人心肠让她看不到时间织机上经线的错综复杂，所以她无法和我一起欢乐。但是当悲痛十分深沉巨大时，连眼泪也没有了。她一动也不动地静静地躺着。

"如果你死了，那我也要死。"她后来说。

"不，布里塞伊斯，你必须活下去。到我儿子涅俄普托勒摩斯那儿去，嫁给他吧。你跟我没有生子，为他生子吧。涅斯托耳和阿伽门农已经保证要完成此事。"

"即使这是为了你我也不能答应这件事。你把我从一种生活中带出，给了我另一种生活。不可能再有第三种生活。我必须跟你一起死，阿喀琉斯。"

我把她扶起来，对她微笑着："你看见我的儿子时，想法就不同了。女人生来就该活下去。你现在只欠我一个晚上了，从此之后我就要把你送给涅俄普托勒摩斯了。"

由 阿 喀 琉 斯 叙 述

第二十八章

由奥托墨冬叙述

我们出了营区,越过堤道,以轻松的心情迎战残余的敌人。阿喀琉斯在我身旁,他显得异乎寻常地平静,但是我没有想要探究他的这种情绪不同寻常的含义。我们的车颠簸在崎岖不平的地带。他身披金甲站着,就像一座灯塔;他头盔上精美的金色羽饰在风中飘拂,在他肩膀四周跳动。我转过脸对他咧嘴一笑,期待他习惯性的友好的微笑,但是这一天他忘记了我们的老习惯。他眼睛直视前方,我不知道他在看什么。在他那张狂躁的脸上出现了严峻的克制下的平静,我突然觉得自己正在为一个陌生人驾车。在我们驱车去战场的行程中他没有和我说一句话,也没有对我露出一丝笑容。这种情况要出现在平时肯定会使我感到十分沮丧,可是不知怎么回事,我却没有感到沮丧。相反,我感到精神振奋,好像他内心的某种情绪感染了我。

在他的一生中,这一次他战得最出色,似乎一心要把他全部的巨大荣耀压缩进短短的一天之内。不过他没有像往常那样激起自己的杀人狂热,而是竭力使密耳弥多涅斯战士保持强劲的势头。这一次他使用剑,而不是战斧,他缄默无语地挥剑搏杀,就像一位国王

第 二 十 八 章

在一年一度向主神献大祭时那样。这想法启迪了我的思考，突然我明白了他今日的非同寻常之处：他过去一直是王子，从未登基为王，现在他是国王了。我不知道他是否有他父亲佩琉斯已死的预感。

当我娴熟地驾着战车在战场四周行驶时，偶然抬头看了看天空。讨厌的天气，还在破晓时分它就一直阴沉沉的，并非预示着寒冷，而是预示着暴雨的来临。现在天穹呈现奇特的紫铜色，在东方和南方的天空一大片黑色的雷暴云砧正在聚集，电光闪闪。我们确信，神祇们正聚集在伊达山上观战。

这是彻底的溃败。特洛伊人挡不住我们的攻击。阿喀琉斯的身上具有一种辉煌的气象，就像环绕在赫利俄斯头上的光芒。我想，这辉煌从他身上向四周反射出去，他已经成了至高无上的国王。我们军队的每一个首领都似乎拥有了一种较次一些的辉煌，在这样的情况下，特洛伊人无法抵挡我们。

天亮之后不久，特洛伊人溃败了，四散奔逃。我搜寻着埃涅阿斯，心中疑惑为什么他不尽力稳住他们的阵脚。但是这一天他一定很不走运，因为到处看不见他的影子。后来我得知，他一直独来独往，不愿派他的部队去需要援兵的地方。我们听说特洛伊有了新继承人，他叫特罗伊洛斯。后来我回忆起阿喀琉斯曾告诉过我，普里阿摩斯在指定特罗伊洛斯为新继承人时侮辱了埃涅阿斯。好吧，今天埃涅阿斯要用行动告诉所有人，侮辱达耳达尼亚的王子兼王储的特洛伊老国王是愚蠢的。

由奥托墨冬　　叙述

过去和彭忒西勒亚、门农作战时，我们在战场上见过特罗伊洛斯。他一直很幸运，没有遭遇过阿喀琉斯或者埃阿斯，但今天的情况就不同了。阿喀琉斯无情地追击他，不管他往哪里走都穷追不舍，眼看就要追上了。当特罗伊洛斯意识到他不可避免的命运时，便高喊增援，他的战士奋力往前冲。我看见他指示送信人去找就在近处的埃涅阿斯；我看见那人和埃涅阿斯说话，埃涅阿斯从他的战车上把身体倾过来，似乎在很专注地听；我看见传令官走开了，但是没有看见埃涅阿斯前去救援。相反，他驾起战车，带着战士们到别处去了。

特罗伊洛斯非常勇敢。他是赫克托耳的同胞兄弟，再过几年也许会成为另一个赫克托耳。不过以他现在的年龄，他是没有这个机会了。当我靠近时，他举起了长矛，他的驭手稳住战车让他投掷。在我们驶得更近之前，他只有一次掷长矛的机会。我感觉到阿喀琉斯的手臂碰到了我的手臂，知道他正在举起老皮利翁。这支大矛枪被他以漂亮绝伦的姿势投了出去，如同从阿波罗手中射出的箭，笔直地往前飞去。它的铁倒钩深深地刺入这个年轻人的咽喉，使他一声不哼地倒下了。越过特罗伊军队一片绝望的脸孔我看见了埃涅阿斯正苦着脸看着。我们弄到了特罗伊洛斯的铠甲和他驾车的马，把他剩下的残兵败将斩成了肉条。

特罗伊洛斯死后埃涅阿斯恢复了生气，他不再置身事外，组织特洛伊部队的残部负隅顽抗。在士兵中到处可以看见他的身影，但他十分谨慎，决不进入阿喀琉斯投矛的范围内。一个狡猾的家伙，

第 二 十 八 章

这个达耳达尼亚人！他不顾一切地要活命，我不知道是什么激情在驱使着他，但他绝非怯懦之辈。

太阳已经不见了，风暴正在快速地聚集。我们可以感觉到天空中积蓄着非常巨大的能量，以至整个部队开始大声地议论各种征兆。乌云越来越低，闪电越来越近，我们可以在战斗口号之外听见隆隆的雷声了。这样的天空我从没见过，也没感觉过天父在我的脊梁骨内这样涟漪般地来回传送着刺痛感。天色已经变得昏暗，发出怪异的硫黄一般带微绿的黄光；云层黑得如同哈得斯的胡须，如同从一大堆油火上缭绕上升的烟，闪电把它照亮成鲜明的蓝色。我听见身后的密耳弥多涅斯人说，天父宙斯正向我们发送彻底胜利的征兆。从特洛伊人的行为举止来看，我觉得他们也认为这是希腊人彻底胜利的征兆。

在我们正前方有一团灼热的白色火焰闪现。驾车的马后腿直立前腿举起，我只好遮住眼睛，怕强光使自己变盲。当强光消失后我看着阿喀琉斯。

"我们下车吧，"我说，"在地上更安全一些。"

那一天他的目光第一次和我的目光相遇。我看着他，惊得目瞪口呆：似乎闪电在他的头四周闪动，他的黄眼睛快乐得闪闪发亮，他在嘲笑我的恐惧。

"看见了吗，奥托墨冬？看见了吗？我的曾祖父准备哀悼我了！

由 奥 托 墨 冬 叙 述

他认为我配得上做他的后代！"

我目瞪口呆地看着他："哀悼？阿喀琉斯，你这是什么意思？"

他紧紧握住我的两只手腕回答道："我被召唤了。今天我要死了，奥托墨冬。在你派人叫来我的儿子之前密耳弥多涅斯人归你指挥。天父宙斯为我的死做了准备。"

我无法相信他的话，我不愿相信他的话！我就像一个被噩梦缠住的人，挥鞭催马向前。当我的震惊稍稍缓解之后，我寻找最明智的事来做，尽可能不引人注意地开始把我的战车向埃阿斯和奥德修斯靠近，他们的战士正在并肩作战。

如果阿喀琉斯注意到了我的举动，他一定认为这无济于事而未予理会。我抬头看着天空，祈祷着，乞求天父索去我的生命，留下他的生命。可是主神只是吼叫着嘲笑着，使我战战兢兢。特洛伊人突然向他们的城墙奔去，我们纷乱地紧跟其后，想冲到他们前面挡住他们。埃阿斯现在离我们更近了，我一直在把车向他靠近，直到我能把阿喀琉斯认为他已被召唤的消息告诉他。如果有人能够避免他被召唤，此人非埃阿斯莫属。

我们靠近西幕墙了，因为我们离斯开亚门太近，所以普里阿摩斯无法把它打开。阿喀琉斯、埃阿斯和奥德修斯把埃涅阿斯逼到门边，使他陷入绝境。阿喀琉斯决心要制服埃涅阿斯，甚至在我祈祷愿他没有机会接近这个活着的特洛伊首领中最危险的人物时，我都可以从他的沉默中感觉到他的决心。

第 二 十 八 章

我听见他满意地哼了一声，看见这个达耳达尼亚人已在他的攻击范围之内了。由于周围的人太多，我没有充分注意到那些对着他排开阵势的敌军。他成了一个很突出的靶子。阿喀琉斯举起了老皮利翁，运足力气准备把它投出去；他手臂上的肌肉突出，裸露的腋下覆盖着金色的细毛。我着迷地循着矛枪的线路朝埃涅阿斯看去，知道这个达耳达尼亚人的性命休矣，最后一个危险的人物将不复存在了。

这一切似乎在同一瞬间发生，不过我发誓，并不是战车的挪动使阿喀琉斯失去平衡的。他右脚踝一软倒下了，即使那只脚看起来似乎很牢固地支撑在车镫里。当他挣扎着保持平衡时，他的右臂扬得更高了。我听见"嘭"的一声，看见一支箭射入他那裸露的腋窝，深及鲜蓝色的箭尾。阿喀琉斯像提坦巨神一般高高耸起，老皮利翁没有投出，它落在了地上。然后他尖声叫出喀戎的战斗口号，声音响亮而刺耳，带着胜利的豪情，似乎他征服了死亡本身。他的手臂落下，使箭更深地进入，直达箭柄，比耻辱和死亡更深。我用双手紧紧拉住这几匹马，珊托斯恐惧得扬起后蹄奔窜，巴利俄斯耷拉着脑袋，波达耳戈斯四蹄连续地敲击地面。但是帕特洛克罗斯不在了，没有人为它们代言了——用人类的语言说出它们的悲伤和恐惧。

所有听见呐喊的人都回头观望。埃阿斯尖声叫着，好像他也被射中了。鲜血从那张无唇的嘴中涌出，从鼻孔中涌出，如瀑布般从金甲上流过。奥德修斯紧挨着埃阿斯的身后站着，他愤怒而又无可

由 奥 托 墨 冬 叙 述

奈何地大喊一声，一只手向前展开。帕里斯安全地站在一块岩石附近，手拿着弓笑着。

阿喀琉斯保持站立姿势的时间没有很长，他从战车的围栏上倒入埃阿斯的怀中，把埃阿斯压倒在地上。甲胄发出"哐当"一声响，这声音久久地在我们心中回响，永不消逝。我待在埃阿斯的身旁，看着埃阿斯跪下把他的堂弟抱在怀里，脱下他的头盔，默然无语地注视着他流着鲜血的脸孔。阿喀琉斯看见了谁正抱着他，但死神的幻影大得多、近得多。他想说话，但是什么也没说出来，话被吞没了。有片刻时间，他的眼神分明在道别；然后瞳孔扩大了，黄色的虹膜被无特色的透明黑色所取代。三次可怕的抽搐耗尽了埃阿斯的力气，然后这一切结束了。他死了，阿喀琉斯死了。我们朝他的两扇空洞透光的心灵的窗户看去，里面什么也没有。埃阿斯伸出他那笨拙的大手合上他的眼睑，然后又给他戴上头盔，系紧绳带。他眼泪滂沱，嘴歪斜了。

他死了，阿喀琉斯死了。我们怎能承受得了？

两方军队一时之间都被他的死惊得停止了厮杀。突然，特洛伊人像舔食人血的狗一样向我们扑过来，他们要抢夺尸体和甲胄。奥德修斯一跃而起，不经意间让人看见他哭了。密耳弥多涅斯人默默地站着，眼前的现实让他们难以接受。奥德修斯弯腰拾起老皮利翁，对着他们的脸挥舞着。

"你们打算让他们把他抢走？"他大喊着，啐着口水，"看看那

第 二 十 八 章

个卑鄙小人用什么样的诡计杀死他的！你们真准备看着他们夺走他的尸体吗？以阿喀琉斯本人的名义，现在捍卫他！"

他们猛然清醒过来，重新集结起来，只要有一个人活着，就决不让特洛伊人接近阿喀琉斯。他们在我们前面摆开阵势，以狂怒、阴郁和悲痛的心情抵挡敌人的进攻，奥德修斯把泪水涟涟的埃阿斯扶起来，帮他把又软又重的躯体托入怀中。

"把他运回到阵列后面去，埃阿斯。我不会让他们突破防线。"

他似乎又想到了什么，便把老皮利翁塞到埃阿斯的右手中，然后推着让他走了。我对奥德修斯一直保留看法，但他是国王。他手里握着剑，猛地转过身来，两脚分开地站在仍然冒着阿喀琉斯鲜血的散发着热气的土地上。我们挡住了特洛伊人的进攻，把他们击退了。当埃涅阿斯看见埃阿斯步履艰难地走开时，便像豺狼一样嚎叫起来。我看着奥德修斯："埃阿斯很壮实，但他无法搬着阿喀琉斯走很远。让我追上他，把阿喀琉斯交给我。"

他点点头。

于是我调转马头去追埃阿斯，在我们的阵列后面看到了他的身影，他仍然脚步沉重地、缓缓地向海滩走去。当我离他还有一段距离时，一辆战车飞快地从我身边驶过，驭手想截住埃阿斯。车上有普里阿摩斯的一个儿子，因为他在胸背甲上戴有达耳达诺斯家族的徽章。我让我的马加快速度，高叫着向埃阿斯发出警报。但是他似乎没听见。

由奥托墨冬　叙述

这位特洛伊王子悠闲地从御者的高座上走下来,他手握长剑,微笑着。这表明他不了解埃阿斯,埃阿斯面对威胁从不畏缩。埃阿斯把阿喀琉斯更高地抱起,把这个特洛伊人戳在老皮利翁上——幸亏奥德修斯把这个武器塞给了他。

"埃阿斯,把阿喀琉斯放在车上。"我驾车赶上他,对他说。

"我要抱着他回家。"

"太远了,你会害了自己的。"

"让我抱着他!"

我无可奈何地说:"至少把他的铠甲脱下放在车上。这样更妥当一些。"

"那样我可以触摸他的身体,而不是这个外壳。好吧,我们把他的铠甲脱下。"

一脱下阿喀琉斯那十分沉重的甲胄,埃阿斯便继续往前走。他搂抱着他的堂弟,亲吻着他那扭曲的脸庞,对他说着话,悲痛地哭泣着。

部队缓缓地跟在我们身后,走过平原。我驾着车紧跟在埃阿斯后面,他迈着粗大的腿艰难地行走着,好像他已经抱着阿喀琉斯走了一百里格的路程。

主神克制悲伤已有很久了,现在他把它释放在我们头上,整个天穹到处都发出道道白色的闪电。驾车的马战抖着停住了,恐惧使

第 二 十 八 章

它们无法前行。这时头顶上霹雳轰响，闪电如同奇妙的花边在云层中闪现。雨终于落下来了，巨大的雨滴稀疏、费劲地落下，似乎主神太动感情，哭得不顺畅了。后来，雨的速度加快了，我们在一望无际的泥泞中挣扎。部队跟我们并行了，在雷霆者的威力面前，一切战斗都停止了。我们一起把阿喀琉斯运过斯卡曼德河堤道，埃阿斯在前，国王断后。在倾盆大雨中我们把他安放在棺架上，而天父则用天上的泪水洗去他身上的血迹。

我和奥德修斯一起去屋内找布里塞伊斯。她站在门柱旁，似乎在等我们。

"阿喀琉斯死了。"奥德修斯说。

"他在哪儿？"她平静地问。

"在阿伽门农屋前。"奥德修斯还在哭。

布里塞伊斯抚摸着她的手臂，笑了："不必伤心，奥德修斯。他将会不朽的。"

他们已在棺架上搭起了一个顶棚，用以遮雨。布里塞伊斯弯腰站在顶棚边缘下，低头看着那个人杰的遗体，雨水和血水缠结了他鲜亮的头发。他脸色平静，毫无生气。我不知道她和我的看法是否相同：这张无唇的嘴在人死了之后显得很正常，尽管在死者生前从未显得如此。由于他的嘴显得正常了，所以他的这张脸是完美的勇士面孔了。

但是她没有说出她的想法，当时没有说，以后也不会说了。她

由 奥 托 墨 冬 叙 述

万般柔情地俯下身子吻了他的眼睑,拿起他的双手,把它们折叠放在胸前;掖好抚平他的内衣,直到她认为恰当为止。

他死了。阿喀琉斯死了。我们怎能承受得了?

我们为他悼念了整整七天。在最后一天傍晚日头将落的时候,我们把他的遗体放在金色灵车上,渡过斯卡曼德河,来到悬崖上的墓穴。布里塞伊斯与我们同去,因为我们都不忍心不让她去。她走在送葬队伍的最后,低着头,十指交叉。埃阿斯是主送葬人,当别人把阿喀琉斯送入墓室时,他用一只手掌托着他的头。阿喀琉斯身着金色的衣服,但是未穿金甲。金甲已由阿伽门农保管了。

祭司致辞之后,给他戴上金面具,又洒了奠酒,然后我们缓慢地鱼贯走出他与帕特洛克罗斯、彭忒西勒亚和十二位特洛伊勇士共用的墓室。在许多奇怪的事情和征兆中最最奇怪的要数墓室内的空气了:它纯净、清新、难以言喻。金杯内十二个勇士的血仍然呈液态,颜色仍然鲜红。

我转身看看布里塞伊斯是否跟了上来,结果发现她跪在灵车旁。虽然我没指望能走近她,我还是朝墓室跑去,涅斯托耳跟在我的旁边。她用尽最后的气力放下刀,然后瘫倒在地。见此情景,我们说不出话来。是的,这么做是恰当的!我们其余的人在知道阿喀琉斯已死的情况下,如何面对每一天的到来呢?我稍稍弯下身子,准备捡起那把刀,但是涅斯托耳拦住了我。

第 二 十 八 章

"走吧，奥托墨冬，他们不希望别人待在这儿。"

第二天举行了葬礼宴会，但没有竞技会。阿伽门农解释道："我怀疑大家都没有心思竞技，但这不是原因。原因是阿喀琉斯不愿穿着他母亲——一个女神——委托赫菲斯托斯在他的炉火中制成的甲胄下葬，他想把它赠给在特洛伊阵前活着的最杰出的人，而不把它作为竞技会优胜者的奖品。"

我并非不相信他的话，但阿喀琉斯没有对我说起过这件事。"陛下，您如何判定谁是最杰出的人？凭武艺？但有时武艺并不能表示一个人真正的伟大。"

"说得很对。"大国王说，"因此我打算进行讲演比赛。哪一位认为自己是特洛伊阵前活着的最杰出之人？站出来对我说明理由。"

只有两个竞争者站了出来：埃阿斯和奥德修斯。真奇怪！他们代表伟大的两极：勇士和——人们怎么称呼他这种操纵大脑的人来着？

"不错，很合适。"阿伽门农说，"埃阿斯，你运回了他的尸体。奥德修斯，你使他能够把尸体运回。埃阿斯，你先说，告诉我你为什么认为自己应得这副铠甲。"

我们都坐在阿伽门农两边的椅子上——我和涅斯托耳还有其他人，因为现在我统领密耳弥多涅斯士兵。此外没有别人在场。

埃阿斯沉默无语，显得很苦恼，这个我见过的块头最大的人站在那儿无话可说。他看起来身体也不好，他从脸到腿的右半边有些毛病。他刚才往前走的时候拖着那条腿，右臂的动作也不自然。我

由奥托墨冬　叙述

想这是一场轻微中风所致,他得过轻微中风。而抱着他的堂弟走了这么远的路程则损伤了他最薄弱的部分——他的心灵。当他终于开口时,他老是恼人地停顿,搜索枯肠地考虑措辞。

"大国王陛下,各位国王和王子……我是阿喀琉斯的堂兄。他的父亲佩琉斯和我的父亲忒拉蒙是同胞兄弟,他们的父亲埃阿科斯是宙斯的儿子。我们的家族是名门望族,我们的名字是很有名望的名字。我认为自己有权得到这副铠甲,因为我拥有来自这个家族的名字。我不能让它作为赠品送给公众窃贼的私生子。"

这一排的二十个人骚动起来,皱起了眉头。埃阿斯这是在干什么,诽谤奥德修斯?奥德修斯没有反驳,他看着地,好像没有听见他的话似的。

"我和阿喀琉斯一样,是自愿到特洛伊来的,我们不受誓言的约束。我不必装疯被人识破,但奥德修斯是如此。在这一大群人中,只有两人与赫克托耳进行过短兵相接的厮杀——阿喀琉斯和我。我不需要狄俄墨得斯为我干吃力不讨好的苦差事。如果铠甲给奥德修斯,对他有什么用呢?他虚弱的左手无法投掷老皮利翁,他的长红发的头颅会被沉重的头盔压垮。如果你们怀疑我得到堂弟遗产的权利,那你们可以把它扔进一群特洛伊人中间,看我们两人谁能把它取出来!"

他蹒跚着走到椅子边,沉重地坐了下来。

阿伽门农显得很尴尬,但很显然,我们大部分人都同意埃阿斯说的话。我困惑不解地打量着奥德修斯,他究竟为什么想要这副铠甲?

他走上前来,两脚分开,放松地站着,他头发的红色在光线中更加醒目。红头发,左撇子,肯定没有神的血统。

"不错,我是想逃避参加特洛伊的远征的,"奥德修斯说,"我当时知道这场战争会持续多久。尽管你们受誓言约束,如果你们当初知道自己将离家多久,你们当中有多少人还会自愿参加这场远征呢?

"至于阿喀琉斯,是我促使他来到特洛伊的——没有别人,只有我一人看穿了那个想把他留在斯基罗斯岛的计策。埃阿斯当时在场,但他没有识破。你们问问涅斯托耳,他可以证实我的话。

"至于祖先,我对埃阿斯含沙射影的卑鄙攻击不予理会。我也是全能的宙斯的曾孙。

"至于勇气,你们有谁怀疑我的勇气吗?我没有一副比别人更好的身板来说明我有勇敢的资本,但是我确实在战斗中表现出色。如果你们怀疑,可以数数我的伤疤。狄俄墨得斯国王是我的朋友和情人,不是我的仆人。"

他停顿了一下。埃阿斯笨嘴拙舌,奥德修斯却口若悬河:"我坚持要得到这副铠甲的理由只有一个——我想要按照阿喀琉斯本人的意愿处置它。

"如果我穿着它不合适,埃阿斯穿就合适吗?如果我穿太大,他

由 奥 托 墨 冬　　叙 述

穿一定太小。把它给我吧，我应该得到它。"

他大幅度地挥舞着双臂，似乎要说明根本没必要竞争，铠甲非他莫属，然后回到自己的座位上。许多人现在犹豫了，但这无关紧要，这将由阿伽门农说了算。

大国王看着涅斯托耳："你有什么看法？"

涅斯托耳叹了一口气："我认为奥德修斯应得铠甲。"

"那就这样吧。奥德修斯，把你的赠品拿去。"

埃阿斯尖声叫起来。他拔出剑来，但不管他有什么意图，他没能把它付诸行动。正当他从椅子上一跃而起时，他直挺挺地摔倒在地，躺在那儿。我们用什么方法都无法唤醒他。最后阿伽门农命人抬来一副担架，八个士兵把他抬走了。奥德修斯把这铠甲放在马车上，国王们又伤心又沮丧地散去了。我去找酒，想除去我口中的酸味。等奥德修斯把话说完的时候，我们已经知道他打算怎样处理他的赠品了——把它送给涅俄普托勒摩斯。也许在特洛伊把它直接当作礼物是可能的，但在我们那地方，它要么随主人下葬，要么作为葬礼竞技会的奖品。很遗憾。是的，正如事情的结果所显示的，这是非常遗憾的。

当我放弃一醉方休的打算时，夜幕早已降临了。我在高屋之间冷冷清清的街上走着，寻找着灯光——任何可能给我温暖的地方。终于找到了，一团火！它在奥德修斯的屋里燃烧着。门帘没有拉上，所以我摇摇晃晃地走了进去。

他正和狄俄墨得斯坐在一起,看着火中即将烧完的余烬沉思。他的胳膊搂着这个阿尔戈斯人,手指慢慢地抚摸着阿尔戈斯人裸露的肩膀。一个看着他们亲密无间的局外人,一只失去主人的狗。我心中又涌起一阵孤独感。阿喀琉斯死了,我统领着密耳弥多涅斯人的部队,可我天生就不是做统帅的材料。真可怕。我走进光圈之中,疲惫地坐下。

"我打扰你们了吗?"我有些犹豫地问。

奥德修斯笑了:"没有。喝点酒吧。"

我的胃翻腾起来:"不,谢谢。整晚我一直想喝醉,可惜没有成功。"

"你这么孤独吗,奥托墨冬?"狄俄墨得斯问。

"比我曾想像的还要孤独。我怎能代替他的位置?我无法和阿喀琉斯相比!"

"放心吧,"奥德修斯轻声说,"十天前我就派人去接涅俄普托勒摩斯了,因为那时我看见死亡的阴影遮暗了他的面孔。如果风向和神祇友善,涅俄普托勒摩斯很快就会到了。"

我感到无比轻松,差一点就要吻他了:"奥德修斯,为此我衷心地感谢你!密耳弥多涅斯人必须由佩琉斯家族的人领导。"

"不要感谢我,我只是做了合情理的事。"

我们海阔天空地聊着,夜逝去了,每个人都从他人那儿得到了

由奥托墨冬 叙述

安慰。有一次我好像听见远处有喧闹声，但它很快便平息了，于是我又把注意力放到听狄俄墨得斯说话上去了。然后传来了一声高叫，这一次我们三人都听见了。狄俄墨得斯如豹子一般一跃而起，伸手取剑，而奥德修斯则迟疑不决地坐着，侧着头。喧闹声越来越大。我们走出屋外，向声音发出的方向跑去。

声音把我们引向斯卡曼德河，最后我们来到河岸上，在这儿我们养了一栏祭祀时献给祭坛的牲畜，每一只都经过了挑选，然后举行仪式宣布为圣物，最后打上神圣的符号。有些国王已经先我们而来，他们布置了一个卫兵，把那些纯粹是来看热闹的人挡开。当然卫兵立即让我们通过了。阿伽门农和墨涅拉俄斯站在牲畜四周的围栏前，正盯着在黑暗中隐约可见的一个物体，我们也盯着那个物体看起来。我们听见疯狂的笑声、越来越高的语无伦次的嘟囔声、愤怒和嘲弄的尖叫声和对着星空狂叫漫骂的声音。

"把它拿去吧，奥德修斯，你这贼坏子！去死吧，墨涅拉俄斯，你这马屁精！！"

叫骂声一直持续着，我们想透过夜色看个究竟，可是什么也看不见。后来有人递给阿伽门农一根火把，他把它举过头顶，火把的火照亮了一摊正在扩大的水一样的东西。我惊恐得倒吸了一口凉气，酒在我没有填食物的胃里翻腾起来，我转向一边呕吐起来。火炬光所照之处都是血。牛、绵羊和山羊躺在血泊之中，它们目光呆滞，肢体被砍掉，咽喉被割开，身上布满伤口。在它们后面，埃阿斯手握血淋淋的剑，又蹦又跳。他有时尖声叫骂，有时张开嘴发出令人毛骨悚然的狂笑。他悬空提着一只惊恐万分的牛犊，对它乱砍滥劈，它的四蹄对着他纹丝不动的庞大身躯乱蹬。他每砍一下牛犊，都叫一声"阿伽门农"，然后又发出一阵狂笑。

"想不到他竟然到了这般田地！"奥德修斯轻声说道。

我设法抑制住自己的作呕，喘着气问："怎么回事？"

"疯狂，奥托墨冬。导致他发疯的原因很复杂。这些年他的头脑受到太多的打击，经历了太多的悲伤，也许还因为那场中风。但想不到他竟发展到这地步！我祈望他永远无法恢复足够的理智来明白他做了什么。"

"我们应该阻止他！"我说。

"想尽办法阻止他，奥托墨冬。但我不指望在埃阿斯发疯时制服他。"

"我也是如此。"阿伽门农说。

所以我们只能站在那儿看。

黎明时分，他的疯狂劲消失了。他站在齐脚踝深的鲜血中恢复了意识，就像一个噩梦中的人怔怔地看着身边的一切——看着周围的几十头献祭的牲畜，看着从头到脚溅他一身的鲜血，看着他手中的剑，看着从围栏外面默默看着他的国王们。他的手中仍然捉着一只山羊，它已气绝身亡，身体残缺，煞是可怖。他惊恐地尖叫一声，

由奥托墨冬　叙述

把羊丢在地上，终于明白了自己在夜里的所作所为。然后他跑到围栏边纵身跳过去，快速逃离现场，好像复仇女神已经开始追逐他了。透克洛斯追了上去，我们仍站在原处，全身都在发抖。

墨涅拉俄斯最先恢复说话的能力。"你打算让他像这样逃掉吗，兄长？"他问阿伽门农。

"你想要干什么，墨涅拉俄斯？"

"想要他的命！他杀了祭祀的牲畜，应该偿命！这是神祇的要求！"

奥德修斯叹了一口气，说："神祇最宠爱谁就最先让谁发疯。随他去吧，墨涅拉俄斯。"

"他必须死！"墨涅拉俄斯反对道，"把他处死，任何人都不要为他掘墓！"

"这是对他的惩罚。"阿伽门农咕哝着。

奥德修斯将双手一拍，握在一起："不，不，不！让他去吧！墨涅拉俄斯，埃阿斯已经毁灭了自己，你还不满足吗？为昨夜的事他的灵魂已被打入冥界下的塔耳塔罗斯！随他去吧！不要再给他那可怜疯狂的头脑增加任何负担了[1]！"

阿伽门农不忍面对遍地的尸体，把身子转了过去："奥德修斯说得对。他疯了，兄弟，让他尽可能地赎罪吧。"

1.原文由一句英语成语变通而来，该成语的字面意思是"在某人头上堆煤"，即"对某人以德报怨使之感到惭愧"之意。

第 二 十 八 章

我和奥德修斯、狄俄墨得斯一起走过街道，走过窃窃私语浑身战抖的人群，来到埃阿斯和他的大妾忒克墨萨及他们的儿子欧律萨克斯的住处。当奥德修斯敲那上了栓的门时，忒克墨萨害怕地从关上的百叶窗往外窥视，然后为他打开了门，她的儿子站在身旁。

"埃阿斯在哪儿？"狄俄墨得斯问。

她擦去泪水："走了，陛下。我不知道他去了哪里，我只听他说他要通过在海中沐浴寻求帕拉斯·雅典娜的恕罪。"她伤心欲绝，但还是说了下去："他把盾交给欧律萨克斯，说这是他唯一没有被亵渎神圣的罪过所玷污的兵器，他还对我们说要把他其余的兵器随他一起埋掉。然后他把我们托付给透克洛斯照料。陛下，陛下，这是怎么回事？他做了什么事？"

"他对自己做的事一无所知，忒克墨萨。待在这儿，我们会找到他的。"

他在下面的海滨，这里细浪轻轻地拍打着舃湖的边缘，几块岩石点缀在砾石沙滩之中。透克洛斯和他在一起，他低着头跪着。这个言语不多、不动感情的透克洛斯总是在埃阿斯需要他的时候待在他的身边，甚至在现在这最后的时刻。

他所做的事无声地显现在我们面前：有一块高出砂砾几指的扁平的岩石，由于受波塞冬的三叉戟的一击，表面裂开了一条缝隙，剑柄被深深楔入裂缝之中，剑身朝上。他脱下了铠甲，在海水中沐

由 奥 托 墨 冬　　叙 述

过浴；他在沙滩上画了一只猫头鹰代表雅典娜，画了一只眼睛代表神母库巴巴。然后他俯身剑上，以全身的重量倒在剑身上。剑刺中了他的胸口，穿透了脊梁骨，有两腕尺从后背刺出。他脸着地躺在自己的血泊中，双目紧闭，面部仍留有疯狂的痕迹；一双大手松弛了，手指稍稍弯曲。

透克洛斯抬起头，满怀怨恨地看着我们，当他的眼光落在奥德修斯身上时，那眼神分明在说他知道这是谁的错。奥德修斯的想法我无法猜出，但是他声音听起来很正常。

"我们能做些什么？"他问道。

"不需要。"透克洛斯说，"我自己来埋葬他。"

"埋在这儿？"狄俄墨得斯惊骇地问，"不，他应被埋在更好的地方！"

"你知道这不是真话。他知道，我也知道。他将严格按照神祇的法则得到他应得的自杀者的坟墓。这是我所能为他做的一切，是我们之间所有的未了的情分。正如阿喀琉斯用生命偿还一样，他必须以死偿还。这是他死前说的话。"

后来我们走开了，不去打搅他们，这一对兄弟再也不会一起作战了，弟弟再也不会在哥哥盾牌的庇护下参战了。八天当中阿喀琉斯和埃阿斯两人都逝去了，他们是我们军队的骨干和灵魂。

"啊！啊！殴！殴！"奥德修斯高喊道，眼泪从他面颊上流了下来。"神祇之道真奇怪！阿喀琉斯用埃阿斯赠给赫克托耳的佩剑肩带

第 二 十 八 章

拖过赫克托耳的尸体,现在埃阿斯仆倒在赫克托耳赠给他的剑上身亡。"他痛苦地扭动身体,"以大神母的名义,我对特洛伊厌烦得要死!我连特洛伊的空气都讨厌。"

由 奥 托 墨 冬 叙 述

第二十九章

由阿伽门农
叙述

两军在开阔地交战的日子已经过去了,现在普里阿摩斯锁上了斯开亚城门,从他的塔楼上朝下看着我们。他们的兵力已所剩无几,在他们的杰出将才中只有埃涅阿斯一人还活着。普里阿摩斯最宠爱的几个儿子都死了,只剩下一些不中用的儿子抚慰他的心灵。这是个等待的时期,我们的伤口慢慢地愈合,元气慢慢地恢复。一件奇怪的事发生了,是我们没有梦想过的神赐给我们的礼物:阿喀琉斯和埃阿斯似乎已经进入每个希腊士兵的本体。他们个个决心要征服特洛伊城墙。我把这个现象对奥德修斯说了,想知道他是怎么看的。

"这事一点也不神秘,陛下。阿喀琉斯和埃阿斯已经变成了英雄偶像,英雄偶像是不会死的。士兵们现在担起了责任的重担。此外,他们想回国返乡,但不是被打败而回。要证明这十年漂泊异邦所干的事业是有价值的,唯一的方法是攻陷特洛伊。我们已为这场战争付出了昂贵的代价——我们的血、我们的白发、我们痛苦的心灵;我们因长期未见而几乎记不清面容的亲人;眼泪和苦涩的空虚感。特洛伊已经咬入了我们的骨髓,正如我们不能亵渎神母的神秘之事一样,我们也不能不把特洛伊夷为平地而返乡。"

第 二 十 九 章

"那么,"我说,"我要寻求阿波罗的忠告。"

"与其说他是希腊的神,还不如说他是特洛伊的神,陛下。"

"即便如此,他的口是发神谕之口,所以我们要问他我们需要什么才能进入特洛伊。他不会拒绝给予我们——一个民族(任何民族)的代表——一个真实的答案。"

高级祭司塔耳梯比俄斯仔细观察着燃烧的圣火深层,然后叹了一口气。他是希腊人,与卡尔卡斯截然不同,他用火和水占卜,省下牲畜作为献祭品。他不在占卜仪式上公布结果,而是等到我们聚在一起开会时宣布。

"你看出什么来了?"我问。

"许多事情,陛下。有些事现在我还不能理解,但有两件事已完全显示出来了。"

"请讲。"

"以我们现有的人和物,我们无法夺取特洛伊城。有两件神祇珍视的东西我们必须首先拥有。如果我们获得,那就说明神祇同意我们进入特洛伊。如果我们得不到,那就说明奥林波斯山众神一致反对我们。"

"这两件是什么东西,塔耳梯比俄斯?"

"首先是赫拉克勒斯的弓和箭。第二件是一个人——涅俄普托勒摩斯,阿喀琉斯之子。"

"谢谢你,你可以走了。"

由 阿 伽 门 农 叙 述

我看着他们的面孔。伊多墨纽斯和墨里俄涅斯坐在那儿，神色悲戚；我那窝囊的弟弟墨涅拉俄斯似乎不为所动；涅斯托耳衰老得都让我们为他担心了；墨涅斯透斯显出无怨无悔的样子；透克洛斯没有原谅我们任何人；奥托墨冬还无法适应指挥密耳弥多涅斯人的重任；还有奥德修斯——啊，奥德修斯！谁能真正了解隐藏在这双明亮、美丽的眼睛后面的思想呢？

"嗯，奥德修斯，你知道赫拉克勒斯的弓箭在什么地方吗？你认为我们得到它们的可能性有多大？"

他缓缓地站起来："快十年了，从莱兹波斯没有传来任何消息。"

"我听说他死了。"伊多墨纽斯忧伤地说。

奥德修斯笑起来了："菲洛克忒忒斯，死了？就是十几条蝰蛇把毒液注入他的体内他也不会死的！我认为他现在还在莱兹波斯。毫无疑问我们应该试一试，陛下。应该让谁去呢？"

"你和狄俄墨得斯。你们曾是他的朋友。如果他对我们友好，这也将是因为你们的缘故。马上乘船去莱兹波斯，去向他要赫拉克勒斯传给他的弓箭。告诉他我们已为他保留了一份战利品，我们没有忘记他。"我说。

狄俄墨得斯伸了个懒腰："在海上行船一两天！真是个好主意。"

"可是还有涅俄普托勒摩斯的问题，"我说，"他到这儿来足足要花一个多月的时间——如果老佩琉斯同意让他来。"

奥德修斯在门口回头对我说："放心吧，陛下，这事早已做了安

第 二 十 九 章

排。半个多月前我就派人去接涅俄普托勒摩斯了。至于佩琉斯——向主神宙斯献祭。"

八天之后，奥德修斯挑选的藏红花色的船帆又一次出现在远方的天际。我站在海滩上空荡荡的码头边，心提到了嗓子眼。如果菲洛克忒忒斯还活着，那他已在莱兹波斯待了十年而没给我们传过一次信，我们的传令官也从未见过他。谁知道疾病会对一个人的心智造成什么样的损害？看看埃阿斯。

奥德修斯高高地站在船首，喜气洋洋地挥着手，我长长地舒了一口气。他是个捉摸不透的人，但是如果他没有成功，他不会像这样咧开嘴笑的。墨涅拉俄斯和伊多墨纽斯也来了，我们都不知道确切的结果。

我们原以为他活不成了，后来他活下来了，我们又认为他的腿保不住了。所以我站在海边想象着一个跛子，一个形容枯槁的废人，而绝没有想到是这样一个如同少年一般荡过船舷栏杆，轻轻落在比船低许多腕尺的地面上的人。他没有什么变化，也不显老，引人注目地蓄着整洁的金胡须，身上只穿了一件褶裥短裙。他的肩上挂着一张巨大的弓和一只装满箭的脏兮兮的箭筒。我知道他至少有四十五岁了，但他晒成棕褐色的结实的身体使他看起来要年轻十岁；他强健的双腿完美无缺。对此我只能惊叹。

"为什么，菲洛克忒忒斯，为什么？"当我们在我屋内的椅子上

由 阿 伽 门 农 叙 述

坐定，斟酒的仆人在身边侍候时，我想了半天只能说出这几个字。

"一切都很简单，阿伽门农。"

"快说吧！"我命令道，自从阿喀琉斯和埃阿斯死了以后我第一次这么高兴。因为菲洛克忒忒斯回来了，他给我死气沉沉的厅室内带来了生机和活力。

"我用了一年时间恢复理智和腿的功能，"菲洛克忒忒斯说，"因为担心当地人对希腊人不友善，我的仆人把我送到高山上的一个山洞内。那里远在忒耳弥和安提萨的西边，离任何村庄甚至农田都有好几里格路程。我的仆人们都忠心耿耿，他们不知道我是谁、是从哪里来。当奥德修斯告诉我说阿喀琉斯在过去的十年中来莱兹波斯劫掠了四次时，我真是惊奇得不行！对此事我一无所知！"

"哦，对，一般洗劫的是城市。"墨里俄涅斯说。

"很对。"

"你恢复之后一定到过更远的地方冒险吧？"墨里俄涅斯好奇地问。

"没有，"菲洛克忒忒斯答道，"我没有。阿波罗在梦中和我说话，他要我待在老地方。坦率地说，我发现这并不太难。我开始狩猎，追逐猎杀鹿和野猪，让我的仆人用猎物的肉向最近的村庄的村民换取酒、衣服和橄榄——我过着田园诗般的生活！没有烦恼，没有王国，没有责任。岁月逝去了，我很快乐，我从未想到过战争还在进行，我还以为你们都已返回家园了呢。"

"直到我们爬上了你的那座山，找到了你。"奥德修斯说。

第 二 十 九 章

"阿波罗说你能走吗？"涅斯托耳问。

"是的。我也很高兴参加战争。"

来了一个传令官，他对奥德修斯耳语了几句，奥德修斯便起身随那人走到屋外。当他回来时，脸上因吃惊而显出一副滑稽相。

"陛下，"他对我说，"我的一个探子报告说普里阿摩斯正准备另一场战斗。特洛伊军队将在明天破晓前到达我们的门口，趁我们还在睡梦中时向我们发动袭击。这不是很有趣吗？这是对战争法则的公然违反。我打赌这是埃涅阿斯策划的。"

"哎，得了，奥德修斯！"墨涅斯透斯出人意料地说，他用双唇吹气发出一种嘲弄的声音，"说这些破坏战争法则什么的有什么意义？多年来你一直就是这么做的！"

奥德修斯的嘴抽动了一下。"是的，但他们从未这么做过。"他说。

"不管他们做过还是没做过，墨涅斯透斯，"我说，"他们现在准备这么做了。奥德修斯，你可以使用任何方法，只要我们能进入特洛伊城。"

"围城断他们的粮食。"他马上说道。

"这个方法除外。"我说。

在黑夜消散之前很久我们就已经集结起来，因而埃涅阿斯发现自己太晚了。我亲自率军进攻，把他们打得七零八落，让他们明白没有阿喀琉斯和埃阿斯，我们也一样取胜。因为他们本来就对埃涅

由 阿 伽 门 农　　叙 述

阿斯的诡计感到不自在,所以早就感到心神不宁了,当我们向他们攻击时他们惊恐万状。我们只需乘胜追击,成百上千地把他们俘获。

菲洛克忒忒斯使用赫拉克勒斯之箭的效果极佳。他发明了一种方法:士兵们跑向所有的中箭者,拔出珍贵的箭,擦净后把它们放回破旧的箭筒。

逃脱的人奔入城内,斯开亚门在我们面前关闭了。这一仗很快就结束了,太阳升起后不久我们就凯旋了,到处是特洛伊士兵的尸体,特洛伊最后的精华已落入尘埃。

伊多墨纽斯和墨里俄涅斯驾车来了,墨涅拉俄斯紧随其后,然后其他人也来了。他们猛地调转方向,把战车围成一个圆圈,一边察看战场,一边谈论战事。

"你把赫拉克勒斯的箭射出去时,它们确实有魔力,菲洛克忒忒斯。"我说。

他咧嘴笑了:"我承认我对用它来射敌人比射鹿更有兴趣,阿伽门农。但是我手下的人数箭时将会发现少了两支。"他看着奥托墨冬,后者很出色地指挥了密耳弥多涅斯族战士。"我给你带来了一些好消息,你可以把它告诉密耳弥多涅斯人,奥托墨冬。"

这话吸引了我们所有人的注意。

"是好消息吗?"奥托墨冬问。

"当然!我设计让帕里斯和我决斗。一个战士把他指认给我,所以我悄悄地接近他,最后在他无处可走的情况下把他堵住。然后我

第 二 十 九 章

向他吹嘘自己高超的弓箭武功，对他的女人气的小弓恶语嘲弄。因为他分不清我是亚述雇佣军还是什么人，他上了我的当，接受了我的挑战。我故意把第一支箭射偏，吊他的胃口。不过我承认他的眼力不错，要不是我眼疾手快地用盾挡住，他的第一支箭会射穿我的上腹部。然后我射中了他。第一支箭射中他执弓的手；第二支箭射中他的右脚踵，我想这样很恰当地为阿喀琉斯复了仇；第三支箭直射他的右眼。这些箭都不会使他当场丧命，但他必死无疑。我祈求主神引导我的手，让他缓慢地死去。"他拍拍墨涅拉俄斯的肩膀笑了，"墨涅拉俄斯去追他，尽管他受了伤行动不便，但还是逃脱了，这使我们这位红头发仁兄十分光火。"

　　这时我们都笑了起来。我派出传令官在部队中广发消息：谋杀阿喀琉斯的凶手必死无疑了，我们再也不会看见勾引者帕里斯了。

由 阿 伽 门 农　叙 述

第三十章

由海伦叙述

大部分时光我完全一人独处。要是我的堂姐佩涅洛佩知道了，她一定会暗暗发笑的！我的时间太多，难以打发，所以我竟然迷上了编织。现在我才理解，这是弃妇们所做的事。帕里斯实际上从不走近我，埃涅阿斯也是如此。

赫克托耳死后，王宫中的气氛越来越糟。赫卡柏变得很古怪，她总是以自己不是普里阿摩斯的第一任妻子为由指责他。普里阿摩斯被弄得心烦意乱，毫无办法，他反驳说他已经立她为后了！听了这话，她便会蹲在地上，像一只老狗一样大声嚎叫起来，完全是疯狂之举！但是至少我现在理解卡珊德拉疯狂的缘由了。

这是个阴郁不祥之地。安德洛玛刻成了赫克托耳的遗孀，因而地位一落千丈，她的举止像个鬼魂。当时有传言说，在赫克托耳离开特洛伊城作战的前夜，她和他吵得很凶，问题出在她身上。他请求她看看他，向他告别，但是她宁愿躺在床上，把脸冲着墙。我相信这些传言，因为她带着那种遭受巨大痛苦和无尽悔恨的可怕的神情，这种神情是只有那些爱得深的负疚的女人才会有的。她无法激起自己对儿子阿斯堤阿那克斯的兴趣。赫克托耳一死，她就把他交给战士们培养。

当特罗伊洛斯死在阿喀琉斯的手下之后，普里阿摩斯剩下的人马土崩瓦解了。就连阿喀琉斯的死也没有让他从沮丧中走出来。我知道王宫中有传言说埃涅阿斯当时有意没有前去增援特罗伊洛斯，因为普里阿摩斯在指定特罗伊洛斯为新的继承人的全体大会上侮辱过他。与对有关安德洛玛刻的传言一样，我也相信有关埃涅阿斯的这个传言。埃涅阿斯不是可以侮辱的人。

后来埃涅阿斯要求领兵突袭希腊人营地，绝望中的普里阿摩斯同意了。

没有什么可以阻止人们议论纷纷，但是人们对此也无能为力。埃涅阿斯是我们的最后一张牌了。不过普里阿摩斯并没有全面让步，他任命那狂暴的公猪得伊福玻斯为继承人。这公然的蔑视行为对可爱的埃涅阿斯没有产生影响，他近来对自己很有信心。

我久久地注视着这张深色的达耳达尼亚人的脸，因为我知道在他冷漠的外表之下燃烧着什么样的欲火；我知道他吞噬一切的野心将会驱使他走多远。埃涅阿斯就像缓慢运行的熔岩之流坚定不移地向前推进着，一个接一个地吞噬他的敌人。

当埃涅阿斯请求袭击希腊营时，他知道自己正要求国王做什么：抛弃神的法则。当普里阿摩斯应允时，只有我知道埃涅阿斯取得了多么巨大的胜利。他终于把特洛伊拉到与他自己相同的层次上了。

由 海 伦 叙 述

在突袭希腊营的那天我把自己关在房间内,耳朵内塞了一些软东西,以减轻隆隆声和尖叫声对鼓膜的震动。我正在用许多种颜色把一段长度的细羊毛编织成复杂的图案,通过让注意力高度集中于编织的办法,我设法忘记了外面正在进行一场厮杀。哈!对蛛网脸佩涅洛佩,那个没有信誉、肆无忌惮的红头发罗圈腿的家伙的妻子,我愿意打赌,她织的东西绝不可能有我织的一半漂亮。根据她的性格,她也许已经迷上织尸衣了[1]。

"假正经、好挑剔的臭婊子!"我恶狠狠地自言自语地说,突然我手臂上的汗毛开始刺痛,好像有个从坟墓里爬出来的人正看着我。蛛网脸佩涅洛佩死了吗?我不可能如此幸运。

但是当我抬起头来时,发现原来是帕里斯在看着我。他紧紧抓着门框,嘴默然无声地一张一合。帕里斯?帕里斯全身浸透鲜血?帕里斯的一只眼睛里戳着两腕尺长的箭?

当我拔出塞在耳中的东西时,噪声向我直扑而来,就像从山坡上冲下来的一心要杀戮的酒神侍伴迈娜得斯[2]。帕里斯的一只好眼睛向我射来疯狂的光芒,他的口中喋喋不休地说着一些我无法理解的话。

我盯着他看了一会儿,震惊减退了。我开始狂笑,笑得跌倒在

1.根据希腊神话,在奥德修斯离家的二十年中,其妻佩涅洛佩为摆脱众多的求婚者的纠缠,提出要先织好公公的寿布再嫁丈夫。然而她白天织好布后,夜间拆毁。
2.Maenads,希腊神话中酒神狄俄倪索斯的女伴之一,所有的女伴合称巴科斯狂女。

第 三 十 章

卧榻上，控制不住地发出尖叫。这使他跪了下来！他在地上爬着，右手在他后面的白地上拖着一条鲜红的痕迹；从他右眼中戳出来的箭滑稽地上下摆动，这使我笑得更厉害了。他够着了我的脚，用那只好胳膊抱着我的腿，血流了我一身。我感到非常厌恶，便飞起一脚把他踢趴在地上。然后我向门口跑去。

我发现赫勒诺斯和得伊福玻斯一起站在大庭院中，他们仍然穿着战甲。他们都没注意到我走过来，所以我碰了碰赫勒诺斯的手臂，我是决不会碰得伊福玻斯的。

"我们败了。"赫勒诺斯疲倦地说，"他们正等着袭击我们。"他的眼中含着泪："我们违背了法则！我们应遭诅咒。"

我耸耸肩："这关我什么事？我不是来听你们讲有关愚蠢战斗的消息的——任何人都会料到你们会失败的。我是来请你们帮忙的。"

"愿意效劳，海伦。"得伊福玻斯色迷迷地看着我说。

"帕里斯在我的房内——快要死了，我猜想。"

赫勒诺斯吓得畏缩了一下："帕里斯，快死了？帕里斯？"

我往自己的房间走去。"我想把他弄走。"我说。

他们跟我一起走进房间，弯腰把帕里斯抬到卧榻上。

"我想把他弄走，而不是让他更舒服！"

赫勒诺斯一脸惊骇的表情："海伦！你不能把他赶走！"

"看看我吧！除了毁灭他还给我带来了什么？多年来他对我不管不问！多年来他让我成为特洛伊每一个心怀恶意的长着母狗脸的老

母猪的嘲笑对象！可是当他最终需要我时，他还想把我当作那个他从阿米克莱骗走的发狂的大傻瓜！嘿，我不是！让他死在别的地方，让他死在他现在的情人——不管是谁——的怀抱里！"

帕里斯已经安静下来了，剩下的一只眼睛既茫然又惊恐地瞪视着我。"海伦，海伦！"他呻吟道。

"别跟我'海伦'长'海伦'短的！"

赫勒诺斯抚摸着他开始变灰白的鬈发："发生了什么事，帕里斯？"

"最奇怪的事，赫勒诺斯！有一个人向我发出进行射箭决斗的挑战，那么远的距离只有我或透克洛斯可以准确地命中目标。这是一个大块头金胡子的野人，就像一个来自伊达山的山林国王。但是我不认识他，我以前从未见过他！所以我接受了他的挑战——我以为我会赢！但他射得比我好，然后他站在那儿嘲笑我，就像海伦这样！"

我对这箭比对这值得同情的故事更关注。想必我过去见过这样的箭？或是在阿米克莱的竖琴师的吟唱中听说过？很长的柳树箭杆用浆果汁染成深红，顶端插有用同样的浆果汁染成红点的白色鹤毛。

"射你的人是菲洛克忒忒斯。"我说，"你受到抬举了，帕里斯。你头上带着一支赫拉克勒斯的箭，他在临死前把自己的弓箭送给了菲洛克忒忒斯。我听说菲洛克忒忒斯已经死了，是被蛇咬死的，但是很显然这个传言不符合事实。这是一支曾经属于赫拉克勒斯的箭。"

赫勒诺斯正对我怒目而视："闭嘴，你这没心肝的恶妇！你非得拿快要死的人出气吗？"

第 三 十 章

"你知道，赫勒诺斯，"我自顾自地说，"你比你的疯子姐姐更糟，至少她不假装精神正常。现在请把帕里斯弄走好吗？"

"赫勒诺斯，"帕里斯有气无力地拉着他的褶裥短裙恳求道，"把我送到伊达山去，送到我亲爱的俄诺涅[1]那儿去，她可以治好我——她有阿尔忒弥斯传给她的才能。送我到俄诺涅那儿去吧！"

我在他们中间推搡着，怒火中烧："我不管你们把他送到哪儿去！只要把他从这儿弄出去就行！把他送到俄诺涅那儿去——哈！他难道不知道自己必死无疑？把他的箭拔出来，赫勒诺斯，让他死吧！这是他应得的报应！"

他们把他抬到卧榻的边缘，让他坐起来。他们俩中壮一些的得伊福玻斯弯下腰想把他抱起来，可是帕里斯不配合，他到最后一刻都是个胆小鬼，极度恐惧地哭泣着。当得伊福玻斯最后抱起帕里斯摇摇晃晃地站直时，帕里斯的全部重量都压在他身上。

赫勒诺斯走到得伊福玻斯后面帮他，当他把手伸过去时，手臂无意中碰到了箭杆。帕里斯尖叫起来，他惊恐万分，狂乱地摆动双手，身体上下起伏，剧烈地扭动。得伊福玻斯失去了平衡，他们三人缠在一堆跌倒在地。我听见一声喉部发出的咕噜声，然后赫勒诺斯爬起

1.Oinone，希腊神话中帕里斯的第一任妻子，迷上海伦后帕里斯将她抛弃。她一开始拒绝为帕里斯治箭伤，旋即后悔，但赶到特洛伊时，帕里斯已死，俄诺涅亦自杀。本书的描写与希腊神话不尽相同。

由 海 伦 叙 述

来,用力把得伊福玻斯拉起来。我看见了他们还未看见的情景。

帕里斯半仰面半左侧着身子躺着,一条腿扭曲在另一条腿下;被压着的那只手张开着,手指弯曲成了鸡爪状;脖颈和背僵硬地弓着。他一定是被得伊福玻斯压着脸朝下跌倒在地的,然后赫勒诺斯跌在他们两人身上,又使他转过身来。箭现在成了两截,箭尾和两腕尺长的箭杆丢在他身边,有一截一指宽裂开的柳枝从他的眼中突出来。一股细细的黑血流出来,在大理石地砖上汪了一摊。我一定喊出声来了,因为他们俩都转过身来看。

赫勒诺斯叹息道:"他死了,得伊福玻斯。"

得伊福玻斯木然地摇摇头:"帕里斯?帕里斯死了?"

于是他们把他抬走了。所有让我想起我丈夫曾经存在过的事实就是他留在我裙上的手印和纯白色地面上的血迹。我站了一会儿,然后走到窗口朝外看去,可是什么也看不见。我站在窗前直到黑夜降临,不过在那一天中我想了些什么后来一直没有回忆起来。

永久、可恨的特洛伊的风越刮越猛,在塔楼周围呼呼地刮着。这时有人敲门,一个传令官向我鞠着躬说:"王妃殿下,国王召您去御座厅。"

"谢谢。对他说我马上就来。"

宽敞的大厅笼罩在半明半暗之中。只有御座高坛四周的几盏灯发出忽明忽暗的光,把一片淡黄的光投在坐在御座上的国王周围。

第 三 十 章

在国王两侧分别站着得伊福玻斯和赫勒诺斯,两人越过国王的水晶椅顶端愤怒地对视着。

我走到高坛底部的台阶下站住:"陛下,什么事?"

他向前倾过身子,皱着眉,他的不悦盖住了永久印在他面容上的其他所有痛苦:悲伤和绝望。

"儿媳,你失去了丈夫,我又失去了一个儿子,我也数不清死了多少儿子了。"他颤抖着,声音成了黑暗中的一阵簌簌声,"所有的好儿子都被夺去了生命。现在这两个在他们的兄弟尸骨未寒的时候就大吵大闹地到我这儿来,我行我素地要得到同一件东西。"

"为什么?"我气得不顾礼节地问道,"这两兄弟的争执与我何干?"

"哦,这绝对跟你有关!"老人粗暴地说,"得伊福玻斯想娶你,赫勒诺斯也想娶你。所以请告诉我你想要哪一个。"

"一个都不要!"我勃然大怒,喘着气说。

"必须选一个。"国王说,他似乎突然发觉这个场面很新奇有趣,让他来了精神,"把他的名字告诉我,夫人!你将在六个月之后嫁给他。"

"六个月!"得伊福玻斯喊叫起来,"为什么我还要等六个月?我现在就要她,父亲——现在!"

普里阿摩斯昂首挺直身体,说道:"你的兄弟尸骨未寒。"

"不必烦恼,陛下,"我抢在得伊福玻斯那出名的脾气来得及发作之前说道,"我已经嫁过两次人了,我不想嫁第三次了。我打算侍奉神母,用余生的时光照料祭坛。所以我不会再结婚。"

由 海 伦 叙 述

赫勒诺斯和得伊福玻斯开始吵吵嚷嚷地反对，但是普里阿摩斯举起手使他们安静下来了。

"安静一点，听我说！得伊福玻斯，你是我的长子，是我指定的继承人。六个月之后你可以娶海伦，但这之前不行。至于你，赫勒诺斯，你属于太阳神，你应该对他比对任何女人更亲，即使是这一个。"

得伊福玻斯欢呼起来。赫勒诺斯显得十分震惊，但是就在我也非常吃惊地观察时，赫勒诺斯似乎成长了，变化了，有些部位软化了，有些部位强硬了。这真是太奇怪了。

他定定地看着他的父亲，说道："在我的一生中总是看着别人满足自己的欲望，而我却忍受着饥渴的煎熬，父亲。没有人问过我是否愿意侍奉这位神祇——我在出生那一天起就献身给了他。赫克托耳战死之后，要不是阿波罗挡道，你就指定我为继承人了。在特罗伊洛斯死后，你又一次越过了我！现在我向你提出这小小的要求，你又一次拒绝了我。"他傲然昂首挺起胸："好吧，有时连最微不足道的人也会反抗，现在就是我反抗的时候了。我要离开特洛伊，我自愿流放。做个浪迹天涯的无名之辈比待在这儿看着得伊福玻斯糟踏特洛伊所剩的东西还要强一些。父亲，这话有些难听，但是你是个傻瓜。"

当普里阿摩斯正在领悟这些话时，我又做了一次反抗。

"陛下，我恳求您，不要逼我再嫁！"我哭喊起来，"让我献身给这位女神吧！"

第 三 十 章

但是他摇摇头:"你将嫁给得伊福玻斯。"

我无法忍受与他们同处一室,于是像一个被科瑞的女儿们追击的人一样飞也似的逃走了。至于赫勒诺斯怎样了,我不知道,也不在乎。

我给埃涅阿斯送了一张便条,请他到我的房间来。他是剩下的人当中唯一可能被我打动、愿意帮助我的人。当我等待他时,怀疑开始啮咬我的心,我在房中来回踱着。虽然我们俩的事早已结束了,我猜想他还对我有些感情。是这样吗?现在他在哪儿?时间悄悄逝去了,每一刻都越来越长,越来越沉闷,越来越空虚。我侧耳听着,希望听见走廊上他那有节奏的脚步声,赫克托耳死后,只有他的脚步能够激起本人的自信心了。

"你找我有什么事,海伦?"他问道。他来时没有一点声响,我没听见他进屋。他小心地拉上布帘。

我又笑又哭地跑过去拥抱他。"我还以为你不来了呢!"我边说边仰起脸让他亲吻。

他避开了:"你要做什么?"

我盯着他,我说话的声音有些发颤:"埃涅阿斯,帮帮我!帕里斯死了!"

"我知道。"

"那你一定懂得这对我意味着什么!帕里斯死了,我受到他们的摆布!国王命令我嫁给得伊福玻斯,那垂涎的狗!啊,神祇!在拉

由 海 伦 叙 述

刻代蒙，人们会认为他不配碰我的裙边，可是普里阿摩斯却命令我嫁给他！如果你还对我有所看重，埃涅阿斯，我恳求你去见普里阿摩斯，告诉他我说的是真心话——我没有再嫁的愿望！没有！"

他看起来就像一个面对一件令人不快的麻烦事的人："你要我做的事是不可能做到的，海伦。"

"不可能？"我吃惊地说，"埃涅阿斯，对你没有不可能的事！你是特洛伊最强有力的人！"

"我劝你嫁给得伊福玻斯，把这事了结掉。"

"但是我以为——以为——以为即使你不想要我，你也应该对我有同情心，为我抗争！"

他手执布帘，笑了："海伦，我不想帮助你。请你理解这一点。在普里阿摩斯的儿子们之间，每天都会新增嫌隙——我离特洛伊王位越来越近。我正在青云直上，我不想为你危及我的地位。明白吗？"

"记住有如此野心之人的下场，埃涅阿斯。"

他又笑起来："王位，海伦！是王位！"

"我要专门为你买来一个诅咒，"我如在梦中一般地说，"我要花去我所有的财产获得它。我要诅咒你，让你永远坐不上任何王座，你永无安宁，你要被迫漂泊四方，你要在十分贫困、住柳条小屋的人中间结束生命。"

我想这些话使他恐惧万分。他猛地拉起帘子，跑得无影无踪了。

第 三 十 章

埃涅阿斯走后，我仔细考虑了一下自己的前景：嫁给一个我厌恶的人，他碰我一下都会让我恶心。我有生以来第一次意识到，除了自己的智慧我别无依靠。如果我要逃脱这可怕的地方，我只能依靠自己的力量。

墨涅拉俄斯离得不远，特洛伊的三个城门中有两个总是开着的。但是宫中妇女不习惯走路，她们也弄不到结实的鞋，要成功地从达耳达尼亚门出发，经过斯开亚门，到达希腊人的海滩，并非易事。除非我骑着牲畜！妇女一般骑驴，她们只是坐在牲畜的背上，把双腿放在它的一侧。对，就这么做！我要偷一头驴，趁夜色仍然笼罩城市和平原之时，骑到海滩去。

偷驴并未遇到麻烦，骑驴也很顺利。但是当我到达达耳达尼亚门时——它离王宫比斯开亚门离王宫远得多——我的坐骑怎么也不愿动了。这个城中的牲畜嗅到了乡村野地的空气，它不喜欢飘在空气中的各种香味：即将到来的秋天的浓烈气味和一丝海的气息。我用细树枝抽它，它开始哀号，这下子我完了。守门卫兵走过来查看，我被认出，他们把我扣下了。

"我要去找我丈夫！"我哭着说，"请让我去找我丈夫！"

当然，他们没有放我，虽然那头该死的驴现在判定它喜欢这些气味了。它猛踢后蹄挣脱缰绳跑了，而我却被押回宫中。可是他们没有叫醒普里阿摩斯，而是叫醒了得伊福玻斯。

我漠然地等着他起床之后过来，当他到来时我平静地看着他。

由海伦叙述

他十分礼貌地感谢卫兵,并且送给他们一件礼物。当他们鞠着躬退出之后,他把通往卧室的帘子猛地拉开。

"进来吧。"他说。

我没有动。

"你想去找你丈夫。好吧,我在这儿。"

"我们还没结婚,而且你也有妻子了。"

"这有什么关系。"

"六个月之内不能结婚,普里阿摩斯说的。"

"可是,亲爱的,那是他在你想逃到希腊人那边去找墨涅拉俄斯之前说的。父亲听说这事之后不会阻拦我的,尤其是在我告诉他我已经完成了结合之后。"

"你不敢!"我吼道。

他也不答话,一只手揪住我的耳朵,一只手揪住我的鼻子,把我用力拉扯进房间。我痛得发晕,无法挣脱他的手,一下子瘫倒在床上。只有杀人才是比这更严重的侵犯行为。在我打定主意侍奉神母之前考虑的最后一件事是将来有一天我要用最严厉的手段侵害他:我要杀了他。

第 三 十 章

第三十一章

由狄俄墨得斯
叙述

特洛伊军队偷袭失败之后不久阿伽门农召开了一次会议，尽管涅俄普托勒摩斯还没有到达。海滩上是一派欢乐的景象，现在我们唯一的障碍就是城墙了，而且如果奥德修斯考虑这个问题，也许我们甚至可以攻克它们。阿伽门农和涅斯托耳笑着，涅斯托耳低声对他说着什么，他听了乐起来。我们也笑着互相开着玩笑。后来阿伽门农举起了权杖，又用它敲着地。

"奥德修斯，我相信你给我们带来了消息。"

"确实如此，陛下。首先，我相信自己已经想出了破城之策，但我现在还不准备讲出来。不过在其他方面有一些有趣的消息。"

他看着墨涅拉俄斯，然后走过去把手放在他的肩上摩挲着："我听到一点有关城堡宫中普里阿摩斯、赫勒诺斯和得伊福玻斯之间产生分歧的传闻：为了一个女人。说得更明确一些就是海伦。可怜的人！帕里斯死后，她请求侍奉大神母库巴巴，但是得伊福玻斯和赫勒诺斯两人都想娶她。普里阿摩斯做了对得伊福玻斯有利的决定，于是他强行娶了她。这引起了宫廷上下的骚动，但普里阿摩斯拒绝取消这个婚姻。很显然，海伦是在逃往希腊营投奔你的过程中被捉

第 三 十 一 章

的，墨涅拉俄斯。"

墨涅拉俄斯低声说了些什么，然后弯腰把头埋在手中。而我却想象着美丽傲慢的海伦已降到普通民女的地位。

"这一切使赫勒诺斯这个当祭司的儿子十分厌恶，"奥德修斯继续说道，"所以他自愿流放。我在城外截住了他，希望他的幻灭感使他愿意告诉我有关特洛伊神谕的事。我找到他的时候，他正在梯摩布拉（Thymbraian）的阿波罗祭坛前。他告诉我，阿波罗指示他对我有问必答。我向他询问特洛伊全部的神谕——真乏味，他背诵了几千条！不过我已获得我所需要的了。"

"好运气。"阿伽门农说。

奥德修斯噘起嘴唇。"运气，陛下，"他声调平和地说，"是一件被估价过高的东西。导向成功的不是运气，而是苦干。运气是骰子落地时的命运，而苦干是一个人经过努力让奖品落入他的手中。"

"对，对，对！"大国王说，他后悔自己用错一个词，"我道歉，奥德修斯！苦干，总是苦干！我知道，我承认。现在讲讲神谕吧。"

"在数千条中只有三条与我们有关。幸运的是它们都没有不可逾越的障碍。这些神谕大致如下：如果希腊首领拥有佩洛普斯的肩胛骨[1]，如果涅俄普托勒摩斯上阵，如果特洛伊丢失帕拉斯·雅典娜的

---

1. 希腊神话中小亚细亚的佛律癸亚王坦塔洛斯曾杀了儿子佩洛普斯宴神，众神都不吃他的肉，只有墨忒耳无意中吃了一片臂膀肉，后来赫耳墨斯用象牙代替肩膀使佩洛普斯复活。

帕拉狄昂[1]，特洛伊城今年就会被攻破。"

我激动得跳起来："奥德修斯，我有佩洛普斯的肩胛骨！皮透斯国王[2]在希波吕托斯[3]死后把它赠给了我。老人很喜欢我，这是他最宝贵的遗物。他说宁肯把它给我也不给忒修斯，我把它带到特洛伊来了——嗯——运气。"

奥德修斯咧开嘴笑了。"这不是运气吗？"他问阿伽门农，"我们对涅俄普托勒摩斯寄予厚望，所以这事搞定了。剩下的就是雅典娜神像了，幸运的是她是我的保护神。嘿，嘿！"

"我觉得很烦，奥德修斯。"大国王说。

"啊——我讲到哪儿了？雅典娜神像。对，我们必须得到这尊古像，它是城中最宝贵的财富，如果丢失，对普里阿摩斯必定是重大打击。据我所知，神像放在城堡地下室内。这是个防范严密的秘密地方，但我肯定能进入。最大的困难是如何把它运出来——他们说它又大又重。狄俄墨得斯，你愿意和我一起去特洛伊吗？"

"很乐意！"

因为没有别的要事商讨，会便散了。墨涅拉俄斯在门口赶上奥德修斯，拉住他的手臂。

1.Palladion，雅典娜女神的雕像，尤指特洛伊卫城中那座木制雕像。
2.Pittheus，希腊神话中佩洛普斯之子，埃特拉之父，忒修斯的外祖父，曾为特洛伊国王。
3.Hippolytos，希腊神话中雅典王忒修斯之子。

第 三 十 一 章

"你会见到她吗？"他满怀希望地问。

"也许会见到。"奥德修斯温和地说。

"对她说我希望她回来。"

"我会告诉她的。"但是当我们回到他屋内时，他又对我说了一句："我不会告诉她的！海伦应受斧砍，而不是在墨涅拉俄斯的床上占据过去的位置。"

我笑了起来。"你愿意打赌吗？"我问。

我们开始制订计划时，我首先问他："我们从水管进入特洛伊吗？"

"你从水管走，但我不行。我必须在不引起别人怀疑的情况下接近海伦。因此我不能看起来像奥德修斯。"

他离开了房间，但很快又回来了，他拿来了一根分为四根皮条的短鞭，每根皮条的尖梢都有一个凸凹不平的圆球。我看着他和这鞭子，感到大惑不解。他转过身去，背对着我，开始脱去外衣。

"抽我吧，狄俄墨得斯。"

我恐惧得跳起来："你疯了？就是抽所有别的人也不会抽你的。我不干！"

他抿紧嘴："那你闭上眼睛，假想我是得伊福玻斯，我应该受到鞭挞——狠狠地打。"

我用手臂抱着他裸露的双肩："你让我做什么都行，但这事不行。鞭挞你——一位国王——好像你是个反抗的奴隶？"

由 狄 俄 墨 得 斯 叙 述

他轻声笑起来，把面颊贴在我的手臂上："啊，在我骨瘦如柴的身上再加几条伤痕又有何妨？我必须像个反抗的奴隶，狄俄墨得斯。还有什么比满背鲜血淋淋更能让人相信我是逃亡的希腊奴隶呢？用鞭子抽吧。"

我摇摇头："不。"

他神色严峻起来："拿鞭子抽，狄俄墨得斯。"

我很不情愿地捡起鞭子，他弯下身子。我把四根皮条卷在手上，鼓足勇气把它们抽在他身上，紫色的鞭痕随之出现了，我看着这些鞭痕肿起，既感到震慑，又觉得厌恶。

"抽重一些！"他不耐烦地说，"你没有抽出血来！"

我闭上眼睛，按他的吩咐做了。我用这可恨的鞭子总共抽了他十下，就像对待反抗的奴隶一样，每一次都抽出了鲜血，给他留下了终身的疤痕。

后来他吻了我："不要这么悲伤，狄俄墨得斯。白皙的皮肤对我有何用？"他痛得畏缩了一下："感觉不错，看起来也不错吗？"

我无言地点点头。

他扔掉褶裥裙，在房间里四处走着，用一块肮脏的亚麻布围住腰部，弄乱头发，从三足火鼎里弄些烟灰把它抹黑。他的眼睛因快乐而闪闪发亮。然后他拿出一副镣铐："把我锁上，你这阿尔戈斯暴君！"

我又一次遵命，心中明白，鞭挞他时我在某些方面受的伤害他是感受不到的。对奥德修斯而言，这不过是实现目的的手段。

第 三 十 一 章

当我跪下给他的脚踝"咔嚓"一声戴上青铜镣铐时,他说道:"我一进城就必须进入城堡。我们乘埃阿斯的车同行——它牢固、平稳、没有声响——直到到达靠近西幕墙端的小瞭望塔的灌木林。从树林开始我们分开走,我要从斯开亚城门的小门虚张声势地通过,进城堡门时也如法炮制。我就说有急事要见波吕达玛斯,唬住他们,我发现用他的名字很管用。"

"但是,"我挺了挺身体说,"你并不真要去见波吕达玛斯。"

"是的,我打算去见海伦。我想她在这次强迫的婚姻之后一定会很乐意帮助我的。她一定知道地下室的一切秘密。她甚至也许知道雅典娜雕像神龛的位置。"他戴着脚镣叮叮当当地试着走了几圈。

"我干什么?"

"你在树林中等候到半夜时分。然后通过我们走过的水道登上瞭望塔,杀死附近的卫兵。我将设法把神像弄到墙下。你如果听见夜莺像这样以不同的声音鸣叫,"他吹了三声口哨,"就下来帮我把她弄过水道。"

我在小树林附近让奥德修斯下车,没有被人发觉。他一瘸一拐、跟跟跄跄地向斯开亚城门跑去,就像精神错乱之人,时而尖声喊叫,时而在尘土中匍匐,是我见过的最可怜的人的模样。他总是喜欢装成各种和自己不一样的人,但我认为,他最喜欢逃亡奴隶的身份。

夜已过半,我找到我们常走的水道,慢慢地往上爬完了弯弯曲

由 狄俄墨得斯 叙述

曲、令人窒息的通道，没有发出任何声响。到顶后我停下来休息，使眼睛适应明亮的月光，竖起耳朵，以捕捉沿着城墙顶上的通道飘来的任何声响。我离奥德修斯约定见面的小瞭望塔很近，他之所以选择这个地方是因为它远离别的守卫岗。

有五个卫兵值岗，他们的警惕性很高，但都待在室内。不知谁是他们的头领，竟让他们舒适地坐着而不去守卫棱堡。要是在希腊营中，他们早被开除了！

我穿着黑色柔软的皮褶裥短裙和上衣，口中咬着一把匕首，右手握着一柄短剑。我悄悄地侧着身子靠近卫兵室的窗口，然后大声咳嗽。

"去看看谁在外面，迈俄斯。"有个人说道。

迈俄斯走了出来，慢慢地踱着步，一声响亮而毫不掩饰的咳嗽并不令人警觉，即使是从世界上争夺最激烈的城墙上传来的也是如此。看着四下无人，他紧张起来——不过他很蠢，并没有叫人增援。显然他在自我安慰，认为自己是疑神疑鬼。他手握长矛作好迎战准备，继续往前走。我让他从身边走过，然后悄悄地站起身，一只手捂住他的嘴，另一只手使剑。我轻轻地把他放倒在路上，拖至一个黑暗的角落。

片刻之后，另一个人出现了，他是被派出来寻找迈俄斯的。他一声未吭地被我割断了咽喉：放倒了两个还剩三个。然后在这些剩下的人还未开始感到不安之前，我又侧身走到窗前，醉醺醺地打着

第 三 十 一 章

嗝。里面有人气恼地叹了一口气,另一个人不耐烦地冲出来。我好似喝醉了酒一般用双臂把他抱住,当青铜兵器在他的左肋骨下往上滑动刺入心脏时,他哼都未哼一声。我扶着他站直,像喝醉了一般摇摆着,模仿着特洛伊人的声音,这一下又把第四个人引出来了。我低声地笑着,把死人向他抛去,当他把死人推开时,我把剑刺入他腰内一腕尺,从一边进,从另一边出。我把他们两人放倒在地,使之发出减弱的叮当声,好像他们已经走开,进入黑暗之中。然后我从窗台往里窥视。

只剩守塔卫队长一人了,他坐在桌旁,气愤地对自己咕哝着。显然他正进退两难,眼睛盯着地板上的暗门。他正等着某个他认为自己应该在这儿迎接的人?我悄悄地溜进卫兵室,从他身后跳在他身上,用手堵住了他的叫喊。他像其他人一样很快地毙命,跟他们一起躺在道路和瞭望塔墙之间的黑暗角落里。然后我坐在外面等着,心想如果他等的那人真的出现,最好不要让他看见卫兵室内有人。

不久之后,奥德修斯模仿夜莺的不同声音吹了一阵口哨——他真聪明!如果他没想到采取不同的啭声,说不定真是只夜莺紧靠着瞭望塔啼叫呢。实际上不是真夜莺在婉转鸣唱,我希望不会有人来,因为我无法向奥德修斯发出警告。

我打开卫兵室地上的暗门,顺着梯子爬下去,见奥德修斯正在底下等着。

"等着!"我轻声说道,然后走出去在四周察看了一番。但见街

由 狄 俄 墨 得 斯　　叙 述

上一片寂静，没有任何灯光和火把。

"我把她弄来了，狄俄墨得斯，但她和埃阿斯一样沉重！"我回来时奥德修斯对我说，"把她拉上二十五腕尺高的梯子将不是一件容易的事。"

她——雅典娜女神像——颤巍巍地坐在一头驴的背上，我们让驴蹦蹦跳跳地跑开之后，把她拖到塔楼下的房间里。我充满敬畏地在灯光下看着她。啊，她真旧！这是一副用黑木头雕刻出的粗略可辨的女人的形体，由于时间久远她已被弄得十分肮脏，看不出美来了，她确实算不上美。她有一双连接起来的小尖脚和肥硕的大腿，阴部不太明显，腹部膨胀，两只乳房又圆又大，两臂固定在身体两侧，头圆嘴噘。她十分肥胖，比我还高，身体笨重。尖脚也许可以让她像儿童玩的陀螺一样旋转，但她不能靠这两只脚站立，我们必须支撑着她。

"奥德修斯，她可以放进水道之中吗？"我问。

"可以，她肥大的腹部并不比你的肩膀宽大，而且她身体更圆。水道也是如此。"

于是我想出了个绝妙的主意。我在室内搜寻，在一个箱子内找到一截绳子，然后将它在女神像的乳房下围住捆牢，剩下足够长的一段便于手拉。我先上梯子，用绳子把她拉上去，而奥德修斯把一只手放在她的圆形大屁股上，另一只手放在她的阴部，从下边把她往上推。

第 三 十 一 章

当我们到达卫兵室时，我喘着气问他："你认为她会原谅我们擅自把她运出去的无礼行为吗？"

"哦，会的。"他和她并排躺在地上说，"她是帕拉斯·雅典娜的第一尊像，我属于她。"

把她弄进水道竟然更容易一些。奥德修斯说得对，她的圆形身体颠簸着前行比拥有宽肩膀和男性身体轮廓的我通过水道更容易。我们一直用绳子缚住她，一上平原这么做的好处就又一次显现。我们就这样把她拖到停埃阿斯四轮马车的灌木林边。然后我们哼哧哼哧着使出最后的力气把她抬到车上，之后我们便瘫倒了。半轮月亮正在西沉，这意味着我们还有足够的时间把她弄到家。

"你成功了，奥德修斯！"我欢呼着说。

"没有你我是不会成功的，老朋友。你杀了多少卫兵？"

"五个。"我打着哈欠说，"我太累了。"

"你认为我的感觉怎样？至少你的背是完好无损的。"

"不要提这件事！跟我说说在王宫内发生的事。你见到海伦了吗？"

"我巧妙地骗过了卫兵，所以他们让我进了城。唯一的一名守卫王宫的卫兵睡着了——我只不过提起脚镣从他身上跨过去而已，你别说，动作竟然很优美。我见海伦一人在宫室中——得伊福玻斯到别处去了。看见一个鲜血淋漓、浑身污浊的奴隶匍匐在她脚下，她微微吃了一惊，但她看见我的眼睛之后认出了我。当我请求去地下室时，她马上从椅子上下来。我猜想她正在等得伊福玻斯。但是我

由 狄 俄 墨 得 斯 叙 述

631

们逃走了，我们一找到一处僻静的地方，她便帮我去掉脚镣。然后我们去了地下室。"他轻声笑起来，"我猜想此处很便于她和埃涅阿斯私通，因为她对这地下室了如指掌。我们一进入地下室她便问了我许多问题：墨涅拉俄斯怎样，你怎样，阿伽门农怎样。她怎么也听不够。"

"但是雅典娜神像帕拉狄昂——你只有海伦一个帮手，怎能移动她？"我问。

他笑得肩膀颤动起来："我正在祈祷，请求女神允许我搬动她时，海伦不见了。一会儿她就回来了，还牵来了一头驴！然后她领着我走出地下室，直接来到城堡宫墙下面的街上，在那儿她吻了我——纯洁的吻——并祝我好运。"

"可怜的海伦。"我说，"得伊福玻斯一定是使她与特洛伊作对的决定因素。"

"你说得很对，狄俄墨得斯。"

阿伽门农在集会广场上建起了一个宏伟的祭坛，使帕拉狄昂在金色神龛内落座。然后他召来了广场上可以容纳的最多数量的士兵，讲了奥德修斯和我如何劫掠她来这儿的故事。她配有专门的祭司，他给她献上最好的祭品，烟如雪一样白，并很快升上天空，因此我们知道她喜欢自己的新家。她一定十分讨厌冷湿黑暗的特洛伊的家！她的圣蛇毫不犹豫地扭动着爬入她祭坛下面的它的居所，然后

第 三 十 一 章

伸出头来，舔食牛奶，吞食鸟卵。这是一次完满、气象不凡的仪式。

仪式结束之后，我和奥德修斯以及别的国王跟随着阿伽门农进屋参加宴会。我们都从不拒绝与王中之王一起用膳的邀请，他的厨师比我们的要好得多。奶酪、橄榄、面包、水果、烤肉、鱼、蜜渍肉、酒，应有尽有。

气氛很活跃，谈话间欢声笑语不断。酒是好酒，后来墨涅拉俄斯叫来了竖琴师弹唱。这时我们都有一些酒后伤感，便舒舒服服地坐下来听他唱。没有哪个希腊人生来不喜欢他自己国家的歌谣、颂歌和叙事诗，比起和女人上床，我们更愿意听诗人吟唱。

这位竖琴师给我们唱了一首赫拉克勒斯的叙事诗，然后耐心地等待那多少有些狂热的掌声平息下来。他是个好诗人、好乐师，是阿伽门农十年前从奥利斯带来的，但他原来是北方人，据说是最好的歌手俄耳甫斯[1]的后裔。

有人请他唱梯丢斯[2]的战斗颂歌，另有人要他唱达娜厄[3]的怨歌，涅斯托耳请他唱美狄亚的故事，但对这些要求他都微笑着摇头。然后他向阿伽门农行屈膝礼："陛下，我已经把一些发生的事编成了一

1.Orpheus，希腊神话中的歌手，希腊人认为他是荷马之前最伟大的诗人。据说他的弹奏可使草木点头、石头移动、猛兽驯服。
2.Tydeus，希腊神话中的英雄，攻打忒拜的七将之一。
3.Danai，希腊神话中阿尔戈斯国王的女儿，佩耳修斯之母。因神预言她未来的儿子将杀死外祖父，故被国王幽禁在铜塔内；后母子又被装入木箱投入大海，被一渔夫救起。

由 狄 俄 墨 得 斯　　叙 述

633

首歌,这些事比死去的英雄们的业绩与我们的关系密切得多。我可以唱自己编的歌吗?"

阿伽门农点了点他那威严、正在变白的头颅:"唱吧,萨尔弥得索斯(Salmydessos)的阿尔菲得斯(Alphides)。"

他的手指轻轻地划拨过绷紧的弦,从他可爱的竖琴上弹出滞缓、痛苦的旋律。这首歌哀婉壮烈,这是一首写给特洛伊和它城下的阿伽门农军队的歌。我们长时间地全神贯注地听,因为这样一首宏篇长诗不是片刻时间便可唱完的。我们坐在那儿手托着下巴,眼睛都闭着,面颊都是湿的。他的歌以阿喀琉斯之死作结尾,其余的都太悲惨了,即使是现在我们一想到埃阿斯仍然难受。

"生前一直是黄金的人,死后也是黄金,
他美丽的面具微微地漂浮,已不再振动,
他的呼吸永远消失了,阴魂已逝去。
他的紧握在一起的双手沉重地套在金手套中,
他的一切凡俗肉胎都已溶解,荣耀变成金属,
无与伦比的阿喀琉斯被击倒,他粗重的声音归于沉寂。
啊,神圣的缪斯,给我以激情,让我给他生命!
通过我的话语让他身着鲜亮的黄金,
让他的瞪瞪足音空洞地回响,使人悚然,
让他在士气低落的特洛伊前面的平原上阔步走过!
让我展示他如何把头盔上的金羽摇摆到后面,

第三十一章

记住他像头顶绚丽的太阳闪闪发亮,
不知疲倦地在特洛伊挂满露水的草丛奔跑,
胸背甲上的丝带有节奏地飘动,
荣耀的阿喀琉斯,佩琉斯的无唇之子。"

我们以沉痛的心情长时间大声地赞扬萨尔弥得索斯的竖琴师阿尔菲得斯,他让我们尝到了一点不朽的滋味,因为他的歌一定会比我们任何人更长久地存在下去。我们还活着,但是已被吟唱。负担重得难以承受。

当掌声最后消失的时候,我想单独和奥德修斯待在一起,一群人聚在一起似乎与竖琴师刚才激起的情绪格格不入。我向对面的奥德修斯看了一眼,他理解了我的意思,但他没有说话,因为怕破坏气氛。他站起来,转身向门,然后清晰可闻地倒吸了一口气。因为房间内突然安静下来了,我们都朝他的方向转过头去。我们都倒吸了一口气。

两人的相似令人惊异:因为我们还深深地沉浸在歌曲的气氛中,因此好像这位萨尔弥得索斯的阿尔菲得斯用魔法召来一个鬼魂听他的音乐。我想阿喀琉斯也来听了!但是谁赋予了他的阴魂血肉之躯?

于是我更仔细地察看,发现他不是阿喀琉斯。此人与阿喀琉斯身高和体宽相当,但他年轻许多岁。他的胡须还不硬,须茬是深金色,两眼更呈琥珀色。此外,他有两片完美的嘴唇。

由 狄 俄 墨 得 斯 叙 述

我们不知道他在这儿站了多久,但是从他脸上痛苦的表情来看,他一定来了有一些时候了,至少听见了歌的结尾。

阿伽门农站起来,伸开双臂向他迎过去。"你是涅俄普托勒摩斯,阿喀琉斯之子。欢迎你。"他说。

这年轻人神色严峻地点点头:"谢谢。我是来助战的,但是我在——在知道我父亲辞世前很久就启航了。我是刚才从竖琴师口中才得知父亲的死讯的。"

奥德修斯说:"还有什么比这更好的得知这可怕消息的方式呢?"

涅俄普托勒摩斯叹息着低下了头:"是的。这首歌讲述了一切。帕里斯死了吗?"

阿伽门农拉着他的双手说:"他死了。"

"谁杀死他的?"

"菲洛克忒忒斯,用赫拉克勒斯之箭射的。"

他尽力做到礼貌,使自己表现得冷静:"很抱歉,我还不知道你们的名字。谁是菲洛克忒忒斯?"

菲洛克忒忒斯说道:"我就是。"

"我不是来为他复仇的,所以我要谢谢你。"

"我知道,孩子。你宁愿自己杀了帕里斯。但是我碰巧撞上那个恶棍了——或者说这是神的安排,谁说得清?既然你不认识我们,让我来介绍一下。最先迎接你的是我们的大国王。第二位是奥德修斯。其他的人是涅斯托耳、伊多墨纽斯、墨涅拉俄斯、狄俄墨得斯、奥托墨冬、墨涅斯透斯、墨里俄涅斯、玛卡翁和欧律皮洛斯。"

我暗想,我们的阵容缩小了多少啊!

奥德修斯、欣喜若狂的奥托墨冬和我把涅俄普托勒摩斯带往密耳弥多涅斯人的营区。走这段路花了相当长的时间。他到达的消息已经传出,士兵们全都从屋内出来站在路边顶着毒日,像过去对他的父亲那样热烈地欢呼致意。我们发现,他不仅仅在容貌上毕肖其父,他同样以平静的微笑和随意的挥手向狂欢的士兵致意,他同样喜欢独处,不随意向任何与他接触的人展示自己的个性。我们边走边向他讲述歌中没有唱的内容:埃阿斯是怎么死的,安提洛科斯和其他死去的人的情况,最后是有关活着的人的情况。

密耳弥多涅斯人列队接受检阅。在这个孩子(他至多十八岁)对他们说话之前,全场鸦雀无声。他一开口说话,他们便用剑的扁平部位敲着盾牌,欢呼着,最后吵得奥德修斯和我只得走开了。我们缓步走到海滩另一端,回到我们自己的大院。

"事情要结束了,狄俄墨得斯。"

"如果神祇真的理解怜悯的含义,我祈祷它结束。"我说。

他把一绺红头发吹出自己的眼睛:"十年……真奇怪,这一点卡尔卡斯讲得对。不知是偶然碰对了,还是他真有预知力?"

我浑身一激灵:"怀疑祭司的能力是不明智的。"

"也许,也许。啊,但愿抖落我头上的特洛伊尘土!但愿再次驶

由狄俄墨得斯 叙述

上远海！但愿用干净的盐水洗去这平原的恶臭！但愿能去一处清静的所在，那儿空中没有风，夜空闪烁的群星不会被万堆营火夺去光辉！但愿身心得到净化！"

"我也有这些愿望，奥德修斯。不过这也难以让人相信：这一切快要结束了。"

"它将以一场与波塞冬抗衡的大灾难结束。"

我盯着他："你已经想好方案了吗？"

"对。"

"告诉我！"

"在时机成熟之前吗？狄俄墨得斯，狄俄墨得斯！对你也不行！但是时机就要成熟了。"

"进来让我为你清洗这些鞭痕。"

听了这话他笑了。"它们会愈合的。"他说。

次日晚，涅俄普托勒摩斯来吃饭。

"我为你保管了一件东西，涅俄普托勒摩斯，"晚饭后奥德修斯说，"这是我送给你的礼物。"

涅俄普托勒摩斯困惑地看了我一眼，说："他是什么意思？"

我耸耸肩："除了奥德修斯，谁知道呢？"

他用车推着一只巨大的鼎回来了，上面放着忒提斯从赫菲斯托斯之火中恳求来的金铠甲。涅俄普托勒摩斯一下子跳起来，结结巴巴地说着我听不明白的话，然后伸出手轻轻地、爱抚地触摸着胸背甲。

第 三 十 一 章

他含着眼泪说："当奥托墨冬告诉我你和埃阿斯辩论赢得了这副铠甲时，我很气愤。你是想把它送给我？"

奥德修斯咧开嘴笑了："你配它，小伙子。它应该被人穿在身上，而不是挂在墙上，或者穿在死者身上白白浪费。穿上它，涅俄普托勒摩斯，愿它给你带来好运。不过，你需要适应一段时间，它差不多与你一样重。"

在以后的五天中我们打了一些小仗，涅俄普托勒摩斯初次尝到了特洛伊人的滋味，舔舔嘴唇。他是个勇士，生来如此，盼望如此。只有时间是他的敌人，这他是知道的。他的眼睛告诉我们所有的人，他知道在一场伟大战争即将结束的时刻，他扮演的将是次要角色，他知道月桂花冠将会戴在别人的额头上——那些经历了全部十年沙场磨炼的人。可是在他自己身上他就是决定因素。他心怀希望、愤怒和重新激起的热情。当他身穿父亲的铠甲，驾着父亲的战车走过时，士兵们的眼睛——不管是密耳弥多涅斯人、阿尔戈斯人还是埃托利亚人——都十分忠诚地追随着他。对他们而言，他就是阿喀琉斯。这期间我一直观察着奥德修斯，盼望听到开会的命令。

这命令终于在涅俄普托勒摩斯到达半个月之后由大国王的传令官下达了：第二天的午饭后开会。我知道试图套出奥德修斯的话是徒劳的，所以一起吃过午饭后，听他拣起一个话题，然后轻松熟练地议论起来，熟练得像一个杂技演员在抛他的彩球时，我摆出一副

由狄俄墨得斯叙述

漠不关心的神态。面对我的这种态度他不动声色，只是当我带着尊严离开他时，他才无法自制地笑了起来。要不是我仍然为鞭挞他而比他自己更觉得难受，我就会踹他一脚。所以我忍住了，只是以在心中暗骂他的祖宗解气。

他们如同拴在皮带上闻到鲜血气味的猎狗，都早早来到阿伽门农的住所。他们精心穿上最好的褶裥短裙，戴上珠宝，好像去迈锡尼的狮厅出席正式的招待会。大国王的主传令官站在狮座脚下，大声向一个下属报出出席者的名字，下属则负责把它们熟记于心，以便传给后人。

"帝王阿伽门农，迈锡尼的大国王，王中之王；

伊多墨纽斯，克里特的大国王；

墨涅斯透斯，阿提卡的大国王；

涅斯托耳，皮罗斯国王；

墨涅拉俄斯，拉刻代蒙国王；

狄俄墨得斯，阿尔戈斯国王；

奥德修斯，远海诸岛国王；

菲洛克忒忒斯，赫斯泰俄提斯国王；

欧律皮洛斯，俄耳墨尼翁国王；

托阿斯，埃托利亚国王；

阿伽佩诺耳，阿耳卡狄亚国王；

第 三 十 一 章

埃阿斯，俄琉斯[1]之子，洛克瑞斯国王；

墨里俄涅斯，克里特王子，克里特王位继承人；

涅俄普托勒摩斯，色萨利王子，色萨利王位继承人；

透克洛斯，萨拉米斯王子；

玛卡翁，医生；

波达利里俄斯，医生；

厄珀俄斯[2]，技师。"

大国王点头示意传令官们离开，把权杖递给墨里俄涅斯。然后他用一种不太自然的发表公告的正式语言说道："自从特洛伊的国王普里阿摩斯破坏了神圣的战争契约，我确实曾委任伊塔卡国王奥德修斯设计出用手段秘密攻占特洛伊的计划。我得知伊塔卡国王奥德修斯准备发言。我召集你们来是让你们亲耳聆听他的计划。奥德修斯国王，该你发言了。"

奥德修斯对墨里俄涅斯微笑着站起来："为我拿着权杖。"然后他从室中央的桌上拿起一张卷起的浅色软皮，走到我们都能看见的墙边。他"哗"的一声把皮卷打开，用镶珠宝的小匕首把它的四个角牢牢地钉在墙上。

1.Oileus，希腊神话中洛克里亚之王，阿尔戈英雄之一；此处为小埃阿斯。小说中的叙述与希腊神话不一致。
2.Epeios，希腊神话中特洛伊木马的制造者。

由 狄 俄 墨 得 斯 叙 述

我们每个人都茫然地盯着它，心中猜疑是否被愚弄了。应该承认，从某些方面来看，这是一幅画得不错的图画，是用黑炭重重地刻在皮上的。画的是马的模样，很大；在它的一边有一条竖线。

奥德修斯神秘地看着我们："是的，这是一匹马的图。你们肯定疑惑，为什么厄珀俄斯今天也来了。嗯，他来是为了在我提问时给我解答。"

他转向厄珀俄斯，在这一群高贵的人中间，厄珀俄斯感到既拘谨又困惑。

"厄珀俄斯，自从埃阿科斯死后，你被认为是希腊最好的技师，你也被看作最好的木匠。仔细看看这幅画，注意马旁边的线，这条线的长度就是特洛伊城墙的高度。"

我们感到十分惊奇，像厄珀俄斯一样全神贯注地看着。

"厄珀俄斯，首先我要就有关问题听听你的意见，"远海诸岛的国王说，"你观察特洛伊城墙已有十年时光。告诉我：世界上有没有可以摧毁斯开亚城门的攻城槌，攻城器具？"

"没有，奥德修斯国王。"

"好，那么第二个问题：用你这儿所有的材料、工匠和设施，你能为我造一艘大船吗？"

"是的，陛下。我有船工、木工、瓦工、锯工和许多无熟练技术的劳工。我估计在五里格的范围内有足够的合适木材为你造一批这样的船只。"

第 三 十 一 章

"很好！现在是第三个问题：你能为我造一只与画中马尺寸一样的木马吗？还要注意这条黑线，它有三十腕尺长，也是特洛伊城墙的高度。你可以从图中看出，马耳处是三十五腕尺高。第四个问题：你能把马造在一个可承受它的重量的能用轮子滚动的平台上吗？我的第五个问题是，你能使这木马中空吗？"

厄珀俄斯笑起来了，显然这个计划激起了他的兴趣："能，陛下，对你所有的问题的回答都是能。"

"你需要多少时间？"

"只要十来天即可，陛下。"

奥德修斯取下墙上的皮图，把它抛给技师："谢谢你，拿着它到我屋里去。我过一会儿去见你。"

我们如坠五里雾中。我们的脸上一定显示出十二分的困惑、疑虑和猜疑，但是当厄珀俄斯离开后，涅斯托耳轻声笑了起来，好像他突然看破了自己漫长一生中一个最绝妙的玩笑。

奥德修斯大幅度地挥着手臂，变得越来越高大，最后似乎巍然耸立。他开始讲述自己的计划了，这意味着我们无人能左右或者阻止他。他极富感染力地做着手势，声音在屋椽间回响："我的国王和王子们，就这样拿下特洛伊！"

我们静静地坐着，看着他。

"是的，涅斯托耳，你是对的。阿伽门农，你也是对的。首先，这么大的马的肚内，我估计可装一百人。如果他们在夜里悄悄地走

由 狄 俄 墨 得 斯　 叙 述

出来而不被发现，一百人足以打开斯开亚城门。"

越来越多的询问从房间内各处飞来。怀疑者叫喊着，热情支持者欢呼着，会场内一片喧嚣。后来阿伽门农从狮座上爬起来，从墨里俄涅斯手中拿过权杖，用它敲着地。

"你们可以问任何问题，但要讲秩序，等我讲完了再说。奥德修斯，坐下来给自己斟点酒，然后再详细地解释一下你的计划。"

天快黑时会议散了，我陪奥德修斯回到他的屋内。厄珀俄斯正耐心地等着，皮图展开在他面前，现在它上面又画上了几幅小图。我漫不经心地听着他们讨论技术问题——厄珀俄斯需要的东西、完成任务大致所需的时间，以及绝对保密的必要性等。

"你可以在这座屋后的秘密谷地进行这项工作。"奥德修斯对厄珀俄斯说，"这谷地很深，因而马头不会从对面树丛顶端露出，特洛伊城瞭望塔上的人也不会看见它。选择这个地点还有别的好处，就是它多年来一直禁止任何人进入，所以你不会受好奇的观景人干扰的。你可以把住在那儿的人当作非熟练劳工使唤。你调入的任何人在任务完成之前都不得离开。在这些条件下你能完成任务吗？"

他的眼睛闪亮着："你可以信赖我，奥德修斯国王。不会有人知道我们的举动。"

第 三 十 一 章

第三十二章

由普里阿摩斯
叙述

北风神玻瑞阿斯从斯基泰冰冻的荒原呼啸而来,把绿树染成了琥珀色和黄色。第十年的夏天过去了,阿伽门农仍然赖着不走,就像一只脱毛狗死守着特洛伊这块发臭的骨头。

一切都失去了。在赫克托耳战死之前,我发布命令,把门、窗、地板和铰链上的最后一根金钉都拔出,投入坩埚中。国库空了,神庙中所有的还愿奉献物都被熔化成金属块。无论贫富,都被沉重的赋税压得喘不过气来,可是我仍然没有足够的钱购买把这场战争打下去的必需品——雇佣兵、武器和装备。十年中我没有从海勒斯旁海峡收到任何通行费。阿伽门农从蜂拥进入黑海的希腊船只那里收取通行费,而禁止别国的船只进入黑海。我们吃得还不错,因为我们的南门和东北门仍然敞开着,农民可以继续耕种,但我们缺少当地不能种植的粮食。仅剩下很少几匹传说中的拉俄墨冬的神马在南部平原上吃草,我曾被迫差不多把它们全出售了。命运之轮又转回原处,这话真是千真万确。当初拉俄墨冬和我不愿给希腊人的东西现在已属于希腊人了——我后来得知,阿尔戈斯的狄俄墨得斯国王是这些马的主要买主。骄傲,骄傲……骄傲使人摔跟头。

第 三 十 二 章

他们在我的房中燃起多处旺火,以温暖我的肉体,但世界上没有什么火可以消融如水蛭一般盘伏在我心上的绝望。我一共生了五十个儿子,五十个英俊的小伙儿。他们大部分都死了。战神为自己挑选了他们中的精华,给我留下一些残渣抚慰我的风烛残年。我已八十三岁了,看来我这白发人会送走最后一个黑发人。看着得伊福玻斯趾高气扬地走来走去(这是对继承人拙劣的模仿),我泪如泉涌。赫克托耳,赫克托耳!我的妻子赫卡柏精神崩溃了,像一只被剥夺生计的老母狗嚎叫着。她喜欢的伙伴卡珊德拉比她还要疯狂。不过,卡珊德拉的美与她的疯狂一样与日俱增,她的黑色秀发上扎着两条很大的白缎带,脸庞消瘦,颧骨突出,眼睛又大又亮,就像明亮的蓝宝石。

有时,我强迫自己走到斯开亚城门的瞭望塔,观看无数缕青烟从海滩升起,一队队战船沿着海岸排列着。希腊人没有进攻;我们紧紧抓住深渊的边缘,而他们没有给我们一点安抚,因为我们不知道他们在打什么主意,他们只是在神秘兮兮地忙碌着。特洛伊军队的残部集中在西幕,阿伽门农一定会从这儿进攻,因为他一定会进攻的。

每个夜晚我都难以入眠,每个早晨我都十分清醒。我还没有被打败。只要我这衰老的躯体内仍有精神,我就决不会放弃特洛伊。即使我必须卖出城内的每一个人,我也要让特洛伊挺立着,成为阿伽门农的肉中刺。

由普里阿摩斯 叙述

但是在北风神到来的第三天,我脸朝着窗户躺着,见黎明爬上了伊达山顶,灰色的曙色由于泪水蒙蒙的光亮而带上了道道条纹。我在为赫克托耳哭泣。

我隐约听见一声叫喊,浑身一阵战抖,我艰难地下了床。听起来声音似乎来自西幕。普里阿摩斯,去那儿看看是怎么回事。我叫来了车。

随着越来越多人的声音加入,喧嚣声越来越大,但是因为离得太远,无法弄清喧闹声是由恐惧还是由悲痛所引起。得伊福玻斯也来了,他揉着睡眼,一脸的不悦。

"我们受到攻击了吗,父亲?"

"我怎么知道?我去城墙边看看。"

马夫头领驾着我的车来了,我的驭手从他的住处跌跌撞撞地来了,他还处于恍惚之中。我丢下继承人驱车走了,他跟来也行,不来也罢,随他的便。

在斯开亚门和西幕一带到处挤满了人。男人们向四面八方奔跑着,打着手势,叫喊着,但似乎没人扣紧战甲。相反,他们四处跳跃,向所有的人尖声叫着,要他们前去观看。

一个士兵扶着我爬上了斯开亚的瞭望塔,我悄悄地走进卫兵室。卫队长身上只围着一块缠腰布站着,泪流满脸,副队长则坐在椅子上痴笑着。

"出什么事了,队长?"我问。

第 三 十 二 章

卫队长似乎着了魔一般,不知道自己在干什么,他一把抓住我的手臂,把我推到室外的道上,然后把我转向希腊人营地的方向,用一只颤抖的手向前指着。

"好好看看吧,陛下!阿波罗已经听见我们的祈祷了!"

我眯起双眼(以我的年龄来看它们的视力很不错),迎着正在变亮的曙光看去。我看了又看,该怎样理解这景象?怎样相信这景象?希腊人为烧东西而挖的洞冷却了;空气中不再弥漫着木头燃烧的气味;看不见一个人影;一长条海滩砂石沐浴在晨光中,闪闪发亮。唯一表明舰船曾停靠过的迹象是条条延伸到舄湖水中的又长又深的印痕。船只都走了!士兵都走了!除了由灰屋构成的一座小城,八万强兵的军队没有留下任何痕迹。阿伽门农在夜里启航离去了。

我尖叫起来,无法抑制心中的快乐,后来我的四肢失去了气力,瘫倒在卵石上。我笑着,哭着,在硬石子上滚着,好像它们是毛茸茸的蓟种子冠毛。我絮絮叨叨地向阿波罗表示感谢,咯咯地笑着,挥舞着双臂。卫队长扶着我站起来,我把他抱在怀里,吻着他,对他许着诺,许的什么诺我也记不清了。

得伊福玻斯跑过来,他的脸完全变了样;他把我抱起转着圈,跳着癫狂的舞步。而守兵们围成一圈,拍着手打着节奏。

海滩上没有了希腊魔怪,特洛伊自由了!

过去从来没有什么消息传得这么快。现在全城的人都醒了,他们都拥向城墙,欢呼着,唱着,跳着。随着日光向四面八方倾泻,阴影

由 普 里 阿 摩 斯 　 叙 述

开始从平原上消失。现在我们可以看得更清楚了：阿伽门农确实已经启航离去了，离去了！啊，亲爱的光明之神，谢谢你！谢谢你！

这时卫队长警觉起来，他仍然站在我身边保护着我。突然他恐惧得全身紧张，拉着我的衣袖。然后得伊福玻斯注意到了，向我们走近。

"怎么回事？"我问，情绪开始低落。

"陛下，那边的平原上有个东西。天亮后我就看见了，但现在阳光开始照在上面，这不是西摩伊斯河边的灌木林，这是个大东西。看见了吗？"

"对，看见了。"我说，感到口发干。

"是一个什么东西。"得伊福玻斯慢慢地说，"一个动物？"

另一些人指着它，争执着它到底是什么。后来太阳光斜射其上，约略显出一个磨光的棕色表面。

"我去看看。"我边说边向卫兵室门口走去，"卫队长，命人打开斯开亚大门，但不要让人出城。我本人带得伊福玻斯前去察看。"

尽管天气很冷，可是风吹在脸上使人感到十分惬意！驾车走过平原是医治我的一切病痛的万灵药。我让驭手沿着路走，因此我们在卵石上颠簸摇晃着。这一次驾车比过去任何一次都平稳，无尽的人流车流已经磨平了石块，石块之间的缝隙里填满尘土，秋雨浸润后已变坚硬。

第 三 十 二 章

当然我们都知道那是什么东西，但我们不敢相信自己的眼睛。它在这儿干什么？它的目的何在？想必它不是如我们所猜想的那样！走近之后，它一定比我们想象的更奇怪、更加与众不同。可是当我和得伊福玻斯以及身后跟着的一些王宫中人走近它时，见它确实就是原来看起来像的东西：一匹巨大的木马。

它高高耸立，远远超出了我们的头顶，是一个栎棕色的形体巨大的动物。不管它的制作者是人还是神，他们都较为严格地遵照了马的解剖结构，因而把它叫作马，而不是骡或驴。但是它的身体太大，所以它的腿比任何马腿都粗，巨型的马蹄固定在原木拼做的平台上。这个平台由牢固的小轮——前后两边各有十二个——托着离开地面。我的车停在马头的阴影中，我必须伸长脖子才能看见马的下巴的下部。这马是由打磨过的木头做成的，它又大又结实，木板之间的接缝就像船身一样是用沥青涂抹成的，在沥青抹缝上用赭色画着漂亮的图案。马尾和马鬃是刻出来的。当我后退几步想看看马头时，我看见它的眼睛内嵌有琥珀和黑玉，鼻孔的腔壁画成了红色，张开嘶鸣的口中露出了象牙做成的牙齿。这马确实很美。

王宫卫队的整整一支分队都策马赶来了，同来的还有大部分王室成员。

"它中间一定是空的，父亲，"得伊福玻斯说，"否则它平台下的轮子就会垮塌。"

我指着靠我们一侧的马的臀部说："它是圣物，看见了吧？一

由 普 里 阿 摩 斯 　 叙 述

只猫头鹰、一只蛇头、一个羊皮盾[1]和一支矛。它属于帕拉斯·雅典娜。"

还有一些人显得疑虑重重,得伊福玻斯和卡皮斯喃喃地说着什么,可是我的另一个儿子梯摩忒斯(Thymoites)却十分激动。

"父亲,您是对的!这些符号比语言更能说明问题。这是希腊人用来代替帕拉狄昂的礼物。"

阿波罗的主祭司拉奥孔从嗓子眼中吼道:"留神希腊人的礼物!"

卡皮斯急不可耐地加入争吵:"父亲!这是圈套!为什么帕拉斯·雅典娜要让希腊人干如此吃力的活儿?她宠爱希腊人!如果她没有默许,希腊人不会偷走帕拉狄昂的!她绝不会把她对希腊人的宠爱转到我们身上!这是个圈套!"

"克制一点,卡皮斯。"我心烦意乱地说。

"陛下,我求求您!"他竭力劝说,"打开它的肚子,看看里面到底有什么!"

"这绝不是希腊人送的礼物。"拉奥孔说。他的两只手臂各搂着一个年幼的儿子:"这是个圈套。"

"我同意梯摩忒斯的看法,"我说,"它是用来代替帕拉狄昂的。"我狠狠地盯了卡皮斯一眼:"不要再说了,听见了吗?"

---

1. 希腊神话中宙斯及其女儿雅典娜所持的盾。

第 三 十 二 章

"不管怎么说，"得伊福玻斯讲求实际地说，"它本来就不是让人弄入我们城墙之内的，它太高了，城门进不去。不管它被用于什么目的，它不可能是诡计。它注定要在这儿放下去，对我们或其他任何人都没有危险。"

"这的确是个诡计！"卡皮斯和拉奥孔几乎异口同声地喊道。越来越多的特洛伊要人聚集在这匹奇妙的马周围，好奇地观察着，从理论上推测着，纷纷向我讲着各自的看法，争论激烈地进行着。为了摆脱他们，我驾车围着马转了一圈又一圈，仔细地观察着，推测这些符号的意义，对精湛的技艺赞叹不已。它正好位于海滩和特洛伊城的正中间。但是它是从哪儿来的？如果它是希腊人造的，我们过去应该见过它高高耸起的。它一定来自雅典娜女神，错不了！

拉奥孔已经派了王宫卫队的一些士兵去希腊人的营地察看。我还在转着圈，这时两名卫兵突然驾着四轮马车来了，他们带了一个人来。他们在我这一边下了车，然后扶着那人下来。

他的手臂和腿上都戴着锁链，衣衫褴褛，头发和身体污秽不堪。

年纪较大的那名卫兵跪下禀报说："陛下，我们发现此人藏匿在希腊人的一所房屋内。他就像你们现在看见的戴着锁链。看见了吧，他刚刚受过鞭挞。我们捉住他时，他乞求饶命，请求带他去见特洛伊国王，他有消息禀告。"

"说吧，伙计，我是特洛伊国王。"我说。

此人舔舔嘴唇，发出沙哑的声音，但说不出话来。一名卫兵给他端来一杯水,他咕嘟嘟地一口气喝干,然后向我致意。

"谢谢您的仁慈,陛下。"他说。

"你是谁?"得伊福玻斯问。

"我叫西农。我是阿尔戈斯的希腊人,狄俄墨得斯国王的堂兄弟,也是他宫中的侍臣。但是我在一支特别部队中任职,这支部队是迈锡尼的大国王交给远海诸岛的奥德修斯国王全权调遣的。"他打了个趔趄,卫兵们把他扶住了。

我走下车:"士兵,让他坐在你们车的边缘,我坐在他旁边。"但有人给我找来了一条凳子,我便坐在了他对面:"感觉好些了吗,西农?"

"谢谢,陛下,我有力气说下去了。"

"为什么一个阿尔戈斯侍臣被鞭挞,被上锁链?"

"因为,陛下,我了解奥德修斯企图除去帕拉墨得斯国王的阴谋。显然,在我们远征特洛伊前,帕拉墨得斯在某些方面伤害了他。据说奥德修斯愿意花一辈子寻找报仇的机会。结果,报帕拉墨得斯之仇,他只等了八年时光。两年前帕拉墨得斯因叛国罪被处死。奥德修斯策划了指控,捏造了用来判帕拉墨得斯死罪的证据。"

我皱起了眉头:"为什么一个希腊人要陷害另一个希腊人,把他置于死地呢?它们曾是争夺领土的邻国吗?"

"不是的,陛下。它们一个统治佩洛普斯西面的群岛,另一个统治东海岸的一个重要的海港。它们之间产生了某种怨恨,其原因我

第 三 十 二 章

不得而知。"

"我明白。那你为什么沦落到这般田地?如果奥德修斯可以捏造一个希腊国王的叛国罪名,为什么他对你这区区侍臣没有采用同样手段呢?"

"我是一个更强大的国王的堂兄弟,陛下,奥德修斯对他十分喜爱。此外,我把内情告诉了一个宙斯的祭司。只要我毫发未损地活着,祭司就保持缄默;如果我死了,不管死因如何,这祭司将会站出来。因为奥德修斯不知道这祭司是谁,我以为自己很安全。"

"我可以理解为因为你没死,所以祭司一直没说出内情吗?"我问。

"不,陛下,并非如此。"西农说,他又喝了一些水,看起来不那么可怜了,"日子一天天过去了,奥德修斯什么也没说,什么也没做,嘿,陛下,我竟把这事给忘了!但最近几个月,军队士气低落了。自从阿喀琉斯和埃阿斯死后,阿伽门农进入特洛伊城的心死了。所以他们开了一次会进行表决。他们要返回希腊故土。"

"这会一定在仲夏开的!"

"是的,陛下。但那时船只不能启航,因为有不祥征兆。高级祭司塔耳梯比俄斯最后给出答案:是帕拉斯·雅典娜招来了逆风。自从她的神像被盗,她硬起心肠与我们作对,她要求赔偿。后来阿波罗也表达了他的愤怒,要求用活人献祭,指名道姓地要我!我找不到与我共守秘密的祭司,奥德修斯已把他派往莱兹波斯完成使命。

由普里阿摩斯 叙述

所以我讲了真相后,没人相信我的话。"

"那么奥德修斯国王还没忘记你。"

"没有,陛下,他当然不会忘记。他只是在等待适当的时机出击。他们鞭打我,给我锁上锁链。把我丢在这儿让你们处置。北风之神开始吹拂,他们终于可以启航了。帕拉斯·雅典娜和阿波罗得到了安抚。"

我站起来,走几步活动活动身子,然后又坐下来:"但是这木马是怎么回事,西农?它为什么在这儿?它是雅典娜的吗?"

"是的,陛下。她要求用木马代替她的帕拉狄昂。它是我们自己建造的。"

卡皮斯满腹狐疑地问:"为什么女神不干脆要你们归还她的帕拉狄昂呢?"

西农露出一脸惊奇的神色:"帕拉狄昂被污染了。"

"说下去。"我命令道。

"塔耳梯比俄斯预言,一旦木马进入特洛伊城内,特洛伊就不会被攻破了。它过去的一切繁荣将会重新出现。所以奥德修斯建议我们把马造得很大,使它进不了你们的城门。他说,这样我们既可以不违背雅典娜的意愿,又确保预言不会实现。木马必须留在平原之上。"他呻吟着动了动肩膀,想坐得更舒服一点,"啊!啊!他们把我撕碎了!"

"我们很快会带你进城去医治,"我安慰道,"但首先我们要了解全部情况。"

"是的，陛下，我懂。不过我不知道你们能做些什么。奥德修斯聪明绝顶，这匹马太大了。"

"我们会考虑的。"我严厉地说，"把话说完。"

"已经讲完了，陛下。他们启航走了，我被扔下了。"

"他们启航回希腊了吗？"

"是的，陛下。刮这种风航行是很顺利的事。"

拉奥孔仍然怀疑地问："为什么在马下面装轮子？"

西农眨眨眼，他感到十分吃惊："嘿，把它从我们的营地弄出来呀！"

此人的话是不容怀疑的！他遭受的苦难是千真万确的，这些鞭痕、他瘦弱的身体都是千真万确的。他讲的话有鼻子有眼，没有任何漏洞。

得伊福玻斯抬起头看着这匹马硕大无比的身体，叹了一口气："啊，真遗憾，父亲！如果我们能把它运进城——"他顿了一下，然后说道："西农，雅典娜神像怎么啦？被污染了吗？"

"在它被弄入我们营地的时候——是奥德修斯偷来的——"

"这是他的本性！"得伊福玻斯打断他。

"她被展示在自己的祭坛上，"西农继续说道，"全军将士集合在一起瞻仰她。但是当祭司们向她献祭的时候，她有三次被火焰包围。火势第三次熄灭后，她开始出血——大滴的血从她的木质皮肤上渗

由普里阿摩斯 叙述

出，从脸上、手臂上流下来，从眼角流出，好像哭泣一般。大地摇撼，从晴空落下一只火球，掉进斯卡曼德河对岸的树林中，你们一定看见了。我们捶着胸脯，我们祈祷着——连大国王也是如此。后来我们发现雅典娜女神已答应帮她妹妹阿佛洛狄忒一个忙：如果将木马放入特洛伊城中，那么特洛伊将会统领全世界的军队，战胜希腊。"

"哈！"卡皮斯轻蔑地哼了一声，"想得太简单了！这个精明透顶的奥德修斯竟然能想出要把马造得过大，然后启航离去了！他们费了这么大的力气就只是为了启航离去？为什么他们要关注马的大小？他们已经扬帆返乡了！"

"因为，"西农说，他的声音表明他的耐心正在快速消失，"明年春天他们还会回来！"

"除非，"我边说边从凳子上站起来，"这匹马能被弄进我们的城中。"

"不可能，"西农说着瘫靠在马车边上，闭上了眼睛，"这马太大了"。

"可以的！"我叫道，"卫队长！找来绳索、链条、骡子、公牛和奴隶。现在是早晨，如果我们现在开始，可以在天黑前把这牲口弄进去。"

"不，不，不！"拉奥孔大叫道，惊恐万状，"陛下，不行！请让我至少先向阿波罗祈祷！"

"你想做什么就去做吧，拉奥孔。"我说着转过身去，"在此期

第 三 十 二 章

间,我们要开始让这预言变为现实。"

"不行!"我的儿子卡皮斯喊道。

但是其他所有人都大声欢呼:"行!"

这工作花去了大半天时间。我们把用链条加固的绳索拴在巨大的原木平台的前部和两侧,然后套上骡子、公牛和奴隶,木马沿着道路十分缓慢地向前移动了。这是令人沮丧、让人恼火的费力活计。希腊人——任何人——不可能想到面临如此艰巨的任务我们会有这么坚韧不拔的毅力。在每个转弯处,必须推前拉后这家伙十几次,来使它偏离草皮,走在卵石上,因为轮子只是固定在平台上;世界上没有什么车轴牢固得可以承受这山一样的重量。

中午时我们已把它拉到了斯开亚门,在这儿我们果然发现,马头比高大的木门之上的拱形道路还要高出五腕尺。

"梯摩忒斯,"我对最热心的儿子说,"让守城部队送一些镐和锤来,敲掉拱门。"

这花了很长的时间。筑城者波塞冬砌的石块不易被凡人敲开,但它们还是一点一点地碎裂了,最后在斯开亚门上出现了一个大豁口。套在木马上的牲口和人一起拉着链绳,巨大的头颅又往前移动了。随着马颚慢慢地靠近,我屏住了呼吸,然后我尖叫一声发出警告,但是太晚了,马头被卡住了。我们把上面的石块撬松又拆下之后再试,但它还是无法通过。总共有四次这高贵的头颅被卡住,然

由 普 里 阿 摩 斯 叙 述

后又拓宽豁口。最后这巨大的家伙嘎吱嘎吱笨重地进入斯开亚广场。哈,奥德修斯!你输了!

毫无疑问,我认为这马必须被拉上陡坡,弄入特洛伊的源泉——城堡之内。这个任务又用了两倍多的牲畜,花去的时间似乎很长很长,虽然百姓们都来帮忙。城堡门没有拱顶,所以木马挤过去了。

我们把它永久安置在绿草如茵的祭祀宙斯的院子中。在它巨大的重压之下,石板裂开了,轮子陷入裂缝中的土中,但是帕拉狄昂的代替物保持了直立。现在人世间没有力量可以移动它了,我们已经向帕拉斯·雅典娜显示,我们无愧于她的宠爱和垂青。我当场发誓,一定要让这马保持最好状态,在其基础上建起一座祭坛。特洛伊平安无事了。阿伽门农国王明年春天不会率领另一支大军卷土重来了。我们在恢复元气之后便能统领全世界的兵力征服希腊了。

这时传来了卡珊德拉疯狂的笑声,她从柱廊中跑出来,头发散乱地飘拂在身后,双臂张开。她嚎叫着,号啕着,尖叫着,跌倒在地,双手抓住了我的膝盖。

"父亲,把它弄出去!把它弄出城去!让它待在原来的地方!这是一匹死亡之马!"

拉奥孔也在一边神色严峻地点头称是:"陛下,征兆不祥,我献给阿波罗一只雌马鹿和三只鸽子,但他都没接受。这意味着我们城市的毁灭。"

第 三 十 二 章

"我也看见了,我父亲讲的是实情。"他的二子中年岁稍长的儿子脸色苍白、浑身颤抖地说。

梯摩忒斯跳上前来维护我的权威,我怒火中烧,周围人的声音变得害怕起来。

"跟我来,陛下。"拉奥孔急切地说,"到本祭坛来看一看!这马受了诅咒!把它劈开,烧毁,除掉!"

拉奥孔把两个儿子推在前面,向宙斯的祭坛跑去,把行动不便的我远远地抛在后面。突然,就在接近大理石高坛时,他发出一声尖叫。他的两个儿子也是如此,蹦跳着,尖叫着。等到一名卫兵走近他时,他已经在地上蜷曲成一团,呻吟着,双臂拉扯着扭曲着身体的儿子。卫兵飞快地往后跳开,把惊恐万分的脸转向我们。

"陛下,不要靠近!"他喊道,"这是一窝蝰蛇!他们被蛇咬了!"

我向着已变成深红色的天穹深处举起双手:"啊,天父,您已经发出征兆!您在我们面前把拉奥孔击倒,是因为他公然反对您女儿送我的城中人民的礼物。这马很好!这马是圣物!它将永远把希腊人挡在我们的城门之外!"

这与强敌搏杀的十年逝去了。我们生存下来了,我们仍然支配着自己。海勒斯旁和黑海又回到我们手中,城堡和王宫将再次拥有金钉了,我们又会欢笑了。

我领着王宫中人走进宫殿,命令摆下筵席。我们最后的恐惧已

由 普 里 阿 摩 斯 叙 述

被埋葬，大家就像被解放的奴隶一样纵情欢乐。欢笑声、歌声、铙钹声、鼓声、号角声、喇叭声从城堡下边条条街道上蜂窝状的屋舍中飘上来，而从城堡王宫之内，同样的欢庆之声往下飘去。特洛伊自由了！十年时光，十年时光！特洛伊胜利了，特洛伊把阿伽门农从海边永远地驱除出去了。

啊，对我来说，最得意的是看到埃涅阿斯的样子。他没有去看木马，也没有从宫中走出来和我们一起干那些苦累活，但他没能避开宴会，不过他坐在那儿时表情漠然，眼神郁闷。我赢了，他输了。普里阿摩斯的血脉仍然存在，特洛伊将由我的后代而不是由埃涅阿斯来统治。

第 三 十 二 章

第三十三章

由涅俄普托勒摩斯叙述

在他们对我们关上暗门的时候离破晓还有很长的时间,我们这些在一生中每晚都经历过黑暗的人这才真正了解了什么是黑暗。我把眼睛睁得越来越大,竭力要看见东西,可还是看不见任何东西。什么也看不见。我成了瞎子,世界成了一片黑色,可以触摸,然而难以忍受。一天一夜,我情不自禁地想——假如我们足够幸运。至少一天一夜蹲伏在没有一丝光线的地方,没有办法通过太阳判断时间,每一刻似乎都是永恒,听觉变得十分敏锐,以至人的呼吸听起来如同远处的隆隆雷声。

我的手臂碰着了奥德修斯,我不由自主地打了个冷战。尽管奥德修斯在每三个人之间分发了一只加盖的皮桶,汗水、大小便和口臭等各种气味还是让我的鼻子抽动。我现在才理解为什么他当时坚持要这样做。我们都没想到过会被粪便弄脏。一百个人被弄瞎——有的人一辈子双目失明该怎么活下去?

我想,我再也看不见东西了。我的眼睛还能识别出光吗?或者突然看见光亮之后令人目眩的震撼会使我重坠永恒的黑暗之中吗?我的皮肤绷得很紧,当这一百个世界上最勇敢的人被禁闭于此,被

第 三 十 三 章

巨大的恐惧攫住时,我可以感觉到恐惧在这深渊中舔食着我周围的一切。我的舌头紧贴上颚,我伸手去摸皮水袋,或摸别的东西,这样不至于无所事事。

我们确实有空气,它是通过打在包括马头在内的马的全身的小孔很巧妙地滤进来的,但是奥德修斯警告我们说,我们在白天无法通过这些孔看见日光,因为一层层的布把光线遮住了。最后我闭上了双眼。因为竭力想看见东西,因而眼睛十分疼痛,闭上眼睛后疼痛得到了缓解,我发觉黑暗不像先前那样难以忍受了。

奥德修斯和我背靠背地坐着,大家也是这么坐着。我们自己是我们在这所监狱中仅有的后背托垫。为了尽力得到休息,我倚靠在他身上,开始回忆我曾遇到过的每个姑娘。我仔细地将她们分类:最美的和最丑的,最矮的和最高的,第一个和我上床的和最后一个和我上床的,咯咯地笑我没有经验的那位和在我怀中度过一夜之后连转眼珠看我的力气也没有的那位。回忆完姑娘之后,我开始回忆我在狩猎过程中杀过的所有野兽:狮、野猪和鹿。我也回忆起捕捉大海豚、海中巨兽和大蛇的捕捞行动,尽管我们所发现的不过是一些金枪鱼和海中鲈鱼。我回忆起与年轻的密耳弥多涅斯人一起训练的日子,以及与他们一起打过的仗;回忆起遇见伟人的时光,以及他们姓甚名谁。我细数着船只和远航特洛伊的国王;我想起色萨利的每一个城镇和村庄的名字;我在心中唱着英雄的歌谣。不知怎的,时间确实逝去了,但如蜗牛爬行一般。

由 涅 俄 普 托 勒 摩 斯　　叙 述

寂静加深了，我睡着了，后来我的脸猛地一阵痉挛，惊醒了，是奥德修斯在我嘴上拍了一巴掌。我的头枕在他的膝上，我的眼睛惊恐地从眼眶中瞪着，直到我记起为什么我不能看见东西。一次摇动令我心里一震，正当我躺着努力使自己镇定下来时，又来了一次轻轻的摇动。我翻身坐起来，摸索到奥德修斯的手，把它们紧紧抓住。他低下头，头发触着我的面颊。我找到了他的耳朵。

"他们在推我们走吗？"

我感觉到他咧开嘴对着我的脸在笑。"当然。我早就料到他们会这样做。他们上了西农的当了，这是我早就料到的。"他对我耳语道。

这突然的活动打破了我们禁闭的令人窒息的死气沉沉的气氛。当我们潜伏在这马内被推着颠簸着往前走的时候，我们有相当一段时间感到轻松、欢快一些了。我们试图推测着行进的速度，思忖着何时能到城墙边，不知普里阿摩斯打算怎样解决木马太大的问题。在这期间，我们很高兴能低声但用正常的嗓音说话，因为确信木马嘎吱嘎吱地前行所发出的声音可以盖过我们的说话声。我们可以听见木马行进的声音，虽然我们听不见人和牛的声音，只听见轮子的轰响声和转弯时发出的刺耳的声音。

很难判断我们是何时到达斯开亚城门的。移动似乎停了有好几天的时间。我们坐在里面，默默地向每一位我们所知道的神祈祷，祈愿他们不要放弃，祈愿他们——像奥德修斯曾坚持认为的那样——不遗余力地拆毁拱道。后来我们又移动了。然后来了一次剧烈的、使人作呕的震动，震得我们都趴下了；我们静静地躺着，脸贴在木马的地板上。

"一群笨蛋！"奥德修斯咆哮道，"他们计算错误。"

如此震动了四次之后，我们又开始滚动前进了。当地板倾斜时，奥德修斯轻声笑了。

"上山去城堡，"他说，"他们正护送我们去王宫，没错。"

然后一切又归于沉寂。一声巨大的嘎吱声之后木马停了下来，我们陷入了沉思。这个巨大的家伙花了一些时间才稳定下来，就像一只海中巨兽沉入海底的淤泥之中，我无法弄清我们最终停在了哪里。花的香气沁了进来。我试图估计他们把木马从平原拖来花了多少时间，但是无法做到。如果看不见太阳、月亮或者星星，人们无法估测有多少时间流逝了。所以我又回靠在奥德修斯身上，双手抱膝。他和我紧挨着暗门坐着，而狄俄墨得斯被安排在最远端维护秩序（我们得到命令，如果有人开始恐慌，要立即杀了他），我并不对此感到抱歉。奥德修斯如磐石一般坚定，只要他坐在我背后，我便能平静下来。

当我让自己回忆父亲时，时间便飞快地逝去了。我原来不想回忆父亲，以免引起痛苦，但是在高潮过后的最后等待中我无法再控制自己。而且我已不感到痛苦了，因为我一打开记忆的闸门让他进入，我便可以感到他活生生的人和我在一起，我又变成了孩子，而他是高高耸立在我面前的巨人，对小男孩儿来说他是神，是英雄。

由涅俄普托勒摩斯 叙述

那张无唇的嘴使他显得那么美、那么奇特。现在我嘴上还留有伤疤，因为小时候我为了使自己更像他，曾试图割开自己的嘴唇，正好被祖父佩琉斯撞见，因为这不敬的行为他狠狠地抽了我一顿鞭子。我不可能成为别人，他对我说，我是我自己，不管有没有嘴唇。啊，当时我多么希望与特洛伊的战争能持续更长的时间，让我有机会前来与他并肩作战！我十四岁之后便把自己看作成人，恳求祖父佩琉斯和外祖父吕科墨得斯让我启航来特洛伊。但他们没答应。

后来有一天，祖父佩琉斯来到伊俄尔科斯的王宫中我的住处，他的脸色是行将就木之人的死灰色。他对我说我可以去了。他只是把我送走了，并没有说起奥德修斯给他送来的消息：阿喀琉斯的来日不多了。

只要我活着，我将永远不会忘记那乐师向阿伽门农和国王们吟唱的叙事诗。当时我站在门口，没人注意到我，我听着他的歌唱，沉浸在对父亲的英雄业绩的缅怀之中。后来竖琴师唱到他战死沙场，唱到他的母亲和她给他的选择，唱到他所认为的别无选择：活得长久却默默无闻，还是英年战死却无上光荣。死亡，我无法把它和我的父亲阿喀琉斯的命运联系起来。对我来说，他超越了死亡，无人能把他击倒。但阿喀琉斯是个凡人，阿喀琉斯死了。还没等我见他一面，并且无须被高高提起，双脚远离地面就可以吻他的嘴，他就死了。人们告诉我说，我已经长得几乎和他一般高了。

奥德修斯猜到了比其他任何人多得多的情况，他把他所知道的

第 三 十 三 章

以及所猜测的事都告诉了我。然后他对我说了这个计策。当他向我解释为什么我父亲与阿伽门农争吵,然后撤出队伍时,没有遗漏任何人,尤其没有遗漏他自己。我不知道,如果我处在他的位置上,是否有像我父亲那样的意志和力量看着自己的名声受到永远的损害。我伤心地向奥德修斯发誓保守秘密,我内心深处的感觉告诉我,我父亲希望事情保持原样。奥德修斯认为,这是我父亲对他认为自己犯下的大罪的一种补赎。

然而,即使在使人不失体面的黑暗之中,我也无法为他哭泣。我的眼泪干涸了。帕里斯死了,但如果我能为阿喀琉斯杀了普里阿摩斯,我也许能哭出来。

我又打盹儿了。暗门打开的声音惊醒了我。奥德修斯如同闪电一般行动起来,但他还不够快。些微令人目眩的光线从地板上的孔中泻进来,亮光中交叉在一起的腿闪现出来。只听见一阵沉重拖沓的脚步声,接着听到两条腿失去平衡跌倒的声音。我感觉到有一个人的身体猛地往地上落下去,从下面传来了"嘭"的一声轻响。有人无法多忍受一刻禁闭之苦,当西农从外面拉开暗门的控制杆时,我们事先并没有得到预告,但有一个人已经做好逃离的准备。

奥德修斯站着往下看去,然后打开了绳梯。我向他靠过去。我们的甲胄捆成包裹放在马头内,出去时我们按照严格的顺序。当我们一个接一个地走向暗门时,每个人摸到的第一个包裹就是他自己

由涅俄普托勒摩斯　叙述

的甲胄。

"我知道谁掉下去了,"奥德修斯对我说,"所以我拿了自己甲胄之后还要等一等,待轮到他时再拿上他的甲胄,否则他后面的人就会拿错包裹。"

因此我成了踏上坚实土地的第一人,只不过这土地一点也不坚实。我如同一个被打晕的人,脚下的土地柔软且香气迷人——好像秋天的花铺成的地毯。

一等到我们全部下来之后,奥德修斯和狄俄墨得斯走过去与西农拥抱、亲吻,向他问候。精明的西农是奥德修斯的堂兄弟。因为我进木马之前没见过他,看见他的外表我十分吃惊。怪不得特洛伊人轻信了他给他们讲的故事!他一脸病容,可怜兮兮;身上流着血,浑身污秽不堪;我从来没见过哪个烦人的奴隶被虐待成这样。后来奥德修斯告诉我,西农自愿挨了两个月的饿,使自己显得更可怜。

他咧开嘴满脸堆笑,当他开始说话时我向他们走去。"普里阿摩斯相信了每一句话,兄弟!神祇也站在我们这一边——宙斯给的征兆十分可怕——拉奥孔和他的两个儿子踩到了一窝蝰蛇,被咬死了,真难以想象!情况不能再好了。"

"他们让斯开亚门敞开着吗?"奥德修斯问。

"当然。全城百姓喝醉之后沉沉地睡了——他们大大地庆贺了一番!宫中的庆祝活动一开始,便没有人记得从希腊营来的可怜的受害者了,所以我毫不费力地溜出来,来到西基奥斯之上的陆岬,为阿伽门农点燃了一堆烽火。迅即从泰涅多斯的山上传来了回应——他现在应该在西基奥斯附近的海域航行。"

奥德修斯再一次拥抱了他："你干得真漂亮，西农。放心吧，你会得到奖赏的。"

"我知道。"他停了一会儿，然后志得意满地说："兄弟，你知道吗？我想即使没有奖赏我也会做这件事的。"

奥德修斯把我们中的五十人派去斯开亚城门，确保在阿伽门农进入之前特洛伊人没有机会关上它。其余的人全副武装，原地待命，看着开着玫瑰色和淡金色花朵的藤蔓爬上大院场四周的高墙，深深地呼吸着早晨的空气，将我们脚下花朵散发的香味吸入心脾。

"谁从马上跌下来了？"我问奥德修斯。

"厄喀翁，波耳透斯（Portheus）之子。"他简略地回答，显然他的心思在别处。然后他从喉咙里吼了一声，烦躁不安地走来走去，好像换了一个人一般。"阿伽门农，阿伽门农，你在哪里？"他大声问道，"你应该已经到了！"

正在此时，一声号角在日出的天空回响，阿伽门农已经到达斯开亚门了，我们可以行动了。

我们分散开来。奥德修斯、狄俄墨得斯、墨涅拉俄斯、奥托墨冬和我带领一些人尽可能轻手轻脚地走到柱廊内，然后转向一个又高又宽的通往普里阿摩斯住的那部分宫殿建筑群的走廊。在那儿奥德修斯、墨涅拉俄斯、狄俄墨得斯和我分手，让我单独走边道通过

由涅俄普托勒摩斯　叙述

曲径，向海伦和得伊福玻斯住的房间走去。

一声孤寂、拉长的高声尖叫撕碎了清晨的寂静，在特洛伊上空回响。宫殿的走道里到处是人，男人们刚刚从床上赤身裸体地爬下来，手里握着剑，因为饮酒过多，现在还是一脸迟钝恍惚的神情。这使我们可以从容地迎战，轻易地避开他们手脚不灵的进攻，把他们全部砍倒。女人们哭号着，尖叫着，脚下的大理石地砖上到处是血，变得溜滑。他们没有任何机会。很少有人意识到究竟发生了什么事，有一些清醒点的人看见身穿阿喀琉斯铠甲的我，吓得一边奔逃，一边尖叫着说阿喀琉斯领着阴间的鬼魂杀入王宫了。

我心中牢记着杀父之仇，对他们一个也不饶。当卫兵们蜂拥而出时，抵抗变得顽强起来，我们终于可以好好厮杀一番了，尽管这与战场上的厮杀不尽相同。女人们让场面更加慌乱，这让宫中的男性保卫者们无法好好作战。从木马上下来的另一些人跟在我的身后，因为我一心要寻找普里阿摩斯，所以让他们任意杀戮。只要普里阿摩斯一人为阿喀琉斯之死偿命就足矣。

但是他们爱他，他们愚蠢的老王。那些醒来后头脑清醒的已扣好甲胄，通过曲折迂回的路穿过拥挤的房屋区，一心要保护他。一道全副武装的战士构成的人墙挡住了我的去路。他们的矛如骑枪一般被握在手里，他们脸上的神情告诉我，他们愿为普里阿摩斯而死。奥托墨冬和另外一些人赶上了我，我静静地站了一会儿，思索着。

第 三 十 三 章

他们的矛尖稳稳地对着我，等着我上前。

我把盾牌一挥，回头大喊："干掉他们！"

我飞快地跳向前来，正对着我的那人本能地避让在一边，这一下乱了他们的阵脚。以盾当墙，我侧着身子闯入他们的队伍中。他们哪能抵挡得住身着这样一副铠甲的身材如此高大之人的重量，当我压倒在他们身上时，他们的战线崩溃了，长矛变得毫无用处。我抡着战斧向前推进。一个人掉了一只胳膊，另一个人失去了半个胸，第三个人被削去了天灵盖。这就像砍倒一片细树苗一般容易。在近距离中，我的身高和手长是无人能匹敌的，我站着砍杀着。

我从头到脚溅满了血。我跨过满地的尸体，来到了一个环绕整整一个小院子的柱廊上。在院子中间的一个分层的高台上高高地安放着一座祭坛，一株枝叶繁茂的月桂树给祭桌洒下一片浓荫。

特洛伊之王普里阿摩斯蜷缩在最高一层台阶上，在树叶隙缝中泻下来的阳光中，他的白须白发闪着银光，骨瘦嶙峋的身体上裹着一件亚麻布睡衣。

我的斧头挂在身体一侧，向他大吼道："拿起一把剑去死吧，普里阿摩斯！"

但他茫然地看着我身后的什么东西，满是黏液的眼中含着泪水，他既不明白也不在乎。空中充满了死亡和混乱的声音，弥漫的浓烟已经使天低云暗了。当他坐在阿波罗祭坛脚下快要发疯的时候，整个特洛伊正在他周围死去。我相信，他从未意识到我们是从木马中

由 涅 俄 普 托 勒 摩 斯 叙 述

来的，主神免得他知道了更痛苦。他只知他现在再也没有理由活下去了。

一个老妇弓着身子蹲在他旁边，紧紧抓着他的手臂。她的嘴张着，不断发出狗一样的嚎叫声。一个满头堆着团团黑色鬈发的年轻女人背对着我坐在祭桌上，她的双手平放在石板上，头往后仰，祈祷着。

更多的人前来保卫普里阿摩斯，我不屑一顾地迎接他们的猛攻。有的人戴着普里阿摩斯之子的徽记，这更激起了我杀人的欲望。我杀得他们仅剩一人，他还是个毛头小子——伊利俄斯？他是谁又有什么关系？当他握剑向我攻击时，我很轻松地把它从他手中拧落，然后把盾牌丢下，用左手抓住了他散开的几绺长发。他挣扎着，甚至当我把他仰面推倒在地，拖到祭坛脚下时，他还用指关节连续击打着我的护胫。普里阿摩斯和赫卡柏紧偎在一起，年轻的女人没有回头。

"这是你最后的儿子，普里阿摩斯！看着他死吧！"

我把脚踵放在这年轻人的胸上，把他的双肩拉离地面，然后用战斧的扁平部位一击，把他的脑袋砸碎。突然，普里阿摩斯好像刚刚看见我似的跳起来。他的眼睛盯着他最后一个儿子的尸体，伸手去够靠在祭坛边的长矛。他的妻子像母狼一般地嚎叫着，想要阻拦他。

但是他连走都走不稳，一个踉跄跌倒在我的脚下，脸埋在手臂里，脖子挺着等斧劈。老妇用双臂抱着他的大腿，年轻的女人最终转过脸来，她并没有看我，而是看着国王，脸上满是同情。斧头举

第 三 十 三 章

674

起，我估测着打击的目标，以便万无一失。双头斧刃往下一闪，如同空中的缎带。在此激动人心的时刻，我想起活在所有国王心中的祭司。我父亲的战斧完满地完成了一劈，普里阿摩斯的脖颈在他的银发之下裂开了，斧锋穿过在另一边与石头相碰了，头颅高高地弹起。特洛伊死了。它的国王死了，就像旧教时代国王那样的死法——引颈受斧劈。我转过身来，发现在祭祀阿波罗的院子内全都是希腊人了。

"找一间可以上锁的房间，"我对奥托奥冬说，"把这两个女人关进去。"

我走上祭坛的台阶。

"你们的国王死了，"我对年轻的女人——一个大美人——说，"你是我的战利品。你是谁？"

"克利克亚的安德洛玛刻，赫克托耳的遗孀。"她平静地说。

"那么尽可能地照顾好你母亲。你们很快会分手的。"

"让我到儿子那儿去吧。"她很克制地说。

我摇摇头："不，这不可能。"

"求求你！"她仍然十分克制地说。

我全部的怒气消失了，对她产生了同情。阿伽门农决不会允许那个男孩儿活下去的，他下令对普里阿摩斯家族斩草除根。我还没来得及再次拒绝她的请求，奥托奥冬回来了。两个女人——一个仍然嚎叫着，另一个平静地恳求去看儿子——被带走了。

由涅俄普托勒摩斯 叙述

之后我便离开了院子,开始在迷宫般的走廊里搜寻。我打开每一扇门,看看里面有没有特洛伊人可杀。但是我一个人也没发现,最后来到一个外围的地方,又打开了一扇门。

只见床上躺着一个身材高大体格强健的人,他正在酣睡之中。他相貌堂堂,皮肤黑得像是普里阿摩斯的儿子,只是他没有普里阿摩斯家人的那种神态。我没有发出任何声响地走了进去,站在他的身旁,把斧头靠近他的脖子,然后粗暴地摇摇他的肩膀。显然他醉得比别人更厉害,这时他哼了几声,但是当一个穿阿喀琉斯铠甲的人进入他的眼帘时,他猛地惊醒了。只是架在他咽喉上的斧刃阻止了他飞身跳起来取剑。他抬起头,愤怒地看着我。

"你是谁?"我笑着问。

"达耳达尼亚的埃涅阿斯。"

"好,好!你做了我的俘虏,埃涅阿斯。我是涅俄普托勒摩斯。"

他眼中闪现出希望的亮光:"什么,你不杀我?"

"为什么要杀你呢?你是我的俘虏,仅此而已。如果你的达耳达尼亚人民仍然看重你,愿意为你付我索要的高额赎金,你也许可以获得自由。这是,嗯——对你在战斗中有时对我们友好的奖赏。"

他的脸上乐开了花:"那我就要做特洛伊国王了!"

我笑起来:"等你弄到了赎金,埃涅阿斯,就没有特洛伊让你统治了。我们准备把此城彻底毁掉,让它的人民沦为奴隶。鬼魂将在这片平原上游荡。我想你的最明智之举就是迁徙他乡。"我让斧头落

第 三 十 三 章

在地上："起来。你将赤身裸体戴着锁链,走在我的后面。"

他咆哮起来,但还是完全按我的吩咐做了,没有给我制造任何麻烦。

一个密耳弥多涅斯人穿过到处是废墟的街道,把我的战车赶来了。我找到几截绳子,便把那两个女人从禁闭之所带出来,把她们牢牢地捆住。埃涅阿斯主动伸出双手让我捆绑。把这三个人捆牢后,我让奥托奥冬驶出城堡,回到斯开亚广场。洗劫已经开始了——这不是阿喀琉斯之子干的事。有人把普里阿摩斯的无头尸体拴在马车后部,就像当初拴赫克托耳的尸体一样;它被拴在三个俘虏的脚中间,从卵石路面上滑过。普里阿摩斯的头颅戳在老皮利翁的尖顶上,他的银白色头发和胡须被鲜血浸透了,黑眼睛大睁着,充满了呆滞的悲哀和绝望,盲瞎地注视着燃烧的房屋和血肉模糊的尸体。儿童们徒劳地哭喊着要母亲,妇女们有的疯疯癫癫地寻找自己的婴儿,有的为躲避强奸和残杀吓得四处奔逃。

已经无法对军队进行管束了。在他们的胜利之日,十年的怨气全都发泄出来了:无家可归,漂流他乡,同伴战死,妻子失贞。他们痛恨每一个特洛伊人、每一件特洛伊的东西,他们像野兽一般在浓烟弥漫的街巷搜寻猎物。我没有见到阿伽门农的影子。也许我匆忙地离开特洛伊城的原因之一是我不愿意在这大破坏的一天遇见他。这是属于他的胜利。

由 涅 俄 普 托 勒 摩 斯 叙 述

在离城堡不远处,奥德修斯从一条偏僻的巷子中走了出来,快活地向我挥手:"准备撤了,涅俄普托勒摩斯?"

我低落地点点头:"是的,我得尽快离开。既然我的愤怒消失了,我的肚子有些受不住了。"

他指着人头说:"我看你找到普里阿摩斯了。"

"是的。"

"我们还抓到了什么人?"他审视着我的俘虏,以戏剧性的夸张向埃涅阿斯鞠了一躬:"你竟然活捉了埃涅阿斯!想必他给你带来了许多麻烦。"

我向这个达耳达尼亚人轻蔑地瞟了一眼:"在整个过程中他睡得像个婴儿,我找到他时他正赤条条地躺在床上打着呼噜。"

奥德修斯哈哈大笑起来,埃涅阿斯气得全身僵直,他竭力想挣脱绳索,手臂上的肌肉隆起。我突然意识到自己为埃涅阿斯选择了更使他痛苦的命运,他十分自傲,难以咽下受嘲笑的这口气。在我把他弄醒之时,他只想着特洛伊的王位,现在他开始懂得他的被俘将意味着什么:侮辱、挖苦、被人取乐并被人无休止地嘲笑——别人都在奋力拼杀时,他却烂醉如泥地睡在床上。

我解开老赫卡柏的绳索,把她猛地往前一拉,她嚎叫起来。然后我把绳子的一端放在奥德修斯的手中。

"这是给你的特殊礼物。当然你知道她是赫卡柏。把她带回去送给佩涅洛佩做女仆,她会给你多石的岛国增色的。"

第 三 十 三 章

他眨眨眼,显得很吃惊:"没有必要,涅俄普托勒摩斯。"

"我希望你留下她,奥德修斯。如果我自己留下她,阿伽门农会把她从我这儿夺走的。但是他不敢从你手中把她要走。让别的家族——而不是阿特柔斯家族——展示从特洛伊获得的高级战利品。"

"年轻的怎么处置呢?你知道她是安德洛玛刻吗?"

"知道,但是按理她归我所有。"我弯下腰对他耳语道,"她想去看她儿子,但我知道这是不可能的。赫克托耳的儿子怎么样啦?"

我马上看见了一种冷酷的表情。"阿斯堤阿那克斯死了,不能让他活下去。我自己发现他的,把他从城堡塔楼上扔了下去。儿子、孙子、重孙——都必须死。"

我改变了话题:"你找到海伦了吗?"

他冷漠的表情消失了,纵声大笑起来:"我们确实找到她了!"

"她是怎么死的?"

"海伦,死?海伦?小伙子,她命中注定会活到高龄,在子女和仆人的哭泣声中寿终正寝。你能指望墨涅拉俄斯杀死海伦吗?或者指望他让阿伽门农下令处死她?神啊,他爱她远远胜过爱自己!"

虽然他还在开心地笑,但他慢慢平静下来了:"我们是在她的住处找到她的,住房四周有一支人数不多的卫队守卫,得伊福玻斯做好了准备要杀死他看见的第一个希腊人。墨涅拉俄斯像一头发疯的公牛,他只身一人和特洛伊人较量,完全不把他们当回事;狄俄墨得斯和我只是旁观者。最后他把他们都解决了,只剩下得伊福玻斯

由 涅 俄 普 托 勒 摩 斯 叙 述

一人,他们二人摆开了决斗的架式。海伦站在一边,头后仰,胸部外露,两眼像绿色的太阳。她像阿佛洛狄忒那样美丽!涅俄普托勒斯,我告诉你,全世界将永远不会有女人可与她相比。墨涅拉俄斯做好了准备,但决斗没有进行。海伦首先出手,她把匕首刺进他的两个肩胛骨之间,使他歪倒在地。然后她双膝跪地,胸脯露在外面。

"'杀了我吧,墨涅拉俄斯!杀了我吧!'她哭喊着,'我不配活着!现在就杀了我!'

"当然他没有杀她。他看了一眼她的乳房,一切就结束了。他们一起走出房间,没有朝我们看一眼。"

我也忍不住笑起来:"啊,真是绝妙的讽刺!真想不到,你与好几个国家打了整整十年的仗,就是为了看见海伦死去,结果却看见她自由自在地回到阿米克莱——仍然是王后。"

"哎,该死的死不了。"奥德修斯说。他的双肩塌陷了下去,我第一次发现他是个快四十岁的人了,他的年纪和漂泊生活在他身上留下了痕迹。我发现,尽管他喜爱玩弄诡计,他最强烈的愿望却是回到家中。他向我致意后便牵着嚎叫的赫卡柏走开了,然后消失在一条小巷之中。我对奥托墨冬点点头,向斯开亚门走去。

我们几个人迈着沉重而缓慢的步子沿着通向海滩的路往前走,埃涅阿斯和安德洛玛刻走在后面,普里阿摩斯的尸体拖在他们之间颠跳着向前。在营地内我经过密耳弥多涅斯人的房屋区,涉过了斯卡曼德河,沿着小路来到墓地。

第 三 十 三 章

当马无法再往前走时，我把普里阿摩斯从车横木上解下来，把尸体的衣服缠绕在左手上，将他拖到我父亲安葬地的门口。我撑着普里阿摩斯，给他摆出乞求者的姿势，让他跪在地上；再把老皮利翁的矛托钉入土中，把石头堆在它基部的四周，做成圆锥形石堆。然后我转身远眺平原上的特洛伊。座座房屋把烈焰喷射入昏暗的天空，城门敞开着，就像其灵魂已逃往地下黑暗荒原的尸体的嘴。最后，我为阿喀琉斯而哭泣。

我试图想象他在特洛伊时的模样，无奈鲜血太多，我身处一片死亡的迷雾中。最后我只能回忆起有关他的一幅图景：他刚洗过澡，皮肤油亮，闪着光；因为注视着我——他的小孩儿，他的黄眼睛闪闪发光。

我不在乎谁看见我哭泣了。我回到战车旁，爬进去坐在奥托墨冬旁边。

"回到船旁，我父亲的朋友。我们回家。"我说。

"回家！"他叹息着重复道。这个忠诚的奥托墨冬曾和阿喀琉斯一起从奥利斯航行而来。"回家！"

特洛伊在我们身后燃烧，但是我们的眼睛别的什么都看不见，只看见照在酒一样的深色大海上的太阳跳跃的闪光，召唤着我们返回家乡。

由 涅 俄 普 托 勒 摩 斯　　叙 述

尾声

一些生还者后来的情况

阿伽门农平安地回到迈锡尼,全然不知他的妻子克丽泰涅斯特拉已经篡夺了王位,与埃癸斯托斯结了婚。在热情地欢迎阿伽门农归来之后,她劝他洗澡。当他正快活地洗澡时,她操起圣斧杀害了他。然后她又杀了他的妃子——女预言者卡珊德拉。阿伽门农和克丽泰涅斯特拉的儿子俄瑞斯忒斯被他的姐姐厄勒克特拉偷偷带出迈锡尼,因为厄勒克特拉担心埃癸斯托斯会杀害她的弟弟。俄瑞斯忒斯长大之后,杀了母亲和她的情夫埃癸斯托斯,为父亲报了仇。但这是没有胜者的局面:神要求他为父复仇,但又谴责他犯了弑母罪。他疯了。

根据古罗马传说,埃涅阿斯把年迈的父亲安喀塞斯扛在肩头,夹着雅典娜神像,逃出了燃烧的特洛伊城。他乘船绕到北非的迦太基,这里的女王狄多狂热地爱上了他。当他启航离开时,女王自杀身亡。埃涅阿斯后来在意大利靠了岸，打了一仗之后，在其中部的拉丁姆平原永久定居。他与拉丁姆公主拉维尼亚所生的儿子尤罗斯（Iulus）成为阿尔巴·隆加的国王和裘力斯·恺撒[1]的始祖。不过，希腊传说却否认这一切。根据希腊传说，埃涅阿斯被阿喀琉斯之子涅俄普托勒摩斯当作战利品掳走，在向达耳达尼亚人索要了赎金之后他把埃涅阿斯放还。后来埃涅阿斯定居在色雷斯。

安德洛玛刻——赫克托耳的遗孀，成了涅俄普托勒摩斯的战利品。在他生前她一直是他的妻或妾，至少给他生了两个儿子。

安忒诺耳和妻子——女祭司忒阿诺及子女在特洛伊陷落后被允许自由地离开。他们在色雷斯定居下来，或者按有些人的说法，在北非的昔兰尼加定居。

阿斯卡尼俄斯——埃涅阿斯和特洛伊的公主克瑞乌萨之子，在他父亲跟涅俄普托勒摩斯离开之后，继续留在小亚细亚。他最后继承了比原来缩小了许多的特洛伊的王位。

1.Julius Caesar（公元前100—公元前44年），罗马统帅、政治家，后成为独裁者（公元前49年—公元前44年），被共和派贵族刺杀。

狄俄墨得斯被风吹离了航道，在小亚细亚的吕克亚海岸触礁，但得以生还。最后他到达阿尔戈斯，结果却发现妻子与人通奸，并与奸夫一起篡夺了王位。狄俄墨得斯被击败，后被放逐到科林托斯，后来在埃托利亚打了一场战争。但是他似乎无法定居下来。他最后的家园是意大利普利亚的卢塞利亚城（Luceria）。

赫卡柏，作为奥德修斯的战利品，跟随奥德修斯到了色雷斯半岛，在这儿她永不停息的嚎叫把奥德修斯吓坏了，所以他把她抛弃在海边。神出于同情，把她变成了一只黑母狗。

海伦参加了墨涅拉俄斯的全部冒险。

伊多墨纽斯遇到了与阿伽门农和狄俄墨得斯相同的麻烦。他的妻子篡夺了克里特的王位，并与情夫共同执政。后者把伊多墨纽斯逐出，他后来定居在意大利的卡拉布里亚。

卡珊德拉这个女预言家在年轻时曾拒绝过阿波罗的求爱。为了报复，他诅咒她：总是预言实情，但没有人会相信她。她先是作为战利品奖给小埃阿斯，后来奥德修斯发誓说她在雅典娜祭坛遭到小埃阿斯强暴，因而被从小埃阿斯手中索走。阿伽门农声称自己有权得到她，便把她带到迈锡尼。尽管她一再坚持说等待他们的只有死

尾　声

亡，可是阿伽门农毫不在意。阿波罗的诅咒仍然起作用：她被克丽泰涅斯特拉杀害。

小埃阿斯在回希腊的途中触礁遇难。

墨涅拉俄斯据说在返乡途中被风吹离航道。他绕到埃及，在那儿（与海伦一起）去过许多国度，在这一带待了八年。当他终于回到拉刻代蒙时，这一天正是俄瑞斯忒斯谋杀生母克丽泰涅斯特拉的日子。墨涅拉俄斯和海伦统治着拉刻代蒙，为后来的斯巴达城邦奠定了基础。

墨涅斯透斯没有回到雅典。在归途中他产生了把米洛斯岛作为他的新王国的想法，于是便在此统治。

涅俄普托勒摩斯继承了佩琉斯在伊俄尔科斯的王位，但在与阿斯卡斯托斯（Askastos）的儿子们发生纷争之后，他离开了色萨利，住在厄庇罗斯（Epiros）的多多那。后来他在劫掠德尔斐女祭司的圣所时被杀。

涅斯托耳一路顺风地回到皮罗斯。他在和平繁荣中治理着皮罗斯，度过他漫长一生的余年。

一些生还者后来的情况

奥德修斯，正如他的家中神谕早已预言的，命中注定有二十年见不到伊塔卡岛国。离开特洛伊之后，他在地中海一带到处飘泊，遇到了海妖、女巫和怪物。当他终于回到伊塔卡时，发现他的宫中有许多佩涅洛佩的求婚者都急不可耐地想通过与她结婚而篡夺王位。但是她设法避免了这种命运，一直坚持先织好自己的寿布之后再嫁。每天晚上她拆除白天已织好的布。在儿子忒勒玛科斯的帮助下，奥德修斯杀死了所有的求婚者。后来他与佩涅洛佩过着幸福的生活。

菲洛克忒忒斯被逐出他的赫斯泰俄提斯王国，移居意大利卢卡尼亚的克罗顿。他随身携带着赫拉克勒斯的弓箭。

作者后记

特洛伊故事的来源很多。荷马[1]的《伊利亚特》只是其中之一，它讲的是一场打了十年（对此所有的来源都一致）的战争中仅五十多天之内发生的事件。另一部据认为是荷马创作的史诗《奥德赛》，也提供了许多有关这场战争和参战人员的资料。其他的来源通常是零星的，散见在欧里庇得斯[2]、品达[3]、圣希吉诺斯[4]、赫西俄德[5]、维吉尔[6]、雅典的阿波罗道鲁斯[7]、策策斯[8]、狄奥多·西库勒斯[9]、狄奥尼西奥

1.Homer（约公元前9世纪—公元前8世纪），古希腊吟游盲诗人，著有史诗《伊利亚特》和《奥德赛》。
2.Euripedes（公元前480年—公元前406年），古希腊的三大悲剧作家之一。
3.Pindar（公元前518年—公元前438年？），古希腊诗人。
4.Hyginus（？—公元前140年），希腊籍？教皇。
5.Hesiod，公元前8世纪的希腊诗人。
6.Virgil（公元前70年—公元前19年），古罗马诗人。
7.Apollodorus，约生活在公元前408年前后，雅典画家，据说他是明暗对比法的发明者。
8.Tzetzes（约1120年—1183年），拜占庭作家。
9.Diodorus Siculus，约生活在公元前44年前后，出生于西西里，曾游历亚、欧，定居罗马，著有50卷的世界历史巨著。

斯[1]、索福克勒斯[2]、希罗多德[3]等人的作品中。

与我们的讨论有关的对特洛伊的洗劫（历史上有好几次）通常认为是发生在公元前1184年左右。由于地震等自然灾害，以及其他地区人口的移入和本地区人口的迁移，地中海东端一带在这个时期处于动乱之中。不少部落从多瑙河流域向南推进进入马其顿和色雷斯，希腊各民族沿着爱琴海和黑海在现代土耳其的海岸殖民。这些汹涌的移民浪潮是更早期移民的结果，也是后来移民高潮的先驱，并持续到较为近代的时期。它们产生了欧洲、小亚细亚和地中海地区历史多种多样的内在传统。

考古证据由海恩里希·谢里曼[4]和亚瑟·埃文斯爵士[5]分别在土耳其的西萨尔利克和克里特的克诺索斯发现获得。在爱琴海的希腊人和特洛伊（又叫伊利昂）人之间发生过一场战争，这一点似乎并无疑问。几乎可以肯定地说，战争的目的是为了控制达达尼尔海峡——连接黑海和地中海（爱琴海）的重要通道，因为控制了达达尼尔海峡（海勒斯旁），就可以垄断两片水域之间的贸易。有些生

1. Dionysius（？—8年？），历史学家和修辞学家，生于小亚细亚的哈利卡纳苏城，后移居罗马。
2. Sophocles（公元前496年？—公元前406年），古希腊三大悲剧诗人之一。
3. Herodotus（公元前484年？—公元前425年），古希腊历史学家，被称为"历史之父"。
4. Heinrich Schliemann（1822年—1890年），德国考古学家，曾发掘特洛伊遗址。
5. Arthur Evans（1851年—1941年），英国考古学家，曾发掘克里特岛上的克诺索斯古城遗址。

活必需品很难弄到，尤其是锡，没有它铜无法铸成青铜。

尽管贸易、经济和生存的需要也许是战争的根源，但是它也不可避免地带上了传奇色彩，从海伦到木马计。

本书大部分人物具有希腊名字。有些人物，如海伦和普里阿摩斯，已经完全进入了英语文化，所以我更倾向于采用他们的英语名字[1]。有些人物的罗马名现在更为流行，如赫耳枯勒斯（赫拉克勒斯）[2]、维纳斯（阿佛洛狄忒）、朱比特（宙斯）、埃涅阿斯（埃涅阿斯）[3]、帕特洛克罗斯（帕特洛克罗斯）[4]、尤利西斯（奥德修斯）、赫枯巴（赫卡柏）、伏尔甘（赫菲斯托斯）以及马耳斯（阿瑞斯）等。

尽管在皮罗斯和迈锡尼其他地点发掘出文字泥板（A类线形文字、B类线形文字[5]），但是青铜器时代晚期爱琴海地区的民族并不能像我们现代人那样识字读写。与奥德修斯不屑一顾地提到的"食品杂货清单"（线形泥板——曾是希腊语的一种）不同的书写能力在公元前7世纪之前并未出现。

硬币也属于公元前7世纪，所以当时钱本身并不存在，不过，

---

1. 本书中希腊神话中人物的名字基本按照"名从主人"的原则，由希腊名字形式译出。如特洛伊国王不译为"普里阿谟"，而译为"普里阿摩斯"。
2. 括号前为罗马神话中的人名，括号内为希腊神话中对应的人名；下同。
3. 仅拼写略有不同。
4. 仅拼写略有不同。
5. A类线形文字为公元前18世纪至公元前15世纪希腊克里特岛的一种文字；B类线形文字为公元前15至公元前12世纪克里特岛的克诺索斯及希腊大陆上用代表音节的线形符号书写的文字。

金、银、青铜被用作以物易物的工具。

为了表明度量概念,我选用了一些如"泰伦特""里格""步""腕尺""指宽"和"长勺"等术语。虽然在很久之后的年代,里格有3英里,但在本书中可以假定1里格为1英里(1.6千米)。1步为两个行走的步长,有5英尺(1.6米)长。至于腕尺的长度意见不一,有的认为从肘到腕,有的认为到握紧的拳头的掌指关节,还有人认为到指尖。在本书中1腕尺等于15英寸(375毫米)。更小的长度单位有中指宽(不到1英寸,约20毫米)。1泰伦特是一个人能背得动的重量,大约56现代磅(25千克)。格令是液量单位:假定浸入其中的器皿包含约4个美制品脱(2升)。年岁也许是以四季的更迭衡量的,而月份则由月亮决定:也许一次新月到下一次新月的出现之间的间隔为1个月。当时还没有小时、分钟和秒这些概念。

译者后记

以小说《荆棘鸟》闻名于世的澳大利亚女作家考琳·麦卡洛(Colleen McCullough,1937—2015)于1998年出版了小说《希腊众神：特洛伊之歌》。拙译的该小说中文版于2000年出版，至今已有整整二十年了。

当年翻译《希腊众神：特洛伊之歌》时，如同置身于远古的特洛伊战场。书中时而展现波澜壮阔的战争画卷：刀光剑影，血肉横飞，厮杀声震天；时而气氛神秘，诡异莫名；时而鲜活的人物遭受厄运；时而情节反转，惊心动魄；时而又有缠绵缱绻的浪漫场景。那一段时间，自己的情绪像过山车一般不停地转换。及至翻译完成，心情仍久久难以平静。二十多年之后的今天，对当时自己的情绪仍然记忆犹新。

当时凭直觉判断，特洛伊的故事很有可能会被搬上银幕。因为它扣人心弦，战争场面蔚为壮观，可视性强，很适合拍成电影。自己对出版社的同志说了这个想法。果然，由沃尔夫冈·彼得森执导，由布拉德·皮特、黛安·克鲁格、奥兰多·布鲁姆和朱利安·格洛弗等主演，由美国华纳公司出品的电影《特洛伊》2004年起在世界各地上映，目前已经累计创造了5亿美元的票房，仅在中国大陆票房就达7千万人民币。电影符合当时我对特洛伊战争的想象：史诗般的壮丽画卷、气势恢宏的场面、鲜明的人物形象，无不给人以强烈的震撼。虽然该电影并非改编自考琳·麦卡洛的《希腊众神：特洛伊之歌》，但两者具有异曲同工之妙。无论在小说还是在电影中，神祇都退居幕后，不再控制事件的进程，而仅仅以神谕的方式参与事件。由于考琳·麦卡洛作品的影响力，电影《特洛伊》很有可能受到小说《希腊众神：特洛伊之歌》的启发。

电影与小说最大的不同在于两种艺术媒介的差异。首先，电影表现手法形象直观，可以短时间迅速地给人以强烈的视觉冲击力和震撼力。电影《特洛伊》确实达到了这种效果。但是与小说相比，电影也有其短板：它难以给想象力更大的空间。比如，很多观众都觉得电影《特洛伊》中海伦的形象没有达到他们对海伦美的期待。作为千百年来美女经典形象的海伦，渗透着每个审美主体的想象，而电影中的海伦无论多么美貌也无法满足每个人的审美预期。但是小说中的海伦却可以给读者留下充分的想象空间，使其参与审美创造，将她塑造成自己心目中的形象。另外，直观性有时也成了限制，比如书中描写海伦在公共场合任意裸露双乳，但在电影中则不适合表现。其次，电影和小说的容量也不可同日而语。受时间的限制，电影只能展现主要情节和人物,其他的情节、人物和细节不得不割舍。但是小说可以刻画众多人物,铺陈情节,提供细节。除了阿喀琉斯、赫克托耳、奥德修斯、阿伽门农、海伦和帕里斯这些主要人物,小说《希腊众神:特洛伊之歌》还对普里阿摩斯、佩琉斯、喀戎、狄俄墨得斯、帕特罗克洛斯、布里塞伊斯、埃涅阿斯、涅斯托耳、奥托墨冬和涅俄普托勒摩斯等人物进行了颇为细致的刻画,创造了栩栩如生的人物群像。小说《希腊众神:特洛伊之歌》中的很多情节曲折生动。比如,特洛伊最后一任国王普里阿摩斯的父亲老国王的意外之死,阿喀琉斯的六个哥哥一出生皆神秘死亡,为平息海伦众多求婚者之间的争斗而立的四分马誓言,阿喀琉斯与半神母亲的神秘会面,奥德修斯为逃避参战装疯被识破,奥德修斯等请求阿喀琉斯出征遇曲折,奥德修斯设计骗来阿伽门农的女儿伊菲革涅亚献祭,祭司卡尔卡斯的神秘死亡,卡珊德拉的预言,埃阿斯的突然疯狂与自裁……麦卡洛不愧为讲故事高手,她娓娓道来,一波三折,引人入胜。此外,小说的叙述张弛有度,收放自如,读者在紧张中也有舒缓节奏。而电影将情节集中于战争,在三个多小时过程中观众始终处于高度紧张之中。再次,小说比电影更易于刻画人物丰富复杂的内心世界。本书采用多个人物的视角,对事件和其他人物进行了描叙与评价,提供了多重视角的观察,同时细腻地展现了人物自己的内心。最后,对有些人物的命运和一些细节的处理两者不尽相同。电影中尽管最后特洛伊陷落,但海伦与帕里斯和安德洛玛刻等逃出了城，而小说中除了海伦，其他人物皆是悲剧结局。两者还有些细节处理不同。在电影中，希腊或特洛伊方对死者都采用火葬，死者双眼各覆盖一枚钱币；而小说中都是土葬，没有眼睛覆盖钱币这一习俗。另外，电影中文版字幕的人名翻译没有按照约定俗成的方法，很多神话中熟悉的名字译成了"熟悉的陌生人"，看了名字不知道究竟是谁。然而，不同的艺术形式又是互补的。如果我们将小说与电影互相参照，就会相得益彰，会有新的启发、新的发现和新的感动。

小说《希腊众神：特洛伊之歌》取材于荷马史诗《伊里亚特》和《奥德赛》，以及希罗多德、索福克勒斯、品达、赫西俄德和维吉尔的作品。现在重读小说，不但依然能感受到当年感受到的强烈震撼，而且还有新的启示和现实意义。首先，奥德修斯的间谍战与反间谍战对当代读者并不陌生。其次，书中描写的特洛伊与希腊诸国因为资源争夺而进行的贸易战与当今世界何其相似。再次，智勇双全的伊塔卡国王奥德修斯不贪慕海伦的美色，而是向品质忠贞的佩涅洛佩求婚，这可以与中国历史上的诸葛亮娶丑女的传说互为参照。从次，小说中希腊拉刻代蒙王国遭遇瘟疫，国王墨涅拉俄斯到与之有芥蒂之国特洛伊及其他小亚细亚的一些国家寻找神谕所示解疫之物。特洛伊人尽管与之有隙，但认为提供帮助理所当然。因为来年本国如遇此类危机也许还要请求别国帮助呢。"所有的王室人员，不管他们的国别和其他差异，在有些情况下会紧紧抱成一团。"

在今年世界经历了历史罕见的新型冠状病毒肺炎大暴发的背景下，这里表现的在灾难面前相互帮助、同舟共济的思想今天读来确是意味深长、发人深省。最后，该书还可以作为学习或复习希腊罗马神话的参考。

关于小说的人名翻译，本人在二十年前首版译序中提出应遵从"名从主人"的翻译原则。此外，我们认为文学作品的翻译，除了传情达意、创造生动的形象，还要有鲜明的语言节奏，译文读来朗朗上口。本书的翻译对此予以了很大关注。有描写景色的："皮利翁山上有许多白蜡树，……每年这个时候，哪怕只有一缕轻风拂过，片片鲜亮或枯萎的叶子也会飒飒抖动，远看是一片叶海泛着粼粼的光。""远近的山峰在满天繁星的衬托下只是一个个隆起的丘岗。一轮硕大的圆月静静地把银光泻入拉刻代蒙山谷。"有描写风暴的："太阳已经不见了，风暴正在快速地聚集。我们可以感觉到天空中积蓄着非常巨大的能量，……天色已经变得昏暗，发出怪异的硫黄一般带微绿的黄色的光；云层黑得如同哈得斯的胡须，如同从一大堆油火上缭绕上升的烟，闪电把它照亮成鲜明的蓝色。"还有描写动作的："宙斯终于迸发出万钧之力。"有写人物的："他对我步步进逼，色胆包天，把我丈夫看成大傻瓜，逮他不着。"文学翻译要根据语境对语言进行提炼，以体现文学语言生动、形象、传神和节奏鲜明的特点。

考琳·麦卡洛于1937年出生于澳大利亚的威灵顿，于2015年去世。她一生出版小说及各类作品共计二十多部，另有数部由自己作品改编的影视作品，以《荆棘鸟》闻名于世。她父亲是流动的甘蔗收割工，脾气暴躁；母亲冷漠吝啬；父母长期不和。因此，她与弟弟卡尔的童年很不幸福。父亲去世后，家人发现他在外面至少同时有两个老婆。她和弟弟都聪明、敏感、热爱学习，但常遭受父亲苛责。父亲多次要她出去找一个洗衣房的工作，说她只能干这个；还说她长得又胖又丑，一辈子嫁不出去。但她一直发奋努力。上大学之前，她做过教师、图书馆员和记者，后来在悉尼大学学医，由于对实验室肥皂过敏而改学神经内科，后在悉尼皇家北岸医院工作。1963年，她去英国生活了四年，得到去耶鲁大学医学院担任研究助手并进行教学的机会。

她在耶鲁医学院任研究人员和教师达十年之久。其间，受其同事古典主义学者、著名作家埃里奇·西格尔（Erich Segal, 1937—2010）的《爱情故事》成功的启发，对耶鲁大学生进行了问卷调查，了解到他们喜爱的作品要素：浪漫故事、人物和情节。在这些要素的基础上，她又加入自己的澳大利亚背景，写成《荆棘鸟》，在1977年出版并大获成功。该书至今已经销售3千万册，常年占据畅销书排行榜，被译为20多种文字，被视为澳大利亚的《飘》。该书的成功使她放弃了原准备去伦敦学习护理的计划，并辞职离开了耶鲁，回到澳大利亚专事写作。她47岁结婚。其人生道路打破了父亲对她的所有预言。而她的弟弟则对生活感到受挫，25岁时在海中援救受困游客时溺亡。但考琳·麦卡洛通过弟弟在死前寄给她的信件，推测他是自杀身亡。后来她将弟弟写入《荆棘鸟》。弟弟的悲剧成了她一生的隐痛。麦卡洛一生多产。她写作速度快，抽烟也多，通常一天能写1.5万字，顺利时一天可写3万字。她是澳大利亚全民偶像，获得过很多荣誉：1997年获"澳大利亚在世100名国家杰出人才"提名，2006年被授予澳大利亚国家四等勋爵称号。

林玉鹏
2020年6月28日于合肥斛兵塘畔

图书在版编目（CIP）数据

希腊众神：特洛伊之歌/（澳）考琳·麦卡洛著；
林玉鹏译.— 北京：北京联合出版公司，2020.11
ISBN 978-7-5596-4518-0

Ⅰ.①希… Ⅱ.①考… ②林… Ⅲ.①长篇小说—澳
大利亚—现代 Ⅳ.①I611.45

中国版本图书馆CIP数据核字（2020）第159904号

THE SONG OF TROY
by Colleen McCullough
Copyright © Colleen McCullough 1998
First published in Great Britain in 1998 by Orion Books
Simplified Chinese edition copyright © 2020 Beijing United Creadion Culture Media Co., Ltd
Published by arrangement with Orion Publishing Group via The Grayhawk Agency Ltd
ALL RIGHTS RESERVED

希腊众神：特洛伊之歌

作 者：（澳）考琳·麦卡洛	译 者：林玉鹏
出 品 人：赵红仕	出版监制：辛海峰 陈 江
责任编辑：李艳芬	特约编辑：陈 曦
产品经理：张建鑫	封面设计：舆书工作室
版式设计：尚燕平	美术编辑：任尚洁

北京联合出版公司出版
（北京市西城区德外大街83号楼9层 100088）
北京联合天畅文化传播公司发行
北京飞达印刷有限责任公司印刷 新华书店经销
字数434千字 880毫米×1230毫米 1/32 22.25印张
2020年11月第1版 2020年11月第1次印刷
ISBN 978-7-5596-4518-0
定价：88.00元

版权所有，侵权必究
未经许可，不得以任何方式复制或抄袭本书部分或全部内容
如发现图书质量问题，可联系调换。质量投诉电话：010-88843286/64258472-800